抗 疫
有我钢铁人

中国钢铁工业协会 编

北 京
冶金工业出版社
2020

内 容 提 要

本书将 2020 年以来《中国冶金报》发表的和众多钢铁企业撰写的有关抗击疫情的部分新闻稿集结成册，力求全面反映中国钢铁行业在抗击新冠肺炎疫情斗争中的风貌，展现中国钢铁人听党指挥、顾全大局、急公好义、扶危济困的崇高品格和优良传统，表达中国钢铁人与党同心、万众一心、共克时艰的决心、意志和担当，以此记录中国钢铁行业在这场抗疫斗争中的风采和担当。

图书在版编目（CIP）数据

抗疫　有我钢铁人／中国钢铁工业协会编 . —北京：冶金工业出版社，2020. 9
ISBN 978-7-5024-8563-4

Ⅰ.①抗…　Ⅱ.①中…　Ⅲ.①新闻报道—作品集—中国—当代　Ⅳ.①I253

中国版本图书馆 CIP 数据核字（2020）第 135268 号

出 版 人　苏长永
地　　址　北京市东城区嵩祝院北巷 39 号　邮编　100009　电话　（010）64027926
网　　址　www.cnmip.com.cn　电子信箱　yjcbs@cnmip.com.cn
责任编辑　姜晓辉　王艺婧　美术编辑　郑小利　版式设计　孙跃红
责任校对　石　静　责任印制　李玉山
ISBN 978-7-5024-8563-4
冶金工业出版社出版发行；各地新华书店经销；北京建宏印刷有限公司印刷
2020 年 9 月第 1 版，2020 年 9 月第 1 次印刷
169mm×239mm；36.5 印张；1 彩页；556 千字；565 页
158.00 元
冶金工业出版社　投稿电话　（010）64027932　投稿信箱　tougao@cnmip.com.cn
冶金工业出版社营销中心　电话　（010）64044283　传真　（010）64027893
冶金工业出版社天猫旗舰店　yjgycbs.tmall.com
（本书如有印装质量问题，本社营销中心负责退换）

序　言

　　2020年初，面对突如其来的新冠疫情，全国亿万人民在习近平总书记领导下，在党中央坚强指挥下，打响了一场坚决阻击新冠肺炎疫情、保卫亿万人民生命的战斗，其中涌现出了无数可歌可泣、感人至深的人和事，我们应该永远记住他们。我们将《中国冶金报》发表的和部分钢铁企业撰写的有关抗击疫情的新闻稿件集结成册出版，以此来记录钢铁行业、钢铁人在2020年抗疫斗争中的风采，全面反映中国钢铁行业在抗击新冠肺炎疫情斗争中的风貌，展现中国钢铁人听党指挥、顾全大局、急公好义、扶危济困的崇高品格，表达与党同心、万众一心、共克时艰的决心和意志，鼓舞钢铁人再接再厉，再创辉煌。

　　本书稿件截取的时间为2020年2月初~8月，内容包括我国钢铁人在抗击新冠肺炎疫情中听党指挥、科学防控、精准施治、支援一线、抗疫捐助、复工复产、安全生产的方方面面。本着简洁清晰、分类明确、方便阅读的原则，设置了高端访谈、同心驱疫、守望相助、战"疫"保产、白衣战士披战甲、抗疫前线党旗红6个篇章。各篇章选取的文章都是钢铁人在抗击疫情中某个方面具有代表性的人和事。

　　编辑出版本书的目的，就是要人们牢牢记住，祖国的命运和亿万中国人民的命运紧紧联系在一起，和我们百万钢铁人的命运紧紧联系在一起；就是要表达百万钢铁人对祖国、对党的无限忠诚和无比的信赖；就是要表达百万钢铁人时刻听党指挥、永远跟党走的坚强决心；就是要展现百万钢铁大军在党的正确领导下，决战决胜，战胜一切困难的大无畏气概；就是要鼓舞亿万人民和广大钢铁人勇往直前、再接再厉、再立新功的动力和干劲，在今后的工作中不断进取，不断发展，再创辉煌。

　　编辑和出版本书的时间紧迫、资料繁杂，特别是因新冠肺炎疫情严重居家办公，困难重重。撰写稿件的作者和参与编辑工作的同志们，克服困难，恪尽职守，努力拼搏，在短短的时间里以高质量的稿件，编辑出版了鼓舞人心的好作品。我们坚信，在习近平总书记的指挥下，在党中央的坚强领导下，中国人民一定能够战胜新冠肺炎疫情，夺取此次战役的全胜。

中国钢铁工业协会党委书记

2020 年 8 月

目　　录

第一篇　高端访谈

第二篇　同 心 驱 疫

第三篇 守望相助

第四篇　战"疫"保产

第五篇　白衣战士披战甲

第六篇　抗疫前线党旗红

附　　录

跋

第一篇

高端访谈

倡　议　书
勠力同心　坚决打赢疫情防控阻击战

新型冠状病毒感染的肺炎疫情发生以来，党中央、国务院高度重视，对防控工作做出一系列部署。习近平总书记对疫情防控工作做出了一系列重要指示批示，要求把人民群众生命安全和身体健康放在第一位，坚决打赢疫情防控阻击战。

疫情就是命令，防控就是责任。疫情发生后，广大钢铁企业坚决贯彻落实党中央的决策部署，进一步增强"四个意识"，坚定"四个自信"，做到"两个维护"，积极、迅速行动起来，把疫情防控的各项要求、措施落到实处，为有效防控疫情的蔓延做出积极贡献。与此同时，众多钢铁企业在第一时间行动起来，向疫情严重的武汉市慷慨捐助，一些企业以最快的速度提供医院建设所需钢材，一些企业职工医院派出医疗队或医务工作者驰援武汉，地处疫区的企业更是直接参与主战场的战"疫"。广大钢铁企业在构筑起本企业严密防控体系的同时，众志成城，书写大爱，体现了钢铁人的使命与担当。

现在春节假期已经结束，全国疫情防控的形势依然严峻，在这一关键时期，中国钢铁工业协会向全行业发出如下倡议：

一、决不懈怠，把疫情防控作为当前行业工作的重中之重

我们要坚决贯彻党中央的决策部署，坚持问题导向，毫不放松、决不懈怠，对疫情防控工作进行再安排、再部署、再落实，不断健全机制、压实责任、科学防治。要广泛动员干部职工，积极参与疫情防控，将各项疫情防控措施落细落实，做到任务到人、责任到人，构筑起群防群治的严密防线。

二、冲锋在前，让党旗在疫情防控一线高高飘扬

各级党组织和广大党员要把投身疫情防控作为践行初心使命、体现战斗堡垒和先锋模范作用的试金石和磨刀石，自觉接受疫情防控斗争的考验。各级党组织负责人要夯实主体责任，靠前指挥，守土有责、守土担责、守土尽责；广大党员要站得出来、豁得出去，冲锋在前，勇做群众的贴心人、主心骨。

三、胸怀大局，在疫情防控阻击战中彰显钢铁担当

胸怀大局，奉献担当，是钢铁行业的光荣传统。今天，面对疫情防控的挑战，我们尤其要在扎实做好本单位疫情防控工作的同时，着眼于打赢疫情防控阻击战、保护人民群众生命安全和身体健康、维护社会稳定的大局，捐款捐物，驰援疫区，为疫情防控承担更大的责任，做出更大的贡献。

四、满怀信心，向着行业改革发展目标坚定前行

突如其来的疫情，是对正在积极深化供给侧结构性改革，朝着高质量发展目标迈进的钢铁行业的严峻考验。打赢疫情防控阻击战，关键是要把行业的事、企业的事做好。今年是全面建成小康社会和国家"十三五"规划收官之年，行业改革发展任务繁重。在打赢疫情防控阻击战的同时，全行业要保持定力，坚定信心，努力实现行业平稳运行，确保改革创新工作有序开展，全面完成今年各项目标任务。

疾风知劲草，烈火炼真金。让我们坚定信心，紧密团结在以习近平同志为核心的党中央周围，全力以赴、勠力同心，凝聚起钢铁行业共克时艰的强大力量，坚决打赢这场没有硝烟的战争！

中国钢铁工业协会

2020 年 2 月 3 日

（原刊于《中国冶金报》2020 年 2 月 4 日 1 版）

众志成城 有我钢铁力量

2020年的庚子春节，因一场新型冠状病毒感染的肺炎疫情变得不同以往。1月25日农历正月初一，全国人民听到了习近平总书记的声音——

"疫情就是命令，防控就是责任。"

"要把人民群众生命安全和身体健康放在第一位，把疫情防控工作作为当前最重要的工作来抓。"

"只要坚定信心、同舟共济、科学防治、精准施策，我们就一定能打赢疫情防控阻击战。"

1月27日农历正月初三，习近平总书记再次做出重要指示，强调各级党委（党组）、各级领导班子和领导干部、基层党组织和广大党员要不忘初心、牢记使命，团结带领广大人民群众坚定不移把党中央决策部署落到实处，坚决打赢疫情防控阻击战。"让党旗在防控疫情斗争第一线高高飘扬！"

疫情如令，众志成城。

连日来，中国钢铁工业协会党委及中国宝武、鞍钢、首钢、河钢、太钢、沙钢等钢铁企业各级党组织纷纷行动起来，专题学习习近平总书记重要讲话和党中央决策部署，进一步增强"四个意识"，坚定"四个自信"，做到"两个维护"，与党中央保持高度一致，全面动员，全面部署，全面加强工作，在疫情防控阻击战中凝聚起强大的钢铁力量——

行业和企业各级疫情防控工作领导小组成立了，各级党政领导干部特别是主要领导干部站到了防控斗争的前沿，一张张覆盖疫情监测、排查、预警、防控等关键环节，融入车间、班组和社区、街道的严密防护网张开了……严防死守，不留死角，钢铁人正以前所未有的决心阻断疫情的蔓延。

在做好联防联控的同时，广大钢铁企业勇于承担社会责任。截至2月3日，据不完全统计，钢铁企业已累计捐赠疫情防控资金超6.2亿元；一批企业向疫区捐赠大量药品、口罩、消毒液、钢材等应急物资；一批企业派出医疗队或医务工作者驰援武汉。身处疫区的企业更是开启了"超硬核"防疫抗疫模式……疫情面前，钢铁人大爱担当，风雨无阻。

"我们淡定从容，科学防范，相信党和国家的实力，坚定必胜信心，一定能打赢疫情防控阻击战！中国必胜！"

"坚决执行上级组织的关于防止疫情传播的决策部署，保卫鞍钢！保卫鞍山！保卫大中华！"

"万众一心共克时艰，钢铁战士勇往直前。中国加油！武汉加油！河钢加油！"

这是"钢铁侠"们在行业和企业各个微信公众号上的留言。这是中国钢铁这个有着胸怀大局、奉献担当光荣传统的行业，面对疫情做出的集体回答。

当前，春节假期已经结束，随着各地人员纷纷返回工作岗位，打赢疫情防控阻击战面临新的挑战。同时，2020年全面建成小康社会的目标仍在向我们招手，计划中的打赢三大攻坚战任务仍然紧迫。这就需要我们统筹安排好疫情防控和生产经营各项工作，在重要关头经受考验，彰显钢铁的力量。

首先，全行业要坚持把疫情防控工作作为当前最重要的工作来抓，把人民群众生命安全和身体健康放在第一位。应该看到，前一段时间，在全社会、全行业的共同努力下，我们已经建立了有效的疫情防控体系。现在，我们需要做的，是坚定信心，咬紧牙关，不避艰辛，严防死守，确保联防联控各项工作责任到位、措施到位、落实到位。

其次，我们要将严峻形势当作检验初心使命的试金石，胸怀大局、主动作为。党有号召，我有行动。各级党组织和广大党员干部，要在疫情防控阻击战一线经受考验，自觉承担职责使命，争做疫情防控的先锋，团结带领职工群众把思想和行动统一到党中央的决策部署上来，从而凝聚起钢铁战线疫情防控工作的"红色力量"。

最后，要安排好生产经营工作，确保今年各项目标任务全面完成。困难是试金石。钢铁行业经过前4年的供给侧结构性改革，已经构建了非常扎实的运行基础。疫情暴发正是对我们之前改革成果的一次检视。在此期间，钢铁企业既要急中求变、变中有序，全力配合好疫情工作需要，做好紧急生产部署，又应结合自身发展目标和生产经营实际，统筹谋划，部署好今年的后续工作，在坚决打赢疫情防控阻击战的同时，做到深化供给侧结构性改革、推进高质量发展不停步。

疫情紧急，唯有英勇奋斗，勇于担当，挺起钢铁脊梁！相信在全国上下万众一心、科学防疫的巨大力量下，我们终将渡过难关、迎来柳暗花明的一刻！

（原刊于《中国冶金报》2020 年 2 月 4 日 1 版　本报评论员文章　记者陈 琢 执笔）

保持定力　埋头苦干　风雨无阻向前进

"我们仍然要坚持今年经济社会发展目标任务，党中央决策部署的经济社会发展各项工作都要抓好，党中央确定的各项目标任务都要完成……"

2月16日，《求是》杂志发表的习近平总书记重要文章《在中央政治局常委会会议研究应对新型冠状病毒肺炎疫情工作时的讲话》指出，做好维护社会稳定工作，是有效应对重大疫情的重要保障，同时指出尤其要全力维护正常经济社会秩序等工作。

2020年是全面建成小康社会的决胜之年和"十三五"规划收官之年，也是打赢蓝天保卫战、脱贫攻坚战的决胜之年。既要坚决打赢疫情防控的人民战争、总体战、阻击战，又要将疫情对经济社会发展的影响降到最低，克服困难努力实现今年经济社会发展目标，这是摆在全国各行各业面前的重大任务，也是钢铁行业应对突发事件的一次大考。

做好新冠肺炎疫情防控和维护经济社会正常运行，两者是辩证统一的关系。维护经济社会正常运行，是确保打赢疫情防控阻击战的重要保障，只有打赢疫情防控阻击战，才能使经济社会恢复正常运行，顺利实现全年经济社会发展目标。当前，于钢铁行业而言，统筹做好控疫情、强保障、保安全、稳经营的各项工作，正是处理这对矛盾的方法论。

当然，控疫情、稳经营的困难是显而易见的。一方面，疫情防控任务仍然十分艰巨，特别是企业复工复产可能带来的因人员聚集而感染风险加大，增加了疫情防控的难度；另一方面，受疫情影响，企业普遍面临物流严重受阻、暂时性消费缺失、市场低迷、成本升高、利润下滑和人员不能及时返岗、心理压力大等难题。这就需要我们深入学习贯彻习近平总书记重要讲话精神，统一思想，坚定信心，全力以赴，克难攻坚，风雨无阻向前进。

风雨无阻向前进，相信办法总比困难多

在严峻考验面前，钢铁企业党员冲锋在前打头阵。新余钢铁超千名党员报名新钢党员突击队，随时准备利用休息时间顶替可能因疫情需要而居家隔离的同事；福建三钢棒材厂党委以"355"模式延展4级网格组织，构建了151名党员密切联系所有员工的战斗堡垒；马钢党员坚决做好带头落实防控措施、带头坚守岗位承担急重任务、带头服从组织安排、带头做好群众工作"四个带头"……让党旗飘扬在各个战场前线，正是我们打赢当前这场战役的信心所在。

在严峻考验面前，中国宝武通过平台运营、网络办公、远程运维，创新工作方法；山钢集团"一企一策"，永锋淄博优化烧结配比、莱芜分公司抢抓有效订单、日照公司统筹物资库存；昆钢下属单位充分预判疫情影响，做好原料储备、实行车间封闭式管理、高效规范远程办公；酒钢产品开发专职项目组签下"军令状"，力争拿下目前市场研发应用最广泛、抗菌效果最持久的含铜抗菌不锈钢……钢铁企业在这场只能前进不能后退的斗争中，披荆斩棘、断而敢行。

风雨无阻向前进，相信阳光总在风雨后

从唯物辩证法发展观来看，事物发展的方向是前进、上升的。疫情不会改变中国经济稳中向好、长期向好的基本趋势。一方面，钢铁企业要注意时刻观察疫情动态，准确预判疫情对生产经营可能造成的影响，提前部署应对措施，并谨防疫情转好趋势下产量"脱缰"，避免盈满则亏、过犹不及；另一方面，我们要保持战略定力，着眼长远布局谋篇，自觉规避短期行为。任何为了消弥一时之痛而采取的伤害客户关系、干扰市场正常秩序等行为，都是自斩双翅，难飞高远。

从唯物辩证法的发展观来看，事物前进道路是曲折、迂回的。统筹推进控疫情、稳经营、努力完成目标任务的各项工作，钢铁行业和企业须做好应对长期困难的准备。特别是在开启复工复产模式的当下，我们既要把控疫情

视为做好一切工作的前提，层层传导压力，压紧压实责任，又要千方百计稳定生产经营，把疫情影响降到最低。这就要求我们各级领导干部严细担责，弹好钢琴，在实践中不断增强"责任担当之勇、科学防控之智、统筹兼顾之谋、组织实施之能"。

艰难困苦，玉汝于成。在这个各方面困难和挑战交织的发展的关键时刻，正需要我们抱定初心、勇担使命，保持定力、埋头苦干。

风雨无阻向前进！钢铁行业和企业必将在控疫情、稳经营、努力完成目标任务这场大考中，交出一份成绩优异的答卷。

（原刊于《中国冶金报》2020年2月20日1版 本报评论员文章 实习记者 赵萍 执笔）

控疫情　稳经营　决胜全年任务目标

——中国钢铁工业协会党委书记何文波访谈录

● 我们应该采取双线应对策略。在抓住疫情防控这条主线不遗余力开展工作的基础上，积极准备应对钢铁行业面临的市场挑战。

● 我们的方针应该是12个字：控疫情、强保障、保安全、稳经营。

● 疫情防控是当前工作的重中之重，但终究是阶段性的，我们确定的各项主要重点工作都要克服困难，持续推进。

"要坚定信心，看到我国经济长期向好的基本面没有变，疫情的冲击只是短期的，不要被问题和困难吓倒。"2月10日，习近平总书记在北京调研指导新型冠状病毒肺炎疫情防控工作并发表重要讲话，发出了坚决打赢疫情防控的人民战争、总体战、阻击战的总动员。

此前的2月3日，习近平主持中央政治局常务委员会会议并发表重要讲话。会议指出，要在加强疫情防控的同时，努力保持生产生活平稳有序。各级党委和政府要继续为完成今年经济社会发展目标任务而努力。

当前，钢铁行业疫情防控形势如何？疫情对钢铁行业的生产运营已经或将要带来哪些影响？如何贯彻落实习近平总书记重要讲话精神，坚决打赢疫情防控的人民战争、总体战、阻击战？带着这些问题，《中国冶金报》记者对中国钢铁工业协会党委书记何文波进行了独家专访。

防控疫情　中国钢铁"硬核"担当

记者：疫情发生以来，中国钢铁行业和企业疫情防控工作的总体表现如何？取得了哪些成效？

何文波：疫情发生后，钢铁行业积极响应党中央、国务院的号召，进一步增强"四个意识",坚定"四个自信",做到"两个维护",将钢铁报国的初心使命镌刻在疫情防控阻击战的各个战场上。

在武汉、在湖北,身处疫情防控主战场的宝钢股份武汉钢铁有限公司,不仅奇迹般地做到防疫生产两不误,还克服重重困难,全力保证医用氧气供应,派出"战疫情先锋队"紧急驰援火神山医院建设,为武汉雷神山医院紧急供应 23 吨优质彩涂板;中国宝武鄂城钢铁以最高标准、最严要求、最实举措开展疫情防控,还为火神山医院、雷神山医院建设火速支援 500 多吨钢材;中信泰富特钢集团大冶特钢以非常之"役"战胜非常之"疫",坚持一手抓疫情防控保职工安全,一手抓生产组织保生产安全,努力做到物资不断、冶炼不歇、轧制不停;湖北金盛兰冶金科技有限公司向咸宁市嘉鱼县慈善会捐出该县首笔 100 万元巨款;湖北新冶特钢在做好防控的同时,坚持按正常情况组织生产,目前没有一例新冠肺炎感染……铮铮铁骨,不辱使命,堪称壮举。

同时,广大钢铁企业在构建起群防群治、联防联控严密体系的同时,克服疫情带来的生产经营困难,踊跃捐款、捐物,驰援疫区。据不完全统计,截至 2 月 10 日,来自钢铁冶金企业的捐款已经超过 10 亿元;捐赠物资数量不断更新,驰援湖北的医护人员、最美"逆行者"也不断带给我们新的深深的感动。

记者:1 月 25 日正月初一晚上 23 时 32 分,中钢协机关和系统各单位领导就收到了您的一封信,要求成立钢协应对疫情对策小组。第二天,对策小组就发出了《关于加强新型冠状病毒肺炎疫情应对工作的通知》,钢协系统的疫情防控工作就此起步。请您介绍一下钢协系统防控工作的特点和成效。

何文波:这场疫情,让我们过了一个最安静的春节,也是一个最不平静的春节。总体来说,中钢协系统在疫情防控工作上起步早、标准高、要求严,运行高效。协会各职能部门和协会系统各代管单位在钢协党委的领导下,开展了大量工作,保证了党中央、国务院国资委各项工作要求在本单位的贯彻落实,特别是保证了所有干部职工的安全和健康。到目前为止,全系统 30 余家单位、1400 余人中,没有出现一个感染者。钢协系统整体疫情应对工作也得到国资委协会党建局等上级领导的充分肯定。

越是这种艰难危险的处境,越能考验出党员领导干部的能力和水平,真金不怕火炼。在这场战"疫"中，钢铁行业和企业的干部职工自觉砥砺初心使命，"硬核"担当，众志成城，党支部的战斗堡垒作用和党员的先锋模范作用得到充分体现，党旗在我们抗疫斗争的一线高高飘扬。我们有信心、有决心、有能力打赢这场疫情防控阻击战。

认清形势　理性看待疫情影响

记者：随着疫情的发展，除了其对人民生命安全和身体健康的威胁外，其对经济社会的影响也日益引来广泛关注。2月3日、2月5日，钢协先后发布"勠力同心，坚决打赢疫情防控阻击战倡议书""凝心聚力，共克时艰，共同维护钢铁行业平稳健康发展"的呼吁，在行业引起强烈反响。请您谈一谈疫情对钢铁行业的市场运行带来了哪些短期、中期和长期的影响？

何文波：随着疫情不断加重，钢协自1月28日起，开始与各地区主要钢厂、咨询公司、网站、下游行业协会等多方保持密切联系，并建立了每日沟通机制。从目前掌握的情况来看，疫情对钢铁行业在原料采购、生产、销售、运输等方面均产生了较大影响。

我们认为，短期来看，疫情对钢铁行业的影响主要集中在第一季度，特别是对下游需求端的影响大于钢铁生产端，造成原料、钢材价格下跌，预计第一季度行业生产经营形势不容乐观。中期来看，随着疫情的好转或结束，对钢铁行业的影响将逐渐减弱。同时，随着国家逆周期调节政策力度持续加大，各项稳增长措施不断落地，钢材需求将迎来一波集中释放，第二季度钢铁行业生产经营形势预计将有所好转。全年来看，总体形势好于去年，只是因为这次疫情的来袭，会使经济发展受到干扰，但有实现全面小康社会和稳增长一系列政策的支撑，总体运行将呈现先抑后扬的态势。随着疫情的彻底控制，国家和各级政府的积极应对，经济将快速回到正常水平，下半年形势会更好。因此，面对疫情带来的行业运行新情况、新问题，钢铁行业和企业要理性分析、准确研判、充分把握市场走势。

值得注意的是，2月3日中共中央政治局常务委员会会议召开后，相关部门围绕经济运行监测、市场保障供应、财税金融支持、企业复工复产等方面，密集出台一系列政策措施。日前，国务院办公厅印发《关于做好公路交通保

通保畅工作 确保人员车辆正常通行的通知》，就进一步做好公路交通保通保畅工作做出专门部署。2月9日，工信部发布了《关于应对新型冠状病毒肺炎疫情帮助中小企业复工复产共渡难关有关工作的通知》，提出20条政策措施全力保障企业有序复工复产。这些，都有利于缓解疫情对钢铁生产经营的影响。

记者：这场疫情对钢材需求又会带来哪些短期、中期和长期的影响？

何文波：钢材需求主要体现在3个方面，一是建筑用钢，二是制造用钢，三是钢材出口。其中，建筑用钢占整个钢材消费的60%左右。

建筑用钢需求方面，据钢协综合各方面因素测算，受疫情影响，保守估计，今年第一季度，建筑施工量同比下降20%左右，建筑用钢需求下降已成定局。2月3日，中共中央政治局常务委员会会议指出，要加大新投资项目开工力度，积极推进在建项目。同时，考虑到国家发改委、各省（直辖市、自治区）发改委在2019年第三季度集中审批了一大批交通运输、能源、水利、城市轨道等建设项目，且国家发改委于2019年第四季度集中审批了一大批政府及企业债券，2020年的新建设项目储备数量及新建设项目启动资金相对充足，如果全国在3月能够取得疫情防控阻击战最终胜利，届时建筑钢材需求将得到有力支撑。若后续月份施工进度进一步加快，需求延缓释放顺利，将在一定程度上弥补第一季度建筑施工量的下降。如果疫情的影响在3月仍持续，建筑行业复工时间可能被继续推迟。而且，随着各地及建筑工人疫情防控意识的增强，即使正常复工后，短期内生产节奏或将放缓，全年建筑用钢量存在下降的可能。

制造用钢需求方面，部分工业企业宣布春节后延期复工，汽车、家电、造船、工程机械企业的复工进度均受到影响，部分复工企业生产也呈现不饱和的状态。不过，国内制造业绝大多数"大类工业行业"产能充裕，在疫情得到有效控制后，企业能够快速恢复生产，可以通过提高产能利用率有效填补停工期间的产量损失，复工偏慢不会限制后续生产。整体来看，工业企业短期的生产节奏被打乱对全年制造用钢需求的影响有限，预计各类工业品全年产量不会低于2019年。

出口方面，与钢铁高度相关的7个大类工业行业（电气机械及器材制造业、通用设备制造业、汽车制造业、金属制品业、专用设备制造业、铁路船舶航空航天和其他运输设备制造业、金属制品机械和设备修理业）产品在国际市场上具有质优价廉的竞争优势，钢材间接出口有望保持稳定。但从企业调研的情况来看，企业春节前已基本完成3月份的出口订单，能否顺利装船尚不确定。而且，部分国家和地区出于对疫情传染风险的担忧，对中国出口的钢材资源产生抵触情绪，甚至可能出现国外用户因为钢价下跌而撕毁订单的情况，这将对第二季度乃至第三季度的钢材直接出口产生较大影响。综合来看，钢材出口形势尚待观察。

重要的是，疫情不会改变中国经济稳中向好、长期向好的基本趋势，随着疫情得到控制，短期受限的下游钢材需求将逐步恢复甚至加快。而从另一个角度看，疫情也可能催生新的需求。比如，消毒柜、除菌洗碗机、空气净化器、蒸汽拖把、电烤箱、净水器、空气炸锅等居家健康类小家电有可能迎来逆势增长；商务部、国家卫生健康委2月6日联合印发的《零售、餐饮企业在新型冠状病毒流行期间经营服务防控指南》还指出，有条件的企业可把水龙头改为非接触式水龙头，从而有望推进具有抗菌功能的不锈钢材质管材的应用；疫情中铁路运输能够更好应对类似突发事件的优势，也会对"公转铁"产生积极的推动作用等。

因此，全行业有理由坚定信心，以冷静、理性的心态，密切关注各种因素的变化，及时采取应对策略，共同维护行业的平稳运行。

双线应对　维护生产经营平稳运行

记者：在短期因素影响下，当前钢铁行业生产运营呈现出哪些特点？

何文波：今年以来钢铁行业运行情况呈现以下三方面特征：

一是钢铁生产相对平稳。从重点钢铁企业的生产情况看，各企业在进一步抓紧疫情防控的同时，基本保障了企业生产经营稳定运行。据钢协统计，1月上旬全国重点钢企粗钢日均产量为196.78万吨，旬环比增加8.50万吨、增长4.52%。1月中旬全国重点钢企粗钢日均产量197.47万吨，旬环比增加0.69万吨、增长0.35%。预计1月全国钢铁生产保持相对平稳。

二是库存明显回升。为满足春节后的钢材需求，节前贸易商一般会进行补库，1月钢材库存通常呈现增长趋势。据统计，截至1月底，全国主要市场

5 大类品种钢材社会库存总量为 1438.61 万吨，环比增加 519.84 万吨，增幅为 56.58%。今年受疫情影响，从节后一周情况来看，钢材库存继续上升。截至 2 月 7 日，全国主要市场 5 大类品种钢材社会库存总量进一步上升至 2023.76 万吨。钢厂库存也上升明显，主要原因有：一是下游延期复工，钢材需求下降；二是钢材市场波动较大，贸易商观望情绪增加；三是受疫情影响运输受阻，钢厂发货困难。部分企业由于钢材库存积压，资金无法及时回笼，给生产经营带来较大风险。预计短期内，钢材库存还将增加。

三是钢价面临下行压力。春节前，钢铁行业总体供需平稳，钢材价格保持相对稳定。春节后，受疫情影响，现货市场成交量较少，市场报价以稳定为主，部分出现下跌。但 2 月 3 日期货开盘螺纹钢主力合约价格出现大幅下跌，收盘价较节前下跌 267 元/吨，跌幅为 7.6%，近几天继续下跌，但跌幅收窄。在下游用钢行业开工节奏放缓和期货市场的双重影响下，钢材价格面临较大的下行压力。值得注意的是，钢厂目前的铁矿石库存均为 2019 年 12 月前的高价原料，钢价下行压力加大而原料成本高企将进一步挤压企业的利润空间，第一季度钢铁企业的经营形势不容乐观。

记者：鉴于当前的生产经营形势，您认为，钢铁行业应该怎样在打赢疫情防控阻击战的同时，维护生产经营平稳运行？

何文波：当前，全行业要认真贯彻落实习近平重要讲话精神和 2 月 3 日中央政治局常务委员会会议精神，既要打赢阻击战，又要打好总体战。具体来说，我们应该采取双线应对策略，在抓住疫情防控这条主线不遗余力开展工作的基础上，积极准备应对钢铁行业面临的市场挑战。疫情发展是高度不确定的，疫情带来的国内外政治经济社会影响也是千变万化的。钢铁行业要适应这种变化，应对这种挑战，需要付出极大的努力。我们的方针应该是 12 个字：控疫情、强保障、保安全、稳经营。

所谓控疫情，就是要把打赢疫情防控阻击战作为一切工作的前提，把各项工作进一步抓严抓实抓细；强保障，就是要保障疫情防控物资到位，千方百计保障原燃料供应、保障物流正常运转；保安全，就是要进一步落实安全生产责任，消除设备隐患、填补管理漏洞、稳定职工队伍，坚决杜绝各类安全生产事故；稳经营，就是要加强自律，依法诚信经营，稳定市场、稳定客户、稳定预期。当然，这个方针是要通过会长办公会来实施的，目前还只是我们协会安排重点工作、跟踪行业动态、向上级报告工作所关注的重点和遵循的原则。

同时，我们也建议国家相关部门，一是加强当前运输协调，保障企业正常生产运营；二是采取积极有效措施，鼓励和引导下游企业及时复工复产；三是按国家能源局部署疫情防控期间煤炭供应保障工作的相关要求，保障疫情期间炼焦煤稳定供应；四是加大市场监督力度，维护市场平稳运行，严防资本恶意炒作和个别企业低价倾销不正当竞争，防止出现钢材价格断崖式下跌；五是适当提高出口退税率，缓解国内市场压力；六是加大财税政策支持力度，进一步完善减税降费政策，切实为企业减轻负担；七是制定宽松信贷政策，通过降低银行融资利息、延长还款期限、避免银行抽贷等措施，减轻企业融资负担。同时，建议金融系统不再将钢铁行业划入"两高一剩"（高污染、高能耗，产能过剩）、严格控制贷款的行列，落实有保有压的信贷政策，支持优势企业技术改造、结构调整、绿色发展。

凝心聚力　咬定全年任务目标不放松

记者：今年是全面建成小康社会第一个百年目标的实现之年，是"十三五"规划的收官之年，也是蓝天保卫战、脱贫攻坚战的决胜之年，钢铁行业改革发展任务繁重。疫情会在怎样的程度上干扰这些既定目标任务的推进？

何文波：应该看到，今年我们要实现的各项目标，以及行业去产能、深化供给侧结构性改革、推进高质量发展的各项任务，是我们钢铁人对党和人民的承诺，是钢铁产业迈向中高端的必由之路，我们克服万难也要坚定不移地向前推进。

受疫情影响，当前一些工作可能会被延缓，但不会"缺席"。2020年1月23日，国家发展改革委和工信部联合出台了《关于完善钢铁产能置换和项目备案工作的通知》（发改电〔2020〕19号），要求各地区自2020年1月24日起，不得再公示、公告新的钢铁产能置换方案，不得再备案新的钢铁项目。这是巩固去产能成果的有力措施，一定会得到不折不扣地执行。再如超低排放改造。当前，重点区域钢铁企业均继续执行采暖季限产与重污染天气应急政策。受疫情影响，一些治理工作由于实施单位人员尚未复工，整体改造进度减慢，若届时各地严格按照要求对钢铁企业超低排放完成情况进行考核，部分企业就会面临停产整治的风险。因此，对这些工作，企业绝对不能放松。

当然，抗疫也可能会对一些工作产生促进作用，如智能制造的推进。目前，国内大部分钢铁企业都具备了一定的自动化、信息化基础。在此次疫情中，钢铁企业因此大大降低了接触感染的几率。这将在很大程度上推动钢铁企业智能制造的进程。

记者：您认为钢铁行业应该从哪些方面入手，全面实现今年的任务目标？

何文波：按中央要求，统筹抓好改革发展稳定工作，既定的方向、目标和任务都不会变。对协会工作来说，就是要继续贯彻落实六届一次会员大会和会长办公会的各项决定。疫情防控是当前工作的重中之重，但终究是阶段性的，我们确定的各项主要重点工作都要克服困难，持续推进。

协会现在的重点工作应该聚焦在会员企业最关注的，行业发展最关键的，同时也是协会能够发挥作用的、长期共性的重大问题上。比如，产能问题、布局问题、铁矿石等原料问题、环保频繁停限产影响企业稳产顺行问题、关键"卡脖子"技术问题、行业自律问题、高附加值产品出口问题等。这些问题得到了会长会议的高度认同，也已经成为国务院各有关部门特别重视和持续关注的问题。解决或者改善这些问题，对钢铁产业的健康发展都具有重大历史意义。

当前，疫情防控正处于胶着对垒状态。在国家面临疫情的时候，钢铁行业做好行业自己的事情就是对国家最大的支持。我们要凝心聚力、共克时艰，全力以赴取得疫情防控和维护钢铁行业平稳运行双胜利。我们要坚定信心、保持理性、快速行动、坚决执行，持续深化供给侧结构性改革，不断推进高质量发展，全力以赴完成钢铁行业全年各项目标任务，为坚决打赢疫情防控的人民战争、总体战、阻击战做出钢铁人应有的贡献。

（原刊于《中国冶金报》2020年2月13日1版　记者　何惠平　陈　琢）

何文波在部分钢铁企业经营座谈视频会议上强调——

坚定信心　理性应对　携手应对市场挑战

"我们坚信，在以习近平同志为核心的党中央的坚强领导下，有全国人民勠力同心、携手奋进的强大支持，有数百万钢铁同仁的奋力拼搏，中国钢铁业的明天一定会更好！也衷心希望各位企业领导多给行业提建议，多给钢协提要求、出主意、想办法，共同维护好行业平稳运行和健康发展，为打赢疫情防控总体战、阻击战做出更多更大的贡献。"2月28日，中国钢铁工业协会党委书记、疫情应对工作领导小组组长何文波在钢协召开的部分钢铁企业经营座谈视频会议上说。

据悉，中钢协召开此次会议是为了了解钢铁企业疫情应对和生产经营情况，交流分析疫情对行业运行和市场走势的影响，统一认识、坚定信心、全力以赴实现全年钢铁行业改革发展目标任务。

此次会议由何文波主持。中钢协副会长、疫情应对领导小组成员、稳投资工作组组长迟京东，副会长、疫情应对领导小组成员、稳经营工作组组长屈秀丽，副会长、疫情应对领导小组成员、稳市场工作组组长骆铁军，副秘书长王颖生、王德春、姜维、苏长永、石洪卫，各部门主要负责人及37家主要钢企领导参加会议。

会上，屈秀丽从价格、效益等方面介绍了2019年和2020年1~2月的钢铁行业运行情况，骆铁军介绍了生产、消费、出口、库存等方面情况及协会对行业形势的研判；鞍钢、首钢、河钢、山钢、中信泰富特钢、新天钢、柳钢、福建三钢、陕钢等9家钢铁企业领导介绍了企业生产经营情况、疫情期间采取的措施、面临的困难和问题，并提出对策建议。

行业运行总体平稳　需合理控制生产节奏

屈秀丽指出，2020年初以来，在元旦、春节两个假期和新冠肺炎疫情的叠加影响下，钢铁行业生产相对稳定，但由于物流受限、需求延迟，出现了产品库存大幅增加、钢材价格下跌等困难局面。一是由于市场供大于求，国内钢材价格持续下降；二是铁矿石等原燃材料、辅料价格上涨，企业成本面临上升压力；三是企业销售收入下降，实现利润呈下降态势；四是企业回款困难，库存占用增加，流动资金普遍紧张。

骆铁军介绍，针对疫情，国内外咨询机构预调了我国经济增速。钢协预计全年钢材消费将下降 0.5%。特别是第一季度，主要用钢行业，如建筑、机械、汽车、造船、家电等行业，开工纷纷延期，下游用钢需求将有较大幅度下降。当前，钢铁行业消费下降，库存也急剧积累。因此，希望企业按订单组织生产，合理控制生产节奏。

企业生产经营下滑　积极采取应对措施

从 9 家企业介绍的情况来看，受疫情影响，2020 年 1~2 月，除首钢（京唐二期投产）和山钢（日照二期投产）的产量有所增长以外，其他 7 家钢企产量均同比下降，再加上钢材价格下降和原燃料成本上升的影响，企业经营效益下滑。

新冠肺炎疫情给钢铁企业带来的困难和问题主要有以下 5 个：

一是钢材库存大幅上升，市场和资金压力较大。由于物流不畅、有效需求低、用户延迟提货，钢厂库存转化率高，春节前累积的钢材无法消化。

二是物流运输不畅，运输成本上升。一些企业面临产品发不出去、原料运不进来的困境。外省输入的煤炭、废钢、石灰石、焦炭、耐火材料、炼钢用合金等辅料运输受影响较大。进口铁矿石供应还比较充足。

三是下游有效需求下降，合同组织难度加大。虽然下游企业复产复工率正在上升，但距离恢复到原来的额定产能还有很大差距。

四是环保压力大，工程项目处于停滞或半停滞状态。由于环保政策"一刀切"，有些环保水平达标的企业压力也非常大。

五是资金压力加大，资金保障任务艰巨。企业资金面比较紧张，流动资金基本沉淀在钢材库存当中。

面对困难，各企业都积极采取各种稳市场、稳经营的有效措施：

一是严格按订单组织生产，没有合同不组织生产，没有边际贡献的产品少生产或不生产。一些企业根据库存来控制生产节奏，适当减产。

二是加大销售力度，加强合同组织。企业与用户积极联系，紧盯区域市场汽车和家电用户的需求，第一时间掌握客户的复产情况，重点保障销售渠道、复工的国家重点工程和重点客户的合同兑现稳定。

三是密切跟踪市场变化，做好出口工作预案。企业组织相关人员及时排查合同，密切关注国内港口、铁路、机场的运营情况，提前安排运输，做好仓储、报关、装船等工作；积极与客户沟通，迅速收集海外市场情况，并及时反馈和应对。

四是加大原燃料采购力度，实行小批量、多批次采购，少买勤买。企业密切跟踪核心采购区的生产情况，及时掌握供应商的大宗原材料和应急备件的供应情况，确保原料和备品备件的供应。

五是加强资金管理，深入挖潜降本。企业严格预算管理，保证现金流安全；眼睛向内，深入开展对标挖潜，全方位做好增收节支、开源节流的工作；强化资金到位监控，切实保证货币的回笼。

六是加强沟通协调，提升物流效率。企业加强与各级政府部门、路局港口的沟通，保证企业的正常运输。例如，攀枝花市为攀钢特制了应急物资车辆通行证。目前，物流不畅的问题已经有了很大的缓解。

七是发挥区域市场的稳定作用。例如，陕晋川甘企业采取减产措施，共同维护市场稳定。

理性应对市场挑战　促进行业平稳健康发展

何文波在做会议总结时指出，从企业反映的情况看，物流和库存是两个焦点。之前，钢协就判断，需求端钢铁需求的延期释放与供给端生产强度被迫降低是钢铁行业和钢铁市场最突出的两大问题。为此，钢协提出了"控疫情、强保障、保安全、稳经营"的12字应对方针。控疫情是一切的基础，疫情失控一切都无从谈起；强保障是为了控疫情，钢铁行业勇挑重担、行动迅速；保安全是作为热态连续生产的流程性企业，如何保证持续安全生产已成当务之急；稳经营体现为钢铁企业的主动行为，其效果取决于自身的理性认识和外部经营环境的支撑程度。当前和今后一段时间，稳市场、稳经营非常关键。

何文波还就后期做好疫情应对和稳市场、稳经营工作提出了5点意见：

第一，坚定自信，钢铁行业有实力、有能力、有条件应对市场出现的风险。他指出，钢铁行业要看到自身的有利条件：一是疫情控制已经出现良好势头，复工复产也在有序进行。从国家和地方来说，应对的思路也越来越清楚，既能"踩刹车"又能快速启动。虽然我们目前仍面临一些问题，但随着这些问题得到解决，行业运营就会回归常态。当然，钢协也帮助大家尽快去解决这些问题。二是中国经济发展的大局没有改变，困难是暂时的。特别是疫情过去以后，国家要完成2020年的战略任务，在基础设施、基本建设等方面的投资力度会进一步加大。这对钢铁是一个利好，钢铁需求在第二季度以后乃至下半年将比较饱满。三是钢铁行业的整体实力和竞争力这几年得到了改善，包括钢铁行业的资产负债率和资金状况，比前两年好了很多。四是国家"六稳"政策不断出台，为企业发展提供了较好的外部环境。五是越是在危机出现的时候，国家治理能力提升越快。政府的响应速度正在加快。

第二，加强行业自律，合理安排生产节奏。在当前形势下，一方面，钢铁行业要努力克服由于疫情影响造成的运输和物流不畅给原料供应和产品发货带来的不利影响，千方百计保持生产安全顺行，保障下游产品供应；另一方面，更要重视下游钢铁需求出现短期停滞和急剧下降带来的高库存风险。建议各企业要尊重市场规律，在保证供应的前提下，合理安排生产节奏，有效安排产能释放，坚持按订单组织生产、按市场需求组织生产，努力促进钢铁上下游产业的供需平衡。

第三，加强供应链合作，共同维护市场稳定。有效抵御疫情冲击，不仅要靠钢铁企业的努力，还要靠钢铁供应链的紧密合作。在此特殊时期，受到疫情冲击的不仅仅是钢铁企业，整个流通环节都承受着巨大压力。各企业有必要在此期间进一步加强与供应链各类商业机构的相互沟通，以此来增进理解、相互协同，共担风险、共渡难关。当前要更加注重库存监测和管理工作，及时监测和预判，根据市场需求变化，及时调节产销策略。

第四，特殊时期更要重视行业信息的管理。战时状态下，快速及时的信息传递对经营者的有效决策是十分关键的。一方面，及时得到钢铁市场全局信息和数据，对企业正确判断形势和合理调整预期会大有帮助；另一方面，市场本身也需要及时得到各企业对市场有重要影响的经营政策调整和企业重大生产安排调整信息，包括重要装备检修信息等重大事项，这些对市场参与者和投资者做出正确的市场判断都会有好处。目前这方面工作已经有了新的进展，希望会员企业更加重视和支持这项工作，相信疫情过后，行业的数据信息体系将有新的进步。

第五，要深挖潜力，提高运行质量和效率。对标挖潜是钢铁行业克服困难的制胜法宝。多年来，钢铁企业在对标挖潜方面不断创新，积累了丰富的经验，已从技术经济指标、成本项目对标逐步发展到效益对标、产线对标、国际对标等方面。今年，提高效率、控制资金风险的任务很重，希望我们共同继续努力练好内功，深挖内部潜力，不断优化结构，真正提高企业的国内外竞争能力，大力降本增效。只有这样，才能真正实现行业的高质量发展。

"我国经济稳中向好、长期向好的基本趋势没有改变。疫情带来的是暂时的困难，即使需求有所减少，我们也有办法克服。"何文波强调，"总的来看，我们要坚定信心、理性应对，携手应对市场挑战，尽最大努力维护市场秩序，促进行业健康发展。"

（原刊于《中国冶金报》2020 年 3 月 3 日 1 版　记者　何惠平　孙　宁）

在 2 月 23 日召开的统筹推进新冠肺炎疫情防控和经济社会发展工作部署会议上，习近平总书记强调，毫不放松抓紧抓实抓细防控工作，统筹做好经济社会发展各项工作。

在当前疫情形势依然严峻复杂，防控正处在最吃劲的关键阶段，统筹做好疫情防控和经济社会发展，既是一次大战，也是一次大考。钢铁产业作为国民经济支柱产业，如何落实习近平总书记重要讲话精神？如何应对疫情带来的困难和挑战，确保企业运行平稳？《中国冶金报》特设"高端访谈·坚决打赢疫情防控总体战、阻击战"专栏，邀请钢铁企业领导结合企业实际谈谈在有效防控疫情的同时，如何做好企业生产经营工作，完成全年的各项目标任务，为企业实现高质量发展保驾护航。

沈彬：战"疫"保产两手抓　齐心协力促发展

新型冠状病毒肺炎疫情牵动着亿万国人的心。对于疫情防控，习近平总书记高度重视，亲自指挥、亲自部署，多次召开会议、听取汇报、作出重要指示。在新冠肺炎疫情防控最吃劲的关键阶段，习近平总书记 2 月 23 日出席统筹推进新冠肺炎疫情防控和经济社会发展工作部署会议并发表重要讲话，强调毫不放松抓紧抓实抓细防控工作，统筹做好经济社会发展各项工作。

"习近平总书记的重要讲话为我们全力做好疫情防控、抓好生产经营进一步指明了方向、提供了根本遵循。习近平总书记特别提出'我国经济长期向好的基本面没有改变，疫情的冲击是短期的、总体上是可控的'这一重要判断，进一步激发了我们钢铁人战胜困难的信心，同时也激励着全体钢铁人为实现今年经济社会发展目标而努力奋斗。"沙钢集团董事局常务执行董事、集团党委书记、有限公司董事长沈彬在深入学习习近平总书记在统筹推进新冠肺炎疫情防控和经济社会发展工作部署会议上重要讲话后表示。

据了解，疫情发生以来，沙钢始终将疫情防控作为践行初心与使命的考场，不折不扣贯彻落实党中央、江苏省、张家港市决策部署，全力以赴战"疫"复工，努力把疫情带来的不利影响降到最低，保障生产经营稳定运行，奋力夺取疫情防控和实现经济社会发展目标双胜利。

众志成城抗疫情

"疫情防控是一场没有硝烟的战役，没有谁能置身事外，每个人都在全力以赴。"沈彬表示，疫情发生以来，沙钢集团闻令而动、周密组织，从党员到群众、从干部到职工，自觉拧成了一股绳，多途径、多形式、多手段打响了全域疫情防控战。

沙钢第一时间组织成立了新冠肺炎疫情防控领导小组和工作小组，分析研判疫情防控形势，研究部署疫情防控重点工作，全面加强疫情防控各项工作的组织领导和贯彻落实。从春节前的1月22日至目前，沙钢连续多次召开专题会和现场会，一方面专题学习习近平总书记关于疫情防控重要指示精神，贯彻落实党中央、国务院，以及当地政府关于疫情防控方面的决策部署；另一方面深入一线现场督导调度疫情防控和安全生产工作，为全力打赢这场战役提供强有力的组织保障。

为增强全员防护意识，沙钢利用微信公众号、工作群、食堂电视系统、广播系统、集团OA（办公自动化系统）、户外宣传大屏等各种平台及时推送发布预防信息，全面普及健康知识，加强对疫情防控知识的宣传学习，提高广大职工群众对疫情的认知能力、自我防范能力和主动防控能力。同时，沙钢还强化落实各项科学防控举措，对职工和来访人员进行体温检测；每日定时对办公楼、会议室、操作室、食堂、电梯间、车库等公共区域进行消毒；严格实行分时段就餐，减少人员聚集。疫情期间，沙钢减少或取消了一般性工作会议，改为电话、OA或微信通知工作任务；同时，创新会议形式，充分运用"学习强国""腾讯会议"等软件召开视频会，安排分散在各车间、各岗位的疫情防控小组成员进行实时视频连线，既最大限度减少集中开会，阻断病毒传播途径，又及时有效安排工作，确保生产防疫同步抓。

非常时期行非常之举。沙钢严格执行"日报告""零报告"制度，通过对人员信息的摸排，进行针对性监测监护，做到早发现、早隔离。"我们按照政府的要求，对来自湖北等重点疫区的人员实施严格管控；针对来自其他区域的人员，我们组织他们有序返岗、隔离和上岗。目前还有部分员工没有返岗。"沈彬介绍说。

码头防控是沙钢疫情防控工作的重中之重。沙钢海力码头要求所有来港船只进行不见面报港，要求所有船户一律不得私自上岸。靠泊作业的船只设置了专门的船只生活舱和作业舱隔离警示牌，做到船员和作业人员进行有效隔离。作业过程中实行一人对一船的专门监护，同时码头调度室对船上人员进行 24 小时视频监控跟踪，减少船岸交流。

"上行下效，风行草偃。沙钢防疫工作组织到位、部署到位、落实到位，全体职工心往一处想、劲往一处使，形成抗击疫情的强大力量。"沈彬说。

齐心协力保生产

"今年是我国全面建成小康社会和'十三五'规划收官之年，也是沙钢建厂 45 周年。统筹疫情防控和推进经济社会发展的关系，做到防疫情与谋发展两不误，至关重要。"沈彬表示，沙钢在全力抓好疫情防控工作的基础上，紧紧围绕全年生产经营目标，科学有序抓好疫情期间生产经营，做到两手抓、两手硬、两不误。

在生产组织方面，沙钢针对疫情期间原料和物流供应十分紧张的情况，对部分产线采取限产措施，全面平衡堆场与运输能力，保持产线安全、平稳、有序生产。"比如控制废钢用量，加快铁水周转；抓好优产增效，按'保交货、保高效益品种交货'原则组织生产；抓生产指标稳定、平衡调度降本。通过抓生产过程的顺行实现指标稳定、效益稳定。"沈彬举例说。

在原料供应方面，沈彬指出，沙钢在春节之前就详细制订了每天的原辅料到货计划，并跟踪进度，确保各类原料能够按照计划到货。针对疫情防控期间交通运输管制给正常物资运输造成的影响，沙钢积极协调政府部门开通绿色通道，在确保符合疫情防控要求的情况下，加快车辆通行，并且每天派专员前往高速出口处接送各类原辅料及备品备件送货车辆，确保各类生产用辅料、备件等能够及时供应到位。另外，针对当地钢铁原辅料企业复工推迟造成部分原辅料供应紧张的情况，沙钢积极向政府部门报告，协调符合防疫要求的单位尽早复产。

沈彬同时指出，由于受到疫情的影响，国产煤炭、废钢等原材料供应紧张。对此，沙钢积极研究调整配比，提高进口煤的使用量；积极开拓生铁采购渠道，减轻国内废钢采购的压力。

在产品销售出库方面，首先，沙钢加大出口产品生产发运力度，从生产上优先保证出口合约的生产组织，后续已确定的出口订单尽可能提前协调客户组织生产、发运，缓解国内贸易发运不畅带来的压力；其次，合理安排国内贸易货物的生产计划，确保当前生产的货物能够及时发运出库，避免盲目生产导致库存积压；再次，面对当前车运发货基本停滞的不利局面，加大船只组织调运力度，缓解厂内库存不断上升所带来的压力。

"我们相信，在党中央的坚强领导下，在全国人民的共同努力下，疫情防控的斗争一定能够取得最终胜利。疫情虽然对钢铁企业发展造成短期的冲击，但从理性看、中长期看，我们对行业发展乃至中国经济发展的前景充满信心，中国经济行稳致远的大趋势不会改变。"沈彬最后表示。

（原刊于《中国冶金报》2020 年 2 月 26 日 1 版　通讯员　黄　超）

曹志强：拧紧产业链上每个"螺丝钉"

"习近平总书记在统筹推进新冠肺炎疫情防控和经济社会发展工作部署会议上的重要讲话，为华菱集团继续全力做好疫情防控、抓好生产经营增添了信心和动力。"日前，华菱集团党委书记、董事长曹志强在接受《中国冶金报》记者专访时表示，华菱集团将以习近平总书记重要讲话精神为指引，坚定信心，迎难而上，在夺取疫情防控和经济社会发展双胜利的斗争中做出华菱人应有的贡献。

当谈到此次疫情给钢铁行业、企业带来了哪些影响，同时暴露出了钢企哪些短板时，曹志强认为："受疫情影响，就行业而言，物流和库存问题是两个焦点。"

据他介绍，由于前期交通受限，司乘人员难到位，钢企经营的关键环节——物流阻滞严重。监测显示，钢厂合计成品库存达 2100 万吨以上，且纪录不断被刷新，比正常时高出 90%。同时，下游房地产、汽车、机械、能源、家电、船舶等用钢行业的复工复产比例偏低。钢材市场成交低迷，而进口铁矿石价格一直处于高位，钢材价格大幅下跌，部分企业面临较大经营风险。个别贸易商为快速回笼资金，出现低价抛售现象，扰乱了市场，4 年多以来的去产能成果面临威胁。

此次疫情暴露出，钢铁行业最大的问题与风险就是产业链的问题与风险。从大宗原燃辅料保供到跨省、跨地区物流运输，从下游复工复产到终端市场受压，从钢贸商资金危机到钢厂库存积压，每个环节都难以独善其身。产业链恢复正常需要一定时间，也需要国家相关政策的支持，才能确保产业链上每个"螺丝钉"都牢牢拧紧在原来的位置。

"就华菱而言，疫情带来的影响首先是 1~2 月的预计营收和经营效益出现下滑。如果疫情持续到 4 月底，按当前钢市价格，华菱预计全年营收将比去年缩减超过 5%。同时，由于下游用钢行业的客户复产开工量不足，钢厂维持高位库存运转的局面或将持续 1~2 个月, 库存占用的资金直线上升。2 月底, 华菱成品库存占用的资金比年初增加 46%。"曹志强强调。

其次是辅料供应, 尤其是废钢供应方面出现困难。废钢市场资源短缺, 各地废钢货场停工, 至今未能完全复工。目前, 华菱主要靠内部自产废钢维持生产。

当前, 疫情防控处于最吃劲的关键阶段。与此同时, 全国上下全面打响经济保卫战。华菱集团如何应对严峻形势, 推动抗疫稳产两手抓, 确保全年目标任务顺利完成?

曹志强指出, 在习近平总书记亲自部署、亲自指挥下, 全国人民团结一致抗击疫情。当前, 国内已呈现防控形势持续向好、生产生活秩序加快恢复的态势, 这将极大地激发全国人民为全面建成小康社会而奋斗的主动性和创造性。再加上中央一系列切实有力的政策措施的实施, 我国经济将很快回到平稳、健康发展的正常轨道上来, 这也是今年钢铁行业稳健发展的重要保障。

他认为, 目前钢铁市场的需求只是延后, 并不会消失。首先要理性看待当前钢材市场的波动, 正确评估、解决疫情带来的行业运行新情况、新问题。短期来看, 疫情对钢铁行业的影响主要集中在第一季度, 对下游需求端的影响大于钢铁生产端。中期来看, 随着疫情对钢铁行业的影响逐渐减小, 国家逆周期调节政策力度持续加大, 经济社会活动逐步活跃, 钢材供需的突出矛盾会逐步缓解。

曹志强表示, 面对疫情带来的负面影响和严峻挑战, 华菱集团始终保持清醒认识, 坚定信心, 躬身入局, 把在困难情况下应对挑战、提升能力作为对团队的检验。目前, 华菱集团已经部署落实五大主要措施:

一是继续坚持严防严控疫情不放松。抓好疫情防控, 就是保职工生命安全健康, 就是保生产经营, 就是保经济发展大局。

二是理顺供给侧, 服务需求端。华菱集团将针对疫情后的市场需求变化, 加大新品研发力度。营销系统紧盯下游需求动态, 根据订单、资金、物流等情况, 及时调整内部生产; 加强与贸易商沟通协作, 严防低价抛售钢材扰乱市场, 坚决维护来之不易的去产能成果。

三是扎实做好"三稳"工作, 确保生产经营按计划推进。稳队伍、稳客户、稳安全, 保持生产稳顺势头。

四是控总量、去库存，努力化解经营风险。华菱衡钢高炉 21 天中修项目提前到 3 月中旬进行；适当提高铁水单耗水平，消化废钢不能正常供应带来的影响；努力做好去库存文章，使之在较短时间降到合理水平。

五是按照高质量发展要求，进一步提升企业运营效率和质量。当前，防范疫情风险，提高资金周转效率，特别是降低营运资金占用、应收账款这"两金"，是华菱集团的重点工作之一。

（原刊于《中国冶金报》2020 年 3 月 20 日 1 版 实习记者 肖 红 方兴发）

侯军：控疫情　保稳顺　补短板　统筹推进

"从习近平总书记的重要讲话中，我们读出了打赢疫情防控人民战争、总体战、阻击战和保持经济社会长期稳中向好的信心与决心。总书记的重要讲话，为全国上下做好疫情防控和改革发展稳定各项工作提供了根本遵循。"近日，山钢集团党委书记、董事长侯军在接受《中国冶金报》记者采访时，畅谈了学习习近平总书记关于统筹做好疫情防控和经济社会发展重要讲话精神的体会，并就如何应对疫情带来的困难和挑战谈了自己的看法。

疫情防控做到"四个有"

"疫情就是命令，防控就是责任。做好疫情防控是对山钢集团全体党员干部党性、境界、担当的检验。"侯军强调。疫情发生以来，山钢集团各级党组织坚决贯彻落实中央和山东省委的决策部署，坚定信心、同舟共济、科学防治、精准施策，以高度的政治感、责任感把防控工作措施抓严、抓细、抓实，坚决打赢疫情防控阻击战。

侯军介绍，在疫情防控中，山钢集团努力做到"四个有"——

防疫有"纲"。山钢结合企业实际进行全面动员、全面布控，建立了疫情防控"一四四七"工作机制，即一个领导小组及其办公室、四个专项工作组、四项工作制度、安排部署七项重点工作。根据疫情防控进展需要，山钢又对重点工作事项进行动态调整，将"一四四七"升级为"一四四 N"，切实抓细抓实。

防疫有"章"。山钢先后制订了《联防联控工作方案》《返岗人员工作生活防护指南》等制度，并严格落实，跟踪问效；深入排查复工上岗人员的健康状况，确保不漏一人，从源头上严堵输入。

防疫有"力"。山钢严格执行"疫情防控情况日报表"制度，与驻地疾控部门、山东省国资委等建立信息报送通道,确保各项数据准确无误;建立包括集团领导、权属二级公司党委书记在内的疫情防控微信群,实时传达上级要求,随时沟通信息,及时协调部署工作,集团各单位和部门负责人结合职责主动认领任务。山钢集团权属各单位成立了相应的工作机构和专班,层层压实责任,形成上下联动、左右协同的"战时体制"。各生产单元强化岗位安全,做好在岗、返岗人员疫情防护,备足备齐红外测温仪、口罩、消毒液等物资,优先保障基层一线等急需岗位人员需求;对职工通勤班车、职工餐厅等场所,严格按照既定制度进行管理;对驻山东省外的单位和人员组织开展专项排查。广大党员干部积极奋战一线,形成联防联控、群防群治的强大合力,汇聚起战"疫"必胜的硬核力量。山钢内部媒体高频次编发权威媒体的疫情信息、疫情防范知识和集团内部讯息,形成全员关注、全员参与的有利氛围。

防疫有"情"。春节假期间,山钢仅用4天时间就把用于支援武汉火神山、雷神山医院建设的2000多吨热轧卷板交到用户手中。近日,山钢又陆续交付1000余吨热轧卷板和2000余吨冷硬卷板,用于武汉临时医院和火神山、雷神山医院建设。所属莱钢医院8名医护工作人员分3批加入山东省援助湖北医疗队,奔赴战"疫"最前线。2月8日,山钢向山东省慈善总会捐款500万元;2月12日,山钢职工、离退休职工捐款443.92万元。各项捐款累计达1540多万元。

侯军表示:"疫情发生以来,在各级党组织的领导下,山钢广大职工心往一处想,劲往一处使,防控措施既温情又硬核。特别是广大党员,发扬不怕困难、连续作战的优良作风,真正筑起了一道防疫战'疫'的'铜墙铁壁'。"

"保生产稳定就是促疫情防控"

"抓疫情防控就要抓复工生产,保生产稳定就是促疫情防控,确保疫情防控与生产经营两手硬、两手赢。"侯军表示。

面对疫情给原燃料供应、产品运输、复工人员调度等方面带来的一系列影响,山钢强化生产组织,努力把疫情对生产经营的影响降到最小。

侯军表示,疫情期间,更要坚决守牢安全生产底线。本着这一原则,山钢严格落实各项安全生产措施，强化现场管理，严格落实管理制度、操作规程，坚决杜绝违章指挥、违规冒险作业；建立健全疫情期间应急响应机制，提前预判疫情对安全生产的影响，制订应对措施，对因实施人员隔离而空出来的生产操作岗位，按照规定做好岗位人员接续，杜绝出现空岗或不符合岗位资格要求的人员顶岗的情况；加强应急队伍、器材、物资的准备与检查，确保各项应急保障措施落实到位，第一时间妥善处置突发事件。

"疫情对生产经营的组织是一次重大考验。"侯军认为。在生产组织上，山钢主要从 4 个方面入手应对疫情带来的变化。一是坚持预案化管理，制订疫情防控期间生产组织平衡预案，以原燃料保供、生产平衡优化等为重点，确保稳定可控。二是抓物流运输，扩大铁路运输比例，畅通进出渠道。三是加大接单力度，实现产销衔接。山钢及时调整品种结构和排产顺序，增加适销对路的品种，确保产品快速周转。四是积极协调，根据疫情变化及时调整工作，尽快推进项目建设复工。

据了解，疫情发生以来，山钢集团所属的主要钢铁产线一直连续稳定生产，1 月、2 月共生产铁 461.53 万吨、钢 487.82 万吨、材 458.24 万吨，均按年度计划完成进度；出口钢材 18.26 万吨，完成计划的 123.80%。与此同时，改革发展按计划继续稳步推进。2 月 20 日，山钢金控举行职业经理人签约仪式，标志着山钢集团开启职业经理人制度改革，干部人事制度改革迈出新步伐。

疫情期间暴露的企业短板亟待弥补

"此次疫情，也让我们发现了在正常情况下不容易发现的企业运行中的短板，当然也给我们提供了整改提升的空间。"侯军毫不讳言。

侯军列举了几个方面的短板。例如，上下游供应链还不稳固；信息化建设方面存在差距——虽然经过多年信息化建设，山钢已经搭建起完善的信息管理系统框架，但在沟通协作、业务协同等方面距离管理需要还有很大差距，无法完全实现机器与机器之间、人与机器之间、产业链上下游之间的高度协同，亟须数字化、智慧化转型；改变传统运输方式、提高综合运输效率也迫在眉睫。

侯军指出，下一步，山钢将采取切实措施补短板、防漏洞。要加快钢铁产业生态圈建设，与上下游产业链企业建立紧密的共赢合作关系，逐步打造形成自己的供应、生产与用户三者相互融合、利益共享、风险共担的利益共同体。要加快"数智山钢"建设，将先进的大数据等信息技术与管理技术、工业技术深度融合。要实施物流运输结构优化调整，通过推动"公转铁""公转水"和多式联运等方式，提高物流资源配置效率。特别是加快日照钢铁精品基地的内部铁路网建设，提高铁运比和海运比，增强物流运输对生产的保障能力。

侯军表示："通过学习总书记的系列讲话，我们对中国经济发展前景充满信心。山钢已经启动了新一轮新旧动能转换三年行动计划，我们要在进一步抓好疫情防控的同时，统筹做好改革发展稳定各项工作，聚合资源、开放共享，构建安全高效钢铁产业生态圈；推动动能转换、创新治理，打造绿色智能行业发展新标杆。"

（原刊于《中国冶金报》2020年3月13日1版　记者　田玉山　特约通讯员　褚慧娟）

汇聚"硬核"力量　递交"本钢答卷"

——访本钢集团党委书记、董事长陈继壮

"习近平总书记在统筹推进新冠肺炎疫情防控和经济社会发展工作部署会议上的重要讲话，鼓舞士气、振奋人心，为本钢集团统筹推进疫情防控和生产经营工作指明了方向、提供了根本遵循。在新冠肺炎疫情防控最吃劲的关键阶段，本钢集团将继续担起辽宁最大国有企业的社会责任，毫不放松地抓紧抓实抓细疫情防控工作，坚定不移完成今年生产经营目标任务，在这场'大考'中交出合格的'本钢答卷'。"日前，本钢集团党委书记、董事长陈继壮在接受《中国冶金报》记者采访时说。

据了解，新冠肺炎疫情发生以来，本钢迅速行动，全面贯彻落实习近平总书记关于坚决打赢疫情防控阻击战的重要指示精神，贯彻落实党中央、国务院和辽宁省、本溪市的各项决策部署，以"守土有责、守土担责、守土尽责"的高度责任感，全力以赴投身抗击疫情工作中，保障职工群众的身体健康和生命安全，统筹推进疫情防控与生产经营工作。截至目前，本钢做到了新冠肺炎"零输入、零感染"，同时企业生产经营始终保持平稳顺行态势。

精准防控　"硬核"操作

"统筹做好疫情防控和经济社会发展，既是一次大战，也是一次大考。关键时刻，要求我们本钢全体干部职工既要有责任担当之勇，又要有科学防控之智；既要有统筹兼顾之谋，又要有组织实施之能，高标准抓好各项工作落实，全力以赴投入疫情防控阻击战。"陈继壮说。

疫情发生以来，本钢第一时间成立了新冠肺炎疫情防控指挥部，连续召开党委常委会和疫情防控专题视频会，全面部署、全面动员、全面防控。同时，本钢还设立了8个督导组，由集团领导班子成员带队，开展包片实地督

导，深入生产一线现场督导调度疫情防控和生产经营工作。结合防控工作实际，本钢制订下发了《本钢集团关于进一步做好疫情防控工作的安排意见》30条，要求基层各单位逐条对照，不折不扣落实到位；按照"属地管理、防治结合、分级负责"的原则，基层各单位第一时间成立疫情防控领导小组及各专业小组，层层压实防控责任，细化落实防控措施。同时，各单位还纷纷组建了志愿者团队，构筑起群防群治的严密防线。

在采取各项措施办法进行"刚性"防范的同时，本钢还从源头入手，通过"柔性"宣传贯彻动员，使职工树立正确的防护理念、掌握科学的防控方法、增强自我防护意识。陈继壮说："新冠肺炎威胁着每个人的生命健康，这是一场特殊的战斗，个人与家庭、个人与集体、个人与社会，息息相关、休戚与共，没有人能够置身事外，每个人都是疫情防控的主体。所以我在疫情防控工作开始，就要求各单位做好宣传，'增强个人防护意识，防护常识要人人皆知'，要求广大职工树立'人人防我，我防人人'的防控理念，要有'变要我防为我要防'的行动自觉。只要我们每个人都做好了，打胜这场硬仗就有了最大的底气。"据了解，本钢利用微信公众号、工作群、集团 OA（办公自动化系统）、食堂电视系统、户外宣传大屏等各种平台及时推送发布预防信息，全面普及防控知识，加强对疫情防控知识的宣传学习，广大职工对疫情的认知能力、自我防范能力和主动防控能力不断增强，为打好疫情防控阻击战奠定了群众基础。

针对辽宁省应急响应级别降为三级，辽宁省、本溪市企业全面复工复产的实际，本钢及时召开视频工作会议，继续"敲警钟"。陈继壮说："降低应急响应级别不等于解除防控警报，反弹回潮的风险依然存在。当前恰恰是疫情防控的又一个关键时期，尤其日、韩等我国周边国家疫情呈现暴发趋势，我们更要提高警惕，一鼓作气，坚持到底。"据了解，陈继壮亲自带队深入涉及复工复产的建筑施工、设备维检、机械加工制造、技术学院等本钢非钢板块 7 家单位，实地了解疫情防控风险点，现场指导制订有针对性的防控措施，要求必须严防死守、严密布控，巩固前期防控工作成果。

统筹推进 攻坚保产

疫情发生以来，本钢在精准施策做好疫情防控的同时，统筹推进生产经营和安全生产工作。

据了解,本钢各主要产线始终保持正常生产,1月以来,铁精矿、生铁、粗钢、热轧卷板、冷轧卷板、特钢材、棒线材等主要产品产量实现全面超产,质量指标全部达标。同时,在春节长假及近期强降雪期间,本钢实现了安全生产"三为零"(较大人身事故、较大火灾事故和重大设备事故为零)。

对此,陈继壮说:"钢铁企业属连续性、长流程、联合性生产企业。为了保证春节期间的正常生产,我们按惯例储备较充足的原辅料,并在春节前将成品库存压至全年最低,因此,我们1月的生产取得了较好的成绩。但随着疫情发展,假期延长,我们在生产组织、原料采购、产品销售、物流运输等各方面都受到了较大的影响。"

"作为关系到国计民生的大型钢铁联合企业和辽宁省最大国有企业、本溪市支柱企业,我们必须在做好疫情防控的同时,完成生产经营的'硬指标'。这是国有企业的责任,也是当前最大的政治任务!"陈继壮表示,"更让我们有信心的是,本钢的工作始终受到辽宁省、本溪市领导的热切关注和大力支持。2月20日,辽宁省委书记、省人大常委会主任陈求发来本钢调研,针对我们提出的实际困难,当场协调有关部门予以解决,并要求必须全力支持、服务本钢的改革发展。同时要求本钢继续深化改革,提高企业经营管理水平,继续在辽宁省属企业中做好表率,当好排头兵。"

变压力为动力,化危为机,科学部署,统筹推进。春节以来,本钢重点在交通物流、原燃料采购、企业融资及资金保障、产品外发等方面下大力气、开展攻关,并加强与辽宁省本溪市相关部门沟通对接,全力打通生产经营"绿色通道"。

在交通物流方面,本钢积极与政府部门沟通建立绿色通道,并加强与物流企业合作,帮助加快物流企业和运输企业复工进度,建立物流人员快速返岗的通道和物流保障联防协调机制。

在原燃料采购方面,本钢重点抓好原燃料、耐材、废钢、合金和备品、备件等物资的采购工作;各业务部门全面梳理和评估在手订单,密切关注国内港口、铁路等运营情况,有条不紊地做好仓储、报关、装船等工作,全力保证合同签订和按时履约,确保企业和用户利益不受损失。

在企业融资及资金保障方面,本钢合理利用国家相关政策,同时协调各金融机构对本钢在疫情期间到期的各类融资给予简化手续快速续贷或办理展期等政策，对本钢原有授信及融资存量不压减、不抽贷。

在产品外发方面，本钢加强与各生产厂和各部门沟通衔接，加强与用户联系和反馈，及时传达用户使用需求；依托网上办公和电子商务平台，在合同签订、货款交付、产品发运、财务对账、税票及核算单传递、质保书提供等环节上实施远程工作管理，实现了产销衔接。

另外，本钢科学做好各生产环节平衡，既保产、保质、降本，又确保安全生产。本钢抓好设备点检定修，做好能源介质平衡工作，坚持开展"日清日结"对标挖潜工作，加强生产各环节安全管控，抓好隐患排查与整改，关注重大危险源和危险点；科学调度企业内部运输工作，全力保证高炉大宗原燃料的及时调运、渣铁鱼雷罐的正点运输等，保证正常生产节奏。

就下一阶段工作布局，陈继壮表示："此次疫情给我国经济短期发展带来了不小的冲击。现阶段各级政府部门和中国钢铁工业协会等都在积极收集信息和企业诉求，国家也陆续出台了相关的财税、金融政策，帮助企业渡过难关。虽然，目前钢材库存维持高位，市场下行压力较大，但随着复产复工步伐的加快，以及中央对决胜全面建成小康社会、决战脱贫攻坚战的决心，让我们对后续市场持乐观态度。与此同时，本钢还加大国际市场销售力度，目前已签订出口订单35万多吨。本钢将咬定年初制订的任务目标不放松、不改变、不动摇，全力夺取疫情防控和生产经营双胜利。"

据了解，目前，本钢生产经营平稳运行，2月陆续出来的生产报表显示：态势良好。同时，本钢科学调整生产节奏，结合物流运输等外部条件仍未恢复到正常状态的实际，提前安排今年第一阶段设备联合检修，厉兵秣马，为迎接疫情过后钢铁市场回暖做好准备。

（原刊于《中国冶金报》2020年3月4日1版　记者　李洪武　通讯员鲁　娜）

丁立国：战"疫"降"损"
将"两难"变"两全"

"面对疫情大考，集团上下始终严格遵循习近平总书记'疫情就是命令，防控就是责任'的重要指示，一鼓作气，不出纰漏，全力打赢这场疫情防控阻击战。"2月底，德龙集团、新天钢集团董事长丁立国在接受《中国冶金报》记者专访时表示，"要把疫情防控作为最重要的工作来抓。当前，新冠肺炎疫情防控正处于关键期。越到关键越艰难，越是艰难越向前。"

职工个人防护措施是否完备？职工用餐和生活保障怎么样？企业复工原材料储备是否够用？物流运输通道是否顺畅？企业产销是否能够达到平衡？

在这些难题面前，丁立国认为："我们要不畏困难，不惧风险，始终以高的政治站位，以敢为人先的勇气、锐气、朝气，战"疫"降损，全力投入疫情防控和稳定复产工作中，统筹兼顾，扎扎实实将疫情防控和复工复产'两难'变'两全'。"

率先启动　主动防控

自疫情发生以来，德龙集团和新天钢集团根据党中央、国务院和属地要求统一部署，始终坚持贯彻好"五个在前"（党员先锋冲在前、领导干部干在前、谋划部署想在前、宣传动员说在前、监督检查挺在前）工作要求，打好企业抗疫战。针对企业疫情防控可能存在的薄弱环节，两集团迅速成立疫情防控领导小组，建立三级组织架构，全面推动开展疫情防控工作。

同时，两集团多次联合召开疫情防控专题会议，深入学习落实以习近平同志为核心的党中央的重要指示，传达党中央、国务院以及属地政府部门关于疫情防控工作的相关要求，紧跟疫情发展态势，有针对性地谋划、部署当下疫情防控工作，保证疫情期间信息渠道畅通；结合实际，下发了《加强疫情防控工作安排、发挥基层党组织战斗堡垒作用和党员先锋模范作用倡议书》等文件，组织领导干部党员身先士卒、沉入一线，开展防疫工作，并通过公司公众号、微信工作群、电子屏幕等各类媒体平台，加强疫情防范知识宣传。

"我们与各公司的属地政府主动沟通，形成了疫情防控的联控联防机制，对企业职工进行动态监测，保证疫情信息共享。同时，我们根据实际情况，要求特定区域人员禁止返岗，并对返岗人员提出隔离观察、居家办公等有针对性的具体要求，切实保障职工健康。"丁立国指出。

此外，在疫情期间，为确保生产经营有序、职工队伍稳定，集团当好疫情防控"后勤员"，为广大职工提供爱心班车、安排住宿，并紧急采购了大量防疫物资，积极发挥大型企业优势，针对各所属公司实际储备，统一调控发放防疫物资。

为强化厂区内部防疫，集团向在岗职工发放了防护口罩、预防疫情的中药汤剂；为班车配备测温装置，坚持厂区每天2次消毒；实行食堂分时段就餐制度，减少人员聚集；加强厂区门岗管理，设立体温检测仪器。此外，集团还由党委联合审计检查部门派出3个专项督导检查组，就集团内防疫物资储备、车间防疫措施落实、防疫宣传舆论管控以及安全生产工作情况等进行检查。

德龙集团和新天钢集团坚持防控疫情一盘棋，统一指挥、统一协调、统一调度，上下步调一致、令行禁止、一贯到底，众志成城抗击疫情。

积极担当　践行使命

德龙集团和新天钢集团分别作为河北省、天津市大型钢铁联合企业，始终肩负社会使命与担当。疫情发生以来，两集团结合各地、各单位防疫物资需求，联络各方社会资源，全面启动"全球采购"行动，联合慈弘基金会在全球范围内积极购入医用口罩、护目镜、防护服、手术帽、丁腈手套等抗疫一线紧缺医疗物资。

"在当下紧要关头，企业应该积极履行社会责任，以最强劲的责任感和使命感，尽最大能力参与到抗击疫情工作中，用实际行动助力抗疫前线。"丁立国指出，采购的防疫物资一是要符合防疫要求，二是要迅速送到真正需要的地方。

　　为此，德龙集团和新天钢集团建立了专门工作组，严格审查所购物资，同时负责协调物流、贸易、通关、信息、捐赠渠道等多方面工作，确保物资配送及时、准确；采购的医用物资也已有针对性地用于支援天津市卫生健康委员会、武汉普仁医院、同济医学院附属医院、赴鄂抗疫医疗队等天津、河北、安徽、贵州、湖北武汉等地的重点抗疫单位和组织。截至目前，德龙集团和新天钢集团联合慈弘基金会累计对外捐赠防护服9448套、口罩89515只、护目镜10550副、医用手套208000副、长靴620双，若干测温枪、手术帽、消毒酒精等医用救援物资，物资及各类款项累计总额达3000余万元，以实际行动展现了敢于担当、勇于尽责的企业形象。后续，德龙集团、新天钢集团将持续有针对性地开展捐赠工作，为抗疫一线提供最大支援。

稳定运营　保障生产

　　"突如其来的疫情犹如骤雨袭来，将企业拉入一场没有硝烟的战争中，给德龙和新天钢制造了不小的挑战。我们必须以更加强有力的举措，科学防控疫情，有序恢复生产，把企业既定目标实现好。"丁立国强调。面对疫情的不确定性，无论是从思想上还是从实际工作做法上，德龙集团和新天钢集团都做好了充足的准备，一手抓疫情防控，一手抓复工复产，尽全力减少疫情防控对企业生产带来的影响。

　　在生产销售方面，德龙和新天钢严格执行复工复产要求，精准研判施策，在尽量保障各生产线不停产、不减产的基础上，根据疫情发展趋势及市场变化，对产量、质量进行精密智能把控，平衡产需结构，防止库存增加；抓好特殊时期生产，通过减少废钢使用、优化原燃料配比来降低生产成本；针对上下游企业未复工的问题，积极拓展新的客户渠道，挖掘新资源，切实增强企业在当前恶劣环境下的竞争力，实现生产销售这条主线稳定贯通。

　　在物流运输方面，德龙和新天钢认真分析造成困难的实际因素，灵活应对，并结合当下疫情发展状况，研究制订了铁运、拼车和搭车等可行性解决方案，切实保证原燃料和销售产品进出物流畅通，大大降低运输费用。

　　在安全工作方面，集团上下深刻认识到，在当前的大环境下，生产安全问题将给企业带来巨大影响。为此，德龙和新天钢坚持"严"字当头的工作作风，持续紧抓安全工作不放松，保障企业生产和职工队伍的稳定。

此外，针对按照政策要求部分产线不能满负荷生产或复工等情况，集团在积极同政府部门沟通协调的前提下，秉持"谋定而后动，知止而有得"的战术，要求在疫情影响的周期内，扩大检修工作和技术改造的覆盖面，为3月、4月疫情缓和后的复产以及各生产线的开足、开满打下基础，抢抓时机，及时弥补疫情期间的损失。

谋定而动　着眼未来

"目前来看，复产之后，随之而来的生产经营等方面的问题远比想像的要多，解决起来也比较难。但是，政府出台了一系列对企业救助帮扶的措施，着力解决疫情之下生产运行、人员缺乏、资金财政等突出问题。"丁立国表示，这些措施实实在在帮助企业渡过难关，让企业真正享受到实惠，充分说明了党和政府对企业的关心关爱。接下来还要各级政府和企业共同努力，让政策的落实和执行能够不片面化、不短期化、不折扣化。

丁立国对战胜疫情充满信心。他这样看待这次疫情给企业带来的损害："我始终坚信，这次疫情对于钢铁企业带来的困难是短暂的。用发展的眼光来看，这次疫情对于企业、对于整个中国经济的发展来讲是一次考验，也是一次转变的机遇。例如，互联网远程办公就在此期间大放异彩。"他同时表示，对于钢铁这种传统行业来说，许多工作需要现场操作，无法实现远程办公；加之众多工人因为疫情无法到岗，造成了一定减产。德龙集团和新天钢集团将以此为契机，积极谋划智能工厂建设，未来有可能在炼钢炼铁等方面采用全自动机器人，员工只需要互联网远程监控即可。德龙集团和新天钢集团将切实促进传统行业向互联网工业迈进，从而带动整个产业经济发展。

（原刊于《中国冶金报》2020年3月10日1版　记者　蔡立军　通讯员徐占红　张　泉　卢小龙）

李新创：战"疫"期更应保持定力
加快钢铁业高质量发展

"尽管疫情短期对钢铁行业发展产生了不利影响，但 2020 年我国全面建成小康社会的目标不会改变，维持经济平稳向好发展的方向不会改变，在历经第一季度的经济增长趋缓之后，必将回到平稳、健康发展的正常轨道上。在这样的经济背景下，随着疫情得到控制或好转，钢铁行业在第二季度也会逐步向好，各项政策措施也将按照国家相关部署有序推进落实。"2 月 9 日，中国钢铁工业协会副会长、冶金工业规划研究院党委书记李新创在接受《中国冶金报》记者专访时表示，"当前，钢铁行业应坚定信心，积极应对，共克时艰。"

第一季度经营形势总体不容乐观

"短期来看，疫情对钢铁行业的影响较为明显，第一季度生产经营形势总体不容乐观。"李新创认为。

首先，下游行业开工延期导致短期需求下降明显。建筑、汽车、机械等主要用钢行业开工延期状态暂未得到明显改观，钢材需求大幅下降；同时，钢材贸易商也均持观望态度，钢厂库存显著增加。

其次，钢铁企业物流运输普遍受阻。为了阻止疫情扩散，从城市到乡村，全国很多地方采取了封城、封村、封路、封闭小区等多种多样的隔离措施，航空、水路、公路甚至部分铁路都被迫停运，交通运输一度处于瘫痪中断状态。成品材出厂和原材料采购均受到不同程度影响，物流运输难、成本高，成为当前钢铁企业面临的突出问题。

再次，疫情导致企业用工普遍紧张。部分企业员工居家隔离，难以保证正常出勤，甚至有部分企业因为有员工感染被勒令停产，特别是湖北省及周边企业用工问题较为明显。

最后，上游生产企业延迟开工复工导致原辅燃料供应紧缺。钢铁企业焦炭、废钢等原辅燃料库存普遍紧张。受疫情影响，民营煤矿还未复工，国有及省属大煤矿供应量相比正常运行情况下降明显，供需失衡导致焦炭价格大幅上涨，提高了钢企采购成本。

从下游主要用钢行业来看，预计建筑行业以公路、港口码头等为代表的公共交通基础设施建设，以及以 5G 基站、特高压、城际轨道、新能源汽车充电桩建设为代表的新型城镇化建设项目的用钢需求将补偿性释放，机械、汽车等行业也将出现反弹。根据冶金规划院研究预测，2020 年我国钢材消费量为 8.48 亿~8.69 亿吨的可能性较大（2019 年为 8.86 亿吨），仍将保持在较高水平。

"当前，钢铁行业应坚定信心，积极应对，共克时艰。"李新创提出 3 条建议，一是建议企业积极争取地方支持，尽快解决物流受阻问题；二是建议企业加大复产用工保障力度，尽快恢复正常生产；三是建议钢企通过地方政府积极争取金融财政的支持，比如税收减免、银行贷款降准降息、社保费率调低和缓交等，渡过难关。

构建"命运共同体"共克时艰

李新创指出，当前疫情下，受运输受阻、需求大幅下滑影响，钢企开工率和产能利用率明显下降，钢材价格大幅下降，同时矿石等大宗原燃料价格的影响略有滞后。初步测算，2020 年 1 月末较 2019 年末，吨钢利润下降400~500 元，吨钢亏损 100~200 元；2 月初，铁矿石等原燃料价格影响显现，预计钢铁企业亏损情况略有好转，预计 2020 年 2 月较 2019 年末吨钢利润下降250~350 元，吨钢亏损 0~100 元。

为此，他建议行业主管部门、金融信贷部门与钢铁企业构建"命运共同体"，着重开展以下工作：

一是统一思想认识，努力维持企业正常运转。在疫情仍未得到有效控制的情况下，钢铁企业要全力投入疫情防控，保证企业人员安全，努力为企业正常生产经营创造条件，将疫情影响降到最小，努力避免因疫情被勒令停产的事件发生。

二是加大检修作业力度。进行全面检修，为企业安全生产、平稳运行提供良好条件。

三是要努力保持物流系统正常运转。制订并启动大宗物资采购、物流、销售应急预案，增加铁路运输、水路运输，减少公路运输。

四是创新销售模式。鼓励企业用线上销售替代线下销售、与下游用户签订战略合作协议等一系列措施，积极应对疫情对市场造成的冲击，减少库存积压。

五是建立价格风险防范体系。考虑通过参与期货市场等方式，增强抵御和抗风险能力，防止原材料、钢材价格剧烈波动，进一步影响企业正常经营。

六是建议从国家层面给予大力支持。加大财政政策扩张力度，考虑提高中央财政赤字率，加强中央对地方的转移支付；实施稳健偏宽松的货币政策，引导全社会实际利率下行，减轻商业企业还本付息压力，支持行业渡过难关，实现可持续发展。

贯彻落实好十二字方针

李新创指出，钢铁行业应坚决贯彻党中央的决策部署，增强"四个意识"，坚定"四个自信"，做到"两个维护"，积极投入到这场战"疫"中，为疫情防控做出积极贡献。按照钢协党委书记何文波提出的"控疫情、强保障、保安全、稳经营"十二字方针要求，钢铁行业应做好以下几点：

一是严格贯彻落实中央会议精神来防控疫情。钢协相关单位和广大企业应把疫情防控作为当前工作的重中之重，坚持问题导向，对疫情防控工作进行再安排、再部署、再落实，不断健全机制、压实责任、科学防治。要广泛动员干部职工，做到任务到人、责任到人，构筑群防群治的严密防线。

二是强化各项保障措施，稳定生产运行。针对企业当前存在的困难，重点在能源资源、物流运输、用工人员等方面做好预案，研究符合企业自身、切实有力的保障措施。同时，钢铁行业应积极争取金融行业支持，保持充足的现金流，防止出现资金风险。

三是坚守安全生产生活底线。根据中央会议精神，钢铁行业要切实维护正常经济社会秩序，在加强疫情防控的同时，要保持生产生活安全、平稳、有序；避免在非常时期由于人员不足、运输受阻、原辅料短缺等问题带来不符合生产要求的生产操作，导致出现安全问题。

四是要共同维护好行业发展秩序。钢铁企业要紧盯下游需求动态，根据订单、资金、运输等情况，及时、合理调整生产节奏，加强行业自律，避免恶性竞争；坚决反对不顾稳定大局，低价抛售、恶意炒作等扰乱市场的行为，防止市场出现大起大落，特别是对不顾市场恢复减缓、运输困难、库存过度增加等风险，而盲目扩大生产，影响后期稳定运行的行为，要坚决反对。钢铁咨询机构、网站要客观真实地反映市场信息，避免错误引导市场。

五是要坚定信心，积极应对。全行业应坚信疫情影响只是暂时的、不可持续的，要以发展的眼光看待行业发展大势，在疫情得以控制、经济发展回归向好的大环境下，钢铁行业也必将回归正轨。

钢铁业高质量发展　重点难点工作亟待发力攻坚

李新创表示，"十三五"以来，作为供给侧结构性改革的重要领域，钢铁行业的政策主线就是去产能和巩固去产能成果，并取得了显著成效，市场秩序和市场信心持续巩固。2019年12月，中央经济工作会议再次明确提出"坚持以供给侧结构性改革为主线""着力推动高质量发展"，为钢铁行业健康可持续发展提供保障。但他同时表示，我们还必须清醒地看到，我国钢铁产业高质量发展依然任重道远，一系列重点、难点工作亟待发力攻坚。

一是巩固去产能成果。2019年，我国黑色金属冶炼和压延加工业利润总额为2677.1亿元，同比大幅下降37.6%，销售利润率仅为3.79%。在钢铁行业的清理整顿过程中，存在为规避淘汰虚报冶炼装备容量，产能置换中"批小建大"，"僵尸企业"通过产能置换重新投入生产，以及工艺技术进步大幅提高生产效率等实际问题，均使得巩固去产能成果面临巨大压力，正如《关于完善钢铁产能置换和项目备案工作的通知》（发改电〔2020〕19号）所提到的"一些项目产能置换手续不完善，有的存在'打擦边球'借机扩大产能的问题"，影响了钢铁产业健康发展。因此，国家暂时叫停钢铁产能置换，明确在新的产业政策出台之前不得再备案新的钢铁项目，这对于净化钢铁行业发展环境和提振市场信心起到重要作用。

值得一提的是，新政策出台之前，有可能给钢铁体量较大的地方去产能工作增加一定的难度。例如，河北省2020年完成压减钢铁产能1400万吨、将其产能控制在2亿吨以内的任务将面临挑战。

二是稳步推进兼并重组。针对掌控力与自律能力弱等制约行业健康发展的关键性问题，应进一步深化混合所有制改革，通过强强横向联合、产业链纵向整合，跨区域产业结构调整，国际产能合作等举措，切实提高产业集中度，进一步巩固和增强市场调节作用，坚决避免价格战，有效提高对铁矿石等资源的议价能力。

三是加大超低排放改造力度。河北、山东、山西、江苏、天津等重点省市均提出，到2020年底完成钢铁企业超低排放改造，重点区域城市钢铁企业均已启动了超低排放改造工作，但目前仍仅有首钢迁钢1家钢铁企业的超低排放改造工作通过国家验收。因此，必须加大超低排放改造的力度，形成若干高水平的A级示范企业，实现"到2020年底前，重点区域钢铁企业力争60%左右产能完成超低排放改造"的目标。需要特别指出的是，清洁运输方式是超低排放改造的一项重要内容，分析疫情影响可以看出，厂内同时拥有铁路专用线和自有码头的钢铁企业，具备较好的组织外部运输的条件，能够最大程度减轻疫情的影响。

四是加快推进智能制造进程。钢铁工业推动智能制造是时代发展的必然趋势，也是我国实现钢铁强国的必经之路。目前，国内大部分钢铁企业都具备了一定的自动化、信息化基础，生产过程中只有较少的人员在控制室内通过监控视频和工控系统操作自动化设备来实现产品的生产，从而大大降低了新冠肺炎感染的几率，这促进了钢铁企业重视并加快推动智能制造进程。

五是科学优化钢铁产业布局。重点解决"画地为牢""劳民伤财"的同城搬迁问题，统筹考虑环境、资源、市场、物流、产业等因素，在全国乃至更大的范围内谋划产业布局。

六是强化创新驱动和标准引领。瞄准国际领先标准，提高标准化水平，突破一批"卡脖子"关键核心技术，实现钢铁产业质量变革、效益变革、动力变革，赋能钢铁产业转型升级。

七是共建协同高效的钢铁产业生态圈。探索建立面向长远、互利共赢的铁矿石供需机制，依托"互联网+"，促进产业生态圈协同健康发展，打好产业基础高级化、产业链现代化的攻坚战。

（原刊于《中国冶金报》2020 年 2 月 20 日 1 版 记者 何惠平）

骆铁军答记者问——

困难历史少有　看钢铁怎样应对

2月22日上午10时，中国钢铁工业协会通过视频会议召开信息发布会。钢协副会长、疫情应对领导小组成员、稳市场工作组组长骆铁军主持会议，并回答了《中国冶金报》《中国日报》《经济日报》《经济参考报》《中国经济时报》《现代物流报》，以及人民网、新浪财经、路透社等多家媒体记者的提问。

骆铁军指出，受疫情影响，春节后复工3周来，钢铁行业经历了少有的困难局面。面对挑战，钢协和广大钢铁企业凝心聚力，共克时艰，采取了一系列应对措施，维护钢铁行业的平稳发展。

记者： 此次新冠肺炎疫情对钢铁行业造成了哪些影响？

骆铁军： 新冠肺炎疫情对钢铁行业影响主要有以下6个方面：

一是交通运输受限，原辅料供应紧张，产品出库困难。为有效控制疫情，各地加强了交通监管，部分地区还采取了封城、封路等措施，有些运输企业的部分放假工人不能按期复工，对钢铁企业的原料运入和钢材外运造成了较大影响。特别是在汽运方面，由于依靠汽车运输的原辅料无法正常供应，部分企业相继出现原辅料库存告急情况，给生产组织、安全、顺行等造成了很大困难。部分港口、码头、仓储等物流节点也遇到限制运营、人员和防疫物资不足等问题，严重影响了钢铁产品和原燃料的正常运输。

二是下游需求下降。受疫情影响，全国多个省市宣布企业延期复工，主要用钢行业如建筑、机械、汽车、造船、家电等行业纷纷延期开工，导致一季度下游用钢需求将有较大幅度下降。钢厂订单状况也可以反映出下游需求情况，多数钢厂在春节前已组织好2月订单，3月和4月订单组织均有难度。

三是钢材库存增加。由于春节假期叠加疫情，导致终端需求下降、交通运输受阻等，春节后钢厂和社会钢材库存增幅明显高于以往。从钢厂库存来看，疫情对钢铁生产端的影响小于需求端，预计短期内钢厂库存还将增加。2月上旬，重点统计企业钢材库存量为1851万吨，比上一旬增加545万吨，增长41.7%；比年初增加898万吨，增长94.2%。从社会库存来看，以往春节假期后2~3周社会库存达到峰值，预计今年库存峰值水平将高于以往。2月上旬，20个城市5大品种钢材社会库存达1471万吨，比1月增加652万吨，增长79.6%，比2019年12月增加789万吨，增长116%。综合来看，预计2月中下旬钢材库存还将维持高位。

四是出口可能受影响。从企业反映的情况来看，3月出口订单在春节前已组织完成，但能否全部顺利装船存在不确定性。预计第一季度钢材出口量将同比下降，其中2月出口量下降较大。整体来看，4~5月出口情况可能略好于第一季度，但同比仍呈下降趋势。

五是钢材价格下跌，铁矿石价格上涨。由于下游需求减少，钢材库存增加，造成钢价下跌。上周（2月17~21日）中国钢材价格指数（CSPI）为100.55点，环比下降1.40点，较春节前下跌4.93点，较节后首周下跌3.31点，且低于2019年的最低水平104.28点。目前需求并未明显启动，现货市场成交量较少。春节后开市以来，螺纹钢期货大幅下跌，2月21日螺纹钢主力合约收盘价为3485元/吨，较春节前下跌15元/吨，较开市首日上涨252元/吨。以上期现基差收窄的情况，反映了市场认为疫情造成的影响是短期的，悲观情绪逐渐改善。后期钢材价格走势取决于生产、需求和库存的变化，也受到金融市场的影响。

春节后首周，铁矿石价格出现一波下跌，但受近期澳大利亚飓风和淡水河谷暴雨影响，部分矿山公司下调第一季度产量预测并向社会发布信息。市场担忧短期铁矿石供应可能存在缺口，推动近期铁矿石价格上涨，目前保持较高水平。2月21日，中国铁矿石价格指数（CIOPI）进口铁矿石（62%）价格为90.81美元/吨，较2月3日上涨11.28美元/吨；铁矿石主力合约收盘价为675.5元/吨，较2月3日上涨69元/吨。

六是钢铁企业实施减产措施。受疫情影响，钢厂存在不同程度的停产和检修，且数量逐日增加。2020年1月，重点统计钢铁企业生铁、粗钢、钢材产量同比均有增长；2月上旬，粗钢日产193.94万吨，环比下降2.68%，同比增长3.16%。可以看出，受疫情影响，企业2月开始调减产量。

记者：钢铁行业如何应对此次疫情带来的影响？后期行业将开展的重点工作有哪些？

骆铁军：关于钢铁行业如何应对此次新冠肺炎疫情带来的影响，在信息发布会上，宝武集团和沙钢都做了详细的介绍，反映了全国各钢铁企业应对的情况，特别是宝武集团青山基地地处武汉市，采取了极限措施，既预防疫情扩散，为武汉医院提供氧气，又保证生产经营的平稳运行。

在此期间，钢协主动联系企业和政府，发挥好了桥梁和纽带作用，反映企业呼声，向政府提供政策建议，大部分建议在党中央、国务院及相关部门近期出台的政策中得到了反映。

记者：钢铁及下游用钢行业复工复产的情况如何？

骆铁军：有序推进复工复产是当前有效应对新冠肺炎疫情，保证经济社会平稳运行的重要举措。中央政治局常委会会议指出，非疫情防控重点地区要以实行分区分级精准防控为抓手，统筹疫情防控与经济社会秩序恢复。在各方共同努力下，全国复工复产取得了积极的进展。从区域来看，广东、江苏、上海等一些经济大省（直辖市）规模以上的工业企业复工率超过50%。从行业来看，主要用钢行业中，制造业复工情况好于建筑业。据了解，截至2月20日，建筑行业复工率仍较低，但在不断恢复中；机械行业复工率超过60%；汽车行业复工率超过85%；船舶行业复工率超过70%；轻工行业复工率为50%左右。

记者：钢铁企业特别是长流程生产企业的生产和停限产状况如何？

骆铁军：目前，占全国粗钢产量90%的钢铁企业以高炉—转炉长流程企业为主，热态连续作业节假日不停产。因此，受疫情影响的主要不是复工问题，而是克服物流受阻影响、持续安全生产的问题。截至2月21日，钢协会员企业开工率为96%，长流程钢铁企业基本都在保持生产。以生产建筑钢材为主的电炉钢厂大部分都已停产，其中湖北、四川、重庆、广东、浙江等省（直辖市）受电炉企业停工影响，开工率不足35%。为应对下游需求减弱的情况，全国许多钢厂已实施停产检修措施，短期内钢铁生产仍将为下降趋势。作为原材料生产供应行业，复工复产的目的是满足下游对钢材的需求。从整体上看，我们判断，目前和未来一段时间，满足需求没有问题。

记者：对未来市场走势如何判断？

骆铁军：受疫情影响，我们初步判断，未来一段时间，钢厂减产力度将加大。一些企业现在产量释放高，是因为板带企业在春节前承接了合同订单，现在是按订单组织生产。在目前库存高涨、需求减少、物流受阻的背景下，短期内钢厂减产力度还将进一步加大。据统计，截至 2 月 21 日，已有 73 座高炉实施停产或检修，预计影响铁水产量 21 万吨/日。短期内库存维持高位。第一季度需求将比去年同期大幅减少，难以消化高位库存，短期内钢厂和社会库存还将增加。随着疫情的逐渐好转或结束，其对钢铁行业的影响将逐渐减弱，在实现全面小康和稳增长等一系列政策的支撑下，预计钢材需求将从第二季度起逐步回升。

记者：钢材库存不断创新高，对钢铁企业形成了较大的资金压力。银行和钢铁厂有没有采取措施以应对短期资金紧张困境？

骆铁军：尽管从 2 月第 3 周开始，部分疫情非严重地区的物流开始启动，钢材需求逐渐恢复，但从总体情况看，受疫情全面扩散、春节假期延长、下游用钢行业开工复工普遍延后等因素影响，钢材需求疲软，库存急剧上升，钢价出现下滑，企业资金回笼困难。为支持企业复工复产，缓解企业资金紧张困难，金融系统加大了资金投放力度。钢铁企业主动采取减产、限产、检修措施，减少物料消耗；采取多渠道筹措资金、加强内部管理、提高资金使用效率、减少非必要支出、控制生产节奏等措施缓解资金压力，防范资金风险。

钢铁企业经过这几年以去产能为突破口的供给侧结构性改革，企业实力明显增强，抗风险能力明显提升，特别是资金效率明显改善。受这次疫情影响，企业资金回笼难度加大。不过，当前会员钢铁企业资产负债率为 63.16%，同比下降 1.34 个百分点，连年下降，总体处于健康水平。受成本上升、钢价下跌的影响，钢铁企业利润会有所下降，资金压力也会有所加大。随着钢材需求逐步恢复，库存下降，钢材价格有望止跌趋稳，企业资金紧张的局面会有所缓解。预计上半年钢铁企业业绩会同比下降；从资产负债率水平看，大部分企业不会出现无法偿还债务的风险。

记者：有些原本计划今年落地的产能置换项目是否会受到影响？

骆铁军：按国家发改委、工信部文件要求，各地区要全面梳理 2016 年以来备案的钢铁产能项目，并开展自查自纠，确保项目符合安全、环保、能耗、质量、用地、产业政策和产能置换等相关要求，其中已投产的项目要确保被置换产能全部拆除到位。以上相关要求不落实的，已投产的项目要责令立即停产整顿，整顿不到位不得复产；已开工的项目要责令立即停建整顿，在整顿到位前不得继续建设。尚未开工的项目一律暂停建设，在确认以上相关要求落实到位前不得开工。

记者： 什么因素导致国际铁矿石生产商减少铁矿石发货？这将产生什么影响？

骆铁军： 受前述相关因素影响，力拓宣布下调其皮尔巴拉地区 2020 年铁矿石目标发运量 600 万~900 万吨，将年计划调整至 3.24 亿~3.34 亿吨。有媒体报道，淡水河谷 1 月发运量也有所减少。仅就力拓减产而言，影响生铁产量 1 万~1.5 万吨/日。据了解，受疫情影响，截至 2 月 21 日，有 47 家钢厂的 73 座高炉实施停产或检修，影响铁水产量 21 万吨/日。可见，矿山发运量的减少对近期铁矿石供需平衡的影响很小。

记者： 钢协将如何推进钢铁物流的复工，加速钢材的循环与疏导？将采取哪些措施为下游行业保供应？

骆铁军： 针对疫情的影响，2 月 11 日，钢协向国家发改委、工信部、交通运输部、财政部、商务部、国资委、国家市场监管总局、证监会等提交了《关于疫情对钢铁行业发展影响及相关建议的函》，积极反映疫情下行业面临的困难，并提出运输、上下游企业复工、原辅料供应、市场监督、出口退税率以及财税和信贷等方面的建议。钢协反映的问题已在近期发布的相关文件中得到体现，有的得到了相关部委的积极回应。其中，证监会已安排各期货交易所加强与钢协沟通，并加大监查工作力度，防控交割风险，维护市场稳定；针对钢铁企业面临的交通运输困难问题，交通运输部高度重视，运服司、水运局、海事局及国家铁路集团多部门联动协调，解决大宗物料运输遇到的困难，并将落实情况正式反馈钢协。交通运输部的反应迅速，体现了战时标准、战时思维、战时状态、战时速度，值得点赞。

记者： 征集"十四五"重大研发需求的工作目前进展如何？会公布征集结果吗？可以具体谈谈下一个五年我国钢铁行业的发展重点会是哪些方面吗？

骆铁军： 钢协"十四五"重大研发需求征集工作未受疫情影响，行业反响也很积极，截至 2 月 21 日，已收到 31 个单位提出的项目建议共计 117 项。

由于征集工作截止期还没有到，预计项目建议数会超过 200 项。从已收到的项目情况来看，企业的创新发展需求相比上一个五年计划有了很大提升，大家的关注点比较聚焦。下一步我们会对项目进行分类汇总并凝练出行业的重点研发方向和研发内容，并适时对社会公布。

下一个五年计划是我国钢铁由大到强转型的关键时期，也是钢铁工业高质量发展、深化供给侧结构性改革的重要阶段，创新是实现高质量发展的重要支撑。未来五年，钢铁工业创新研发的重点将围绕行业高质量发展需求，以及国家经济建设与战略发展重点需求而布局。一是要重点突破一批先进钢铁材料，满足国家重大工程需求，同时要加强钢铁材料基础研究和材料体系研究，特别要关注高质量、高性能、绿色化钢铁短板材料的开发与应用；二是要关注钢铁制造的智能化发展，通过现代信息技术与钢铁制造的融合发展，实现生产制造的提质增效和转型；三是继续关注钢铁制造的绿色发展，实现钢铁与社会、钢铁与城市的融合发展，重点突破一批流程技术、节能环保技术，以及低碳冶金技术。总之，钢铁产业的创新研发要以满足钢铁产业高质量发展和国民经济发展需求为重点。

记者： 疫情导致企业履约困难。在这种情况下，钢协采取了哪些措施帮助企业解决相关问题？是否提供了不可抗力证明以及相应的法律咨询服务？

骆铁军： 全国人大常委会法工委 2 月 10 日表示，对于因疫情防控不能履行合同的当事人来说，属于不能预见、不能避免并不能克服的不可抗力。根据《合同法》的相关规定，因不可抗力不能履行合同的，根据不可抗力的影响，部分或者全部免除责任，但法律另有规定的除外。如有需求，钢协将为会员企业提供相关服务。

记者： 工信部规定，自 1 月 24 日之后不得公示、公告新增产能，不得备案新项目。未来产能置换政策应在哪些方面进一步完善？

骆铁军： 过去产能置换有一个 2016 年报国务院的底单。现在发现，有一些产能置换项目没包括在底单里面，属于虚假产能置换，今后需要被清理。另外，部分地区把一座高炉分拆成多个项目进行置换，一部分用于产能置换，另一部分用于压减产能，难以进行考核。还有部分在底单里的项目，是否真实存在，也需要打上问号。针对以上问题，目前的产能置换政策要把过去比较含糊的部分明确起来，从宏观上和微观上向具有可操作性、便于指导地方贯彻落实的方向去完善。

记者：有业内人士认为，受疫情影响，下游开工复产延缓，库存上涨较快，建议钢铁企业主动减产。对此，钢协是否会采取相关行动？将如何促进企业产销平衡？

骆铁军：大家可以关注一下 2 月 21 日《中国冶金报》刊登的文章，钢协有关人士谈了 3 个问题，其中有一个问题就是既要做好复产又要控制好生产节奏。希望钢铁企业根据市场需求和目前的高库存情况，以保证资金安全为首要任务，做好限产工作。我们也倡议，企业要适度减产。例如，陕晋川甘企业在疫情初期就提出减产 30%，最近又提出减产扩大到 35%。我们也呼吁，企业一定要按订单组织生产，迅速把库存降下来，不能再满负荷生产。

记者：目前企业生产经营活动主要受物流不畅影响，在原材料和产品保供保运方面有什么建议？

骆铁军：疫情初期，主要是公路运输受影响比较大，限制人员流动。自党中央、国务院发出复工复产的号召和要求以来，铁路、水运等整个交通部门都在出台具体措施来促进运输恢复，降低企业物流成本。例如，疫情期间，高速公路取消了收费。钢协给国家有关部委汇报情况时，觉得运输问题是前一段时间比较迫切的问题，应企业要求向交通运输部专门提交了报告。交通运输部及时反应，当天就开展协调工作。钢铁公辅料以及废钢的公路运输比较多，如何既防止携带病毒的病人移动传染，又保证交通畅通？针对这个问题，我们已经向有关部门进行了反映。随着相关部门贯彻落实党中央、国务院的决策部署，为复工复产创造条件，物流受阻的状况会逐步得到改善，而且会越来越好。

记者：据了解，部分企业出口订单受疫情影响被毁约，这个现象是否属实？WHO（世界卫生组织）并未认定我国是疫情国，未对出口做出限制，那么毁约是否符合法律要求？

骆铁军：毁约现象我们也在密切关注，但是目前我们还没接到企业反映这样的情况。WHO 只是提了建议，企业要依据本国的法律具体分析判断。出口是会受到一定的影响，但是钢协目前还没有得到具体的进出口数据，只是进行了定性分析。我们也在密切关注，如果有信息会尽快提供给大家。当前，疫情虽然得到了有效控制，但是还没到拐点。后期，我们认为，防控疫情和稳定生产这两条线都非常重要。如果大家有关注的问题，也欢迎随时与钢协相关部门联系。

（原刊于《中国冶金报》2020 年 2 月 25 日 1 版　记者　何惠平）

合理控生产节奏　平稳渡战"疫"难关

——中国钢铁工业协会有关负责人谈如何稳市场

编者按

新冠肺炎疫情发生以来，钢铁行业企业控疫情、稳经营双线作战，为打赢疫情防控总体战、阻击战做出了积极贡献。不过，受疫情影响，钢铁企业生产经营仍面临不少困难，既有需求不足、成交低迷带来的风险，也有交通受阻、原料供应不足等挑战。那么，面对这些风险和挑战，我们应该怎样看待？怎样应对？对此，本报邀请了行业和企业相关领导、专家聚焦难点、重点问题共同探讨。本期，本报专访中国钢铁工业协会相关负责人、上期所主要负责人，并邀请重点钢企相关负责人，围绕稳定市场问题分析形势，共商应对之策。

受新冠肺炎疫情、春节假期延长及相关因素影响，近期钢铁企业运输受限，下游需求下降，钢厂库存高涨，钢材价格大幅下跌，钢材市场成交低迷，部分企业面临着较大的经营风险。

上周（2月10~14日），中国钢材价格指数（CSPI）为101.95点，环比下降1.91点，较春节前下降3.53点，低于2019年的最低水平（104.28点）。其中，螺纹钢价格为3605元/吨，环比下跌90元/吨，较春节前下跌145元/吨；热轧卷板价格为3698元/吨，环比下跌121元/吨，较春节前下跌224元/吨。

就如何看待当前低迷的钢材市场形势、如何确保钢材市场和行业平稳运行等热点问题，《中国冶金报》记者采访了中国钢铁工业协会有关负责人。

纾困解难　积极维护市场稳定

该负责人介绍，钢铁行业一直是在双线作战，既要控疫情又要稳经营。

为及时把握行业生产、销售、库存、出口、需求、检修等最新情况，钢协在 1 月 25 日成立防疫情对策小组的基础上，28 日成立了特殊时期市场对策小组、29 日起开始编制钢铁生产及销售简要动态情况，并从 2 月 17 日起将这些情况作为简报发给会长、副会长参考。钢协与主要钢厂、咨询公司、网站、下游行业协会及期货交易所保持密切沟通，并及时发布生产、价格、库存、需求等相关监测数据；号召区域主要钢厂和行业组织，发挥区域主导作用，维护区域市场稳定。

在此期间，钢协积极反映疫情期间行业出现的问题，发挥好桥梁纽带作用，为企业纾困解难。2 月 11 日，钢协向国家发展改革委、工信部、交通运输部、财政部、商务部、国资委、国家市场监管总局、证监会等提交了《关于疫情对钢铁行业发展影响及相关建议的函》，积极反映疫情时期行业面临的困难，并提出"加强运输协调""组织上下游企业复工""提高炼焦煤等原辅料供应""加大市场监督力度，维护市场平稳运行""适当提高出口退税率，缓解国内市场压力""加大财税政策支持力度，切实为企业减轻负担""制定宽松信贷政策，助力企业渡过难关"等 7 条建议。

钢协提出的复工复产、启动下游需求、财税、降低企业贷款利率等建议已在国家一系列政策相关文件中体现，反映的情况目前已得到相关部委的积极回应。其中，证监会已安排各期货交易所加强与钢协沟通，并加大监查力度，防控交割风险，维护市场稳定。针对钢企面临的交通运输困难，交通运输部高度重视，运服司、水运局、海事局及国家铁路集团多部门联动协调，解决大宗物料运输遇到的困难。该负责人举例说，江苏的南钢、湖北的武钢等钢企辅料运不进去，马上就会导致停产了。经钢协反映后，问题很快迎刃而解，交通部的反应神速，体现了战时标准、战时思维、战时状态、战时速度，值得点赞。

在做好复工复产的同时　钢铁行业要控制好生产节奏

"当前，对于钢铁行业而言，面临的不仅是复工复产问题，更重要的是要根据订单、资金、运输情况控制好生产节奏的问题。"该负责人强调。

该负责人介绍，钢铁行业属于连续生产行业，特别是对于长流程钢厂而言。目前，国内钢铁生产90%左右以长流程钢厂为主。从钢协统计情况来看，长流程钢铁企业一直都在保持生产，截至2月19日，钢协会员长流程企业开工率达到95%；会员电炉企业开工率在70%，非会员电炉企业大部分都已停产。其中，湖北、四川、重庆、广东、浙江等省（直辖市）受电炉企业停工影响开工率不足35%。

受疫情、春节假期延长等因素影响，下游需求减少，导致库存快速攀升。随着疫情不断蔓延，全国多个省（直辖市、自治区）宣布企业延期复工，主要用钢行业如建筑、机械、汽车、造船、家电等行业开工延期，导致下游用钢需求减少。从目前开工率情况来看，除建筑业开工率依然较低外，机械、汽车等制造业开工率提高得很快。另外，2月19日0~24时，全国除湖北以外新增确诊病例45例，连续第16日呈下降态势。按照当前的发展形势，疫情对钢铁行业的影响将集中体现在2月、3月，4月订单也会有一定影响，但后期会快速恢复。

下游需求减少，钢材库存快速攀升。往年，春节后钢材库存比年初也就增长40%左右，而今年春节后钢厂和社会钢材库存增幅明显大于以往。到2月上旬，重点统计企业钢材库存量为1851万吨，比年初增加898万吨，增长94.2%；20个城市5大品种钢材社会库存量为1471万吨，比1月增加652万吨，增长79.6%。

由于下游需求减少、钢厂库存高涨、原料供应不足等因素，近期钢厂均主动安排检修和限产，钢铁生产节奏放缓。1月，重点统计钢企粗钢日均产量保持相对平稳，2月上旬出现明显下滑。2月上旬重点统计钢企粗钢日均产量为193.94万吨，环比下降2.68%。

据此，该负责人对近期市场走势做出了以下判断：

第一，钢厂减产力度会加大。从钢厂订单状况来看，多数钢厂2月订单组织已经完成，但3月订单组织有难度，预计4月也较为困难。在订单不足、原料供应不足、库存高涨、交通受阻的背景下，短期内钢厂减产力度还将进一步加大。据统计，截至2月18日，已有45家钢厂的68座高炉实施停产或检修，预计影响铁水产量19.5万吨/天。由于运输受阻，废钢供应不足，电炉企业短期内难以恢复。此外，近期还陆续有钢厂宣布停产检修计划，预计短期内钢铁产量仍将为下降趋势，对缓解近期需求下降压力起到一定作用。

第二，短期内库存将维持高位。从钢厂库存来看，疫情对钢铁生产端的影响小于需求端，预计短期内钢厂库存还将增加。从社会库存来看，以往春节假期后2~3周社会库存达到峰值，预计今年库存峰值水平将高于以往。综合来看，预计2月中下旬钢材库存还将维持高位。

第三，钢材出口形势有待观察。从企业反映情况来看，3月出口订单在春节前已组织完成，但能否顺利装船尚不能完全确定。同时，部分国家和地区出于对疫情传播风险的担忧，对中国出口的钢材资源产生抵触情绪，甚至可能出现国外用户因为钢材价格下跌而毁单的情况，或将对第二季度乃至第三季度钢材出口产生影响。

第四，下游需求开始启动。疫情造成钢材需求滞后，但并不会致其消失。有序推进复工复产是当前有效应对新冠肺炎疫情、保证经济社会平稳运行的重要举措。中央政治局常委会议指出，非疫情防控重点地区要以实行分区分级精准防控为抓手，统筹疫情防控与经济社会秩序恢复，国务院印发了《关于科学防治精准施策分区分级做好新冠肺炎疫情防控工作的指导意见》，对抓好疫情防控的同时，制订差异化的区域防控措施和恢复经济社会秩序提出了明确要求。相关部委、各地方政府相继出台各种政策，全力支持和组织推动各类生产企业复工复产。在各方共同努力下，全国复工复产氛围浓厚，已取得积极进展。

从区域来看，广东、江苏、上海等一些经济大省（直辖市）规模以上的工业企业复工率超过50%。从目前开工率情况来看，除建筑业开工率依然较低外，机械、汽车等制造业开工率提高得很快。例如，机械行业复工率由2月13日的27.9%上升到2月18日的54.8%左右，上升26.9个百分点；汽车行业复工率由34.6%上升到77.4%，上升42.8个百分点；船舶行业复工率由60%上升到70%左右，上升近10个百分点；轻工行业由2.8%上升到51.98%，上升49.18个百分点。

随着疫情的逐渐好转或结束，其对钢铁行业的影响将逐渐减弱，在实现全面小康和稳增长等一系列政策的支撑下，预计钢材需求将迎来一波集中释放。因此，该负责人认为，当前的困难是暂时的，对未来钢材市场要充满信心。

铁矿石市场相对宽松　不会出现去年那样的紧平衡

针对大家关心的铁矿石问题，该负责人也谈了自己的看法。

据他介绍，春节后首周，铁矿石价格出现一波下跌，但受近期澳大利亚港口封港、淡水河谷下调第一季度产量预测、进口矿港口成交量明显回升等因素影响，市场担忧短期铁矿石供应可能存在缺口，推动近期铁矿石价格上涨。目前，铁矿石价格保持较高水平。2 月 19 日，CIOPI 中国铁矿石价格指数进口铁矿石（62%）价格为 88.29 美元/吨，较 2 月 3 日上涨 8.76 美元/吨；铁矿石主力合约收盘价为 645.5 元/吨，较 2 月 3 日上涨 39 元/吨。

该负责人认为，钢价大幅下跌，铁矿石价格却处于高位，这十分不正常。他举例说，力拓以飓风等原因宣布，下调其皮尔巴拉地区 2020 年铁矿石目标发运量 600 万~900 万吨至 3.24 亿~3.34 亿吨。按月来算，每月就是 50 万~70 万吨铁矿石，生铁产量也就是每月减少 30 万~50 万吨。而近期，钢企日均铁产量就减少 20 万吨，这点铁矿石减少量对我国钢市的影响微乎其微。所以，今年铁矿石市场处于宽松状态，不会出现像去年那样的紧平衡状态。

最后，该负责人强调，当前正处于抗疫最吃劲的时期，钢铁行业积极响应党中央的号召，在做好疫情防控的同时，保障行业安全生产经营，维护市场平稳运行。目前疫情还在持续，对钢铁行业的影响短期内难以消退，供需不平衡、库存大幅增加、企业现金流短缺、交通运输不畅等问题需要高度关注，钢铁行业要做好充分准备。今年是决胜全面建成小康社会关键之年，也是"十三五"规划收官之年，国家提出要把疫情的影响降到最低，保持经济平稳运行和社会和谐稳定，努力实现各项目标任务。钢铁行业要保持信心，我们一定能在打赢疫情防控阻击战的同时，维护市场和行业平稳运行，完成全年目标任务。

（原刊于《中国冶金报》2020 年 2 月 21 日 1 版　记者　罗忠河）

董才平：迎难而上　进一步
提升民企发展质量

"中国经济长期向好的基本面没有变。钢铁行业的发展会保持基本稳定，民营企业钢产量基本能维持 2019 年的水平，出现陡降的概率很小。"日前，全联冶金商会会长，中天钢铁集团董事局主席、总裁、党委书记董才平在就民营钢企抗击疫情情况接受《中国冶金报》记者采访时表示。

董才平进一步指出，要深入学习贯彻习近平总书记关于做好新冠肺炎疫情防控，全力抓好复工复产的指示精神，坚定信心，迎难而上，进一步提升民营钢铁企业发展质量。

"总体来说，在打赢疫情防控的人民战争、总体战、阻击战的总体要求下，民营钢企一手抓抗击疫情，一手抓生产经营，以实际行动交出了一份靓丽的答卷。"董才平认为。

围绕"四个到位"，全力以赴打赢疫情防控阻击战

"在抗击疫情方面，民营钢铁企业积极主动，措施得力，贡献卓著。"董才平高度评价了民营钢企在与新冠肺炎的斗争中所做出的贡献。

据全联冶金商会不完全统计，截至目前，143 家民营钢企向各级各地捐款捐物总价值超过 13 亿元，其中有 40 多家捐款超过 1000 万元。其中，中天钢铁集团累计捐款 4000 万元，用于支持政府抗击疫情。

"在疫情防控方面，民营钢企积极组织实施各项疫情防控措施，不断完善疫情防控设施设备，坚持内防传染、外防输入，推动疫情防控持续向好。"董才平认为。

从中天钢铁集团来看，自新冠肺炎疫情发生以来，在各级党委政府的正确领导下，集团上下高度重视，围绕"防控机制到位、员工排查到位、设施

物资到位、内部管理到位"的疫情防控要求，认真开展了各项防控工作。

在防控机制方面，疫情发生后，中天钢铁第一时间成立以董才平为组长的疫情防控领导小组，下设外联组、信息组、后勤组、舆情组等7个专业小组，并在全集团形成三级防控体系，建立疫情日报制度。同时，集团加强与上级政府沟通、及时汇报疫情防控工作，江苏常州市经济开发区领导多次来集团现场办公、深入调研，经开区经济发展局更是专门成立防疫工作小组，每日来集团检查、指导防疫工作，帮助集团把防疫工作落细落实。

在员工排查方面，中天钢铁在疫情早期就对全集团1.3万余人进行了全面摸排，特别是对前往或途经疫区或与疫区人员有接触的员工，做好信息统计和路径跟踪，做到早发现、早报告、早隔离。对于离常在外员工，集团要求其暂时不要返常州、返岗，等待进一步通知，并发布政策，全力保障员工在疫情期间的薪酬待遇。截至3月5日，集团共有湖北籍员工142人，离开常州滞留异地员工合计160人，其中滞留湖北的48人。目前，集团已正常上班的员工有13429人（含劳务工、外协人员），所有返常、返岗人员，各部门均需严格按照集团要求，对其身体健康状况、行动轨迹进行排查，确保无新冠肺炎感染隐患方可返岗。

在设施物资方面，截至3月5日，中天钢铁累计下发口罩超20万只，酒精、84消毒液超6吨，体温计100余个；同时制订有效的应急预案，按照江苏省、常州市要求专门设立隔离楼，共有100余间隔离房，用于应对突发情况。

在内部管理方面，中天钢铁加强疫情防控宣传，在厂区内悬挂80余条防疫宣传横幅，50余处电子屏循环播放疫情防护知识，并通过微信公众号等多种渠道，将疫情防控注意事项向全员宣传。同时，集团进一步加强门禁管理，要求居住在生活区的员工，在岗位和住宿区两点一线，不允许随意外出，门禁系统按照班次只设立4个时间段，其余时间一律不予通行。对于居住在周边村镇、社区的员工，要求员工严格服从村委、社区的疫情防控管理。

此外，为减少外出接触，保障员工健康安全，中天钢铁为驻厂留宿员工安排临时宿舍，留宿员工最多时超过5000人。集团全力保障留宿员工生活，为他们提供全新的床垫、被褥等生活物资，以及免费提供一日三餐，加菜加量，每日餐费标准不低于25元/人。目前，中天钢铁尚未发现一例确认或疑似新冠肺炎输入病例，干部员工情绪稳定。

"中天钢铁的成长和发展离不开国家和地方的大力支持。"董才平表示。下一步，中天钢铁将积极响应地方政府的号召，切实当好"指挥员""战斗员""守护员""勤务员"，与政府携手同行，共渡难关，全力以赴打赢疫情防控阻击战。

进一步坚定信心，化危为机

"受疫情影响，钢铁生产经营出现了物流受限、需求延迟、产品库存大幅增加、钢材价格下跌等困难局面。尤其是主要用钢行业，如建筑、机械、汽车、造船、家电等，开工延期，下游用钢需求将有较大幅度下降。但是，我认为仍然要坚定信心，化危为机。"董才平强调。

他建议，一是根据疫情综合防控形势下经营环境的变化，适应新形势、分析新变化、采取新措施。二是要继续推动混合所有制改革和企业兼并重组。三是强化绿色发展和促进区域产能合理布局。四是深入开展对标挖潜工作，大力降低生产成本。五是加强关键技术研发和人才队伍建设，促进新一代信息技术的融合发展，促进钢铁企业向产品和专业服务解决方案提供商转变。

"经济发展可能有一些较大的波动，其中第一季度可能是低潮，第二、第三季度可能会有提升。从钢铁企业看，经济效益将进一步降低，钢材市场价格、出口量均会有所下降，品种之间的利润水平可能有新的分配。同时，市场竞争进一步加剧，市场竞争力主要集中在成本、质量上，企业兼并重组和混合所有制改革也将出现新的机遇。"董才平分析。

面对疫情期间区域性交通管制、上下游企业停工、集团物料供给保障效率降低、成品运输困难等困境，中天钢铁此前采取高炉休风、主动减产的方式，保障生产平稳有序。目前，全国疫情形势稳中向好，中天钢铁生产已逐步回归常态，开工率也达到80%。2020年前2个月，中天钢铁已生产铁169万吨、钢193万吨、材176万吨。

"下一步，中天钢铁将紧紧围绕'效益'这一中心，加快企业转型升级、结构调整，增强市场竞争力，进一步提高效益水平，惠泽员工，回馈社会。"董才平指出。

"由于疫情管控，全国钢材库存创下新高，第一季度钢材市场形势不容乐观，但我们坚信，在党和国家的坚强领导下，国家经济将快速恢复，今年钢铁行业形势依然非常值得期待。"董才平说。

（原刊于《中国冶金报》2020年3月19日1版　记者　朱元洁　刘加军）

张晓刚致信 ISO 秘书长

建议 ISO 与 WHO 联手制订
公共安全国际标准

《中国冶金报》记者 2 月 6 日获悉，鞍钢集团公司原总经理、国际标准化组织（ISO）原主席张晓刚，近日致信国际标准化组织（ISO）秘书长塞尔吉奥·穆希卡，建议 ISO 与 WHO（世界卫生组织）联手，尽快启动全球公共安全相关国际标准的制订工作。

张晓刚在信中指出，今年 14 亿中国人民度过了一个非常的春节。从中国正在发生的新型冠状病毒感染肺炎疫情中，我们可以清晰地看到未来全球公共安全会面临太多的不确定性。在全球化极速发展的今天，这些不确定性将对人类文明发展构成巨大的挑战。所以，他建议 ISO 与 WHO 联手，在总结中国应对这一疫情的教训与成功经验的同时，尽快启动全球公共安全相关国际标准的制订工作，通过国际标准解决方案来应对未来不确定的世界公共安全挑战，这也是 ISO 作为国际标准化组织的价值所在。

（原刊于《中国冶金报》2020 年 2 月 7 日 1 版 记者 何惠平）

ISO 将与 WHO 等共同研究公共安全相关政策

张晓刚：国际标准为全球治理提供解决方案

"这次新冠肺炎疫情的来袭，不仅让我们认识到跨国合作与公私合作的重要性，而且也使我们意识到，在应对全球公共安全挑战这一重大问题上，世界呼唤统一的标准解决方案。"

"我非常认同您的观点，我将在即将召开的 ISO（国际标准化组织）理事会上提出您的建议。"

"非常感谢您的建议！我们已采纳，并与 WHO（世界卫生组织）高层以及 IEC（国际电工委员会）、ITU（国际电信联盟）主席、副主席召开会议，共同研究制定应对挑战的相关政策！"

近日，ISO 原主席张晓刚相继收到美国、法国等国际标准化组织官员和 ISO 秘书长塞尔吉奥·穆希卡发来的回信，对他此前致信呼吁制定全球统一的国际标准以共同应对世界公共安全挑战，做出积极回应。

张晓刚告诉《中国冶金报》记者，这次新冠肺炎疫情的发生应该引起全球广泛思考。

标准不统一，疫情下的问题应引起国际关注

2020 年中国农历春节前夕，新冠肺炎疫情暴发。张晓刚分别致信塞尔吉奥·穆希卡和各国国际标准化组织官员，希望中国在防控、防治新冠肺炎疫情方面的经验和教训，能给未来全球应对公共卫生突发事件提供中国智慧。在给塞尔吉奥·穆希卡的信中，张晓刚建议 ISO 与 WHO 联手，尽快启动全球公共安全相关国际标准的制定工作。

在应对此次新冠肺炎疫情的过程中，由于医疗防护用品紧缺，中国从国外进口了大量包括防护服、护目镜、口罩在内的医疗防护用品。在进口的过程当中发现，国外的防护用品制作标准不统一（有的采用美国标准，有的采用欧洲标准），导致医疗防护用品使用效率降低，有的甚至不能使用。

"未来，在我们共同应对全球公共卫生突发事件，标准的不统一很可能产生阻碍。"张晓刚说，"解决标准的问题，应该是标准工作者的责任，所以我第一时间致信美、英、德、法等国家的标准化机构领导人，希望在中国新冠肺炎疫情防治过程中暴露的标准不统一的问题能够在未来得以解决，国际组织有责任和义务制定统一的国际标准来应对全球公共卫生突发事件。"

加强国际合作，标准是最有效的制度工具

3 月 4 日，习近平总书记主持中央政治局常委会会议并发表重要讲话时指

出，要深化疫情防控国际合作，发挥我国负责任大国作用。

2月28日，李克强总理主持召开中央应对新冠肺炎疫情工作领导小组会议时指出，要继续加强与世卫组织、有关国家和地区交流合作，制定跨国交通工具、口岸、高风险人员出入境等方面相互衔接和相应的疫情防控标准，协调采取共同的防控措施，有效防止人员跨境流动中疫情输出或输入。

不同的国家有着不同的政治制度、意识形态、价值观、治国方式，所以各国在选择治理体系、治理制度、治理工具的时候很难形成共识。但标准是一种自下而上形成的制度工具，是中性、技术性的，不带有任何政治色彩和意识形态色彩，很容易被全球接受。因此，加强疫情防控国际合作的一个重要抓手就是标准，它应该变成全球治理最有效的制度工具。

"中国在应对此次大规模的公共卫生突发事件当中积累的经验及吸取的教训，应该作为全世界的智慧和经验固化到全球的社会公共治理体系当中。"张晓刚表示，"世界各国国际标准官员的快速反应，实际上也反映了全球对国际标准的需求。"

参与国际标准制定，中国最优秀企业肩负时代责任

经过改革开放40多年的发展，中国已跃居世界第二大经济体，中国制造业也取得长足的进步。中国制造业拥有世界上最完备的工业体系，具备无可替代的产能和对接先进科技的能力，具有稳定高效的供应链协作体系、社会环境和政策体系，拥有世界上最大的内需市场。中国有条件、有能力成为世界制造业第一方阵的排头兵。

以钢铁行业为例，我国钢铁产业已成为最具国际竞争力的产业，钢铁企业正向世界一流企业队伍迈进。此次新冠肺炎疫情发生以来，各地钢铁企业纷纷派出医疗工作者和建设者逆行疫区，为抗击疫情贡献钢铁力量。据不完全统计，截至2月21日，中国钢铁行业共计捐款超过15亿元，超过100名医务工作者驰援湖北，支援武汉雷神山、火神山医院建设钢材逾万吨。同时，疫情防控工作和正常生产两手抓、两不误，钢铁企业克服疫情带来的重重困难，保持了行业的平稳运行等。这些无不体现了中国制造业的责任担当和超强的应变实力。

　　张晓刚认为，把中国在这次应对新冠肺炎疫情中所展现的智慧和取得的经验固化到全球的社会公共治理体系当中，同样需要中国企业的参与，尤其是中国最优秀的企业的参与。因为在制定国际标准的过程中，代表中国的一定是中国最优秀的龙头企业，他们理应在国际舞台上、国际规则制定中发挥更大的作用。在产品标准国际化方面，中国企业应针对现存问题主动出击，与世界最优秀的同行共同制定国际标准，这是中国最优秀企业的时代责任。

　　张晓刚同时强调，中国最优秀的企业怎样更好地参与国际规则制定，怎样利用标准这个最有效的制度工具来帮助中国更好参与国际事务、全球治理，是一个值得高度重视的问题。

（原刊于《中国冶金报》2020年3月12日1版　记者　何惠平）

张永利：科学精准实现复工复产

当前，全国疫情防控形势积极向好的态势正在拓展，经济社会发展正在加快恢复。西宁特殊钢集团有限责任公司（下称西宁特钢）作为我国西北最大的特钢企业，在此次新冠肺炎疫情中既积极有效应对，又抓生产稳定运行，为西宁特钢品牌增添了风采。日前，西宁特钢党委书记、董事长张永利接受了《中国冶金报》记者专访。

记者：近期，习近平总书记就坚决打赢疫情防控阻击战、保障社会稳定和经济平稳运行发表了系列重要讲话。请您谈谈学习习近平总书记重要讲话的心得体会。

张永利：通过学习习近平总书记近期的系列重要讲话，我认识到，虽然疫情对当前社会的经济发展造成了一定的影响，但在党中央、国务院迅捷精准的部署下，一揽子促进经济复产和复工的有力措施迅速出台。疫情的冲击只是短期的、暂时的、结构性的，我们不必也不应该被短暂的困难吓倒，我国经济长期向好的大逻辑、大趋势没有变。对企业而言，要科学精准地实现复工复产，第一是积极应对，服从政府统筹安排，争取尽早、尽快复工复产、释放产能；第二是疫情防控措施到位，严格按照防疫期间要求安排生产活动；第三是压实疫情防控和安全生产主体责任，不能降低标准，也不能调高标准，造成员工不能及时回到工作岗位。总而言之，无论是防控疫情，还是企业安全有序复工保产，都需要精确到每个员工身上。这需要管理部门、社区、企业、个人建立一个共同参与的体系：政府做到统筹协调；社区作为把关环节，防止人员无序流动；企业配合政府，把相关人员管控好，把自身生产经营工作组织好；个人如实反映自己的情况。每个环节各司其职、协同推进，从而推动企业和社会正常运行。

记者：您认为，此次疫情对钢铁行业、企业带来了哪些影响？

张永利：从目前来看，疫情对各个行业都产生了影响，钢铁市场近期也呈现出了低迷的态势。一方面，由于下游企业复工一再延迟，钢材短期内供大于求，库存明显增加；另一方面，因物流受限，许多钢铁企业面临矿、煤、焦、辅料等原料供给不及时，发货受阻，在人力资源、资金链、市场价格等方面也或多或少受到了影响。

西宁特钢作为钢铁行业中的一员，同样遇到了一些困难。生产方面，各地原辅材料供应商存在不同程度停产情况、部分运输单位停运，导致各类原辅材料库存较为紧缺，尤其是废钢、原煤等材料的库存持续下降。销售方面，西宁特钢通过铁路发运的钢材因受到站限制及用户接货人员隔离影响，库存较正常水平大幅增加，资金占用较大。同时，由于钢材销售量降低，回款不足，对疫情过后恢复满负荷生产运行也形成了制约。

记者：面对困难，西宁特钢采取了哪些措施？目前效果如何？还存在哪些问题？

张永利：西宁特钢把打赢疫情防控阻击战作为当前最重要的工作来做。在疫情扩大之初，西宁特钢就迅速行动，采取了一系列有针对性的紧急措施：

一是成立了由公司主要领导挂帅的疫情防控领导小组和生产经营管控领导小组，扎实有效开展疫情防控和统筹生产经营工作，形成"领导、指挥、行动、报送"四统一的工作机制，力保公司疫情防控与生产经营"两不误"。

二是所需防疫物资特批急采，严格统筹管理、发放及使用，保证了疫情防控期间以北区为主的生产区及以南区为主的生活区的监测、消毒、防护等管理工作可持续进行。

三是充分发挥党组织的引领和带动作用，筑牢基层党组织疫情防控"第一线"。党员领导干部组建抗击疫情党员志愿者服务队，严格履行疫情防控职责，严控谣言传播，严格执行返青及外来人员管理流程，进行入厂、入区疏导、劝返、测温等工作。

四是由纪委重点对各方面工作进行监督，保障公司疫情防控工作高效顺畅开展。

五是暂停休假、出差等一切外联活动，对人员信息进行每日统计，准确掌握每一名职工及外协方人员的动态，严把入厂通行证管理，做好人员信息审批，对省外返青人员进行精准掌控，并按政府要求做好隔离等工作。

六是针对生产区域职工及提送货人员通行受阻、吃饭受限、消毒及防护用品缺失等问题，积极寻求地方政府协调帮助，并在全公司梳理可用住房，配全、配齐床位铺盖，以供职工在疫情防控期间暂居使用；食堂取消聚餐，全面实行配送；对提送货人员进行体温检测，对车辆进行消毒，如有情况出现即现场隔离，并对防护用品缺失的人员无偿发放防护用品，降低入厂车辆驾驶人员疫情传播风险，保证公司生产经营正常进行。

七是针对公司家属区数量多、人员复杂且流动量大等问题，一方面，严把家属区进入通道，增设劝返点，对所有进入小区的车辆进行消毒，配合社区进行外来人员登记注册，以掌握人员流动信息；另一方面，加大疫情防控知识宣传力度，深入至区、楼、梯，并每日对家属区内公共区域（如电梯间、楼道等）进行不少于2次清洁消毒工作。此外，还利用小区监控系统、人员巡查、劝导等方式，避免家属区内出现人员流动聚集等情况，以降低疫情传播风险。

在防控疫情风险的同时，西宁特钢成立了生产保障领导小组，每天跟进保供和生产工作，确保资金正常、物料可控、信息畅通。一是积极对接、深度跟进，加强与上级部门的对接工作，加强与青海省委省政府及疫情防控指挥部的对接；二是积极拓展市场，提高钢材外发量，加大回款力度，促进资金流动；三是积极筹备原燃料物资，重新策划3~12月的生产组织，确保完成全年生产任务；四是结合省内外各类物资运输保供、原燃材料库存、人员到岗等的实际情况，采取降低生产负荷、协调周边省区及省内物流运输保证原材料供应、协调地方政府周边村镇保证员工出勤等措施。应该说，西宁特钢的生产经营正向良好态势发展。

当前，我们在生产经营方面仍存在以下3个问题亟待解决：一是下游用户还未开工，销售依然不畅；二是由于西宁特钢正处于深化改革、扭亏脱困的关键时期，再加上此次突发疫情，资金运行受双重压力影响，存在一定风险；三是青海省西宁市周边汽配城及汽修厂未开工，公司运输车辆无法得到及时维修，厂内物流受阻，影响当期生产。

记者：在应对此次疫情的过程中，暴露出了我们存在的哪些短板（如在风险管控、生产安全、原材料保障等方面）？下一步，西宁特钢将采取什么举措补短板、防漏洞？

张永利：自疫情发生至今，青海省内铁矿、煤矿及洗煤厂等大多未按原计划开动，启动生产的企业产量有限，无法满足西宁特钢的生产需要；各区域对物流车辆进行管控，西宁特钢目前入厂铁料、煤炭等资源严重不足，原燃料库存处于低位，严重影响了满负荷高效生产。此外，下游企业纷纷压降负荷或停产，2月已注销合同5896吨，要求结转3月交货的合同2200吨，订单需求大幅减少；汽运停滞、铁路运输方向受限，钢材发货量大幅降低，预计较1月减少4万吨以上。受钢材销售量降低影响，回款将大幅减少，导致资金不足，进一步影响原燃料采购、废钢采购，从而使生产经营陷入困境。由此可见，西宁特钢在原材料保障、风险管控、资金运作、产品销售等方面都存在明显的短板。但值得欣慰的是，在青海省委省政府的坚强领导和各级政府部门、兄弟单位的大力帮助协调下，目前制约我们生产经营的各类问题正在逐步得到解决和缓解。

下一步，我们将继续按照"标准不低、指标不降、任务不减"的要求，一是继续抓好疫情防控工作；二是抓好安全生产工作；三是继续加大协调工作力度，缓解经营压力和资金压力；四是加强采购保供工作，进一步拓展采购渠道；五是加大产品销售力度，积极拓展市场，提高产品销售量，增加资金回款，化解资金流动性风险。

记者：面对今年的各项任务，西宁特钢将采取什么样的措施来确保全年目标任务顺利完成？

张永利：为确保完成今年各项生产经营指标，我们将以解决生产经营中存在的实际问题为切入点，一是统筹生产组织，实施经济指挥，提高生产效率和效益；二是系统解决瓶颈问题，稳定提升产品质量，全力打造西宁特钢品牌；三是加强设备管理，统筹能源平衡，保障生产顺行；四是创新采购模式，多渠道解决省内资源保供问题，降低综合采购成本；五是创新销售模式，持续深化营销体制机制改革，加快结构调整步伐；六是树立资金和财务管理在企业管理的中心地位，全面推行财务预算管理；七是持续优化人力资源结构和考核机制，激发全员投身企业改革脱困的内生动力；八是坚决贯彻落实绿色健康发展理念，提升安全环保水平。总之，我们将坚持"变中求进、调整结构、提质增效、绿色发展"的经营方针，不断推进"质量、效率、动力"三大变革，精干主业，推行严细实的管理方式，继续提高产品质量、降低消耗；规范各公司市场化运作，着力对外拓展市场，提高综合竞争力；以资本运作和资金管理为核心，着力做好融资倒贷工作，确保资金链安全；以持续推进体制机制改革为抓手，着力调动各公司自主运行的积极性和主动性，力争实现企业改革脱困的阶段性目标。

我认为，只要政府和企业协同努力，就能尽快实现有序复工，实现正常的生产运转。因此我建议，政府在此过程中应该主动服务、靠前服务，做好统筹、协调、调度、督办等各项工作，同时在人员、资金、原材料、防疫物资等方面因地制宜采取有效措施，保障到位。

（原刊于《中国冶金报》2020年3月3日1版　记者　顾学超　刘加军）

陈亮：战"疫"稳产有我民营企业

当前，疫情防控工作到了最吃劲的关键阶段。同时，一场经济保卫战也随着企业复工复产全面打响。受疫情影响，钢铁企业复工复产面临诸多新情况、新问题，企业应该如何应对当前面临的风险，如何确保今年的各项目标任务顺利完成？近日，《中国冶金报》记者就上述问题采访了广西盛隆冶金有限公司董事、常务副总经理陈亮。

记者： 近期，习近平总书记就坚决打赢疫情防控阻击战、确保社会稳定和经济平稳运行发表了系列重要讲话。请您谈谈学习习近平总书记重要讲话的心得体会。

陈亮： 疫情就是命令，防控就是责任。习近平总书记的重要讲话和一系列重要指示深刻阐述了疫情防控的重大意义、基本策略和重点举措。企业员工在疫情防控战役中肩负着特殊重要职责，要进一步增强"四个意识"、坚定"四个自信"、做到"两个维护"。盛隆冶金作为民营企业更应当在这个特殊时期的紧要关头坚决贯彻落实习近平总书记重要讲话和一系列重要指示精神，坚决以广西壮族自治区党委、自治区人民政府和防城港市委、市政府建立的快速反应机制为结合点，坚持以科学的方法切实增强疫情防控的针对性和有效性，进一步织密织牢防控网，阻断疫情传播链，持续有效打好疫情防控阻击战；做好企业员工的思想工作，有序维护正常生产经营，积极推动地方经济平稳健康发展。

记者： 在当前疫情防控的关键时期，盛隆冶金在推动抗疫稳产方面采取了哪些措施？

陈亮： 盛隆冶金所在的广西防城港的疫情控制措施比较到位，企业也已经在生产物料储备、资金流统筹管控等方面做了一定的努力，但生产经营仍然面临巨大挑战，一些困难和矛盾逐渐呈现恶化趋势。例如，资金运转困难、现金流维系时间难超1个月，物流严重受限（因北海、钦州、玉林、百色、河池等市严控外来人员，钢材运输车辆无法进入，给盛隆冶金的钢材产品进入上述地区市场造成了很大压力，现在迫切需要开通绿色通道确保工业产品的运输畅通）、产品大量积压（截至 2 月 26 日，该公司积压钢材已达 58 万吨，对流动资金的盘活造成很大影响）、员工防疫物资紧缺等。

面对上述困难，盛隆冶金按照科学、合理、适度、管用的原则制订针对性措施，有条不紊地组织生产，调整经营计划并扩大了线上业务，以多元化经营的方式深挖市场潜力，加大对三四线城市的产品推广力度，开拓海外市场，加大创新和研发力度，缩减成本，保证充足的现金流，1 月产值达 28 亿元，实现了既定的稳增长目标。

同时，盛隆冶金积极投身抗击疫情防控工作。2 月 1 日，盛隆冶金董事会决议，向广西壮族自治区政府捐资 1000 万元，作为广西壮族自治区及防城港市防控疫情专项资金，助力打赢新冠肺炎疫情防控阻击战。目前全部捐款已到位，为防城港市医院建设隔离病房、增购负压救护车、筹措医用防疫物资、组织人员驰援武汉等做出积极贡献。

记者： 盛隆冶金将采取什么样的措施确保今年目标任务顺利完成？

陈亮： 下一步，盛隆冶金将积极贯彻落实国家和广西出台的各项减税降费扶持政策和措施，理性研判市场，加强自律，按照市场需求组织生产，不盲目增产，充分预计疫情对企业下游行业及其钢材消费的影响，做好产品差异化发展规划，力争保持全年稳定生产，以实际行动助力打赢这场疫情防控攻坚战。同时，我们也感谢北部湾港务集团物流平台在疫情防控紧张时期给予企业的大力支持，在最大程度上确保了原燃料供应链不受影响；桂林银行和北部湾银行等在资金担保和授信额度方面倾力相助，帮助我们合理利用有限的财务运作资金，防止了钢材产品价格大幅波动。

（原刊于《中国冶金报》2020 年 3 月 11 日 1 版 记者 刘加军）

勠力同心 夺取战"疫"经营双胜利

抗击新冠肺炎疫情已经到了关键阶段。《中国冶金报》记者日前走访了辽宁方大集团旗下上市公司方大炭素，并就疫情防控、稳产保供采访了方大炭素董事长党锡江。

记者：近期，媒体对辽宁方大集团多次向抗击疫情一线捐钱捐物奉献爱心的善举好评如潮，请您介绍一下这方面的情况。

党锡江：面对新冠肺炎疫情，方大集团坚决贯彻落实党中央、国务院，以及企业所在省、市党委、政府的各项防控部署要求，由董事局主席方威亲自安排部署，集团所属医药、炭素、钢铁、商业等板块各企业尽最大努力筹措防疫物资，先后向加拿大、哥伦比亚、日本、韩国、土耳其、德国等国家派出员工在当地采购，企业后方整体调度全力支持，紧急驰援抗击疫情一线。同时，方大集团在辽宁的企业和医院，更是全力投入到抗击疫情工作中。方大群众医院先后选派两批共7名专业医护人员随辽宁省援鄂医疗队奔赴武汉第一线。作为方大集团医药业务核心企业的东北制药，面对疫情重新调整生产计划，优先、满负荷生产疫情急需药品，对列入预防用药的维生素C片等产品开足马力生产保供，全面做好抗病毒、消炎止咳、解热镇痛等相关药品保供工作等。

截至3月6日，方大集团已先后向湖北、武汉捐赠2亿元善款和2.1万套防护服，向辽宁省新冠肺炎疫情防控指挥部捐赠1亿元，同时已累计捐赠22万瓶维生素C片、17万只医用口罩、9.3万瓶乙醇消毒剂、6.8万余套防护服、110万副医用手套、1.5万双防护靴等防疫物资支援辽宁、江西、甘肃等地区，充分展现了一个讲奉献、有责任、敢担当、有温度的民营企业风范，为坚决打赢疫情防控阻击战贡献力量。

记者：您认为，此次疫情给炭素行业、方大炭素带来了哪些影响？

党锡江：突如其来的疫情让国内炭素行业雪上加霜，部分石墨电极生产企业开工率不足，一些企业部分工序停工，这对炭素行业、对方大炭素来说是一次严峻考验。如何应对这次"大考"是当前的重要课题。疫情期间，方大炭素的原材料采购、产品发货进度、员工返岗等受到了不同程度的影响。此外，下游钢铁企业开工不足、出口产品报关迟滞、新招聘员工延后等也产生了不利影响。方大炭素凭借在炭素行业的领先地位、综合竞争实力和灵活高效的体制机制优势，1月，国内电极销售完成计划的104.61%，国内炭砖完成计划的106.5%，国内销售累计回款完成计划的116.90%。

2月正值疫情防控的关键阶段。方大炭素做到疫情防控与生产经营齐头并进，全体员工攻坚克难、凝聚力量，想方设法克服疫情带来的不利因素，产供销紧密衔接，生产经营总体保持良性发展态势，企业的发展后劲很足。

记者：当前，疫情防控工作到了最吃劲的关键阶段。同时，一场经济保卫战也随着企业复工复产全面打响。方大炭素在贯彻落实习近平总书记重要讲话精神，推动抗疫稳产方面采取了哪些措施？

党锡江：习近平总书记的一系列重要讲话，为打赢这场疫情防控阻击战注入了强大信心和力量。方大炭素全面打好疫情防控阻击战和生产经营攻坚战，努力化解风险挑战，多措并举、多方发力，确保生产经营稳定有序进行。

在做好疫情防控工作的基础上，方大炭素动员所属各单位、各级管理人员立足职能定位，精准落实监管责任，切实做到认识再深化、措施再细化，把落实工作抓实抓细。公司强化对员工的教育和引导，用"抓生产、创效益就是对防控疫情最大的支持"这一要求统一员工思想，无论是春节期间还是疫情时期，方大炭素24小时不停歇，干部员工全力投入到生产经营工作中，一个多月来，企业生产稳定运行，产销兴旺。与此同时，公司不断加强产供销衔接工作，重点做好特殊时期物流运输保障，组织好产品发货、原料直供、外委产品转序、原料提货等生产任务，尽最大努力将疫情给企业生产经营造成的影响和损失降到最低。尤其在销售方面，公司不断做出调整，采取电话、微信、邮件等网络联系方式，积极主动做好与客户之间的沟通，及时了解客户的需求和困难，制订应对方案，灵活运用铁路、汽车等多种运输方式，尽最大努力满足客户需求，在做好疫情防控的同时全力保障市场产品供应需求。

困难是暂时的。当前，国家正在推动企业有序复工复产。我们相信，在国家和地方出台的一系列减税降费、优化金融服务等措施的帮助下，企业生产经营所面临的难题将被化解。方大炭素全体员工有信心打赢疫情防控阻击战和生产经营攻坚战。

记者： 面对 2020 年的生产经营任务，方大炭素将采取什么样的措施确保全年目标任务顺利完成？

党锡江： 2020 年，我们的生产经营任务将异常繁重，所面临的挑战将是前所未有的。方大炭素坚决落实好疫情防控工作要求，加强科研创新，激发企业内生动力。我们将进一步建立、健全和完善市场服务体系，围绕市场做好产品结构调整；坚持安全生产底线不放松、严守环保红线不动摇；加快东乡县产业扶贫项目进度，坚决打赢脱贫攻坚战。全体干部员工厉兵秣马、众志成城，进一步坚定信心，以 2020 年既定生产经营目标为新起点，以时不我待的紧迫感和使命感凝心聚力，把各项工作抓实、抓细、抓落地，坚决打赢疫情防控和生产经营两场攻坚战，更好地推动企业高质量发展，为振兴民族炭素工业做出我们应有的贡献。

（原刊于《中国冶金报》2020 年 3 月 18 日 1 版　通讯员　罗永岗　记者郭达清）

第二篇

同 心 驱 疫

守望相助　战"疫"必胜

中国钢铁工业协会党委书记　何文波：

这是一个艰难的时刻，也是一个必将载入史册的时刻。中国钢铁人在一起，举身共抗疫情。

在这个时刻，我们要向武汉、向湖北钢铁行业的干部职工致敬！你们正在经历着前所未有的考验，正在进行着一场严峻异常、无法后退的特殊战斗。你们争分夺秒、英勇奋斗，一展报国情怀和钢铁担当。

在这个特殊时刻，我们也格外牵挂你们和你们家人的安危，希望你们务必以健康安全为先。同时要牢记，你们不是孤军奋战，全行业都站在你们身后，做你们最坚强的后盾。

中国钢铁工业协会轮值会长，沙钢集团有限公司董事长　沈彬：

疫情当前，钢铁行业在这场没有硝烟的战斗中展现了钢铁人的使命担当。沙钢在捐献价值共计 3000 万元款物的基础上，还将继续积极参与公益募捐、医疗支持、物资保障等活动。我们将与湖北等疫区人民携手同行、共克时艰，为坚决打赢疫情防控阻击战努力贡献力量！

中国宝武党委书记、董事长　陈德荣：

由于武汉、湖北也是中国宝武的产能重点布局区域，我们对疫情发展情况有了更深入的了解。我们要坚决贯彻习近平总书记的重要指示精神，坚决贯彻党中央、国务院和国务院国资委的工作部署和安排，切实承担起央企的责任和担当。我们坚信，有习近平总书记的亲自指导，有党的坚强领导，有社会主义"集中力量办大事"的制度优越性，这场抗疫斗争一定会取得最后的胜利。

鞍钢集团有限公司董事长、党委书记　谭成旭：

鞍钢集团坚决贯彻落实习近平总书记重要指示精神，坚决贯彻落实党中央、国务院决策部署，一手抓好疫情防控，一手抓好生产经营，履行央企责任，全力支援抗疫，坚决打赢疫情防控阻击战。

首钢集团党委书记、董事长、总经理　张功焰：

我代表首钢集团全体职工向奋战在抗击疫情一线的英雄们致以崇高的敬意！首钢作为首都大型国企，疫情防控责任重大。让我们同心协力、众志成城、共克时艰，以疫情防控和经营生产的双胜利助力武汉！助力中国！

河钢集团党委书记、董事长　于勇：

我代表河钢集团向抗击疫情前线的奋斗者致以崇高的敬意！大事难事看担当，非常时期也是考验初心使命的关键期，让我们坚定信心，以钢铁般意志铸牢钢铁长城，坚决打赢疫情防控阻击战。武汉加油！中国必胜！

太钢集团党委书记、董事长　高祥明：

责任在肩，当无畏前行。疫情大考之下，太钢集团将牢记产业报国初心，履行好"大国重器"使命，人人争当"最美逆行者"，坚决守住守好疫情防控的"太钢阵地"，向党和人民交上合格答卷！

（原刊于《中国冶金报》2020 年 2 月 14 日 1 版）

同舟共济 战"疫"稳产

——湖北钢企疫情影响概述及后期展望

中国钢铁工业协会

湖北省现有 70 余家黑色金属冶炼及压延加工企业（包括中国宝武的 3 家企业），主业从业人员约 5 万人，加上企业外协和职工家属至少 20 万人，还有大量人员从事钢铁辅助行业和相关产业工作。其中，长流程炼钢企业包括宝钢股份武钢有限、中国宝武鄂城钢铁、中信泰富特钢集团大冶特钢、大冶华鑫和金盛兰冶金 5 家，其余冶炼企业均为短流程炼钢企业。

2019 年，湖北省粗钢产量为 3611.5 万吨，同比增长 17.6%；生铁产量为 2765.2 万吨，同比增长 10%；钢材产量为 3771.6 万吨，同比增长 3.3%。粗钢、生铁、钢材产量占全国比重分别为 3.6%、3.4%、3.1%。分企业来看，宝钢股份武钢有限 2019 年粗钢产量为 1591 万吨，同比减少 2.2%；中国宝武鄂城钢铁 2019 年粗钢产量为 490 万吨，同比增长 7.9%；大冶特钢 2019 年粗钢产量为 365 万吨，同比增长 10.7%。其余冶炼企业 2019 年粗钢产量为 1165 万吨，同比增长 76.1%。

湖北钢企受疫情影响情况

一是长流程企业生产基本正常，短流程企业全部停产。长流程企业因流程特性决定了生产的连续，高炉、焦炉停产对设备运行及维护影响较大，且需要利用煤气余热保障当地居民供暖。铁矿石等原燃料消耗主要以常备库存为主，国内港口铁矿石库存也较为充足。据调研，目前湖北省 5 家长流程企业基本保持正常生产。武钢有限、鄂钢等企业现场一线员工没有放假，生产经营基本稳定。武钢有限制订周密计划，合理均衡安排设备检修，生产计划做到动态调整，并做好成品出厂合同及流向变更或转库工作，以确保末端成品库通畅；日均铁产量为 3.97 万吨、钢产量为 4.22 万吨、准发 3.68 万吨，铁、钢产量都略超日均计划。大冶特钢、大冶华鑫两家长流程企业生产经营基本正常，受影响不大。金盛兰冶金受疫情和市场影响，于 1 月 25 日将两座 1350 立方米高炉中的一座闷炉，另一座保持正常生产。

湖北省短流程企业多数是福建企业家控股，按往年惯例春节期间放假停产，2020 年提前于春节前 20 天左右全部停产，其他省份这类情况也比较普遍，多数短流程企业提前停产。

二是下游需求锐减，钢材库存激增。受疫情影响，湖北下游行业尤其是建筑业全部处于停滞状态，建筑用钢材需求几乎降到零，没有新订单，钢厂库存上升明显，企业减产相对更普遍。板材生产主要以直供长单为主，企业仍然按春节前的订单生产，但受制于运输问题，客户提货速度明显放缓，钢厂产品堆存遇到一定问题。据中国钢铁工业协会统计，截至 1 月末，5 大类钢材社会库存量为 1438.6 万吨，月环比增加 519.8 万吨，上升 56.6%。

三是钢材价格略有下降。疫情发生以来，市场需求下滑，南方钢铁企业普遍减产，区域内供求矛盾相对缓和，钢材价格没有出现大幅下降。据中钢协统计，2 月第一周，钢材综合价格指数为 103.86 点，比 1 月初下降 2.48 点；中南地区螺纹钢（钢筋）价格为 3868 元/吨，比 1 月初下降 32 元/吨。随着疫情影响的加大，预计后期钢材价格有继续下降的可能。

四是企业物流运输受限。受武汉封城影响，宝钢股份武钢有限的原材料和辅料的物流运输基本停止，目前还有一定的库存保障，坚持到 3 月问题不大，但交通管控措施持续的话，4 月可能会面临更大压力。

湖北钢企复工复产情况

从调研情况看，进入 2 月以来，短流程企业继续处于停产状态，武钢集团襄阳重工等短流程企业虽申请于 2 月 14 日复产，但当地政府建议继续停产。停产企业要复产，面临着二次防疫的挑战，防疫能力有限，防疫物资跟不上，一旦有病例出现，企业有被迫封闭的风险，将造成二次损失。即使复工复产也可能面临上下游产业链复工节奏不匹配，特别是公路运输环节短期难以顺畅等问题。这类问题与下游行业一致，整体开工节奏都将跟着疫情走，复工复产后延比较确定。

长流程企业目前已经开始减产，后期如果物流运输问题得不到实质性解决，减产速度将加快。金盛兰冶金因人员不足、订单减少等问题，只保持一座高炉生产，经营面临有价无市的困境。

湖北钢企后期稳定运行展望

初心如磐，使命在肩。当前，湖北钢铁企业正在认真贯彻落实习近平总书记重要指示精神和党中央决策部署，坚定信心，迎难而上，科学防治，靶向施策，为坚决打赢疫情防控的人民战争、总体战、阻击战全力以赴。

疫情防控任务艰巨，但身处疫情主战场的湖北钢铁企业牢记初心使命，努力抓好科学防控疫情和生产经营稳定顺行"双线"应对，彰显了钢铁人的家国情怀和责任担当。武钢有限在实现生产经营基本稳定的同时，保证医院和发热门诊不断电、周边居民安全可靠用电，并紧急驰援火神山医院建设。鄂钢为武汉火神山医院、雷神山医院建设火速支援钢材，为抗疫救治场所构筑了"钢筋铁骨"。大冶特钢将汽运改为水运，最大限度地保障了相关物资快速到位。湖北金盛兰公司全面落实联防联控措施，坚守岗位的3300名员工没有出现一例感染。

凛冬过后，阳春必至。疫情应对正处于关键期，湖北钢铁企业正以舍我其谁的责任感、时不我待的使命感，努力克服因疫情给企业生产经营带来的重重困难。同时，我们也坚定地相信，钢铁企业所在地政府部门正在按中央的要求，努力帮助企业解决原燃料供应不畅等突出问题，为疫区钢铁企业尽早实现稳运行保驾护航。

疫情虽险，但我们信心满怀。这信心体现在湖北钢企迎难而上的斗志中，体现在钢铁全行业众志成城的行动中。在党中央国务院的坚强领导下，在全钢铁行业殷切的期盼中，历经此"疫"的湖北钢铁业一定能够披荆斩棘，排除万难，化危为机，取得疫情防控和稳定运行的双胜利，继续深化供给侧结构性改革，实现高质量发展不松劲、不停步。

同舟共济战"疫"情，团结一心克时艰。湖北钢铁业时刻牵动着中国钢铁工业协会和全国300多万钢铁行业干部职工的心。让我们再次发出钢铁强音，传递钢铁正能量，挺起钢铁脊梁，汇聚成打赢抗疫阻击战的强大力量。武汉必胜！湖北必胜！中国必胜！

（原刊于《中国冶金报》2020年2月14日1版）

抗击疫情，我们在一起！

"全党全军全国各族人民都同湖北和武汉人民站在一起。"2月10日下午，习近平总书记在北京市调研指导新冠肺炎疫情防控工作时这样说。

独木不成林，单丝不成线。面对新冠肺炎疫情，在全国人民积力所举、众智所为的疫情防控阻击战中，钢铁人披坚执锐共赴时艰，铸起一道坚不可摧的钢铁长城。

抗击疫情，修我戈矛。位于新冠肺炎疫情重灾区——湖北武汉的中国宝武武钢集团、宝钢股份武钢有限公司、中国一冶及湖北其他各地的钢铁企业迅速投入到疫情防控阻击战中。把职工群众生命安全和身体健康放在第一位！各企业纷纷成立以企业一把手为总指挥的新冠肺炎疫情防控工作组，全面动员，全面部署，建构起群防群治、联防联控的坚强防线。广大干部职工顶住压力、坚守岗位，在做好疫情防控的同时，稳妥有序做好生产经营各项工作，用实际行动诠释着战"疫"有我的钢铁担当。

诚既勇兮又以武！同时间赛跑，与病魔较量。看身处防疫斗争主战场的钢铁人，他们24小时不停工生产医用氧气，全力以赴协助解决金银潭等医院医用氧气保障问题；他们克服自身面临的巨大困难，生产出抗震螺纹钢、热镀锌钢板、盘螺、彩涂板等钢材，紧急驰援火神山医院、雷神山医院、鄂州"小汤山"医院建设；他们深入重症感染病室，为发热门诊提供通信保障。武汉钢铁人，湖北钢铁人，铁骨铮铮，义无反顾。

抗击疫情，与子偕行！新冠肺炎疫情发生以来，全国各地送出生活物资、医用物资，派出医护人员等驰援武汉及湖北各地抗疫一线，全国各地的钢铁企业也为这曲"到武汉去、到湖北去"的战歌谱写了铿锵的乐章。据不完全统计，截至2月10日，来自钢铁冶金企业的捐款已经超过10亿元，捐赠物资数量也在不断更新中。同时，最美"逆行者"驰援武汉、湖北的医护人员也在用他们的实际行动践行抗疫誓言。一封封请战书、一枚枚红指纹，印证着他们的医者仁心、无畏担承。

万人操弓，共射一招，招无不中。2 月 12 日，国家卫健委发布会表示，疫情形势出现 3 个积极变化。不过，这是第一波防控措施实施后呈现的效果，现在疫情防控正进入胶着对垒状态，我们尤须同胞偕作，再接再厉。

抗击疫情，我们在一起。武汉胜则湖北胜，湖北胜则全国胜。疫情防控阻击战打到今天，已成一场人民战争、总体战。战"疫"的决胜地，在武汉，在湖北。虽然我们身处各地、岗位各异，但心之所向，皆是战"疫"的最后胜利。钢铁行业和企业的广大干部职工，要充分认识到防疫斗争的严峻性，以更加坚定的信心、更加积极的行动，在做好自身疫情防控的同时，支持武汉、支持湖北，与疫区主战场的钢铁兄弟并肩作战，顽强斗争。我们的共同目标，是夺得疫情防控、维护钢铁行业平稳运行、完成钢铁行业全年各项目标任务的全面胜利。

一撇一捺，互为支撑，这是"人"字的写法，也是我们在一起，排除万难去争取胜利的法宝。听，今天，在这里，中国钢铁人正在发出共同的声音：

武汉必胜！湖北必胜！中国必胜！

我们在一起，战"疫"必胜！

（原刊于《中国冶金报》2020 年 2 月 14 日 1 版　本报评论员文章　实习记者　赵　萍　执笔）

战"疫"前线展风采

　　号令吹响，旌旗猎猎。疫情发生以来，广大钢铁企业闻令而动、奋战在前，拉网摸排、严防严控，以一批批满载着鼓励与希望的钱物、一个个投身战场的身影、一项项扎实有效的稳产保供举措，生动诠释了什么是责任、什么叫担当。

　　这其中，有一批钢企的情况尤为牵动人心——他们就是奋战在疫情中心的湖北省钢企。突如其来的疫情，使湖北省钢企面临着停产减产、下游需求锐减、钢材库存激增、物流运输受限、防疫物资紧缺等困难，但历经磨砺的钢铁人不怕！你看，他们积极贯彻落实党中央及湖北省委、省政府的决策部署，全面部署、全面动员、全面加强疫情防控工作，筑牢群防群治的"防火墙"，并克服各种困难，稳生产稳经营！同时，他们还捐款捐物支持抗疫，火速驰援火神山、雷神山医院建设，尽显钢铁担当。

　　在中国钢铁工业协会的帮助下，湖北省冶金工业协会为我们发来了中国宝武鄂城钢铁、宝钢股份武钢有限公司、中信泰富特钢集团大冶特钢、大冶市新冶特钢、湖北金盛兰冶金科技有限公司等钢企的抗疫传真。我们感谢湖北省冶金工业协会在特殊时期的大力支持，我们向战斗在武汉、鄂州、咸宁、黄石等湖北抗疫主战场的钢铁人致敬！今天，就让我们一起走进他们——

"红钢城"，抗疫情铁骨铮铮！

　　武汉是一座英雄城市。在这个城市的一角，有个地方叫"红钢城"，她是1958年投产的新中国钢铁长子武钢的厂区所在地。钢铁从来都是民族脊梁。面对当前这场来势汹汹的新型冠状病毒肺炎疫情，钢铁企业以其铮铮铁骨，不辱使命，为坚决打赢疫情防控阻击战贡献钢铁力量。

中国宝武武钢职工星夜鏖战助力武汉市金银潭医院医用氧改造项目建设

（中国宝武武钢　供图）

　　疫情发生以来，身处疫情防控主战场的中国宝武武钢集团和宝钢股份武汉钢铁有限公司（下称武钢有限）深入贯彻落实习近平总书记关于坚决打赢疫情防控阻击战的重要指示精神，全面贯彻落实党中央、国务院和当地政府重要决策部署，按照中国宝武的工作安排，始终把职工群众生命安全和身体健康放在第一位，坚持一手抓疫情防控保员工安全，一手抓生产组织保生产安全，做到了防疫、生产两不误。

抗疫情　全力以赴，不让一个职工在厂区倒下

　　面临严峻考验，武钢的员工也有迷茫、担忧和畏惧。但高炉不能熄火、焦炉不能歇、生产不能停止！疫情就是命令，防控就是责任。做好疫情防控是企业复工复产的基础保障。没有条件创造条件，决不能任由疫情蔓延！为此，武钢有限采取多举措确保职工生命安全。

　　一是迅速建立健全防疫组织机构。该公司第一时间成立疫情防控领导小组和若干专业小组，全面部署、全面动员、全面防控，发挥联防联控机制作用，加强统筹协调，把疫情防控的各项要求和措施落到实处，构筑起群防群治的严密防线。

　　在这个特殊困难时期，来自上海的公司领导原本可以回家过春节，但他们都选择留下来，坚守工作岗位，与各级领导深入一线，靠前指挥，加大工作检查、督导力度，及时掌握情况，及时发声指导，及时采取行动，全面推动疫情防控工作扎实有序开展。广大党员干部也切实扛起责任，积极开展"防控疫情，我是党员我承诺、我先行"活动，充分发挥带头作用，动员群众、组织群众、凝聚群众，带头践行健康生活方式，做到科学有效防控。

　　二是严格执行疫情日报、零报制度。该公司建立了离汉、返岗和在岗人员日报告制度，建立疫情防控工作联系群，加强健康监测，每天动态掌握每一名职工的身体状况，按要求上报相关数据，做到精准摸排、精准防控，全面落实"早发现、早报告、早隔离、早治疗"防控措施。

　　三是全力保障防疫物资需求。春节前该公司将 6.2 万只 N95 口罩、12.02万只医用口罩、3 万瓶消毒水和 3910 台体温枪配发至生产一线和职工手中。春节期间，该公司又向上班员工发放了近 7 万只口罩，满足 10 个班次的需要，同时还给各单位临时加班人员、安全部门配置了口罩，确保工作人员每天的正常防护所需；紧急采购的 2000 瓶酒精也迅速发放到各单位，用于办公桌、会议桌、操作台的消毒。而最为紧缺的防护服则配送给负责运送厂区发热员工的司机和运送氧气到各大医院的司机，确保安全。

　　四是严守疫情防控"第一道防线"。该公司严格执行武汉市交通管制的要求，对保障生产运行和应急保障的通勤车和公务车进行报备；严格员工出入厂管理，为所有门岗配置体温枪，设置检测点，为每台通勤车配备体温枪，并设置专门车长，确保人员进厂安全，加开 6 条倒班通勤线路保障职工上下班，同时鼓励职工步行、骑自行车上下班，减少交叉感染。

　　五是全面加强重点区域防疫。该公司要求全员佩戴口罩，实施日消毒制度；在食堂、办公等公共区域实施严格的疫情防控措施和卫生清洁标准。所有进入聚集地的人员必须接受体温检测，一旦发现体温超标者，不允许进入，必须回家观察休息，必要时送社区卫生服务中心分诊。职工就餐采取分散进行、送餐上门或尽量不在餐厅等形式，全力以赴"防输入、防扩散"。

六是全面加强宣传教育、舆论引导和抚慰帮困。该公司通过微信等方式宣传防控知识；加强员工心理疏导，确保职工队伍稳定；加强对参与疫情防控工作的职工和坚守岗位、坚持上班的员工、困难职工的关心帮扶，发放特别补贴、特别慰问金，并重奖一批突出贡献的团队与个人。

武钢有限千方百计加大对疫情感染员工的支持帮助和抚恤抚慰力度，鼓励职工众志成城、共克时艰。通过以上措施，员工仍然坚守岗位、保产保供，生产秩序井然。

保生产 上下游共克时艰，产量超计划

中国宝武党委书记、董事长陈德荣指出，武钢是中国宝武的一面旗帜，一定不能倒，要挺住。作为关系到国计民生的连续生产的大型钢铁联合企业，武钢有限负责国防、航天、重大工程以及"一带一路"项目的材料供应和民生保障，有着庞大的上下游产业链，一旦停产将导致全产业链无法估量的严重后果。不仅如此，焦炉、高炉、转炉、加热炉等均是高温高压密闭的炉窑，必须连续生产才能保证安全。更何况，武钢承担着武汉市青山区数万居民的生活用电、厂区周边数万村民的用水用电的责任。

在中国宝武和宝钢股份的指导下，武钢有限制订了完备的应急预案，对节日期间的大宗原燃料进厂、生产计划、出厂等方面进行了部署。武钢人弘扬"三争精神"（争气、争光、争一流），坚守岗位、抗疫保产，无论是调度指挥，还是生产操作；无论是运输销售，还是保障后勤，所有人员密切配合，共同奏响抗疫保产协奏曲。

疫情发生以来，一些上下游客户纷纷来信来函表达敬意与慰问，表示要与武钢有限风雨同舟、共克时艰，全力保障物资供应，帮助武钢有限抗击疫情、稳定生产。

截至目前，武钢有限生产秩序井然，1月该公司铁、钢、材产量分别为119.9万吨、129.3万吨、114.4万吨，合同完成率达到96.08%；铁、钢产量均超计划完成。目前，由于疫情防控交通管制，武钢有限产品外发矛盾突出，将积极协调相关部门来确保合同及时率，努力把影响降至最低。

援社会　宁愿高炉少氧，不让病人缺氧

疫情发生以来，武汉市重点防疫项目建设风掣雷行，与时间赛跑、与病毒斗争，武钢集团和武钢有限积极参与武汉抗击疫情行动，忠实履行钢铁报国使命。

武钢有限气体公司担负着包括金银潭医院等武汉全市 50% 以上的医用氧气用量的生产任务。高炉要用氧，病人也要用氧，给谁不给谁？

大事面前，方显央企担当；危难关头，更显英雄本色。武钢有限党委书记、执行董事刘安当机立断：宁愿高炉少氧，也要保医院供氧。随即该公司举全公司之力组织医用氧气生产，全力组织增产超产。

2月2日，武汉市新冠肺炎防控指挥部向武钢有限发来商请协助函，请求火速安排氩弧焊工人和管道安装工人，支援火神山医院建设。接到命令后，武钢有限紧急驰援，第一时间组建"战疫情先锋队"，该公司技能大师马保华带领 40 名参战勇士庄严宣誓"若有战，召必至"，并写下请战书。从上"战场"那一刻开始，他们就争分夺秒不舍昼夜，展示了钢铁工人的效率。他们披星戴月、24 小时连轴转，出色完成了火神山医院援建任务。同时，武钢有限发扬敢打硬仗的精神，仅用 8 小时就完成了向武汉雷神山医院供应 23 吨优质彩涂板的紧急任务。

为了大幅提升危重病人救治硬件条件，武钢集团旗下武钢中冶为金银潭医院增建两套供氧系统，武钢绿城全力以赴保障武汉市青山区定点医院及发热门诊等医疗机构供电用电和通信畅通。

"离传染源那么近，我也很害怕。但我是党员，本就应该冲在前，而且我深深地被医护人员所感动，才义无反顾走进传染病区大楼。"面对疫情，武钢绿城通信公司商用服务分公司信息网络主管李纯钢三进武钢二医院传染病区大楼，布放了 10 对电缆 50 米、电话线 500 米、网线 13 根近千米，安装固定电话 8 部，为抗击疫情的医护工作者提供通信保障。

像这样的故事每天都在发生……武钢人用自己的行动表达战胜病毒的决心，为打赢疫情防控阻击战贡献钢铁人的力量。

（原刊于《中国冶金报》2020 年 2 月 14 日 1 版）

战"疫"保"产"，鄂钢这样做

中国宝武鄂钢钢材正在抗疫医院建设工地卸车（鄂钢 供图）

新型冠状病毒肺炎疫情突如其来，一场守望相助、争分夺秒的接力赛也随之展开。在抗击疫情的过程中，中国宝武鄂城钢铁迅速行动，全力做好疫情防控和生产经营各项工作，积极履行政治责任和社会责任，全力以赴支持配合打赢疫情防控阻击战，彰显了钢铁人的使命与担当。

严防严控筑牢"防火墙"

疫情发生以来，鄂钢深入贯彻落实习近平总书记对新冠肺炎防控的重要指示、讲话精神，以最高标准、最严要求、最实举措开展疫情防控工作，举全公司之力严防严控，确保职工的生命安全和身体健康，维持了安全生产秩序。

一是加强组织领导，为打赢疫情防控阻击战提供坚强的政治保证。鄂钢迅速成立了以党政主要领导为组长、分管领导为副组长、其他战线领导为成员的疫情防控工作领导小组，明确工作职责，制订人员监控、隔离工作流程、防控物资采购发放流程等 10 个方面的防控举措，切实加强防控工作的组织领导。

二是发挥基层党组织作用，切实保持生产稳定和队伍稳定。鄂钢党委下发《关于在打赢疫情防控阻击战中发挥基层党组织战斗堡垒作用和党员先锋模范作用的通知》，号召各级党组织和广大党员带头落实防控举措，把疫情防控作为当前压倒一切的重大政治任务，靠前指挥、冲在一线、守土尽责。

三是建立疫情防控包保机制，实施网格化管理，筑牢群防群控的第一道"防火墙"。鄂钢建立了领导人员疫情防控包保机制，推行了网格化管理要求。该公司领导每人分别包保2~3个单位，中层领导人员及助理包保车间、班组，实现了包保责任全覆盖。同时，该公司要求每天至少一名公司领导检查二级单位领导人员带班值班和包保责任落实情况，以及车间、班组网格化管理情况，对发现的问题立查立改，并及时下发通报，及时堵塞漏洞。此外，该公司坚持信息报送制度，班组、车间、厂、公司层层报送，每天定时对集团、武汉总部、鄂州市防控工作指挥部报送信息。

四是加强分级管理，全面排查各类群体，防止疫情扩散。首先，该公司坚持疫情"零报告""日报告"制度，各班组利用班前会每日询问、检查职工及在岗协力工的身体状况，检查正常方可交班上岗。其次，该公司全面清查从武汉返鄂人员，坚持每天填报健康状况报表，14天全部正常后解除跟踪。再次，该公司重点监控住院隔离治疗人员，全面排查近期行踪，对密切接触的人员进行居家隔离。最后，该公司密切关注有发烧、咳嗽或密切接触过被医院隔离观察治疗人员的隔离人员，要求居家隔离14天。

五是抓好公共场所管控工作。该公司坚持做好定期消毒工作，每天对办公楼、食堂、浴室、宾馆、更衣室、集中操控区域、各二级单位办公区域等人员密集场所进行全面消毒，每天对新增隔离人员所在岗位区域进行全面彻底通风和消毒。

支持抗疫一线显担当

1月27日上午，在得知武汉雷神山医院建设急需100余吨直径12毫米的抗震螺纹钢的消息后，鄂钢迅速响应，仅用4小时就完成了货源调配、运力抽调、仓库放货、配货装运等工作。在汉鄂两地均交通管制的困难局面下，鄂钢积极与当地各级防控指挥部联系，开辟绿色通道，当天下午3时30分，两辆装载"鄂钢"牌螺纹钢的车辆准时到达施工现场，圆满完成了配送任务。

据悉，鄂钢像这样快速开通绿色通道，合理安排物流车辆，先后8批次累计向武汉市雷神山、火神山医院和鄂州市第三医院3家医院运送急用建筑钢材705吨、板材185吨，有力地支援了医院建设。

疫情发生以来，鄂钢积极履行央企的政治责任和社会责任，汇爱成河，共克时艰。结合鄂州市二医院医护人员就餐困难实际，紧急行动，仅用半天时间招人、备物资，从2月4日起每天为该医院提供300余人的供餐服务；针对医护人员安置极度困难等问题，专人主动对接鄂州市防控指挥部，主动腾空鄂钢宾馆，自2月10日起安置支援鄂州市的医护人员60余人；针对鄂钢医院（隶属海南海药公司，是鄂州市接收患者的三大重点医院之一）防控物资紧缺的问题，紧急支援一批酒精、84消毒液，并与其共享20余个采购渠道，同时积极协调捐赠医用手套、防护服等医疗用品和生活物资；做好对口扶贫村疫情防控工作，及时援助一批防控物资。

多措并举保供稳产

在疫情防控的严峻形势下，鄂钢多措并举，加强统筹安排，全力保障了企业的生产经营稳定。

一是全力保障基本安全生产物资。针对运输不畅的问题，该公司及时与鄂州市政府沟通，结合疫情防控要求和企业基本安全生产实际，争取特别通行政策，保障鄂钢基本安全生产物资需求。同时，该公司每天编制生产物资库存与在途预警表，每项重点物资都由专人负责跟踪，重点保障熔剂矿的供应，动态管控废钢资源和消耗（铁钢比），确保基本生产物资可控。

二是全力保障生产组织安排。该公司及时调整生产组织，制订基本安全生产秩序的保障举措，同时加强特殊时期的安全生产工作，包括高度关注职工在当前疫情防控特殊时期的情绪、状态，并有针对性地采取措施；加强督促检查，落实安全操作规程；加强防控物资酒精、消毒液管理，实行分类存放、按需使用，确保不发生起火、爆炸、中毒等事故。

（原刊于《中国冶金报》2020年2月14日2版）

大冶特钢多举措抗疫稳产

中信泰富特钢集团大冶特钢职工正在进行班前测温

（中信泰富特钢集团大冶特钢　供图）

疫情发生以来，中信泰富特钢集团大冶特钢高度重视，把防疫工作当作当前最紧迫、最重要的政治任务来抓，做到党委靠前指挥、党员作表率、全体动员群防群控，有条不紊地开展控疫情、战病毒、保健康、稳生产的各项工作，确保生产、防疫两不误，维护了企业平稳和员工健康，最大限度减少了疫情对企业和员工的影响。2月1日，大冶特钢以中信泰富特钢集团的名义，向黄石市慈善总会捐赠500万元助抗疫，体现了社会担当。

疫情发生后，该公司第一时间启动防疫应急预案，快速成立疫情管控专班，由总经理担任组长、总经理部成员任组员，明确责任分工，发布《大冶特钢应对疫情管控一级响应措施令》和《大冶特钢关于强化疫情管控工作的通知》，以周密的工作举措，形成"严防严控、群防群控"工作机制，落实防疫物资到位、全员体温监测、消毒到位等疫情管理要求，执行"戴口罩、勤洗手、如实上报疫情信息"等员工防控规范。

由于订单饱满，为切实维护正常经济社会秩序，该公司坚持"防疫优先、防疫第一"的原则，保障和维护生产经营正常进行。针对疫情下生产遇到的困难，该公司创新方式方法，多举措积极应对。

针对职工通勤困难问题，该公司与黄石市政府沟通，经批准同意，每天安排37辆通勤车、37条线路，采取个人登录二维码预约登记的方式集中统计人数，分早、中、晚三班发车，基本满足了通勤需要。对家住在已封城地区的员工，该公司安排他们在公司内的人才公寓临时住宿。

针对生产班组人员紧缺问题，该公司强化内部协调，安排管理人员、科室人员、轮休人员顶岗，一人多岗、互相协同，解决矛盾。同时，该公司创新办公方式，通过微信或者电话会议的形式安排和讨论各项工作，同时把需要公司领导、生产部门等支持和协调事宜一并及时上报，统一协调解决，使各项工作不受影响，提高工作效率。

针对原材料等物资运输受限问题，该公司迅速制订了采购应急预案，加强紧急防护物资、保障物资采购，多方联系进货渠道，将原本的汽运改为水运。通过多方协调和努力，该公司保产物资得以紧急盖章放行，打通了绿色通道，最大限度保障了相关物资的快速到位。同时，该公司密切关注品种库存及消耗，将库存少于25天的品种纳入到应急物资清单，做到日更新、日跟踪，保障生产经营有序进行。

针对疫情给钢材市场和企业营销工作带来的不确定因素和困难，该公司根据市场变化，积极调整订单，将2月的部分订单平移至3月生产，部分订单根据客户的复工时间有针对性地重新调整生产计划，解决客户当前的问题，稳定市场。同时，该公司加强与铁路、水运等部门的沟通，争取充足的铁路车厢、水运船只，同时与客户积极沟通，将原定的汽车运输方式改为铁运、水运，或者铁陆联运、水陆联运等方式，争取把货物及时发送至客户。

目前，该公司仍面临销售和采购成本上升的问题，主要是物流成本大幅上涨。据悉，该公司钢材销售发运吨成本增加30元，预计总成本将增加900万元；采购成本预计将增加1000万元。

（原刊于《中国冶金报》2020年2月14日2版）

金盛兰助力打赢防疫战

湖北金盛兰冶金科技有限公司积极组织高炉生产，确保企业经营生产稳顺运行

（金盛兰公司 供图）

面对突然来袭的新冠肺炎疫情，湖北金盛兰冶金科技有限公司（以下简称金盛兰公司）全面履行防控责任，坚持最严标准，采取最严措施，全力打好疫情防控阻击战。截至目前，金盛兰公司坚守岗位的3300名员工没有出现一例新型冠状病毒感染。

同时，金盛兰公司积极捐款捐物，以实际行动全力支持湖北省咸宁市嘉鱼县疫情防控工作。1月28日，金盛兰公司向嘉鱼县慈善会捐赠100万元；1月30日又以党委名义，倡议全体党员干部职工踊跃捐款捐物累计达5万余元。

疫情发生后，咸宁市人大代表、金盛兰公司董事长陈龙官坚持把员工生命安全和身体健康放在第一位、把疫情防控工作作为公司当前最重要的工作来抓，广泛动员组织员工投入到疫情防控工作中。1月21日，金盛兰公司紧急下发了《关于公司员工近期减少前往武汉的通知》，要求员工"戴口罩、勤洗手、少出门、不聚会"。1月25日，金盛兰公司工会印发《致全体员工抗击疫情倡议书》，主动减半生产，并严格实行"员工住厂，公司免费提供住宿"管理，仅一天之内就调集安装标准式床位 1700 余张。1 月 26 日，金盛兰公司下发了《致全体员工一封信》，向全体员工再次讲清疫情形势，加强防护举措，并要求全体员工"不信谣、不传谣、不造谣"。为有效切断传染源，1 月 27 日晚 10 时，该公司全面施行全封闭式管理，后勤保障部门集中购置了一大批生活必需品和防疫用品，以解决员工生活后顾之忧。

金盛兰公司利用新媒体平台加大疫情防控宣传力度，大力普及疫情科学防控知识；全面落实"外防输入、内防扩散"工作要求，严格实行 24 小时值班值守制度，对出入生产区的员工做好体温检测、消毒、登记等防控措施；公司与当地政府疫情防控机构建立信息渠道，保持 24 小时信息通畅；定时对公司内外部进行全面清理消毒，并请嘉鱼县中医院配置中药饮品，每天免费发放给每位员工；坚持疫情日报告工作机制，每天上午各厂部实时报送本部门在厂职工及家属身体情况、生活物资、防护物品库存等信息，及时掌握动态情况，并顺利完成政府部门下达的突击任务。

此外，面对疫情造成运输不畅的情况，金盛兰公司 2 座 1350 立方米高炉、2 座 120 吨转炉、4 套连轧机，于 1 月 27 日起 50%产能停产。

（原刊于《中国冶金报》2020 年 2 月 14 日 2 版）

新冶特钢防疫保产有序开展

新冠肺炎疫情发生以来，湖北省大冶市新冶特钢积极应对，疫情防控、生产经营两手抓，截至目前仍按计划安排生产，公司内无新冠肺炎确诊患者。

一是成立领导小组，制订防范措施。1 月 21 日晚，大冶市新冶特钢制订下发了《关于做好新型冠状病毒感染的肺炎疫情防控工作的紧急通知》，2 月 8 日再次下发了《关于重申做好疫情防控工作的紧急通知》，制订了具体的防范措施。

二是启动红外线体温检测，食堂实行分餐制。该公司是湖北省大冶市率先采取防控措施的单位。1 月 21 日晚，该公司购买了 5 台红外线测温仪，自 1 月 22 日起开始在公司大门口测体温，1 月 22 日中午公司所有人员不再集中就

大冶市新冶特钢加强疫情期间门禁管理，严控人员出入公司

（大冶市新冶特钢　供图）

餐，由单位组织人员将午餐分发到各就餐点，避免人员聚集。

三是保障疫情防控物资供应。该公司积极寻求口罩等防护物资货源，确保每名员工每天都能领到一个口罩。1 月 30 日，单位里的消毒液短缺，公司组织人员远赴安徽购买酒精、84 消毒液。

四是消毒措施落实到位。疫情发生以来，该公司每天都对通勤车、停车棚、操作室、洗手间等场所进行消毒，不留死角盲区，做到全覆盖。

与此同时，疫情期间，该公司照常组织生产。据了解，该公司每天岗位作业人数约为 1300 人，后勤辅助人员约为 80 人，日均轧制钢管 1500 吨。坚守岗位的职工在岗位上戴好口罩、分散作业地点，落实好公司规定的疫情防控措施。

此外，该公司于 1 月 29 日向大冶市慈善总会捐款 100 万元，用于抗击疫情。

（原刊于《中国冶金报》2020 年 2 月 14 日 2 版）

致敬！最可爱的"疫"线钢铁人

编者按

　　自新冠肺炎疫情发生以来，全国人民响应号召，减少外出，防控疫情。

　　危难时刻，更显担当。湖北的"疫"线钢铁人，与病毒斗争，与时间赛跑，无惧危险、不问得失。他们中有的人是医务工作者，舍小家为大家，在最危险的病房，挽救一个又一个生命；有的人是建设者，奋战在疫情防控第一线，争分夺秒，建设了一座又一座医院；有的人是城市守护者，为了城市的正常运转奔波着，筑起一道看不见的"安全防护罩"；有的人主动当起志愿者，冲锋在前，用自己的行动，守护了一个又一个小家的安康。他们有一个共同的名字——最可爱的"疫"线钢铁人。本期带您走近这些在"疫"线的钢铁人，聆听他们在湖北疫区的感人故事。

把危险留给自己　用生命守护生命

　　一场突如其来的疫情打破了全国每个家庭的新年计划。转眼，武汉封城已有 20 余日。为了打赢这场疫情防控阻击战，绝大多数人闭门在家。但是，却有一些逆行者，有的在病房中治病救人，有的为这个城市的正常运转奔波着，还有的人努力筑起一道看不见的"安全防护罩"。他们，来自国家最早的劳保用品质检官方机构、中钢国际旗下专门从事安全防护的子公司——中钢集团武汉安全环保研究院有限公司（以下简称中钢安环院）。

　　他们不顾自己的安危，用行动迎接疫情拐点早日到来，迎接城市重新焕发生机与活力的那天。

逯悦父亲拍摄的质检中心。老人每天都会到阳台观望质检中心，惦念孩子的安危

仿佛又回到了那激情燃烧的岁月

2019 年 12 月 8 日，逯悦和妻子为宝宝庆祝周岁生日，共同期待着一家三口的第一个春节。下个月就满 36 岁的他，成长在一个军人家庭，服过兵役也做过消防员，最终通过努力成为中钢安环院的一名合格质检员，且在这个岗位一扎根就是 15 年。

2020 年 1 月 24 日，武汉封城的第二天，也是大年三十儿，突然接到通知须回单位加班，他什么都没问，5 分钟后便步行去往单位的路上。

疫情突袭，重灾区的武汉对口罩的需求在短时间内骤升，民众因买不到口罩而感到恐慌，政府统筹规划将医疗物资运输至武汉，口罩生产厂商开始号召工人返厂。此时，在中钢安环院质检中心，与按下静音键的武汉呈现出

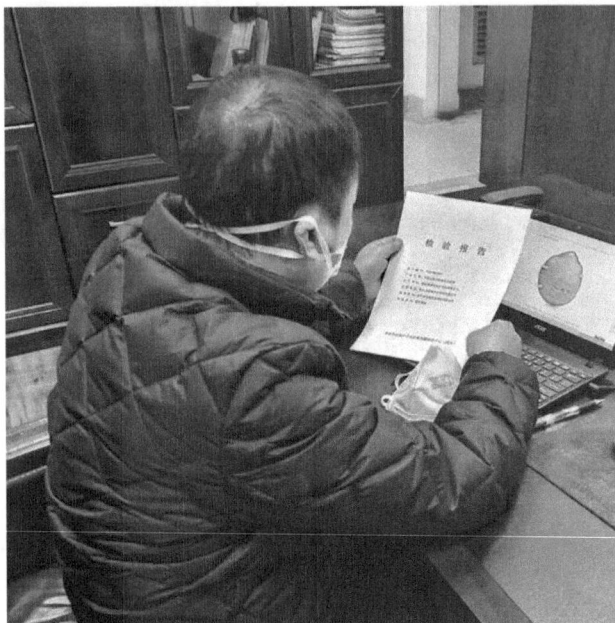

同事心疼刘宏斌，偷偷为他记录了特殊时期的专注时刻

截然不同的景象，脚步声、电话声、键盘敲击声、仪器转动声，隔着口罩，都能感觉出大家的"紧张劲儿"。逯悦掏出手机给妻子发了条信息："不能陪你和宝宝了。对不起，别担心我，不用给我留门。"

加班在逯悦看来是家常便饭，即便冒着生命危险的加班，也不例外。他只知道，"劳保用品什么时候来了需要检测，我们什么时候就要到岗。"眼下的这些产品，虽小小薄薄，却能在疫情中筑起第一道"安全防护罩"，这让逯悦在检测时比平时更投入，"不希望任何不合格的产品流通到市场上。"

接下来的几天，逯悦都要到岗，这似乎也在他的意料之中。虽然，本应按计划度过他们三口之家的第一个春节；虽然，身处疫情风暴的中心要冒着被感染的风险，但坚守岗位、做好本职工作的觉悟好像已经刻在他的骨子里。在最严重的疫区，在各大新闻强调保持"不动"的时候，在封了城并停运了所有公共交通的情况下，逯悦一天没落下，步行去上班，已将生命安危置之度外。

2020年1月30日，逯悦下班比预想的稍早些，便去看望了父亲。父亲接过他买来的几只口罩便问道："加好几天班了吧?"父亲家的阳台可以看到质检中心的走廊，从大年三十儿到现在，都能看到亮起的灯。在和父亲的交谈中，他说这些天的忙碌让他想起了在部队服役的时光，"同样是为了守护家园，同样是为了抵御伤害。"

回到家中，他写下了人生中第一份入党申请书："每天看到各类报道中在前线拼命的医生、警察，还有运送物资的司机们，说心里话很感动。我也再一次感受到了组织强大的凝聚力和号召力，希望自己能和优秀党员们一起，用生命去守护生命。我，仿佛又回到了那激情燃烧的岁月。"

满负荷运转答疑解惑

"湖北省、武汉市下达的抽查任务还没做完，国家派下来的抽查又开始了，忙碌得都好像忘记自己身处疫情重灾区了！"每一天、每一项质检抽查的指令，刘宏斌是第一接收人，也是最终确认人。

作为中钢安环院质检中心的领头人，从武汉封城的那天起，刘宏斌就进入了满负荷运转状态——分配任务、重点环节把关、梳理问题、出具报告——走出大楼，电话、微信仍然响不停。他心里的弦始终紧绷着，随时随地全身心地投入到战"疫"中。

除了开展口罩等劳保用品的各项质检工作，刘宏斌还要为各方提供专业咨询服务：中钢安环院历来就向政府和企业提供安全、环保和职业健康领域的技术服务，比如针对标准及技术指标中客户吃不准的部分进行系统化阐述，或是帮助客户改进产品。只不过这一次，他需要在更短时间内做出专业、精准的反馈。铺天盖地有关口罩的问题向他砸来，高峰时期，他一天要接通近100次来电及微信问询，例如口罩怎么选？怎么用？口罩戴多久后就该换？口罩生产速度只需 0.5 秒/只，为何还是买不到。

刘宏斌还有一项特殊的工作——确保质检中心每名同事的安全与健康。他们都是疫情阴霾笼罩下的武汉百姓，他们坚守岗位，但暴露在更大的风险中。每天，刘宏斌通过微信、电话、短信反复确认大家的体温以及是否有不适症状，特别是对外出执行任务的同事，更是再三强调注意行车安全、做好自我防护。

工作的忙碌和为他人的担忧将刘宏斌的心填满，让他早已忘却了危险。

他说："谁也不希望发生疫情，但已经发生了，就要冷静面对、耐心配合，这个时候的武汉需要我们。"

在中钢国际，像逯悦、刘宏斌这样的人还有很多，他们在平凡的工作中，创造了不平凡的成就。

（原刊于《中国冶金报》2020 年 2 月 14 日 3 版　陈晓莉）

疫情防控，武钢志愿者在行动

在这场没有硝烟的战斗中，湖北省武汉市大多数人响应号召，坚持在家隔离，而武钢绿城金结公司焊接工艺评定员郭忠涛在疫情蔓延之际挺身而出，志愿投身抗疫一线，无惧危险、不问得失，用自己的实际行动，诠释了共产党员的担当和使命。

1月25日大年初一，在家休息的郭忠涛，听到小区广播正在宣传青山区疫情防控指挥部的号召："党员干部要发挥先锋模范作用，积极参加疫情防控和服务群众，全力投入战斗……"此时的郭忠涛正在想如何为疫情防控做些力所能及的事，小区微信群传来信息：北湖监测站需要志愿者配合交警对来往车辆人员做体温检测。他当即通过微信二维码加入青山区疫情防控志愿者团队。

通过短期培训，郭忠涛第二天就来到北湖收费站，配合交警对来往车辆人员做体温检测、筛查货物。据了解，北湖收费站是进出武汉市的东大门。他深知，严格筛查、守好门户、防止疫情输入和输出，是打赢这场疫情防控阻击战的关键。于是，他服从志愿者团队的统一调配，克服自己家离收费站较远的困难，每天骑车50分钟到达收费站，在交警的指导下，做好个人防护，上岗开展排查。

一方有难，八方支援。武汉封城以来，进出武汉的都是运送防疫物资的货车，北湖站开放进出2个卡位。郭忠涛与其他4名志愿者，逐一对司机进行体温检查，同时问询司机、乘车人员的来龙去脉和查验运送物资有无活禽活畜等违禁物品，做好详细登记后，再放行至收费卡位。他深知，事关疫情，守土有责。他一天的工作常常是紧锣密鼓、见缝插针，在口罩、毛巾的层层包裹下，完成问询、登记、登车查验等固定程序，一天工作8个小时下来，总是汗透重衣。但是，他从未抱怨过苦和累。

在圆满完成收费站筛查任务后，郭忠涛还积极参与白玉山党校帮厨、为支援武钢二医院的医疗队准备晚餐、到南干渠楠山养老院和白玉山青杉园搬运办公用品等。直到笔者发稿日，他仍然活跃在志愿者团队中。他说："我是党员，为人民服务是党的宗旨，人民的利益高于一切。只要防控需要，召必来，战必胜，我会坚持到底，不负重托、不辱使命。"

（原刊于《中国冶金报》2020 年 2 月 14 日 3 版　武　文）

他们奋战的身影，真美！（上）

一场疫情肆虐，牵动着全国人的心。每一个在疫情之下的奋斗者都是英雄，他们逆行而上，无所畏惧。

在中国一冶，也涌现出了一批最美逆行者。他们始终奋战在疫情防控第一线。他们，用实际行动诠释着"奉献、拼搏、进取、协作、诚信、创新"的优良传统，践行着一冶人的初心、使命与担当。

在元宵节将雷山医院一期交付，就是"团圆"

黄泽是中国一冶鄂州雷山医院施工组成员。有着一米九个头的他，在现场几千个口罩遮住的脸庞中，显得清晰可辨。

2月9日，笔者到现场采访时，黄泽正与工人一起解决板房吊装及安装的问题。板房的安装是鄂州雷山医院建设过程中最基本的工作，工作虽不复杂，但安装速度直接影响下道工序作业队伍的进场时间，施工质量直接影响箱房的密闭性能和防水性能。鄂州雷山医院一期工程周边现有构筑物多，空间狭窄。"时间真的太宝贵了，容不得我们存在半点偏差！"黄泽说。

确保如期交付的命令从来没有变过，15 小时的常态工作成了每一个在现场的工作人员的标配。为了保证建设进度，黄泽常常在现场一天都不喝水，双耳也因为长时间佩戴口罩而变得红肿。

"昨天是元宵节吧，把一期工程交出去，也算是个'团圆'。"黄泽说。

施工现场的"万金油"

段强国是中国一冶建安公司玉溪项目部项目经理，也是建安公司鄂州雷山医院突击队结构施工组组长。

"让我去吧，这 20 多年的施工经验不是白攒的！"一听到支援雷山医院建设的消息，段强国就坐不住了。但是，公司报名的人实在太多。段强国得到的回复是：等待公司统一安排。

"现场同事都累坏了，让我去接替他们！""大家都在现场，我这老同志不能落后！"从 2 月 2 日到 4 日晚上，经反复申请，段强国获得去现场的机会。2 月 5 日一早，他就出现在鄂州雷山医院施工现场了。

因为段强国经验丰富，公司委派他担任鄂州雷山医院二期工程总负责人，要求在 6 天内完成二期工程结构安装和水电安装工作。工期紧，管理人员与施工队伍没有时间磨合，工人水平也参差不齐。

"办法总比困难多！"段强国安排管理人员加强技术服务和指导，注意安抚稳定工人情绪。一区、二区同步施工，施工平面受制约，他就跑指挥部、跑兄弟单位，层层沟通协调，确保现场机械作业平面。在现场，他是技术指导，是机械调度，更是情绪调解员，他就是现场的"万金油"。

眼底隐约可见青影的他对笔者说："大家都在日日夜夜不停地干，和新冠肺炎抢时间，不信干不掉这场疫情！"

在中国一冶，像黄泽、段强国一样奋战在防疫施工一线的人还有很多。还有些人，虽然没有机会去施工一线，但是他们坚守在每个关键防控疫情的岗位上，协助进行体温检测、装卸医护用品和生活物资、接送有困难的居民和有紧急任务的医护人员出行、参与武钢体育馆"方舱医院"的清洁和搭建工作，不计报酬、使命必达。

（原刊于《中国冶金报》2020年2月14日3版　通讯员　夏搏　程青常岑　沈潘　张颖）

他们奋战的身影，真美！（下）

一场疫情肆虐，牵动着全国人的心。每一个在疫情之下的奋斗者都是英雄，他们逆行而上，无所畏惧。

在中国一冶，也涌现出了一批最美逆行者。他们始终奋战在疫情防控第一线。他们，用实际行动诠释着"奉献、拼搏、进取、协作、诚信、创新"的优良传统，践行着一冶人的初心、使命与担当。2月14日本报3版刊载了黄泽、段强国的"疫"线故事，本期介绍郭则明、张东的"疫"线故事，同样令人感动。

"兄弟们在战斗，我必须前往一线！"

郭则明是钢构公司洞体机械项目副经理，也是钢构公司鄂州雷山医院突击队小组长。

疫情蔓延迅速，兄弟们正在"大战雷山"，群里不断弹出新消息。看着同事们在前线与疫情赛跑，待在家中的郭则明也坐不住了。看了看身旁即将生产的妻子，他还是咬紧牙在群里发了消息——"让我去！"

2月5号当天，郭则明到达鄂州后，立即投身工作，从晚八点到早八点，没有一句怨言。他夜以继日，向着鄂州雷山医院竣工目标奋力奔跑，在工程建设中争先锋、做表率。

说起为什么要来参与前线工程建设，郭则明说："我也没想那么多，只想着任务紧迫，大家都在向鄂州雷山医院的建设发起冲刺，我想贡献自己的一份力量！"说完，眼睛熬得通红的他指着建设图对工人师傅说："今天晚上咱们的主要任务是这几个区域板房的拼装、吊装定位。兄弟们，这些天辛苦你们了，我们再加把油，早一点交付，便多一点生机！"

凌晨 3 点，郭则明的身影又出现在 3 区和 5 区的拼装现场，拿着图纸勾勾画画，沿着墙板敲敲打打，拉着工人细细地问。电动扳手不够了他来协调，工人饿肚子了他要关心，不放过一个死角，不遗漏一个细节。

一直在四川项目工作的郭则明与妻儿聚少离多。2 月 10 日是他妻子二胎的预产期，他早早就请好了假，连上春节假期，心里盘算着可以多陪陪妻子和孩子，能共同迎接这个小生命。

"疫情防控，刻不容缓。兄弟们在战斗，我必须前往一线！"决定出发前往一线后，郭则明叮嘱父母注意身体、照顾好妻子和孩子，又赶忙买了半个月的蔬菜、食品囤在家里。走之前，他紧紧握住妻子的手说："相信我，我会尽快回来陪你！"

就这样，他毅然踏上了征战鄂州雷山医院的路。

"这时候如果不上，我就配不上党员这个身份"

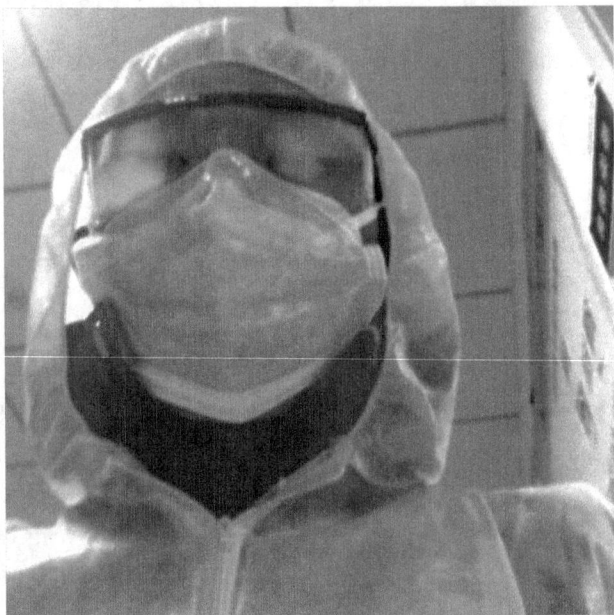

　　张东是交通公司阳大项目部党支部书记，也是交通公司战"疫"突击队三分队副队长。

　　张东接到任务是在 1 月 29 日半夜 12 点。虽然他用了两个小时联系人员、3 个小时联系材料供应，但直到当天凌晨 5 点，材料的问题仍然没有得到解决。半小时后，一个身着白色防护服、戴着蓝色口罩的人来到武汉市新洲区人民医院检修区，他一边揉着右手肘，一边盯着放在桌上充电的手机。这正是已经打了近 3 个小时电话、右手肘异常酸痛的张东。此时，他已经把自己知道的所有供货商都联系了一遍，剩下能做的就只有等待。他深知，晚一分钟，患者就会多一分危险。焦急、不安，千般滋味涌上了张东的心头。

　　"叮叮叮……"张东迅速抓起眼前的手机，语速比平时快了两倍不止："是不是有材料了！""是，什么时候送去医院啊？"听到对方的话，他立刻说："现在，马上，我就在医院门口。"

　　彻夜未眠。张东看着工人在医院里忙上忙下，材料有序进场，那颗悬着的心才算放下了。他抽空给家人打电话："老婆，我在定点医院这边检修。"
"那你一定要注意安全啊，防护服、口罩都要穿戴齐全。既然加入了党员突击
队，你就好好干，我们一家人都支持你，你是我们心中的大英雄。"电话那头
传来的话给了他无穷力量。

"这时候如果不上，我就配不上党员这个身份。"张东说。

在中国一冶，像郭则明、张东一样奋战在防疫施工一线的人还有很多。
还有些人，虽然没有机会去到施工一线，但是他们坚守在每个关键防控疫情
的岗位上，用行动践行一冶人的使命和担当。

（原刊于《中国冶金报》2020 年 2 月 21 日 3 版 通讯员 夏 搏 程 青
常 岑 沈 潘 张 颖）

战"疫"中的山钢力量

这是一场不期而遇的"遭遇战"。

病毒，前所未见；形势，异常严峻。

面对新冠肺炎疫情冲击，山钢集团党委坚决贯彻党中央和上级组织决策部署，践行国企担当，"必须以战备状态落实各项机制，坚持疫情防控和改革发展两手抓、两手硬，为打赢疫情防控总体战贡献山钢力量。"山钢集团党委书记、董事长侯军多次向干部职工发出动员。

与时间赛跑，与疫情抗争。山钢集团以钢铁人的朴实和钢铁般的意志，攻坚克难，挺起了坚实脊梁：全集团共调拨 5 批 5000 多吨钢材驰援疫情防控一线，8 名医护人员赴鄂参战，累计捐款 1692.57 万元；一季度，实现营业收入增幅 4.12%、经营利润总额增幅 3.57%。

担当——闻令而动，尽锐出战

疫情就是命令，防控就是责任。

山钢集团闻令而动，快速行动。

1 月 21 日，山钢集团党委组织召开紧急会议，传达贯彻上级会议精神，就疫情防控和安全生产工作作出部署。侯军强调，"要深入贯彻落实习近平总书记关于疫情防控工作的重要讲话精神，把职工生命健康放在第一位，把疫情防控作为当前最重要的工作，确保全方位安全和生产顺行。"

山钢各级党组织以高度的政治感责任感统筹部署，全面动员、全面布控，筑牢防疫战"疫"的"铜墙铁壁"，抓严、抓细、抓实各项工作，打响疫情防控阻击战。

——防疫有纲。山钢集团建立了疫情防控"一四四七"工作机制，即一个领导小组及其办公室、四个专项工作组、四项工作制度、安排部署七项重点工作。根据疫情防控进展需要，又对重点工作事项进行动态调整，将"一四四七"升级为"一四四N"，系统构建战斗体系。

——防疫有章。山钢集团制定实施《关于加强党的领导、为打赢疫情防控阻击战提供坚强政治保证的通知》《联防联控工作方案》《关于加强对疫情防控工作落实情况监督检查的通知》《关于进一步做好疫情防控、复工复产，提高工作效率工作质量的通知》《返岗人员工作生活防护指南》等全面系统的制度体系。

——防疫有力。严格执行"疫情防控情况日报表"制度，与驻地疾控部门、山东省国资委等建立信息报送通道，确保各项数据准确无误；建立包括集团领导、权属二级公司党委书记在内的疫情防控微信群，实时传达上级要求，随时沟通信息，及时协调部署工作，集团各单位和部门负责人结合职责主动认领任务，层层压实责任，形成上下联动、左右协同的战时体制。

待命向火神山医院运送钢材的车辆

——防疫有情。"为疫情防控提供钢铁产品要一路绿灯，不计成本代价，必须第一时间拿出！"山钢集团党委把援鄂抗疫作为政治责任，争分夺秒，竭尽全力提供人、财、物支援。春节期间，仅用4天就把用于支援武汉火神山、雷神山医院建设的2000多吨热轧卷板产出、送达。集团所属莱钢医院8名医护人员加入山东省援助湖北医疗队，奔赴战"疫"前线；开展"抗击疫情"爱心捐款，山钢青年创作《加油，武汉》《与你同在》等歌曲，广泛传唱，向"逆行者"致敬，为武汉加油！

誓言——"不灭病毒，不回家!"

亲爱的女儿，然然：

今天，2月24日，你8岁了。

没有想到，你的这个生日如此特别，妈妈第一次缺席你的生日，只好用这样的方式祝你生日快乐，希望妈妈的祝福能带给你成长的勇气和力量。

……

妈妈是一名护士，既然选择了这个职业，穿上白大衣、带上燕尾帽，我就要坚守"阵地"，这是我的使命。你也有自己的使命，要好好学习，积累能量，希望你今后做一个懂得感恩、有勇气、有担当的少年，将来造福社会，报效祖国。

这是来自山钢集团所属济南市莱钢医院的援鄂医疗队员耿金华在工作之余，眼含泪水写给女儿的日记。此时，她已在大别山区域医疗中心连续奋战了10天。

疫情期间，莱钢医院共有8名医护人员英勇"逆行"，奔赴"前线"，在汉阳方舱医院、大别山区域医疗中心参加战"疫"。

时海洋，是莱钢医院呼吸内科副主任、副主任医师，是该院第一批援鄂医护人员。1月26日，正值春节假期疫情紧要之时，接到山东省卫健委组派第二批援鄂医疗队通知后，他毫不犹豫地报名参战。"作为一名医务人员、一名党员，救死扶伤就是我的责任。"语言朴实，但掷地有声。"坚决完成任务，不灭病毒，绝不回家!"离开单位时，时海洋坚定地对院领导说。

哪有什么岁月静好，不过是有人替你负重前行。在这8名医护人员中，有的顾不上只有两岁的孩子、有的顾不上刚刚做完手术的老人匆匆出发，有的毅然剪掉心爱的长发……

离别时，家人、同事和单位给了最大的宽心，"你放心去吧，看孩子有我呢。""妈妈你去吧，我可厉害了，不用你管。""放心吧，孩子，好好干，这个病什么时候没了，咱什么时候回来。""安心工作，家里的难事，我们全力协调、支持。""一定要做好防护，注意休息，平安回家。"……

疫情无情，人有情。面对未知的前方、面对最大被感染的风险，他们用温暖传递温暖，用血肉之躯筑起了护佑生命的钢铁长城，为患者留下了最美身影。

"我记忆最深刻的是9岁的小雯雯，她是方舱医院里最小的患者。小姑娘一家四口分别在不同的隔离点，她情绪一直不太好，大家也都很担心。医护人员和其他患者都特别关心她。慢慢的，她逐渐树立了对生活的勇气和信心。出院的时候她哭着说：'我替武汉人民感谢你们！'。"想起援鄂期间的事，莱钢医院男护士肖涛眼含热泪，"那个瞬间，所有的劳累都没了，一切的付出都值得。"

在这次抗疫战斗中，莱钢医院8名医护人员始终把人民的生命安全和身体健康放在首位，不怕牺牲、冲锋在前，同时间赛跑、与病魔较量，把病人当亲人，用生命护佑生命，以"零感染、零返舱、零事故、零投诉"，出色完成了医护任务。他们被评为山东省属企业疫情防控先进个人，5人被授予"黄冈荣誉市民"。

4月5日，莱钢医院最后一批援鄂医护人员结束隔离休整，回到单位。山钢集团以最高规格迎接英雄凯旋，并举行隆重仪式授予他们"劳动模范"称号。

欢迎援鄂济南市莱钢医院医护人员凯旋

党旗——"我是党员，我先上！"

"董波，请你立即停止工作！"2月24日中午，山钢集团济钢保卫部部长董波在赴疫情检查站了解情况时，晕倒在了路旁，济钢领导强制他到医院休息静养。此时的董波，已是连续30多天高强度工作，连续12个昼夜坚守疫情防控一线。

关键时刻冲得上、危难关头豁得出。面对疫情，山钢集团广大党员积极响应组织号召，挺身而出，冲锋在前，让党旗在疫情防控和生产建设一线高高飘扬。

党员职工捐款

"我上不了前线，请把这2万元钱交给组织，用在疫情防控上。"这是山钢集团淄博张钢99岁的老党员、离休干部张相臣对女儿的嘱托。张相臣1944年3月参加革命工作，是一位有着74年党龄的老党员。自疫情暴发以来，他每天通过观看电视和报纸关注疫情防控。看着全国人民万众一心抗击病毒，他和家人商议，要尽一点绵薄之力。

战"疫"期间，为解决职工的吃饭难题，共产党员、全国劳动模范、济钢瑞宝电器公司职工姜和信带领团队突击奋战，自主研发一款基于"智能硬件+新零售"概念的"无人售饭柜"在防疫一线走红，还有免接触的"智能身份识别系统"在济钢新村的疫情防控中大显身手。

对疫情防控和复工复产情况进行检查

"我为疫情去站岗""我是党员我在岗""我在防疫第一线"……，在疫情防控工作中，这样的"党员+"特色活动遍布莱钢银山型钢宽厚板事业部现场岗位。一名党员就是一个战"疫"阵地！该事业部轧钢车间党支部成立党员战"疫"防控护卫队，自发在厂区门口轮岗值班。质量检查站党支部把党员编入生产四大班，建立"战'疫'党员责任区"，义务担负起岗位职工体温测量、消毒杀毒、人员信息核查及疫情防控措施落实等工作。

"广大党员要不忘初心，牢记使命，在疫情防控战中再立新功。"山钢集团济钢党委向全体党员发出号召。高扬的党旗成为济钢广大职工战胜疫情的底气，37个党支部的631名党员签订承诺书，12个党支部的125名党员递交请战书，47个党支部、458名党员通过党员示范岗、突击队展作为，构筑起阻击疫情、复工复产的坚固堡垒。

攻坚——目标不减，决战决胜

进攻，是最好的防守。

在全集团干部职工的共同努力下，山钢的炉火没有因疫情而熄灭，轧机没有因疫情而停转，生产保持了稳定顺行。一季度全集团生产铁、钢、材同比分别增长27.12%、28.58%、28.52%，出口钢材完成年计划的36.02%，实现了逆势上扬。

这份"稳如泰山"来之不易。

突如其来的疫情，打乱了正常的生产经营节奏。物流受阻，原料进不来、产品出不去，库存上涨、原料供应捉襟见肘；下游延期开工，市场情绪悲观，订单大幅减少……生产组织遭遇前所未有的挑战。

面对一系列难题，山钢集团牢固树立"确保生产稳定顺行就是促疫情防控"的观念，一手抓疫情防控，一手抓生产组织，集团公司党委副书记、总经理陶登奎要求，主动出击，以变应变，化危为机，精准施策，应战保产，全力以赴把疫情耽误的时间抢回来，把疫情造成的损失夺回来。

——强安全。"特殊时期更要坚决守牢安全生产底线！"陶登奎在专题视频会上提出明确要求。各单位严格落实各项安全生产措施，强化现场管理，严肃管理制度、操作规程的落实，坚决杜绝违章指挥、违规冒险作业。严格落实"外防输入，内防反弹"，健全疫情期间应急响应机制，在实施严格检疫查验和健康防护同时，做好人员安全教育、防疫教育。

——稳钢铁。作为山钢集团最大的主体产业也是基础支撑，山钢股份积极做好原燃物料供应、炉料结构平衡、库存控制及发货、能源动力平衡等工作，保障全系统稳定高效顺行。实时关注研究疫情对原燃料供应及钢材销售的影响，集中力量解决物流受阻问题，抢抓有效订单，最大程度减少移库，保证产销平衡。山钢股份加强技术攻关，解决了俄罗斯北极 LNG2 项目订单和加拿大 LNG 项目订单生产中的难题，确保了重点订单的及时交付。济钢冷弯型钢公司 2 月份在加速产能提升的同时，开发了尖角方钢这一高附加值新产品，为进军高端机械行业创造了条件。

——促营销。山钢股份营销总公司综合平衡原燃料采购、生产、库存、效益状况，控制生产节奏，紧紧围绕"五位一体"协同机制和营销商业模式创新，从客户渠道建设、优化销售模式、产销一体化响应机制、销售物流一体化运作等方面进行优化调整。山钢国贸在出口方面，确保存量订单交付，配合厂内库存、订单安排等适量接单，及时了解国内以及出口目的国政策变化，确保合同顺利执行。

——保链条。一是保资金链。山钢集团坚持"保链为先、降本为要"的原则，强调现金为王，把保证资金链安全作为全年工作的重中之重，防范系统性金融风险。3月16日，山钢集团通过资本市场成功发行疫情防控债，募集资金10亿元。二是保供应链。充分预判市场风险，高度关注产业链复工不同步、疫情防控常态化下的需求启动慢、海外疫情造成的原料资源波动、出口受阻和国外低价钢铁产品冲击等因素的影响，提前做好预案。三是保产业链。山钢集团坚持产业发展"一盘棋"思想，以钢铁产业稳产高效为基础，带动各产业复工复产。到3月13日，山钢集团83家三级及以上权属单位就实现全复工，目前生产经营保持稳步提升势头。

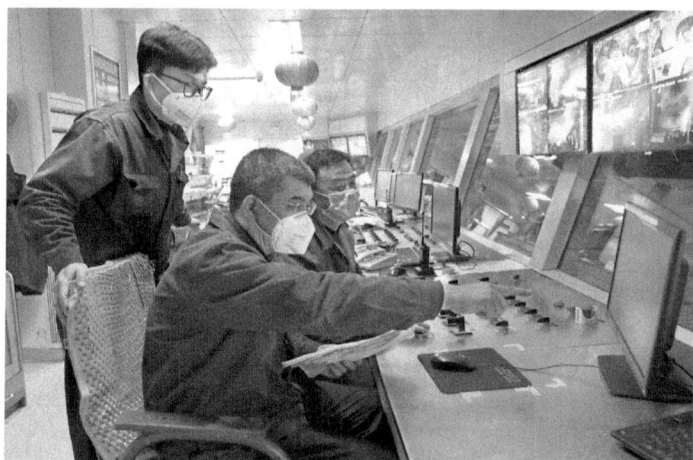

一手抓疫情防控，一手抓生产经营

不止于此，山钢集团更着眼于长远，布局未来。

4月17日，在山钢集团一季度工作会上，侯军强调，"咬定'1336'改革方案确定的任务目标坚决不能变、年度会议确定的任务目标坚决不能变、三年行动方略确定的发展目标坚决不能变，举全集团之力，推动改革发展重点工作实现新突破。"

目前，山钢集团已启动《新旧动能转换三年行动计划（2020－2022年）》，实施"聚合资源、开放共享，构建安全高效钢铁产业生态圈；推动动能转换、创新治理，打造绿色智能行业发展新标杆"的发展方略，提出到2022年，力争进入世界500强，打造利润过百亿的钢铁强企，初步形成"高科技企业"品牌形象。

其中，"数智山钢"作为钢铁产业生态圈内连接各要素的关键支撑，山钢集团已于 5 月 15 日，携手德勤公司启动信息化优化提升顶层设计项目，全力推进 "数智山钢" 建设，打通要络经脉，实现智慧赋能。

　　疫情终将远去，山钢力量不穷。为国担当、为民造福、为社会创造价值，"魅力山钢" 建设之路会越走越宽广！

（田玉山　王利峰　褚慧娟）

第三篇

守望相助

钢铁人，好样的！

庚子新春，一场疫情防控阻击战考验着我们每一个人，更牵动着全体钢铁人的神经。

非常时期，雷霆行动！

中国一冶临危受命，承担起建设湖北省鄂州"小汤山"医院——雷神山医院的任务，连夜商议方案，火速召集人员投入"战斗"；

武钢有限气体公司，秉持"宁可高炉缺氧，不让病人缺氧"的原则，24小时不停工，开足马力生产医用氧气；

鞍钢、太钢、包钢、酒钢等钢企旗下医疗系统医务人员，放弃与家人难得的团聚，主动请缨赴武汉参与救治工作。

钢铁人血液中流淌着的滚烫的赤诚、澎湃的热忱，自八方涌来，驱离了疫情笼罩之寒。任谁来做评判，都不免赞上一句：钢铁人，好样的！

疫情无情，钢铁有爱。2万元、100万元、200万元、3000万元、1亿元、2亿元，一串串捐款数字背后，是钢铁人炽热的家国同胞情怀；救护车、口罩、护目镜、防护服、特种洗手液等不一而足的医用物资，折射出钢铁人同舟共济、共克时艰的坚强决心；鞍钢总医院、太钢总医院、包钢三医院、酒钢医院、莱钢集团医院等派出的奋战在抗击疫情第一线的医务人员，展现了与子同袍、与子同裳的"钢铁温度"；1天之内树起52根立柱、安装8件屋架梁、焊接支撑梁120件，8小时紧急供货建设医院ICU病房，展现了中国钢铁人临危不惧、令人惊叹的"钢铁效率"。

沧海横流方显英雄本色。钢铁人将与武汉人民、与全国人民手牵手、心连心，共渡难关。我们坚信，疫情终将在我们众志成城的努力之下随风远去，到时，我们必将迎来春暖花开，必能携手共赏山川万千、风月同天！

（原刊于《中国冶金报》2020年2月4日2版　记者　王晓慧　樊三彩）

这个春天最别样的风景

——陕钢龙钢最美 "逆行者" 风采纪实

新冠病毒肆虐蔓延，举国上下共同战 "疫"。陕钢集团龙钢公司十里钢城的职工们严守疫情防线，奋力保障钢铁生产。钢城儿女不惧危险，逆行向前。马兰爱心团队的志愿者、午夜凌晨坚守岗位的员工、昼夜奔波的通勤车协调员、事无巨细的防控工作人员、检修现场沾满灰尘的背影。在抗击新型冠状病毒肺炎这个没有硝烟的战场，他们每个人都是 "最美奋战者、最美坚守者、最美逆行者"！

爱心团队的组织者——马胜兰

她，热情、干练、豪爽，就像田野盛开的一朵马兰花，坚强柔韧、简单舒爽，春风中微笑的样子，总能给人带来温暖，她就是钢城最热心的那个人，马兰爱心团队的组织者——马胜兰。

投入疫情阻击战的日子里，她的内心从没有恐慌和担忧，只有忙和累。为了改善家庭经济状况，春节前，丈夫盘下了一个蒸馍店，这个家里更忙碌了。既要上班，又要帮衬丈夫的小店，还要带领爱心团队，她忙得是团团转，恨不得自己有孙悟空的分身术。

疫情来临，政府一再强调，不让大家出门，丈夫也停下了蒸馍店的生意，她暂时取消了爱心活动，安心上班。利用难得的闲暇时间陪儿子看看书。

但是她想闲下来，周围人却不允许。"马兰，蒸馍的价格已是 1.5 元一个，咱蒸馍店开始营业吧？" "马兰，你门路多，帮忙给大家联系下一次性口罩和 84 消毒液。"

一个接一个的电话，扰乱了她 "闭关修炼" 的一颗心。是啊！在这危急时刻，她怎能停下来，爱心怎样去传递？休息几天的计划根本来不及实施，相反比以前更忙碌了。为了避免大家出门，近百箱的水果她一一送上门；蒸馍1元一个，保证质量、重量，亲自送给购买者；联系一次性口罩，84消毒液，她忙得没时间收微信红包，收账时还差了几十元。

高速路出口，忙碌的交警接过她的爱心慰问品，素不相识的陌生人接过她赠送的3M口罩，外出的人们接受她的劝阻立即返家。

防疫期间，她的面庞和笑容被口罩包裹严实，但人们知道，她的名字就叫"爱心"。

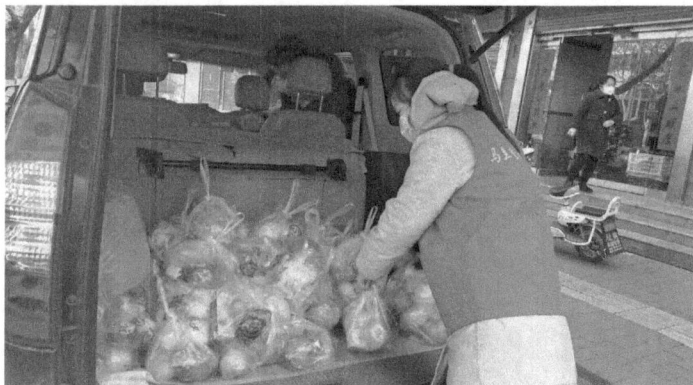

服务复工复产的通勤车调度员——柴根浪

"通勤车司机处在疫情一线，我会做好司机师傅工作，保证司机情绪平稳开车，确保员工正常上下班！"

"非常时期加强上下班员工防护措施，严格乘车制度，避免外来人员乘车，上车必须持工牌和乘车卡，请员工支持理解！"

"根据防疫需要，必须对乘车人员进行体温测量，乘通勤车上下班员工进行实名登记。"

疫情防控措施越来越严格，龙钢公司通勤车协调员柴根浪，每天都在想各种办法，保证职工乘车安全。严格的乘车制度势必会引起司机和乘车人员的矛盾，连去卫生间的路上，他都在协调矛盾。刚刚处理完的矛盾是一名上夜班的员工，没注意看消息，换洗完工服后忘记了装乘车卡，乘车时与司机发生争吵。

从防疫开始，通勤车就成了他流动的家。排班次、定制度、发消息、测体温、慰问夜班司机，好多的工作，他需要实实在在去做、去落实，在忙碌中安放心中的那份责任。

没有一个冬天不可逾越，没有一个春天不会来临。司机师傅的昼夜辛苦，领导的支持，员工的理解，都是他努力和付出的理由。在他努力下，通勤车的保障一直在尽可能满足每个职工的需要。少了矛盾，少了抱怨，也鼓舞和坚定了人们战胜病毒的决心和勇气。

带着温暖前行的电工技师——雷志学

"雷师，就不安排你外出作业了，主要负责咱们值班室的防疫工作。"

"雷师，你还有口罩吗？今天配电室卫生清理，口罩沾灰太多没法戴了。"

"雷师，这是今天第几次测温了，我发现咱班比其他班组测温次数多。"

雷志学，炼铁厂一名普通的维修电工，从1月20日休假返回工作岗位，已连续上班20多天。每天三次消毒，值班室角角落落他都不放过。员工休假，他打电话一一叮嘱不能外出；按时测量在岗员工体温情况，并认真登记，帮助大家去食堂买饭。这些工作，他每天牢记于心。接到作业指令，背上他的工具箱，他还是那个技术一流的电工技师。

坚守岗位，坚强乐观的雷志学，也会有偷偷抹眼泪的时候，70多岁的老父亲挂念儿子，忍不住给他写了一封家信。写好后，又让孙子拍照发到了雷志学微信上。

　　纸短情长，见字如面。读着父亲的一字一句，雷志学不禁湿了眼眶。家人的牵挂让他温暖，也更坚定了他坚守岗位的责任和信念。无论疫情多么艰难，每个人总应该面向阳光，擦干眼泪，乐观前行。

　　哪有什么岁月静好，是真的有人替你负重前行。马胜兰、柴根浪、雷志学们，还有如他们一样普通平凡的钢城儿女，肩负着各自的职业使命，用纯洁的誓言和坚定有力的行动，守护钢城，守护家园，守护着你、我、他，用行动助力一线疫情防控工作，他们奔波的身影，就是这个春天最别样的风景。

（陕钢龙钢公司　　陈丽琴）

1亿元捐款承载荣程担当

当前，全国新型冠状病毒肺炎疫情防控工作正处于关键时期。面对这一严峻形势，荣程集团在严格做好自身疫情防控、保障企业生产经营稳定运行的同时，坚决扛起企业社会责任，向疫情防控一线捐款1亿元，全力以赴支援抗疫物资，助力国家打赢疫情防控阻击战。

捐款1亿元　同胞有难　荣程有责

1月26日，荣程集团主动联系有关部门，捐款1亿元，驰援疫情防控和治疗一线。

荣程集团董事会主席张荣华强调，这1亿元对荣程上项目很重要，但在这个时间段没有什么比防控疫情更重要。在确保企业稳定运行的前提下，荣程人定全力以赴。生命只在呼吸的瞬间，此时可能更能理解人类命运共同体的概念。

1亿元捐款承载着荣程人的大爱与责任。其中，定向捐赠5000万元，用于支持湖北建设火神山医院，购买防治新型冠状病毒疫情的防护用品及药品；其余5000万元定向捐赠给天津红十字会及天津市新型冠状病毒感染肺炎防控工作指挥部，即4000万元用于购买疫情防护用品及药品支持天津市开展防疫工作，1000万元定向用于外地务工人员返津后开展防疫隔离设施建设及购买防疫物品等。

全球采购送前线　物资紧缺　荣程驰援

面对国内疫情防控物资紧缺的现状，张荣华坐镇采购一线，发挥自身营销网和产业链优势，及时开通了海外疫情防控物资采购渠道，在全球进行防疫紧缺物资的采购调配，为奋战在疫情阻击一线的医护人员和各地群众提供疫情防控物资保障，为打赢防控阻击战贡献荣程力量。

为跑赢疫情，荣程集团副总裁、天津市荣程普济公益基金会理事长张君婷，坚守物资采购最前线，带领集团核心骨干，全天 24 小时不间断开展全球业务采购和物流调度，动员联合更多商业伙伴力量，尽最大可能、以最快速度采买和调度疫情防控物资。目前，荣程自泰国工厂采购的 10 万只一次性医用口罩已于 1 月 30 日从泰国运抵上海，随后立即由专属物流统一配送，力求第一时间将物资送至抗疫前线。

此外，作为天津地区民营企业，为抗击天津地区疫情，荣程主动抽调 23 辆大型运输车辆作为应急防疫货运汽车，抽调 30 人作为应急保障车队从业人员。所有抽调车辆和人员安排专人调度，已处于 24 小时待命状态，随时准备支援天津市新型冠状病毒感染肺炎防控工作指挥部运输疫情防控物资。目前，车队已完成 600 箱疫情防控口罩运输任务。

张荣华主席强调："防控疫情是一场严峻的斗争。荣程人有信心在党中央、国务院和天津市政府的领导下，与全国人民万众一心，打赢这场没有硝烟的战争。下一步，荣程集团将坚持前线急需什么就优先捐赠什么，发挥捐赠的救急效益、实用效益和社会效益，体现新时代民企的家国情怀和责任担当。"

防控到位保家安 隔离病毒 不隔关爱

张荣华强调，这是一场不可拖延的战役，企业发展速度可以慢下来，但防控疫情必须全员高度重视、全面提速。生命只有一次，不可大意，照顾好自己和家人就是最大的贡献。

为保证上万名荣程家人、上万个小家庭的生命健康，张荣华亲自部署、亲自督导，全员动员，将防控措施落实到细节中，将家的文化浸润在全体荣程人的防控责任、意识中。

荣程第一时间成立疫情防控专项小组，明确责任分工，建立联防联控机制，推动防控落实横向到边、纵向到底、全向到位；发出《张荣华致全体荣程家人的一封信》及科学抓好疫情防控倡议书，号召全体荣程人以身作则，自我预防，做好防控；制订并下发疫情防控工作通知、预案、人员管理办法及防控知识手册；严格落实防控措施，加强人员健康监测，做好内部防控物资储备和生活后勤保障，强化干部职工人文关怀，张荣华等集团领导、集团党委工会亲切看望、慰问返津待观察的荣程家人及家属，并通过提供免费药饮、发放防护口罩等方式，全方位呵护职工健康。目前，荣程集团防控措施严谨，执行到位，生产生活井然有序。

全体荣程人在张荣华的带领下，将荣程速度、荣程力量转化为防控疫情的治理效能，与亿万中华同胞团结一心、众志成城、同心抗疫，必将打赢这场疫情防控阻击战。

（原刊于《中国冶金报》2020年2月4日1版　通讯员　侯　荣）

三亿捐款抗击疫情　产业扶贫决战攻坚

方大集团：一个民营企业的社会担当

辽宁方大集团实业有限公司（简称"方大集团"）是在党和国家改革开放政策的阳光雨露沐浴下诞生成长，不断发展壮大的民营企业代表。

方大集团坚持以实业为本，心无旁骛做实业，精益求精发展产业，以实业兴企，实业报国。尤其是近年来，方大集团坚决落实"三去一降一补"，企业内生动力得到了释放，集团实现高质量快速健康发展，集团资产规模、销售规模、利润水平大幅提升，截至2019年资产和销售收入双超千亿，连续三年利润、上缴税金双超百亿，所属炭素、钢铁、医药、商业等企业均成为行业标杆企业。经过近二十年的艰苦创业，方大集团逐渐发展成一家以炭素、钢铁、医药为主业，重型机械制造、商业为两翼，矿山、贸易、房地产等为补充的多元化大型企业集团。旗下拥有200多家法人单位，分布于北京、上海、天津、辽宁、甘肃、江西等二十余个省、市、自治区，拥有员工6万余人。

方大集团坚持"党建为魂"的企业文化，始终牢记党恩、不忘初心，坚持"经营企业一定要对政府有利，对企业有利，对职工有利"企业价值观，秉承"取之于社会，回报于社会"的企业宗旨，长期坚持回馈社会、服务社区、致力于环保的企业公民义务，无论是在抗灾救灾、扶贫帮困、社区建设、生态建设都有方大的身影，热心公益、敢于担当是方大人持之以恒的行动动力。

抗击新冠肺炎疫情众志成城，有方大拳拳之心殷殷之情；决战决胜扶贫攻坚，方大啃硬骨头闯难关，把贫"脉"拔穷"根"。一笔笔善款，一件件物资，一个个扶贫项目，一条条就业之路，如涓涓细流汇成汪洋大海，片片善心凝成方大之爱，彰显了一个民营企业家义薄云天的情怀，一个民营企业的社会责任和担当，以及方大集团厚德载物的发展伟力。

全球采购防疫物资 三亿捐款抗击疫情

面对突如其来的新冠肺炎疫情，按照党中央的决策部署，全国人民同舟共济、众志成城，共同谱写着一曲曲气吞山河的战"疫"之歌。

"不管花多少钱，都要采购。在国家有难、老百姓有难的时候，各企业都要赞助，将所有干部员工发动起来。""请各单位、各部门积极发动全体干部员工，联系国外的亲属、朋友关系，购买口罩、防护服等医用防护用品，用于捐赠给国内疫情防控最需要的地方。所有采购物资的费用全部由公司承担。"方大集团董事局主席方威亲自安排部署，全面调动集团六万多名员工的力量，用心用力用情为支援抗疫贡献力量。

方大集团旗下医药、炭素、钢铁、商业等板块企业在疫情之下坚守岗位，开足马力生产防疫物资保障供应。东北制药为保障药品供应，一手抓疫情防控、一手抓企业生产，在短短一周时间内策划开发出消杀产品乙醇消毒剂、酒精棉球等防疫物资，并进行加班加点满负荷生产，同时，对抗病毒、解热镇痛、消炎类相关药品做好储备；为实现湖北抗疫一线急需的救护车保产保供，方大特钢员工放弃春节休假，三天内生产出1400副板簧总成，全力完成江铃救护车的订单交付任务。

在此基础上，方大集团下属企业发动多方力量，全力采购抗疫物资，并及时将物资捐赠给疫情防控一线的广大医护人员。

1月28日，方大集团通过湖北省慈善总会向湖北省新冠肺炎防控指挥部捐赠2亿元人民币，用于湖北省肺炎疫情防控、肺炎病情救治和一线医护人员保护；2月2日及2月9日，方大集团下属方大群众医院先后派出两批医护人员驰援湖北；2月10日，再次向湖北省捐赠防护服2万套；2月14日，通过沈阳市红十字会向沈阳捐赠26.5万副医用外科手套；2月17日，第一批捐赠防疫物资驰援江西；2月19日，第一批捐赠抗疫物资驰援甘肃；3月6日，通过辽宁省慈善总会向辽宁省新冠肺炎疫情防控指挥部捐赠1亿元，专项用于新冠肺炎疫情防控救治、医疗物资和设备采购、定点治疗医院建设等；3月12日，方大集团员工自发捐款269.66万元，用于支援抗疫一线……

在此次抗疫行动中，方大集团累计捐赠3亿元人民币，位列"抗疫企业英雄榜"制造业首位。与此同时,向湖北、辽宁、江西、甘肃等地区累计捐赠 22 万瓶维生素 C 片、17.9 万只医用口罩、9.3 万瓶乙醇消毒剂、9.4 万套防护服、110 万副医用手套、1.5 万双防护靴、5000 副护目镜。

外引内联"挖"项目　产业扶持助脱贫

"全国脱贫看甘肃,甘肃脱贫看临夏,临夏脱贫看东乡。"甘肃省临夏回族自治州东乡族自治县,是全国唯一以东乡族为主体的县,属于"三区三州"深度贫困地区,堪称"贫中之贫,困中之困"。

在决战决胜脱贫攻坚的关键时期,方大集团 2019 年起入驻甘肃省临夏州东乡族自治县进行产业扶贫,通过创新扶贫机制,推动"输血式"扶贫向"造血式"脱贫转化,有力促进东乡县脱贫攻坚的工作步伐。

东乡贫困人口多、贫困程度深,产业基础薄弱。在方大集团董事局主席方威亲自深入东乡县 24 个乡镇调查研究、现场论证以及与 100 多名在东乡县的企业家座谈的基础上,方大集团确定了"全面帮扶、项目运作、微利持久、让利东乡"的帮扶原则,提出了"至少解决 9000 人以上就业,人均年收入不低于 31200 元"的帮扶目标,重点围绕农产品精深加工、纺织服装、材料加工、建筑工程等多个方面实施"短、平、快"产业帮扶项目。

方大集团旗下 4 家上市公司、3 家大型企业于 2019 年 6 月进驻东乡县,方大集团两名副总裁常驻东乡县,带领企业 100 多名员工分成 20 多个小组,在 8 个月时间里,深入东乡县 24 个乡镇近百个村组深入调研,谋划推动项目落地。

一年多来,方大集团先后派出 300 多批(次)人员到北京、上海、广州等发达地区以商招商,先后带领 100 多家服装加工、电子元件、材料加工、食品加工等优质企业来东乡县实地考察,成功招揽一批行业内有影响力的企业入驻东乡县;同时积极主动融入当地,寻找有基础、有前景的企业合作,通过投资控股、提升改造、产销对接等形式盘活做大现有企业和扶贫车间,既解决了当地企业资金不足的问题,又实现了产业扶持、带动脱贫的双重目标。

受方大集团外引内联牵线搭桥强力吸引,目前优质企业相继入驻东乡县,一批投资千万元以上的项目正在向东乡县聚集，特别是围绕最大限度地发挥东乡县气候、土壤等方面优势，以农产品深加工产业带动种植、养殖业发展，形成农业全产业链条，带动了更多东乡县群众脱贫致富。其中，投资1亿元中草药金银花深加工，带动了近期3万亩、远期10万亩金银花种植，让广大群众走上了脱贫致富道路。方大集团通过产业扶贫方式助力东乡县打赢脱贫攻坚战，更是为东乡县由脱贫攻坚向乡村振兴发展过渡奠定了坚实的基础，使东乡县县域经济发展新引擎初见端倪。据统计，截至目前，方大集团已在东乡县落地产业帮扶项目24个，参与运营扶贫车间29个，已投入资金4.02亿元，已落地项目可以安排5200人就业。

除了入驻东乡扶贫，方大集团及所属企业"主动接单"，投身"万企帮万村"精准扶贫行动，与地方贫困村结对帮扶，派驻扶贫干部走村入户把"贫脉"、拔"贫根"，因地制宜、因村施策，助力脱贫脱困。

方大集团旗下方大特钢定点扶贫瑞金市石阔村等三个省级重点贫困村；九江钢铁投入310多万元，结对扶贫九江市湖口县团墩村、罗岭村；萍安钢铁结对帮扶萍乡市苏坊村等四个贫困村；成都炭素正对接帮扶西藏甘孜县茶扎乡木通一村；东北制药、中兴商业、北方重工、天津一商等企业也陆续选派出驻村扶贫干部，前往贫困村进行帮扶……，以帮助农民增收、农业增效为目标，方大集团旗下企业把帮助贫困村脱贫作为自己的责任和使命，想办法、解难题，打出了一系列精准扶贫"组合拳"，带动一个个贫困村脱贫摘帽，走上致富幸福之路。

（辽宁方大集团实业有限公司）

本钢为华晨紧急生产抗疫救护车用板

本钢集团接到华晨雷诺金杯紧急订单合同，共需 2200 吨汽车板用于制造华晨金杯 G16 救护车。据悉，这批救护车即将奔赴武汉，驰援疫情防控一线。

时间紧，任务重。接到任务后，本钢立即行动起来，制造部、生产厂、国贸公司等各部门加强联动，全力保证合同按时交付。作为主要生产厂，板材冷轧厂高度重视，迅速进入生产备战状态，启动了保产紧急预案，细化备料周期、产品质量、交货周期等生产环节。同时，该厂克服特殊时期给生产组织带来的不利影响，利用微信群层层发布动员令，传达生产要求，要求务必保质、保量、保交货期完成此合同。在生产过程中，放弃休息，加班加点，全力以赴。目前，该批紧急合同已发货 418 吨。

据了解，华晨金杯 G16 救护车整车长 5.23 米，最高车速可达 150 千米/时，医疗舱内饰采用自灭菌复合材料，具有高强度、高韧性、无挥发、易清洗、可消毒等优点。此款车将被改造成负压救护车，用以支援湖北及全国各地的疫情防控工作。

（原刊于《中国冶金报》2020 年 2 月 4 日 1 版 许海凌）

福建三钢集团捐赠 200 万元

自新型冠状病毒感染的肺炎疫情发生后，为防控疫情，福建省三钢（集团）有限责任公司共捐赠 200 万元。

其中，1 月 31 日，该公司向湖北省武汉疫区捐赠人民币 100 万元，用于武汉市抗击新型冠状病毒感染的肺炎疫情相关工作；还委托三钢劳服公司向福建省三明市援建价值 100 万元的 4 条口罩生产线，用于三明市抗击新型冠状病毒感染的肺炎疫情相关工作。

（原刊于《中国冶金报》2020 年 2 月 4 日 2 版 记者 林智雄）

陕钢集团：国企担当背后的逆行者

"陕钢集团支持西安'小汤山'医院建设的'禹龙'牌钢材，经韩城配送基地连夜发出，现已到达高陵医院建设现场"。这条振奋人心的消息是2月2日凌晨5点由物流韩城办负责人李伟发出，为的是第一时间在部门群里汇报本次任务完成情况。看到这样的消息和现场发来的照片，内心的激动瞬间涌满胸口，作者不假思索地将消息发到了自己朋友圈，才发现这振奋人心的消息早有同事发布了，紧接着"禹龙速度、抗击疫情"的消息星云密布般地铺满了微信圈。这是陕钢人的一份骄傲、一份担当，更重要的是一份对国家深深的牵挂。

李伟说："干了十几年工作，今年的春节经历了好多第一次，疫情严控封路后，自己就再没回过家，一刻不停歇的开始工作，不是在韩城西安之间往返，就是在办公室准备应急方案、要不就是在路上和目的地沟通协调业务，白天吃泡面、晚上睡车上。这次我们陕钢赈灾疫情物资能以最快速度配送到'小汤山'医院，多亏了领导提前筹划，指挥大家提前做了很多功课。"

忐忑不安的团聚。大年初二回老家过年，疫情变化让李伟心神不定，得知到处都封村了，十分担心疫情影响正常外发运输，实在无心在家陪父母妻儿过年，初三一早便急匆匆赶回到工作岗位与销售部门、龙钢公司储运中心相关负责人沟通，针对疫情确定发运方案。

非常时期的任务。疫情越来越严重，领导高度重视，要求为在岗职工购买体温计、消毒液、口罩等防疫用品，但是使尽各种办法整个韩城都买不到这些急需品，李伟感觉这任务比处理当下业务还要难，但是再难也得想办法完成职工后勤安全保障工作。多方联系后，从白水等临县为近30名在岗职工购买了防护用品。

两次寻找运输路线。1月30日西安港务区新筑库房封路，当日赶赴西安车辆堵到次日早8点才下高速，直到夜间22点才找到备案可通行路线，但备案路线道路只通行了1天便彻底封死。1月31日，李伟再次开车去西安港务区协调车辆备案进入港务区道路。晚上 10 点他在车上住了一夜，早上吃完泡面等到中午见到执法部门工作人员，晓之以情，动之以理，同意给予陕钢车辆一条进入的路线，此时已是 2 月 1 日下午 3 点左右，需火速赶回韩城。

完成一项光荣任务。1 日下午 6 点赶回岗位，连夜组织车辆发运一批物资支援西安"小汤山"医院建设。从组织车辆、安排装车、强调安全防护等全程进行了跟踪，忙完已是凌晨 5 点，李伟等以最快的速度完成了陕钢抗击疫情所需物资的运输。李伟说："这就是正常工作，党员干部就要在组织有困难的时候必须积极往前冲。更何况，这次非常时期作战中，勇担当的同事还有很多，他们爱国爱企的担当行为深深的感动着我。"的确，在这次新冠肺炎疫情的非常时期，铁路运输负责人严韩刚、汉中汽运负责人姚进分别赶赴工作岗位防疫情、办业务；部门业务骨干张萌、王刚带领同事分班组配合道路执法人员为长时间排队的司机送免费餐，做检疫登记、宣传疫情防护知识等工作，为快速疏通道路交通、疏散人员集中贡献一份社会力量。

李伟说，祖国是大家、陕钢是小家，无论是我们的大家、还是我们的小家，当家有难时，我们必须挺身担当、用逆行者的姿态守护我们共同的家园，树立好陕钢人的担当精神。

（陕钢集团韩城公司　王思颖）

方大钢铁：家国情浓防"疫"战

"危急时刻，一方有难八方支援，这就是咱们中国钢企！""为方大集团点赞！""点赞方大，这才是钢企里的硬核担当！"

在2月7日，中国冶金报社发布的《抗击新型冠状病毒，钢企援助情况一览表》中，辽宁方大集团捐赠2亿元人民币位居榜首。不久后，该集团再向辽宁省捐款1亿元人民币，收获了众多网友点赞好评，作为该集团旗下主营业务板块的方大钢铁集团，再次以这场防"疫"战中彰显的家国情怀与责任担当引发社会各界广泛关注。

爱心汇聚　获赞"硬核担当"

1月28日，方大集团通过湖北省慈善总会向湖北省新型冠状病毒感染的肺炎防控指挥部捐赠2亿元人民币，按照湖北省委、省政府统一部署用于湖北省、武汉市肺炎疫情防控、肺炎病情救治和一线医护人员保护。

"为了进一步做好疫情防控工作，现请各单位、各部门积极发动全体干部员工，联系国外的亲属、朋友关系，购买口罩、防护服等医用防护用品，用于捐赠给国内疫情防控最需要的地方。所有采购物资的费用全部由公司承担。"一则通知发到方大钢铁每位员工。

方明，车间主任，联系来源地欧洲，能提供防护服100多套；刘安臻，调车员，联系来源地越南，能提供医用外科口罩约3万只……一时间，2万多名员工全员发动，一条条信息、一份份爱心让这支钢铁之师空前凝聚。

辽宁方大集团为江西捐赠防疫物资

据了解，这次全员发动，源于方大集团的统一部署。"不管花多少钱，都要采购。在国家有难、老百姓有难的时候，各企业都要赞助，将所有干部员工发动起来。"自新型冠状病毒感染的肺炎疫情发生以来，突如其来的疫情牵动着党中央的心，牵动着全国人民的心，也牵动着方大集团上下尤其是方大集团董事局方威主席的心：

"医药板块和商业板块的各企业绝不能抬高商品价格，要按照原价销售，同时要听从党和政府的号召，按照党和政府的要求去做""东北大药房所有门店要尽快免费向老百姓发放VC咀嚼片或其他类型的VC产品""要服从服务于大局，全力以赴，为国担难，为民尽责，彰显方大人的使命和担当"……连日来，方威连续提出多条建议，成为方大企业积极防疫抗疫的积极行动和勇担社会责任的生动写照。

"听党的话，跟党走""取之于社会，回报于社会"是方大集团的企业方针和企业宗旨，正是本着这一理念，一份份爱心与力量，在方大钢铁，在方大旗下分布于全国二十多个省市的百家企业如春潮涌动。

方大特钢向南昌南新乡政府、清湖村、姚湾码头捐赠口罩2900只、酒精100斤、测温枪5把……这样的感人故事，正在方大钢铁，在方大集团的每个企业，持续上演。

全力弛援 激发前进动力

武汉疫情牵动着全国人民的心，各地、各企业纷纷捐款捐物，全国的爱心车队向武汉聚集。而负责运送物资的多为重卡货车，在国内每两辆载重车中，就有一辆采用方大特钢的弹簧扁钢的产品。

弹簧扁钢是方大特钢的拳头产品，有着50多年的生产历史和技术积淀，企业的装备技术、生产规模、质量品质、品种规格、交货服务等方面有着较强的优势和客户忠诚度，并成为一汽、中国重汽、宇通等国内汽车生产商的"抢手货"。

为确保弹扁的保供，方大特钢春节期间坚持连续生产，公司各级管理人员主动放弃休假，提前返岗，在保证自身安全的前提下，确保客户订单及时配送交货。"当前疫情防控工作是公司头等大事，作为连续生产性企业，在防疫防控工作到位的前提下做好安全生产保供，是对社会、对国家的应尽之责。"这是方大特钢、方大钢铁、方大企业的铿锵承诺。

2月1日，经过3天连续奋战，方大特钢所属方大长力公司生产出1400副板簧总成，顺利完成江铃救护车的订单交付任务。随后，江铃汽车加紧赶制的18辆福特全顺负压救护车于2月3日发车奔赴武汉防疫一线。

进入3月，方大集团积极响应党中央号召，动员广大党员自愿捐款，为抗击新冠肺炎疫情奉献爱心、贡献力量。广大党员立即纷纷响应，非党员工积极参与，踊跃捐款，短短几天内，集团9980名党员和11885名非党员工踊跃捐款269.66万元，其中方大钢铁一万多名党员、员工自愿捐款达131.7万余元，所有捐款第一时间全额上缴。彰显出方大员工在打赢疫情防控阻击战中的使命感和责任感。

一方有难，八方支援。在全国抗击新冠肺炎疫情的关键时刻，方大集团

方大特钢为江铃集团负压救护车紧急生产板簧总成，奔赴武汉防疫一线

方大特钢党员踊跃捐款支持新冠肺炎疫情防控

秉承"取之于社会，回报于社会"的企业宗旨，累计捐赠达 3 亿元人民币。与此同时，还向湖北、辽宁、江西、甘肃等地区累计捐赠 22 万瓶维生素 C 片、17.9 万只医用口罩、9.3 万瓶乙醇消毒剂、9.4 万套防护服、110 万副医用手套、1.5 万双防护靴、5000 副护目镜等防疫物资，助力打赢疫情防控阻击战，充分彰显了一个民营企业的社会责任担当。

（方大集团）

全球采购　精准抗疫

——德龙集团、新天钢集团董事长丁立国
捐助 3000 万元

在全国上下共同抗击疫情的关键时刻，德龙集团、新天钢集团董事长丁立国，以务实、高效的作风，迅速调动社会各界资源，捐助 3000 万元（1000万急需医疗物资和 2000 万现金），为湖北、安徽、河北、天津等地的防疫工作提供支持。丁立国在内部会议上强调，防疫是当务之急，企业不能"算小账"，工作一定要做实，在"有钱买不到"防疫物资的特殊时期，支援防疫工作要切中要害、精准发力。

铺开渠道　全球采购

1 月 20 日，丁立国夫妇携部分印度尼西亚德信职工家属到印度尼西亚苏拉威西岛上，与德信钢铁职工共度春节。看到网上报道武汉新型冠状病毒肺炎疫情蔓延，防疫一线需要大量的医疗防护物资。在疫情紧急的情况下，疫区对医用物资需求极为迫切，医疗物资严重短缺，基本上是有资金却买不到物资的情况。丁立国指示团队，首要任务是开展全球采购防护服、护目镜、口罩用以保障战斗在疫情一线的医务人员的安全。

在印度尼西亚期间，丁立国当即要求印度尼西亚德信总经理包建华安排专人在印度尼西亚境内寻找医院急需的防护服、口罩、护目镜、手套等防疫物资，快速采购，快速空运到国内，捐给湖北、河北、天津等地支援一线抗击疫情。

1 月 24 日除夕，德龙集团印度尼西亚德信钢铁有限公司第一时间在印度尼西亚雅加达采购 18000 只 N95 口罩，通过 5A 级基金会——北京慈弘慈善基金会，分别捐向华中科技大学同济医学院附属医院、武汉市中心医院、武汉市普仁医院、湖北省黄冈市中心医院、湖北省红安县人民医院、湖北省来凤县

印度尼西亚德信紧急采购的 18000 只口罩

人民医院、鄂州市中心医院、黄州区人民医院以及湖北省慈善总会等机构。

为了更有力地支援防疫一线，丁立国紧急安排部署，在德龙集团和新天钢集团内启动了"全球采购"行动。发动集团人员，调动所有资源，在全球范围内寻找防疫物资，以精准解决当前防疫工作的燃眉之急。

随着疫情的发展，越来越多的国内组织在全力采购境外防疫物资，为了将更多的防疫物资送到一线，丁立国从大局出发，要求采购人员充分发挥企业采购的客户资源优势和海外职工的个人渠道优势，不计"一城一地"之得失，不与其他国内采购方"拼抢"，迅速扩大采购渠道，最大限度的供应国内需求。

德龙集团和新天钢集团组织人员积极行动，开辟了数十条渠道，涉及澳大利亚、日本、韩国、美国、意大利、德国、泰国、法国等国家，同时还协调复星集团基金会、武汉当代集团等物资资源，沟通了国航、东航、南航、厦航、吉祥航空、九运航空、顺丰、菜鸟等空运物流情况，为确保物资最快到达国内，在各国逐步限飞、停飞后，启用海运物流，全力以赴为一线采购符合标准的防疫物资。

"全球采购"行动采购小组，克服语言障碍、时差影响，时刻保持沟通，丁立国自己的朋友圈一有消息，随时发送给工作组进行联系，每天通过微信群查看各个渠道的工作进度，比关注企业的生产经营指标还用心。

1月31日，在印度尼西亚德信18000只N95口罩顺利发出后，雅加达团队又筹集到了176套医用防护服和920只N95口罩。秉承着"快速采购，快速发送"的原则，1月31日晚，7名印度尼西亚德信职工春节探亲家属返京，大人孩子一起将三大箱子的物资背回国内，2月1日中午前派专车送达河北省卫健委。

切中要害　精准抗疫

对于采购的防疫物资，丁立国有明确的要求，一是要符合防疫要求；二是要迅速送到真正需要的地方。

德龙集团和新天钢集团建立了专门工作组，严格审查所购物资的产品标准，同时负责协调物流、贸易、通关、信息、捐赠渠道等多方面工作，确保物资配送的及时、准确。

1月31日、2月1日、2月2日，分别协调上海、重庆等地资源，为河北省卫健委捐献2500套医用防护服。

2月1日，向河北省赴鄂抗疫医疗队捐赠100套防护服，支援河北省赴鄂抗疫的白衣天使。

2月2日，从韩国采购的22500只口罩和1600套医用防护服顺利抵达天津海关。德龙和新天钢集团利用自己的物流车辆当天将物资分别送达河北省和天津市。其中，捐给河北省卫健委1000套防护服，14400只口罩；捐给天津市卫健委500套防护服；安徽省芜湖市新型冠状病毒疫情防控应急指挥物资保障组126套防护服；捐给邢台县政府8100只口罩。

印度尼西亚德信职工家属返京背回抗疫物资

印度尼西亚德信职工春节探亲家属返京背回防疫物资

从韩国采购的第二批物资顺利抵达天津海关

从韩国采购的抗疫物资抵达河北省工信厅

天津市卫健委对捐赠防疫物资进行验收

2月3日，邢台德龙钢铁为邢台市桥西区紧急解决了30把测温枪，为邢台县解决了50把测温枪和8100只N95口罩。

邢台德龙向邢台县政府进行现场捐赠

公司员工在抢运抗疫物资

在得知邢台地区急需测温枪后，丁立国安排印度尼西亚德信员工又购买了 600 把测温枪，在印度尼西亚航班停飞后，想方设法通过其他物流公司进行承运。承运规定不允许有电池，在雅加达的同事们将包装一个一个打开，把电池抠出来，再包装发运，2 月 6 日就运到深圳。同时到达的还有 88 套防护服。这是在抗疫紧张时刻印度尼西亚德信职工的奉献。

雅加达的同事在整理额温枪和防护服包装

2 月 3 日，新天钢集团联合特钢公司向宁河区疫情指挥部捐赠出 5000 只 N95 口罩，用于宁河区抗击疫情一线的医院医护人员。

德龙集团、新天钢集团将联合北京慈弘慈善基金会进一步加大全球采购

天津联合特钢公司向宁河区捐赠防疫物资

医疗物资力度，接下来，韩国、日本、澳洲的防护物资将陆续运回国内，送往湖北省、河北省、天津等地医院。

在"全球采购"行动的持续推动下，丁立国决定德龙集团和新天钢集团捐赠物资1000万元，捐助资金2000万元，共计3000万元，为各地提供物资支持和资金支持。

鼎力相助　多维联动

此次全球采购行动，得到了韩国（株）永信International、日本阪和等德龙海外合作伙伴的巨大帮助，确保了渠道的通畅，物资的快速到位。其中，

德龙集团在日本采购并已包装好等待发货的抗疫防护物资

德龙集团在韩国采购并即将装上飞机的抗疫防护物资

还有丁立国数十位个人朋友的热心推荐，让大家真切感受到了来自全球的关爱和帮助。

其中，丁立国的多位企业家朋友鼎立相助，解决了海外采购面临的诸多困难。特殊时期对物流的影响巨大，不能保证急需的医疗物资快速进入国内，丁立国联系了自己的企业家朋友复星集团郭广昌、武汉当代集团艾路明和天津冀商协会的企业家朋友，为德龙协调海外物资和解决空运物流问题。其中，复星集团为德龙紧急协调医用防护服 2500 套，捐给河北省工信厅；武汉当代集团为德龙协调 100 套医用防护服，支援河北省赴鄂抗疫医疗队。

新型冠状病毒感染引发的肺炎疫情牵动着所有人的心。当前，全国各地医务人员、社会各界、海内外人民都在为打赢这场防疫防控攻坚战而奋斗。在丁立国的部署和推动下，德龙集团和新天钢集团密切联系一线医疗卫生机构、北京慈弘慈善基金会不断细化物资捐赠工作；与属地政府保持沟通，及时通报企业防疫情况，认真贯彻各项防疫要求，加强联防联控；广泛发动友商资源共渡难关，扩大了物资采购渠道，并获得了天津远大物流公司和天津瑞恒茂集团无偿援助的 84 消毒液；充分依靠企业内部党组织，发挥党员先锋模范作用，调动和激发企业内部力量，打造坚实防疫堡垒。

目前，德龙集团和新天钢集团已形成多维联动、严防死守之势，企业上下凝聚共识、形成合力，要在保障企业自身疫情防控形势稳定的基础上，为战胜疫情提供更多、更及时、更有效的支持。

众志成城　共克难关

疫情不期而至，但足以战胜疫情的力量始终在我们身边，他们是冲锋在前的医务人员，是又一次用"中国速度"震撼世界的火神山、雷神山医院建设者，是驰援一线的解放军指战员，是一个又一个默默付出的志愿者，是不畏艰险、砥砺奋进的全体中华儿女，是坚强领导中国人民从一个胜利走向另一个胜利的中国共产党。

丁立国一直坚持在构建现代化企业治理体系的过程中融入"以德治企"的理念，注重回馈社会，多年来在绿色环保、慈善公益等方面持续加大投入，带领企业形成了切实履行社会责任的文化底蕴，疫情当前，德龙集团和新天钢集团全体员工将与全国人民一道，为抗击疫情贡献力量。相信通过大家的努力，同舟共济，定能遏制疫情蔓延势头、打赢此次疫情防控阻击战！

（德龙集团、新天钢集团）

万里驰援，共克时艰

——德信钢铁紧急支援印度尼西亚防疫物资

当前，我国政府和人民正在为夺取抗击新冠肺炎疫情最终全面胜利而努力奋斗，疫情却正在全球多点爆发。面对在全世界不断蔓延的疫情，我们看到祖国在全力抗击疫情的同时，克服自身困难，向有需要的国家和地区提供力所能及的帮助。德信钢铁作为印度尼西亚中资企业，积极响应，迅速行动，在最短时间内调配急需的各项防疫物资，万里驰援印度尼西亚中央政府开展疫情防控工作。近期，1万人份核酸检测试剂盒和6000只口罩等第一批物资将抵达印度尼西亚。新冠病毒核酸检测试剂盒（荧光 PCR 法）45 分钟就可以出检测出结果，将为印度尼西亚抗疫争夺时间窗口。

消毒人员在街头对过往车辆进行消毒

3月24日，据印度尼西亚卫生部最新信息，印度尼西亚新冠肺炎确诊病例比前一天增加107例，累计确诊686例，累计死亡55例，累计治愈30例。印度尼西亚34个省级行政区中的24个都发现了确诊病例。雅加达20日宣布因抗疫进入紧急状态。

"1月20日，我带着职工家属到印度尼西亚和德信职工共度春节，当时得知国内疫情形势严峻，在印度尼西亚开启集团全球采购行动。目前，我们国内的疫情防控取得了阶段性的成果，印度尼西亚进入了比较严峻的状态，作为在印度尼西亚的中资企业，我们要想办法从国内筹集防疫物资驰援印度尼西亚。"3月17日，集团董事长丁立国召开紧急会议时强调。

第一批运往印度尼西亚的医疗救助物资

在部署驰援印度尼西亚防疫物资工作时，丁立国董事长强调："动作要'快'，不要等，筹集一批捐赠一批，分批次进行捐赠。"

德信钢铁即刻与印度尼西亚政府取得联系，印度尼西亚国家海洋事务与投资统筹部长卢胡特阁下对此非常重视，在捐赠过程中给予了关键的支持和巨大的帮助，印度尼西亚海洋与投资统筹部长特别顾问林优娜女士全程进行细致的沟通协调。在林优娜女士的帮助下，德信钢铁得知印度尼西亚政府目前急需的医疗物资，便迅速组织物资筹集工作，很快确定了第一批捐赠物资——1万人份核酸检测试剂盒和6000只口罩。

此次捐赠，德信钢铁得到了卢胡特阁下和林优娜女士的全程协调和支持，非常顺利地完成了捐赠。

3月25日下午4点，印度尼西亚驻上海总领事馆举行了一场简单的捐赠仪式，德信钢铁的代表前往完成现场捐赠，支援印度尼西亚抗击疫情。

自2020年1月中旬新型冠状病毒肺炎疫情暴发以来，德龙集团积极履行社会责任，在抓好内部防控的基础上，捐赠3000万并发动全球资源采购防疫物资送往一线，积极支援全国各地开展抗疫战。自疫情在全球爆发后，德龙集团董事长丁立国时刻关注国内外疫情变化，尤其对"一带一路"上的印度尼西亚更为关注。

一是因为集团所属的德信钢铁处于印度尼西亚的苏拉威西，雅加达以及苏拉威西岛上有集团的5000多名职工和4000多名工程施工人员。丁立国董

在印度尼西亚驻上海总领事馆，印度尼西亚驻华大使通过现场视频会议参加了捐赠仪式

德信钢铁代表向印度尼西亚驻上海总领事馆现场捐赠

事长每天一个电话，详细询问德信钢铁总经理包建华关于印度尼西亚的疫情防控情况、德信的员工健康情况及各项工程进度。二是丁立国董事长指出："印度尼西亚是'一带一路'国际合作的重要伙伴，是德龙集团'走出去'里程碑项目德信钢铁所在国，我们作为中资公司，也有责任为印度尼西亚的疫情防控做出贡献。"

印度尼西亚德信项目由德龙集团控股，联合上海鼎信集团、INDONESIA MOROWALI INDUSTRIAL PARK、HANWA CO.，LTD 共同出资建设，总投资

2020年1月20日，丁立国在德信考察工程项目建设

13亿美元。此项目为商务部重点支持项目，属于国家"一带一路"项目，已列入国家重点项目库。印度尼西亚德信项目的建成，还将带动国内1800名技术工人输出、4000名印度尼西亚籍员工就业，为上、中、下游产业提供6000个工作机会。

印度尼西亚德信钢铁在第一批医疗物资捐出后，将继续筹集国内物资，支援印度尼西亚政府防控新冠肺炎疫情。

（印度尼西亚德信钢铁公司）

石横特钢集团捐款 1000 万元

2月2日，石横特钢集团有限公司向山东省泰安市慈善总会、山东省泰安市慈善事业促进会捐赠疫情防控资金 500 万元，向山东省肥城市慈善总会捐赠疫情防控资金 500 万元，助力抗击新型冠状病毒感染的肺炎疫情，用实际行动展现大爱与担当。

石横特钢集团企业文化部部长傅光海表示，以自己的绵薄之力支援抗击疫情，是企业的社会责任和担当。他同时表示，石横特钢一定会尽自己的最大努力，在对内做好自身防控的同时，积极配合政府部门和社会各界，打好疫情防控阻击战。涓流汇沧海，积土聚山丘。只要大家齐心协力，就一定能打赢这场战役。

两级慈善总会代表泰安市全体人民感谢石横特钢集团对疫情防控工作的大力支持，承诺捐款将专项用于抗击疫情各项支出，并将及时向社会各界、捐款方公布费用使用信息。

长期以来，石横特钢集团高度重视公益事业，勇于承担社会责任，为地方经济发展做出了巨大贡献。重组破产企业山东肥城阿斯德化工有限公司，设立肥城市教育基金和泰安市见义勇为专项奖励，保护肥城市佛桃品牌。一系列行动折射出了石横特钢集团浓厚的家国情怀和责任担当。

（原刊于《中国冶金报》2020 年 2 月 4 日 2 版　肖富君）

"火神山"的钢铁奉献

2月2日上午，湖北省武汉市市长周先旺和联勤保障部队副司令员白忠斌在武汉火神山医院签署互换交接文件，标志着火神山医院正式交付人民军队医务工作者。2月4日起，火神山医院开始收治病人。

不到10天，一座可容纳1000张床位、总建筑面积3.39万平方米的医院拔地而起。

众人拾柴"火"焰高。火神山医院快速建成的背后，也离不开咱们钢铁企业的大力支持和援助。

中国宝武驰援"神"队友

1月25日大年初一上午，武钢物流商务部建材业务部接到客户紧急电话，武汉抢建的集中收治新型冠状病毒肺炎患者的医院——火神山医院急需一批建筑钢材。疫情就是命令，时间就是生命，武钢物流仓库为此开辟了供应通道，紧急调货出库。

鉴于工地施工进度按小时推进，武钢物流决定特事特办，启动快速通道：以微信信息为凭证先行发货，春节后补齐单据手续；加强岗位人员防护，配单、发货、调度等岗位人员就餐时间轮流值守；货场对吊索具及设备等提前检查确认，确保作业正常；提货流程一律从简，确保即来即装、即装即走。武钢物流公司商务部、物流部、武钢外贸码头立即落实物资快速出库的具体部署。

1月25日中午，火神山医院工地运输车队抵达外贸仓库。由于管控原因到达车辆及人员信息与先前通报的信息不一致。为了确保急需物资尽早到达工地，武钢物流公司特事特办、急事急办，确保该批60吨物资第一时间运抵工地现场，助力火神山医院建设。

1月26日大年初二，鄂城钢铁业务人员接到中建三局的供货单位——湖北对外经贸投资公司的电话，对方紧急请求鄂钢贸易公司配送"鄂钢"牌螺纹钢101件、盘螺6件共311吨至火神山医院建设工地。

按照多年惯例，大年初三之前，鄂钢不对外发送钢材。面对刻不容缓的疫情，鄂钢抓紧对内对外协调，贸易公司业务三室迅速落实发货计划，又联系综合库大年初三早晨到库发货，同时与承运单位鄂州大通物流公司协商安排半挂车将311吨钢材送至建设工地现场。在封路的情况下，鄂州大通物流公司一边组织车辆，一边向鄂州市新冠肺炎防控指挥部、武汉市新冠肺炎防控指挥部汇报情况，要求开通鄂钢至武汉火神山医院建设工地的绿色通道。经过努力，这批钢材于大年初三下午送达火神山医院建设工地。

除了驰援火神山医院建设，中国宝武多家子公司还紧急驰援雷神山医院建设。

1月27日，在得知武汉雷神山医院建设急需100余吨直径12毫米抗震螺纹钢的消息后，鄂钢销售部在最短的时间内完成合同审批程序，并联系物流单位组织车辆，协调综合库组织发运，4小时内完成了货源调配、运力抽调、仓库放货、配货装运等工作。

1月28日下午，宝钢股份接到通知，需要马上提供材料用于雷神山医院ICU病房（重症加强护理病房）建设。得益于宝钢股份多基地优势，青山基地迅速联动，紧急启动相关工作，向雷神山医院供货宝钢彩涂板约23吨。

大年初一夜里，当得知武汉雷神山医院建设急需装载机和反铲等设备时，武钢资源乌龙泉矿业公司和武钢中冶乌龙泉事业部协调25台装载机、反铲等设备，连夜驰援。

除了雷神山医院之外，华润武钢总医院康复楼改造也有宝武人的贡献。1月31日，武钢绿城公司接到武钢集团的紧急任务，急需在20小时内将华润武钢总医院康复楼改造为满足发热科救治病人需要的病房，以增强收治病人的能力。22名突击队员以饱满的精神状态投入战斗，对每个楼层的医用防护隔离施工作业进行严格质量把关。大家高效协调，密切配合，星夜施工，在第二天凌晨3点完成全部改造任务，提前3小时高质量完成驰援任务。

多家外地钢企产品千里火速驰援武汉

1月27日，山钢股份莱芜分公司营销总公司钢带销售部的值班人员接到了聊城一企业采购人员的电话，对方急需 2000 吨薄规格热轧卷板作为镀锌板原材料，用于支援武汉火神山医院和雷神山医院建设。订单就是命令。虽然打破春节前排定的生产顺序会对其他客户造成一定影响，但该部销售人员没有丝毫犹豫，立刻协调生产处和板带厂，打破常规节奏，临时调整订单生产顺序，尽最大努力以最快速度交付订单产品。同时，考虑到目前防疫形势和交通管制情况，为保证这批钢材能及时交付到客户手中，该部安排专人与物流中心协调物流运输，保证钢材只要合格、入库就能立刻发运。在多方努力下，在 4 天时间内，这批钢材就陆续送到了客户手中。据了解，就在 2 月 3 日，这批钢材制成的最后一批镀锌板抵达武汉。

天津钢企也迅速行动。1 月 27 日下午，友发钢管集团接到合作伙伴青岛九州销售负责人的电话，对方急需一批方管发往武汉，用于火神山医院建设。情况紧急，时间就是生命。该集团为这批采购开通绿色通道，力争将这批物资以最快速度运往工程建设现场。当日晚上 10 时相关运输车辆抵达装货地点，经过 4 个小时的吊装奋战，所需钢管于 28 日凌晨 2 点运往武汉，用于火神山医院的建设。

1 月 30 日，天津海钢板材有限公司收到一客户急需驰援雷神山医院建设的 100 吨钢材物资的通知。收到通知后，海钢积极响应，立即为客户开通绿色通道，优先排产，确保客户将这批物资以最快的速度运往工程施工现场。

此次友发钢管与海钢支援钢材大部分原材料由天津荣程集团供应。荣程集团克服重大疫情、天气寒冷等困难，攻市场、保安全、稳生产，科学精益组织生产经营，保障了市场需求。荣程集团董事会主席张荣华强调，只要需要，在确保企业稳定运行的前提下，荣程人一定会全力以赴。

"郝总，敬业方管已成功送达武汉火神山医院工地并卸车。""郝总，敬业方管已成功送达郑州'小汤山'式医院工地并卸车！"1 月 29 日凌晨，河北敬业精密制管有限公司总经理郝子丰陆续收到 2 条信息。看到这 2 条信息后，他悬着的心终于放了下来。

1 月 28 日 18 时 30 分，敬业集团下属的精密制管公司分别接到天津、郑州两个客户的电话，对方称由于筹建火神山医院、郑州"小汤山"式临时隔离医院，共需 250 毫米×7.5 毫米方管 257 吨，要求尽快发货。该公司销售负责人一边与生产负责人进行沟通，一边联系敬业集团物流信息部协调运输车辆，争取尽早送达。

为确保万无一失，郝子丰在现场紧盯生产进度。当晚第一车方管生产完毕，剩余批次方管于次日 17 时也全部下线。经过 1 天的紧张生产、配车、运输，257 吨方管于 1 月 29 日晚分别成功送达武汉火神山医院及郑州"小汤山"式医院建设现场。

另外，为了援建火神山医院，新兴铸管提供了 DN200 球墨铸铁管 240 米及对应的各种管件，华南物资集团为项目配送钢材，中冶集团中国一冶制作安装医院病房屋架，湖北中拓提供了 240 吨钢材。

（原刊于《中国冶金报》2020 年 2 月 5 日 1 版　记者　蒋文雯　刘加军　通讯员　张庆祥　王继新　庞廷庆　王雪惠　侯荣）

中阳钢铁捐赠 500 万元抗击疫情

1月28日，中阳钢铁向山西省吕梁市中阳县红十字会捐赠200万元，助力打赢新型冠状病毒感染的肺炎疫情防控阻击战。2月2日，中阳钢铁再次捐赠300万元，全力支援疫情防控前线。

在这场没有硝烟的战役中，中阳钢铁既有精准防控之举，又有责任担当之行。中阳钢铁一方面认真领会习近平总书记的重要指示精神，从严落实各级党委和政府的战略部署，第一时间向职工发出了正确防范疫情的倡议书，第一时间制订了科学合理的防范措施，力争以严防死守的态度和力度，确保中阳钢铁区域内新型冠状病毒排查到位、防控到位；另一方面积极响应各级党委和政府的号召，先后捐赠500万元，助力抗击疫情。

"下一步，我们将根据疫情发展情况，持续响应各级党委、政府的号召，用实际行动做表率，担负起民营企业应有的责任。"中阳钢铁总经理袁玉平表示，只要疫情防控有需要，就会持续提供力所能及的援助。

（原刊于《中国冶金报》2020年2月5日2版　记者　刘汶禄）

晋城钢铁定向捐赠 600 万元用于疫情防控

2 月 3 日，为有效抗击新型冠状病毒感染的肺炎疫情，山西晋城钢铁控股集团有限公司定向捐赠人民币 600 万元用于疫情防控，为打赢这场战"疫"贡献晋城钢铁力量。

据了解，该公司定向捐赠山西省晋城市慈善总会 100 万元、晋城市泽州县慈善总会 100 万元、山西省慈善总会 200 万元、武汉市慈善总会 200 万元。目前，所有款项均已通过晋城市慈善总会转给定向捐赠单位。

（原刊于《中国冶金报》2020 年 2 月 6 日 2 版　记者　刘加军）

酒钢捐赠首批防疫物资　紫轩酒业紧急生产酒精

2月3日，酒钢将首批防疫物资捐赠给甘肃省嘉峪关市红十字会。这批物资有杀菌消毒剂20万片，KN95口罩1万只。

自疫情发生后，酒钢积极在海内外采购医用口罩、防护服、护目镜等防疫物资，在自身防疫物资十分紧张的情况下，主动向社会捐赠首批防疫物资。

另悉，面对疫情防控物资紧缺的情况，酒钢紫轩酒业紧急召集职工提前结束休假，加急生产浓度为75%的葡萄基酒酒精作为消毒酒精。紫轩酒业生产线没有与酒精生产匹配的灌装线，职工们依靠手工灌装、拧盖、装箱、码垛，保证了正常生产。目前，首批生产出的43654瓶500毫升葡萄基酒酒精，已分发到酒钢职工手中。

（原刊于《中国冶金报》2020年2月6日2版　记者　王汉杰）

山钢永锋淄博募捐41万余元
用于防疫物资采购

2月1日，为抗击疫情，山钢集团永锋淄博公司广大党员主动发起募捐，该公司职工积极参与，共有2105人次捐款41万余元。此款项主要用于新型冠状病毒感染的肺炎疫情防控所需医用耗材、防护用品等物资采购。

该公司党委委员、财务总监魏风将募捐款项送至山东省淄博市桓台县红十字会。

（原刊于《中国冶金报》2020年2月6日2版　孟　豹）

中国一冶驰援"方舱医院"

　　2月4日，中国一冶接到武汉市政府在洪山体育馆建设"方舱医院"的紧急任务后，立即组织27名党员突击队员进入现场。据悉，体育馆被改造成能容纳700个床位的"方舱医院"，并已于2月5日晚开始收治首批新型冠状病毒感染的肺炎患者。图为该公司工人正在安装配药室轻质隔板。

　　（原刊于《中国冶金报》2020年2月7日1版　记者　陈　明　通讯员　董汉斌　周　霞　摄）

战"疫"正酣　海外同仁施援手

近日来，新型冠状病毒感染的肺炎疫情不断蔓延，不仅牵动着全国人民的心，也受到了世界的广泛关注。面对这场人类的巨大考验，团结一心、并肩作战的中国人民，得到了各国友人的大力支持和真挚祝福。

这其中，就有不少来自全球钢铁及相关行业同仁的关爱与支援。在中国全国上下齐心战"疫"的同时，许多海外同仁纷纷伸出援手，为中国抗击疫情鼓劲加油。他们都在说：武汉加油！中国加油！

世界钢协赞赏中国战"疫"措施　在中国的相关活动将如期举行

新型冠状病毒肺炎疫情发生后，世界钢铁协会总干事埃德温·巴松第一时间表示高度关注和深切关心，并通过世界钢协北京代表处了解疫情的发展情况，向为抗击疫情做出突出贡献的中国钢铁企业表示崇高的敬意。

埃德温·巴松通过世界钢协北京代表处告诉《中国冶金报》记者，世界钢协高度赞赏中国政府应对疫情所及时采取的正确措施，相信中国政府应对疫情的领导能力和中国人民战胜困难的坚定决心，相信中国钢铁工业在疫情过后能够迅速渡过难关。世界钢协将继续在中国安排相关活动，2020年年会将如期于10月在上海举行。

浦项制铁捐赠 600 万元物资驰援武汉

1月31日，韩国浦项制铁宣布通过中国红十字会捐赠价值600万元的救援物资，用于支持湖北省等疫情严重地区的疫情防控工作。

这些物资由浦项制铁集团总部及其在华21个法人联合捐赠，均于韩国采购，并加紧运送至中国疫情前线。其间，浦项制铁严格监控捐助物资采购、运输工作，以保证物资及时到位。

自进入中国市场以来，浦项制铁在中国四川汶川地震、青海玉树地震、吉林洪水、四川芦山地震、云南鲁甸地震等灾害中，积极响应并火速支援，为中国抗击重大灾害提供了坚强助力。此次疫情当前，浦项制铁将全面支持疫情防控，持续关注疫情发展，与中国人民站在一起，齐心协力、共克时艰，共同打赢这场疫情防控阻击战！武汉加油！中国加油！

FMG 致函中国钢协关心中国疫情

2月4日，FMG 集团首席执行官伊丽莎白·盖恩斯向中国钢铁工业协会致函。其信函内容如下：

这是一个关键时刻，我们的中国朋友，以及包括澳大利亚在内的受影响国家的朋友们正面临挑战，抗击新型冠状病毒。

我写信向中国人民转达我们由衷的同情，并鼓励中国人民保持坚强。健康是一个全球性的问题，我们感谢中国人民和政府在第一线采取最强有力的措施来减缓这一病毒的传播，同时合作进行有效的治疗。我们感谢你们的牺牲，并将坚定不移地支持你们。

我们在中国的钢厂客户、供应商和投资者都是 FMG 大家族的一员，请放心，我们将永远支持你们。眼前的挑战不会影响我们的铁矿石运输，我们将全力支持中国经济和社会的持续发展。

FMG 已经在第一时间捐赠了 8400 只口罩，以支持奋战在抗疫第一线的卫生工作者。

最后，我谨代表我们整个 FMG 大家庭，向此时此刻在中国的每一个人送上衷心的祝福。我们相信，中国终将取得这场战役的胜利，我们祝愿中国人民有一个更加强大、更加光明和更加繁荣的未来。

根据中国的农历，今天是立春，冬天已经过去。我对中国强有力的领导充满信心，相信新型冠状病毒感染的肺炎疫情将很快过去！

淡水河谷捐赠 330 万元助中国战 "疫"

自新型冠状病毒感染的肺炎疫情暴发以来，淡水河谷一直密切关注疫情在中国武汉及中国其他地区的发展。为了助力中国应对当前的挑战，日前淡水河谷向中国红十字基金会捐赠 330 万元，用于医疗防疫物资的采购，包括防护服、口罩、护目镜及其他必需物资。

淡水河谷及全体员工谨向那些夜以继日奋战在新型冠状病毒防控阻击前线的医务工作者、新闻工作者、志愿者以及各行各业的工作人员致以最崇高的敬意！公司要求员工在春节假期结束后继续在家办公，以尽可能地阻断新型冠状病毒的传播。淡水河谷愿与中国人民一起，众志成城、共克时艰！

安米向中国捐赠 5.2 万只医用口罩等物资

针对中国新型冠状病毒感染的肺炎疫情，近日，安赛乐米塔尔集团及时伸出援手，积极发挥其遍布全球的资源优势，在法国、西班牙、比利时、印度等国家首批次采购 5.2 万只医用口罩、200 套防护服、200 副护目镜等医疗物资，用于支持中国的抗疫工作。

力拓表示决不让疫情阻碍与中国的合作友谊

近日，新型冠状病毒感染的肺炎疫情来袭，引起了国际社会的广泛关注，力拓集团及时发声：决不让疫情阻碍与中国的合作友谊！《中国冶金报》记者了解到，力拓集团将向中国红十字基金会捐赠 100 万美元，用于支持疫情重灾区的医院和病房建设，以及采购口罩、防护服、护目镜等急需的医疗物资。

力拓集团首席执行官夏杰思发声：

近期新型冠状病毒在中国的疫情令人担忧，看到很多家庭正因此饱受困扰甚至遭受失去亲人的痛苦，我感到十分痛心。

现在，许多我们的中国合作伙伴正奋战在抗击疫情的前线，对于他们坚决打赢疫情防控阻击战的决心，以及积极采取的强有力的防控措施，我由衷地感到敬佩。

在力拓，维护员工与合作伙伴的安全健康，是我们企业价值观和工作方式的核心组成部分。我们正与中国合作伙伴保持密切联系，尽全力提供帮助，共克时艰，决不让疫情阻碍了我们与中国的业务往来和合作友谊。

金鼠之年，我们将与中国并肩同行。加油！

康明斯先期捐赠 300 万元用于抗疫

2月2日，康明斯中国宣布先期捐赠 300 万元，为抗击疫情贡献一份力量。

《中国冶金报》记者了解到，康明斯将与中国妇女发展基金会合作，全力确保抗击疫情相关物资采购、捐助工作，并为支援湖北等地医护人员、一线工作人员和贫困患者提供生活必需品保障。同时，包括东风康明斯发动机公司和重庆康明斯发动机公司在内的康明斯在华机构也积极捐款捐物，支持新型冠状病毒感染的肺炎疫情防控工作。

疫情发生以来，康明斯积极采取措施保护员工的健康安全，同时以可靠的服务保障助力打赢疫情防控阻击战。

面对疫情，康明斯第一时间建立了面向中国全国的服务响应机制，提供多重服务保障，及时响应服务需求，积极支援各类机械产品投入防疫工作。近 1000 台工程机械设备火速集结，投入到火神山、雷神山两大医院的建设中，为遏制肺炎疫情的蔓延争分夺秒。施工现场，搭载上康明斯动力设备，由柳工集团、徐工集团、三一集团、小松集团等组成的"钢铁大军"24 小时轮班作业，近 6000 名建设者投入到与时间赛跑的特殊战斗中。

线上，康明斯通过其全球呼叫系统无间断地为客户提供 7×24 小时热线服务，确保中国尤其是湖北地区的客户及时得到专业的在线服务支持。康明斯还特别在热线中增设"防疫专属服务支持"选项，为负责防疫施工和物资运输的客户提供专属服务。

线下，康明斯专业的工程师服务支持亦"随时待命"。同时，康明斯还向员工提供特殊时期的服务补贴，并积极寻找防护用品，支持员工在确保安全健康的情况下为客户提供可靠服务。

2月4日，康明斯董事长兼首席执行官兰博文（Tom Linebarger）在致员工的公开信中表示："新型冠状病毒的暴发和它对我们员工、客户、社区所带来的影响令人心恸。我们惦念的不仅是康明斯在湖北和武汉 10 家机构的同事们和他们的亲朋，更有我们在中国以及所有其他受影响区域的员工和他们的家人与朋友。大家的健康和安全永远是我们的第一要务，请相信您并不孤单。

康明斯全球管理团队正与中国区管理团队紧密合作，全力提供信息、资源支持。我们将协同公司全球力量，与相关政府机构和其他团体共同努力，积极应对疫情爆发的规模和速度所带来的挑战。"

嘉吉金属向疫区捐赠 250 万元资金及大量物资

自新型冠状病毒感染的肺炎疫情暴发以来，嘉吉金属一直心系疫区。面对严峻形势，嘉吉金属第一时间成立了亚太和中国区疫情管理小组，持续跟进疫情进展，并向疫区捐赠 250 万元资金及价值 100 万元的防护物资，向上海瑞金医院捐赠 1 万只医用口罩。

嘉吉金属事业部业务总裁李科表示："现在，中国政府及各方正在积极采取强有力的措施。在众志成城、共克时艰的背景下，包括嘉吉金属在内的社会各行各业正在共同努力，为打赢疫情防控阻击战做出贡献。嘉吉金属深信疫情一定能在短期内得到有效控制，中国最终定能打赢这场没有硝烟的战役！"

（原刊于《中国冶金报》2020 年 2 月 7 日 2 版　记者　朱晓波　张鹰　实习记者　苏亚红）

印度尼西亚古龙钢铁捐献爱心抗击疫情

近日，刚刚与中国宝武广东韶关钢铁有限公司（简称"韶钢"）控股的广东宝联迪成功合作的印度尼西亚古龙拉嘉帕斯钢铁公司（简称"古龙钢铁"）获悉中国国内口罩等医用物资供应紧缺后，立即通过不同渠道，紧急在印度尼西亚现货采购紧缺医疗用品，并已全部发往湖北省武汉市，全力支持一线抗击疫情。

古龙钢铁 24 小时内共筹集医疗防护服 62 套、医疗隔离服 24 套、防护鞋 67 双、医用口罩 1000 盒、N95 口罩 110 盒、医用护目镜 461 副、医用手套 100 副、全脸呼吸保护设备 4 套，累计价值 16 万余元。

古龙钢铁监事代表陈天海表示，该公司时刻心系广东宝联迪的同事与家人，非常关注中国国内肺炎疫情，将全力支持中国抗击肺炎疫情，贡献古龙钢铁的一份力量。

（原刊于《中国冶金报》2020年2月6日2版 记者 陈立新 王闯）

蒂森克虏伯捐赠200万元驰援抗疫一线

2月7日，蒂森克虏伯宣布，其在华运营公司将携手向中华慈善总会捐赠200万元，助力中国抗击新型冠状病毒肺炎疫情。

此次捐赠的资金将主要用于武汉市及湖北省其他疫情严重地区购置当地急需的医疗防护物资，并为战斗在一线、抗击疫情的医护人员提供支持。

作为此次捐赠的重要一员，蒂森克虏伯电梯中国还参与到支持一线疫情抗灾的队伍中，确保医疗机构的电梯设备正常运行。在疫情重灾区湖北省，蒂森克虏伯电梯设有武汉分公司和襄阳、荆州、宜昌和鄂州4个办事处。电梯维保技术团队迅速响应各地医院的紧急需求，积极启动驻点值守工作，深入重症病人救治医疗机构开展维保工作，为武汉市金银潭医院、武汉中心医院等定点医院的疫情防控工作保驾护航。

据了解，蒂森克虏伯参与捐赠的公司涉及电梯技术、汽车技术、回转支承、锻造技术、工业解决方案等领域。

（蒂 文）

FMG集团捐赠100万澳元用于抗击新冠肺炎

2月7日，FMG集团宣布，将向武汉青山慈善总会捐赠100万澳元（约合66.87万美元），用于支持位于新冠肺炎严重的武汉的医疗工作。

据了解，这笔资金将用于中国宝武武汉钢铁有限公司的武钢体育中心改造工程。该体育中心将被改造成一个拥有388个床位的方舱医院，以治疗感染了新冠肺炎的病人。

FMG 首席执行官伊丽莎白·盖恩斯说："武汉当地居民的健康和安全是重中之重。我们很高兴提供这笔捐款，这将有助于拯救生命和遏制病毒的传播。FMG 对中国人民和中国经济的韧性充满信心。"

（原刊于《中国冶金报》2020 年 2 月 12 日 2 版　记者　郭达清）

必和必拓捐赠 1000 万元支援中国抗疫

2 月 11 日，必和必拓集团宣布与中国红十字基金会签署协议，捐赠 1000 万元人民币，用以支援中国新冠肺炎疫情治疗防控工作。

该款项将主要用于为战"疫"前线的医务工作者提供人道主义援助，同时为抗击疫情的其他必要行动提供支持。

必和必拓首席执行官韩慕睿表示："必和必拓一直心系中国和中国人民，我们将与其他在华跨国公司一起，携手社会各界，坚定地与中国客户、供应商、合作伙伴以及全体中国人民站在一起，共克时艰、抗击疫情，尽早恢复正常的生产和生活。"

目前，必和必拓正在同中国客户和供应商紧密合作，力求稳定生产和市场供应，从而保证业务的正常运营。

（原刊于《中国冶金报》2020 年 2 月 7 日 2 版　记者　朱晓波）

南钢捐赠 11 批紧缺医疗物资

截至 2 月 9 日，上海复星公益基金会联合南钢，共向江苏省南京市捐赠 11 批次防护服、口罩等紧缺医疗物资。此前，南钢通过复星基金会向社会捐赠 1000 万元助力疫情防控。

1 月 29 日，南钢捐赠 4000 只 N95 级口罩；1 月 30 日，100 套医用防护服；1 月 31 日，500 套胶条防护服（红区）、2000 套防水防护服；2 月 2 日，500 套医用防护服、4800 套防水防护服；2 月 3 日，5000 只医用口罩，1500 只非医用级口罩；2 月 5 日，2000 套医用防护服和 1000 只 N95 口罩；2 月 6 日，3000 只 N95 口罩、1000 套防水防护服。目前，南钢的捐赠还在持续。

疫情发生以来，众多企业都面临着口罩、消毒液等物资采购异常艰难、员工使用配备捉襟见肘的问题，南钢也不例外。在口罩配用上，南钢一方面加大国际国内市场采购力度，一方面引导员工自发购买、科学使用、节约使用，以保证上岗员工的基本需求不断档。与此同时，在身处疫区的战略客户提出援助请求后，南钢还千方百计地调集部分口罩资源支援，并安排财务为资金一时困难的供应商和客户提供支持。

（原刊于《中国冶金报》2020 年 2 月 11 日 1 版　记者　邵启明　通讯员陈　佳）

安钢捐款 1000 万元助抗疫

捐赠现场（特约通讯员　殷海民　摄影）

2月7日，安钢集团总经理刘润生、工会主席张怀宾代表安钢集团向安阳市慈善总会捐赠1000万元，用于河南省安阳市疫情防控工作。

在突如其来的疫情面前，安钢第一时间启动疫情防控工作，成立了以集团公司党委书记、董事长李利剑为总指挥，以总经理刘润生为第一副总指挥的安钢疫情防控指挥部，研究部署全面做好疫情防控工作，从集团整体安排，到为广大职工免费发放中医药预防方剂汤药、消毒液、防护口罩等日常防护细节，全力以赴、科学有序加强疫情防控，切实保障职工群众生命健康安全，确保生产经营稳定顺行。

与此同时，安钢克服当前市场下行、环保限产对生产经营带来的前所未有的压力，为抗击疫情贡献安钢力量。2月3日21时，安钢总医院6名奔赴抗疫最前线的医护人员正式投入到武汉医院工作；2月5日，在短短的28个小时内，安钢制作完成并交付使用安阳版"小汤山"医院急需的62件钢结构成品货架；捐赠的3000吨医用液氧将陆续驰援安阳、濮阳、鹤壁、郑州等地的15家市县级医院以及一家氧气充装站，缓解河南省抗疫一线医院"缺氧"的困境。后续，安钢将持续密切关注疫情发展和社会需要，全力以赴予以援助和支持。

（原刊于《中国冶金报》2020年2月11日1版 记者 魏庆军 通讯员张丁方 刘亚楠）

中天钢铁捐助 4000 万元支持抗疫

2月5日，中天钢铁向江苏常州经济技术开发区一次性捐助1000万元爱心款，款项将用于此次新型冠状病毒感染的肺炎疫情防控。2月7日，中天钢铁集团决定，再一次性捐3000万元用于政府抗击新型冠状病毒感染的肺炎疫情。截至目前，中天钢铁已捐助4000万元用于支持抗击疫情。

自疫情暴发以来，中天钢铁积极做好内部工作，成立了以集团董事局主席、总裁、党委书记董才平为组长的专项工作小组，第一时间发布了《关于防控新型冠状病毒肺炎的紧急通知》，做好人员信息跟踪和调查，把员工生命健康放在首要位置，切实履行企业的社会责任。

截至目前，中天钢铁已完成对12955名员工的问卷调查，累计下发口罩超40000只，各单位按照每天2次的要求做好清洁消毒工作。同时，集团积极采购消毒酒精、医用口罩和84消毒液，确保防疫物资保障到位。集团还建立疫情日报制度，各部门做好辖属区域的消毒工作，勤拖地、勤擦洗、勤喷消毒酒精，做好进出门人员、车辆的登记、测温工作，严防疫情病例输入。另外，集团推迟一切群体性活动、会议，做好宣传教育和舆论引导工作，严防疫情输入，并对假期延期、人事考勤、人员应急隔离等工作做出人性化安排。目前，集团尚未发现确认或疑似新型冠状病毒感染的肺炎输入病例，干部员工情绪稳定。

据悉，多年来，中天钢铁在修桥铺路、帮困助学和其他慈善、公益事业上捐助超6亿元。特别是在汶川、玉树地震等国内突发性的抢险救灾中都有中天钢铁的身影。

（原刊于《中国冶金报》2020年2月11日1版 记者 朱元洁）

凤宝集团捐赠 300 万元抗疫资金

"凤宝集团捐赠 300 万元抗疫资金，尽微薄之力，这是我们应尽的责任。我们还要通过各种方式参加、帮助社会做好防疫工作。"2 月 7 日，在凤宝集团向红十字会捐款仪式上，凤宝集团总经理李静敏认真地说。

在捐款仪式上，河南省林州市委书记、市疫情防控指挥部总指挥王宝玉对凤宝集团的做法给予高度评价，对企业负责人表示衷心感谢。

当前疫情复杂，林州乃至整个中国，正经受严峻考验。凤宝集团坚持"安全第一、防疫优先"的工作总方针，以"抓疫情防控、保员工安全"为前提，靠前指挥，压实责任，生产防疫两手抓。员工坚守岗位、保产保供，生产秩序井然。目前，该公司无一例新型冠状病毒感染的病例及疑似病例。

（原刊于《中国冶金报》2020 年 2 月 11 日 2 版　记者　冯元庆）

烘熔钢铁捐款捐物计 110 万元

2月2日，河北新武安钢铁集团烘熔钢铁有限公司向河北省武安市第一人民医院赴武汉一线抗击疫情的医护团队定向捐赠了一套价值10万余元的原装进口飞利浦 MX500 心电血氧监护仪；2月6日，烘熔钢铁再献爱心，向武安市红十字会捐款100万元。

该公司董事长刘生兆表示，烘熔钢铁将始终和大家在一起，坚定信心，共抗疫情，以实际行动助力疫情防控，坚决打赢这场疫情防控阻击战。

（原刊于《中国冶金报》2020 年 2 月 11 日 2 版　记者　潘明顺）

五矿营钢捐赠 650 万元支援疫情防控

　　为支援辽宁省营口市和老边区疫情防控和救治，五矿营口中板有限责任公司（以下称五矿营钢）党政决定向营口市捐赠 450 万元，向老边区捐赠 200 万元。捐赠仪式于 2 月 6 日上午，在五矿营钢中厚板厂现场举行。

　　营口市市委书记赵长富表示，五矿营钢的捐赠为营口市打赢疫情防控阻击战提供了有力支持。他还对企业疫情防控和生产经营工作做了重要指示。

　　五矿营钢公司总经理王洪表示，五矿营钢要努力实现新型冠状病毒感染的肺炎疫情在五矿营钢零输入、零传播，同时，发挥各级主管的带头作用，做到疫情防控和生产经营工作两不误。

　　连日来，五矿营钢密切关注疫情动态，把防控疫情、确保员工生命安全和身体健康作为当前头等大事。自 1 月 22 日成立疫情防控工作领导小组以来，五矿营钢每天召开防疫工作例会，已颁布 10 项防疫管理规定和工作流程，发布 75 项防疫具体工作安排，并请大医院防疫专家来公司指导防疫工作。该公司已建立预警预案机制和每日疫情报告制度，积极落实日常消毒杀菌和疫情防范措施，确保疫情防控工作相关决策部署得到有效落实。公司目前采取的主要措施有：保障防疫口罩、消毒水的供应，规范佩戴和使用；设立临时员工隔离观察居住区；由安保人员对每名进厂人员进行体温测量；为减少人员聚集，错峰上下班，食堂改为配餐制，关闭职工浴室，召开视频会议，推行 VPN（虚拟专用网络）远程办公；在公司局域网每日发布疫情防控工作简报，并宣传防疫知识。

　　（原刊于《中国冶金报》2020 年 2 月 11 日 2 版　记者　赵鹏飞）

马钢 576 吨 H 型钢驰援火神山、
雷神山医院建设

2月8日、9日，经过10天奋战建成的抗击新型冠状病毒肺炎疫情的火神山、雷神山医院分别接收了首批重症患者。在这两所牵动亿万人心的医院建设中，马钢"疫"不容辞，迅速完成了576吨H型钢供货任务。

1月26日，大年初二，马钢热轧H型钢指定经销商接到中建三局的紧急通知，由于其服务工程需要，要求紧急提供576吨两个规格H型钢产品用于武汉火神山、雷神山两所医院主体建设。

疫情当前，分秒必争。为保障火神山医院150吨和雷神山医院426吨H型钢产品以最快的速度备齐和发货，马钢立即行动起来，紧急安排H型钢成品车间查找相关规格产品库存数量情况及组织发货车辆。同时，立即组织相关产线进行生产，确保供货规格和数量满足两所医院建设要求。

就在当晚中建三局确定建设方案后，所有产品迅速备齐装车，即刻启程发往建设工地，火速驰援。

（原刊于《中国冶金报》2020年2月12日1版　记者　张磊　王凯　刘静费　载欣）

山钢捐赠 500 万元持续发力抗疫情

2月8日，山钢向山东省慈善总会捐赠500万元，为抗击疫情再伸援手。

新型冠状病毒肺炎疫情发生以来，山钢积极践行国有企业的使命担当，全面动员，全面部署，一手抓疫情防控，一手抓生产，在确保职工安全健康的前提下，把疫情对生产的影响降到最低，3个片区的钢铁产线生产保持稳定顺行。

在努力做好疫情防控工作的同时，山钢在"人""材""物"方面积极支援湖北疫情重灾区。山钢莱钢医院38岁的呼吸内科副主任、副主任医师时海洋作为山东省卫健委组派的第二批援鄂医疗队成员飞抵湖北；山钢莱钢型钢板带厂紧急组织生产2500吨带材援助火神山医院建设；部分权属单位、控股和参股单位，基层党员、职工特别是党外知识分子也自发为疫情防控助力，山钢旗下中泰证券向湖北慈善总会定向捐款600万元，永锋淄博党员、职工自发捐款41万元交至淄博市桓台县红十字会，无党派人士、党外知识分子共计捐款16820元。

（原刊于《中国冶金报》2020年2月12日2版　特约通讯员　褚慧娟）

三宝捐赠 500 万元钱物支援漳州抗疫

近日，三宝集团捐赠 500 万元用于福建省漳州市疫情防控工作，助力漳州市打赢疫情防控阻击战。

面对突如其来的疫情，三宝集团高度重视，反应迅速，第一时间召开中高层紧急会议，全面部署企业抗疫；同时积极履行企业社会职责，分别于 2 月 5 日、8 日、10 日多次向漳州市红十字会、漳州市芗城区卫健委和区防控指挥部等捐赠资金以及口罩、防护服、隔离服等防疫用品，累计捐赠金额达到 500 万元，彰显出家国情怀与民企担当。

（原刊于《中国冶金报》2020 年 2 月 13 日 2 版　董　办）

永钢再捐 2000 万元助力疫情防控

2月11日，永钢集团再次向江苏省张家港市慈善总会捐赠2000万元，定向用于湖北与江苏的疫情防控工作。这是永钢集团继2月初捐赠9105套防护服、14万只防护口罩之后的再一次捐赠。

"困难面前看担当，关键时刻看担当。"永钢集团董事局主席吴耀芳表示，"全社会都在齐心协力、共克时艰，永钢也要有所作为，扛起使命责任！"

疫情暴发伊始，国内医用物资极度紧缺。永钢集团立即行动、积极对接，从国外成功订购到14万只医用防护口罩和9105套防护服，火速发往国内。目前，该批物资已被送往防疫一线。

作为一家有着13000名员工的企业，永钢集团自身疫情防控工作直接影响到当地疫情防控成效。为此，永钢集团春节前就成立以党委书记、总裁吴毅为组长的疫情防控指挥小组，第一时间启动应急预案，严防死守，全力做好疫情防控工作。

为了减少公众聚集，永钢集团今年取消了每年除夕、大年初一都会开展的员工慰问活动，改为视频拜年。疫情期间，企业在厂区设置4个疫情监测点，对过往人员实施测温和排查，对异常人员及时上报隔离；针对近20天内有疫情重点地区旅游、居住史的人员，第一时间做好登记并上报；对从外地返回的员工，一律实行14天定点隔离，每日安排专人上门测温、照顾饮食。该企业还利用微信、网站、短信等方式广泛普及疫情防控知识。为了协助当地防控疫情，该企业还专门辟出旗下田园居酒店用作湖北籍人员和密切接触人员隔离场所，辟出玖雅酒店用作外地返乡人员观察隔离场所。

永钢集团共有湖北籍员工418名，春节期间有145人返乡探亲。对于这些人员，永钢集团专门出台政策，让他们留在当地，减少流动，疫情防控期间享受正常的薪酬福利待遇。"制订这样的措施，既是防止疫情扩散蔓延的需要，也是给他们吃下'定心丸'，让他们感受到企业是他们的坚强后盾。"吴毅说。

（原刊于《中国冶金报》2020 年 2 月 13 日 2 版　记者　马建强）

华菱涟钢捐赠 1000 万元助抗疫

2 月 14 日，华菱涟钢集团公司向湖南省娄底市捐赠 1000 万元，用于防控新冠肺炎疫情。

在阻击新冠肺炎疫情的关键时刻，华菱涟钢全面落实上级要求，积极履行社会责任，在切实加强自身疫情防控工作、全力搞好生产经营的同时，全力支持防控一线，助力战"疫"。

此前，了解到医疗机构面临医用物资匮乏，尤其是医用口罩、防护服急缺的情况后，涟钢通过多方渠道紧急采购了 12.7 万只防护口罩、100 套防护服，先后分别捐赠给当地红十字会、湖南省娄底市中心医院、娄底市第一人民医院等医疗机构。

涟钢职工也自发为医疗机构捐款捐物，提供力所能及的帮助。该公司 210 转炉厂连铸车间党支部组织党员向娄底市第一人民医院捐赠 1 万余元；一炼轧厂行车车间共产党员李从军、人力资源服务公司职工曾力多方寻找资源，先后购买了 320 套防护服分别捐赠给娄底市中心医院和娄底市第一人民医院。

"我在家就做好后勤，你安心地上'战场'，早日得胜归来。"这是华菱涟钢炼铁厂职工邹清泉对妻子李慧红的嘱咐。日前，华菱涟钢有 5 名职工的家属作为医护人员驰援湖北。该公司要求相关单位尽力为这些医护人员家庭提供帮助和支持，努力成为他们最强大的后援。

目前，华菱涟钢生产经营正常有序，职工队伍稳定，疫情对生产经营的影响已经降到了最低程度。1 月，该公司钢、材生产均超计划，实现了 2020 年"开门红"。

（原刊于《中国冶金报》2020 年 2 月 18 日 1 版　记者　柳琴声）

敬业集团累计捐款捐物 2490 万元

近日，敬业集团再次通过河北省敬业公益基金会向河北省红十字会捐赠1200 万元，专项用于河北支援湖北抗疫医疗队抗击疫情。截至目前，该集团助力一线疫情防控，捐款捐物价值总额累计达到 2490 万元。

据悉，在此之前，敬业集团已经通过该基金会向湖北省慈善总会捐赠1000 万元现金、10 万只韩国 KF94 医用口罩，向河北省石家庄市平山县红十字会捐赠 100 万元。旗下的乌兰浩特钢铁有限公司向乌兰浩特市红十字会捐赠 50 万元，为打赢疫情防控阻击战贡献了一份力量。

此外，春节期间，敬业集团下属的精密制管公司接到用于筹建火神山医院、"小汤山式"临时隔离医院的材料订单后，克服物流停运等困难，仅用 1 天时间，便把 257 吨材料送达建设现场。

"作为革命老区的一家民营企业，我们应该积极主动承担社会责任，用实际行动去支援防控一线，把老区人民的深情厚谊传递出去。"该企业相关负责人表示。接下来，敬业集团全体职工将继续全面落实政府要求，用更有力的举措、更坚强的意志为打赢疫情防控阻击战贡献出百分之百的力量。

（原刊于《中国冶金报》2020 年 2 月 18 日 1 版 记者 王雪慧）

丁青县脱贫农牧民助力汉族兄弟抗疫情

"武钢集团帮助我们脱贫致富，现在是我们报恩的时候了。"2月9日，西藏自治区丁青县当堆乡乡长扎西平措代表全乡各族干部群众和农牧民把6400元捐款送到团县委。

由中国宝武武钢集团定点援助的丁青县地处昌都市西部，317国道纵贯该县。新冠肺炎疫情发生以来，该县严格按照西藏自治区、昌都市疫情防控指挥部的部署和要求，做好该县各乡镇，特别是国道沿线疫情防控工作；组织骨干力量深入乡村开展疫情防控宣传和卡点测温工作。

丁青县委、县政府主要领导多次致电武钢集团援藏干部，叮嘱他们做好隔离防护，保重身体。同时，团县委动员组织青年志愿者为近期返藏、返乡的居家隔离人员发放防疫科普宣传单和体温计、消毒液、口罩等防护用品，为居家隔离人员充当"采购员"和"快递员"，帮他们采购米面油盐、蔬菜、水果等生活必需品，提供送餐、送水等义务服务。团县委还积极响应西藏自治区团委关于《同舟共济，共克时艰——西藏希望工程特别行动》的号召，组织各族干部群众和农牧民以及社会各界爱心人士积极捐款，为疫情防控工作献上一片爱心。许多农牧民在捐款时表示，他们在天津人民和武钢集团的支援下摘掉了贫困的"帽子"，现在汉族兄弟遇到了困难，他们也要助一臂之力。在不到5天的时间里，团县委共计收到饱含着丁青县各族干部群众和农牧民深情的疫情防控爱心捐款20.347万元，并于2月10日将捐款汇至西藏青少年发展基金账户。

另据报道，疫情发生以来，西藏自治区红十字会已向湖北省武汉市红十字会划拨2批定向捐款，同时，西藏自治区党委、政府筹集的首批价值850万元的1826吨天然纯净水和50吨牦牛肉等物资也已于2月14日驰援湖北疫区。

（原刊于《中国冶金报》2020年2月20日1版　记者　梅　云）

交城义望铁合金负责人
向疫区捐款 100 万元

2月1日，在山西交城县"众志成城、抗击疫情"爱心捐赠仪式上，交城义望铁合金有限责任公司负责人踊跃捐款 100 万元人民币，支持抗击新型冠状病毒肺炎疫情。

连日来，新冠肺炎疫情牵动着每个人的心，而药品又是控制疫情蔓延的重中之重。目前，多地医院防疫一线各类药品短缺，急需帮助。

面对刻不容缓的新冠肺炎疫情防控形势，该公司在全力做好企业防疫工作的同时，积极响应县委、县政府的号召，发扬"致富思源，扶危济困；一方有难，八方支援"的精神，情系家乡，守望相助，履行社会责任，支援疫情防控工作。

（原刊于《中国冶金报》2020 年 2 月 20 日 7 版　记者　张　垚）

杭钢捐赠紧缺医用疫情防控物资

2月17日上午，杭钢集团向浙江省医疗健康集团杭州医院（下称浙医健杭州医院）捐赠防护服1559件、护目镜1416副。该批物资将用于援鄂医疗队和医院疫情防控一线。

杭钢集团党委书记、董事长张利明，党委副书记殳黎平出席捐赠仪式。

殳黎平代表杭钢向一线医护人员表示崇高的敬意。他说，在这次新冠肺炎疫情防控阻击战中，广大医务工作者始终坚守防控一线，连续奋战、不辞辛劳，用爱心、诚心、细心，换取他人舒心、放心、安心。他希望社会各界多多关心广大医护人员及家属，为打赢新冠肺炎疫情防控阻击战贡献自己的力量。

该批物资由杭钢旗下富春有限公司采购。富春公司利用地处香港地区的地理优势，想尽办法寻找货源，从欧洲采购到一批防护服和护目镜，第一时间悉数捐赠给浙医健杭州医院。

浙医健杭州医院承担了疑似病例标本检验工作。广大医护人员放弃休息，冲锋在发热门诊、预检分诊的一线。7名医护人员义无反顾奔赴武汉一线，用不眠不休的韧劲，同时间赛跑，与病魔较量，留下了"最美逆行者"的坚毅身影。

医院方表示，自疫情防控阻击战打响以来，杭钢始终关注医院防控、关心医护人员，帮助他们解决实际困难。在医院防护物资紧缺的关键时刻，杭钢用实际行动表达了对疫情防控一线医护人员的关爱之情，彰显了国有企业的社会责任和担当。

（原刊于《中国冶金报》2020年2月21日1版 实习记者 戚雄伟）

疫情无情　方大有爱

"危急时刻，一方有难八方支援，这就是咱们中国钢企！""为方大集团点赞！""点赞方大，这才是钢企里的硬核担当！"。2月17日，在中国冶金报社官方微信发布的钢企援助情况一览表中，辽宁方大集团（下称方大集团）以捐赠2亿元，收获了众多网友好评，也引发了社会各界广泛关注和热议。

面对新冠肺炎疫情，方大集团认真贯彻落实习近平总书记关于疫情防控工作的重要讲话精神，始终把员工生命安全和身体健康放在第一位，做好疫情防控各项工作，全力以赴，与全国人民共同打赢这场疫情防控阻击战。

1月28日，方大集团通过湖北省慈善总会向湖北省新冠肺炎防控指挥部捐赠2亿元，按照湖北省委、省政府统一部署，用于湖北省、武汉市疫情防控、病情救治和一线医护人员保护。

2月2日、9日，方大群众医院先后派遣两批援鄂医疗队7名医护人员，奔赴湖北疫区一线抗击疫情，用实际行动诠释着方大集团抗击疫情的速度和温度。

2月10日，方大集团再次向湖北省和武汉市捐赠急需的防护服2万套，所捐赠物资于当晚连夜发往武汉。

2月14日下午，方大集团通过沈阳市红十字会向沈阳医护人员无偿捐赠26.5万副医用外科手套。

"为了进一步做好疫情防控工作，请各单位、各部门积极发动全体干部员工，联系国外的亲属、朋友，购买口罩、防护服等医用防护用品，捐赠给国内疫情防控最需要的地方。"在抗击疫情过程中，方大集团董事局主席方威向6万多名员工发出号召。

目前，方大集团已向加拿大、哥伦比亚、日本、韩国、土耳其、德国等国家派出员工采购物资，企业后方整体调度、全力支持，将全力捐赠物资给政府和疫情防控一线的广大医护人员，为迎战"疫"情持续贡献"方大力量"。

与此同时，方大集团旗下医药、炭素、钢铁、商业等板块企业，坚守岗位、奋勇担当、为国尽职。东北制药是国家重要的药品生产基地。为保障药品供应，他们一手抓疫情防控，一手抓企业生产，开足马力、加班加点，确保药品供应充足、使用安全、投放畅通，先后向沈阳市捐赠2万瓶维生素C咀嚼片，用于增强医护人员免疫力；累计配合沈阳市政府进口防疫口罩26.8万只、防护服8.4万套；2月7日，紧急采购一批急缺"红区"防护服运抵沈阳，连夜定向捐赠给辽宁省、沈阳市疫情医疗救治定点医院。方大特钢为湖北抗疫一线急需的救护车保产保供，3天内生产出1400副板簧总成，全力完成"江铃"牌救护车的订单交付任务。其余旗下企业按照当地政府的统一部署，切实做好疫情防控工作，以高度的政治责任感和强烈的使命感，保护好员工生命安全和身体健康。

"取之于社会，回报于社会。""方大，是党和政府的企业！""方大的发展得益于以习近平新时代中国特色社会主义思想为指导，得益于党和国家给我们民营企业前所未有的政策支持。"方大集团时刻不忘党恩，牢记社会责任，始终以拳拳之心致力于公益事业，向社会捐助超过10亿元，包括向汶川、玉树、芦山等地震灾区捐款，捐建希望小学，与兰州大学第二医院合作成立宁养院，自2008年起方大炭素每年向贫困癌症患者捐助100万元，用以提供免费镇痛治疗和临终关怀等。

此外，为努力打赢脱贫攻坚战，方大旗下企业纷纷与地方贫困村结对帮扶，实现精准脱贫摘帽。2019年起，方大集团在甘肃省东乡族自治县实施产业扶贫，引进20个项目，投资2.7亿余元，目标实现就业9000人，当年帮助3900人实现就业。2018年，方大集团捐资5000万元支持甘肃省扶贫事业；2019年捐资5000万元支持四川省达州市扶贫攻坚，向辽宁省抚顺市捐资1亿元，用于扶贫、帮困、助学、慈善等事业。

（原刊于《中国冶金报》2020年2月26日1版　记者　何惠平）

中国五冶向武汉捐赠 8 万只口罩

为进一步助力打赢疫情防控阻击战，践行央企社会责任，中国五冶集团积极响应中冶集团号召，向武汉地区捐赠 8 万只口罩。2 月 14 日 13 时，首批捐赠 2 万只口罩已从上海启运，将定向支援给身处战"疫"最前线的兄弟单位中冶南方。

自新冠肺炎疫情发生以来，中国五冶集团党委快速行动，专题部署研究，多方寻求资源，广拓渠道筹集，从海外紧急采购了一批口罩等防疫物资。随着疫情防控阻击战的全面打响，口罩等防护物资成了最紧缺的资源，尤其是在鄂兄弟单位正在抗击疫情的第一线冲锋陷阵，他们的防护物资非常紧缺。

抗疫阻击战牵动着全体五冶人的心。尽管企业自身口罩用量也很紧张，但在了解到相关情况后，中国五冶立即行动，公司党委书记、董事长程并强亲自安排，在最短时间内紧急调配了 2 万只口罩，以最快速度驰援在鄂兄弟单位，用实际行动践行"中冶一家亲"，全力支持他们打赢这场攻坚战。

疫情面前显担当，众志成城筑铁墙。中国五冶将继续践行央企社会责任，坚定不移支持前线打赢这场没有硝烟的战争。

（原刊于《中国冶金报》2020 年 2 月 27 日 4 版 记者 吴 琼 王晨辉）

中国一冶完成蔡甸定向方舱医院建设

2月23日，由中国一冶集团建设的蔡甸定向方舱医院正式完工。该医院的建成，将为抗击新冠肺炎疫情新增1120张床位。

2月17日，中国一冶接到建设蔡甸定向方舱医院的施工任务。疫情就是命令。当天下午，中国一冶迅速细化分工，紧急派出第一支突击队赶往蔡甸定向方舱医院建设现场，一场与时间赛跑的突击战迅速打响。蔡甸定向方舱医院建设内容覆盖了病区改造面积约16217平方米，其中新建面积约1642平方米；对3栋建筑进行改造，其中2栋改造为临时性传染病房，1栋改造为医疗办公用房，并在楼间及周边空地新建配套的单层临时医务用房及连廊，设计病房总床位数1120床。

为了节省工期，中国一冶突击队在连夜调集机械和人员的同时，按照事情的轻重缓急，制作问题与解决清单，安排指定人员跟紧进度，一切都急中有序；电路接通、场地平整、道路建设一系列前期准备工作同步展开。"一天也不耽误，一天也不懈怠"的中冶精神，被一冶人在这场战"疫"中生动地演绎成了以分钟为单位的"生死竞速"。2月23日，历经5天5夜的连续作业，由中国一冶建设的蔡甸定向方舱医院正式交付使用。

（原刊于《中国冶金报》2020年2月27日4版　杨爱国　沈潘　余良斌　梁惠）

杭钢捐赠 300 多万元物资驰援温州

2 月 26 日上午，杭钢集团向浙江省温州市捐赠了一笔价值 300 多万元的医疗物资，用于该市疫情防控一线，其中第一批物资已准时送达温州市卫健委。

"杭钢捐赠给我们的医疗物资，是目前为止温州市收到的单笔最大的防护物资。"温州市新冠肺炎疫情防控工作领导小组后勤物资保障组负责人潘江波说。

此次捐赠，杭钢事先委托旗下熟知医疗行业和防疫工作的杭钢健康产业投资管理有限公司，与重点疫区温州市卫健委、温州市省级和市级各大抗疫一线医院做了充分沟通，拟订了捐赠方案，共捐赠 1014 套防护服、300 台医院卫生间壁挂式消毒杀菌设备（含消毒杀菌液 3600 瓶）、120 台护士站移动式消毒杀菌设备（含消毒杀菌液 1440 瓶）、15 套智能加液器，价值 305.42 万元。

为让温州市各大抗疫一线医院早日用上医疗物资，杭钢旗下富春有限公司积极从欧洲采购防护服，杭钢健康产业投资管理有限公司紧急联系厂家，加班加点生产和调集所需物资，仅用 3 天时间就将捐赠物资筹措到位，并分批陆续运达。

自疫情发生以来，杭钢积极践行国企使命，履行社会责任，多次组织开展捐赠活动，截至目前已累计捐款捐物超 1000 万元。

（原刊于《中国冶金报》2020 年 3 月 3 日 2 版 实习记者 戚雄伟）

北方稀土捐赠磁共振诊疗车助战"疫"

　　近日，北方稀土捐赠的两辆驰影 A30 磁共振诊疗车向抗击新冠肺炎疫情最需要的地区开进。

　　其中，重汽汕德卡驰影 A30 磁共振诊疗车，由内蒙古自治区红十字会通过官方渠道捐赠给第十四届全国冬季运动会筹备委员会，用于赛事后勤医疗保障；而奔驰 2636 底盘驰影 A30 磁共振诊疗车，经内蒙古自治区红十字会通过官方渠道捐赠给中国人民解放军总后勤部并转交中部战区，用于武汉部队接管医院后的疫情防控。

　　此次捐赠的两辆驰影 A30 磁共振诊疗车由北方稀土旗下控股子公司稀宝医疗公司自主研发。驰影 A30 磁共振诊疗车具有远程会诊、互联网传输、卫星通信等技术功能，涵盖临床医学、影像学、物理学等多种学科及领域，搭载远程急救监护系统，可对救护患者进行 24 小时观察监护和远程医疗指导，在移动体检、应急医疗保障、基层医疗精准扶贫等诸多领域应用广泛。其核心部件全部采用自主技术，其中车载集成型磁共振和扁鹊飞救远程系统采用了多项世界首创的先进技术，具有完全自主知识产权，成为"移动+互联网"医疗设备的先锋，被卫生健康委员会列入全国健康扶贫专用设备名录。

　　（原刊于《中国冶金报》2020 年 3 月 6 日 1 版　实习记者　于泓泽　通讯员耿静波）

凌钢为抗击疫情捐款 370 余万元

日前，《中国冶金报》记者发现，在辽宁省朝阳市红十字会于 2 月 29 日公示的社会捐赠接收情况中，两笔捐款异常醒目：凌源钢铁集团有限责任公司职工的 673092 元和凌源钢铁股份有限公司的 300 万元。同时，凌钢党员额外捐助的近 10 万元也已交给上级组织部门。

2 月 27~28 日，凌钢广大干部职工积极响应国家号召，在做好企业生产经营和疫情防控工作的同时，积极参与公司党委组织的抗击疫情献爱心捐款活动。捐款过程中，凌钢领导带头捐款，党员干部自觉响应、慷慨解囊，广大职工积极参与、一人不落，单笔捐款从 50 元至 3000 元不等，两天时间累计捐款 70 余万元。

此次捐款将用于慰问朝阳市奋斗在疫情防控救治一线的医护人员（包含朝阳驰援武汉、锦州和朝阳市医疗救治一线的医护人员）和朝阳市重大公共卫生应急体系建设。

（原刊于《中国冶金报》2020 年 3 月 10 日 2 版　实习记者　张凤阳通讯员　高洪超）

华菱湘钢技术支援医护用品生产企业

3月3日，华菱湘钢接到一份来自中国民主建国会湖南省委员会发来的借调函，希望委派华菱湘钢工程技术公司技术人员张旺到湖南宏福医疗科技有限公司协助新口罩生产线安装调试。

湖南宏福医疗科技有限公司是民建会员企业，其要在3月5日投产2条全自动一次性医用口罩生产线，投产后日均可生产50万只。由于新生产线安装调试和生产过程中经常出现技术问题，影响口罩正常生产，急需技术人员协助。

3月5日，张旺踏上了支援湖南省医疗物资生产的征途。这段时间，他先后到湖南康沃医疗用品有限公司、湖南宇润医疗器械有限公司等企业，协助调试、安装、维修多条口罩生产线，出色地完成了华菱湘钢指派的对外支持任务。

新冠肺炎疫情发生以来，华菱湘钢在积极捐款捐物的同时，充分发挥工业企业的技术优势，派遣优势技术力量支持医护用品生产企业设备安装调试生产工作。截至目前，华菱湘钢工程技术公司委派出4批支援团队，向湖南省8个医疗器械生产单位提供了技术支持。其中，派出15名核心技术骨干驰援湖南臻和亦康医疗用品公司，及时修复2条口罩生产线；派出5名专业工程师援助常德、浏阳、岳阳市等湖南省重点医疗物资生产单位，助力疫情防控期间医疗物资的生产顺行；派遣16名缝纫技师组成"抗疫突击队"助力口罩生产。对外技术支援高峰期间，华菱湘钢仅派出的技术人员就超过30人，切实发挥出了工业企业在社会发展过程中的定盘星作用。

（原刊于《中国冶金报》2020年3月11日1版　记者　王班勇）

本钢送来"及时雨"

——40 万元专项党费助对口扶贫村抗疫

2月24日，辽宁省丹东市凤城市赛马镇赫家窑村村口，正在值守的村委员王永会远远看到一辆外地牌照的面包车驶来，准备上前劝返。走近看清车里的人后，王永会乐了："哎呀，是张书记回来啦！"再一看车里，拉了满满一车的"好东西"：84 消毒液、防护服、测温仪、N95 口罩……

原来，本钢集团选派到该村的"第一书记"张多奎把本钢集团党委用专项党费购买的防疫物资运到了村里。

新冠肺炎疫情发生以来，本钢党委切实把思想和行动统一到习近平总书记重要指示批示和党中央决策部署上来，扎实做好疫情防控和生产经营工作，并把解决对口扶贫村疫情防控难题、共同守护村民的生命安全作为当前重点工作之一。

为此，本钢党委专门召开会议，研究部署本钢对口扶贫村疫情防控工作，并成立专项督导组，由本钢党委分管领导担任组长。同时，本钢党委紧急划拨 40 万元专项党费用于对口扶贫村疫情防控工作，并专门制订工作方案，确保资金发放及时、慰问对象精准、资金使用合规。

为切实做好这项工作，本钢党委组织部采取电话调研的方式，征求驻守在疫情防控一线的选派干部们的意见。本钢党委了解到，上级政府发放给对口扶贫村的防疫物资有限，抗疫一线人员进行卡点值守、入户排查等工作时，对防疫物资需求量大，但消毒液、隔离衣、测温仪、口罩等防疫物资又普遍存在有钱买不到的情况。对此，本钢党委多方联系筹措，通过自主询价采购等方式，尽可能缩短采购时间，让专项党费更快、更好地发挥作用。

"本钢送来的防疫物资真是'及时雨'呀，及时有效地解决了村里疫情防控的很多难题，让俺们真切感受到了来自本钢的温暖关怀和鼓励，也让我这个书记有了更大的底气和信心把疫情防控工作干得更好。"正在为防疫物资短缺而头疼的赫家窑村党支部书记杜庆洪看到本钢送来的防疫物资，难掩激动心情，兴奋地说。

"这些物资都是防疫一线急需的物资，而且大部分市场已经脱销。本钢真是雪中送炭，不但解了我们抗疫一线的燃眉之急，更让我们增强了众志成城、共筑疫情'防火墙'的决心和信心。"本钢派驻干部于鑫所在的辽宁省沈阳市康平县柳树屯乡党委书记王凤双表示。

疫情无情，本钢有情。

目前，本钢党委用40万元专项党费购买的防疫物资已陆续分发至辽宁省内14个市的39名选派干部手中。这些选派干部将本钢党委支援贫困乡村打赢疫情防控阻击战的拳拳之心带到了所驻乡村，赢得了派驻地党委和政府以及广大干部群众的高度赞誉。

（原刊于《中国冶金报》2020年3月10日1版　记者　李洪武　通讯员谢玉静）

第四篇

战 "疫" 保 产

总体战、阻击战，战必胜！

"广大人民群众众志成城、团结奋战，打响了疫情防控的人民战争，打响了疫情防控的总体战。"

"疫情防控要坚持全国一盘棋。各级党委和政府必须坚决服从党中央统一指挥、统一协调、统一调度，做到令行禁止。"

"疫情防控不只是医药卫生问题，而是全方位的工作。"

2月3日，习近平总书记主持中共中央政治局常务委员会会议并发表重要讲话，从全局视野和系统思维出发，对当前疫情防控各项工作进行科学谋划和部署。把思想和行动统一到习近平总书记重要讲话精神上来，打好总体战，打赢阻击战，是钢铁行业的迫切任务。

打好总体战，打赢阻击战，要求钢铁行业和企业坚持全国一盘棋的思想。握紧拳头才能有力出击。我们要坚决与党中央保持高度一致，做到步调一致、组织规范、令行禁止。疫情发生以来，广大钢铁企业一手抓紧疫情防控，一手力保正常生产经营，并克服自身困难捐款、捐物、派员支援重点地区疫情防控工作，正是在全国一盘棋思想指导下所采取的积极行动。当前，正值疫情防控斗争的紧要关头，我们要更加自觉地强化大局意识，坚持一切工作服从、服务于彻底打赢疫情防控阻击战的大局，服从、服务于维护正常经济社会秩序的大局，服从、服务于实现今年经济社会发展目标任务的大局，抓住主要矛盾，系统谋划，周密部署，全力克服局部的、一时的困难，把各项工作抓细抓实、抓出成效。

打好总体战，打赢阻击战，要求钢铁行业和企业更广泛地动员各方力量，织就更加牢固的联防联控网。疫情发生以来，钢铁行业和企业高度重视、快速响应，全面动员、全面部署，一张群防群治的防控网正在紧锣密鼓地构建起来，坚守岗位、"逆行"疫区，这场人民战争的钢铁力量日益壮大。当前，我们更要坚定信心，相信同舟共济的力量。我们要密切关注疫情变化带来的新情况、新问题，紧紧依靠广大干部职工找差距、补短板，群防群控不留死角、发挥效力。同时，我们还要与本企业、本行业兄弟企业、相关行业和企业，以及各地区有关力量实现最大程度的协同作战，解决共性难题，守望相助，共渡难关。

打好总体战，打赢阻击战，要求钢铁行业和企业统筹安排好防疫和生产经营、改革发展各项工作。当前，处理好有力防控疫情与稳定生产经营的关系、克服眼前困难与谋求长期健康可持续发展的关系，已成为摆在钢铁行业及企业面前的一道必答题。我们要在充分认识疫情发展趋势和规律，在切实做好疫情防控工作的前提下，一方面迅速恢复正常生产经营，强化自律，克服短期行为，维护行业平稳运行，维护前期推进供给侧结构性改革的成果；另一方面顾全大局，着眼长远，系统谋划深化供给侧结构性改革、实现高质量发展，决胜全面建成小康社会，决战脱贫攻坚，打赢蓝天保卫战等使命任务，确保抗疫与生产、当前与长远两手都要抓、都要硬，实现钢铁产业的持久繁荣。

打好总体战、打赢阻击战，考验着我们克难攻坚、不懈进取的智慧、决心与能力。不忘初心，才能坚定信心；万众一心，才能勠力同心。疫情防控的总体战、阻击战是一场同时间赛跑，与病魔较量的战争，只要我们坚定信心、同舟共济、科学防治、精准施策，则战必胜矣！

（原刊于《中国冶金报》2020年2月6日1版　本报评论员文章　实习记者　樊三彩　执笔）

聚焦决战决胜　贡献钢铁力量

——太钢统筹推进疫情防控和生产经营建设

太钢集团
抗疫视频

　　疫情是一场大战，砥砺着初心使命；疫情是一场大考，检验着忠诚担当。

　　在这场大战、大考中，太钢集团坚决贯彻落实习近平总书记的重要指示精神，坚决贯彻党中央、山西省委省政府和省国资委的决策部署，把疫情防控和精准复工复产作为砥砺初心使命的"磨刀石"，作为践行"两个维护"的"大考场"。聚焦决战决胜，太钢人"两手抓""两手硬"，勇当战"疫"情的"排头兵"、稳经济的"顶梁柱"。

精准施策，织密防控"一张网"

不锈冷轧厂职工在上岗前进行现场消毒

　　"要始终把职工群众生命安全和身体健康放在第一位，认清形势，高度重视防控工作，决不能掉以轻心、麻痹大意，决不能让一名职工感染，决不能让一名医护人员感染。"疫情发生后，太钢集团党委书记、董事长高祥明就疫情防控工作提出了"三个决不能"的严防死守要求。

疫情就是命令，防控就是责任。太钢集团迅速制定下发疫情防控工作方案，成立了由公司主要领导担任组长的新冠肺炎防控工作领导小组，明确工作职责，制定从宣传引导、人员管理，到物资采购、后勤保障等10多项防控措施，强化疫情防控的组织领导。

1月25日，山西启动突发公共卫生事件一级应急响应。在前期积极准备的基础上，太钢集团迅速进入应战"疫"情非常状态，向全体职工及家属发出倡议，号召立即行动起来，严格落实日报告和零报告制度。公司多次召开党委常委（扩大）会议，学习上级精神，分析研判形势，研究部署疫情防控和生产经营工作各项措施，强调要紧盯重要节点，构筑群防群控的严密防线，抓好生产经营建设，为全省疫情防控和经济社会发展贡献太钢力量。

防控措施是否落实落细落地？疫情当前生产经营能否有序有效推进？公司各级领导干部不等不靠，坚持谋在前、做在前、走在前，深入矿山、太钢总医院（山医大六院）、生活服务区、保卫部等基层一线，慰问干部职工，督导疫情防控，解决实际难题，鼓励大家坚定信心，拉紧疫情"防控网"，维护好公司生产经营大局的稳定。

随着一条条措施的精准落地，疫情防控的太钢阵地逐步高质量、高标准构筑完成。在这场多部门联动、全要素支持的抗击疫情总体战中，公司各部门、各单位迅速行动，以思想认识、防控机制、人员管控、后勤保障、日常管理、宣传引导的"六个到位"，形成了有效的战"疫"力量。

践行使命，冲锋在前"一团火"

在疫情防控第一线，太钢集团各级党组织、广大党员干部勇挑重担，把疫情防控的主战场作为检验初心使命的主战场、体现责任担当的"试金石"和提升战斗能力的"磨刀石"，主动出击，冲锋在前，为打赢疫情防控阻击战贡献国有企业的"钢铁力量"。

太钢集团第一时间划拨专项党费，出台激励广大党员干部顽强战斗坚决

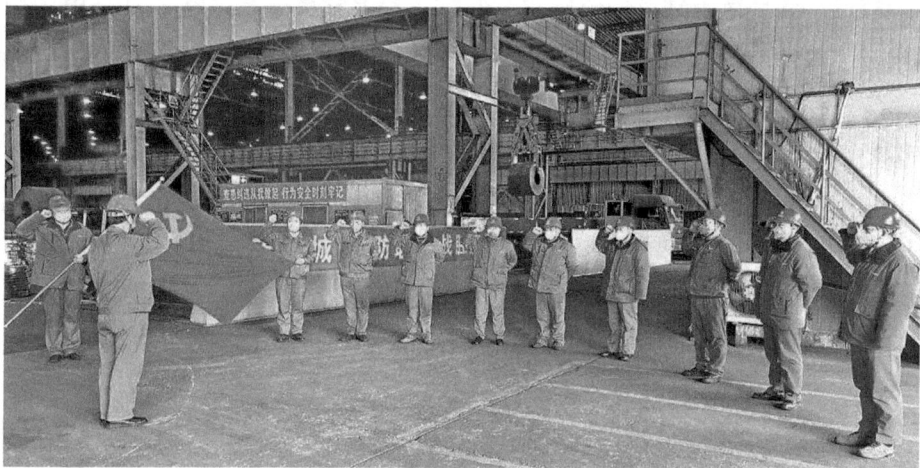

2250毫米热连轧精整作业区党支部组织党员干部就战"疫"保产进行宣誓承诺

抗击疫情的措施，通过"火线"使用、考核激励、党费保障、关心关爱等措施，激励广大党员干部冲锋一线、奉献一线、建功一线。成立督导检查组，对各单位疫情防控工作落实情况进行巡回督导检查，确保集团公司疫情防控各项工作举措不打折扣，落到实处。太钢集团纪委也迅速开启疫情防控监督，为疫情阻击战顺利推进筑牢纪律后墙。

"我是党员，我请战。"这是焦化厂党员先锋在疫情防控中亮身份、践承诺的响亮口号。按照承诺要求，焦化厂设立了疫情防控"党员责任区"和"党员先锋岗"，组建了以共产党员为核心的应对疫情突击队，协助厂里做好消毒灭菌、日常监督、人员排查等工作，充分发挥好党员先锋帮助基层、服务一线的作用。

"您好，请配合进行体温测量，请戴好口罩……"从大年初二开始，保卫部在各厂门设立了体温检测点，执勤人员对所有进入厂区的司机、随行人员和职工进行体温检测，做到"全覆盖"。为增强一线防疫力量，保卫部党委成立包联工作组，选派优秀机关党员干部下沉到各个厂门，协调解决存在的困难和问题，做到"包联包干，全局服务"。

太钢岚县矿业公司热电部党支部党员每天配制消毒液，并在周转宿舍区域设置便民服务点，义务为广大职工分发消毒液，耐心指导如何使用，让职工群众相信组织的力量。在经过集中培训，掌握相关知识及防控工作要点后，太钢离退部各地区老党员们佩戴党员徽章，穿上党员志愿服务"红马甲"，火速投身于疫情防控阻击战中，配合社区做好监测排查、协助测量体温、登记信息等工作，并跟随工作人员一起挨家挨户排查湖北返晋、有发烧症状等重点监控人员。

鲜红的党旗在疫情防控一线高高飘扬，检视也见证着党员守土有责、守土负责、守土尽责的坚定信念。

彰显担当，凝聚万众"一条心"

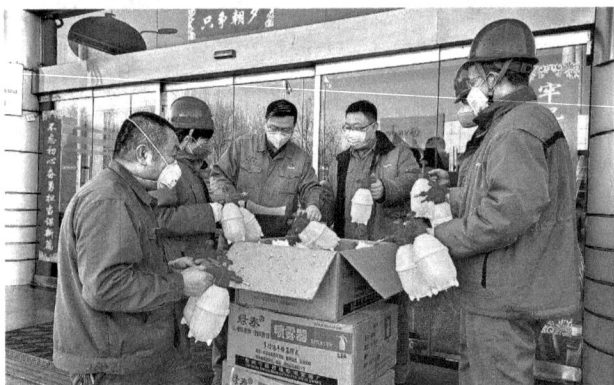

热连轧厂党委为各支部发放防护用品

面对疫情，太钢集团与全国人民同舟共济，通过派遣医疗队、捐款、捐献医用物资等方式，将钢铁人的大爱源源不断向湖北聚集。

"服从命令，听从指挥，召之即来，来之能战，战之必胜，以最严措施、最严作风、最严纪律，坚决打赢疫情防控攻坚战，以实际行动践行初心、担当使命。"太钢总医院（山医大六院）广大医务人员庄严宣誓，1650名医务人员写下请战书，主动请战驰援湖北和支援山西新冠肺炎医疗救治定点医院。来自感染、呼吸与危重症医学、医学影像、神经外科等专业的19名医务人员先后分6批加入山西援鄂医疗队，奔赴湖北抗疫第一线。此外，还有5名医务人员先后赴山西医科大学附属肺科医院（原太原市第四人民医院）工作，投入到与新冠病毒的战斗中。

太钢总医院（山医大六院）成立了新冠状肺炎疫情防控工作领导小组，

抽调 18 个科室的骨干组成诊疗防控专家组，设立发热门诊，开设线上咨询专线，织牢织密防控网络，为职工群众和周边社区居民在春节期间就诊提供方便，并从 1 月 27 日起，每天安排一名医生和护士协助太原长途汽车站工作人员，为进出站的旅客测量体温，宣讲防控知识，对发热病人进行预检分诊、登记报告，做好联防联控工作。

心手相连，助力抗疫。太钢集团广大党员开展了"抗击疫情"自愿捐款活动，大家踊跃参与，很多离退休老党员主动联系，积极捐款。截至目前，23908 名党员共捐款 189 万余元。

"艺"起抗疫，"文"暖人心。部分职工自发创作了一系列各具特色的抗疫主题书法、绘画、剪纸、诗文作品，传递关怀、鼓舞斗志，温暖人心、凝聚力量，为疫情防控战提供了必不可少的精神力量，奏响了"文心化'疫'"的时代强音。

齐头并进，下好双线"一盘棋"

太钢岚县矿业公司磨磁车间生产有序进行

在全力以赴做好疫情防控工作的同时，太钢集团坚持底线思维，全力保生产、保运营、保市场，坚决打赢疫情防控阻击战和生产经营保卫战，确保疫情防控力度不减，生产经营秩序不乱。

科学评估影响，全力保生产。面对严峻的市场形势，太钢集团严格落实"党政同责、一岗双责、失职追责"的安全生产责任，持续加强安全隐患排查，切实抓好作业现场安全管理；落实应急救援组织机构、队伍、装备和物资，强化应急救援工作机制，确保疫情防控期间安全工作力度不减。完善环保体制机制建设，强化基础管理，开展内部环保督查，出台网格化精准管控措施，营造"环境保护、人人有责、从我做起"的浓厚氛围，引导全员一丝不苟、精益求精，标准化、规范化操作，夯实绿色发展根基。

统筹物流采购，全力保运营。太钢集团加大与政府的沟通协调力度，最大程度减小运输环节造成的影响，同时，强化内部挖潜，最大程度发挥自身物流的作用，实施多种运输方式联动机制，提升物流运输保障能力。加大原材料采购力度，及时掌握上游供应商特别是大宗原燃料、应急备品备件供应商的生产计划及变化情况，逐户落实现有资源，加快已签合同的发货督促。

研判行情变化，全力保市场。针对下游客户延期复工给产品销售带来的影响，太钢集团加强市场研判，自觉防控风险，调整营销策略。根据市场变化，动态调整品种结构，确保高效益产线开足开满；加大市场开发力度，拓展外贸销售渠道，降低国内市场下跌风险；加强市场研判和合同衔接，继续盯紧战略用户需求，全力组织订单；做好市场开拓和销售渠道的管控，加快已签合同产品发运，实现及时销售，最大限度降低库存。

艰难困苦，玉汝于成。太钢人相信，只要坚定信心、同舟共济、科学防控、精准施策，就一定能够打赢疫情防控阻击战，顺利通过这场大考，圆满完成全年生产经营目标任务，为山西坚决夺取疫情防控和实现经济社会发展目标双胜利作出新的更大贡献。

（陈涛　文，王旭宏　摄影）

命运与共　同心必胜

——天津荣程集团战"疫"和"双战双胜"工作综述

荣程集团
抗疫视频

天津荣程集团创业发展三十余年，积极践行"感恩社会，传承爱心"的理念，弘扬"为责任而生，为使命而活，为传承而前行"的公益使命，积极履行社会责任。截至目前，荣程集团对抗震救灾、贫困地区基础设施建设、精准扶贫、教育扶贫、关爱儿童、敬老养老等方面已累计捐款捐物 8 亿元。以实际行动肩负起民营企业的责任和担当！

2019 年底，面对突然爆发的新冠肺炎疫情，荣程集团第一时间响应党和国家号召，迅速行动，精心组织，全力打好疫情防控与企业发展两场战役。

一、迅速行动，驰援一线

第一阶段：紧急疫情防控基金 1800 万元用于采购紧急医疗物资，解决防疫前线燃眉之急。

（一）扛起民企责任

这是一场与速度赛跑的战"疫"，时间就是生命。当疫情蔓延，武汉紧急封城后，荣程集团董事会主席张荣华女士迅速做出决定，捐赠 1 亿元现金及物资，用于津鄂两地新型冠状病毒感染的肺炎疫情防控工作。张荣华说："这一个亿对于荣程上项目很重要，但在这个时间没有什么比防控疫情更重要。只要需要，在确保企业稳定运行的前提下，荣程人定全力以赴。生命只在呼吸的瞬间，在此时可能更能理解人类命运共同体的概念"。一亿元爱心防疫资金分别投入在医疗物资紧急支援、医护人员关怀，科学研发和社会倡导四个方面。累计采购各类口罩 200 万余只，护目镜、防护服、医疗手套、消毒喷雾器、空气消毒机以及红外测温仪等近 300 万件物资。

（二）树立青年榜样

大年三十中午，张荣华决定向一线捐赠物资。国内正值春节，加上各地疫情防控的压力，物资奇缺。荣程集团以钢铁冶金为主业，平时很少接触医疗物资，集团员工也几乎都没有过大宗医疗物资采购的经验。但是当了解到抗疫一线最缺的不是钱而是物资时，集团领导毅然决定，再难也要"啃"下这个硬骨头。

为了全速推进抗疫工作，张荣华主席亲自安排部署，集团迅速成立了疫情防控专项领导小组、严防严控抗疫组、抗疫预案组和荣程普济抗疫行动组。其中，由荣程集团副总裁、荣程钢铁联合集团董事长、荣程普济公益基金会理事长张君婷负责"荣程普济抗疫行动组"的具体工作，她第一时间在集团内部组建"物资支援组""海外物资采购组"，并带领140余人的"荣程抗疫青年志愿者团队"进行防疫物资采购、运输、配送工作，用实际行动吹响疫情防控"冲锋号"。

在张君婷的带领下，80后、90后青年志愿者团队承担起防疫阻击战公益工作中各项重任。鉴于物资紧缺，从大年三十开始，他们动用各种渠道开始了物资采购，一些订单都是在年夜饭桌上一边发信息打电话一边确认各种物资信息。国内买不到，就把目光聚焦到了国外，德国、美国、荷兰、泰国，等等……只要听说哪儿有物资就马上对接。受时差影响，采购团队成员几乎每天都是24小时作战，经常工作到凌晨，半夜两三点得到完成签约或者发货的消息时，都能让大家异常兴奋和感动。但是，有时好不容易等来了物资，又遇到国际航班停飞的情况，团队又开始协调各种国际物流绿色通道。比如，光是德国防护服一个物资的物流，荣程抗疫团队就向天津市红会、中国红十字基金会、菜鸟物流递交了近10种审批材料，才争取到菜鸟免税绿色通道，将物资运回国内。国际物资，报关和清关程序也是极其复杂，连天津市海关也都没有经历过捐赠物资出口业务，荣程抗疫团队的成员们日常工作中很少接触进出口贸易相关事宜，通过这次采购，荣程集团成为天津海关第一例捐赠物资出口案例。团队的小伙伴现在各个都是口罩专家、进出口问题专家。物资运抵后，集团在津员工自发组织了近300人志愿团，主动承担起了物资的搬运、配送及仓储管理工作。

物资到达之后，天津市的交通运输已经基本停止。荣程智运无车承运平台配备了 23 辆应急防疫车，承担起物资运输任务，支援天津市防疫防控指挥部完成了 57 批次抗疫物资转运。物资配送地基本上都是抗疫一线，存在接触人群多、感染风险大的隐患，但是荣程的志愿者们没有任何退缩，敢为"逆行者"。

春节之后的天津，口罩等物资紧缺，部分抗疫一线工作者甚至只能重复使用经过简单清洗的口罩，大大增加了病毒感染的风险。为了让一线人员更加安全的保卫这座城市，荣程志愿团队日夜奋战、星夜驰援，把最紧缺的物资送到了他们手上。在这次疫情中，除了疫情一线人员，老年人也是最易受感染的人群。但由于物资紧缺，市面上口罩基本已处于断销状态。得知消息后，荣程志愿团队第一时间为天津上百家敬老院送去近 4 万只口罩。寒冷的冬日里，荣程志愿者的足迹从天津火车站、天津机场、红桥区邮政局、滨海新区大港等地，到各区公共部门、学校、社区，不分昼夜接来送往一批又一批救援物资，仅仅 6 天的时间里，共计辗转 600 余公里，物资先后送达 34 个单位。

在志愿者团体中，有一名叫李亮的员工，他的父亲在荣程集团工作了二十多年，是跟随企业一路走来的第一代荣程人。李亮自毕业后便加入了荣程大家庭，成为了一名"荣二代"。他的妻子是滦南中医院重症监护室的护士长，为支援湖北，他的妻子没有丝毫犹豫，跟随医疗队紧急前往，临走之前都没来得及和孩子说一声再见；90 后员工赵健，春节期间痛失慈父，但他隐藏着悲痛，没有告诉任何人，接到抗疫任务后立即返岗，承担起大部分运输工作，从大年初一开始，运送物资行程达 600 余公里；监察保卫处 80 多名钢铁卫士，严守第一道防线，24 小时对进厂人员车辆严格检察、全面消毒，每天对进厂车辆消毒近 1000 车次，对进厂人员体温检测 5000 人次。

17 年前"非典"时期，荣程集团的 80 后、90 后很多还是被大人保护的孩子。如今，他们已真正成长为防疫前线的主力军和冲锋队，用朴实无华的身影、果敢勇毅的品格，为应急保障和疫情防控贡献着青春的光和热。

第二阶段：医疗支援基金 1800 万元用于采购防疫医疗设备支援多家前线医院。

为了捐赠物资的精准，荣程集团主动与抗疫前线对接沟通，尽最大可能为抗疫一线提供最精准物资供给。当了解到一线医院诊治急需医疗设备时，荣程团队主动联系国际知名医疗设备生产商飞利浦公司提出采购需求。为了支持荣程这样一个非医疗行业企业的善举，飞利浦公司在最短的时间内，集结了一线市场团队、产品团队、研究院、公益团队组成超强专业服务团队，与荣程深入沟通并快速调研抗疫前线医院需求，精准捐赠。

作为此次接受医疗设备捐赠单位之一的天津海河医院，是"非典"过后天津市修建的专业传染病防治医院，承担了天津市所有新冠确诊患者的收治任务，诊疗物资紧缺，一线医护人员健康安全受到威胁。了解到情况后，天津荣程集团与海河医院负责设备采购的于处长紧密沟通，确定需求，向飞利浦公司精准下单定购医疗设备。自荣程团队初次接触飞利浦公司，直至首批医疗设备成功采购发货，仅用了 4 天时间。待物资抵达时，荣程集团领导与天津市领导一同亲自把物资送到海河医院。

此次采购任务，荣程集团向湖北和天津收治任务最重的几家医院捐赠了 64 台 CT、DR、呼吸机、监护仪、超声等新冠肺炎病人最急需的医疗设备。在采购沟通中，飞利浦公司团队对荣程团队的家国情怀敬佩不已，在物流压力极大的特殊时期，坚持克服一切困难，第一时间将物资送抵武汉和天津的医院。

第三阶段：新冠肺炎及相关疾病防治科研基金（4000 万元）。

（一）助力世界抗疫

3 月 11 日，世界卫生组织总干事谭德塞于日内瓦表示，新冠肺炎疫情"已具有全球大流行特征"，已经升级成为全球性重大卫生事件。荣程集团积极响应，启动全球援助计划，3 月 12 日筹备物资，目前已有 133 万只防疫口罩、3000 套德国杜邦防护服及 25000 副医用手套紧急驰援意大利、法国、韩国、日本、印度尼西亚、捷克等国家，助力世界抗疫工作。

荣程集团张荣华主席表示，"通过这次疫情，更能感受到人与自然和谐共生的必要，强化了对构建人类命运共同体思想的认知，我们相信团结的力量和智慧，互相支持，一定可以共渡难关"。

投我以木桃，报之以琼瑶。接到意大利等国的物资紧缺消息后，荣程集团副总裁、荣程钢铁联合集团董事长、荣程普济公益基金会理事长张君婷紧急部署，第一时间确定了对意大利、韩国及日本的物资援助方案。3月13日（周五）晚上与抗疫物资生产企业密切沟通，加单排产，力争16日前物资抵达北京，发往米兰。供应商之一的奥丽侬集团积极响应，加班加点生产了5万只口罩，同时联系当地印刷公司连夜印刷上千个英文包装，于14日傍晚交货，由顺丰安排专车搭上凌晨的班机飞往北京，整个过程仅用了24小时。荣程人再次用实际行动告诉世界，什么是荣程速度，什么是中国速度。

（二）设立基金关爱生命

为了助力生命科学及中医药等相关领域研究，荣程集团通过与相关大学、研究机构合作，设立科研专项基金，重点推动新型冠状病毒肺炎的防治和研发工作，从长远角度应对疫情。

1. 与华中科技大学合作设立"新型冠状病毒与生命科学专项研究基金"（3500万元）

荣程集团捐赠3500万元，在华中科技大学同济医学院"同济—荣程生命科学研究中心"设立"新型冠状病毒与生命科学专项研究基金"，专项用于新型冠状病毒防治研究，重点是依托武汉同济医院、武汉协和医院的临床治疗，加速传统中医药和民族医药的临床应用研究。

2. 与天津中医药大学合作成立"新冠肺炎与传统中医药—医学研究专项基金"（500万元）

为推动新冠肺炎防治以及相关中药的研发工作，荣程集团联合天津中医药大学中医药研究中心，设立"新冠肺炎与传统中医药—医学研究专项基金"专项基金，从新冠肺炎防治研究入手，全面开展传统和现代中医药方面的研究，包括科学研究、公共政策、社会认知、国际交流合作等方面的工作。

第四阶段：医务人员关爱基金（500万元）。

为致敬奋战在抗击疫情一线的医务人员，荣程集团—普济公益基金会拟联合天津市红十字会、天津市政府共同发起设立用于奖励和慰问救助在执行疫情防控等急难险重任务中做出贡献的医务人员专项基金。

（1）奖励具有突出贡献的优秀一线医务人员。

（2）慰问并救助因工作期间确诊感染或负伤的医务人员。

（3）慰问因工作殉职等医务人员的家庭。

第五阶段：后疫情期社会倡导基金。

为从长远角度应对疫情，荣程集团设立了后疫情期社会倡导及可持续发展支持基金，其中包括与联合国妇女署合作，为受疫情影响的女性群体积极发声，加强公共卫生体系建设及应对机制相关社会倡导项目等。具体包括三个目标：

（1）帮助受疫情影响最深行业的中小企业女企业家和女性员工从疫情带来的经济和收入损失中快速恢复。

（2）加强女性所有中小企业应对未来紧急事件和应急规划的能力。

（3）宣传各行业女性在应对疫情及灾后重建中的贡献，提升公众对性别平等的认识及女性领导力。

二、双战双胜

（一）强有力的组织制度保障

荣程集团迅速行动，第一时间成立"严防严控病毒组、疫情预案组、荣程人在行动组"3个专项工作组，紧跟中央疫情防控形势，从点滴入手、精准防控，对不同员工、区域分类管理，并对在岗员工、返程员工、公共空间、食堂、生产运营的管理作出明确要求，陆续出台《关于做好疫情防控的工作通知》《关于成立疫情防控工作小组分工的通知》《荣程学院集中观察管理规定（暂行）》《关于返程员工休息观察期间的管理办法》《关于强化防控疫情期间宿舍管理的通知》《关于防控疫情期间集团实施电子招标的通知》等各类应急及保障性预案、制度共计20余份，确保防控工作横向到边、纵向到底、全向到位。

同时，鼓励职能部室及多元产业网上办公，日常沟通及部门会议等均在线开展；有针对性地组织开展对集团各子公司内部、产业链上下游企业生产经营状况的问卷调查及评估。

（二）职工健康安全放首位

疫情的困难是暂时，各行各业助推经济发展责任不容松懈。推动有序复工复产，是党中央统筹疫情防控和经济社会发展作出的重要部署，保障钢铁主业复工稳产更是荣程集团助推地方经济发展的份内之责。

针对钢铁主业，切实保障职工健康安全为重中之重。荣程集团科学部署，有序推进，在做好生产安全稳定运行和正常工作安排的前提下，有计划地组织外地员工分批次逐步返程，由专人负责监查他们的健康状况，一旦发现问题及时报告，妥善处置，休息观察14天确认健康状态良好才可正式返岗。为了做好返津员工的隔离工作，紧急启动了荣程学院的改建工作，3天内对宿舍进行改建，作为单独隔离场所，细致精准的工作手段为从严落实疫情防控及复工稳产创造了有利条件，更为进一步完成全年目标任务奠定了坚实基础。

同时，集团通过电子屏幕、宣传条幅，宣传挂图，企业OA，企业微信等充分宣传上级党委和政府要求、普及防疫知识；严格落实办公室、工作场所消毒；为上岗职工购买和发放口罩30余万只；餐饮中心保障蔬菜供给，保证餐饮质量，实行送餐制，严控人员聚集；祥青堂中医诊所为荣程人免费提供抗病毒药饮用；为职工家属发放慰问信、口罩、消毒液等物品；在企业"云之家"平台研发并上线"健康打卡"，落实全体职工健康日报跟踪检查等。

（三）家的文化浸润人心

面对上万名荣程家人、上万个小家庭的生命健康，张荣华主席要求，务必将防控措施落实到工作生活细节中，将家的文化浸润在全体荣程人的防控责任、意识中。疫情袭来，张荣华主席率队走进返程健康观察职工宿舍，亲切慰问职工及家属，鼓励大家坚定信心，共克时艰。在疫情防控取得阶段性重要成效后，张荣华主席再次率队深入一线，充分了解职工工作生活情况，感谢荣程干部职工在抗疫保生产运营特殊时期的辛勤付出。

（四）钢铁板块"双战双赢"

全面落实"六保"任务，全力保障"双战双赢"，确保生产厂区的疫情防控。荣程集团钢铁板块，天荣公司第一时间借鉴先进经验，自主设计了行人、车辆的消毒设备，对所有人员、车辆进行无死角消毒。对物资配送流程进行优化，实现司机"全程不下车"，降低了交叉感染风险。

在火神山、雷神山医院的建设过程中，荣程集团钢铁板块的 1100 毫米中宽带钢生产线充分发挥装备优势，联合下游客户，优先排产。1 月 28 日和 30 日先后将两批次钢材运抵武汉，支持了火神山医院板房修建及雷神山主体修建。

同时，为减小受疫情冲击带来的市场库存压力增大的影响，荣程集团积极优化产品结构，加大优特钢生产比例，主攻高端市场，其中 1100 毫米中宽带钢生产线满负荷生产，即产即售，没有任何库存积压。2019 年以来，荣程集团大力推进运输结构调整，实施"公转铁"及"海铁联运"，是目前行业内做的最早的，也是最好的，目前原料供应方面铁路运输已经达到 80%。疫情期间，公路运输首先对公司的原材料供应几乎没有影响，全力保障了生产经营稳健运行。

2020 年一季度，荣程集团钢铁板块产量同比增长 31%，工业产值同比增长 15%，坚决做到疫情期间不减员、不降薪、不拖欠工资，职工人均收入增长近 12%。

（五）多元板块同心助力

荣程集团文化健康等多元板块，发挥自身平台优势，助力抗疫。荣程集团时代记忆平台，汇集了全国"非遗"匠人，在疫情防控期间，通过线上平台发出号召，有 18 个地区的 2000 多名匠人，以字画、诗歌等为抗疫送上精神食粮；荣域启程创意园是集团旗下的商业地产。为了做好园区的疫情防控，同时最大限度的减少租户的负担，荣程集团对园区所有商户给予 2 月份当月的租金全免。荣程集团文化健康板块下属子公司——为你来启动"菜篮子工程"直配项目，72 小时完成项目上线，并进行直配服务，覆盖天津全市范围。

三、党群合力

（一）党旗飘扬

一个支部就是一座堡垒，一个党员就是一面旗帜。自新型冠状病毒感染的肺炎疫情防控阻击战打响以来，荣程集团党委深入贯彻习近平总书记重要指示精神，要求荣程全体党员干部必须牢记人民利益高于一切，不忘初心、牢记使命，团结带领荣程人坚决贯彻落实党中央决策部署，全面贯彻坚定信心、同舟共济、科学防治、精准施策的要求，让党旗在荣程防控疫情斗争第一线高高飘扬。

大年初一以来，集团党委书记柴树满，集团党委委员、集团副总裁陈丰，董事会秘书、组织人事部部长么同磊，荣程普济公益基金会副秘书长傅林，总裁办行政处副处长康艳香等多名党员同志迅速成立党员抗疫先锋队，坚守岗位，靠前指挥，充分发挥基层党组织战斗堡垒和党员先锋模范带头作用，推动疫情防控工作有力有序开展，展现了当代共产党人的英雄本色。

在疫情防控第一线，荣程党员干部践行初心使命，践行"我是党员我带头"的誓言，主动亮明党员身份，冲在先、干在前。他们积极投身到源头防控排查和疫情监测、预警工作，与政府、海外组织等凝聚力量，采购支援物资等。同时，荣程党委联合工、青、妇等群团，组织开展疫情联防联控、志愿服务、舆论宣传等工作，为荣程织就了一张横向到边、纵向到底的红色"防护网"，以实际行动扛起抗疫使命，以实际行动在危难时刻书写共产党人责任担当。

唐荣公司动力厂厂长王立柱，作为一名老党员，坚决执行集团疫情防控要求，细心组织，严格督促，充分利用"两微一端"平台优势，及时做好对员工及家属身体健康状况调查摸底，高效传达疫情的最新要求，确保各项防控措施落实到位。同时，抓安全、强组织、想办法、稳生产，努力为战胜疫情贡献力量。

荣程普济公益基金会副秘书长傅林，取消假期，多地奔波，积极与政府部门沟通，急政府之所急，组织普济基金会力量，协调各方资源，亲自带队运送抗疫物资，将采购的物资第一时间捐赠至疫情防控的第一线。连日的日夜奋战使她的声音有一丝沙哑，她却说"疫情在哪里，党员干部就要战斗在哪里，这是义不容辞的责任"。

（二）巾帼力量

在全国疫情防控工作关键时期，党中央、国务院作出重要部署，全国上下众志成城，特别是全国妇联发出《为打赢疫情防控阻击战贡献巾帼半边天力量》的倡议以来，荣程集团妇联动员女同胞们立即行动，发挥在社会生活和家庭生活中的独特作用，为坚决遏制疫情蔓延势头、打赢疫情防控阻击战贡献半边天力量。

第十二次全国妇女代表大会执委、荣程集团董事会主席张荣华指出，荣程集团妇联组织要切实把荣程广大女同胞们的思想和行动统一到习近平总书记重要讲话精神和党中央决策部署上来，荣程姐妹们要守初心，担使命，既要当好"小家"平安健康的最美守护者，更要当好"大家"安全稳定的最美助力者。

在张荣华主席指导下，在荣程集团妇联带领下，荣程集团广大女同胞们从大年初一开始，团结一心，积极行动，主动放弃假期与亲人团聚的时间，义无反顾投身到疫情防控工作一线。

集团妇联副主任郭媛媛，全力组织食堂餐饮人员，多方面全力保障餐饮中心蔬菜供给，努力提高餐饮质量，并组织人员将做好的饭菜分批送至员工办公地点，避免人员密集聚集。集团工会主席么秀文带领慰问小组，看望慰问返津待观察员工，并为他们精心准备了苹果、枇杷、火龙果、猕猴桃等新鲜水果。

还有很多荣程的女同胞们，她们有的奋斗在全面排查"战线"，精准精细摸排，构筑防疫第一道"安全堤"；有的奋斗在物资支援"前线"，连夜抢装抢卸，科学计划分配，筑牢抗疫物资"保障网"；有的奋斗在防疫抗疫"大后方"，24小时绷紧"责任弦"，做好资金保障和文字宣传工作，为防疫抗疫助力加油！

她们是母亲、妻子、女儿，更是荣程的"半边天"。在日常生活中，她们爱家律己，传承好家教、家风，用奋斗筑梦百年绿色荣程发展；面对严峻的疫情形势和家庭压力，她们坚韧乐观，勇往直前，在防疫抗疫的战场上，处处都有她们的最飒身姿、最美身影。

通过全体荣程人的努力，1~4月全集团实现营业收入同比增加21%，同期可比利润增长11%，实缴税金3.1亿元，职工人均收入增长12%。钢铁板块充分发挥"产供销一体化""铁钢轧工序一体化""财务业务一体化""线上线下一体化"运营模式的巨大优势，一季度产量同比增长31%，工业产值同比增长15%。4月再创历史新高，钢产量创建厂以来最高产量纪录，工业总产值同比增长32.89%。全集团实现了安全环保事故为零、疫情事故为零、感染和疑似病例为零"三个零"。产销率100%，复工复产率100%，重点项目开工率100%。

总结近一段时间以来的工作，集团党委书记柴树满动情地说，全体荣程人一定要牢固坚持坚守，大力弘扬荣程集团在这次抗疫疫情中展现出来的一个作风、一种干劲、一种精神。那就是"敢打必胜"的工作作风，"敢为人先，勇于创新"的冲天干劲，"命运与共，同心必胜"的荣程抗疫精神，继续砥砺奋斗！

（天津荣程集团）

陕钢集团：优化生产经营组织 严防严控疫情输入

连日来，陕钢集团扎实落实党中央、省委省政府关于疫情防控工作的决策部署，严格执行陕煤集团关于防控新冠肺炎疫情的工作要求及主要领导讲话精神，积极配合地方政府主动承担防疫任务，群策群力织密疫情联防联控网，坚定信心主动作为优化生产经营组织，保持了零感染、零疑似状态和生产经营安全稳定顺行。

陕钢集团上下认真学习贯彻陕煤集团党委书记、董事长杨照乾关于进一步做好疫情防控与企业当前各项工作的讲话精神，于2月17日通过钉钉视频系统全文学习，吃透吃准讲话精神，充分发扬"陕钢现代版长征精神"，切实把各项工作抓实、抓细、抓落地，坚决筑牢疫情防控体系，高质量做好生产运行各项工作。

众志成城，筑牢联防联控"防火墙"

越是到最吃劲的时候越是不能有丝毫松懈。陕钢集团深刻认识疫情防控工作的重要性和紧迫性，坚持把职工群众的生命安全和身体健康放在第一位，第一时间建立完善了从上至下全面覆盖的疫情防控工作指挥机构和工作机构，建立完善防控预案、职工健康状况摸排管控机制，先后通过安全生产调度指令、发出倡议、重点安排、摸底调查、制定方案等方式多次对防控疫情作出安排，明确了联防联控工作机制、措施和专职工作人员，主要领导带头部署、带头推动、带头督导，确保疫情防控各项要求得到快速、有力、有效落实，坚决阻断疫情传播渠道。

陕钢集团党委积极发动各级党组织强化疫情防控知识普及和宣传教育，每日不间断通过企业网站、微信QQ、电话短信等形式把关于疫情的最新情况、最新数据、疫情防控知识等传递给职工群众，建立党员干部包联到岗和党员先锋岗、党员责任区机制，分区域逐个走访各岗位和值班室开展宣传提醒和"十个清楚排查十个清"工作。通过信息化和数字化把全员纳入疫情防控管理，对其行动区域轨迹、接触人员信息、身体健康状态持续跟踪，填写行程跟踪卡、建立健康档案，实行不漏一人的网上动态管理。坚持"谁主管、谁负责"和"属地管理、法人主体负责"原则，全面加强对外来人员的疫情防控管理，杜绝输入性感染，全力维护陕钢集团零感染、零疑似稳定的疫情防控局面。

筑牢"防火墙"

攻坚克难，确保防疫生产"两不误"

越是重要关头，越看担当作为。陕钢集团深化"党建领航，班子引领，干部走在前列"工作机制，党员领导干部带头担当作为，公司领导带班坚守岗位、靠前指挥，机关部门负责人24小时轮流值班，合理调配人员，一手抓疫情防控、一手抓安全生产，多渠道筹措口罩、测温仪、洗手液等抗疫物资，保障干部员工安全，逐级压实责任开展人员摸排、消毒通风、后勤保障、物料供应等工作，保证疫情防控和生产经营有序有效开展。倡导职工利用公文平台、钉钉办公软件、通信工具居家办公，充分利用信息化工具来沟通、协调工作，确保供产运销高效衔接，维护正常生产经营秩序。

陕钢集团出台了十项措施、安排了六方面具体工作来确保实现疫情防控和生产经营双胜利。积极应对、化危为机，始终绷紧安全环保这根弦，做好疫情防控监督检查和特殊时期职工生活后勤保障工作，持之以恒抓好十件实事落实等民生工程；精打细算、系统算账，以效益最大化为原则优化营销策略和生产组织方案，把影响控制到最小。自我加压、做足准备，开展"学讲话、谈体会、添措施、谋发展"活动，持续抓好两级"三会"精神贯彻落实；打破常规加大筹融资工作力度，按照既定时间节点统筹做好错峰采购和销售所需的资金保障；突出抓好"党建领航，班子引领，干部走在前列"工作机制落实，锤炼党员干部队伍作风。踩准节奏、抓住机遇，认真研判把准市场脉搏，分三阶段优化生产经营组织和设备检修工作；用好陕晋川甘平台，积极引导区域成员企业同心同向，加强行业自律，维护市场稳定；用好用足国家政策，千方百计抓住保增长机遇推进环保、产能置换、产品升级等重点项目建设，补足短板。截至 2 月 18 日，陕钢集团当月产生铁 73.7 万吨、粗钢81.4 万吨、钢材 83.5 万吨；今年累计产生铁 159.8 万吨、粗钢 181.2 万吨、钢材 182.4 万吨。

确保"两不误"

牢记使命，合力画好发展"同心圆"

越在关键时刻，越要鼓足干劲。陕钢集团把各项生产经营工作与疫情防控统筹起来，科学有序做好应急预案和应对准备，健全工作场所、生活区域、车间班组和家庭社区等防护网络，各基层党组织纷纷冲在防控疫情的前沿阵地，对在岗人员测量体温，对各值班室、食堂等人员流动密集地区进行消毒，做实疫情排查、监测、防控等工作，群策群力构筑疫情防控严密防线。开展"为健康中国添彩、为健康陕钢谏言"活动，通过网上调研、调查问卷、主题征文等形式，征集全体干部员工有关防疫情和健康方面的合理化建议，更加科学地抓好"健康陕钢"建设。

"没有一个冬天不可逾越，没有一个春天不会来临"。陕钢集团积极挖掘宣传在疫情防控中做出积极贡献的先进典型和弘扬正能量的先进事迹，注重用身边的人和事教育广大党员职工团结一心、形成合力，"我是党员我先上""我年轻让我来""我是团员我请战"的声音在防控一线响彻，展现了众志成城、化危为机的决心和信心。

同时，积极支援地方疫情防控，陕钢职工王敏积极搜寻、主动购买2000余只口罩送给韩城市高速路口一线人员。陕钢集团为西安市公共卫生中心建设支援首批钢材，连夜调配640吨"禹龙"牌钢材送达项目工地，保障了疫情防控应急医疗项目建设用钢工作。积极承担疫情防控物资运输工作，帮助汉中市南郑区从西安三桥运输疫情防控药品和消毒防护物资，为陕西省人民医院发热门诊捐赠1000个一次性塑料浴帽救急物资。组织技术骨干连夜支援陕西省首家外科口罩生产企业陕西华瑞邦医疗科技公司，解决主要设备瓶颈问题，恢复日产3万只的生产效率，为打赢疫情防控阻击战贡献了应有的力量。

画好"同心圆"

（李长庆　郭尚斌）

陕钢集团：群策群力织密疫情联防联控网

疫情就是命令，防控就是责任。连日来，为扎实落实党中央关于疫情防控工作的决策部署，确保"春节"期间企业安全生产和职工身心健康，打赢新型肺炎疫情防控阻击战，陕钢集团认真落实省政府、陕煤集团关于防范新型冠状病毒疫情的要求，群策群力织密疫情联防联控网，坚决打赢新型冠状病毒肺炎疫情防控阻击战。

主动作为，落实责任

为做好新型冠状病毒疫情防控工作，陕钢集团党政高度重视，除夕前迅速下发了 2020 年（第 1 号）安全生产调度指令，就防范新型冠状病毒疫情作出安排，明确了联防联控工作机制和措施，坚决阻断疫情传播渠道。第一时间成立了党委书记、董事长任组长，从上至下全面覆盖的疫情防控工作领导机构和工作机构，由值班人员负责具体工作和沟通协调，确保疫情防控各项要求得到快速、有力、有效落实。同时，对湖北往返人员、近半月来与湖北人员接触过人员以及去过其他省或境外人员信息进行专项调查摸底，每日统计

厂区门禁

办公门禁

报送疫情防控信息，严格值班值守和信息报送报告节点，压实工作责任。

陕钢集团所属各单位也纷纷召开了加强新型冠状病毒疫情防范的专题会，深刻认识疫情防控的严峻形势，党员领导干部坚守岗位、靠前指挥，研究制定具体防控措施、协调防护物资、落实分工责任，逐级压实责任开展人员摸排、消毒通风、物品配发等工作，保证疫情防控工作有效有序，统筹部署落实疫情防控和应急管理工作。

精准施策，科学防治

陕钢集团系统谋划，提前安排，明确了各阶段防控工作关键环节和策略，果断采取措施对加强值班值守、场所管理出入检测登记、职工食堂卫生防疫、外协外委工作疫情信息摸底排查等工作提出了详细规范要求，健全工作场所、生活区域、车间班组和家庭社区等防护网络，做实疫情排查、监测、防控等工作，加强联防联控，严防死守、群策群力构筑疫情防控严密防线。

陕钢集团所属各单位也因地制宜，通过为各车间职工配发口罩要求作业时段全程佩戴，建立体温测量点、测温制度和日汇报制度及时掌握职工身体状况，严格做好对外业务、食堂、宿舍、岗位、班车等集中区域的卫生清洁、通风消毒工作切实保障职工安全，在门禁处配备足量的一次性医用口罩、消毒液，进出人员一律测量体温，为岗位配置酒精消毒喷雾，做好防疫工作，提升环境清洁度，加强疫情防控。

通勤车消毒　　　　　　　　　　　　　岗位消毒

强化宣传，正确引导

陕西省启动突发公共卫生事件 I 级应急响应后，陕钢集团迅速发出了《致全体干部职工及家属的倡议书》，号召广大干部职工认真学习贯彻中央和省委省政府有关疫情防控的会议精神和决策部署，扎实落实集团公司疫情防控的安排部署，遵守防范守则、养成良好工作生活习惯、积极配合摸底调查、科学安全就医。每日通过微信公众号、工作群、宣传栏等宣传媒介发送疫情有关防控措施和最新信息，做到家喻户晓、人人皆知，引导广大干部职工提高认识，增强疫情防控的自觉性，理性对待，消除恐慌，保持职工队伍思想稳定。

陕钢集团所属各单位在厂区、生活区等明显位置悬挂宣传标语，引导职工科学防控疫情，充分利用通知、宣传栏、电话、微信、短信、QQ 等媒介，强化疫情防控知识普及和宣传教育，利用班前班后会组织职工认真学习疫情防控文件，把预防疫情的注意事项和防护措施传达到每位职工，建立人员流动台账，全面掌握节日期间职工外出情况，引导职工不去人群密集处，不聚会，不走亲，积极配合防疫工作，关注自身及周围人群身体状况。

目前，陕钢集团暂无发现疑似感染人员，将坚决按中央和上级要求，坚持"属地管理""属责管理"，干部带头、党员冲锋、全员参与，加强管理，严密防范，确保全体干部职工身心健康和生产生活安全正常。

岗位排查

发放口罩

（李长庆　郭尚斌）

尽社会责任，显民企担当

——浙江元立集团抗疫阻击战简述

"生命重于泰山，疫情就是命令，防控就是责任"。面对这场突如其来的新冠病毒疫情侵袭，元立集团高度重视，多措并举，立即启动应急措施，确保全公司疫情防控平稳有序。

集团董事长、总经理叶新华

一、强化领导 完善防控

新型肺炎疫情暴发后，元立集团在第一时间发布《关于做好新型冠状病毒防控工作的通知》，并迅速成立了由集团董事长、总经理叶新华担任总顾问，集团党委书记、副董事长、常务副总经理侯志华担任组长的新型冠状病毒肺炎防控工作领导小组，对公司防控新型冠状病毒感染的肺炎疫情工作进行了详细的安排部署。

二、加强宣传　提升防控

集团各厂、部门通过微信公众号、微信、QQ 群以及宣传标语、黑板报等，及时向广大职工推送疫情防控相关内容，引导员工加强自我防护，佩戴口罩、勤洗手，不去人流密集区，进一步提升大家的防控意识和防控能力。

三、部门联动　阻击疫情

集团分别在各厂、部门设置体温检测、人员管制点，配备专业人员和检测设施，严格登记、密切防范，同时在各宣传栏张贴《元立公司新型冠状病毒感染的肺炎疫情防控知识手册》，并建立疫情防控通报机制，及时报告本单位员工健康监测情况，对全公司人员进行彻底的排查摸底，准确了解员工情况，为有效阻断疫情传播、更好维护员工的生命安全和身体健康提供保障。

四、积极捐款　助力抗疫

新型冠状病毒疫情牵动着每一位元立人的心。2 月 10 日，在公司领导班子会议上，公司董事长、总经理叶新华指出，要把打赢疫情防控阻击战作为当前的重大政治任务，全公司各单位要从严从紧落实疫情防控各项举措，并决定：捐款 3000 万元助力打赢疫情防控阻击战，尽社会责任，承民企担当。

2 月 10 日下午，衢州元立公司向衢州市红十字会捐款人民币 2000 万元；2 月 11 日，集团公司向遂昌县慈善总会捐款人民币 1000 万元，定向用于新冠肺炎疫情防控。

据悉，元立集团这两笔捐款分别是衢州市红十字会和遂昌县慈善总会在此次疫情发生以来收到的最大一笔捐款，也是衢州市红十字会成立以来接收到的最大一笔捐款。对于这些款物的接收和使用情况，衢州市红十字会和遂昌县慈善总会表示将会在网站和微信公众号上进行公布，把捐赠的款物用到疫情防控当中。

五、细化措施　确保安全

面对疫情，全公司上下严阵以待，全力抓好日常的疫情防控工作：在上下班重要出入口安装了红外测温设备，对于进入公司上班的员工，实施出入

捐赠现场

严管控，凡进入必须测温。考虑到一些员工没有居家隔离条件，公司在员工宿舍设置了集中隔离点，并配备安保、医务、保洁人员，抽调党员志愿者做好志愿服务。在工作场所，员工必须佩戴口罩，并设立了"废弃口罩专用回收桶"进行口罩回收。同时，公司每天对办公场所进行消毒，并保持开窗通风，在食堂、卫生间等地配备了消毒洗手液，供员工及时洗手。对于工作时间的用餐，员工可以选择自带餐食或食堂打包到工位用餐，避免集中用餐带来的疫情风险。

疫情就是命令，防控就是责任！集团党委也要求各级党组织和广大党员干部充分发挥党员先锋模范作用，在防控、生产等工作上带好头，克服各种困难，既要高度重视疫情防控工作，又要稳定好生产工作，使元立安全、平稳地渡过疫情。

六、党员捐款显初心　助力防疫担使命

一份份捐款，倾注着同舟共济的无价情谊；一笔笔款项，凝聚着共克时艰的磅礴力量。

连日来，元立集团广大党员踊跃捐款，以实际行动支持新冠肺炎疫情防控工作。

截至目前，共有 1040 名党员捐款，总金额 136717 元。其中：集团公司

441 名党员捐款，共 53372 元。

衢州元立公司 599 名党员捐款，共 83345 元。

在这次捐款中，公司高层党员率先垂范、通过所在支部带头捐款。广大党员、流动党员、入党积极分子等闻讯即行、踊跃捐款。

退休老党员不忘本色，力所能及奉献爱心。来自炼钢厂党总支的退休党员李燕珍捐出 1000 元。

特别值得一提的是，自疫情发生以来，部分党员自发通过不同渠道已经进行了捐款共计 46998 元，还有很多入党积极分子也自发捐款。除了捐款以外，来自一轧厂党支部的邵伟燕作为房东通过减免租户房租共计 2600 元，减轻外来务工人员在疫情期间的生活压力，用另一种方式助力抗击疫情、共克时艰！

元立集团办公大楼

（浙江元立集团）

大爱写担当　精诚克时艰

——河北普阳钢铁集团阻击新冠肺炎疫情纪实

亥岁末，庚子春。一场突如其来的新冠肺炎疫情打断了所有中国人欢乐祥和的节日气氛，接踵而来是各种"大动作"。1月23日，武汉全面封城；1月24日（除夕），贺岁片全部撤档；1月25日（大年初一），习近平总书记组织召开中央政治局常务委员会议，成立应对疫情工作领导小组。同日，河北省启动重大突发公共卫生事件一级响应，一场全民战"疫"全面打响！

为有力控制疫情蔓延，做好疫情防控，河北普阳钢铁集团（以下简称"普阳集团"）认真贯彻落实党中央、河北省、邯郸市、武安市等各级政府对于疫情防控的重要部署，对内认真排查、联防联控，对外捐款捐物、守望相助，以实际行动展现了精诚团结、奉献社会的大爱担当，同时涌现出许多不畏艰险、敢挑重担的先锋战"疫"人物。

一、疫情就是命令，第一时间成立疫情防控领导小组

在疫情防控的关键时期，普阳集团党委书记、董事长郭恩元高度重视疫情防控工作，于1月24日第一时间成立新型冠状病毒肺炎疫情防控领导小组，由集团党委副书记、总经理石跃强任组长，各副总任副组长，各厂部室负责人为组员，设立抗击疫情应急办公室，认真落实总书记"生命重于泰山，疫情就是命令，防控就是责任"的最高指示，取消春节期间灯展、元宵晚会、戏曲演唱等文艺演出活动；倡议全体职工及家属做好个人防护；并配合阳邑镇疫情防控办，全面部署联防联控工作。

二、防控就是责任，各单位快速反应、共抗疫情

备采部门主动放弃春节假期，通过各种渠道收集各类医疗用品采购信息，紧急采购测温仪、口罩、消毒液、医用酒精、紫外线灭菌灯等疫情防控防护

普阳钢铁集团办公楼门卫在为上岗人员测量体温

对办公场所消毒

用品。部长任晓婕虽然是位女同志，为确保集团防控物资供应，大年三十、正月初一，舍弃与家人共度春节的机会，带着公司开的介绍信，驱车数百里，穿乡跨村，甚至跑到河南，为的就是尽可能多地采购急需的口罩。当我们待在家里都怕被感染的时候，难道她各地奔波就不怕被感染吗？面对这个问题，任晓婕的回答是：职责所在，义不容辞！

保卫部立即在 13 个门岗设立"防疫检测点"，对每一位职工进行岗前体温检测和记录，并建立体温登记档案。然而寒风凛冽中，他们面对的不仅有自己的同事，还有来自全国各地的司机朋友，站在阻击疫情的最外沿，保卫人员毅然决然地选择了，逐人测温，逐人登记，并提醒外来司机必须戴口罩。

普阳集团工作人员在对外来车辆消毒

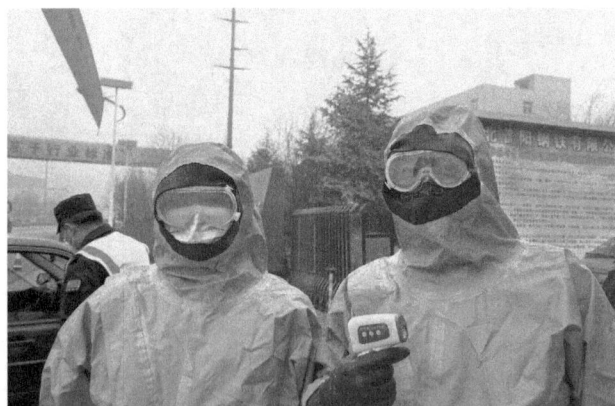

全副武装的普阳钢铁检测人员

物业公司紧急调配临时宿舍，妥善安置因封村封路无法回家的在厂滞留员工。

安监部督促各厂各部室做好食堂、电梯、楼道、会议室、主控室、垃圾存放处、厕所等公共场所的"定时定人定责"消毒工作。

事务处要求各食堂"定人定时"对餐具和餐厅进行消毒，并实行"错峰打饭"，提醒职工打饭保持1米以上距离，不要聚堆就餐，避免交叉感染。

工程部对外来施工人员建立"疫情排查档案"，每天进行体温检测，并做好记录。

文化中心客房部成为临时隔离区，负责人李波龙带领年轻职员积极应对，做好各种隔离防护措施。即便如此，对于这支年轻的团队而言，面对各类疑似高危接触者，他们心中也有恐惧，但他们表现出来的更多的是微笑和沉稳，全力鼓励安慰从外地归来暂时隔离的工友，为他们排解忧郁和压力。

各厂各部室设立党员应急小组，加强人员状态管控，严格执行春节值班制度，按照集团部署，全面做好疑似病例及高危接触者（1月10日前后去过武汉的）筛查登记工作。对于1月10日前后去过武汉的职工，要求其自行居家隔离14天，对邯郸以外返厂人员，实行14天以上隔离，一天三次测体温；对于已经返厂的，在文化中心设立隔离点，统一隔离14天。并将隔离人员的行动轨迹、身体健康状况上报阳邑镇疫情防控办和市政府疫情防控驻厂人员。

集团抗击疫情应急防控办公室春节期间全员在岗，各司其职，按照疫情防控领导小组指示，合理高效分配疫情防控物资，为确保人人都能得到最及时的防护，特别是办公室任新秀在做好物资发放的同时，建立发放台账，做到物账分明。截至7月14日，集团抗击疫情应急防控办公室共向各厂各部室发放医用外科口罩（含N95）61.2万余只，84消毒液20000瓶，医用酒精8000桶。

集团职工到仓库领取防疫物资

三、全员参与，捐款捐物，书写大爱担当

多年以来，普阳钢铁集团始终坚持"为社会创造财富、为客户创造价值、为员工创建幸福家园"的企业使命，热心公益，捐资助教，扶助医疗把社会

公益事业当作一项长期的工作去践行和落实。截至 2020 年 7 月，普阳累计纳税 190 余亿元，向社会各界捐款 10 多亿元，给当地人民带来了实实在在的福祉。

普阳钢铁支援武汉抗疫捐赠仪式。从左向右依次是副总经理张连所，总经理石跃强，武安市委常委、统战部长李卫峰，工商联主席贾旭日

普阳钢铁向武安市医院捐款捐赠仪式。从左向右依次是副总经理张连所，总经理石跃强，武安市第一人民医院院长杨建刚，武安市第一人民医院采购科科长李卫东

面对新型冠状病毒肺炎疫情的严峻形势，郭恩元董事长多次叮嘱集团管理层一定要全力支持和支援国家疫情防控。郭龙鑫副总第一时间发出全员捐款倡议，全体员工积极参与踊跃捐款，合计募集善款 3736.25 万元用于疫情防控。

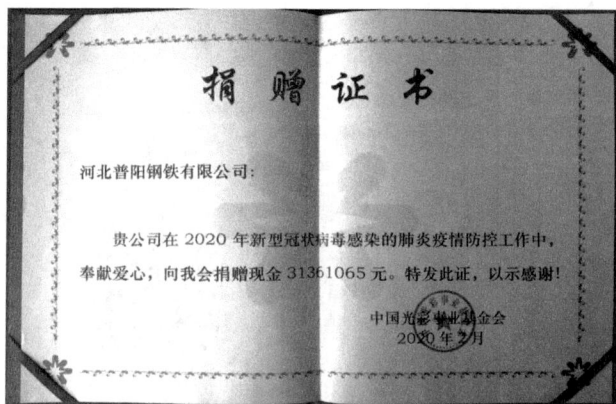

普阳钢铁向武汉捐款证书

其中，通过中共武安市委统战部和市工商联向中国光彩基金会捐献人民币 3136.25 万元（含员工捐款 136.25 万元），定向用于武汉地区的疫情防控工作。为大力支持武安市疫情防控工作，普阳钢铁集团向武安市第一人民医院（康二城煤矿隔离病区）捐献人民币 600 万元，定向用于采购必备的医疗物资。之后又向印度尼西亚政府捐赠抗疫物资 100 万元。

除此之外，普阳集团还向社会各界（阳邑镇 1050 只、市应急管理局 500 只、邯郸铁路局货运中心 1000 只、武安市水利局 10000 只）捐赠口罩 12550 只，消毒液和酒精 100 余桶，有力支援了当地群众及武汉疫区的疫情防控工作，为我市钢铁企业起到了很好的带头示范作用。

普阳钢铁民兵连为疫情捐款

普阳钢铁向市水利局捐赠口罩

普阳钢铁向印度尼西亚捐款证书

四、防疫生产两手抓，全面实现双胜利

疫情发生以来，普阳钢铁集团认真贯彻落实习总书记"要变压力为动力、善于化危为机，有序恢复生产生活秩序"的重要指示，快速反应、立即行动，实行"战疫生产两手抓两手都要硬"的战略指导，一方面严抓疫情防控，另一方面细抓生产组织，强化责任落实，狠抓内部管理，将各项措施落到实处，在做好疫情防控的同时，保障生产稳运行，通过全体干部职工的努力奋斗真

抓实干，炼铁、炼钢、轧钢、焦化及辅助五大系统均高标准完成既定目标，2020 年前半年，集团产量利润双过半！

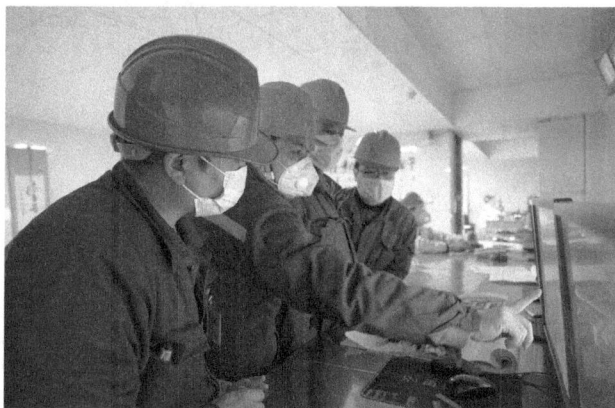

疫情期间坚守工作岗位的普阳钢铁职工

普阳钢铁集团坚信，在党和政府的领导下，各界人士防疫、发展两手抓，一定会夺取防疫发展双胜利！

（普阳钢铁集团）

石横特钢：筑起疫情防控钢铁防线

面对今年严峻复杂的疫情防控形势，石横特钢集团有限公司在疫情防控这个没有硝烟的战场上，用实际行动展现着大爱与担当。

长期以来，石横特钢集团高度重视公益事业，勇于承担社会责任，为地方经济发展做出了巨大贡献。疫情发生后，广大医护人员和一线工作人员不顾自身安危冲在第一线，深深感动着石特人。2月2日起，石横特钢先后向泰安市、肥城市、石横镇等三级慈善总会捐赠疫情防控资金1000余万元，助力抗击新型冠状病毒肺炎疫情。全国人大代表、石横特钢集团董事长张武宗表示，以自己的绵薄之力支援抗击疫情，是企业的社会责任和担当。我们一定会尽自己的最大努力，在做好自身防控的同时，积极配合政府部门和社会各界打好疫情阻击战。我们坚信，涓流汇沧海，积土聚山丘。只要大家齐心协力，就一定能打赢这场战役。

在石横特钢企业内部，广大员工积极行动、冲锋在前、投身一线，全力抗击疫情，涌现出了一大批担当作为、表现突出的集体和个人，由离退休人员和员工家属组成的居委会防控小组就是其中的一个典型。作为第一个投入疫情防控工作的单位，居委会最早组织支部委员、党小组长、部分楼长片长和退休党员成立了疫情防控小组，在企业生活区陆续开展了一系列防控工作，为职工家属构筑起了防控疫情的安全墙。小组共有27人，绝大部分是退休人员、家属工、无业家属，年龄最大的72岁。别看他们是临时性组织，但是干出来的成绩却是响当当的。疫情防控最严重的阶段，他们共组织大规模入户摸排7次，登门排查社区居民6011户次17033人次；张贴各类温馨提示和明白纸6548份；完成社区巡查13天845楼次；电话告知内退、工伤职业病及居家隔离居民214人。这些数字的背后，凝结着他们的汗水、智慧和无私奉献。为了企业正常生产，为了社区和谐安全，为了居民身体健康，他们一直在行动。

随着疫情防控取得阶段性胜利，石横特钢的工作重心正在逐步向复工复产转移。尤其是作为山东省重点项目的泰安特种建筑用钢产业集群建设，因为涉及的施工人员来自全国各地，管控难度巨大。他们正通过规范的管理和扎实的工作，保证项目建设进度的不断推进。

（肖富君）

南钢打响疫情防控阻击战

连日来，面对新型冠状病毒感染的肺炎疫情，南钢坚决贯彻落实党中央、国务院、江苏省有关疫情防控的决策部署和相关要求，采取有力措施，积极防控，保证职工群众生命安全和身体健康。目前，南钢没有发现疑似、确诊病例，生产经营正常有序，职工队伍稳定，做到了守土有责。

疫情发生后，南钢一手抓疫情防控，保职工安全；一手抓生产组织，保生产安全。一方面，南钢立即成立了由党政主要领导牵头的应对疫情工作领导小组，坚持把职工群众的生命安全和身体健康放在第一位，把疫情防控作为当前最重要的工作来做，加大公司的防控力度；另一方面，南钢下发通知，强调特殊时期纪律，并布置了下属单位的生产保产、节假日值班、职工安全防护、公共区域消毒、信息收集报送等工作。各二级单位纷纷行动起来，将企业要求、个人防护建议等信息通过微信群等方式全面展开告知宣传，并在岗位和工作中加以强化体现。

"大家都提起精神，既小心防范，又不恐慌。"南钢党委书记、董事长，南钢疫情工作领导小组组长黄一新指出。他再三要求广大干部职工提高站位，压实责任，强调纪律，做好工作，并做好长期性、复杂性、艰巨性、严峻性准备。面对当前形势，南钢切实做好办公场所、交通车、食堂、浴室等集中场合的消毒和口罩、消毒液的供应等保障工作；做好职工进厂佩戴口罩和体温检测管控工作，上岗前坚持安全宣誓、测量血压、测量酒精含量等；做好进出人员的防护检测，减少人员接触；取消一切可取消的人员集中活动，并按规定延长春节假期；要求相关单位做好相关方人员复工情况跟踪。

（原刊于《中国冶金报》2020年2月4日2版 记者 邵启明 通讯员 顾 斌）

方大集团各单位众志成城战"疫"情

近期，方大集团各单位积极行动起来，把员工生命安全和身体健康放在第一位，把疫情防控作为当前最重要的工作来抓。

1月23日，萍安钢铁在企业微信平台上发布《预防新型冠状病毒肺炎知识》，1月26日再次发出《致公司全体员工、家属的一封信》，呼吁全体员工和员工家属自觉遵守疫情防控工作要求，同时制订《萍安钢铁严控新型冠状病毒肺炎防控工作应急预案》，并下发《关于补充强化新型冠状病毒疫情防控的通知》，要求公司及各单位成立疫情防控工作组，及时传达并落实各级政府的疫情防控相关工作要求，做好员工春节假期去向及健康信息统计与监控工作。此外，萍安钢铁组织人员通过多个渠道购买医用口罩56000只、抑菌洗手液1000瓶、维生素C片16箱（共7680瓶），已于1月28日陆续分发给员工，并监督员工正确使用。

疫情发生后，方大九钢成立了应对新型冠状病毒感染的肺炎疫情工作领导小组，并第一时间在企业微信上发布疫情防控信息，下发《关于做好新型冠状病毒感染的肺炎疫情防控工作的通知》，同时实行疫情报告制度，要求企业所有员工与家属不信谣、不传谣，主动向卫生健康部门和社区居委会（村委会），以及所在单位、部门反映疑似病例，配合做好疫情防控工作。目前，方大九钢结合企业自身实际情况，对生产区和生活区进行全封闭管理，对进入的每一位员工进行体温测量，取消各类公众聚集性活动，对各单位（部门）员工流入情况进行全面排查，向员工发放口罩与维生素C片，向班组发放消毒设备（喷雾枪）、消毒水等防护物资。

（原刊于《中国冶金报》2020年2月5日2版 记者 彭云桃 欧青 徐生）

河钢 "五到位"
筑牢疫情防控 "钢铁长城"

1月31日，河钢集团直供某客户的百余吨镀锌方矩管被送往武汉，将应用于武汉第七医院扩建项目的钢结构支撑。从接到订单到把产品送到客户工厂，河钢安排专人盯产、专车发运，只用了2天时间。

"当前形势下，集团上下要把疫情防控作为压倒一切的第一要务，坚定不移把党中央、国务院决策部署和河北省委、省政府各项要求落到实处，团结一心、众志成城，坚决打赢疫情防控阻击战。"河钢集团党委书记、董事长于勇强调说。

筑牢疫情防控 "防火墙"

厂区门口设置排查点，职工入厂前进行体温监测，严格落实职工戴口罩上岗工作制度，公共场所、公共工具定时消毒。这些措施，如今在河钢集团各子分公司已成为常态。

春节期间，河钢集团明确 "五到位"（领导到位、责任落实到位、工作措施到位、全面排查到位、有效隔离到位）工作思路，迅速成立集团主要领导任组长的疫情防控工作领导小组和10个专项工作组，188个党委班子、各管理部门主要负责同志和负责防疫的一线工作人员全部取消休假，投入工作。

河钢层层制订工作方案和应急预案，组建党员防控服务队247个，6963名在职党员参加联防联控，1700多个基层党支部充分发挥战斗堡垒作用，实现组织领导全部到位。

同时，河钢迅速制订阻断疫情输入和传播途径的工作制度和措施。各级党组织严格落实集团全员测温机制，科学设置入厂、入区、入楼等关卡，把牢入口关；严格落实职工戴口罩上岗工作制度；实行外来人员管控、突发事件应急处置、应急值守等一系列制度，并暂时取消一切因公出差、出国计划，暂停召开大型会议，确保疫情防控措施到位。

河钢以子分公司为单位建立疫情防控全面排查和信息报送制度，把党小组和基层班组作为最小排查单位，全面排查监测 10 万名干部职工健康状况，每日监测排查坚持不漏 1 人，每天 16 点准时汇总上报情况。河钢对排查出的近期赴武汉出差、探亲，以及与武汉返回人员有密切接触的职工共 252 人，逐人登记在册，分类落实应急处置要求，认真做好隔离观察和防护工作，密切跟踪相关人员的健康状态，牢牢筑起了疫情防控的"防火墙"。

为企业和城市传递正能量

河钢创造城市，发展于城市，更服务于城市。战"疫"中的最美"逆行者"为此做出了生动诠释。

疫情发生后，河钢邯钢医院被当地政府指定为疫情临时监测点医院。医院党政领导班子及所属科室的 8 个党支部 169 位共产党员和医护人员，在集体请战书上摁下鲜红手印，誓与疫情决一死战。

于河钢唐钢与中信产业基金合作后更名的唐山弘慈医院，派出两名呼吸科和重症医学专家前往唐山市新型冠状病毒肺炎定点医院参与救治，抽调医务人员支援唐山市高速路口检测任务。与此同时，发热门诊紧急启动，保健站、社区服务中心启动应急服务，急诊救护车随时待命，24 小时为包括发热病人在内的市民提供服务。

在河钢舞钢总医院的微信工作群里，"请战"声也此起彼伏，全院 358 名医护人员及后勤保障人员坚定站在疫情防控第一线。

让河钢牵挂的不只是职工，还有职工家属。1 月 26 日，河钢承钢职工曹硕的妻子作为承德市首批援助武汉医疗队成员出征后，为了让曹硕的妻子在前方放心工作，河钢承钢对曹硕的工作进行协调安排，让他更专心照顾家庭。

与此同时，更多的人积极行动起来，加入疫情防控党员志愿者服务队；各级领导干部带头坚守岗位，各层级管理人员通过河钢信息化系统云平台网络办公；1900 多个基层党组织充分发挥战斗保垒作用，3.8 万多名党员坚守岗位保障生产，矢志夺取疫情防控和生产经营双胜利。

（原刊于《中国冶金报》2020 年 2 月 6 日 1 版 通讯员 魏清源）

党的领导是战胜一切风险的"定海神针"

——河钢邯钢发挥国有企业党组织优势抗疫保产侧记

十里钢城，春天的脚步正在一步步逼近。

钢铁，国民经济的基础产业，保重点工程和项目开工，承上启下，关联度大。

3月4日，河钢集团邯钢公司冷轧厂产线一派繁忙：开卷、酸洗、轧制、镀锌、平整、检验、装车、发运，鲜红的党旗、穿梭的天车、蓝色的工服、泛光的钢卷，几种色彩构成了初春厂房"别样"的生机……

钢铁行业是国民经济的基础产业，保重点工程和项目开工，承上启下，关联度大。河钢邯钢一手抓疫情防控、一手抓生产经营，两手抓、两手硬，誓夺双胜利。图为邯宝炼钢厂保一批国家重点工程建设用钢职工在炼钢转炉炉台精心调度生产（韩启凡　摄影）

在这次抗疫中，作为一家具有 62 年历史文化积淀的大型国有企业，河钢邯钢充分发挥国有企业党组织优势，布阵防控、筑牢屏障，锻造起"铜墙铁壁"捍卫钢城。

2月以来，河钢邯钢生产经营保持均衡、稳定、有序：合同交付率达到98.2%，桥梁钢发运孟州湾大桥等大型工程，汽车钢直供长城基地，百米钢轨批量出口，优特钢供应重点项目建设，公司高端产品镀锌 O5 板和冷轧高强钢正品率达 100%，环比提高 12.1%、8.54%……

发挥党的政治优势指引方向

—— "把疫情防控作为压倒一切的头等大事，把职工的生命和健康安全放在第一位。""绝不能打乱仗，各项工作都得考虑得更细、更实，发动职工布下'天罗地网'。"

疫情来势之快，始料未及。

党的领导是做好国有企业各项工作的根本保证，是战胜一切困难、风险的"定海神针"。

疫情发生后，河钢邯钢始终坚持学习习近平总书记关于疫情防控工作的重要讲话和指示批示精神，并作为疫情防控一切工作的行动指南。

"只有学的透，工作才能布置的准，措施制定才会细，抓落实才能更精准、更到位。"

"把疫情防控作为压倒一切的头等大事，把职工的生命和健康安全放在第一位。"

"各单位领导要靠前指挥，关口前移，众志成城，同向发力，不获全胜绝不轻言成功。"

河钢邯钢疫情防控领导小组组长、党委书记、董事长郭景瑞定期组织公司领导班子全体成员，学习习近平总书记关于疫情防控工作的重要讲话和指示批示精神，结合实际研究制定企业防控措施。

河钢邯钢，是世界 500 强企业河钢集团的核心子公司，千万吨级钢铁生产规模，20 多家二级生产单位，炼铁、炼钢、轧钢上下游工序连续作业生产，原燃料进厂、钢材外发，进出车辆多，2 万名在岗职工包括职工家庭家属在内人数超过了 10 万之多。

"我们企业人员密集，点多、面广、线长，绝不能打乱仗，各项工作都需要考虑得更细、更实，发动职工布下'天罗地网'。"河钢邯钢疫情防控领导小组常务副组长、公司党委副书记、工会主席尤善晓从大年三十起坚守在一线，不停地组织、安排、协调、调度……

飘扬的党旗、闪烁的党徽，成为这个春天的"最美"。河钢邯钢1300名党团员在公司大门、班车乘车点、餐厅、浴室等公共区域消毒、预约理发、代买蔬菜开展志愿服务。图为党员志愿者在为进厂职工测体温（王磊　摄影）

"从千方百计筹措防疫物资到细致周到服务职工生产生活，从严格门禁管理到一人一档全面排查登记，从准确披露防疫信息到重点区域不留死角的检查……"公司办公大楼不眠的灯光里，一次次向疫情发出"攻击"的命令：

——制定《公司疫情防控工作方案》《公司疫情防疫手册》《复工复产指南》等，及时传达党中央、国务院、省、市和集团各项工作部署要求；

——建立四级联防联控责任机制，公司领导班子深入一线、靠前指挥，二级单位领导分头包保车间细化落实；公司领导班子、党员干部带头捐款、捐物；

——建立疫情通报制度。每日收集、整理疫情排查情况信息和疫情防控工作动态，编发《疫情防控工作简报》，及时通报公司防控形势和有关情况，做到信息公开、透明。

严格执行复工复产"六个必须"、"八不"要求，对门禁管理、外出管理、物资保障等12个方面进行再强化；对公司制定的9大类39项措施逐一再细化。

"细节决定成败。这样大家做起来才能有标准，做到规范化、科学化。"

公司疫情防控领导小组成员王学勇加班梳理措施到凌晨 4 点，眼里布满血丝。

关键时刻，党组织是中流砥柱。全公司 8000 多名共产党员分布在各条战线，34 个二级党委、315 个党支部，各级党组织吹响"动员令"。

"主动步行到岗做表率，努力做到不坐通勤班车；主动带餐到岗做表率，努力做到不在食堂就餐；主动回家洗浴做表率，努力做到不在单位洗澡；主动走楼梯到岗做表率，努力做到不乘坐电梯。"河钢邯钢党委组织部副部长王瑞兴说，广大党团员始终坚持带头做到四表率、四做到。

党组织有号召，党员有行动。

河钢邯钢医院 8 个党支部 169 位党员和医务工作者争先恐后向党组织递交"请战书"，医生刘晓亮前往湖北支援前线；一对 90 后的护士姐妹李贝贝和李萌萌，双双向医院党委请缨到发热门诊工作，冲锋在抗疫的最前线，成为钢城最美抗疫"姊妹花"。

1300 名党团员志愿者分别在公司大门、班车乘车点、职工餐厅、浴室等公共区域，开展测温、消毒、维持秩序、预约理发等服务，与隔离观察人员每日电话联系，提供心理关爱，代购食品、蔬菜……

党旗所指，党员所向。哪里有需要、哪里最艰险、哪里就有党员志愿者服务的身影。飘扬的党旗、闪烁的党徽，成为这个春天的"最美"。

发挥宣传优势强信心鼓士气

——"信心是关键。加大宣传力度，统筹做好网上网下，让职工知道党和国家各项决策部署，知晓集团和公司各项措施，讲好职工抗疫故事，强信心、暖人心、聚人心"。

疫情发生后，一些干部职工群众普遍存在着焦虑、恐惧的心理。

"宣传工作是国有企业的一大显著优势。"河钢邯钢党委副书记赵瑞祥说："信心是关键。加大宣传工作力度，统筹做好网上网下，让职工知道党和国家的各项决策部署，知晓集团和公司各项措施，讲好职工抗疫故事，强信心、暖人心、聚人心。"

公司党委宣传部牵头制定《疫情防控宣传引导工作方案》，统筹资源，统一调度，协调联动，营造抗疫攻坚克难的舆论氛围。

企业报头条刊发《众志成城克时艰，坚决夺取双胜利——致全体党员干部职工的一封信》，企业电视台制作微视频、拍摄宣传片，引起干部职工思想上的共鸣；

公司纪委编发《疫情防控工作中违规违纪典型案例选编》，以真实案例警示党员干部守土有责、守土担责、守土尽责。工会建立"职工疫情防控工作"五级矩阵微信群，第一时间向职工发布官方消息和公司要求。

各二级单位党委宣传工作也百花齐放，集团党建云平台、公司微信公众号、公司"同心圆"微信矩阵、职工之家微信公众号、"网上练兵"平台，"正能量"声音不断；抖音、快手、电子屏、手抄报、剪纸、漫画、书法、音乐快板、海报、防疫"三字经"、"百字书"……一线职工宣传创造丰富多彩，既接地气、又通俗易懂。

"只要还有一粒米，不往人群里面挤。居家开窗多通风，闭门勿忘做运动。相信祖国相信党，战胜疫情迎曙光。"这是河钢邯钢矿业公司职工王嘉伟创作的宣传语。

"战鼓号角迎春风，疫情防控责任重，严防严控齐联动，战无不胜是钢城。"武装保卫部交通大队王兰文用一首诗表达"钢城卫士"战胜疫情的决心、信心。

全体职工及家属争做疫情防控的参与者、宣传者、守护者，不造谣、不信谣、不传谣，零输入、零隐患、零感染、零传播，形成万众一心、众志成城的防控氛围……

河钢邯钢职工夺取疫情防控和生产经营双胜利的精神风貌，得到新闻媒体的关注。

2月以来，学习强国、新华社、人民日报客户端、中国冶金报、河北新闻网、河北共产党员网等国家、省、市媒体、网站刊发《把职工生命安全和身体健康放在第一位》《筑起抗疫钢铁长城》等有关公司的报道35次。

满满的"正能量"，增强的是防控的信心和力量。

"心连心，冲在前，卫我同胞、卫我钢城！"

"风雨压不垮，苦难中开花！"

……

职工在微信公众号、网站上的留言互相感动者，激发着力量。

发挥群众工作优势凝聚合力

——"思想上尊重、感情上贴近、工作上依靠、生活上关心，始终同职工群众同呼吸、共命运，是战胜一切困难和风险的保证。"

人民立场是党的根本政治立场。

在河钢邯钢62年的发展历程中，全心全意依靠职工办企业是企业发展壮大的一条根本途径，思想上尊重、感情上贴近、工作上依靠、生活上关心，始终同职工群众同呼吸、共命运，是战胜一切困难和风险的保证。

疫情发生后，河钢邯钢千方百计筹备抗疫物资，从职工吃、住、行等细微环节入手，熬制中药汤剂，增加营养餐，增加通风观光电瓶车，增加班车站点和车次……关心关爱职工的防控措施一次比一次细。

"春节后一上班，我就收到了一份爱心牛奶，心里暖暖的。今天，我们每人又领到了一份爱心大礼包，你瞧，里面有口罩、电子温度计、香皂、洗发水、毛巾……"3月3日，邯宝冷轧厂王怀岐给工友们细数着企业给职工办的一件件实事、好事，手里还拿起一份特别的慰问信，激动地给大家念："您的健康和安全就是对疫情防控最大的贡献，常测温、勤洗手、戴口罩、讲卫生、不聚集、常通风、绿色出行……"

一封简简单单的慰问信，牵连着的是企业和职工的心。

工会是党组织密切联系职工的桥梁和纽带。疫情发生后，工会干部冲锋陷阵在一线，组织职工、动员职工。他们千方百计协调疫情防控物资，购买5万只口罩，500套防护服，为每名职工购买电子温度计、洗发水，药皂等防护用品。为方便职工在岗位就餐，为岗位配备光波炉130台。

组建心理援助团队，开通心理咨询热线，建立心理援助群，每天安排2名心理咨询师在线解答职工提出的问题，对职工进行心理疏导服务，保障职工心理健康……

无微不至地关心与关爱，挽起的是铁的臂膀，凝成的是钢的力量。

职工和职工家属无论身处何地、人在何岗，都心系国家、心系企业，人人都吹"冲锋号"、人人都当"战斗员"。

2月11日，炼铁部职工郝晓东提前两个小时来到岗位，捧着200只口罩

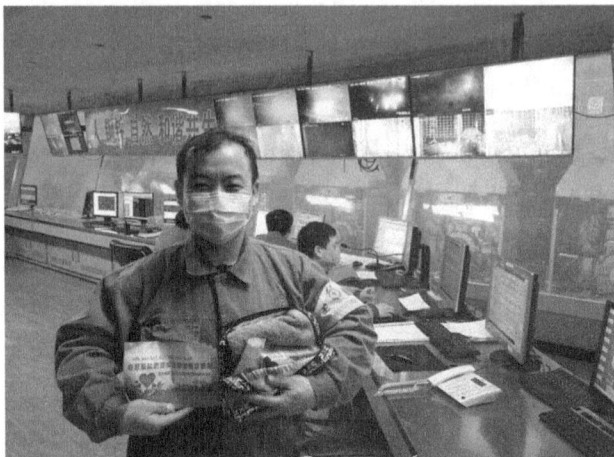

　　"您的健康和安全就是对疫情防控最大的贡献""常测温、勤洗手、戴口罩、讲卫生、不聚集、常通风、绿色出行……"河钢邯钢工会的一封简单慰问信，牵连着企业和职工的心。3月4日，邯宝热轧厂轧钢车间职工任超收到口罩、电子温度计、香皂、洗发水、毛巾等"爱心大礼包"，眼里透着笑容，增强的是防疫的信心和力量（王学江　摄影）

给二烧车间的工友们……

　　"我想把今年过年的压岁钱都拿出来，给抗疫前线的叔叔阿姨们买口罩，这样他们就少一分生命危险！"12岁的孩子王玉看着电视画面眼含热泪对他的爸爸说。

　　今年57岁的张丽华退休前是河钢邯钢的一名工会干部，在这次防疫中，她主动请缨当起了百家村生活区的志愿者，每天清晨，早早起床，活跃一整天，提醒大家戴口罩，为左邻右舍代买食品、蔬菜……

　　有钱的出钱，有力的出力。抗疫暴发出的巨大"能量"在生产中也得到体现。

　　2月25日，一次大面积的检修即将展开：炼铁8号高炉定修，与之配套的三炼钢厂、连轧厂全停检修……

　　疫情期间，检修的工程量大，难度不小。

　　千难万难，只要职工当家就不难。生产制造部牵头，设备动力部、运保公司、炼铁部、三炼钢厂等多家单位，联合制定详细的检修方案。物料平衡、生产平衡、能源介质平衡和突发情况处置……

针对复工复产，河钢邯钢疫情防控关口再前移、责任再压实、措施再细化，布阵防控，筑牢屏障。图为冷轧厂产线职工精细检查重点区域设备管理（牛睿杰　摄影）

职工的智慧是无穷的，力量是巨大的。在不到三天的时间内，"顺利复产！"一个个疲惫的脸庞露出笑容。

春节以来，受疫情影响，上下游企业复产延迟，物流受阻，部分物料进不来，产品不能出库。在特别的困难时期，2万职工不畏困难，众志成城，应对疫情，确保物料保供、钢材外发，规避风险……

"我们要把在疫情防控中，党员干部体现出的这种严密的组织性、纪律性、模范性转化到生产经营工作中，持续提升竞争力，为国家重点工程和项目建设输送更多的精品钢材。"

"疫情防控，绝不能有思想松劲的念头；生产经营也绝不能放松。松，则前功尽弃；紧，则曙光在望。"2月28日，河钢邯钢视频月度经营例会再次发出新的"动员令"，疫情还未结束，战斗仍在继续。

生命遭遇严冬，但十里钢城有你、有我、有他，彼此相助，温暖着心。信心和力量，必定战胜疫情，春天不会太遥远。

3月5日早晨，一辆装满精品钢材的火车缓缓驶出厂区，运往了重点工程。血脉相通、生死与共，中国精神已在这里扎下深根……

2月以来，河钢邯钢克服疫情带来的各种不利和影响，合同交付率达到98.2%，高端产品镀锌O5板和冷轧高强钢正品率达到100%，环比提高12.1%、8.54%，桥梁钢、优特钢等实现批量重点工程供货。图为邯宝冷轧厂汽车钢生产线（史露露 摄影）

（原刊于人民日报客户端、河北新闻网、河北共产党员网等媒体。河钢集团邯钢公司党委宣传部 王维刚）

首钢京唐全员战"疫"　控"产"两不误

面对新型冠状病毒感染的肺炎疫情，1月25日以来，首钢集团党委书记、董事长、总经理，集团疫情防控工作领导小组组长张功焰先后深入首钢医院、首钢国际、古城单身宿舍、37度公寓、古城社区门诊、模式口老年福敬老院、首钢园区通勤班车候车场等重点防控区域现场检查疫情防控工作，围绕切实扛起责任，严而又严、细而又细地狠抓各项措施落实，确保防控工作到位等提出明确要求。

其中，首钢京唐公司党委以高度的政治自觉和行动自觉，精准施策、全面布防，广大干部职工心系大局、团结一心、严防死守，共同筑牢群防群治的严密防线，推动疫情防控与经营生产两不误。

信心最重要，越是困难越向前

2月2日，首钢京唐公司指挥中心119会议室里，公司党委书记、董事长邱银富，总经理曾立，工会主席冷艳红组织相关部门负责人研究部署进一步加强疫情防控措施，同时要求确保公司正常生产经营。邱银富说："今年公司全面推进高质量发展，是爬坡过坎的关键一年。现在疫情叠加，困难增多，但我们更应该越是困难越向前！"

疫情发生后，首钢京唐党委第一时间建立疫情防控工作领导小组，迅速反应、周密部署、科学指挥，同时引导广大干部职工全力以赴落实各项防疫措施。首钢京唐有万余名职工，来自四面八方，在疫情不断蔓延的严峻形势下，压力明显增大。为做好疫情防控，各级党员干部放弃春节假期休息，做到冲在前、做在先，形成了"人人参与、全面防控"的工作局面。

就在春节前夕，首钢京唐充分结合防疫工作实际，下发了《做好新型冠状病毒感染的肺炎疫情防控工作通知》，第一时间进入全员"战时"状态。连日来，首钢京唐每天都召开视频会议，频频传导防控责任、传递信心决心。节日期间，公司部署职工安全防护、公共区域消毒等工作，领导人员带队到北京首钢厂东门、维检大楼、一线岗位、餐厅、宿舍等检查督导。

1月28日，一封《致首钢京唐公司及协作单位全体职工的公开信》在首钢京唐融媒体平台发布，短短12小时阅读量就超过了2万次，引起了高度关注。职工们纷纷表示，全力战"疫"，人人都是战斗员。在同一个战场，保护好自己、保护好家人、保护好同事，就是对社会负责；从我做起、从点滴做起，坚决打赢疫情防控阻击战。

讲科学重细节，把措施落实到位

疫情防控，需要讲究科学精准、严控每个细节。首钢京唐严格落实领导人员24小时值班值守制度，各部门、各系统建立无缝衔接值班安排，坚持疫情日报告，收集各单位实时报送的休假和在岗职工及家属身体情况、所在地点等信息；与集团公司、曹妃甸当地政府疫情防控机构建立信息渠道，保持24小时信息通畅。

2月2日早晨，大雪悄然而至。一上班，《中国冶金报》记者来到能源运行中心，便看到甲班调度刘震、刘雪峰、刘金生、唐立静，正在忙着接打电话。他们在给每名能源中心职工打电话核查职工节日期间的行程及出行方式，嘱咐大家不要去人员密集场所、尽量不接触外来人员、对工作场所经常消毒、全员戴口罩上岗等，以保证自身安全，坚守工作岗位，确保公司能源系统连续、平稳运行。

彩涂板事业部镀锌作业区丁班成立了党员抗疫先锋队，每天对各操作室和职工小家进行消毒；同时密切关注网络舆情，引导职工不传谣、不信谣，做好职工和家属的信息排查，了解职工思想动态，及时进行思想疏导，保证节日期间的顺稳生产。

《中国冶金报》记者了解到，首钢京唐在疫情防控物资采购上也加大了力度，购置了口罩、消毒液、医用酒精等，统一调配至各单位，确保职工安全防护。为强化防疫措施，首钢京唐保持严查严控态势，每天对通勤班车、职工餐厅、厂前区宿舍、工作现场进行消毒；调整优化通勤班车运行线路，大幅度压减发车次数，做到疫情防控、生产运营两不误；坚持测量交接班、上下班车的职工以及外来入厂人员体温，对体温超过 37.2 摄氏度的，实施劝返，并提醒其前往有发热门诊的医疗机构就诊。

顾大局、冲在前，以实际行动诠释初心、使命

"大疫当前，如果需要我，我愿意像一名战士一样，为首钢京唐公司抗击疫情贡献一份自己的力量！"炼钢部板坯库作业区丙班张强是一名普普通通的职工，他主动找到公司办公室，拿出了自己的医师资格和医师执业证。

"我是党员，非常时期，必须克服困难顶上去！"炼铁部一炉炉前班长、党员姚春鹏，轮休回家前，看到岗位人员紧缺，便毅然留了下来。

在采访中，记者深深地被广大党员群众忘我的精神所感动。

疫情正逢春节假期，交通、采购等都受到了一定影响。"家里蔬菜水果还都足吗？还差别的东西不？明天早上安排人买了送过去！"钢轧部防控定点联系党员李志君的工作，就是电话联系正在疫区或从疫区回来后自行隔离的职工，并帮助采买生活物品。他直言："要尽我所能，为抗击疫情出一份力！"

许多职工向记者表示，无论白班还是倒班，共抗疫情的责任是一致的，保公司生产顺稳是京唐人共同的努力方向。

按照要求，首钢京唐春节假期延长至 2 月 2 日。假期虽然延长了，但工作不能断档。设备部备件采购计划员常露锋一家三口宅在家里过了个"特色年"，但当他看到全国各地假期延长、工厂未复工、物流不畅的消息后，又担忧原定于节后系列检修的备件供应是否正常。几经考虑，他做好防护，毅然回到岗位上落实备件到货情况。连续两天上百通电话，排查到货率满足年修要求后，他才松了一口气。

连日来，在首钢京唐第一线，上演着无数"请战"和"坚守"的故事。一面面旗帜高高飘扬，焕发出战胜疫情的磅礴斗志。

（原刊于《中国冶金报》2020 年 2 月 6 日 1 版　实习记者　杨立文　通讯员王宇　记者　梁树彬　王春亮）

宁可十防九空　不可失防万一

——看柳钢如何做到疫情防控有力、生产经营有序

"生命重于泰山，疫情就是命令，防控就是责任""坚决打赢疫情防控阻击战"。2月4日，当《中国冶金报》记者走进柳钢时，该公司大屏上滚动播放着这样的标语及防控公益广告，该公司后勤人员正在有序给广场、电梯等公共场所消毒。

"疫情发生以来，柳钢党委迅速响应上级要求，坚决落实重大突发公共卫生事件Ⅰ级响应，把疫情防控作为当前最紧迫、最重要的工作来抓，做到防控小组建起来，党员表率动起来，疫情形势控起来，防控知识学起来，舆情风险防起来，保障广西柳州、防城港、玉林'三基地'职工身体健康和生产稳定。"柳钢党委书记、董事长潘世庆对《中国冶金报》记者说。

经过严格的登记、检测体温等程序，记者来到柳钢总调度室。总调度室调度员告诉记者："今年1月份，柳钢铁、钢、钢材产量分别为104万吨、114万吨、142万吨，较好地完成了月度计划目标任务，生产经营平稳有序，未受疫情影响。在设备年修、疫情形势严峻的形势下，柳钢生产依然稳定向好，这样的成绩十分难得。"

再次经过登记、检测体温等程序，记者走进干净整洁的柳钢厂区，前往该公司炼铁厂一线探访。抵达后，《中国冶金报》记者只见厂部、车间、班组各项预防、检查措施层层到位。在炼铁厂4号高炉出铁口，当班工人正在专心取样。操作间隙，值班4号高炉副主任王才进告诉记者，虽然当前疫情形势严峻，但由于防控措施得力、工作部署到位，工友们众志成城战"疫"情、齐心协力抓生产的热情高涨，使得产量稳中有升。1月27日、28日，该厂日产量持续保持3.6万吨的高位。1月31日，该厂日产量达到3.69万吨，创日产新纪录。

在疫情发生后，柳钢党委迅速成立疫情防控工作领导小组，坚持"宁可

十防九空，不可失防万一"的原则，联防联控、多管齐下。截至目前，领导小组先后针对疫情防控、劳动人事、延长假期、宣传及信息发布、"三基地"人员返岗复工等方面，研究制订出专项工作措施40余项。该公司各级党组织和党员干部按照集团党委的统一部署，放弃休假时间，全力以赴、积极配合、科学有序参与疫情防控。

该公司对进出厂人员要求佩戴好口罩，进行体温检测，车间班组做好岗位安全联保；对有湖北武汉出差、探亲、旅游等职工和家属进行每日监测并建立台账，每日准确统计、公开发布疫情快报；取消交接班班前会集中的形式，改为"学习强国"视频会议、微信等线上形式召开；密切关注班组、车间、科室及建设项目相关方单位是否有发热、咳嗽、乏力、呼吸困难等症状，及时了解、掌握和汇报情况，确保早发现、早防控、早诊断、早治疗。

在各项措施层层落实的同时，柳钢纪委全程介入，以强有力的监督推动责任落实。该公司通过一系列举措，确保了疫情防控有力、生产经营有序。

"柳钢将全力以赴、持之以恒，抓牢抓实各项举措，切实做好集中复工筹备工作，确保疫情防控、生产经营、项目建设'三促进、三不误'。"柳钢党委副书记、副董事长、总经理甘贵平表示。

（原刊于《中国冶金报》2020年2月6日2版　记者　覃守超　实习记者罗熔军）

攀钢坚决打好防疫和保产两大战役

连日来，为抗击疫情，鞍钢集团攀钢第一时间采取行动，在保障员工生命健康的前提下，采取系列措施确保生产稳定顺行。

该公司第一时间成立疫情防控工作指挥部，系统研究、部署好疫情防控、生产组织工作；要求干部职工落实"上班到岗—下班回家"的"两点一线"工作模式；做到"不串门、不串岗、不聚餐"；充分利用各种媒介开展宣传教育引导；通过深入细致的思想政治工作，教育引导职工不信谣、不传谣，保证职工思想情绪稳定；对生产作业区域实行网格化管理，每天指定专人对所辖区域消毒；改变交接班方式，减少人员聚集；落实好班前测温上岗要求，确保当班人员全覆盖；为全体员工配发口罩，要求员工必须按规范佩戴。同时，攀钢纪检部门全程跟踪督导，抽查巡查各单位（部门）工作质量，确保各项工作和业务稳定有序。

下一步，攀钢将密切跟踪四川省攀枝花市防疫情况，进行防范监测，妥善安排不同阶段的应急措施，确保生产经营和防疫工作两手抓、两不误。攀钢各级干部坚守岗位、提前研判、综合评估，制订"产供运销"衔接措施，营造出安全稳定的生产经营环境。同时，该公司创新工作方式方法，充分运用智能化和信息化手段在生产中降低作业人员密度；针对个别岗位因隔离出现的缺员情况，党员骨干们带头加班顶岗，确保产线不歇、生产不停。

（原刊于《中国冶金报》2020年2月6日2版 记者 张钧 高子涵）

西宁特钢联防联控打好疫情防控阻击战

自新型冠状病毒感染的肺炎疫情发生以来，西宁特钢各单位精心制订疫情防控方案，多措并举、联防联控，坚决打好疫情防控阻击战。

该公司严格落实测温机制，在门卫处设置测温点，对进厂人员严格进行体温监测，对人流量、车流量大的门岗采取分流措施，把好入口关；严格落实职工戴口罩上岗工作制度，对在岗职工是否正确佩戴口罩、是否发烧、发热进行检查，并详细记录检查信息，及时掌握职工健康情况；建立疫情防控日简报制度，由该公司疫情防控办公室每日统计1次在职职工身体状况及流动去向；确保公共场所、公用工具定时消毒，建立责任到人的定时消毒工作管理制度；加强对食堂、浴室等后勤系统卫生安全管理，确保食品安全、公共卫生安全。同时，针对青海省外返岗职工，该公司专门在大学生公寓设置隔离点，要求其居家隔离14天，并每天按时汇报身体健康状况，并要求食堂为其提供必要的生活用品及饭菜，直至隔离解除，体温无异常。

此外，该公司持续加强宣传教育引导，做好防范知识宣传工作，悬挂宣传条幅、张贴疫情防控注意事项，加强监督检查，提倡少外出、讲卫生、勤通风、不聚集的生活工作习惯，教育引导职工不造谣、不信谣、不传谣，用行动坚决把疫情防控工作落实到位，有序推进各项防控措施。

（原刊于《中国冶金报》2020年2月6日2版 记者 朱玉鹏）

以钢铁担当凝聚抗疫合力

——昆钢打好防控疫情阻击战纪实

"必须把职工群众的生命安全和身体健康放在第一位，必须确保企业生产安全运行，这是我们义不容辞的责任和担当。"近日，昆钢党委书记、董事长杜陆军在疫情防控工作推进会上强调。自出现新型冠状病毒感染的肺炎疫情后，昆钢持续贯彻党中央及云南省委、省政府决策部署，制订出符合自身实际情况的措施，加大对民生领域的防控力度，确保职工队伍健康和生产经营稳定。

从幕后到一线　从异心到一心

2月4日傍晚，当《中国冶金报》记者通过电话采访昆钢物业公司朝阳中心负责人莫娜时，她只说了句"要去处理火警，回头再联系"就匆匆挂了电话。作为后勤服务单位，当疫情发生时，像莫娜一样原本处于幕后的职工们都奋勇冲向一线，为居民正常生活及昆钢生产经营做好保障。

记者了解到，在春节前疫情还未大面积蔓延时，昆钢就已做好准备了，用库存的消毒药水进行了最初的防控。在道路边、垃圾箱、公交站台、居民住宅等重点防控区域，昆钢职工们背着沉重的消毒设备，走遍大街小巷，在所有单元门的楼道里反复喷洒消毒药水，及时清理各类垃圾。记者看到，在超市、农贸市场、重要道路口，以及昆钢各生产经营单位门外，由昆钢工作人员组织的测体温、登记、询问等工作正有条不紊地进行着。

"谢谢！""你们辛苦了！"这是昆钢民生服务部党支部书记施丽红近来听到最多的话。因为工作性质，该部平时与农贸市场的经营户们难免产生矛盾，听得最多的也是经营户们的埋怨。施丽红说："通过严格的防范措施，经营户们有了安全感，现在跟他们的关系变得特别好。"这种前所未有的和谐氛围让施丽红感到特别高兴和感动。

在这特殊时期，农贸市场、商场等人员密集场所感染风险较大，却又与老百姓的生活息息相关。为此，昆钢各民生服务单位在春节期间集体上阵，机关管理人员全部进入市场，从早上 7 时 30 分到晚上 10 时持续开展疫情防控工作，并对物价进行监测，为职工、群众营造出安全、放心、物资充足的购物环境。

抗疫保产两不误

除了居民区，生产区的防控战场形势更加严峻。春节期间，昆钢每天都有 2 万多名员工坚守岗位，尤其是钢铁一线职工边抗疫边保产，以全员担当的主人翁意识，积极主动应对疫情，形成打赢疫情防控阻击战的强大合力。昆钢许多单位都在 1 月份超计划完成了生产任务，在疫情的影响下仍然实现了"开门红"。

对有着 6000 多名干部职工的昆钢武昆股份安宁公司来说，疫情防控任务显得更为复杂艰巨。春节前，该公司就开始每天对生产区域走道、卫生间、澡堂、食堂、办公室等场所进行消毒，同时做好生产物资储备工作，减少进厂物资量，对未录入系统的车辆进行严格把关。春节期间，该公司严密监控人员流向，实行职工三班倒制度，职工工作餐通过电话预定直接送至岗位，最大限度避免人员聚集。

该公司总经理仇友金告诉记者，虽然目前生产经营工作保持安全稳定，但防疫抗疫压力仍然很大。这是因为，春节期间，该公司超过 800 名职工外出，去向涵盖了国外、省外，使得疫情防控工作难度较大。因此，该公司更加严防死守，保障职工健康。

昆钢草铺新区炼铁厂高炉值班工长黄晓春说："2003 年'非典'时自己没多少感觉，现在为人父母了才真正感到担心了。"不过，当看到公司采取的严格措施和高效行动，他又重拾了安全感。由于部分职工买不到口罩，该炼铁厂还统一发放了 3M 劳保专用口罩应急。

从春节前到现在，昆钢领导班子始终坚守岗位、靠前指挥，及时指导，对职工群众高度负责。昆钢各部门人员按职务及岗位呈梯队上岗，让党员领导干部冲锋在前、职工群众在家办公；通过"一级做给一级看、一级带着一级干"，全公司上下以固若金汤、不留死角的防控力度，全力开展疫情防控工作。

爱心捐赠助抗疫

2月1日，昆钢在接到云南省工信厅关于协助云南省昆明市多家医院解决医用氧气保障工作的指示后，立即组织相关单位研究制订医用液氧供应保障措施，并成立疫情期间昆明地区医用液氧保供专门工作组，组建由生产经营、制氧车间、液体运输等相关人员构成的医用液氧应急保障团队，在保证各方面安全的前提下，加班加点、开足马力生产，确保昆明市重点医院医用液氧的供应保障。

2月3日，1辆满载25立方米医用液氧的运输车由该公司制氧车间出发，向急需氧气的昆医大附二院、云南省三院、云南省传染病医院等3家肺炎患者定点收治医院捐赠首批液氧，为云南省疫情防控提供了有力保障。

当前，疫情防控工作进入关键阶段，昆钢也做好了应对长期性、复杂性、艰巨性、严峻性困难的准备。面对这场关乎生命安全的疫情阻击战，昆钢将发扬不屈不挠、团结奋战、无私奉献的光荣传统，以钢铁担当凝聚抗疫合力，共同扛过严冬，迎接春暖花开。

（原刊于《中国冶金报》2020年2月6日2版　通讯员　王天俊　陈民　记者　王晓江）

防疫抗疫，中冶人战斗在疫情第一线！

武汉普仁医院（原中国一冶职工医院）的科室人员在病区合影

1月27日晚，上海南站，火车将要出发，中冶援鄂医疗队员向窗外送行的
领导比出"心"和胜利的手势

同心勠力　众志成城

新型冠状病毒肺炎疫情牵动着每个中国人的心，做好疫情防控是当前最

中国一冶在 24 小时之内，为雷神山医院突击制作 4800 件钢结构加工件。

图为中国一冶正在制作钢结构加工件

中国一冶承建鄂州"小汤山"医院 24 小时满负荷不间断施工。

图为新建病区地基垫层施工中

重要的政治任务。为此，中冶集团总部及各子企业切实提高政治站位，增强"四个意识"、坚定"四个自信"、做到"两个维护"，以对人民高度负责的态度，严格执行党中央、国务院有关部门和地方人民政府关于疫情防控工作部署要求，加强领导和组织，迅速采取升级措施，切实担负起了央企政治责任和社会责任。

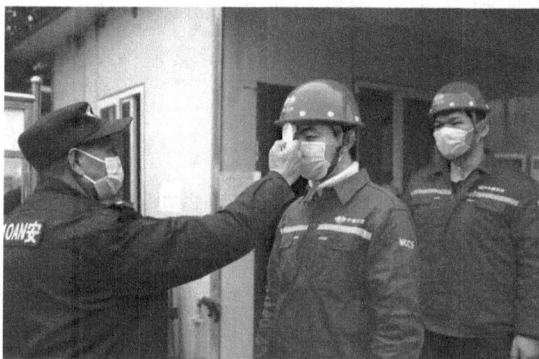

中国五冶集团正在给项目部到岗员工测量体温

无畏出征，扶危渡厄——向最美逆行者致敬！向默默支持他们的家人致敬！

目前，新型冠状病毒肺炎疫情还在发展，我们时刻不能松劲，要确保各项工作更落实落细、更有力有效，切实保障职工身心健康和企业的健康发展。我们相信，在党中央、国务院的坚强领导下，只要同心勠力、众志成城，我们就一定会战胜病毒，取得胜利！为"两个一百年"奋斗目标的实现做出更大贡献！"武汉加油！""中国加油！"

连日来，全国各地打响了抗击新型冠状病毒肺炎疫情的战役。面对疫情防控的严峻形势，中冶集团全力投入到防疫抗疫的工作当中去。

中冶总部

面对牵动亿万人心的新型冠状病毒感染的肺炎疫情，中国五矿董事长、党组书记唐复平与中国五矿总经理、党组副书记、中冶集团董事长国文清高度重视、紧急部署。1月23日（农历腊月二十九），国文清对疫情防控作出重要批示。1月26日（农历正月初二），国文清主持召开驻汉子企业防控新型冠状病毒感染肺炎疫情电话会议，对疫情防控工作进行全面部署。1月28日（农历正月初四），唐复平主持召开中国五矿疫情防控工作会，对中国五矿进一步做好新型冠状病毒肺炎疫情防控工作进行再研究、再部署、再动员。1月29日（农历正月初五），唐复平、国文清亲切慰问了节日期间坚守岗位的干部职工，并组织召开党组会研究决定向疫情重灾区湖北省捐赠3000万元善款，还积极动员所属海外企业充分利用海外市场从韩国、日本等国家积极采购口罩 35 万余只紧急发往武汉地区，进一步彰显中央企业的责任意识与担当精神。

做好疫情防控是当前最重要的政治任务，中冶集团总部及各子企业切实提高政治站位，增强"四个意识"、坚定"四个自信"、做到"两个维护"，以对人民高度负责的态度，严格执行党中央、国务院有关部门和地方人民政府关于疫情防控工作部署要求，加强领导和组织，迅速采取升级措施，切实担负起央企政治责任和社会责任。

中冶医务工作者

这是一场没有硝烟的战争，这是一次星夜奔赴的驰援。在新型冠状病毒感染的肺炎疫情面前，中冶集团医务工作者冲锋在前、舍生忘死，以科学严谨的精神、顽强不屈的毅力、坚韧不拔的意志，筑起了抗击疫情的钢铁长城，谱写了感天动地的生命赞歌。

1 月 20 日，武汉市卫生健康委在官网公布了全市发热门诊医疗机构和定点救治医疗机构名单。武汉市普仁医院（原中国一冶职工医院）作为全市设发热门诊 61 家之一，积极参与疫情救治。普仁医院先后将 3 个病区腾空并转岗，为发热患者服务。

黄晓霞作为武汉市普仁医院疼痛科医生，2015 年从湖北中医药大学毕业后来到普仁医院工作。这是她从事医生工作的第五个年头，然而她已经 3 年没有回家过年了。今年，黄晓霞原计划 1 月 23 日带男朋友一块回老家河南商丘过年，火车票都提前买好了。就在 1 月 20 日即将要踏上归乡之路的前夕，她们科室接到了医院就地转岗到传染病科的通知。接到通知后，她毫不犹豫地退掉火车票。

1 月 21 日，黄晓霞和其他 25 名同事投入感染科工作，接诊治疗新冠肺炎疑似患者。传染病科一个病区共有 25 名医护人员，分早班和晚班。早班从早上 8 点到下午 6 点，晚班从 6 点直到第二天早上。1 月 24 日，腊月三十，在其他人都放假在家休息时，黄晓霞和她的同事们仍奋战在疫情防治一线，当天她们的主要工作是开展评估病人转运风险以及转运过程中需要做好哪些准备，随后，将病人转运至定点医院。黄晓霞介绍，"我们争取在转运过程中不出意外，比如病情危重的病人可能会因为呼吸衰竭立马有生命危险。"为了患者早日康复，黄晓霞从1月21日起至发稿时止，已经持续高强度工作了10多天，虽然很疲惫，但她们无悔，仍将继续努力，尽一个"白衣战士"应尽的义务。瞿秀作为武汉市普仁医院疼痛科护士长，同黄晓霞和她的同事们一样，1月20日接到了医院就地转岗到传染病科的通知。"护士要做的事情可多了。"瞿秀介绍，该病房区域家属是不允许进入的，这也意味着护士需要负责每一个病人的"吃喝拉撒"等所有护理。此外，每3小时帮病人测一次体温以及监测血氧饱和度。目前，该病区患者，最小的16岁，最大的85岁。"自从接到任务，我就知道这是一场硬仗。"瞿秀说。大年三十，她会回家与家人团圆吗？瞿秀坚定地说："还有那么多的病人在医院，我肯定不能回去，我需要完成我的工作。"

春节，本应是旅人归程、全家团圆的日子。然而，今年春节却有些不同寻常。除夕夜，下午5点59分，上海中冶医院呼吸内科护士长王燕娇接到通知："随首批医疗队出发紧急驰援武汉。""身披白色战袍，肩上责任重于一切！"这是武汉疫情突发时，她在微信朋友圈里写下的话，也是她给自己的承诺。她是护士、是抗击疫情的战士，但她同时也是普通人，是父母的孩子、丈夫的妻子和两个孩子的母亲。

"我最放心不下的是两个孩子，得知我走后小女儿感冒了，想孩子的欲望就更加强烈！"王燕娇说。她的微信头像，是天使一样的一双儿女。儿子上小学，女儿还不到两岁。到疫区的当天晚上，她和儿子、女儿视频通话了，看到懂事的儿子关切的问候，天真的女儿一声声地叫"妈妈"，她的心都要融化了。"我觉得很温暖，我丈夫、婆婆给了我全力的支持，让我放心。我们单位上海中冶医院的领导、同事，丈夫单位中国二十冶的领导纷纷给我发来问候和祝福！全力支持我的工作，让我倍感温暖！"王燕娇说："作为一名共产党员，冲在最危险的第一线是我的责任，我为自己感到光荣和自豪！我一定会牢记医院领导和亲朋好友的嘱托，做好自我防护，安全地回家！"

1月26日下午3时30分，中国十七冶医院接到马鞍山市卫计委紧急通知：安徽省要组派支援湖北医疗队，需要重症医学护士参加医疗救助。王静在接到这个消息后主动请缨，要求到一线去。王静说，自己是重症医学科的护士长，拥有丰富的护理急危重症患者工作经验，正是湖北目前急需的医护人员，再加上自己的孩子也上大学了，家里无多大牵挂。而科里其他护士要么年纪轻，要么孩子很小，她不放心，所以和家人商量后做出了这个决定。

简短的欢送仪式结束后，等待出发的命令下达前，王静又换上那身熟悉的工作服，来到了日常工作的地方，她像往常一样查看了每位病人的情况，一一嘱咐同事们需要注意的事项。同事们一边依依惜别，一边保证按照她的要求照顾好病人，嘱托她一定要照顾好自己。

1月27日下午2时30分，王静随同马鞍山市首批援助湖北抗击新型冠状病毒疫情的4名医护人员前往合肥，与安徽省其他186名医护人员会合后连夜奔赴武汉。

继中冶医院呼吸内科王燕娇护士长除夕夜随上海市卫健委第一批援鄂抗疫医疗队出征武汉后，1月27日（大年初三）晚，上海中冶医院呼吸内科"95后"护士钱莉随上海第二批医疗队增援武汉。

在援鄂抗疫医护人员选拔中，中冶医院呼吸内科护士钱莉系首批入选护士。当科主任及护士长在微信群内发布招募上海市卫生健康系统援助湖北救治医疗队队员的通知时，钱莉没有犹豫，第一时间给远在江苏南通的父母打去电话，说明自己报名的强烈愿望和缘由。父母虽然十分心疼孩子，但深明大义，同意并支持钱莉报名。经选拔，钱莉成为宝山区卫生健康系统援助湖北救治医疗队成员。1月27日下午，正在值班的钱莉接到通知：今晚19点30分随上海市第二批医疗队出发支援武汉抗疫。她在给姐妹们的微信群里说："仙女们，这个生日，只能在疫区过了！"2月17日，是她的生日。

而和王燕娇一起作为首批进入上海市宝山区专家组的中冶医院呼吸科主治医师罗娟，因春节前回到湖北老家，为避免交叉感染，上海市要求罗娟医生不再进入援鄂团队，返回上海隔离观察14天。"虽然遗憾，但不后悔。如果隔离观察没有问题，我还将继续重返战场。"罗娟信誓旦旦。

中国五冶医院、中国十九冶医院、中国二十二冶医院等纷纷做好打硬仗、打持久战的准备，把新型冠状病毒肺炎疫情防控各项措施再升级、再完善、再强化，努力调动一切可以调动的资源，全力以赴做好疫情防控工作。与此同时，相关医务人员、管理人员纷纷放弃休假、退掉春节回家的车票，主动请缨奋战在发热门诊一线。目前，中国五冶医院共接诊14名体温异常患者，未发现疑似病例；中国十九冶医院共接诊21名发热患者，其中1人安排住院隔离观察（现已排除），其余均排除新型冠状病毒感染肺炎的可能；中国二十二冶医院安排医务人员 24 小时值守在唐山市丰润区高速路西口，对过往车辆内人员进行体温监测，全力以赴做好疫情防控工作。

中国一冶

1 月 25 日，武汉市新型冠状病毒感染的肺炎疫情防控指挥部召开调度会，决定除武汉蔡甸火神山医院之外，半个月之内再建一所"小汤山医院"——武汉雷神山医院。1 月 26 日，中国一冶接到武汉雷神山医院建设方紧急求助：希望中国一冶为雷神山医院突击制作 4800 件钢结构加工件，用于项目主体建设。

疫情就是命令，时间就是生命。中国一冶接到求助后连夜召开协调会议，迅速制订加工计划，落实急需材料设备及卫生防护用品。46 名突击队员火速集结至武汉阳逻钢结构加工基地，抱着提前一分钟交工就能提前一分钟遏制疫情蔓延的信念，投入紧张的加工制作工作中。放样、下料、制作、打磨、涂装……当日晚间，突击队圆满完成雷神山医院项目构件加工第一阶段任务，并全部发运完毕。

在湖北省鄂州市，10 天改造鄂州版"小汤山医院"——鄂州雷山医院也全面展开。为遏制新型冠状病毒感染肺炎疫情扩散，鄂州市将参照"小汤山"模式，在原鄂州市第三医院老院区基础上改造、新建疫病防控医院。1 月 26 日，鄂州市政府紧急启动防治新型冠状病毒肺炎应急工程，中国一冶临危受命，承担起建设鄂州"小汤山"医院的神圣使命。据介绍，雷山医院是鄂州市防治新型冠状病毒肺炎医院应急工程，一期建筑面积 3500 平方米，由 228 个集装箱组成，预计有 52 个病房，100 个床位；二期建筑面积 2.8 万平方米，由 1418 个集装箱组成，有 336 个病房，670 张床位。截至目前，鄂州雷山医院一期工程一层框架已拼装完成，板房整体安装进度完成超 50%；二期工程基础部分 8 块筏板全部浇筑完成，板房安装施工已经启动。

1 月 30 日，中国一冶再度接到火神山医院参建单位的紧急电话：火神山医院急需大量电焊工和钢结构工支援，请求中国一冶为火神山医院突击加工制作 ICU 病房屋架并进行安装。接到求助电话后，中国一冶高度重视、积极响应，并紧急成立"火神山工程突击队"，由一冶钢构公司总经理刘进亲自督战，迅速组织压容分公司、结构分公司落实急需的设备与材料，同时确定制作安装方案。当日，37 名突击队员（其中焊工 33 人，现场管理人员 4 人）火速集结至武汉阳逻钢结构加工基地，并乘公司班车赶到火神山医院工地。37 名突击队员不惧疫情风险、不顾个人安危，按照工作安排，以饱满的精神状态迅速投入工作，高质量高速度完成驰援任务。1 月 31 日凌晨，突击队累计竖起 52 根立柱，安装 8 件屋架梁，焊接支撑梁 120 件。至此，中国一冶武汉火神山医院 ICU 病房轻钢结构板房屋架制作和现场组装焊接任务圆满完成，充分展现出中冶集团坚决打赢疫情歼灭战的坚定信心和决心。

在此前后，武汉市防控疫情建设指挥部紧急通知中国一冶配合对武汉市第三人民医院光谷分院、武钢二院、新洲区人民医院等三所医院的设施设备进行完善，以应对新冠肺炎疫情发展。接到任务后，中国一冶即刻组织 13 名技术人员组成党员突击队，兵分两路到武钢二医院和新洲区人民医院现场查看情况，并确定维修加固方案。新洲医院突击分队 6 名队员仅用 5 个小时就完成了增加隔离区缓冲区、门窗、卫生间维修等施工任务。武钢二医院突击分队 4 名队员凌晨一点到达武钢二医院与院方及天津援助医疗队进行对接，并对检修的水箱水泵进行检查，确定维修方案。由于工程量增加，为了加快施工进度，中国一冶又临时征召部分职工加入突击队进行维修，后续还将增加到 50 人左右，整个维修工程预计在 5 天内完成。

中冶南方

1 月 28 日晚上 10 点，身处武汉的中冶南方工程技术有限公司接到武钢气体公司电话：武汉市金银潭医院为提升危重病人救治硬件条件，需增设两套液氧储存气化供氧系统，希望中冶南方提供设计服务。接到电话后，中冶南方高度重视，连夜组织下属钢铁公司电气专业陈敬成，燃气专业汪学军、孙大鹏，总图专业李冬平，结构专业曾青、王利阳等人员组成精干队伍，第一时间开展设计方案研究，于当晚形成了初步方案。随后安排专车，将专业技术人员孙大鹏、李冬平、陈敬成等同志送往抗击疫情第一线的金银潭医院，开展实地考察并获取一手资料，以全面确保设计的安全性、可靠性、完整性。

考察完毕，匆匆做完清洁消毒处理，中冶南方技术人员又马不停蹄，在家中或办公室开始设计工作。目前，根据确定的设计方案，前期施工工作已经展开。中冶南方技术团队完成了全部设计图，与疫情赛跑，为工程建设赢得时间,为更多危重病人的高效救治创造条件!参与设计的中冶南方技术人员表示,能够在春节假期做些力所能及的事情,为保卫大武汉贡献微薄之力,深感荣幸!

中国五冶

疫情就是命令,防控就是责任。随着疫情防控形势逐渐严峻,中国五冶集团各单位各项目纷纷行动,把疫情防控作为当前最重要的政治任务,按照公司防控新型冠状病毒应急领导小组的统一部署,层层夯实应急管控责任,落实具体管理责任,切实开展联防联控,全面打响疫情防控阻击战。

1月30日,中国五冶集团公司领导朱永繁等一行来到宜宾珙县教育系统灾后重建项目现场,检查疫情防控措施落实情况,看望慰问一线员工,并向他们送上防护口罩、消毒液、红外线测温仪等防护物品和猪肉、牛奶、水果等慰问品。在项目现场,朱永繁一行听取了项目防疫工作措施、应急预案和疫情监测反馈等情况的汇报,要求进一步夯实责任,加强防疫物资保障,强化消毒及隔离措施,做好每日情况报告,确保各项工作落实落细、有力有效,切实保障参建职工身心健康。此外还要进一步加强施工安全生产质量管控,确保项目各项管理工作顺利推进。

与此同时,随着疫情防控阻击战的深入,中国五冶各单位各项目纷纷行动,将统计排查、预防监测和宣传教育等各项工作落到实处,切实保障职工身体健康。针对中国五冶在湖北地区的个别项目,疫情发生后,中国五冶各单位第一时间组织力量排查,对项目回乡员工逐个电话核实,要求14天内不得外出,做好居家留置观察,保护自己同时也保护他人;对部分坚守值班的员工,要求积极配合当地政府要求不外出,同时大力做好关心职工和防护物资保障工作。

针对节后复工的疫情防控,中国五冶也加紧谋划筹备,制订了严格的措施,要求各单位各项目不折不扣落实关于疫情防控的部署,配合所在地政府的统一指挥,有序稳妥安排工作,加紧设置隔离室,筹备体温监测仪、口罩、消毒液等物资,做好办公及食宿场地设施的消毒等工作。

(原刊于《中国冶金报》2020年2月6日4版 记者 杜笑 陈明 通讯员 仲珺 张玲玲 马岚 常岑 李晓静 陈晓伟等整理)

钢企多举措强防控、稳生产

鞍钢

2月4日，鞍钢集团董事长、党委书记谭成旭对鞍山钢铁疫情防控、生产经营工作提出要求。他指出，要深入贯彻落实习近平总书记在2月3日召开的中共中央政治局常务委员会会议上的重要讲话精神，围绕做好"六稳"工作，在抓好疫情防控工作的同时，统筹抓好生产经营、改革发展各项工作，确保职工身体健康和生产经营平稳顺行。

谭成旭指出，要进一步提高政治站位，贯彻落实党中央决策部署，把疫情防控工作作为当前最重要的工作来抓，继续抓实抓细疫情防控各项工作，坚决打赢疫情防控阻击战。

他强调，要充分做好对疫情形势的预估和研判，克服一切困难，创造一切条件，最大限度保证企业生产经营平稳运行；未雨绸缪，加强沟通，保证企业物流通道畅通，切实减少因供应、运输困难造成的原燃料供应和钢材输出问题，保持合理库存，降低合同风险；做好检修计划的合理安排，全力以赴组织生产；注重开源节流，特别是要大力推进成本变革，通过建立市场化激励约束机制，激发降本增效的积极性，苦练内功、跑赢大盘。

连日来，鞍山钢铁加强联防联控，筑起牢固防线，迅速开展疫情防控工作，同时还积极加强生产运营保障，保证生产顺行。

一方面，群防群治、联防联控，做到防控把关严。鞍钢集团鞍山区域各单位积极采购口罩、消毒液、体温计、洗手液等物资并发放到位；做好重点部位安全防护，重点对食堂、会议室等公共场所进行消毒，同时为所有通勤车配备了消毒液、口罩，要求每名职工必须戴口罩乘车。另一方面，着力做好5个方面稳生产工作。一是确保生产运行平稳，坚持"一炉一策"，加强高炉管理，确保高炉稳定顺行；二是确保设备系统稳定，调整安排2月生产检修工作；三是确保物流运输畅通；四是确保原料供应正常，在铁矿石采购方面加强市场后期研判，灵活调整采购策略；五是深化承包经营改革。

（记者 曹洪儒）

首钢

2月4日，首钢集团党委书记、董事长、总经理张功焰到首钢营销中心检查疫情防控工作。他强调，要认真学习贯彻习近平总书记重要讲话精神，坚定信心、战胜困难、经受考验，在紧抓疫情防控工作不放松的同时，统筹抓好生产经营建设各项工作，努力实现今年的目标任务。

张功焰强调，要在抓好疫情防控工作的同时，坚持抓好日常生产经营工作，做到"两手抓、两手硬"。面对疫情给经济运行带来的冲击和影响，要坚定信心、保持定力、逆风而上，牢牢把握保障产线高效稳定运行这一底线，进一步加大合同组织、产品发运工作力度，做到以销定产、以产促销。要在产品上下工夫，在市场上下功夫。中厚板产品要对标先进企业，认真研究分析销售模式，在巩固老渠道的基础上，不断开拓新渠道。MCCR（多模式全连续铸轧生产线）、酸洗线、高强镀锌板线等新产线，要迅速达产达效，实现满负荷生产。要严格质量管理，加大推进质量分级"挂牌督办"工作力度，不断提高产品质量、服务质量。要以销售为龙头，以更高的追求和目标持续抓好产品结构调整、降低成本和库存等工作，不断提高竞争力，实现更好的经济效益。

据了解，连日来，首钢钢铁板块各单位梳理疫情防控期间对正常生产造成的影响，重点组织好产线稳定生产、原燃料进厂、备品备件采购、产品发运等工作，在做好疫情防控的同时，保持了生产稳定。

（记者 梁树彬）

沙钢

2月5日下午，江苏省苏州市人大常委会副主任、张家港市委书记沈国芳一行到沙钢就企业春节后复工等情况进行调研。沙钢集团党委书记、董事局常务执行董事、有限公司董事长沈彬，董事局常务执行董事、有限公司总经理施一新等陪同调研。

在 5800 立方米高炉主控室，沈彬向沈国芳一行介绍了沙钢在疫情防控方面采取的措施及有关生产情况。沈彬表示，沙钢全面精准做好人员摸底排查工作，并重点关注湖北武汉等重点疫情地区职工的情况。企业生产经营虽受疫情影响，但仍处于平稳可控阶段。沙钢将严格落实各级要求，在保障职工生命安全和身体健康的同时，确保生产安全、平稳、有序开展。

连日来，沙钢集团上下迅速行动，主动出击，全力以赴投身抗击疫情工作中，坚决打赢这场疫情防控阻击战。

沙钢严格按照国家、江苏省、张家港市有关要求，第一时间成立了疫情防控工作领导小组和工作小组，把疫情防控作为当前头等大事，连续多次召开专题会议，深入防控一线研究解决问题。各总（分）厂、车间迅速落实管控举措，以严防死守、严管严控、严阵以待的态势，全面打响防疫战。

沙钢强化科学防控，利用微信工作平台、工作群、食堂电视系统、集团 OA（办公自动化）系统、户外宣传大屏等各种平台及时推送发布预防信息，全面普及健康知识，加强对疫情防控知识的宣传学习，提高广大职工群众对疫情的认知能力、自我防范能力和主动防控能力；对职工春节休假情况进行大起底逐人摸排，严格执行"日报告""零报告"制度，并且要求职工必须佩戴口罩上岗，积极做好防护物资保障，采取定时对办公楼、会议室、操作室等公共区域进行消毒等措施，确保职工生命安全。

（记者　黄超　李欣怡）

山钢

为进一步抓好疫情防控和复工复产相关工作，2 月 5 日，山钢集团召开党委常委（扩大）会议。

山钢党委书记、董事长、新型冠状病毒感染的肺炎疫情处置工作领导小组组长侯军强调，当前，疫情防控到了最吃劲、最紧要的时候，面对疫情防控、复工复产相互交叉的复杂局面，各级党组织、广大党员干部要按照中央和山东省委、省国资委党委的部署要求，发扬不怕困难、连续作战的优良作风，坚决克服"松口气""歇歇脚"的麻痹思想和松懈情绪，坚决筑牢防疫抗疫的铜墙铁壁，打赢疫情防控阻击战。

侯军强调，要提高政治站位，切实把疫情防控措施落细、落到位。各级党组织一方面要坚定信心、同舟共济、科学防治、精准施策，把防控工作措施抓严、抓细、抓实；另一方面要细化防控预案，稳妥做好复工复产工作。各单位要组织专门力量，系统分析疫情防控期间的安全生产特点，一手抓好疫情防控，一手抓好安全管理，做到"两手抓、两手硬"。要特别重视钢铁冶炼、危化品区域、煤气作业、危险区域动火、检修、相关方作业等高风险领域，严格执行有关制度和管控方案，拧紧责任链条，务必严格执行审核审批、措施确认、监督检查等规定，坚决杜绝安全生产事故。

会后，侯军一行到山信软件进行疫情防控、复工复产专项督导。山钢集团公司党委副书记、总经理、新型冠状病毒感染的肺炎疫情处置工作领导小组副组长陶登奎一行分别到山钢矿业、金控公司、山钢国贸进行疫情防控、复工复产专项督导。

（记者　王天宁　李栋　房超）

本钢

连日来，本钢集团坚决把广大干部职工及家属的生命安全和身体健康放在第一位，在大力抓好疫情防控工作的同时，科学合理协调生产经营工作。

目前，本钢生产运行稳定，主要产品产量均实现超产，同时紧急组织生产疫区用救护车所需的优质板材，已有 300 吨高级别汽车面板交付华晨公司，后续 1900 吨高级汽车用深冲钢板正在有序组织生产，预计 2 月 20 日前交付。

疫情发生后，本钢集团成立了以党委书记、董事长陈继壮和总经理汪澍为组长的新型冠状病毒感染的肺炎疫情防控指挥部，对疫情防控工作进行了全面部署，以确保全体职工身体健康和生产经营正常运行。连日来，陈继壮、汪澍带领由班子成员任组长的 8 个督导组，深入一线实地检查督导疫情防控工作；全集团中层领导干部取消春节休假，24 小时值班，全力组织疫情防控工作。

本钢迅速组织采购防疫物资，连续两次为全集团职工发放防疫专用口罩；购置酒精对通勤车辆、食堂、浴池、宿舍等人员密集场所进行消毒；发动基层，联防联控，仅用 3 天时间，就成立了 71 个守护健康保产顺行志愿者团队，共有 1766 名职工参与，形成了更加紧密的防控网络。

在此基础上，本钢科学协调生产组织，针对生产组织、物料保供和产品外发等重点工作进行了详细部署，并制订了周密的应急保产预案，建立了联防联控机制、分级负责机制、提前预防机制、科学处置机制和值班值宿机制，全力确保疫情防控各项措施落实到位，生产稳定顺行。

　　（原刊于《中国冶金报》2020年2月7日1版　记者　李洪武　通讯员李　雪　许海凌）

马钢绘就抗疫动人画卷

1月30日大年初六，是马钢合肥板材公司职工汪勇和杜安东原定举行婚礼的日子。双方精心准备了20多天，参考了多种婚礼模式，所有婚礼用品均已准备齐全，酒店婚宴也都订好，请帖广发，只等婚期到来。谁知，自疫情暴发后，少出门、不串门、不聚会、不聚餐的号召像雪片飞来。他们意识到，如果因为婚礼造成疫情传染，就会给大家带来一生的痛苦和遗憾，因此，他们决定推迟婚礼。他俩分别将这一决定告知了酒店、摄影师、化妆师，以及亲朋好友，得到了双方家长和亲友的一致支持。

春节前夕，当《中国冶金报》记者问起此事时，他俩笑着说："战'疫'期间，婚礼延期了，我们的幸福不延期！"如今，汪勇和杜安东每天依然坚守岗位，为板材生产和疫情防控工作贡献青春力量。

疫情就是命令，防控就是责任。面对新型冠状病毒感染的肺炎疫情，马钢上下坚决贯彻习近平总书记的重要指示精神，迅速行动，切实保护职工的身体健康，有效保证企业生产秩序稳定，绘就出共克时艰、抗击疫情的动人画卷。

防控疫情不留任何死角

疫情发生后，为加强各单位自我有效防控，确保职工健康，马钢立即启动突发公共卫生事件应急机制，并成立了由集团公司党委书记、董事长魏尧挂帅的疫情防控领导小组。

在领导小组的指挥下，马钢应急办和行政事务中心制订并启动了应急预案。各单位利用新媒体、宣传栏、电子屏等阵地进行疫情防控知识宣传，增强职工自我保护意识；每天下午4时前，及时汇总上报职工送医就诊的疑似和确诊病例、近期疫区往来人员、确诊患者的密切接触者以及自行隔离人员的相关信息，报马钢公司应急办，由应急办报送中国宝武集团。同时，马钢还积极配合马鞍山市疾控中心做好相关工作。

为消除卫生死角，马钢不间断进行消毒；重点做好生活垃圾清运、垃圾容器及垃圾存放点的消毒工作，并加强对食品、桶装饮用水及公共场所的卫生监管；针对办公区域、食堂、浴室、大学生公寓、厂车通勤处等区域制订了一系列举措。

春节期间，魏尧前往港务原料总厂、制造部、四钢轧总厂看望慰问职工，督促检查疫情防控工作。港务原料总厂在码头平台设置了外来人员疑似病例留置室，公司的管控工作要求和防控流程均已上墙，现场测温、消毒设备一应俱全。在制造部，魏尧倡导职工利用公文平台、通信工具居家办公；对于可来可不来的人员，一律不来；对于可开可不开的会议，一律不开；确需要开的会议，能用视频会议、通信会议召开的，一律采用视频、通信会议形式召开。在四钢轧总厂，魏尧要求该厂在抓好生产的同时，保障职工的身体健康。

筑牢阻击疫情钢铁长城

位于皖西霍邱县的马钢张庄矿是农村包围的矿山，防控条件相比之下有些差。但他们每天保持临战状态，在疫情防控上查缺补漏，以保证职工健康。针对上级的具体部署，该矿对疫情变化认真研究分析，严格对办公区域、公共生活场所、职工休息室、浴室等进行全面消毒，并做好出勤职工体温测量登记工作，对进矿、班前会、下井等环节层层把控，严查口罩佩戴情况，严查外来人员情况，严查周边村民疑似感染情况，确保全盘掌控、动态掌控、适时掌控。

马钢铁运公司是担负马钢矿石、铁水、煤炭等原燃料运输职责的重要保供单位。该公司上下联动，全面落实防疫措施，加强工作场所、人员密集场所卫生消毒，在办公区域各楼层卫生间统一配置香皂和洗手液，每天至少4次喷洒消毒液，对门把手、栏杆、扶手、水池台面、水龙头等经常接触区域进行擦拭消毒，责任到人；对垃圾桶、公厕区域进行药物喷洒，增加保洁频次。

马钢轨交材料科技公司是国内生产地铁车轮、大功率机车轮、客货车轮生产的重要厂家，也是德国铁路公司、海外矿石四大巨头重要供应商。疫情发生以来，该公司迅速采取措施加强防控，利用新媒体、电子屏等阵地加强宣传引导，提高职工自我保护意识，尽最大努力采购口罩和消毒用品，做好防疫物资的及时配备和发放工作。车轴分厂每天检测所有职工的健康状态；加强疫情防控，要求职工在网上学习疫情防控知识，减少会议时间，统一取餐，关闭浴室；给在岗职工每人发放 10 只口罩，减少传染几率；在洗手台摆放消毒水、洗手液等防护用品。点检分厂倡导职工自带饭菜，中午不到食堂集中就餐；对于确需在食堂就餐的职工，每天指定 1 人统一收集饭卡，由当班分厂领导集中安排。热轧分厂将每天的班组安全会改为微信群内宣传教育；加热班组和仪表室人员密集，采取 24 小时开窗措施。

（原刊于《中国冶金报》2020 年 2 月 11 日 1 版　记者　章利军　通讯员陈时雯　昌克金）

发电创冬季生产最好纪录、板带线 4 次打破纪录——

首钢通钢如何做到防疫保产两不误？

2月9日，《中国冶金报》记者从首钢通钢公司获悉，1月，通钢各产线均高标准完成生产任务，铁、钢、材分别比计划超产 10036 吨、3900 吨、8571 吨，特别是发电量比计划增加 443 万千瓦时，达到冬季生产以来最好水平；炼钢板带线 4 次打破历史纪录，累计比计划超产 23887 吨。通钢在全力抓好疫情防控工作的同时，科学部署生产经营工作，实现了生产开门红。

迅速行动 吹响抗疫号角

按照国家、吉林省、通化市及首钢集团的统一部署，通钢迅速行动、统筹部署、狠抓落实，吹响了打赢疫情防控阻击战的号角。

高度重视，实现"硬核"宣传。疫情暴发后，通钢成立了由党委书记、董事长亲自挂帅的疫情防控领导工作组，下发了工作方案，并召开了新型冠状病毒感染肺炎疫情防控专题会议，对防控工作进行再安排、再部署、再落实。疫情防控工作领导小组下发《关于进一步加强疫情防控工作的通知》《致全体职工及家属的公开信》，要求坚决把各项疫情防控措施落到实处，确保从源头上控制。同时，通钢还加大宣传力度，电视、广播及时制作播发了《致全体职工及家属的公开信》《新型冠状病毒预防须知》。各单位和部门通过条幅、滚动电子屏、微信群、工作群等载体，积极宣传与疫情有关的知识和防护措施，确保了"硬核"宣传，无死角全覆盖。

统筹部署，排查管控到位。为确保疫情防控真抓真管真落实，通钢领导春节期间深入到基层单位，对疫情防护情况进行现场督导，要求全体职工必须佩戴口罩上岗，加大对卫生死角的清理杀菌力度，勤洗手、勤通风，全力做好疫情防护工作。各单位办公室利用各种信息渠道，了解掌握职工及家属外出情况，进行日统计汇报。应急保卫中心作为人员车辆流动较大的疫情防控第一关，一方面，将口罩、消毒液等物资及时发放到岗位职工，每天对各中队、门岗等工作场所进行消毒；另一方面，全力守好防线，加强对入厂人员和车辆的查验，不戴口罩人员一律不得进入厂区。

全员行动，群防群治到位。通钢运输公司针对人员密集的通勤车辆，成立了7个检查组，重点检查车辆每日消毒、通风情况及司机佩戴口罩情况，同时为每台通勤车配备体温测量仪器。截至2月2日，该公司共查验18条通勤线路175次，客车消毒96台次，车辆消毒率达到100%。各食堂每天做到喷消毒水3次以上，餐具高温消毒，为职工提供放心餐。各单位结合实际，对操作室、休息室、更衣室等地点进行消毒，为职工提供干净的工作场所，防止疫情发生。

积极协调，物资保障到位。针对口罩紧缺的情况，通钢积极组织协调力量，赶制口罩。截至目前，已发放口罩3700只、体温计500个。炼钢事业部党委不等不靠，购置医用纱布，自己动手缝制口罩，发放给职工。炼铁事业部将疫情期间职工的合理化建议，逐条落实解决，并为每个作业区下拨疫情防疫专项资金，组织各作业区进一步强化防疫。通钢矿业先后与10余家医疗物资服务机构联系，采购一次性口罩4500只、KN95医用口罩1000只、518毫升84消毒液60瓶、测温枪4件，保证了通钢矿业第一批防疫物资及时到位。

科学部署　全力以赴保生产

在疫情防控工作扎实有效推进的同时，通钢还全力以赴保生产，以实现首季开门红。

为此，该公司超前谋划、科学部署，聚焦生产稳定顺行、攻指标降成本、冬季防寒防冻、原燃料储备等环节，协调解决各工序间的衔接问题，抓住稳顺的关键及过程控制的难点重点，全力确保稳产。

为鼓舞干劲，凝聚力量，新春前夕，通钢领导兵分几路，开展进千家、送温暖活动；深入到奋战第一线、生产最前沿，检查节日安全措施落实；召开先模人物、专业技术骨干座谈会；走访一线操作职工。

　　各单位紧紧围绕保产、防疫双重任务，高效有序组织生产。炼铁事业部精细化组织高炉操作，落实好炉内外的生产组织协调工作，确保高炉长周期稳定顺行；炼钢事业部合理调整工艺参数，奖励政策持续跟进，激励职工夺高产、破纪录的热情；能源事业部对发电量、用电量、峰谷比等重点指标，进行定量化、数据化分析及管理，确保了各项目标的高水平实现。此外，各单位和管理部门上下齐动、整体联动，做好原燃料进厂供应保障、提高发运的计划性和准确性、协调好物流进厂及卸车等组织、保障设备稳定运行、降低事故率、提升产供衔接效率，为实现目标提供了坚实保障。

　　（原刊于《中国冶金报》2020 年 2 月 11 日 2 版　记者　丁家峰　通讯员都大龙）

洒向人间都是爱

——看天津荣程集团如何在稳就业、稳生产中争做民企典范

"'硬核'防疫,为防疫措施点赞!"

"这个'消毒通道'的搭建让大家倍感安心!"

面对疫情,天津荣程集团多措并举开展疫情防控工作。近日,为扎实开展疫情防控工作,切实守好第一道健康安全屏障,荣程集团监察部在天荣公司厂区、唐荣公司厂区门口等上下班人员较为集中的出入口搭建起"消毒通道",对出入厂区人员实施体温检测、全面消毒后方可进出,为荣程家人筑起了一道健康"防护墙"。

洒向人间都是爱,"防护墙"仅仅是荣程大爱的一个细节。疫情当前,企业复工是一项系统工程。天津荣程集团未雨绸缪、提前规划,在保就业、保稳定中争做民企典范。荣程集团董事会主席张荣华对此高度重视,结合荣程自身实际制订复工复产措施,加强特殊时期企业劳动关系处理,把稳定劳动关系、与职工共渡难关作为当前重要抓手,为打赢疫情防控阻击战做出积极贡献。

严格防控疫情 实现稳定生产

为贯彻落实党中央关于新冠肺炎疫情防控工作的决策部署,积极发挥广大企业和职工在疫情防控中的重要作用,全力支持企业复工复产稳定劳动关系,人力资源和社会保障部、中华全国总工会、中国企业联合会/中国企业家协会、中华全国工商业联合会于2月7日联合印发《关于做好新型冠状病毒感染肺炎疫情防控期间稳定劳动关系支持企业复工复产的意见》,助力企业稳就业、稳生产,从劳动用工、工资待遇、企业减负、指导服务等4方面提出

了稳定劳动关系支持企业复工复产的多项措施。

天津荣程集团迅速行动，第一时间成立 3 个专项工作组，分别为严防严控病毒组、疫情预案组、荣程人在行动组，在董事会直接领导下统筹资源，特事特办，严防死守，保障生产；连续发布《关于做好疫情防控的工作通知》《关于返程员工休息观察期间的管理办法》《关于强化防控疫情期间宿舍管理的通知》《关于防控疫情期间集团实施电子招标的通知》《关于防疫工作实行包保责任制的通知》等 10 余个通知，在严格落实疫情防控的基础上，实现生产经营的稳定顺行。

在疫情防控的"黄金 14 天"内，天津荣程集团始终严密监测和用心关切全体干部职工的身体健康安全；充分宣传党和政府声音、普及防疫知识；严格落实疫情防控措施，办公室、工作场所消毒，为上岗职工购买和发放口罩 5 万只；餐饮中心保障蔬菜供给，保证餐饮质量；针对不在岗及返津员工做好人员健康排查登记及日报跟踪。荣程集团全体员工牢固树立"每个人做到健康就是最大的贡献"的宗旨，持续坚守奋进、斗志高昂，各项生产管理工作秩序井然，绩效卓著。

针对疫情，荣程集团提前谋划，保持高效运转，实施精益管理及精准营销，全力保障了各项生产经营指标稳健运行；产品不但满足了京津冀市场需求，还参与了火神山医院和雷神山医院建设。

在做好防疫、抗疫工作的同时，荣程集团生产上也迎来"开门红"。2020年1月，荣程集团主要产品热轧带钢、高速线材、合金棒材产量分别超额完成计划的 0.85%、3.2%、2.09%，利税指标也同期超额完成。

坚决打赢疫情防控战役

荣程人在疫情危机之下顽强拼搏，努力实现了疫情防控和经济发展"两手抓，两手都要硬"。自 2019 年以来，荣程集团大力推进运输结构调整，实施"公转铁""海铁联运"，原料供应方面铁路运输已经达到 80%；大力推进产供销一体化、工序一体化管理，构建"大营销体系"，产供销系统创新融合，各项工序上下联动，在点、线、面上形成了合力，生产组织不断优化，生产效率不断提高；成立荣程新智自然科学研究院，以生命、生活、生态、生产为研究方向，推动自然科学研究成果进一步转化。

疫情危急，荣程集团主动驰援疫情前线，积极履行社会责任，于 2020 年 1 月 27 日向天津市光彩事业促进会捐款 1 亿元现金及物资，用于预防和治疗新冠肺炎疫情防治工作。目前，该公司已经采购各类物资 135 万余件，总额近 5000 万元，均第一时间发往武汉、天津等地的疫情防控一线医院。同时，荣程集团组织了 300 余人的志愿者队伍，抽调 23 辆应急防疫车辆，随时配合指挥部发放货物，目前已累计向 17 个受赠单位发放 28 批次应急卫生防疫物资。

下一步，荣程集团将继续抓好疫情防控各项工作不放松，努力抓好经济运行不松懈，坚决打赢疫情防控这场特殊战役，一手抓防疫、一手抓生产，争创民企典范。

（原刊于《中国冶金报》2020 年 2 月 13 日 2 版 记者 刘加军 通讯员 侯 荣）

包钢全力保障防疫生产两不误

日前，《中国冶金报》记者获悉，在全力抓好疫情防控的同时，包钢稀土钢炼铁厂各项生产工作按计划开展，铁水、烧结矿、球团矿、发电量均完成计划。统计数据显示，1月，该厂生产铁水56.77万吨，全月平均日产铁水18314吨，创下平均日产纪录。其中，8号高炉平均日产铁水9299.5吨，打破该厂生产历史纪录。

面对突如其来的新冠肺炎疫情，包钢广大干部职工仍然坚守一线，全面打响疫情防控阻击战，全力保障现场防疫、生产经营两不误。

在包钢稀土钢板材厂4号服务区，包钢工程服务公司为浴池管理工作人员送去口罩、消毒工具等用品。据该公司保障部部长徐映钢介绍，职工浴池人流量大，交叉感染隐患突出。自疫情出现以来，包钢工程服务公司多渠道采购供需紧张的消毒防护用品，充分保障职工洗浴环境、工作环境的卫生安全。

来到包钢炼铁厂4号高炉主控室，当班职工马上拿出测温枪为记者测量体温。显然，该厂把执行严格的检测程序放在防控疫情的第一位。一面是高炉炉火正旺，一面是岗位职工按要求佩戴口罩紧盯生产数据。在交流中得知，当班职工的口罩、消毒剂等用品目前有着充足供应，班组配备测温枪等检测工具，可随时进行体温检测。

"这是料场原料库存一览表。""收到。"2月10日下午，包钢稀土钢炼铁厂生产部技术主办刘景权在生产部工作通知微信群里与原料作业部人员沟通。他将对数据进行确认并作为组织生产的依据。这一天，刘景权还通过微信群，协助厂工会落实6个作业部职工的身体情况。在岗职工及居家隔离人员均无发烧、咳嗽现象，一切正常，这让他心里很踏实。

新冠肺炎疫情发生后，稀土钢炼铁厂第一时间成立疫情防控指挥小组，实时核对职工出勤情况、身体状况，做好一线职工及相关方疫情防控管理。

各部门结合生产实际，制定重要岗位突发状况下的保产措施，坚持"以高炉为中心，全厂保高炉，高炉保任务和指标"组产原则，为稳定生产打好基础。

疫情下，要最大限度减少人员接触，如何确保各类生产及防控指令及时有效传达？包钢稀土钢炼铁厂生产部这个建立已久的微信群，通过及时发布疫情防控、生产信息，公布各部门具体落实情况，掌握基层动态，为生产决策、疫情防控提供信息支撑。

（原刊于《中国冶金报》2020年2月18日2版　实习记者　于泓泽　通讯员　高爱云　赵伟嘉）

谱写新时代赞歌

——福建三钢集团抗击新冠肺炎疫情纪实

截至 2 月 12 日，福建三钢集团三明本部、泉州闽光、罗源闽光、漳州闽光 4 个钢铁基地，以及山西省临汾市的曲沃闽光焦化公司、漳州龙海矿微粉公司没有发生一例新型冠状病毒感染确诊病例和疑似病例，全集团除个别生产线和辅助单位外，基本维持正常生产。1 月，三钢以营业收入 47.41 亿元、利税 6.28 亿元的佳绩实现开门红。

在抗击新冠肺炎疫情的行动中，三钢勠力同心，全力战"疫"，谱写了一曲新时代赞歌。

"一盘棋"战略打响抗疫阻击战

疫情发生后，一场与时间、与疫情赛跑的阻击战在三钢全面打响。

1 月 26 日（农历正月初二），三钢党委成立疫情防控专项工作小组，全面启动防控工作。三钢党委书记、董事长黎立璋说："全公司上下要把思想和行动统一到习近平总书记重要指示精神和党中央决策部署上来，切实增强'四个意识'，坚定'四个自信'，切实承担起'促一方发展，保一方平安'的政治责任，坚决打赢疫情防控阻击战。"

就在当日，三钢党委向各基层党组织和广大党员干部发出了《齐心协力，群策群力，坚决打赢疫情防控战役》倡议书，把疫情防控作为当前压倒一切的重大政治任务来抓。

三钢疫情防控专项工作小组快速反应，立即行动：

对 1 月 11 日以来所有自湖北（武汉）返回集团和各子公司的人员开展全覆盖排查，摸底造册，实行居住隔离、限制外出。

对全体员工所处地区、健康状况逐个了解、登记，发现疑似患者或特殊情况立即向有关部门报告。

加强病毒防疫知识的宣传，通过报纸、电视、官微等各种媒体，引导员工加强自我防护、尽量减少外出、聚会，出入公共场所要正确佩戴口罩，勤洗手、勤通风，教育员工关注权威信息，不传播未经证实的消息、言论。

严格落实个体防护措施，员工上班期间必须佩戴防护口罩，公司紧急筹集的口罩等防疫物资优先供给生产一线员工。

一系列措施密集出台，广大员工令行禁止，企业生产、生活秩序井然。

党旗飘扬在战"疫"第一线

"董事长，请留步，请把额头抬高一些。" 1月31日上午，黎立璋刚到棒材厂检查防疫工作，就被现场一名党员同志拦住。"体温36.3摄氏度，正常，董事长请进。"看到现场同志的较真劲儿，他说："你们做得很对，我们全公司上下的防疫工作，就是要做到不放过任何一个可疑人员，不漏过任何一个死角。"

"我志愿加入疫情防控党员突击队，坚守防疫一线，冲锋陷阵，疫情面前，绝不退缩。" 2月5日，罗源闽光党员突击队在成立授旗仪式上喊出响亮的誓言，在承诺书上郑重签名并摁上红指印。三钢各级党组织成立了80支党员突击队，共有973名队员，他们率领着全公司3221多名党员奋战在抗疫第一线。

三钢棒材厂党委建立以4级网格组织为主体的疫情防控体系架构，将党委、支部、党员、普通员工划分为单位网格，1名党委委员联系3名支部委员，1名支部委员联系5名党员，1名党员联系5名普通员工。通过这种"355"模式延展的4级网格组织，棒材厂党委充分发挥出了党委、支部的战斗堡垒作用，151名党员的先锋模范作用在密切联系普通员工中得到淋漓尽致的发挥。额温枪断货、采购不到怎么办？棒材厂党委书记、厂长、党员突击队队长潘建洲急忙从家里找来了孩子用的额温枪，交到二棒材车间支部书记黄辉耀的手中，反复叮嘱："拿去应急，务必确保每个员工班前体温监测工作到位。"生产工段快餐集中购买任务被许多党员抢着上。"这个时候咱们不上谁上！"二棒材车间丙工段党员许超说。

2月10日，对三钢集团炼钢厂二炼钢转炉车间员工王全明、唐瑞松来说是个特殊的日子。这天，他们向车间党支部递交了入党申请书。"在这个困难时期，党员同志们身先士卒做好疫情防控和抓好生产的行动深深感染了我，能成为他们中的一员，我感到非常光荣。"谈到入党动机时，王全明眼眶有些湿润。

星星之火，可以燎原

2月8日正值元宵佳节，坐落在三钢青山社区的三明市第一医院三钢分院楼顶的地标电子大屏幕亮起了"中国加油！武汉加油！"的温暖一幕。这是三钢全体员工向武汉发出的祝福。

在这场无硝烟的战斗中，三钢主动扛起国企责任担当。1月31日，集团控股的上市公司福建三钢闽光股份有限公司向湖北省武汉疫区捐赠人民币100万元。与此同时，三钢委托三钢劳服公司向三明市援建4条口罩生产线，价值100万元。

看到新闻里、网络上、朋友圈到处是关于疫情重灾区抗疫物资严重匮乏的消息，2月5日一大早，罗张铭直奔福建省三明市沙县红十字会，以帮助疫区为由，捐款1000元。没有多余的话语，没有一丝犹豫，他放下钱就走出红十字会。有人问他，你捐款的初衷是什么？他说："我只是觉得，我需要这么做，能力有限，只能尽一点心意。"他是三钢烧结厂维修车间的一名普通电工。

曲沃闽光的杨晓是一名入党积极分子，疫区的困难令她夜不能寐，只要看到捐款倡议她就踊跃参加：单位组织的捐款，她参加了；当地导游协会组织的捐款，她参加了；公司所在的村子组织捐款，她参加了；支付宝给武汉医疗救治的捐款，她参加了；曲沃县环境保护医疗器械协会组织的捐款，她参加了。

还有许许多多默默无闻的党员、员工，通过各种不同的方式表达对祖国、对武汉的牵挂和支持。

"借问瘟君欲何往，纸船明烛照天烧。"这是一场没有硝烟的战场，三钢广大干部、党员和普通员工在与疫情的斗争中没有畏惧，没有退缩，再次谱写了一曲赞歌。

（原刊于《中国冶金报》2020年2月18日2版　记者　林智雄）

2774 名党员带头战斗在防疫一线

——新钢全力抓好防疫稳产工作纪实

自新冠肺炎疫情防控工作开展以来，新余钢铁集团有限公司（下称新钢）坚决贯彻落实党中央决策部署和习近平总书记重要讲话精神，把疫情防控作为当前最重要的工作来抓，把做好在岗职工防护作为重中之重，确保疫情防控有力、有效，确保生产有序、有力，助力防控大局。

2020 年 1 月，新钢生产经营实现"开门红"，铁、钢、材全面超产，效益指标好于预期。其中，生铁超计划生产 8000 吨，粗钢超计划生产 3.4 万吨，钢材坯超计划生产 9.5 万吨。1 月 23 日～2 月 12 日，新钢铁、钢、轧三大工序全线有序稳产。

迅速部署压实责任

1 月 23 日起，新钢党委迅速部署新冠肺炎疫情防控工作，先后多次召开紧急会议，对新冠肺炎疫情防控工作再研究、再部署、再动员，成立由新钢党委书记、董事长夏文勇任组长的疫情防控指挥部，每天及时通报防疫信息，针对各类突发情况迅速有效做出决策，确保疫情防控稳定、生产经营稳定。

春节期间，新钢领导班子成员先后 3 次分组前往各生产单位，现场督导疫情防控工作，要求各部门、单位必须严格按疫情防控工作要求落实"日报告、零报告"制度，及时将本单位每位职工及家属情况上报，并迅速落实暂停集中用餐、暂停浴室使用、暂停指纹打卡等多项举措。

与此同时，新钢各下属单位迅速成立疫情防控工作领导小组，积极开展联防联动，全力以赴、科学有效落实各项措施。各主要生产单位加强工作区域的通风和定期消毒，做好对重点人员的健康巡查；同时认真落实值班制度，做好情况摸排工作，派专人对每名在岗职工测量体温，每日上、下班各测量一次，在规定时间内将测温情况上报指挥部。

党员冲在防疫一线

战"疫"打响后,新钢党委向所有党员发出"疫情当前,党员靠前"的倡议,号召全体共产党员全力以赴、众志成城,勇担当、甘奉献、敢奋斗,为打赢这场疫情防控阻击战做出积极努力。倡议发出后,该公司 2774 名各级党员干部主动"请战":

——1062 名党员报名参加新钢党员志愿者团队,利用弹性工作期的休息时间深入社区,为居住在封闭楼栋的在岗职工及家属提供全天候"一对一"服务。这些党员,有的是财务、审计人员,有的是法务、文秘人员,有的是组宣干事、团干,还有的是生产、技术部门的人员。社区里有住户家里的生活必需品没了,党员志愿者帮他们买好送上门;住户家里没有温度计了,党员志愿者帮他们协调社区提供。

——1712 名党员报名担任新钢党员突击队员,随时准备利用休息时间,带头顶替可能因为疫情需要居家隔离的同事。在全力做好疫情防控的同时,新钢坚决确保钢铁生产稳定顺行。在党员的带头作用下,其他职工也纷纷成为突击队"党外成员"。受疫情影响,许多单位面临人少活多的情况。党员突击队随时准备"出战",为钢铁生产不受疫情影响发挥了重要作用。

新钢中心医院先后有 360 多名医护人员主动向组织申请前往急需人手的江西省新余市新冠肺炎治疗定点医院和部分医学观察人员隔离点。他们中大部分是共产党员,其中周莹更是多次向组织申请前往防疫前线,2 月 3 日终于如愿冲向前线。

防疫生产两不误

在防疫物资采购方面零库存、零资源、零渠道的新钢,始终把做好在岗职工防护作为重中之重,千方百计陆续组织采购了一批口罩、酒精、消毒液等防疫物资。物资一到便被陆续有序分发到一线班组和岗位,解决了一线职工个人防护的后顾之忧。

2 月开始,疫情防控进入关键时期,新钢严格按照"第一时间获取疫情信息、第一时间做好人员排查、第一时间隔离相关人员、第一时间安排好人员治疗"的"四个第一"原则，做好疫情防控工作。新钢要求各单位主要领导承担起疫情防控主体责任，构建本单位全员网格化管理体系；集团公司层面对每日数据及时分析处理，并制订相应工作流程和方案，成立专门协调小组，确保管理到位、措施到位。

与此同时，新钢党委还注重加强舆情引导，加强疫情防控信息管理，一方面要求各部门、单位加强舆情监测分析，积极掌握舆情动态，做好舆情应对；另一方面充分利用企业微信公众号等媒体平台做好相关信息发布，利用多种途径普及科学防控知识，教育职工群众不信谣、不传谣，确保职工队伍稳定。

在认真做好疫情防控的同时，新钢全力以赴稳定企业生产，争取江西省、新余市各级领导和部门的大力支持，抓好生产物资进出统筹平衡，通过组建党员突击队等有效方式，精心做好人员调配和生产组织，做到疫情防控和生产经营两不误。春节以来，新钢的铁、钢、材产量全部超额完成计划，主要技术经济指标好于去年同期。

（原刊于《中国冶金报》2020年2月19日1版　通讯员　李军）

分类施策 多措并举

——看山钢如何织密疫情防线、科学有序复产

2月3日，山钢集团山信软件技术人员利用5天时间建成的山钢集团高清视频会议平台调试完毕，并于2月6日为山钢集团总部的124名员工开通了远程办公和移动办公功能。至此，山钢集团真正开启"线上云端办公+线下执行落实"的工作模式。这是山钢集团简化办公流程防范新型冠状病毒肺炎疫情风险的举措之一。

为了精准战"疫"，该集团分类施策安排工作，一边抓疫情防控，一边抓复工复产，努力减小疫情对企业生产经营的影响，确保企业有序平稳运行。

统筹应对 连续生产单位保顺行

针对连续生产单位，山钢要求层层落实疫情防控和安全生产责任，统筹做好疫情应对和安全生产工作。

"您好，先给您测量一下体温，做个登记"。每天各单位的体温测试点都会仔细给员工测量体温。各单位加大排查力度和精度，在岗人员体温监测实现了全覆盖、无死角；逐一排查、辨识、隔离身边到过疫区的人员以及外出返岗人员，发现问题及时上报并采取处置措施；为岗位员工配备防护物品，落实消毒、调查和隔离等应急处置措施。为了方便在岗人员的日常沟通和业务协调，山钢为员工提供了手机App等移动办公工具，可采取OA（办公自动化系统）邮件、电话、微信等方式，减少人员直接接触；对通勤班车实施消毒、检查、乘坐、应急处置制度，对员工餐厅采取随买随走、单位统一订餐等避免就餐人员聚集的措施。

在严格做好疫情防控的同时，山钢股份莱芜分公司积极做好原燃物料供应、炉料结构平衡、库存控制及发货、能源动力平衡等工作，保障全系统稳

定高效顺行。该公司实时关注研究疫情对原燃料供应及钢材销售的影响，集中力量解决物流受阻问题，抢抓有效订单，最大程度减少移库，保证产销平衡。1月，该公司生铁综合成本持续降低，铁钢比达到936千克/吨的较好水平，焦比、煤比、燃料比稳定向好，铁、钢、材产量超额完成月度计划，实现了生产"开门红"。

山钢股份日照公司合理掌握内部和外围原燃料、产品等物资库存，优化人员、厂内物资运输保证生产需求。热轧厂针对用于武汉临时医院电力工程建设的紧急订单，开辟生产组织绿色通道，提前优化钢卷库位、协调运输线路，确保产品合格入库后快速外发。1月，炼铁厂燃料消耗保持国内同类型高炉一流水平，炼钢厂生产钢72.06万吨，赢得生产经营"开门红"；焦炭、粗苯产量以及宽厚板产品产量圆满完成月度计划，炉卷产品创月产量历史新高。

永锋淄博以铁、钢工序降本和能源动力平衡为重点工作，进一步优化烧结、高炉配料结构，1月累计生产钢材28.59万吨，创月度生产历史纪录。

一企一策 停产单位有序复工

山钢统一指挥，先后出台复工复产文件，继续落实疫情防控工作机制，坚持定期调度制度、信息报送制度、指令发布制度和督查督办制度，组织各单位分别制订复工复产方案，构建联防联控的疫情处置防控网，确保抓早抓细，落实落地，坚决打赢疫情防控阻击战。

对于复产复工单位，山钢首先突出对返岗复工人员加强检疫查验和健康防护，确保做到全覆盖、不遗漏。在实施检疫查验和健康防护的同时，各单位做好返岗人员上岗前安全教育、防疫教育，做好上班前后的安全检查、隐患排查，严格落实复工复产备案制度，明确防疫责任，强化监督检查，确保复工前后各项防疫措施落实。

济钢先后制订了《节后复产方案》《疫情防治期间生产组织方案》，组织各子分公司按照一企一策的原则，制订了各自单位疫情防治期间复工复产方案或保障措施。2月以来，济钢冷弯型钢公司、鲁新建材日照分公司、国铭铸管等单位坚持春节期间正常生产。萨博汽车、创智谷等单位超前谋划，均实现顺利复工。复工复产后，济钢各子（分）公司实施弹性生产组织模式，严格执行生产经营重点工作日报告制度，确保疫情可防可控。济钢扎实做好通勤及后勤保障。根据保障员工通勤用车需要实际，济钢优化调整员工通勤用车，2月10日复工后将原来的7条线路25个车次改为8条线路35个车次，确保了疫情防治期间员工身体健康安全。济钢充分保障员工饮食安全，2月10日复工后，子分公司食堂实行就餐人员登记制度，错峰就餐。2月11日，"自动售饭柜"在员工食堂投入使用，员工可采用支付宝、微信等方式取餐，避免集聚就餐。另外，济钢还充分研判市场，加大政策研究力度，各单位均形成了上下游行业行情分析报告，针对因疫情可能造成的工期延误等情况，提出针对性的解决办法或防控措施；对济南区域的21家单位进行了安全防疫、复工秩序及生产经营提质增效现场督导，及时发现问题、解决问题，为尽快实现满负荷生产提供支撑。

莱钢集团、淄博张钢制订复工复产方案，严格落实复工复产的各项防控措施，实行复工复产报备许可制度，各单位经过自查达到复工条件的，提出书面申请，制订复工复产方案，验收许可后复工，做好内部监督监管，确保了复工复产规范合规。

山钢矿业金岭铁矿采取各种举措确保防疫物资和复工复产急需材料的供应，对物流运输进行规范协调，确保销售重点客户的及时供应，2月计划生产铁精粉5.9万吨、铜金属34吨、球团2.3万吨。

（原刊于《中国冶金报》2020年2月19日1版　记者　周传勇　通讯员　吕娟　何爱喜　孟豹　杨位钦　冯秀燕　陈天学）

湖南博长"三确保"实现"两不误"

面对新冠肺炎疫情，湖南博长控股集团迅速行动，以"守土有责、守土担责、守土尽责"的高度责任感，加强领导，统一部署，上下协同，从严从细，科学防控，精准施策，把职工生命安全和身心健康放在第一位，自觉全力做好疫情防控各项工作，维护好企业的正常生产秩序。截至2月16日，该公司2万名员工和家属中，未发生1例确诊新冠肺炎。

2月5日，湖南博长控股集团主体生产子公司冷水江钢铁公司（以下简称"冷钢"）向湖南省冷水江市红十字会捐款100万元；子公司重庆华南物资集团向重庆市江北区捐款100万元，并为武汉火神山医院配送钢材。2月15日，湖南博长钢铁贸易公司组织人员连夜加班，为湖北省鄂州市雷山医院建设项目送去了紧急物资。

湖南博长集团及各子公司全力支持疫情防控，彰显出社会责任和担当。

确定"三确保"目标

作为劳动密集型钢铁企业，防疫不能松、生产不能断始终是湖南博长控股集团在疫情时期的目标。为实现这一目标，该公司以严密的措施，努力做到"三确保"，即确保疫情不在博长、冷钢发生，确保安全生产万无一失，确保生产工作、生活秩序正常。

为有效应对疫情，该公司成立疫情防控工作领导小组，及时制订下发《湖南博长控股集团有限公司关于疫情防控的几点规定》《关于做好新型冠状病毒疫情防控工作的通知》，建立了严密的疫情防控体系；下发《致全体员工家属的公开信》，要求员工家属防护要加强、岗位要坚守、隔离要自觉。疫情防控期间，该公司领导靠前指挥督导，要求各二级单位和职能部室措施有效到位，主动协同配合，及时掌握疫情信息，及时处理问题，做到疫情防控一盘棋、零失误。

该公司全面排查隔离与湖北方面有过接触的人员，每天了解上报员工及家属健康状况；通过广播、电视、微信公众号、微信群、电子屏、黑板报、横幅等宣传防疫信息及防控知识，引导全员科学防疫；全力保障口罩、消毒液、酒精、测温枪等防护用品供应，各单位组织党员、劳模、管理骨干、女工志愿者服务队，做好现场消毒、体温测量、送餐服务和下发防疫资料等工作。该公司在人员流动主要通道口设置了 11 个体温检测点，把住各个关口，严防死守。该公司反复摸底排查居住工作在冷水江市的员工 4488 人和冷钢社区 4 个生活区近 4000 户 1 万余人，并对有湖北人员接触史的员工、社区人员进行居家隔离观察。

各单位织密防控网格

为打赢疫情防控阻击战，湖南博长控股集团各单位高度重视，严防死守，把住疫情输入关，科学管控，强化组织，确保生产经营与检修项目正常运行。

该公司炼铁厂全面加强疫情防控，加强现场文明卫生清扫，在操作室、休息室和其他公共场所配备洗手液；要求每天、每班对各工作岗位进行消毒，员工以作业区、车间、班组、岗位为单位每天在微信群打卡报平安；制作专题黑板报，教育员工增强防范意识。该厂部分员工采取步行上班、寄宿亲戚家甚至住在工地等方式克服上班难题，力求正常出勤。各高炉克服原材料和配件不能按期到位的情况，尽全力保证正常生产和高炉运行。

该公司炼钢厂开启厂、车间、班组、个人 4 级防控模式，做好疫情宣传、人员排查、岗位消毒、体温检测等工作，并合理调配人员，弥补劳动力缺口。该厂主要负责人每天深入一线班组了解情况，耐心细致地询问每个员工及家属的身体状况。在做好防疫工作的同时，该厂生产调度靠前指挥，主动协调生产与检修的矛盾，不断加快冶炼节奏，保障生产顺利进行，做到了员工思想稳定、生产形势喜人。2 月上旬，该厂平均日产量达 7130 吨。

该公司棒线厂通过设立疫情防控先锋号、安全岗、阻击手等压实责任，严格开展拉网式的人员排查，发动党员和管理骨干顶岗替班，坚持防疫、生产"两不误"。

该公司板带厂由该厂安全环保管理科牵头，想方设法买来测温枪，每日、每班都由该科室专门对员工检测体温，购买1700多只口罩发给员工，要求员工每天在微信群打卡报平安。

该公司动力厂努力做到思想到位、责任到位、值守到位、备战到位、应对到位、自控到位"6个到位"，并针对部分员工产生的恐慌和焦虑心理，持续开展针对恐慌人群的人文关怀活动，专门建立一对一微信沟通平台，及时进行问题解答和心理疏导，并实行作业长与特殊人员"每天一询问、每天一报告"制度。

社区是疫情防控的重点和难点，因此，博长物业公司拉起群众抗疫防线，为所属社区守护幸福安康。该公司克服人员不足、物资短缺等困难，全体员工放弃休息，通过社区物业、业主委员会、志愿者等多方联动，对管辖内4个生活小区（一生活区、二生活区、三生活区、商业广场小区）严格实施封闭管理，加强小区防控宣传，并派专人对各小区出入人员进行登记、体温检测，对外来访客、车辆实行劝返。同时，该公司全面加强小区卫生整治，及时清理垃圾，并对各小区主要通道、电梯间、办公区域、公共设施、垃圾桶周边不定期喷洒消毒药水，并在各小区设置废弃口罩回收桶，有效切断病毒传染源。博长物业人用责任和担当为小区业主的安全筑起一道坚实的"防护墙"。

（原刊于《中国冶金报》2020年2月20日2版 通讯员 唐初旭 吴伟绩）

面对疫情，中国宝武这样做

2月22日上午，中国钢铁工业协会通过视频会议召开2020年首次信息发布会，中国宝武集团副总经理张锦刚在会上介绍了中国宝武在疫情防控期间采取的主要措施和生产经营情况，并回答记者提问。

他介绍，自新冠肺炎疫情发生以来，中国宝武上下认真贯彻习近平总书记重要指示精神，不折不扣落实党中央、国务院和当地政府疫情防控的决策部署，全力以赴实施疫情防控；同时，在抓疫情防控的基础上，积极应对钢铁行业面临的市场挑战，努力做到防控疫情和生产经营两不误。中国宝武特别对湖北的单位进行动态评估，既做好疫情防控，又确保职工的身体健康，努力解决因疫情防控、交通管制带来的生产所需原燃料、原材料等物资的运输困难和员工通勤问题。

"目前形势比较严峻，但总体情况可控。"张锦刚说。

克服重重困难，确保生产经营稳定顺行

张锦刚介绍，截至2月21日，中国宝武下属全部子企业共546户，已复工494户，尚有52户企业未复工。未复工企业中，43户企业所在地的地方政府要求延迟复工，2户企业返岗人员不足，2户企业原材料不足，3户企业市场无需求，2户企业正常检修或季节性停工。

张锦刚进一步介绍，中国宝武下属钢企中，除了襄阳重材由于政府管制没有复工外，其他钢铁企业生产组织总体正常。受物流受阻、部分原辅料库存紧张、产成品出库较慢、下游行业复工延迟等影响，有些企业生产组织比较困难，具体表现在以下3个方面：

一是现场生产方面。疫情发生以来，宝武积极克服原料和产成品进出困难、物流受限的影响，全面平衡公司堆场与运输能力，保持产线平稳、有序、

安全生产。

目前，宝钢股份四大基地（宝山基地、梅山基地、青山基地、湛江基地）生产正常，产能利用率接近100%。其中，青山基地（武钢有限）身处疫情防控主战场，没有产线因疫情停产，目前产线开工率为100%，以满足医用氧气（占武汉市的50%以上）和居民煤气、水、电的需求。青山基地员工上下班均由公司厂车接送，有严格的防护、消毒和体温检测措施，员工的就餐、洗澡也都有严格的规定。马钢产能利用率近100%；八一钢铁产能利用率达到70%左右，主要受季节性冬储影响，生产负荷降低；韶关钢铁产能利用率为85%；鄂城钢铁产能利用率为90%；宝钢德盛产能利用率为80%。"综上分析得出，2月中国宝武产销量预计将较原计划减少8%，第一季度预计减少5%，同比减少约100万吨。"张锦刚指出。

张锦刚同时表示，疫情发生以来，宝武也面临采购压力大、原料库存告急等问题。废钢方面，市场资源短缺，寻源困难；各地废钢货场被强行停工，工人春节返乡后被强制滞留，至今未能复工；物流受阻，部分运输企业员工放假，汽车运输市场没有恢复，有些水运码头强制停工。燃料方面，全国50%煤矿企业停产，作为公司主要供货方的山西、河南多数煤矿几乎处于停产状态。熔剂方面，因后续所需石灰石的开采工作不能正常进行，熔剂厂家无法正常生产。

二是市场方面。张锦刚指出，受疫情和春节假期双重影响，市场需求下降，钢材库存增加速度超预期，供求关系短期内失衡，市场价格下跌。

下游企业开工率不足。宝钢股份订单约减少5%，疫情发展和钢价走势都有很大不确定性。但一旦疫情得到明确控制，在各种宏观政策的刺激下，钢价将企稳反弹。

资金紧张，销售结算受限，资金回笼紧张，存货量、应收账款额上升较快，后续正常生产所需资金压力加大。

库存增加，目前铁路发货及到达情况正常。水路及公路运输物料遇到较大困难：水运到外省目的地后无法卸货；公路跨省劝返造成物流受阻，仓储库存高企，且即将涨库。尤其是湖北地区制造单元，以武钢有限为例，该公司因下游运输企业受政府管制及相关企业自身复工缓慢，产品出厂严重受阻。为不失信于用户，武钢有限挖掘备用仓库资源，尽力将无法发运的产品转至武钢备用仓库暂存，至今已经存放 41 万余吨成品钢材，较去年底增长 23 万吨，仓库已经爆仓。鄂城钢铁钢材库存量 7.6 万吨，较正常库存增长 125%；预计 2 月底库存量 14.7 万吨，较正常库存增长 332%。

三是效益方面。张锦刚透露，受价格、成本及各种因素影响，预计中国宝武第一季度利润在 20 亿~30 亿元，同比减少 30 亿元，同比下降 50%。

针对以上影响，张锦刚详细介绍了中国宝武采取的 8 条应对措施：

一是针对当前的疫情防控形势，成立疫情防控领导小组，由主要领导担任组长，做到严防、严控，确保疫情受控、生产稳定顺行。

二是针对运输情况，及时与当地政府沟通，争取特别通行政策，保证正常生产经营，并及时调整销售去向，加大铁路、水路钢材发货力度，对无法外发钢材及时转库存放。

三是在销售上大力开拓市场，对资源进行分流，重点开拓方便采取水路运输和铁路运输的长江沿线城市和周边城市市场。同时，制订来款优惠、批量优惠等刺激销售的政策，保证渠道畅通；制订独立的销售政策以开拓省外市场。

四是紧急拓宽采购渠道增强保供能力。尤其是废钢保供，通过各种渠道寻找废钢现货资源，安排专人跟踪，一旦货场具备装车、装船条件，迅速组织回运。

五是适当调整生产节奏，以稳定生产、物流有序为主。同时，加强疫情防控期间产供销协调，做好打持久战的准备工作。

六是优化产销衔接，合理安排 2 月和 3 月的生产和设备检修。

七是加快智慧制造技术推广应用，进一步提高生产现场智能制造水平，提高劳动效率，减少一线人员数量，降低交叉感染风险。

八是集团总部人员推进远程办公试点，采用网络与视频方式进行工作与交流。

全力支持抗疫　体现央企责任担当

张锦刚进一步介绍了在疫情发生期间，中国宝武作为央企，积极履行政治责任和社会责任的具体情况。

一是积极向武汉捐钱捐物。中国宝武自 1 月 25 日捐款 3000 万元起，截至目前累计捐款 4900 万元。

二是中国宝武武汉总部在疫情最危险的时候提供了 3 家宾馆、1 个大型体育中心、1 个大型物流转运基地、1 所大型高校 4 个校区、1 个党校校区、2 家综合医院，用以支撑武汉组织防疫阻击战。

三是在武汉市多家收治医院面临"缺氧"困境的情况下，武钢有限气体公司作为武汉本地最大的医用氧生产企业，为全市 50% 以上的医院供应医用氧气。疫情期间，该公司宁愿高炉少氧，也要保医院供氧，调整工艺参数，24 小时开足马力不停工。截至目前，该公司共向各医院供应医用液态氧约 2800 立方米，为 34 家医院供应各类氧气 13000 瓶、液氧槽车 140 车。

四是武钢有限检修中心临危受命、紧急牵头，组建"战疫情先锋队"，集结一批管网焊接的能工巧匠，在 5 个昼夜派出 6 个批次 130 余人次，持续驰援火神山、雷神山医院建设。

在武汉火神山医院、雷神山医院的建设中，宝武集团在湖北的企业，如鄂钢、武钢集团、武钢有限等，全都是倾其所有地给予支援。有支援建材、板材、彩涂板、钢结构件等材料的，还有调动机械装备等进行支援的。在疫情面前，中国宝武体现出了央企担当。

回应关切 宝武智慧制造蓝图这样绘就

在信息发布会上，张锦刚回答了记者关注的中国宝武智慧制造等相关问题。

他表示，智慧制造是近几年中国宝武一直在推进的工作，是中国宝武引领中国钢铁高质量发展的一个手段。特别是从 2018 年开始，中国宝武加大了智能制造的推进力度，已经将其在宝钢股份、韶关钢铁等各个钢铁基地全面推开。

针对钢铁流程的智慧制造，宝武提出了"四个一律"的评价标准：

一是控制室一律集中，离开现场。"过去，我们每 1 条产线就会有十几个控制室，现在大部分产线都做到了只有 1 个控制室，甚至有的基地做到了从烧结到炼铁、炼钢、轧钢，只有 1 个控制室，控制室全部离开现场。现在，湛江基地的高炉、热轧等控制室都可以在几千千米外的上海来集中操作。将来，我们要将这项工作做到极致，争取让更多的员工离开现场，全部远程操作。"张锦刚说。

二是操作岗位一律用机器人。"这项标准现在还没有实现，但我们正在推进这项工作。"张锦刚介绍。目前，宝武脏累差和危险岗位基本上都使用机器人。例如，炼钢工序中的连铸浇铸工序比较复杂，宝山基地的连铸平台现在已经做到无人化了，都是机器人操作。这对于安全、环保等方面都是有利的。

三是设备一律远程监控。设备全部装上传感器，设备实时的工作状态、参数都可以在平台集中监控，点检员可以通过手机等设备实时检查。平台甚至可以设在上海。"例如，武钢轧机现在的一些参数，在上海就可以看到，方便及时准确了解设备的工作状态。"张锦刚说。

四是服务一律上线。这条标准主要是针对销售和采购的。

根据这4个标准，中国宝武出台了一个智慧制造指数，用以对每个基地进行评价。

"我们每半年组织一场智慧制造的现场会。通过现场会交流的模式，形成'比学赶帮超'的氛围。目前，智慧制造的现场会已经在韶钢、宝山、湛江、鄂钢等基地开会了，下一步准备在新疆八钢、安徽马钢召开。"张锦刚说，"现在，我们有很多非常具有代表性的无人制造或者智慧制造产线，例如宝钢股份的1580热轧线、镀锌"黑灯工厂"、无人库房等，劳动生产率有很大提高，无论从安全还是从效率方面看都是非常好的。特别是在这种极端的情况下，智慧制造发挥的作用更加巨大。"

（原刊于《中国冶金报》2020年2月25日1版　记者　何惠平）

沙钢多举措抗疫保产

2月22日上午，沙钢集团常务副总裁陈少慧在中钢协2020年首次信息发布会上，介绍了沙钢在疫情防控期间的生产经营情况、采取的主要措施、后续市场预期和生产经营计划，并回答了记者提问。

疫情影响仍较大，预计第二季度将好转

陈少慧介绍，因为钢铁企业属于连续性、长流程、联合性生产企业，春节以来，沙钢集团各主要产线仍保持正常生产，除少部分员工放假外，大部分人员均正常上班。为了保证企业春节期间正常生产，钢铁企业通常都会储备较充足的原辅料，并在节前将成品库存压至全年最低。但由于今年长时间受新冠肺炎疫情影响，各地疫情管控措施（如封路）不断加严，导致交通运输严重受阻，上下游企业一再延迟复工，给沙钢生产组织、原料采购、产品销售、物流运输等各方面都造成了较大的影响。

"特别是废钢、石灰石、耐材等原辅料紧缺，沙钢在被迫控制产能发挥的情况下，仍造成3座电炉、3条棒材线被迫停产，预计2月产量将下降9%左右，第一季度将减产5%左右；产品库存节节攀升，已超出去年同期的20%以上。"陈少慧指出，"但从2月17日起，随着疫情防控形势的好转、国家对有序复工复产的推动，情况有所好转。但恢复正常仍需时日，今年第一季度的困难将是异常严峻的。"

对于后市预期和生产经营计划，陈少慧指出，近阶段，各级政府部门和协会等都在积极收集信息和企业诉求，并陆续出台了相关的财税、金融政策，帮助企业渡过难关。

"虽然目前钢材库存高企，市场下行压力较大，但随着复产复工步伐的加快，看到中央对决胜全面建成小康社会、决战脱贫攻坚战的决心，我们对后

市还是持乐观态度。预计钢材需求和产品价格在经过一段时间盘整后，在第二季度将恢复。"陈少慧表示，"我们仍将咬牢年初制订的任务目标，全力拼搏。"

严防死守控疫情，千方百计稳经营

陈少慧介绍，面对新冠肺炎疫情，沙钢严格按照国家、当地政府有关要求，迅速行动，主动出击，全力以赴投身抗击疫情工作中，保障职工群众的身体健康和生命安全，保证企业正常生产经营。沙钢主要采取了以下 4 条措施：

第一，严防死守，抓好企业疫情防控。疫情发生后，沙钢第一时间成立疫情防控工作领导小组和工作小组，全面加强疫情防控各项工作的组织领导和贯彻落实，严格执行"日报告""零报告"制度，各工作小组公布电话并保持 24 小时畅通，全天不间断收集信息并逐级反馈。各级各部门严格落实公司部署安排，迅速落实管控举措，以严防死守、严管严控、严阵以待的态势，全面开展防疫阻击工作。截至目前，沙钢做到了病毒零输入、零感染。同时，沙钢也积极组织在国内外采购医疗物资，支援湖北抗疫。

第二，全力以赴抓好产品销售出库。一是利用沙钢自有码头优势，加大出口产品接单和生产发运力度，首先从生产上优先保证出口合约的生产组织，其次将后续已确定的出口订单尽可能提前协调客户组织生产、发运，缓解内贸发运不畅带来的矛盾；二是合理安排内贸货物的生产计划，确保当前生产的货物都是能够及时发运出库的，避免盲目生产而导致库存积压；三是面对当前汽运发货基本停滞的不利状况，加大船只组织调运力度，缓解厂内库存不断上涨所带来的压力。

第三，千方百计抓好原料保供协调。一是针对疫情防控期间交通运输管制对正常的物资运输造成的影响，公司积极协调政府部门开通绿色通道，在确保符合疫情防控要求的情况下，加快车辆通行，确保各类生产用辅料、备件等能够及时到厂；二是针对当地与沙钢相配套的企业受疫情影响造成复工时间推迟，并造成沙钢部分原辅料供应紧张的问题，沙钢向政府部门报告，协调符合防疫要求的单位尽早复产。

第四，科学有序抓好生产组织应对。针对疫情期间原料和物流供应十分紧张的情况，沙钢积极克服原料和产成品进出困难、物流受限的影响，全面平衡公司堆场与运输能力，保持产线平稳有序、安全生产。同时，沙钢还对电炉炼钢实施限产或停产，并提前对部分产线进行大修，以缓解产品库存大幅度提升带来的压力。

回应关切，用好政策减轻负担

在信息发布会上，陈少慧介绍了记者关注的沙钢在此次疫情期间享受优惠政策的具体情况。

陈少慧表示，关于金融政策，钢协已经专门收集了企业的意见，形成了一个应对疫情的中央及地方支持性政策的导引。例如，国家发改委已经提出，要进一步简化企业的债券业务办理，并且对自身资产质量优良、募投项目投入运营良好，但受疫情影响严重的企业，允许申请发行新的企业债券；中国人民银行也提出，加大对中小微企业和民营企业的支持力度，保持贷款的增速，切实落实综合融资成本的压降要求；财政部出台了支持新冠肺炎疫情防控有关捐赠现金、物品抵扣所得税等政策；国家税务总局提出延长缴税申报的期限等政策。这些政策都是对企业比较大的支持。在钢铁行业库存比较高、一些企业的现金流有一定问题的情况下，贷款展期和增贷可以帮助企业渡过难关。

（原刊于《中国冶金报》2020年2月25日1版　记者　何惠平）

战"疫"情全力以赴 保生产科学有序

沙钢集团以"钢铁力量"交上优异答卷

新冠肺炎疫情的突然暴发，给各地各行业出了一道急难"考题"。

"沙钢作为全国最大民营钢铁企业，在疫情的'大考'之下，必须用实际行动交出一份优异答卷。"沙钢集团董事局常务执行董事、集团党委书记、有限公司董事长沈彬说，疫情发生以来，沙钢不折不扣贯彻落实各项决策部署，全力以赴战"疫"与复工，努力把疫情带来的不利影响降到最低，保障生产经营稳定运行。

此言不虚。凭借在市场大环境中炼就的应变能力、高效运转的企业管理体系以及与社会同舟共济的担当精神，沙钢直面困难，沉着应对，克难求进，展现了一名"优等生"的自信与风范。

构筑阻击疫情"钢铁防线"

对职工和来访人员进行体温检测；每日定时对办公楼、会议室、操作室、食堂、电梯、车库等公共区域进行消毒；严格实行分时段就餐，减少人员聚集；减少或取消了一般性工作会议，改为电话或微信通知。

疫情发生后，沙钢果断采取了一系列举措，拉起一条条"铁丝网"，构筑起严密有效的"钢铁防线"。沙钢第一时间组织成立新冠肺炎疫情防控领导小组和工作小组，分析研判疫情防控形势，研究部署疫情防控重点工作，全面加强疫情防控各项工作的组织领导和贯彻落实。1月22日至今，沙钢连续多次召开专题会和现场会，专题学习各级政府关于疫情防控的决策部署以及省、市关于疫情防控方面的工作要求，督导调度疫情防控和安全生产工作。

总动员。为提高全员防护意识，沙钢利用微信公众号、工作群、食堂电视系统、广播系统、户外宣传大屏等各种平台及时推送发布预防信息，全面普及健康知识，加强对疫情防控知识的宣传学习，提高广大职工群众对疫情的认知能力、自我防范能力和主动防控能力。

抓重点。码头防控是沙钢疫情防控工作的重中之重。沙钢要求所有来港船只进行不见面报港，所有船户一律不得私自上岸；靠泊作业的船只设置专门的生活舱和作业舱，做到船员和作业人员的有效隔离；作业过程中实行一人对一船的专门监护，同时码头调度室监控对船舶人员进行 24 小时视频监控跟踪。

出新招。沙钢创新会议形式，分散在各车间、各岗位的疫情防控小组成员进行实时视频连线，既最大限度减少集中开会，又及时有效安排工作。

上下同心，一体推进，沙钢就这样打响了一场全域疫情防控战！

激发科学生产"智慧火花"

"今年是全面建成小康社会和'十三五'规划收官之年，做到防疫情与谋发展'两不误'至关重要。"沈彬表示，沙钢在全力抓好疫情防控工作基础上，紧紧围绕全年生产经营目标，科学有序抓好疫情防控期间生产经营。

面对当前"原料进不来""产品出不去""人员到不了"这三大突出难题，沙钢科学调度，逐一破解。

原料和物流供应紧张怎么办？沙钢对部分产线采取限产措施，全面平衡公司堆场与运输能力，保持产线平稳有序生产、安全生产；每天派员前往高速出口处接送各类原辅料及备品备件送货车辆，确保各类生产用辅料、备件等能够及时供应到位；积极研究调整配比，提高进口煤的使用量，开拓生铁采购渠道，减轻国内采购的压力。

内贸发运不畅又如何？沙钢加大出口生产发运力度，从生产上优先保证出口合约的生产组织，后续已确定的出口订单尽可能提前协调客户组织生产、发运。合理安排内贸货物的生产计划，确保当前生产的货物都是能够及时发运出库的，避免盲目生产而导致库存积压。此外，面对当前车运发货基本停滞的不利状况，加大船只组织调运力度，缓解厂内库存不断上涨所带来的压力。

人手不足怎样解？沙钢对重点疫区的人员实施严格管控，其他区域的人员，组织有序地返港、隔离和上岗。各分厂充分利用现有检修人员力量，对自有检修与委外检修人员进行统筹调配，确保疫情防控期间设备设施安全稳定运行。

"智慧火花"不断迸发，点燃了沙钢发展的引擎，朝着胜利的方向全速奔跑。转炉炼钢厂一车间今年以来完成合格产量 99.7 万吨，较去年同期提高约 5 万吨；炼铁厂一月份完成铁产量月度计划 100.3%，顺利实现新年首月生产开门红；冷轧厂硅钢车间全月完成合格产量 9.15 万吨，创投产以来月产历史新高。

勇担社会责任献大爱

2 月 14 日凌晨，湖北省鄂州市。经过连续 10 多个小时的长途奔波，10 辆满载着沙钢捐赠抗疫物资的邮政车辆顺利抵达。N95 口罩、防护服、呼吸机、雾化器、医用床……可以预见，这批精心筹集的物资将大大缓解防控一线的燃眉之急。

沙钢在严格做好自身疫情防控、保障企业生产经营稳定运行的同时，还坚决扛起企业社会责任，助力打赢疫情防控阻击战。沙钢宣布捐赠 3000 万元全力支持湖北和江苏两省抗疫，其中包括 2000 万元资金和 1000 万元物资。

"针对抗疫工作需要，我们深度参与、精准捐赠，坚持前线急需什么就优先捐赠什么，发挥捐赠的救急效益、实用效益和社会效益。"沙钢集团董事局常务执行董事、副总裁、党委常务副书记陈晓东的话，体现沙钢一贯的办实事作风。

疫情面前，"沙钢人"挺身而出，走在了合力抗疫最前列。

如今，对于沙钢集团有限公司棒线厂干部黄锋来说，不仅要带领团队做好疫情防控，还要做好"家务事"，让远在武汉的妻子定心战"疫"。黄锋的妻子王稳是张家港第一人民医院神经内科的一名主管护师，同时也是江苏第五批驰援湖北医疗队的一员。出征时，黄锋内心百感交集，虽然担心和不舍，但作为丈夫、更是一名党员，他义无反顾支持妻子前往武汉。他们互相约定，各自坚守，共同迎接"春暖花开"的到来。

在这个不平凡的春天，从沙钢热火朝天的生产车间里奔涌出的阵阵暖流，一点一滴地融化着疫情的坚冰，温暖着无数人的心田，散发出中国最大民营钢铁企业的"发展温度"。

关山万千重，山高人为峰。全体沙钢人时刻保持满格状态，全力以赴投入到正常的生产经营中，为取得经济社会发展的全面胜利贡献沙钢力量。

（沙钢集团）

众志成城　攻坚克难

——看陕钢如何防疫情、稳生产

连日来，陕钢集团扎实落实党中央、陕西省委省政府关于疫情防控工作的决策部署，严格执行陕煤集团关于防控新冠肺炎疫情的工作要求，主动承担防疫任务，群策群力，织密疫情联防联控网，坚定信心主动作为，优化生产经营组织，保持了零感染、零疑似和生产经营安全稳定顺行。

2月17日，陕钢通过视频远程系统学习陕煤集团党委书记、董事长杨照乾关于进一步做好疫情防控与企业当前各项工作的讲话精神，要求充分发扬"陕钢现代版长征精神"，切实把各项工作抓实、抓细、抓落地，坚决筑牢疫情防控体系，高质量做好生产运行各项工作。

强化联防联控

新冠肺炎疫情发生以来，陕钢第一时间建立完善了从上至下全面覆盖的疫情防控工作指挥机构，建立完善防控预案、职工健康状况摸排管控机制，先后通过下发安全生产调度指令、发出倡议、重点安排、摸底调查、制订方案等方式对防控疫情做出安排，明确了联防联控工作机制、措施和专职工作人员，主要领导带头部署、带头推动、带头督导，确保疫情防控各项要求得到快速、有力、有效落实。

陕钢党委积极发动各级党组织强化疫情防控知识普及和宣传教育，每日不间断通过企业网站、微信、QQ、电话短信等形式把疫情的最新情况和防控知识等传递给职工群众；建立党员干部包联到岗和党员先锋岗、党员责任区机制，分区域逐个走访各岗位和值班室，开展宣传提醒和排查工作；通过信息化和数字化手段，对全体人员行动区域轨迹、接触人员信息、身体健康状况进行持续跟踪；坚持"谁主管、谁负责"和"属地管理、法人主体负责"

原则，全面加强对外来人员的疫情防控管理，杜绝输入性感染，全力维护陕钢零感染、零疑似的稳定的疫情防控局面。

确保防疫稳产双胜利

陕钢深化"党建领航，班子引领，干部走在前列"工作机制，该公司领导带班坚守岗位、靠前指挥，机关部门负责人 24 小时轮流值班，一手抓疫情防控、一手抓安全生产，多渠道筹措口罩、测温仪、洗手液等抗疫物资，保障干部员工安全；倡导职工居家办公，充分利用信息化工具协调工作，确保供产运销高效衔接，维护正常生产经营秩序。

为了确保实现疫情防控和生产经营双胜利，陕钢出台了多项措施。例如，做好疫情防控监督检查和特殊时期职工生活后勤保障工作；以效益最大化为原则，优化营销策略和生产组织方案；加大筹融资工作力度，按照既定时间节点，统筹做好错峰采购和销售所需的资金保障；认真研判把准市场脉搏，分阶段优化生产经营组织和设备检修工作；用好陕晋川甘论坛平台，积极引导区域成员企业加强行业自律，维护市场稳定；用好用足国家政策，千方百计抓住保增长机遇，推进环保、产能置换、产品升级等重点项目建设，补足短板。

陕钢将各项生产经营工作与疫情防控统筹起来，科学有序做好应急预案和应对准备，健全工作场所、生活区域、车间班组和家庭社区等防护网络。截至 2 月 18 日，陕钢 2 月产生铁 73.7 万吨、粗钢 81.4 万吨、钢材 83.5 万吨，今年以来累计产生铁 159.8 万吨、粗钢 181.2 万吨、钢材 182.4 万吨。

钢铁力量不缺席

为积极支援地方疫情防控，陕钢职工王敏主动捐献 2000 余只口罩送给陕西省韩城市高速路口一线人员。陕钢为西安市公共卫生中心建设支援首批钢材，连夜调配 640 吨"禹龙"牌钢材送达项目工地；帮助陕西省汉中市南郑区从西安三桥运输防控疫情药品和消毒防护物资，为陕西省人民医院发热门诊捐赠 1000 个一次性塑料浴帽；组织技术骨干连夜支援陕西省首家外科口罩生产企业陕西华瑞邦医疗科技公司，解决主要设备瓶颈问题，使该公司实现了日产3万只口罩产能，为打赢疫情防控阻击战贡献了应有的力量。

陕钢还积极挖掘并宣传在疫情防控中做出贡献的先进典型，注重用身边的人和事教育广大党员职工团结一心、形成合力。各基层党组织除做实疫情排查、监测、防控等工作外，还开展了"为健康中国添彩、为健康陕钢谏言"活动，通过网上调研、调查问卷、主题征文等形式，征集全体干部员工有关防疫情和健康方面的合理化建议，更加科学地抓好"健康陕钢"建设。疫情当前，"我是党员我先上""我年轻让我来""我是团员我请战"的声音在防控一线响成一片，展现了陕钢人众志成城、化危为机的决心和信心。

（原刊于《中国冶金报》2020年2月27日1版　通讯员　李长庆　郭尚斌）

"陕钢物流"抗疫战场显神速

庚子春节，当新冠肺炎这个"不速之客"悄然在全国蔓延时，陕钢集团韩城公司物流处各板块负责人便毫不犹豫离开与家人团圆的餐桌。南北两翼汽运办、铁运办、海江铁联运各负责人及新筑库房全体职工第一时间纷纷赶赴各自岗位，"防疫情保安全、保顺畅降费用"，这支急行军用使命担当、爱国爱企、齐心协作的实际行动在各自工作战场上打响了一场和疫情赛跑的抗疫保卫攻坚战。

急，大年初三必须走

"疫情挡道，压货定会造成公司资金压力过大，物流必须提前布阵保顺畅，想尽办法降低物流费用保顺畅，竭尽全力与疫情赛跑，不能让疫情阻碍工作。"想到这些，汉中办汽运负责人姚进大年初三一大早从西安驱车前往勉县，到汉钢后顾不上喝水吃饭就直奔岗位开展各项工作：为工作人员购买防疫物品、安排防疫应对措施、现场检查各库房、优化库房垛位、紧盯火车发运和库房容量、积极组织库房外倒、制定库房预备应急预案。

精心安排、积极落实。通过紧张协调努力，配合火车运输，将汉钢公司火车发运数量提升50%；启动新中转库、利用成品库、清空停车场，开辟铁运专线延伸线储存场地，疏散5号料场等办法提升库容堆放能力；铁路发运量占到80%，2月3日后全部由铁路发运，实现物流降费。

只要能保顺畅，再累也高兴

韩城汽运办负责人李伟一脸疲惫的说："非常时期，我们负重前行与疫情赛跑开展工作，只要能保顺畅降费再累也高兴。"

工作收获满满：配合火车运输，将龙钢火车运输数量提升50%；成功落实港务区外运钢材道路往返路线；保柞水钢坯供应，派专人程帅与柞水县政府、公安局协调，确保柞水高速对韩城汽运办运送钢坯车辆正常通行；保龙钢公司焦炭供应，为司乘人员办理健康检查及通行证，确保车辆入陕、回河津道路畅通。

汽车停运，火车迎难而上

当1月25日，陕西省启动新型冠状病毒疫情一级响应后，公路运输就基本处于瘫痪状态。火车运输义不容辞担负起运输重担，突飞猛涨的运输任务量给火车运输带来了极大的挑战，加上发运过程中，到站库存能力饱和、装卸能力跟不上、线路积压、车辆拥堵、铁路局停发等突如其来、错综复杂的业务接踵而来。铁运办负责人严韩刚认真地说："因为耽搁不起，所以我们必须快速冷静——处理，工作反复沟通、电话打到手耳发烫。也让我深刻感受到了，陕钢人在关键时刻"手和心"始终紧握相连。"

不负使命，超额完成任务。建立销售物流费用核算模型，并制定两套预案，确保了两主业公司专用线吞吐顺畅；铁路钢材发运量数量提高50%，销售物流费用单日下降了50元/吨，既刷新了铁路发运历史最高纪录，又实现了物流费用历史最低。

保高炉用料，克服困难解决

只要高炉不停、用料就不能断。春节前夕到现在，海江铁联运业务一直未停歇，且遭受了疫情影响：1月24日，江苏省便开始限制所有上个航次停靠湖北的船舶及湖北籍船舶靠江苏码头装卸作业，如果卸二程船运载的矿粉进港口堆场等时机再提货，会造成过驳港口费增加4元/吨，三程船也会因等待时间长而产生滞期费，由此将额外产生近30万元物流费用。海江铁联运负责人闫新勇心里非常着急。

无论多艰难，一定得解决。通过积极联系其他过驳港口，寻找其他合作过的船运公司，选择与沙钢物流同行，共同与当地海事管理部门沟通。经过不懈努力，1月29日12：00过驳结束，确保了此次连云港进江的5.2万吨BRBF粉能够如期运至汉钢公司。

火速驰援，主动担当

"1月27日，大年初三接到港务区防疫指挥中心道路限行指令，导致韩汉两地"禹龙"牌钢材集中积压在纺渭路与鹿苑大道港务局防疫执勤点。"接到这样紧急的消息，新筑库房主管王刚与全体人员分别从汉中、西安、韩城赶赴岗位。在部门各级领导带领下，通过与港务区防疫指挥中心负责人多次沟通、协调，积极办理相关手续并协调开通陕E、陕F牌照车辆固定通行线路。

成绩可圈可点。1月28日晚韩汉两地"禹龙"牌钢材顺利进入新筑库房，在2月6日18点疫情道路全面戒严前，积极主动担当了西安各库房100%汽运量。从安排车辆、装货到开车护送，王刚全程为陕钢集团支持西安"小汤山"医院建设的"禹龙"牌钢材开通绿色快捷通道。

非常时期，困难重重。物流人用迅速担当，既保障了疫情期间全员的安全，又圆满地完成了各项特殊的工作任务。他们由衷发出了共同的心声："我们虽各负其责，但任何一项工作的完成，都离不开各业务板块之间的通力合作，离不开公司各级领导的正确引导和有力支持，我们不仅收获了成绩，更重要的是感受到了团队协作的力量。"

库房整齐待运的钢材　　　　　　　待运的"禹龙"牌钢材

（陕钢集团韩城公司　王思颖）

疫情阻击战中的 "龙钢力量"

2020 年的春节，新型冠状病毒肺炎疫情突如其来，全国上下打响了一场没有硝烟的疫情防控阻击战，无论是一线的医护人员，还是后勤保障的供给人员，或者全民自发的帮扶活动，大家都用自己的实际行动为疫情防控工作做着积极贡献。疫情就是命令，防控就是责任。在陕钢集团龙钢公司，一场守望相助、争分夺秒的阻击战也随之展开，龙钢公司在扎实做好内部防控工作的同时，积极履行政治责任和社会担当，全力以赴打赢疫情防控阻击战，彰显 "龙钢力量"。

严防死守 筑牢 "钢铁长城"

龙钢公司每天在岗职工近 3000 人，如何保障职工安全上岗，关系到龙钢及韩城的稳定。疫情警报拉响后，龙钢公司高度重视，迅速成立以党委书记、董事长、总经理为组长的疫情防控工作小组，明确工作职责，第一时间召开疫情防控专题会议，启动应急预案，制定人员监控排查、信息报送、安全防护、生产保障、卫生防护及舆情管理等 6 方面防控举措，以更高、更严、更实的措施贯彻落实中、省、市及各级集团对疫情防控的指示和精神。

各专业部门协同联动，各司其职，通过展板、宣传栏、海报、电子屏、微信、班前班后会等方式，加大对新冠肺炎的科普，宣传各种防护措施，保持生产稳定和队伍稳定；加快各类防控物资的采购和发放，确保测温枪、84 消毒液、口罩等防疫必需品供应到位；加强分级管理，坚持疫情 "零报告" 和 "日报告" 制度，全面排查各类群体，确保上岗职工健康状况正常；针对不能回家的职工在生活区安排宿舍，对节后返岗职工设立隔离区，严格进行隔离监控，14 天全部正常后解除隔离；坚持做好定期消毒工作，每天多次对办公楼、餐厅、浴池、宿舍、工作场所、通勤车、出入车辆等进行全面消毒；

在复工复产阶段，更是有序组织人员错峰返岗，对来自 11 个省的 2000 余名复工人员进行核酸检测"一站式"服务，抢抓施工黄金季节，有序推进重点工作和项目复工复产；防控期间全力隔离传染源，切断传播途径，管控好易感人群，筑牢疫情防控的"钢铁长城"，担负起韩城驻地企业的担当和使命。

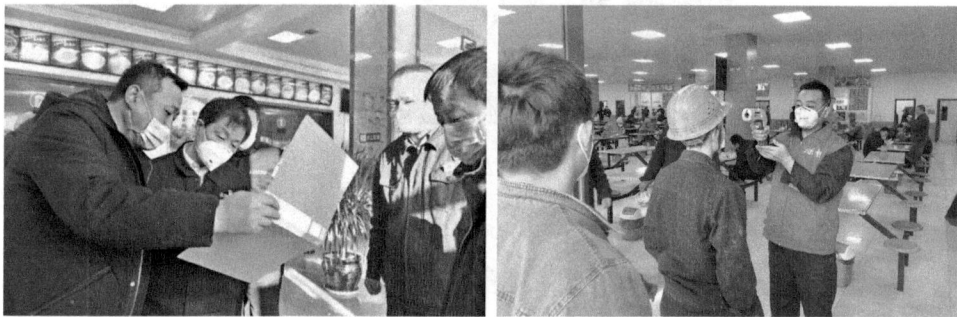

严防死守 筑牢"钢铁长城"

共克时艰 尽显温暖底色

龙钢公司对待客户和外协单位一直坚持"一家人共事，一体化管理"理念，在抗击疫情的关键时期，龙钢更是处处为客户着想，及时送去家人般的关怀。物料保供是生产顺行的保障，在各路口严查时期，为确保物料保供车辆顺利到厂，龙钢公司积极对接韩城市公路局，安排专人 24 小时协同开展疫情排查作战，全天候在龙门工业园区高速出口执勤，刺骨的寒风中，冰冷的测温枪不离手，只为物料保供车辆能尽快直通厂区卸车，尽早安全返回；同时，在公司计量检测出入口，龙钢公司还为司机朋友们提供了洗手、测温和消毒服务，免费发放口罩和热饮，并叮嘱司机们做好自身防护；在疫情防控的特殊时期，为了不让客户来回奔波，龙钢公司还专门开通了网上合同谈判和签订流程；对于在岗的外协人员，公司一视同仁，将口罩、消毒液、测温枪等配备到位，并由主体责任单位加强对外协人员的教育引导，确保其健康安全。这场没有硝烟的战役是艰难的，但背后的暖心故事却一幕一幕上演，疫情面前，尽显温暖底色。

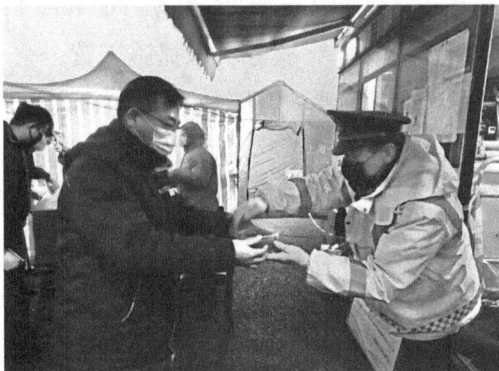

共克时艰 尽显温暖底色

守望相助 彰显国企担当

作为陕西省最大的钢铁企业，在西安"小汤山"医院建设中，陕钢集团勇担社会责任，连夜将首批"禹龙"牌钢材运送至西安市疫情防控项目处，为疫情项目建设提供了坚强的物资保障；在口罩供应紧张的情况下，龙钢公司拿出库存送至市政一线工作人员手中；公司党委号召干部职工自愿捐款支持疫情防控工作，收到党员、职工和协作单位人员自愿捐款42.4万元，并通过渭南市委组织部和陕西省慈善协会将捐款第一时间送至抗疫一线；龙钢职工更是纷纷行动，职工食堂多次为龙门工业园区高速出口执勤人员送上免费的"爱心晚餐"和"爱心汤圆"600余份；公司志愿者自发在公司各通勤车站点、食堂及厂区门口对职工进行义务测温提醒，在各小区门口经常能看到身着龙钢工服的志愿者在义务社会服务；基层支部和职工自发捐款购买酒精和消毒液等防疫物资，并送至战"役"一线；职工王敏将自家商店库存的2000只口罩捐赠给韩城高速路交警；一线职工纷纷匿名向慈善协会捐款，有的职工捐款高达10000元；省级优秀志愿服务团队——马兰爱心团队加班加点为社区职工和市民配送水果、蔬菜等。当疫情来临，龙钢人挺身而出，主动作为，在没有硝烟的战场上，扛起国企的担当和使命，挺起脊梁，无畏前行。

据悉，截至目前，龙钢公司近万名干部职工和外协人员无一例异常，为社会稳定和企业生产经营安全顺行默默坚守和付出着。当疫情来临，正是这些成千上万的普通人，他们不畏艰难，为爱逆行，守望相助，无私奉献，让一股股浓浓的暖流在韩原大地蔓延，汇集成抗击疫情的强大"龙钢力量"。

守望相助　彰显国企担当

（龙钢公司　闫　黎）

陕钢龙钢集团，"春耕"争时美成画

春光无限好，奋斗正当时。复工复产以来，陕钢龙钢集团党委按下"安心键"严密做好疫情防控，统筹推进各项工作。伴着阵阵暖意，为梦想奔忙的干部职工们，步履匆匆一刻不停。看龙钢集团车间里、工地上、销售中，机械轰鸣、人语酣畅，演奏着一曲曲"春耕"交响曲。

"春耕"抗疫，处处乐章

初阳暄妍，微风吹拂。因疫情影响沉寂一时的龙钢集团钢加网笼加工现场热闹起来，工人师傅们戴上口罩，保持距离调试绕筋设备，进行模具焊接、按照网笼图纸进行定位，倒运网笼腾货位，吊运二氧化碳气瓶，准备制作、焊接加强筋。

在持续加强疫情防控中，龙钢集团钢加公司抓钢筋网笼网片安全生产、抓销售订单、抓市场开拓，一方面从严管理外协工队，坚决打赢疫情防控阻击战；另一方面优化加工生产线布局，有效利用车间场地，提高加工效率、降低工序成本，强化指标考核，全力提升加工产量，提高市场份额，确保生产经营。

"咱们韩城钢材加工基地日销售出库破千吨，这是没有过的纪录！"在电话中的声音里，龙钢集团钢加公司的职工带着一股振奋。到3月15日晚8点，龙钢集团韩城钢材加工基地当日累计装卸及销售出库31车合计1050吨货，创日销售出库新高。

随着钢筋网笼订单全部加工完成，并顺利装车送往工地，西安地铁工地的塔吊拨开萦绕的雾霭，让花香满溢、战歌再起。悄然绽放的桃花，抚摸着春的嫣然，以最美的姿态诉说着钢筋铁骨带来的新希望。

非钢气象，春潮涌动

工地上的机械声，让春光更有力量。"要明确目标，细化分工，倒排工期，积极协调解决项目前期施工建设存在的问题，确保两项目有序推进。要制定相关考核细则，持续追踪项目建设进度，为公司高质量发展奠定坚实基础！"在相关负责人坚定的话语中，龙钢集团干部职工奋发昂扬、铆足干劲。

当前，龙钢集团非钢产业发展钢渣/水渣复合微粉、CRB600H 项目部已经成立，时间表、路线图已经明确，项目前期工作全面铺开。在紧锣密鼓的项目整体规划及建设调研中，相关负责人表示，龙钢集团固废循环经济发展已进入窗口期，要抢抓机遇，快马加鞭，推进项目建设速度，要认真落实项目经理责任制，坚持高起点、高标准、高质量做好工艺优化、设备选型工作，把固废处理项目打造成为行业样板工程！

忙碌的人们，不负春光之美，如同满树绽放的花儿，涌动着生命力。既有的固废业务中，处处是忙碌的身影：推进固废合同续签工作，维护固废销售渠道，采取灵活销售策略，稳定固废销售。复工复产中，龙钢集团当月固废销售累计完成销售矿渣 37.26 万吨，转炉渣 3.58 万吨，脱硫石膏 0.29 万吨，除尘灰销售 2.13 万吨，共计完成固废销售 43.26 万吨，完成月计划量的 109%，超额完成了月度目标任务，为实现季度开门红奠定基础。

蹄疾步稳，延伸希望

漫山遍野的春色，是矿山春天的号角。在龙钢集团大西沟矿业公司，矿山复绿、电气春检、精准检验、安全检查，矿山建设数字化、信息化等，各项工作有条不紊。

矿业公司紧紧围绕年度"245 万吨铁精粉采供量、5500 万元利润"生产经营任务目标，开展了设备计划检修、组织多方力量调运存矿和运输下山矿、实施安全环保隐患排查治理工作、组织在岗人员进行安全教育培训和专业技能学习等，多方举措为生产经营提供坚实保障。

在矿山的天与岭之间，延伸的是希望。矿业公司的干部职工表示，当前监督检查疫情防控和安全复工复产工作正深入现场推进，矿业公司复产当月实现了自产精矿粉 4.06 万吨，完成计划目标的 106.73%，累计向龙钢公司供应自产精矿粉 4.07 万吨，外购国内矿 3.27 万吨，全力保障了钢铁主业生产原料的供应。"2020 年，我们坚决打赢'稳产、降段、绿色矿山建设、贸易提升'四大攻坚战！"

（陕钢龙钢集团　黄剑玲）

陕钢集团龙钢公司：疫情当前，钢铁战士用实际行动确保抗疫保产两不误

2月6日下午14:30，陕钢龙钢公司炼钢厂连一作业区4号连铸机平台上，生产正忙碌有序地进行着，空气中弥漫着淡淡的消毒水味。两名佩戴KN95防护口罩的中包工相互配合，娴熟地更换套管。套管碰触钢流，溅起数朵璀璨的钢花，宛如绚烂的礼花。随着钢花散落，五个火红的注流进入平稳的浇注状态。

不远处的学习室内，炼钢厂疫情防控检查小组的成员正对4号连铸机疫情防控措施落实情况进行检查。从到岗人员到口罩佩戴、消毒、体温测量等，一一进行询问、查看。

"4号连铸机共有职工66人，今天上岗50人，14人正常休假，2人因离开韩城目前在家隔离，所有人员无异常，生产整体运行良好。"炼钢厂连一作业区作业长雷会林正向检查组人员汇报疫情防控情况。

"虽然疫情仍在蔓延，但是公司给各岗位配发了口罩、消毒液、洗手液、测温枪，还安排专人对操作室、办公室、卫生间进行消毒，对所有人员测温，食堂为大家准备了便携式饭盒，上下班乘坐公司专车，对家属区进行封闭管理，让我们感受到了贴心和温暖，解除了后顾之忧，安心地坚守在岗位上。"利用生产间隙在学习室休息的中包工陈飞向笔者介绍，"在这个特殊时期，作为一线员工，我们能做的就是坚守岗位做好本职工作，下了班就待在家里，少出门不聚会，不信谣不传谣，做好自我防护。"

据了解，自接到疫情防控紧急通知以来，该单位按照陕煤集团、陕钢集团安排部署，迅速行动，一手抓疫情防控，一手抓生产经营，坚决打赢抗疫和保产两大攻坚战：在第一时间启动应急预案，成立疫情防控领导小组，积极传达、及时发布关于病毒感染的最新消息及防治小知识、小视频，让全员了解疫情防控工作的重要性、紧迫性及基本的防护措施。同时，立即启动防

护用品发放供应，发出全员减少外出倡议，对全体人员信息进行排查统计，坚持对在岗人员测量体温、各区域通风、消毒。为保证特殊时期安全生产稳定运行，根据实际情况调整检修和生产计划，严格过程控制，紧盯关键指标提升，深挖工序潜力。

"1月份以来，党员干部放弃休假，24小时轮流值班，坚守一线；成立安全综合大检查工作领导小组，开展10次联合大检查，共解决各类问题127项；进一步完善工序时间标准和冶炼周期标准，优化生产工艺，使新区生产效率实现新突破。"该单位炼钢厂党委书记黄素华告诉笔者。据悉，1月，炼钢厂钢铁料消耗完成公司下达计划目标，较2019年12月降低6.7千克/吨；铸坯合格率达到100%；转炉14个班组全月实现钢水合格率100%"。

"虽然目前安全生产稳定运行，职工未出现身体异常情况，但防疫抗疫压力依然很大。疫情就是命令，防控就是责任。要打赢这场疫情防控阻击战，每个人都要担当作为，只要全员发力、科学防控，相信我们一定能早日战胜疫情。"黄素华说道。下一步，该单位将紧扣"国内一流 行业领先"总目标和降本增效、节铁增钢重点工作，紧盯钢铁料消耗等关键指标，加快智能化炼钢推进步伐，为企业升级转型、高质量发展注入炼钢力量。

转炉测温取样

炼钢厂中包工

（陕钢集团龙钢公司 李晓燕）

杭钢构建"14512"监查体系保复工复产

"眼下正值采茶季，景区人手是否充足？""对进入景区人员有没有严格执行一日一进一测一登记制度？"2月19日，浙江省遂昌金矿有限公司领导到其下属4A级旅游景区——遂昌金矿国家矿山公园开展监督检查，了解恢复生产过程中存在的困难，并抽查相关措施落实情况。作为浙江省丽水市首批达到复工条件的旅游企业，该景区于当日复工开园，并迎来了第一批游客。

截至2月17日，除下属两所高职院校根据国家要求未开学外，杭钢集团本级和下属所有二级单位均已完成复工审核。

近期，随着疫情形势出现积极变化，像遂昌金矿一样，杭钢下属各单位工作重点也向"一手抓疫情防控、一手抓复工复产"转变。例如：浙江杭钢国贸有限公司通过监督检查发现问题，建议公司设立"职工到岗防控安全管理十一条""用餐管理两禁止""防控跟踪监督六强化"等管控制度，把复工复产细节延伸到各个方面。该公司因这项工作被杭州市下城区东新街道授予"疫情防控样板企业"称号。

在保障企业复工复产工作中，杭钢集团纪委自觉服从服务当前疫情防控大局，科学精准、稳慎有效实施监督。

一是构建"14512"监督检查体系，抓好监督全覆盖。杭钢在集团层面建立了1个"二级单位纪委书记疫情防控监督"实时沟通微信群，建立实行工作联动、监督信息分析研判、疫情防控问题线索优先处置、情况通报等4项工作机制，明确5项监督纪律要求，制订12个方面的重点监督内容，做到监督检查每日开展、工作情况每周上报、问题困难及时沟通，落实纵向到底、横向到边的"网格化"一体监督，切实做到全方位、全覆盖、不留死角。

二是准确把握阶段性特征，抓住重点做好监督。杭钢把复工返程人员的排查、登记、管控措施落实情况作为监督重点，制定了"五个是否到位"检查标准（返工人员主动报备是否到位、居家观察是否到位，单位排查登记是否到位、包干联系是否到位、每日报告是否到位），强化人员管理。同时，杭钢从企业复工方案制订、疫情防控要求落实、物资保障等方面抓好监督，重点检查部署是否迅速、推进是否高效、措施是否精准、干部是否担当，督促各单位严格落实防风险、护安全、战"疫"情、保稳定各项措施。

（原刊于《中国冶金报》2020 年 2 月 27 日 1 版　记者　陈柳兵）

敬业集团控疫情与保稳产同步推进

　　自新冠肺炎疫情发生以来，位于河北省平山革命老区的敬业集团积极响应党中央、国务院号召，截至 2 月 21 日累计捐款捐物达 2490 万元，千里驰援火神山医院建设，用老区人民的深情厚谊温暖一线人员，用大义守望相助。同时，敬业集团全力抓好疫情防控，排除万难保稳定生产，为地方经济稳定运行贡献老区企业最大的力量。

严密做好疫情防控　　保障员工生命安全

　　面对严峻的疫情形势，敬业集团全迅速成立由董事长李赶坡亲自挂帅、生产副总康雪元任组长、其他副总为副组长、各厂部一把手为成员的敬业集团疫情防控领导小组，每天上报疫情防控情况；层层动员、严密部署，通过多项措施科学防控，保障员工身体健康。

　　鉴于钢铁行业的特殊性，疫情期间敬业集团的生产一直进行着，很多关键岗位员工在岗。这么多可能接触外部的渠道，如果抓不好、堵不严，员工安全无法保障，整个平山县防疫工作恐将全面失守。

　　李赶坡深知肩上责任重大，多次研究部署，并亲自到生产一线查看疫情防控情况。对于口罩等必备的防疫物资，李赶坡安排后勤副总、办公室主任加大口罩采购量，排除一切困难，满足员工使用需求。厂区、生活区封闭式管理，严控外来人员，各门岗 24 小时执勤，做好人员核查、体温测量登记、出入管控。敬业集团严把外来车辆进厂管理，进入厂区要消毒并严禁下车，全面排查往返武汉及与武汉来人有过密切接触史人员，限制其他重点疫区人员来厂，严防传染源输入；对全员严格核查，实行健康状况"一人一档"管理。同时，旗下旅游、房产、酒店一律停业，新建项目停工。后勤人员实行网络、电话等居家办公，取消一切会议、培训、考试等聚集性活动，改为网络办公，上班员工自带饭菜；每天对集团办公区域及公共区域进行全面消毒，并做好消毒水、口罩、体温计等疫情防控物资及时发放；通过传单、条幅、显示屏、报纸、板报等多渠道，加强疫情防控常识宣教。敬业集团通过多种措施，织严防疫大网，全面保障员工生命安全。

排除万难保生产　发展重任担在肩

在疫情严峻形势下，面临物流运输不畅、原燃料供应紧张、产品销售难等困难，敬业集团不等不靠，调动一切资源，在做好艰巨防疫工作的同时，全面保障生产经营稳定运行。

春节临近，公路货运逐渐困难，造成产品库存积压、场地紧张。敬业集团生产和物流信息部门拿出办法，暂向中转库搬倒；同时，销售总公司加大外贸订单产品的生产量，缓解了国内库存积压局面。

针对原辅料紧张的现状，敬业集团运输部门与铁路部门紧急协调，每日火车发运到货7.5列以上，保证了生产供应。面对运输司机、吊车司机因疫情管控不能复工的情况，成品运输部门逐一与各车主、业务承包商进行沟通，动员他们在符合疫情防控要求的前提下，协调司机参与运输、卸货业务，保证汽车运力。

随着复产复工逐步开展，敬业集团进一步强化主体责任，认真落实好河北省、石家庄市、平山县各级党委和政府关于企业复工复产的要求，科学制订了复工复产方案。与此同时，敬业集团抓好疫情防控，统筹做好人员核查、出入管控、错峰分餐、厂区消毒等各项工作，做到思想不放松，严防传染源输入，确保安全生产，两手抓两手硬，全力完成全年任务指标。

（原刊于《中国冶金报》2020年3月3日2版　通讯员　杨红先）

抗疫保供保产 马钢一个都不落

为把疫情造成的损失夺回来，实现 2020 年预定的生产经营目标，自 2 月 10 日正式复工复产以来，马钢在毫不松懈抓疫情防控的同时，有序有力有效抓好原料保供、生产组织、物流运输、工程建设，力争做到两手抓、两手硬。

抗疫，有序有力

"任何时候都要把职工的生命安全当作头等大事来抓！"马钢物流公司上下认真贯彻落实各级疫情防控部署要求，利用微信工作群、OA（办公自动化）平台等渠道，及时向职工推送疫情防控科普知识；想方设法采购防护口罩、消毒液、酒精等急需防护物资，满足假日值班人员的防护需求和工作场所消毒需要，并加强公共区域、电梯间、卫生间等场所的消毒工作。

马钢销售公司各子公司遍布全国各地，因工作需要人员流动快，接触人员广。为此，该公司积极主动了解每位职工所处的位置、身体状况、隔离时间、联系方式等重要信息，做到一个人不少、一条信息不漏。

马钢武汉公司为做好疫情防控，2019 年 12 月 31 日就对员工发布了应对疫情措施的通知，并积极做好防控工作。员工们陆续回马钢后，自觉隔离观察 2 周，并主动到当地政府部门做好沟通、登记工作。武汉公司还每日通过网络全部掌握每位员工动态，下发《防疫情况简报》。目前，39 位员工（其中 6 位武汉籍以及多位湖北籍的员工）全部安然度过 14 天隔离期限。为确保工作安全进行，2 月 5 日，武汉公司主动协助配合武汉市江夏区政府联系物资运输、在建项目防控部署工作；2 月 11 日，又启动了网上视频会议，与各部门、各岗位负责人进行线上沟通；2 月 13 日，为做好复工复产前的准备，经过请示批准，安排家住武汉的财务部廖惠同志前往马钢武汉公司取回公司办公软件和编程，确保公司现阶段远程办公。

保供，迎难而上

受疫情影响，各地装、卸港口管控力度逐渐加大，马钢物流公司厂内库存下降，对大宗原燃料保供产生了直接威胁。

为了缓解用料紧张的局面，马钢采购物流部制订应对措施：增加海江分流，以补充直达运力的不足；配合采购中心及时锁定资源，实现水运保供稳定；协调港口优先装运公司生产急需品种，配合卸载码头做好船员管控，现场协调紧急品种及时卸载，保障了公司进口矿石库存维持在110万吨左右的高位。

合肥物流坚持参加合肥板材公司每天的生产调度会，及时协调和安排运力，确保合肥板材基料和产品物流的顺畅。

上海驻点人员充分利用电话、微信等通信手段收集信息，编排发布铁运车流信息、卸车信息、库存信息，根据码头动态科学合理制订卸船及汽车运输计划，实现物流有序、保供有力。

汽运受限、目的地码头停卸、周边仓库库存居高不下，导致钢材产成品出库大大受阻，给公司钢材销售物流带来极大冲击。马钢销售物流部通过销售公司与客户积极沟通，将长途汽运受限的货物就地仓储；会同集港码头人员对仓容进行梳理，扩大码头仓储能力，保障集港码头卸货；配合销售公司遍访周边车库，增加仓储能力；密切跟踪每条船舶运行状态，以船代库，减轻集港码头库存压力。

针对合肥集装箱国际港因合肥板材公司出现疫情而拒绝接收板材产品入库的情况，销售物流部一面与公司一同和省港集团积极协调，一面紧急开通刚刚完成一期建设的合肥市肥东县店埠河码头，确保合肥板材公司生产的需要。

2月2日，安徽省马鞍山市新冠肺炎疫情防控指挥部下发了《关于进一步加强水路运输疫情防控工作的通知》，要求全市34家港口企业只保留9家维持半天生产，其余一律暂停作业。这会使马钢80%的矿石、30%的燃料、100%的熔剂中断供应，马钢由水路发运、占比高达45%的钢材产品也无法出运。物流公司负责人紧急向集团公司汇报，并为集团公司代拟了向马鞍山市政府请求保持为马钢服务的 4 家港口企业 24 小时连续作业的报告。在得到马鞍山市领导批示后，他们又在第一时间奔赴慈湖高新区、港航局、交运局逐一审批，保证了相关港口的正常作业，为马钢生产的正常进行做出了应有的努力。

春节前，因疫情暴发，马钢各类煤炭库存急剧下降，直接影响股份公司炼焦、烧结、炼铁、炼钢生产。危急关头，马钢一边向合作的各大矿务局发出"求救"信号，一边派出原料采购人员四方奔跑。山西焦煤集团利用在日照港现存的部分煤炭，优先从该港发出 2 万吨山西介休炼焦煤；淮北矿业集团分批次、有秩序复工复产部分矿井，并发挥区位和铁路运力优势，精准发运，能供尽供，从 2 月 3 日到 2 月 20 日，共向马钢发运煤炭 11.72 万吨，为马钢生产稳定起到了"定海神针"的作用。

保产，群策群力

1 月 26 日，面对疫情逐渐严重的势头，马鞍山市政府决定全市公交路线、客运专线、出租车、网约车、私家车全部暂停营运。这使得马钢南山矿矿区防疫人员、连续生产岗位的职工通勤成了大问题。为打通交通命脉，南山矿动力车间汽运段在征得上级领导的同意后，每天安排 10 辆大客车、2 辆中巴车，往返矿区各条生产线。

春节到来之际，聘用的外来劳务人员纷纷回家探亲了，加之最近疫情依然比较严重，外来劳务人员无法赶来复工，岗位操作人手更加缺乏。为解燃眉之急，客勤班长韩春华主动把夜班开吊车的工作揽了下来。他说："我是班长，又是党员，关键时刻，困难就应该我先上。"韩春华是多面手，不仅能驾驶大客车，也能驾驶洒水车、中巴车，哪里人手紧张，他就会出现在哪里。

2 月 13 日上午 7 点刚过，马钢特钢公司轧钢分厂大棒丁班作业长杨文龙急匆匆往厂里赶去。当天，杨文龙既是指挥官又是战斗员，白班轧机要换轧 250 毫米规格的方坯，而 4 号台锯切关键岗位一名职工正在居家隔离观察，杨文龙决定自己顶班"补位"。看见生产有条不紊地进行后，杨文龙就去现场巡查。当天 9 点 40 分，他发现一支红钢轧过之后出现定尺控制不稳、头部尾部锯切端面不齐的情况。他当机立断，决定换锯片。锯机内的高温辐射、勒紧的防护口罩丝毫没有影响杨文龙娴熟的拆装锯片动作，胳膊酸了就甩两下，腿麻了就立起身活动活动。整个锯片的拆装仅用了 40 分钟，比计划提前近 10 分钟，为实现单日生产目标赢得了宝贵的时间。

（原刊于《中国冶金报》2020 年 3 月 3 日 2 版 记者 章利军 通讯员 申婷婷 俞国沛 沈 燕）

主体生产一天都没停，218 户子企业
已复工复产 216 户——

鞍钢集团奏响抗疫保产协奏曲

新冠肺炎疫情发生以来，鞍钢集团坚决贯彻落实习近平总书记重要指示精神，落实党中央、国务院决策部署，以及国务院国资委和辽宁省及鞍山市地方党委、政府疫情防控工作安排，一手抓疫情防控，一手抓生产经营，截至 3 月 3 日，全集团主体生产一天都没停，218 户子企业已复工复产 216 户，在打赢疫情防控阻击战中彰显"钢铁长子"的责任与担当。

政治担当　坚决打赢疫情防控阻击战

鞍钢集团把做好疫情防控工作作为重大政治任务来抓，作为增强"四个意识"、坚定"四个自信"、做到"两个维护"的具体行动，确保组织到位、人员到位、物资到位，层层压实防控责任，做到守土有责、守土负责、守土尽责，为打赢疫情防控阻击战提供了有力支撑。

加强组织领导，层层压实防控责任。鞍钢集团按照习近平总书记的指示精神，迅速落实工作责任，建立健全工作机制，成立由鞍钢集团董事长、党委书记谭成旭，总经理戴志浩为总指挥，其他班子成员为副总指挥，集团部门和子企业主要领导为成员的疫情防控指挥部；启动突发公共卫生事件应急处理预案，确定鞍钢总医院为收治定点医院，实施疫情日报制度，全力配合地方政府做好区域疫情防控。

强化责任落实，做到"四个确保"。疫情防控工作启动后，鞍钢集团提出"四个确保"工作要求，即确保党中央、国务院、国资委、所在地党委政府的决策、部署、要求、措施件件落实到位；确保员工生命安全和身体健康；确保鞍钢各区域企业配合所在地政府做好疫情防控工作；确保扎实履行央企社会责任，做好社会捐赠、应急物资生产。鞍钢集团疫情防控指挥部成员深入职工宿舍、食堂、浴池、办公室等生活生产区域，就疫情防控工作进行现场指导。

强化协同联动，把好"三个关口"。一是严把病源入口关。鞍山区域所属子企业从 1 月 23 日起，紧急排查到武汉地区出差或短期居住的返鞍职工及其亲属，要求各单位在湖北等疫情较重区域职工暂缓返鞍；暂停不必要的公务出差活动，关闭企业各类大型集会场所。二是严把人员检测关。一方面，紧急配备体温检测设备，对部分重要部门、操作室等入厂职工进行检测；另一方面，对外来入厂办证车辆人员严格检查，做好体温检测工作，并登记造册。三是严把疫情防控关。在疫情防控形势严峻阶段，鞍钢集团要求做到"四不"：不举办大型集会、活动、会议等；不安排异地交流、参观、学习、实习等；春节期间不串门、不聚会、不握手；提倡员工下班后不去公共场所，全力切断疫情传播途径。

加强宣传引导，营造抗击疫情良好舆论氛围。鞍钢集团利用《鞍钢日报》、鞍钢视讯、鞍钢集团官方网站和官方微信"摇篮鞍钢"等平台，加大疫情防控宣传力度，每天发布疫情防控信息，引导职工不造谣、不信谣、不传谣；实行 24 小时舆情监控，掌握舆情动态，未出现负面舆情。

同舟共济 谱写央企大爱

面对疫情，鞍钢与全国人民同舟共济，通过捐款、捐献医用物资、派遣医疗队等方式，将钢铁人的大爱源源不断向武汉聚集。

1 月 28 日，鞍钢集团通过国务院国资委专门账户捐赠 3000 万元用于全国特别是武汉市新冠肺炎疫情防控工作。与此同时，鞍钢集团提供 16 个活动板房用于武汉疫区救援工作。

鞍钢国贸公司通过各海外公司加大采购力度，千方百计采购紧缺的医用口罩。1 月 30 日，鞍钢国贸日本公司在日本采购了 3000 只口罩、80 副护目镜，通过在日中资企业协会统一捐赠给武汉疫区。2 月 9 日，鞍钢国贸将从海外采购的 2800 只医用口罩转交给辽宁省鞍山市疫情防控指挥部。

鞍钢紧急生产 40 吨具有抗霉菌性的高端装饰用搪瓷钢板运抵北京，用在北京市顺义区疾控中心兴建的新冠病毒实验室家具、隔断和通风管道上。该实验室是北京市疾控中心指定的新冠病毒检测部门。

2月9日，鞍钢汽车钢营销（服务）中心与鞍钢股份产品制造部、冷轧厂等协同，紧急调配资源，仅用8天时间就生产了968吨汽车钢提供给宇通客车公司，确保55辆负压救护车按时驰援武汉。

"最美逆行者"展现人间大爱。自1月26日（农历正月初二）起，鞍钢集团16名精锐医护工作者分4批陆续驰援武汉。

"17年前与'非典'邂逅，我在毫无经验、近乎无防护的情况下接诊第一例疑似病例。今天当未知的疫情再次来临时，我将继续逆行而进。"鞍钢集团总医院感染科副主任，在医院组建医疗队时第一时间报名。

"抵达武汉的日子里，我感受到了医护工作者的使命和担当。我们一定会尽最大的努力，为挽救疫区人民的生命打一场硬仗。"鞍钢集团总医院呼吸专科医院科护士长李秋主动报名奔赴武汉。

鞍钢集团总医院重症医学科护士金钰每次进入ICU，都会提醒自己："'ICU'（原意为：重症加强特护病房）是'I care for you'，我来照顾你！"

做好"三保" 坚决打赢生产经营保卫战

在全力以赴做好疫情防控工作的同时，鞍钢集团坚持底线思维，全力保生产、保运营、保市场，坚决打赢疫情防控阻击战和生产经营保卫战两大战役，为做好"六稳"工作展现央企担当。

科学评估影响，全力保生产。面对疫情防控时期严峻的市场形势，鞍钢集团严格落实"党政同责、一岗双责、失职追责"的安全生产责任，持续加强安全隐患排查，切实抓好作业现场安全管理，提升应急处置能力；落实应急救援组织机构、队伍、装备和物资，强化应急救援工作机制，确保疫情防控期间安全工作力度不减。鞍山钢铁严格执行日报告制度，按时报送大宗原燃料、备品备件、物流运输情况等；攀钢制订《攀钢特殊时期生产经营工作方案》，成立由总经理任组长的特殊时期生产经营工作领导小组，及时协调处置疫情防控期间生产经营应急事件，千方百计保证产供运销高效衔接。

统筹物流采购，全力保运营。鞍钢集团要求各区域公司加大与各级地方政府的沟通协调力度，最大程度减小运输生产组织造成的影响。同时，鞍钢集团最大程度发挥自身物流的作用，实施汽车运输和火车运输联动机制，提升物流运输保障能力；制订产品输出应急预案，做好输出中间库的选定，严防输出堵停生产。

为确保原料供应充足，鞍钢集团加大采购力度，密切跟踪山西等地煤矿复产情况，逐户落实现有资源，对重点品种进行增量；对于库存较低的硅锰合金等，制订保产应急预案。鞍钢集团还及时掌握上游供应商特别是大宗原燃料、应急备品备件供应商的生产计划及变化情况，加快已签合同的发货督促；资源计划不能兑现时，及时组织替代资源。

研判行情变化，全力保市场。鞍钢集团针对下游客户延期复工给产品销售带来的影响，加强市场研判，自觉防控风险，调整营销策略。根据市场变化，该集团动态调整品种结构，确保高效益产线开足开满；加大市场开发力度，拓展外贸销售渠道，降低国内市场下跌风险；加强市场研判和合同衔接，继续盯紧战略用户需求，跟踪国家重点工程建设项目，全力组织订单；做好市场开拓和销售渠道的管控，加快已签合同产品发运，实现及时销售，最大限度降低库存；加快合同结算，确保资金及时回笼。

在这场抗疫保产协奏曲中，鞍钢集团各级党委坚持党建引领，做到哪里任务险重哪里就有党组织坚强有力的工作；广大党员干部当先锋、做表率，凝聚起战"疫"的强大力量。广大党员干部纷纷表示，将继续用实际行动践行初心使命，和全国人民一道，夺取疫情防控的人民战争、总体战、阻击战的全面胜利。

（原刊于《中国冶金报》2020年3月5日1版 通讯员 马明铭）

抗疫"两个为零",生产经营保持"快进键"——

华菱筑牢"钢铁长城"

2月20日,湖南省分区分级精准防控新冠肺炎疫情的实施方案下发,此时距元月20日抗击疫情行动开始整整1个月。华菱集团及所属湘钢、涟钢、衡钢、VAMA(华菱安赛乐米塔尔公司)所在区域全部处于中级及以下风险区,华菱却在第一时间发出了《关于杜绝盲目乐观继续做好疫情防控工作的通知》(下称《通知》)。

截至3月3日,华菱集团所属企业4地4厂3万余名在岗职工,无一例确诊病例、疑似病例,生产、营收、利润完成情况保持稳顺势头,同时海外采购和捐资捐物总额达到3656余万元。

行百里者半九十。在疫情警报没有全面解除之前,华菱集团始终坚持思想不松懈,标准不放宽。

构筑"铜墙铁壁"确保3万余名职工健康安全

1月20日,习近平总书记就新冠肺炎疫情做出重要指示,要求各级党委和政府及有关部门要把人民群众生命安全和身体健康放在第一位,坚决打赢疫情防控阻击战。湖南省委、省政府就湖南疫情防控做出最严最高级别的作战部署,快速启动重大突发公共卫生事件一级响应。

1月20日,华菱集团第一时间迅速响应,启动了疫情防控工作,下发《通知》,对疫情防控工作作出整体部署和具体要求;迅速在集团公司各单位、部门开展对办公区域和工作场所的全面消毒,加强食堂的食品安全管理,引导员工戴口罩,不与武汉(湖北)往来人员进行接触。

1月20~31日,华菱集团成立新冠肺炎疫情防控工作领导小组,密集起草并下发疫情防控工作通知、应急预案,前后六道"战'疫'指令",道道升级,针对性强。集团公司主要领导在疫情防控微信工作群 24 小时在线，随时指挥、调控、决策。

华菱集团下属"三钢"（湘钢、涟钢、衡钢）、VAMA 及在长沙的集群产业子公司也迅速响应，周密部署，严格执行，构筑起保障生命安全的"铜墙铁壁"。华菱 4 地 4 厂所辖区域一律严格做好所有工作场所的消毒，不留任何死角；严格做好上岗员工体温检测和健康检查，班班查，人人测，不漏一人；充分做好防疫物资保障工作，提前购买储备口罩、测温枪、消毒液、酒精等用品，保证每名上岗员工防护到位；严格控制外来及疫区车辆、人员进出；实行分段就餐、配餐，保证物资供应充足，员工用餐安全。

3 万多名员工的生活生产实现令行禁止、严格受控，防控措施做到严丝密缝、紧张有序。

自 1 月 20 日以来，华菱集团对在湘企业 30716 名职工和相关外协人员进行了反复排查，实行日报告、零报告、重大情况即时报告机制。对有湖北往返史的 365 人（其中，武汉往返史 228 人）、与确诊和疑似病例密切接触者 9 人全部按要求进行隔离（目前已全部解除 14 天观察期）。隔离不隔爱。华菱集团党委扩大会特别强调，把隔离人员的生活保障做好，给予他们关心、关爱，主动隔离是为大家好，是在为社会做贡献。

2 月 10 日起，近 15 万份预防新冠肺炎、提高免疫力的特制中药汤剂配发到生产一线，覆盖所有在岗员工。

作为湖南最大的制造企业，华菱集团以"一个都不放过"的最严格、最周密的标准将各项工作执行到位，背后体现的是对员工最大的负责。

党员在前　鲜红党旗高高飘扬

疫情当前，党员先行。自疫情发生以来，华菱集团 600 多个基层党组织、1 万余名党员坚守岗位，勇挑重担，冲锋在前，扎实做好疫情防控，全力保障生产稳顺，充分展示出国企共产党员的先锋本色。共产党员、湘钢常务副总经理喻维纲带领 11 名党员技术骨干，组成应急小分队，紧急驰援湖南臻和亦康医疗用品公司，通宵排除故障，帮助安装口罩生产线。在他们的帮助下，该厂释放产能，每天口罩产量增加 10 万只以上。

"疫情面前，人人都是行动者。"涟钢共产党员李从军、曾力，积极寻找货源，分别以个人名义捐赠 120 套、200 套防护服，第一时间支援湖南娄底医疗抗疫一线。

衡钢保卫处处长、老党员蒋青平，从除夕开始，坚守防疫一线，一天都没休息过，事无巨细亲力亲为，将女儿在网上购买的 50 只口罩也全部贡献出来。

值得一提的是，在华菱，有 10 多位员工的家属是医护人员，奋战在支援湖北或当地抗击疫情的最前线。这些家庭，很多是夫妻党员、父女党员。面对疫情考验，在前线战斗的冲锋陷阵救死扶伤，在后方的坚守岗位保生产。

正是无数这样的普通共产党员，汇聚起抗击疫情的宏伟力量。

国企担当　抗疫捐款物累计 3656 万元

在做好企业疫情防控的同时，华菱集团积极履行社会责任，全力以赴支援湖南省疫情防控工作，截至 2 月 25 日累计捐款捐物达 3656 万元。其中，湘钢、涟钢、衡钢、VAMA 向湖南省湘潭市、娄底市、衡阳市相关单位分别捐款 1000 万元、1110 万元、500 万元、156 万元。

针对全省疫情防护用品极为紧张的状况，华菱集团实施"三钢"、VAMA、采购中心"五方联动"，充分调动一切资源，通过营销系统、采购系统和平时掌握的各种渠道，在全球采购疫情防护用品，全力支援抗击疫情一线。在这个过程中，许多华菱的海外战略客户、合作伙伴、朋友等想尽一切办法，全力援助华菱紧急采购。如安赛乐米塔尔董事长拉克什米·米塔尔先生高度关注、鼎力支持，安米印度及中国区总经理桑杰积极调动全球资源寻购医疗物资，周末、晚上加班，急购抢运；中钢集团澳大利亚公司总经理孙晓轩带领团队，第一时间广泛搜集货源，凌晨打包、装运，连夜紧急联系最快航班，保证物资尽早到达。

截至目前，华菱从海外采购的口罩、防护服、手套、护目镜等防护物资达 61 万件（套），价值 600 余万元。这些物资在第一时间捐赠到湖南省红十字会，驰援湖南疫情防控一线。与此同时，湘钢、涟钢、衡钢克服防护物资紧缺困难，多方筹措，分别向当地疫情防控、医疗卫生单位捐赠多批防护用品近 6 万件（套）。

有钱出钱，有力出力，有人出人，华菱旗下各子公司积极响应战"疫"召唤。

2 月 4 日以来，湘钢先后派出 9 名工程技术人员前往省内各地，驻点援助重点医疗物资生产单位，提供技术保障。湘钢瑞兴公司先后派出 16 名缝纫技师组成"疫情抗击突击队"，支援防护用品生产厂家，确保医疗用品生产线满负荷生产。湘钢干部员工向湖南省青少年发展基金会捐款 66 万元，用于湖南省和湖北省新冠肺炎疫区购置医疗物资和医护人员保障用品。

涟钢团委成立了防疫青年志愿服务突击队，为涟钢区域内孤寡老人、空巢老人、失独家庭等弱势群体家庭解决生活、出行困难，每两天配送一次生活物资。

衡钢派出专业技术队伍，同时技术驰援衡阳 2 家医用口罩厂家，紧急修复 5 条医用口罩生产线，保障了每天 13 万只口罩的正常生产。

抓好"三稳"生产经营保持"快进键"

疫情发生以来，华菱生产经营从未停滞，一直保持"快进键"。

受疫情影响，钢铁企业运输受限，原燃料送达、钢材发运面临巨大困难。华菱集团立足内部，坚持生产区域百分之百防控制度，坚持特殊时期强化生产安全，采取"三稳"措施，在防控疫情的基础上把对生产的影响降到最低。

稳队伍。华菱集团及各子公司及时发布权威信息，及时疏导员工心理，把全员思想和行动统一到战"疫"情、稳生产上来；出台疫情防控期间员工行为规范，保障了员工队伍和生产秩序的整体稳定。

稳生产。针对疫情带来的订单、资金、运输的变化情况，华菱集团及时调整生产节奏，加强产前策划、生产组织协调；强化现场本质安全，加强在线设备的检测和维护；充分利用电话会议、微信平台等讨论工作，布置任务，现场跟踪，实施"线上、线下"相结合落实每日生产任务。

稳客户。一方面，克服资源、运输等困难，全方位保产保合同兑现；另一方面，优化产品外发物流运输线路，积极与客户做好前期沟通，及时协调湖南省内码头和交通部门，保证重点战略客户的供货及时发运。

1月，华菱集团主要产品产量、营收、利润均完成目标任务。其中，华菱湘钢2号高炉大修复产，快速达产达效；华菱涟钢3座高炉保持高效运行，生铁日均产量超22000吨，为历史最好水平；华菱衡钢钢坯、钢管产量分别创下15.3万吨、13.8万吨的历史新高，合同准时清交率突破95%，重点产品产量均达历史最好水平；VAMA克服汽车行业受疫情冲击带来的不利影响，全力稳生产、保外发，保持了产销两旺，产量、利润等指标均超额实现月度目标。

2月，华菱集团生产经营继续保持稳顺势头，为做好全年各项工作打下了坚实的基础。

（原刊于《中国冶金报》2020年3月5日1版 实习记者 肖红 方兴发）

新天钢双线作战做到"四个不放松"

近日，《中国冶金报》记者从新天钢集团疫情防控阶段总结及工作部署视频会议上获悉，目前，该集团整体生产有条不紊，钢铁和焦化板块主要产品产量、经济技术指标等均保持正常水平；从 2 月 18 日开始，冷轧和金属制品板块的单位严格执行天津市政府关于返津人员隔离的措施和规定，并有序复工生产。

新天钢集团董事长丁立国在会上强调，在疫情防控和复工复产的双线作战阶段，更要坚持做到思想意识不放松、防疫手段不放松、物资储备不放松、宣传引导不放松、考核处理不放松。

新天钢拥有职工 43000 人，十几家所属企业分布各地，给疫情防控带来巨大的困难。疫情发生以来，新天钢集团第一时间与各公司属地政府建立疫情防控联控联防机制，并在集团内部建立集团、下属公司、生产厂、作业工段、班组等 5 级防控工作网络，压紧压实工作责任，分类分层落实防控措施。

疫情期间，高炉、转炉始终运转。为保证安全生产，新天钢 2 月 3 日下发《新天钢集团疫情期间安全通知》，并制作安全卡，从思想上稳定员工情绪；集团单位各级领导值守，定期下车间检查。与此同时，新天钢大力削减成本，提升企业经营能力。在工序成本方面，新天钢在烧结上优化配矿结构，降低固耗，降低电费；在炼钢上降低高炉事故率，保证高炉顺行稳产；在炼铁上优化入炉原料结构，降低燃料比。在开源节流方面，新天钢压缩各项费用开支，减少资金支出；在工程项目建设、原燃料和备品备件的采购上统筹规划，集中按需采购，不紧急、不必要的一律缓建缓采；杜绝风、水、电、气的跑冒滴漏。另外，新天钢还积极开发周边潜在客户，拓展销售渠道，加大贸易量、锁单量，有效消化库存。

（原刊于《中国冶金报》2020 年 3 月 5 日 1 版 记者 蔡立军 通讯员卢小龙）

逆 势 上 扬

——永钢疫情下善谋善为促发展纪略

新冠肺炎疫情突如其来，对市场需求、物流、原料购买等方面造成影响，给钢铁行业的生产经营造成了极大困扰。

但是，2020 年 1~2 月，江苏永钢集团实现营业收入 110 亿元，比 2019 年同期增长 10%；实现利税 6 亿元，比 2019 年同期增长 30%，可谓逆势上扬、来之不易。

"面对疫情，'等、靠、要'是不行的，企业上下都需要动脑筋、想办法、谋对策。"永钢集团党委书记、总裁吴毅日前对《中国冶金报》记者说。

深耕国际市场

3 月 5 日，永钢传来好消息，一笔出口到柬埔寨的 1.2 万吨螺纹钢订单顺利交付。疫情期间，永钢加大对国际市场的维护和开拓力度，后续订单量已经呈大幅增加趋势。

据永钢外经贸处处长王晓波介绍，这批钢材原计划在 3 月上旬才发货。受疫情影响，国内市场销售受阻，企业库存压力较大。为此，永钢外经贸处与柬埔寨客户积极协商，顺利达成订单提前交付的协议；积极与船运公司协调，最终在 2 月 15 日完成备货，2 月 20 日完成装船，将产品运往柬埔寨。"柬埔寨客户此次同意我们提前发货，源于永钢坚持产品品质、客户服务'双一流'，在国际市场上树立了良好的口碑和形象。"王晓波说。

这几年，永钢深耕国际市场，其钢材已销往全球 111 个国家和地区，其中包括 32 个"一带一路"沿线国家和地区。

保障原辅料供应

在钢铁冶炼过程中，需要用到一种"碳化稻壳"覆盖剂，主要用来覆盖钢水，起到保温作用。受疫情影响，该覆盖剂的市场供应量不足。为此，永钢一方面拓宽供应渠道，另一方面加强生产技术研究，采用其他覆盖剂替代"碳化稻壳"，实现减量使用，有效解决了此难题，保障了生产顺行。这是永钢为有效应对疫情采取的创新措施之一。

疫情防控期间，受交通管制的影响，永钢炼钢用耐材、合金等原辅料供应紧缺，跟不上企业生产节奏。为此，永钢供销事业部供应处积极行动，加强协调，想方设法堵上原辅料供应的缺口。

"我们联合生产、技术、物流等多个部门，协同配合，详细制订了原辅料使用及到货计划表，通过实时跟踪更新，了解原辅料供应及使用情况。此外，我们还组建了'疫情期间原料应急群''疫情期间车辆管控群'等微信群，及时了解原辅料供应存在的问题并快速解决，全力实现生产原料保供。"永钢供销事业部供应处处长许良说。

此外，交通管制还导致需经过江苏省常州市、无锡市和南京市等地区中转到永钢集团的原辅料硅锰合金无法组织拉运，影响到了企业的正常生产。为此，永钢供销事业部及时调整了采购策略。"我们实现了长江码头船运到货数量的增长，并协调内外部相关单位，尝试利用小船直接运达内河码头，有效缓解了硅锰合金库存紧张的局面。"许良说。

"我们两手抓、两手硬，一手抓疫情防控，一手抓生产经营，利用国内、国外市场的联动机制，转换工作思路与销售市场重心，抢抓出口先机，努力实现原辅料供应的平衡，为疫情期间企业的保产保供提供了基础，同时也为在疫情结束后，把受疫情影响丢掉的时间'抢回来'提供了动力。"吴毅说。

进一步提升绿色发展水平

这两天，永钢集团循环经济产业园内一派繁忙景象。总投资额达3亿元的转底炉项目正在进行设备安装，总投资额达2.57亿元的建筑垃圾资源化综合利用项目也正进行场地平整。据介绍,永钢正在推进的钢铁文化园建设将极大地提升永钢高质量发展的能力和水平,尤其是绿色发展,将更上一层楼。

钢铁文化园的其中一大类项目是厂区重塑性改造。厂区的重塑性改造包括道路交通系统优化、办公生活场所优化、园林景观提升、企业文化导入、工业旅游示范基地完善等,主要以科学化、人性化、便捷化为导向,对厂区功能布局、基础设施和配套服务等进行优化升级。

近日,由永钢集团 3D 打印出的 4 套景观管理用房、5 套景观厕所以及座椅、花坛等相关配套设施正在"张家港湾"生态提升项目工地现场安装。"张家港湾"累计投资额达 37.6 亿元,将构筑起 140 万平方米滨江亲水景观带,意在重塑沿江生态长廊,建成后将成为长江"最美江湾"。

"张家港湾"工程建设应用了大量生态环保材料,永钢集团 3D 打印产品便是其中之一。据项目负责人员介绍,选用 3D 打印产品,既契合生态提升的主题,又是出于实用性、便捷性的考虑。

为全面推进资源节约和循环利用,实现生产系统和生活系统循环链接,2018 年,永钢集团投资 5000 万元引入了钢渣 3D 打印生产线。该生产线的原材料主要是钢铁冶炼产生的固废钢渣,这些固废钢渣经过颗粒化碾磨处理,添加黏合剂后,可以打印出硬度不低于传统混凝土的成品,包括治安岗亭、生态厕所、公交站台、共享公寓等建筑物,以及花坛、景观绿化墙等配套材料,有效实现了"变废为宝",且可整体化拆装移动,十分便捷。

据悉,2019 年,在于江苏省苏州市张家港市举行的新时代"三超一争"聚焦聚力"三标杆一率先"誓师大会上,永钢喊出了"3 年内实现'千亿元营收、百亿元利税'"的奋斗目标。为实现这一奋斗目标,永钢日前"硬核"出招,计划用 3 年时间打造钢铁文化园。

"钢铁文化园的建设,旨在提升永钢集团的软实力、增强竞争力,打造具有先进性、引领性的'未来工厂'。今后,永钢厂区将既是钢铁生产的工业园,又是钢铁文化的展示园。"吴毅说。

(原刊于《中国冶金报》2020 年 3 月 10 日 1 版 通讯员 黄 炜 马建强 记者 刘加军)

韶钢抗疫保产"两手抓"有实效

新冠肺炎疫情发生以来，中国宝武广东韶关钢铁有限公司（以下简称韶钢）积极落实疫情防控措施，实现疫情"零输入"、生产经营稳定，未因疫情停产。2月，该公司铁、材均超额完成计划产量。

据韶钢制造管理部副部长包锋介绍，为做好疫情防控工作，韶钢第一时间启动抗疫应急预案，成立新冠肺炎疫情防控指挥部，确保整个指挥系统迅速建立、迅速响应。

1月23日~2月10日，韶钢坚守岗位的6000余名员工积极履职，保证公司生产经营正常稳定运行，各条产线没有出现因疫情影响而造成停产的情况。在疫情防控过程中，该公司共对2822名员工进行了超过14天的隔离观察。该公司工会及志愿者发挥出积极作用，为居家隔离或者医学隔离的员工采购生活用品，提供心理辅导。

在"外防输入"方面，韶钢的党员、基层党组织发挥了积极作用。2月1日，韶钢党委发起"外防输入"的志愿者活动，仅半个小时，432名志愿者马上全部就位。志愿者们每天在该公司各个门岗，对所有外来车辆、人员进行100%的拦检，每天有超过9000人次的拦检工作量。现在，该公司1号门岗仍然保持着志愿者24小时值班。

在"内防扩散"方面，韶钢制订了"4个工作圈"（生产经营圈、基建技改圈、设备检修圈、物资运送圈）的管理体系，确保4个圈的人员相互隔离，防止内部扩散。同时，韶钢24个二级单位认真履行疫情防控主体责任，建立了超过116个疫情测温防控点，同时对所有办公场所、公共区域进行全面消毒，确保公共区域安全。

复工后，该公司积极推进错峰上下班，部分员工居家办公，减少人员聚集。

据包锋介绍，该公司原料采购部门，包括物流运输部门，积极组织货源和协调运输，适时调整用料结构，确保在部分原材料出现短缺甚至断料的情况下，公司整体生产经营没有受到影响。

因工程停工、项目停建，韶钢产品库存较高。为此，与韶钢有合作的库存商、贸易商都积极响应韶钢要求，把韶钢生产出来的产品有序摆放到客户周边的仓库。只要工程一复工，所有材料都能马上送到客户手上，第一时间支持项目开工。

接下来，韶钢将继续抓牢抓实疫情防控和生产经营工作，咬定全年生产经营目标不放松，把在疫情期间损失的经营成果，在后续工作中努力追回来。

（原刊于《中国冶金报》2020年3月12日2版　特约通讯员　陈立新　通讯员　邓伟雄）

长沙凯瑞重工数字化服务助力抗疫保产

长沙凯瑞重工机械有限公司（以下简称凯瑞重工）经过 20 年的深耕细作，至今已是高温工序物流设备制造的领导者，绿色工业生产服务运营的先导者，冶金行业内唯一集产品和运维服务于一体的智慧物流解决方案提供商。公司目前拥有各类专利 52 项，其中发明专利 18 项，实用新型专利 30 项，外观专利 4 项，属于国家高新技术企业，并已纳入长沙市协同创新平台，长沙市高新区 15 家创新试点单位之一；公司与中南大学、湖南大学、长沙理工大学等多个高校开展深入合作，与中冶节能环保有限责任公司、钢研晟华科技股份有限公司等科研单位签订了战略合作协议，共同致力于设备、物流及冶金渣综合利用的研发和应用；公司拥有遍布全国的售后服务网络和完善的代理销售网络，产品远销到美国、韩国、印度、马来西亚等多个国家。公司从 2016 年起正式进军高温物流行业，目前已经涵盖了钢渣运输、铜渣运输、铁水运输、产成品半成品出库等物流服务。

2020 年初春新冠肺炎疫情发生以来，凯瑞重工高度重视，响应政府号召，制定了详细的疫情防控方案。各部门根据公司总体部署，配合业主，联防联控，坚持"两手抓"，一手抓疫情防控、一手抓服务生产，确保员工"零感染"，做到了疫情防控到位、生产服务井然有序，凯瑞重工"数字化智慧物流服务"的硕果在这场抗疫战中起到了举足轻重的作用，谱写了一曲战"疫"情、保服务的时代凯歌。

一、冶金渣物流运维服务

冶金渣物流运维目前服务于五矿铜业（湖南）有限公司、中铜东南铜业有限公司、鞍钢联众（广州）不锈钢有限公司。

五矿铜业铜渣物流项目部于 2016 年成立，是凯瑞重工第一个运维服务项目，更是公司第一个"智慧物流"的示范点。2018 年，凯瑞重工在项目部搭建了"铜渣缓冷场智能管理系统",通过精准、合理的调度,减少了人员投入,提高了作业效率,特别是疫情期间消除了人员聚集、相互感染的隐患。该系统综合运用成熟先进的 UWB 定位技术、无线网络通讯技术、RFID 技术等,以缓冷场渣包为主要管理对象,以渣包车为主要跟踪对象,对缓冷场内的渣包状态和运输设备操作行为进行全面感知,通过无线网络建立生产过程信息采集、集成与控制的数据传输平台,提高了缓冷场操作过程的准确性和实时性,通过故障报警功能及早发现问题、解决问题,降低了设备故障率,最终帮助企业实现减员增效。

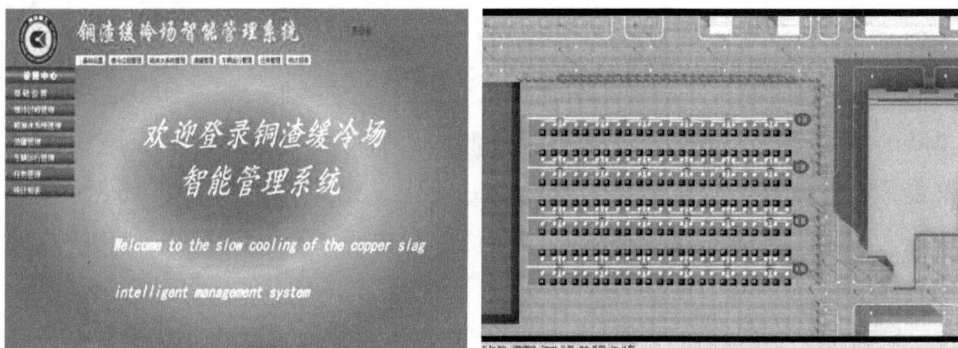

铜渣缓冷场智能管理系统

顺势而为,低碳先行。低碳旨在倡导一种低能耗、低污染、低排放为基础的经济模式,减少有害气体排放。凯瑞重工在可持续发展理念的指导下,通过技术创新、制度创新、管理创新等多种手段,坚持绿色发展的道路。行业内首台电动抱罐车全天候运营于中铜东南铜业,遥控清渣机,电动抓钢机、环保节能的钢渣处理技术即将在鞍钢联众项目投入运营。绿色电动及遥控设备的投入使用,减少了人员投入,工作现场更加清洁,极大地提高了操作司机的舒适性,减少了由于噪声、尾气等污染带来的不适感,保证了作业的安全性,减少了作业的劳动强度,一定程度上提高了驾驶员的身体抵抗力,保证了员工们身心健康,有效地减小了感染新冠肺炎的风险。

二、产成品、半成品物流运维服务

陕西龙钢项目部于 2018 年正式运营,拥有 3 台自制保温框架车及 30 台国六版牵引车,承担业主方钢坯及钢材上站运输。凯瑞重工实行集中化、专业

电动抱罐车作业现场

化管理，一是严格按照业主的生产安排高效调度，提高工作效率，保证满足运输任务的同时减少不必要的车辆排队。二是通过专业的服务团队，并投入全新的国六设备，减少了设备故障率低，从而可优化维修团队，减少人员聚集，有效降低了交叉感染的风险。三是研发无人驾驶框架车，即将在现场投入使用，可彻底减少现场工作人员，通过无人化运维减少感染新冠的风险。

针对框架车运输功能需求，采用分层式体系结构，设计自动驾驶系统总体架构。该结构拥有明确的接口体系以及递进的性能表现，如下图所示。根据该体系架构，功能划分为四大部分：包括感知系统、决策系统、运动控制系统以及线控执行系统。

三、铁水物流运维服务

铁水物流运维目前服务于内蒙古亚新隆顺特钢有限公司、舞阳钢铁有限责任公司。铁水物流项目即将打造成为集无人驾驶、纯电动绿色设备及冶金行业高温物流设备服务平台于一体的"智慧物流"新模式。

铁水物流项目，设备与人员数量多，对设备、人员如何进行科学管理与调度是该项目的重中之重。为此，凯瑞重工充分借助云计算和移动互联网为载体，结合人工智能 AI 和智能物联技术，搭建了"冶金行业高温物流设备服务平台"，实现设备智能化管理、减少故障时间、节约维修费用，实现产业智能网联，实现装备远程运维业务增值，使公司跨入了数字化运维时代。

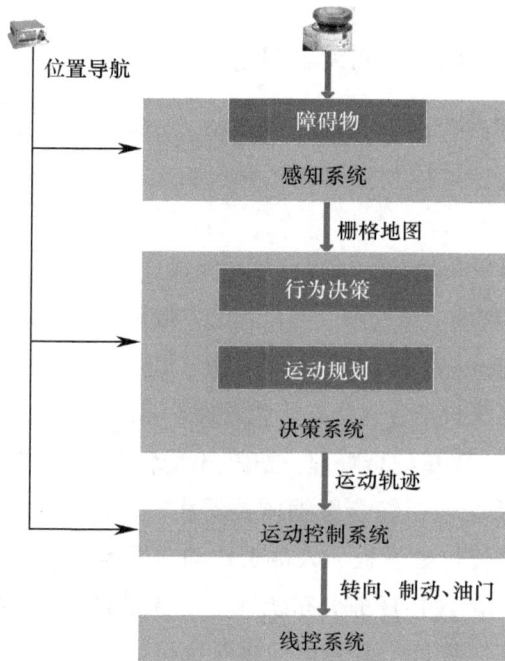

位置导航

障碍物

感知系统

栅格地图

行为决策

运动规划

决策系统

运动轨迹

运动控制系统

转向、制动、油门

线控系统

自动驾驶系统体系架构

（一）冶金行业高温物流设备服务平台系统构成

序号	项 目	主 要 功 能
1	点检管理系统	点巡检作业标准导入、任务下发、执行、记录
2	维修管理系统	故障报修维修业务管理和知识沉淀
3	备件管理系统	每台设备备件消耗管理、智能请购
4	故障播报系统	现场故障报修实时在线监控和语音播报
5	绩效管理系统	点检、保养、维修工时统计分析
6	决策看板系统	故障率、MTBF、MTTR等数字化决策
7	微信报修小程序	生产现场故障报修
8	智能物联系统	设备远程监控、控制、数据采集、远程运维
9	MRO 社区系统	MRO 工业品交易、工业服务

（二）冶金行业高温物流设备服务平台功能简述

（1）点检管理系统包括日点检、周点检、定期点检、区域巡检，全程全移动化、无纸化点检，点检项目可以拍照、打勾打叉、数值记录任一方式提交和保存结果。

（2）维修管理系统包括预防维修、历史维修记录管理、突发故障维修管理、维修评价指标管理、移动工单管理。通过移动互联网技术实现全移动化工单，并能在 APP 端实时智能检索故障手册、故障记录、设备全生命周期履历等内容。

（3）备件管理系统包括货区货架货位管理、备品备件品类管理、入库管理、在库管理、出库管理、工单记录管理、扫码出入库管理、库存查询和预警。

（4）故障播报系统包括综合数据监控看板、故障报修监控看板、点检异常反馈看板、预防维修计划看板、人员工作动向看板。

（5）绩效管理功能包括任务分布统计、任务工时统计、任务完成及排名、个人平均故障修复工时统计、个人点检保养执行绩效统计。

（6）决策看板系统包括决策指标分析、关键瓶颈点设备分析、点检保养计划执行统计、预防维修计划执行统计、异常消缺情况执行统计、事后故障报修维修统计、故障爆发趋势分析、设备劣化趋势分析、备件消耗统计分析、设备数值曲线分析。

（7）微信小程序企业安全绑定认证，支持扫描企业安全码绑定，非企业认证人员不能随意查看设备信息。通过微信小程序可进行岗位点检、故障报修、故障维修评价、作业指导书查询、工单状态跟踪等操作。

（8）现场设备模拟量与数字量数据通过传感器、PLC 等采集到通信模块，通过无线通信系统上传数据，在终端可进行监控展示：支持地图分布标注、支持图表、仪表、开关量、模拟动态等多种展示维度，并可进行边缘计算：支持自定义告警规则，并在端侧进行过滤。

（9）MRO 社区系统包括备件共享、设备共享、专家诊断、委外维修、安装/调试/改造、MRO 工业品、工业服务信息发布等。

疫情还在持续，通过数字化运维可优化人员结构，减少员工不必要的外出，在办公室、在手机上可实时掌握设备及人员动态，为生产安全、员工健康保驾护航。

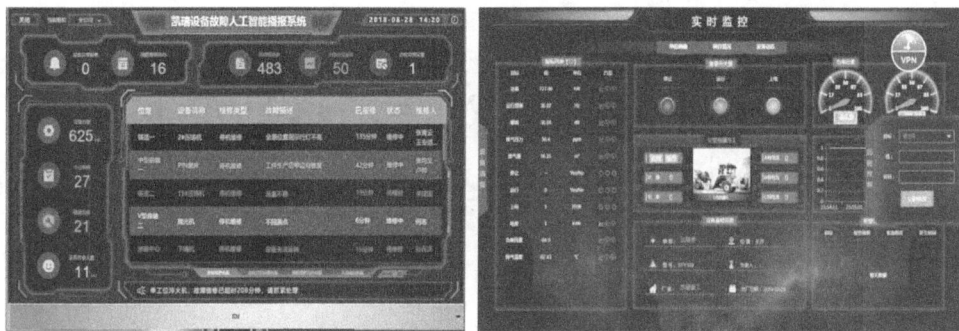

冶金行业高温物流设备服务平台

四、标准化体系建设

依托中国钢铁低碳清洁产业创新战略联盟，凯瑞重工主导制定了《冶金设备服务云平台技术规范》（团体标准），积极参与、推进中国冶金设备数字化运维服务标准化体系建设。

本规范适用于研发、建设及部署冶金高温物流设备应用物联网云平台。作为企业建设或评价冶金高温物流设备应用物联网云平台的评测依据。

该标准的制定与发布，奠定了凯瑞重工在高温工序物流行业内数字化运维的地位。冶金高温物流有了此标准，可更加顺利地开展数字化工作，疫情期间，通过大数据的支撑，可使生产现场排班、维修等工作科学、合理安排，可减少大量不必要的外出，从而确保员工的身体健康。

在这场抗疫阻击战中，习近平总书记说："人类同疾病较量最有力的武器就是科学技术，人类战胜大灾大疫离不开科学发展和技术创新"。凯瑞重工正是凭借纯电动绿色设备、无人驾驶、智能缓冷场、冶金设备服务云平台技术规范的建立及其成功应用等许多"黑科技"，助力打赢这场无硝烟的"抗疫阻击战"；凭借公司专业的控术力量、专业的运营队伍、成热稳健的运背模式，为业主安全、有序生产提供了强有力的保障，真正让客户"省心、省力、省钱"，实现自我价值，为客户创造价值。

（长沙凯瑞重工机械有限公司）

冶金工业规划研究院：疫情防控、复工复产相关社会公益工作综述

新型冠状病毒感染肺炎疫情发生以来，冶金工业规划研究院高度重视，坚决贯彻习近平总书记对新型冠状病毒感染肺炎疫情作出的重要指示精神，按照党中央、国资委党委和钢协党委的工作部署，党委书记李新创同志始终靠前指挥，确保院党委始终和党中央、国资委党委保持一致，让党旗在防控疫情斗争第一线高高飘扬，在认真开展做好自身疫情防控工作的前提下，积极协助钢铁企业在疫情防控、复工复产等相关社会公益工作做出自己的贡献。

一、外部宣传防控工作

冶金工业规划研究院（简称规划院）认真贯彻落实钢协党委疫情防控期间对宣传工作的各项要求，通过官微、官网等平台积极转发钢协发布的重要文件、信息；在官微、官网开设"众志成城，抗击疫情""要闻速递""战疫情 钢企在行动"等专栏；官微、官网每日发布钢铁企业防控疫情、捐款捐物、驰援疫区、确保生产等信息；策划系列直播，党委书记李新创同志带头授课，为全行业提供疫情期间学习交流的平台；参加线上会议及公益活动，接受主流媒体采访，剖析疫情影响下行业面临的机遇与挑战，冶金工业规划研究院通过以上形式多样、内容丰富的宣传，为全行业疫情防控传播了正能量，营造了良好的舆论氛围。

据统计，从 2 月 1 日起截止到 4 月 30 日，冶金规划院官微、官网第一时间转发钢协发布的重要文件、信息共 32 篇，包括：《抗击新型冠状病毒 钢企援助情况一览》《中钢协：加强党的领导，坚决打赢疫情防控阻击战》《中钢协发布〈勠力同心 坚决打赢疫情防控阻击战倡议书〉》《中钢协：关于开展钢铁行业国家重点研发计划"十四五"重大研发需求征集工作的通知》《钢协呼吁：凝心聚力 共克时艰 共同维护钢铁行业平稳健康发展》等。

冶金工业规划研究院官微、官网除了常规信息发布外，还先后开设 "持续更新 | 众志成城抗击疫情（备注：每日梳理更新）" "MPI 专家观点（备注：分析疫情对行业影响）" "战疫情，我们在行动（备注：宣传各钢企捐赠及驰援事迹）" "复工复产进行时（备注：报道规划院团队在防控疫情的同时，积极助力企业改造升级，实现高质量发展）" 等专栏，受到行业、企业的高度关注。特别是李新创书记的 "战'疫'期更应保持定力，加快钢铁业高质量发展" 和 "新冠疫情下中国钢铁的机遇和挑战" 两篇文章引起了行业内高度关注，被相关行业媒体广泛转载。截至目前，冶金工业规划研究院官微、官网共发布 87 篇企业疫情防控的相关文章。

二、组织开展行业系列直播

为加强疫情期间对行业的服务，冶金工业规划研究院特别策划了 "钢铁产业高质量发展及企业对策专题研究" 系列直播，免费与全行业分享。在 2 月 18 日系列直播第一讲中，李新创书记分享了对中国钢铁高质量发展重大问题的思考，受到全行业的高度关注。此次直播持续 3 个半小时，累计 7000 余人收看，众多政府主管部门、行业专家、钢铁企业关注了这场直播，并积极发表评论与直播主讲人互动，截至 4 月 24 日，冶金工业规划研究院共计策划、开展了 9 次直播，针对行业面临的各种问题与挑战，围绕环保改造、智能制造、标准化建设、品种结构调整、"十四五" 规划、低碳发展、物流优化、国际产能合作等重点工作，进行了深入的研究分析，并通过系列视频直播方式与广大同仁分享交流，助力行业高质量发展，累计收看人数逾万人。

三、参与线上会议和公益讲堂

剖析疫情影响下行业面临的机遇与挑战。李新创书记受邀参加由华泰期货主办的云端线上会议 "周期经济发展探讨"，并作题为 "疫情对钢材市场与库存的影响及高质量发展战略思考" 的主题报告；受邀作国际产能合作领军人才培养计划主讲导师，在 "丝路大讲堂直播间" 分享了专题讲座《对中国钢铁工业提升全球竞争力的战略思考》；应邀参加由中国铁合金网主办的线上国际会议 "疫情对全球冶金产业链和矿石市场的影响"，并作题为：疫情影响下中国钢铁工业面临的挑战的主题报告；应邀作为 "携手同行　支援抗疫"

公益项目线上公益课程讲师，作了题为"中国钢铁工业发展历程与趋势研究"的精彩报告，该项目由规划院和《证券市场周刊》杂志社（北京）有限公司联合发起，目标是定向帮助湖北高校、湖北医护人员子女以及援鄂医护人员子女中有求职需求的在校生，有针对性地为其提供钢铁行业专业知识、发展形势及人才需求等方面的线上培训课程，并为其提供实习及就业机会，冶金规划院作为联合行动机构加入"携手同行 支援抗疫"公益项目；应邀参加由德恒律师事务所举办的线上研讨会，并作题为：中国钢铁工业绿色创新发展现状与趋势分析的报告；应邀参加由中国工业经济联合会、中国煤炭工业协会、中国钢铁工业协会、中国轻工业联合会、中国船舶工业行业协会主办，中国工业报社、中国工经联工业经济研究中心承办的"制造业应对疫情重创——中国工业经济运行形势分析在线系列论坛"，并作题为：中国钢铁工业面临的挑战与机遇分析的精彩报告。

四、国际合作联合抗疫

新冠肺炎疫情在全球快速扩散蔓延，规划院继续秉持相互支持、合作共赢的发展理念，积极与东南亚、中亚、美国、英国、欧洲、澳洲等国家和地区的客户及合作伙伴沟通、交流，在高质量地完成咨询服务之外，积极帮助海外客户联系防护用具的购买渠道，共克时艰，体现了规划院作为行业智库的"全球担当"。

五、爱心捐款

抗击疫情，是一场牵动亿万民众的战役，需要全社会的努力和坚持，"一方有难，八方支援"，规划院在全院发起"新型冠状病毒感染肺炎疫情防控"专项募捐，共同抗击新型冠状病毒感染肺炎疫情，全院在职职工、离退休职工和下属公司积极响应，共募得善款 63.05 万元，为抗击疫情贡献一份力量。院党委和全院职工也将继续时刻关注疫情，勇担使命、传递爱心，以实际行动为抗击疫情贡献力量！

六、积极为企业排忧解难

冶金规划院党委书记李新创积极帮助联系对接武钢医院、鄂钢医院、大冶特钢医院及黄石 5 个医院共计 14 余万副医疗手套；规划院联合柏美迪康环境科技（上海）股份有限公司，向中国宝武武钢集团鄂城钢铁有限责任公司捐赠两套智能消毒间。

七、对接整理企业困难和诉求，针对性开展工作，为企业的发展出谋划策，促进行业高质量发展

结合工作特点和实际，分组安排专人对接相关钢铁企业，了解企业当前面临的困难，发展过程中所遇到的困惑和诉求，共安排 25 人，对接了 80 多个企业。部分政策问题即问即答，快速回应，为企业排忧解惑。

对重点领域如市场库存生产经营、超低排放改造等进行细致分析，提出权威、有价值的政策建议。面对疫情期间，下游市场消费的阶段性变化特点，我院详细分析市场消费和库存之间的比例关系，剖析目前行业生产的相关指标数据，响应钢协有关要求，提出行业"钢铁控产、迫在眉睫"的主要观点，为行业生产经营以及下步去库存工作提供精准的理论依据和数据支撑。关于超低排放环保改造方面，冶金规划院与重点区域、重点企业保持密切沟通，及时对接有关政策要求，做到疫情防控与经济发展两不耽误，设计相关方案，提出执行建议，为后期行业、企业针对性地实施技改、提升做好基础性支撑。

充分发挥桥梁纽带作用，积极协调相关环节，做好市场及形势分析，为企业解决现实困难，另一方面对接企业的实际，转换思路，提前谋划"十四五"发展规划思路，指导企业有针对性地开展相关前期工作。从大思路、高层面、全系统的角度为企业目前应对疫情影响，以及未来一段时间的发展方向提出决策参考。

面对疫情，规划院将一如既往地落实贯彻国资委、中钢协等上级领导部门的指示和要求，不折不扣地做好疫情防控的同时，分类、系统的做好各项工作的统筹安排和细致计划，迅速推进具备条件业务工作的复工复产，争取将影响降到最低程度，确保各项工作能够扎实、有序地推进，更好助力钢铁行业的高质量发展。

（冶金工业规划研究院）

为疫情防控、复工复产尽到应有之力

面对 2020 年初突如其来的新型冠状病毒肺炎疫情，中国稀土学会高度重视疫情防控工作，作为学会最重要的工作和头等大事来抓，在推进稀土业界疫情防控和企业复工复产工作中积极履职尽责，整体工作取得了阶段性成果。

一、成立组织工作机构，积极开展疫情防控工作

根据疫情防控需要和上级要求，中国稀土学会成立了以李春龙理事长和牛京考秘书长为主要负责人的应对疫情工作机构，成立了由党支部书记牛京考秘书长任组长、综合部主任祝捷和支部组织委员李平为组员的学会应对疫情工作组。

学会及时在官网、党支部群、工作群、理事群及相关专业学术交流群中转发传达了中央、北京市、中国科协、国资委、钢协、先进材料联合体等上级部门的一系列文件，要求全体干部职工认真学习和贯彻落实文件和讲话精神，要求提高政治站位，关注疫情报道，增强防护意识，担当社会责任。

根据上级部门的要求，学会分别报送了疫情统计等各类表格十余份；在疫情初期防护用品紧缺的情况下，在钢协的组织支持下，学会先后为职工和单位从多途径购买配备了口罩、75%免洗型酒精消毒喷剂、75%一次性卫生湿巾和84消毒液等个人和公共卫生防护用品；为防止交叉感染，采取轮流到岗、居家办公的灵活办公方式，保证单位每天有人到岗，保持工作联系畅通，做到防控和工作两不误，按 2020 年工作计划开展工作，分工负责，协力推进。目前，学会各项工作全面恢复，工作人员全部到岗。

二、关注舆情，做好正确引导

学会积极关注舆情，跟踪官方报道，秘书处在工作群中推送了预防科普常识，多次提醒督促大家减少不必要的外出，少到人员密集的公共场所，确

保平安健康；及时在学会官网、公众号和工作群及专业群等多个平台转发传达并认真学习党中央、政府部门、科协和钢协的有关文件精神，报道宣传稀土企事业单位在这次战"疫"中具有实效的好做法和成功经验，大力宣传会员单位在疫情防控斗争中涌现出的先进典型和感人事迹，营造弘扬正能量的舆论氛围，号召稀土科技产业界行动起来，众志成城，共克时艰。

三、支援抗疫，奉献爱心

学会党支部组织党员同志自愿捐款，为支持疫情防控贡献一份力量，尽一份社会责任。各会员单位发挥自身优势，共同抗击疫情，据报道和不完全统计，会员单位捐资数千万元，捐助医用设备、物资和公共卫生用品多台（吨），采用不同方式支援抗疫一线战斗。

北方稀土捐赠 1 台价值 1200 万元磁共振诊疗车援鄂抗击一线，3 月 6 日从包头启程开往湖北。捐赠的奔驰 2636 底盘驰影 A30 磁共振诊疗车，是包钢集团具有完全自主知识产权的高端诊疗车。该车具有远程会诊、互联网传输、卫星通讯等技术功能，涵盖临床医学、影像学、物理学等多种学科及领域，搭载云驰医影远程系统，可对患者进行观察和远程医疗指导，在移动体检、应急医疗保障、基层医疗精准扶贫等诸多领域应用广泛。包钢此次捐赠的驰影 A30 磁共振诊疗车，是内蒙古自治区捐赠物资中最大金额的单体设备。

学会副理事长单位中国钢研集团和有研集团，全体动员支持抗击疫情，积极履行央企社会责任，通过国务院国资委专用账户向湖北疫情防控一线各

捐款 100 万元，助力打赢疫情防控阻击战。

学会副理事长单位赣州稀土集团，为积极响应中央、省、市新型冠状病毒感染肺炎疫情防控要求，勇于承担社会责任，积极主动与总部公司所在地、主要的生产企业和矿山企业所在地医院及慈善机构对接，捐赠 150 万元（分别向赣县区、龙南县、定南县医疗及慈善机构捐赠 50 万元），共同打好疫情防控阻击战。

学会副理事长单位厦门钨业股份有限公司，主动扛起国企责任担当，积极参与抗击疫情相关工作，通过福建省企业与企业家联合会向湖北省武汉疫区捐赠人民币 100 万元，用于武汉抗击新型冠状病毒感染肺炎疫情相关工作。

学会副理事长单位甘肃稀土新材料股份公司精心安排生产计划，调整产品结构，利用氯碱厂自产氯气与烧碱，加班加点生产符合国家标准的次氯酸钠溶液。甘肃稀土新材料股份公司向包钢（集团）公司捐赠 23.26 吨高浓度次氯酸钠溶液，可稀释成 4600 多吨日常标准消毒溶液，为包钢疫情防控增添有力"武器"，不仅能满足包钢消毒所用，还能支援地方疫情防控工作。

学会会员单位山东国瓷功能材料股份有限公司在积极做好新型冠状病毒内部防疫工作的同时，向东营市红十字会捐款 300 万元，勇于承担社会责任，与社会各界携手共克时艰。

四、关注行业发展，建言献策，促进复工复产

学会积极与北方稀土、赣州稀土、五矿稀土、中铝稀土、中科三环、稀土研究院等学会理事单位、会员单位和个人会员、委员互通电信联系，交流

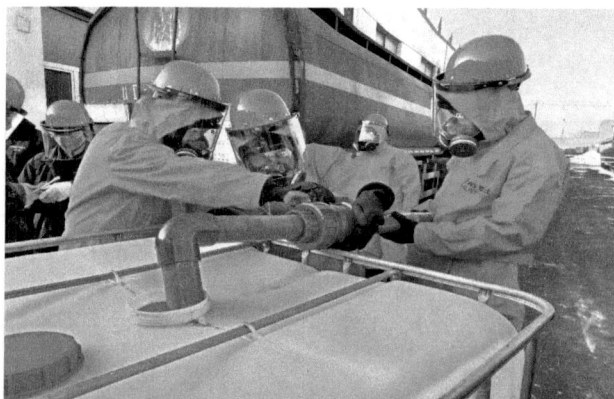

进展情况、存在的主要问题、政策建议等；及时了解五矿稀土、中铝稀土、赣州稀土等单位抗击疫情和复工复产工作进展。

面对新型冠状病毒肺炎疫情，学会副理事长单位——中国钢研的李卫院士工作室在复工复研的同时，紧扣疫情防控、企业复工复产等难题，深入调研，积极开展建言献策工作，针对复工复产工作形成了研究成果6项，并上报全国政协、中央统战部、中国工程院等部门，为打赢抗击疫情攻坚战贡献力量。

学会副理事长单位中国北方稀土（集团）高科技股份有限公司全面推动疫情防控各项工作抓实抓细，战"疫"情、保"六稳"工作同步部署、同步落实、同步推进，克服疫情带来的各种不利因素，全力防范化解安全风险，统筹推进控疫情、稳经营，积极推进疫情防控，保障企业平稳运行措施落实见效，努力实现全年生产经营目标。

学会副理事长单位赣州稀土集团有限公司一手抓疫情防控，一手抓复工

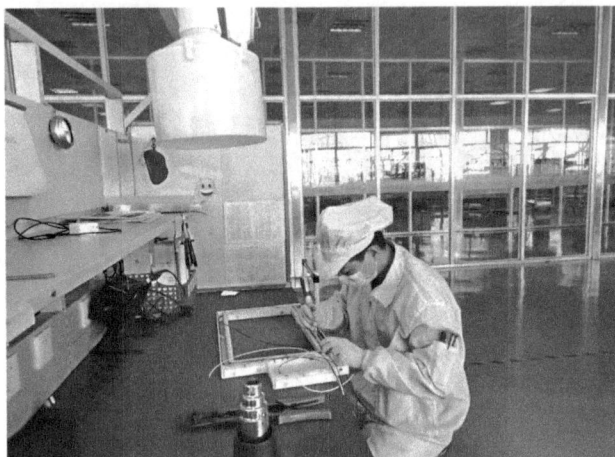

稀土医疗产业基地职工组装发射线圈

复产，努力做到疫情防控不耽误、主业生产不停顿、企业稳增长不断档。学会副理事长、集团公司董事长谢志宏深入现场，了解检查企业复工复产进展情况，指导协调解决复工复产遇到的困难和问题，提出具体工作要求，把各项工作抓实抓细，确保经营工作有序开展。

学会副理事长单位五矿稀土集团有限公司，一直把打好疫情防控阻击战作为一项重大政治任务，严格落实党中央和国务院的决策部署，提前部署成立疫情防控领导小组，在做好疫情防控各项工作的同时确保所属工厂顺利复工复产，五矿稀土所属企业在 2 月中旬均顺利通过当地政府复工批准。

学会副理事长单位中国稀有稀土股份有限公司，严格执行党中央、国务院和有关部委及地方政府工作要求，全面落实中铝集团党组关于疫情防控、生产经营的各项决策部署，迅速反应，积极应对，在疫情管控措施到位的情况下，依法合规做好企业复工复产，统筹做好生产运行保障。从 2 月 10 日起公司下属的 11 个子企业中，就有 8 家企业生产逐步恢复到常态。

学会秘书处时刻关注疫情进展，秘书处负责人提早谋划，主动作为，及时传达上级会议文件精神，靠前指挥，适时召开全体会议，布置防疫和业务工作，使每个人都明晰自己的责任；全体同志积极响应，服从安排，做到防疫和工作两不误，在做好个人、家庭和单位有效防护的基础上，按年初制定的年度工作计划和出现的新情况新问题，发挥各自主观能动性，推进工作有序开展。学会疫情防控和业务工作两手抓，均取得预期效果。

（1）充分发挥疫情防控第一责任人的组织领导作用。钢协和学会党组织领导高度重视新型冠状病毒肺炎疫情应对工作，何文波书记多次召开专门会议，贯彻落实中央精神，研究部署开展工作。学会李春龙理事长、党支部书记牛京考秘书长确实负起第一责任，健全组织机构，统筹工作安排，提出防控措施，明确责任要求。每位同志必须重视并确保自身健康，严防疫情扩散，积极应对疫情，有序推进学会工作。

（2）充分发挥党支部的战斗堡垒作用和党员的先锋模范作用。学会党组织发出关于为打赢疫情防控阻击战提供坚强政治保证的通知，通过党组织和党员同志动员号召、组织、凝聚广大稀土工作者要提高政治站位，增强大局意识，牢记人民利益高于一切，坚定信心，同舟共济，科学防治，精准施策，扎实工作，团结协作，履行社会责任，勇于担当作为，确保党中央重大决策部署贯彻落实，让党旗在防控疫情斗争第一线高高飘扬。

（3）充分发挥干部职工的主人翁作用。要求秘书处人员带头做好个人防护，戴口罩、勤洗手、不聚会，少到人员密集公共场所，保护自我，关爱他人，网信办公，重点联系，有序工作；稀土工作者要充分发挥自身优势和影响力，增强个人防护意识，积极做好舆情引导，坚持正面宣传，广泛凝聚共识，提振必胜信心，汇聚磅礴力量。

（4）充分发挥舆论宣传的正确导向作用。由于及时关注舆情，跟踪官方报道，学会秘书处重视该工作，抓得早，有实效，春节前的 1 月 20 日就在工作群中推送了预防科普常识，多次提醒督促大家减少不必要的外出，少到人员密集的公共场所，确保平安健康；大力宣传会员单位在疫情防控斗争中涌现出的先进典型和感人事迹，营造弘扬正能量的舆论氛围，凝聚起众志成城、全力以赴、共克时艰的强大正能量。

（5）充分发挥稀土骨干企业的良好效应。北方、赣州、五矿、中铝等稀土企业，他们在全面做好疫情防控的同时，统筹做好生产经营工作，高度重视原材料保障供应，做到抗疫情和稳生产两手抓和两不误，做到守土有责、守土担责、守土尽责，确保一方平安，切实为提高疫情防控的科学性和有效性做出广大会员和稀土工作者的应有贡献。

（6）充分发挥学会作为行业科技社团组织反映会员诉求建议的功能作用，针对企事业单位员工需尽快返岗和原材料保障及新材料产业的需求，早期就向有关方面积极建议能够推广返岗员工在城市间尤其是京津冀区域间的健康证明的互认；建议政府在企事业单位出具证明的基础上，在原辅料和物资运输等交通方面予以协调保障；建议在落实现有补贴和减免等政策基础上，给予稀土绿色新材料项目的支持。

学会将在疫情防控常态化下，继续为行业的健康发展尽自己的应有之力，贡献科技社团组织的力量，加强稀土基础研究，研发创新性科技成果，推广成熟适用的技术产品，重视生态环境保护，强化生产过程智能信息化，统筹做好各项工作，发挥科技进步的基础与源动力作用，促进稀土行业健康持续发展。

（中国稀土学会）

担使命、战"疫"情

——"模架人"在行动

近段时间，面对新型冠状病毒疫情，模架企业同仁临危受命，火线出击，充分表达了对党和人民高度负责的精神，在极短时间内购买物资，捐款捐物，组织人力物力，助力推进火神山、雷神山、小汤山等医院的建设，为保障人民群众生命安全和身体健康做出了重大贡献，充分展现了中国建设者关键时刻敢打硬仗、能打胜仗的英雄本色，充分体现了中国建造水平和中国工匠精神，用实际行动践行了"不忘初心、牢记使命"的精神。中国模板脚手架协会坚决落实习近平总书记重要指示，按照民政部以及协会上级党委疫情防控精神，为打赢疫情防控阻击战开展多项工作。

疫情初期，中国模板脚手架协会从韩国购买 N95 口罩，秘书长高峰代表协会向北京"涉疫情医疗废物"处理定点单位北京润泰环保无偿捐赠。又向朝阳区酒仙桥街道和将台乡送去口罩、手套、消毒液等防疫物资。

会员企业中涌现了众多抗击疫情的先进楷模、捐款捐物典型人物与企业。例如：辽宁忠旺捐款 1000 万元、栋梁铝业捐赠 400 万元、山东新港捐款 210 万元、浙江泰普森捐款 200 万元、广东坚美捐款 120 万元、广西平铝集团捐款 100 万元，协会爬架专业委员会副秘书长常彤根据前方医院发来的需求，

疫情期间每天坚持在湖北当地组织协调物资捐赠。协会会员单位中涌现出了一批抗疫复工的标兵企业，如：中铁十二局铝模厂、山东华建、天津九为、江西志特、湖南晟通、浙江谊科、中铁五新、陕西首铝、金亨木业、长城钢模板、浙江可信竹木、北京构力科技、亚联盘扣等。

　　协会在疫情发生后，立即向行业发出了抗击疫情的倡议书。全国模板脚手架企业积极响应国家以及协会的防控要求，采取了延迟开工、灵活复工、封闭管理、错峰出行、强化检测等多项防控措施。同时，疫情不可避免地对模架行业产生冲击，行业整体下行影响已经显现，对模架制造及租赁企业在生产复工、合同履约、融资、员工返岗和健康管理等方面有着诸多挑战。与此同时，模架行业作为建筑业的重要组成，也面临着国内外住建项目开工不

足、可投标项目减少和中标履约困难等多种不利局面。面对疫情给行业和企业带来的众多不利影响，协会在行业内广泛开展了"新冠病毒疫情对模架行业企业影响调查"，300余家企业参与了调查。与此同时，协会向多位行业影响力专家进行咨询，并对多家重点企业进行了深度调研，向各地模架企业征求疫情对生产经营情况影响的有关材料并进行政策汇总，基于行业历史数据、疫情影响问卷调查、国内建筑业政策分析等数据，结合模架业实际情况，形

成了《新冠疫情对 2020 我国模架行业影响分析报告》。

报告全面分析了疫情对企业的经营压力及疫情后，建筑业机遇与趋势，分析指出：模架行业依然处于内部版块调整，转型升级的关键时期。近几年来，铝模板的高速发展，有效带动了中国模架行业的整体、高质量发展。模架业的施工精密度、施工质量显著提升，材料周转次数显著增加，材料损耗显著减少，建筑垃圾明显减少，施工效率显著加快，行业向建筑施工产业链高端逐步升级；催生了全产业链补齐短板，BIM 设计体系开发、专业模板设计软件，生产制造专用设备、上下游构配件、覆膜保膜体系、清理翻新等新研发新技术出现井喷态势。木模板产品升级速度也在逐步加快，对环保风暴，其他产品的市场冲击日益适应，行业整体质量显著攀升。塑料模板的传统问题行业认知日益深刻，并逐步克服，新型产品在管廊、桥隧、房建等领域日趋成熟。脚手架的安全问题日益重视，产品市场质量逐步向好。新冠疫情虽然给模架市场运行带来明显影响，但我国经济长期向好的趋势不会改变，房建、基建市场规模没有改变，模架市场处于升级阶段调整期，对高质量产品的需求没有改变，市场总体平稳。

协会充分利用网站和微信平台为企业发布招工信息、产品宣传、工程进展、国家政策等信息。跟踪冬奥工程、北京通州新区建设等国家重点工程进度，协调会员之间分工协作，提供专家技术远程支持，开展线上公益讲座，将优质会员单位产品推荐进入央企集采平台，与五矿集团、中冶集团、中铁建等央企集采平台建立合作关系，陆续将 100 余家优质会员推荐进入平台，为央企集采与会员企业搭建商业平台，促进双赢。

疫情危险依然存在，我们相信只要朝着再次腾飞的方向，持续不断地付出努力，就一定能够开拓光明的未来。

（中国模板脚手架协会）

第五篇

白衣战士披战甲

钢铁行业援鄂白衣战士英雄榜

（合计 12 家企业、120 人）

鞍钢 （10 人）

鞍钢总医院——

杨辉　沈明　陈汉敏　襄阳市中心医院

2 月 17 日出发⇌3 月 21 日返回

刘双　襄阳市第一人民医院

2 月 17 日出发⇌3 月 21 日返回

张新宇　李秋　曲慧　金钰　武汉市协和江北医院（蔡甸区人民医院）

1 月 26 日出发⇌3 月 20 日返回

邢程　韩卓越　武汉雷神山医院

2 月 9 日出发→未归

首钢 （8 人）

首钢水钢总医院——

张琴　鄂州市传染病医院（鄂州三院）

1 月 27 日出发⇌3 月 20 日返回

夏仁海　鄂州中心医院、雷山医院

2 月 11 日出发→未归

王玲　张进　陶燕子　李露　杨永珍　肖翔　鄂州雷山医院

2 月 22 日出发⇌3 月 20 日返回

河钢 （5 人）

河钢承钢职工医院——

王亚秋　赵彦东　朴丽丽　段希平　武汉市江岸方舱医院（原塔子湖体育馆）

2 月 9 日出发⇌3 月 18 日返回

河钢邯钢医院——

刘晓亮 武昌方舱医院

2月22日出发⇌3月18日返回

太钢（19人）

太钢总医院——

杨立明 陈静 仙桃市第一人民医院

1月26日出发⇌3月23日返回

李俊英 武汉体育馆方舱医院

2月9日出发→未归

杨鹏 武汉光谷会展中心方舱医院

2月15日出发⇌3月19日返回

郑晓慧 武汉光谷会展中心方舱医院

2月22日出发⇌3月19日返回

孟庆荣 孟伟娜 武汉优抚医院

2月16日出发⇌3月19日返回

谢丽萍 苏林 刘焱 孟振娟 常帅 杨洋 周壮英 王跃敏

李欢 秦娜 孙艳艳 靖维 武汉大学中南医院

2月20日出发→未归

山钢（10人）

莱钢医院——

时海洋 黄冈大别山区域医疗中心

1月28日出发⇌3月21日返回

耿金华 王鑫 李俊成 黄冈大别山区域医疗中心

2月9日出发⇌3月21日返回

李凤林 黄冈大别山区域医疗中心
2月15日出发⇌3月21日返回

吕红霞 韩海荣 肖涛 武汉汉阳国博方舱医院
2月9日出发⇌3月17日返回

济钢医院——
李秀会 贾长青 黄冈市黄梅县人民医院雷焱山应急院区
2月11日出发⇌3月21日返回

包钢（17人）

包钢医院——
张春梅 荆门市沙洋县当地医院
2月14日出发⇌3月20日返回

包钢三医院——
张志强 闫坤 郑伟 马占青 孙建春 钟祥市同仁医院、人民医院
1月28日出发⇌3月21日返回

李静静 郭娜 荆门市沙洋县人民医院
1月28日出发⇌3月21日返回

潘素芳 吴燕燕 赵树郁 王济 王雨胜 刘婷婷
李靓 王凤 侯颖 武汉协和医院
2月20日出发→未归

安钢（11人）

安钢总医院——
李晓伟 李晶晶 李静 张萌 石华 李晓平 朱早君
华中科技大学附属同济医院中法新城院区
2月2日出发→未归

魏兆勇 陆少飞 韩静 苏郑刚 武汉中心医院
2月2日出发→未归

中冶 （8人）

上海中冶医院——
王燕娇 武汉金银潭医院
1月24日出发→未归

钱莉 武汉金银潭医院
1月27日出发→未归

中国十七冶医院——
王静 武汉太康医院、武汉协和东西湖医院、武汉市肺科医院
1月27日出发→未归

汪朝阳 程娟 王慧 武汉体育中心方舱医院
2月9日出发→3月11日再赴武汉协和医院西院→未归

王艳 武汉体校方舱医院
2月15日出发⇌3月18日返回

蔡荣 武汉中心医院后湖院区
2月19日出发⇌3月24日返回

柳钢 （12人）

柳钢医院——
潘陶玲 陈彩红 覃雪梅 吴月荣 孟祥莉 肖怡
叶丽莎 覃美兰 臧倩倩 覃婷婷 黄素玲 韩燕宇
武昌方舱医院
2月4日出发⇌3月20日返回

昆钢（10人）

云南昆钢医院——

矣永宁　刘俊　刘云川　吕江燕　刘兴丽　蒋晓羽　何美娇

吴春燕　普丽君　胡金妹　赤壁市人民医院

2月12日出发⇌3月22日返回

三钢（1人）

福建省三明市第一医院三钢分院——

方素霞　武汉光谷方舱医院

2月15日出发⇌3月18日返回

酒钢（9人）

酒钢医院——

宋新海　朱海艳　谢晓芬　王生春　武汉中心医院后湖院区

1月28日出发⇌3月21日返回

陈苗　武汉中心医院后湖院区、武汉协和医院

1月28日出发⇌3月21日返回

妥海丽　钟婷婷　张英　武汉中心医院后湖院区

2月19日出发⇌3月22日返回

周瑜　武汉中心医院后湖院区

2月21日出发⇌3月24日返回

（排名不分先后。如有增补，欢迎来电）

（原刊于《中国冶金报》2020年3月25日1版）

山钢最美"逆行者"

——援鄂医护工作者战"疫"自述

新冠肺炎疫情发生后，山钢集团和所属济南市莱钢医院积极响应党中央号召，按照省委省政府的统一部署，组织援鄂抗疫。莱钢医院广泛发动，广大医护人员主动请缨，递交请战书，医院选出的 8 名医护人员分别于 1 月 28 日、2 月 9 日、2 月 15 日，作为山东省第二、第八、第十一批援鄂医疗队员驰援湖北，进入武汉汉阳方舱医院、黄冈大别山区域医疗中心工作。至 4 月 5 日，8 名援鄂医护人员全部结束隔离休整，平安凯旋。

援鄂期间，他们同时间赛跑、与病魔抗争，用高尚的医德、精湛的医术、精心的呵护，向患者传递了信心和力量，以"零感染、零返舱、零事故、零投诉"的佳绩，胜利完成任务。

让我们一起听听他们讲述的战"疫"故事。

时海洋：我的援鄂记忆

1 月 28 日，我们乘坐包机抵达武汉后，转汽车到达黄冈市维也纳酒店。第二天一早，就投入到紧张的战斗中。

黄冈是继武汉后又一重灾区。我们的工作地点是两座五层楼学生公寓改造成的临时隔离点，条件简陋。但是疫情严重，已经不允许我们再等待。

作为医师副组长和党小组组长，我不仅要认真学习诊疗规范及院感防控措施、个人防护物品的穿脱，还要监督其他队员，确保每一位队员都能防护好。

1 月 31 日夜间 22 时开始收治病人，3 天时间，共计收治确诊、疑似病人 150 余人。

2 月 2 日，大别山区域医疗中心七楼病房改造完成，我们成为第一批入驻医疗队。经过一天的紧张工作，原来隔离点的病人全部转移到这里。

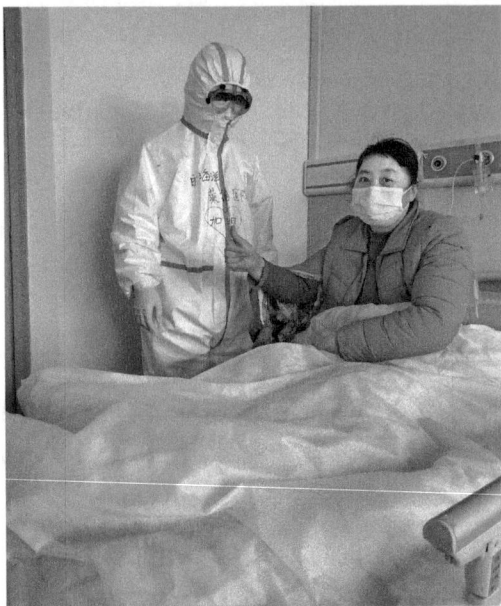

时海洋在前线

黄冈地区没有暖气，也没有空调，这对我们北方人来说，是一个不小的考验。防护服基本到位，一人一套，为避免浪费，大家 8 小时一班岗，成人纸尿裤成了必备用品。除了手术衣外，进病房需要穿一套防护服，双层手套、口罩、帽子、脚套。不舒服是难以避免的，即使什么事都不干，光穿着一套隔离服 8 个钟头下来，整个人都会处在一种缺氧的状态。

无论多难，我们必须坚持！因为有太多的病人需要救治。

在救治过程中，尤其是老年患者中合并心脑血管病、糖尿病、肝功能不全、肾功能不全的病人比较多，我们需要不断总结救治经验，根据不断变更的诊疗方案，结合当地现有的医疗条件，进行个体化、有针对性地救治。同时，患者的营养状态也是我们关注的重点。

病人的心理治疗也很关键。大部分病人的情绪不稳定，有些病情危重的病人，对死亡充满了恐惧，这时候心理安抚显得尤为重要。个别轻症的病人却以各种理由要求回家隔离，我们就对他们及时进行耐心的心理疏导。

孙阿姨是我们山东援助湖北医疗二队接治的第一批病人。她是典型的家庭聚集性病例，儿子、儿媳妇、丈夫均患新冠病毒肺炎被隔离治疗，女儿在外地不能回家。住院时，孙阿姨已经呼吸衰竭，接近昏迷状态，氧饱和度只有85%，吸氧也不能改善，我们立即给她用上了无创呼吸机。一开始孙阿姨不愿意配合呼吸机治疗，情绪非常低落，再加上他老伴的病情恶化，她想放弃治疗。在我们整个医疗团队不断鼓励及细心护理下，她的各项指标趋于稳定，氧饱和度也能升至90%以上，经过一星期的治疗，孙阿姨终于可以脱离呼吸机了。这时候另外一个好消息也传来了，孙阿姨的老伴也脱离了危险，孙阿姨的儿子、儿媳妇已经治愈回家。孙阿姨的脸上也露出了久违的笑容。如今孙阿姨已顺利出院和家人团聚。作为医护人员，还有什么比这更高兴的事呢！

随着越来越多病人的康复，我们开始关注病人的康复治疗，组建了肺康复小组，对病情稳定的病人进行康复培训治疗，同时对出院患者进行随访康复指导。

3月18日是一个美好的日子，也是我们盼望已久的日子。随着大别山区域医疗中心最后一名新冠肺炎病人出院，黄冈市"四类"患者全部清零。我们胜利了！

3月21日，是黄冈市交通解禁的日子，也是我们回家的日子。交警同志列队敬礼、汽车鸣笛，市民送行绵延数十里。

来时义无反顾，回时感慨万分。这里是我们共同战斗的地方，我热爱革命老区的人民，鲁鄂人民友谊长存！

吕红霞：我始终牢记责任

我是山东省第八批援鄂医疗队成员。我们的队伍2月9日从山东出发，抵鄂后经过短暂的休整，于2月11日正式接管武汉汉阳国博方舱医院，展开了方舱患者的收治工作。

利用方舱医院开展疫情防控和轻症病人救治工作，可参考的经验较少，大家在不断的实践中逐渐改进，工作也越来越顺利。舱内医护人员齐心协力，团结协作，所有人都有一个共同的目标，那就是同疫情作战，同病毒作战，并最终战胜它。

汉阳国博方舱医院共设病床960张，由山东医疗队和四川医疗队共同接

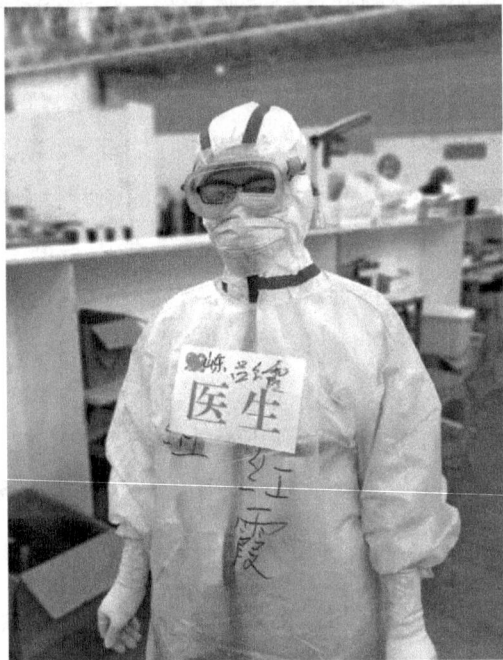

吕红霞在前线

管。山东医疗队首批进入，接管其中 480 张床位。开舱后，病人立刻被分批次从社区转移进来。本着能收尽收的原则，进行安置，让大家都得到相应的药物治疗及充分的生活保障。

及早识别重症病人是我们工作的重中之重。记得第一次上班是夜班，大多数患者都入睡了，我和同组护理人员不间断的巡视每个单元，非常担心会忽略掉任何一位病人。我们会放轻脚步靠近一点，感觉一下睡着的病人的呼吸是否匀称，是否有增快；我们会刻意长时间地停滞在一个单元中，观察有没有人频繁咳嗽或烦躁；我们会耐心询问每一个翻身醒来的人是不是有乏力、胸闷等不适；我们也会跟醒着玩手机的人说声"好好休息，有助康复"。

我转出的第一位病人是一位四十多岁的大哥。我们发现他总是不停地咳嗽，经询问，他有很明显的乏力，伴有胸闷，测脉氧 92%，呼吸 30 次/分，心率 110/分。我们立即给他吸氧，嘱咐卧床休息，同时核实身份信息并上报指挥部，及时把他转到了条件更好的定点医院。期间，在核对信息过程中我全程听不懂他的湖北口音，是一位舱内志愿者，也是轻症患者，主动帮助我，我好感谢他!

这个病例让我意识到,责任心是何等重要。正是因为我们要主动靠上去,才及时发现病人病情的变化。

随着工作持续推进,舱内工作的流程越来越顺畅。根据病人的病情轻重,检查结果,有无合并症、并发症的情况,每个人都有针对性的治疗。绝大多数病人病情逐步控制好转并接受核酸和 CT 检查,符合出院标准后陆续出院。

在方舱医院这些日子里,我们深切感受到祖国的强大。那么多的病人,医疗和生活都能得到充分保障,我们方舱还做到了舱内"病人零死亡,医务人员零感染"。

我想说,我们尽责了,我为我的祖国骄傲!我为我的人民骄傲!我为武汉骄傲!我为自己感到骄傲!

韩海荣:我的离别日记

韩海荣在前线

3月17日凌晨,手机"叮"的一声。打开手机,看到主任下达的返程通知。一切都未准备好,意料之外。休舱后,我们一直做着再战的准备,今天却要返乡了。幸福来的有点突然!

想起即将离开奋战了38天的英雄城市,即将离开朝夕相处一个多月的武汉人民，心中不由得一阵酸痛！这些天发生的一切都历历在目……

忘不了，进舱前紧锣密鼓地练习穿脱防护服；忘不了，初次进舱时，战友们的相互鼓励；忘不了，舱内志愿者忙碌的身影；忘不了，9 岁的小雯雯，出院时的"谢谢你们"；忘不了，大家为一起队友过的特别的生日；忘不了家乡领导、同事和亲人对我的关心和支持……是你们激励我前行。

此刻，我感到时间是多么宝贵，只求能多看一眼这英雄的城市，多记忆一点发生在这里的点点滴滴！

一大早，楼下已站满了送行的人们，省妇幼的老师、宾馆工作人员、当地志愿者、小区保安……没有人去组织，他们自发前来，与我们挥手告别，泪满双眼。

我们只是履行了白衣天使的职责，但武汉人民却给了我们最高的礼遇：警车鸣笛开道，沿途的市民向我们挥手致敬。机场入口的两旁站满了志愿者，他们高呼"向您致敬，感谢山东"。

在机场，我们遇到了四川、福建、湖南省的多支医疗队，"来我们四川吃火锅""去我们山东吃煎饼卷大葱"，我们相互邀约。

在飞机上，我们还收到了山东航空为我们准备的一份特别的礼物——一套不限起点的往返机票。乘务员深情地说："你们守护世界，我们守护您，以后无论您去往何地，山航永远等你回家"。我们一起挥舞国旗，共唱《我和我的祖国》，热泪盈眶。

飞机落地，家乡人民用最高礼遇"过水门"为我们"接风洗尘"。山东省委书记刘家义到机场迎接，并代表山东人民送给我们最诚挚的祝福。领队吕涌涛院长铿锵有力地说："我们圆满完成了任务，一个不少的回来了！"

肖涛：白衣为袍入荆楚

我是山东省第八批援鄂医疗队成员、济南市莱钢医院重症监护室肖涛。我是 2 月 9 日下午 5 点多到的武汉，医疗队进驻武汉汉阳方舱医院，接管了 B 区 480 张病床。

刚到达时，医疗物资、生活物资特别紧缺。后来，在祖国各方的大力支援下，以及当地社区工作者、志愿者的辛勤付出下，我们医疗队的物资和生

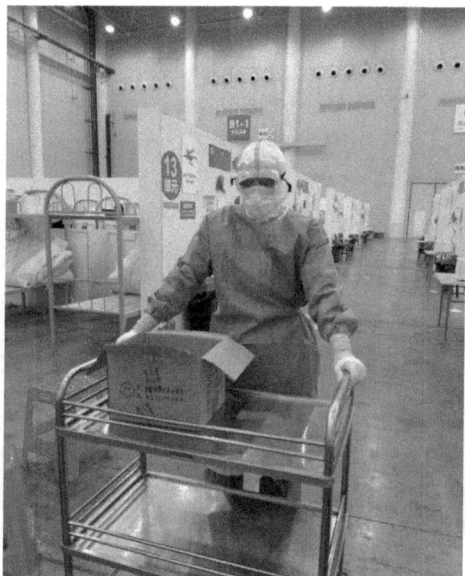

肖涛在前线

活用品得以保障。

在接受物资卸货中，我问一位志愿者："你怕吗?"他说："我也怕。一天感染好多人，我有父母孩子、有家庭，我也珍惜自己的生命。但是想想你们都不远千里，冒着生命危险赶来援助，我更应该干点什么。"

在方舱医院时，因为方言原因，患者的好多话我都听不懂。这时候，其他患者就主动给我们做"翻译"。特别是武钢来的小伙儿汪洋，在舱内积极参与志愿活动，帮助我们解决方言难题。他还主动帮着发放食品，领取生活物品。他的事迹后来在央视新闻中被报道了。

在方舱医院里，大家相互帮助，相互鼓励。疫情无情，人心暖人心，让患者有足够的勇气去面对。我记忆最深刻的是方舱医院最小的患者，仅有9岁的小雯雯，一家四口在不同的隔离点，最后两天她父亲因为病情加重转院。是医疗队医护人员的关心与支持，还有方舱内患者的相互帮助，使她树立了对生活的勇气和信心。在出院时她哭着说："我替武汉人民感谢你们。"

听到这句话，我瞬间感到，防护服里浸湿的衣服、护目镜压的泪痕、口干舌燥的嗓子，这各种不舒适都不算什么，我们一切的付出都值了。

白衣为袍入荆楚，是我们作为医务工作者的责任与担当。

李凤林："玉兰"斗春把家还

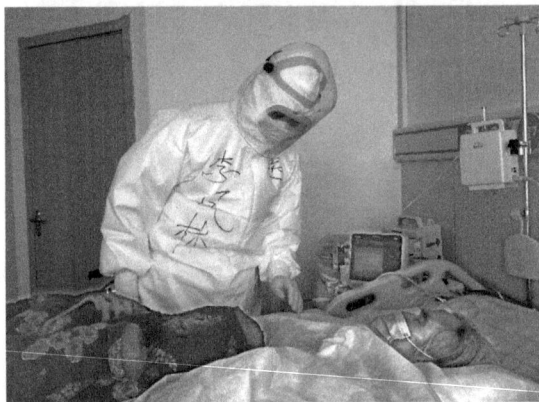

李凤林在前线

一个月这么快过去，一丝丝的思念在心中流淌，"傻爸爸""奎哥""李大夫"，这些称呼就像远处调皮的麻雀，在耳边蹦来蹦去，挥之不去。

突然眼前变得模糊，这是怎么了？原来湿润的泪滴早已充满了整个视野，我竟浑然不知。思绪又把我拉回到一个多月之前的战"疫"时刻。

2月15日，接到上级命令，要求火速驰援湖北。我们积极参战，一切听从安排和指挥，义无反顾，奔赴前线。

我们发挥专业优势，日夜奋战，克服一切困难，奋力抢救病人。在隔离病房里，当我们面对患者渴望的眼神："医生，我的情况是不是很严重？""我是不是要死了？""我想家"……我们总是给病人以鼓励："你一定会越来越好的""你要坚强起来，加油！"……

我们看到一位位病人从忧郁到彷徨，从恐惧到淡定，到最终顺利康复出院的欣喜，病区实现了"确诊病例清零、密切接触者清零、医务人员零感染"的目标。一幕幕的场景和画面，对我来说，对人生和医护的意义有了更深层的理解和感悟。

3月18日，黄冈人民用最高礼遇送别我们。"你们是最美的天使，是真正的英雄，是最可爱的人！"感谢声发自肺腑。

临别，酒店工作人员给我们献上白玉兰。突然又一阵轻风掠过，此时感觉那洁白的玉兰花更显得无比纯洁和秀美。这让我想起我们莱钢医院也有不少玉兰花。我的玉兰花，你经历了寒冬风雪的历练，才使你春天的绽放更加美丽动人，更加英姿飒爽！我们去时冬寒料峭，归日春花烂漫。玉兰花，努力绽放吧，去拥抱更加温暖的春天！

耿金华：此生无悔

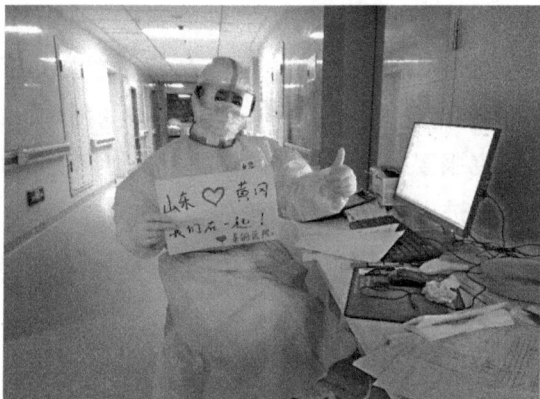

耿金华在前线

今天是返回山东进行医学隔离的第三天。

窗外风和日丽，一片祥和。回到山东，回到自己的家乡，回想这 38 天的特殊经历，一切仿佛如昨，历历在目，刻进了心底。

一场新冠病毒肺炎改变了 2020 年的正常开启模式，所有的工作角色都有了巨大的变化。我也一样，平日里喜欢观看抗战片，敬佩抗日战士……一场新冠病毒，让我也踏上了没有硝烟的战场，成了一名战士！

忘不了 2 月 15 日接到驰援湖北通知的场景，虽然早就做好了准备，但还是让我慌了一阵，3 个小时的准备时间，我甚至来不及和更多的亲人一一道别，我想的最多的是让孩子完全接受并且支持我的离开。女儿在一阵哭闹后，开始帮我收拾行李，恋恋不舍地送我。那一刻，我知道女儿长大了，也很坚强！

踏上援鄂之路，途中我们四人相互鼓励、相互打气，我们成了一起经历生死的战友。我们建立了微信群，群名叫"百毒不侵"，我们相约：每天工作之余在群里报平安，要一个不少地回山东……

我们接口的是大别山医疗区域中心的重症监护室，负责救治重症新冠患者。重症监护室是有创操作多、传染性强、气溶胶最多的地方。但是，来不及恐慌和担心，我开始从各个方面做好战斗准备。同行的重症监护室李凤林为我们温习重症的相关知识，李俊成带领商讨血滤病人的护理要点以及注意事项，我们必须做好全面准备。

病区工作并没有我想的那么得心应手。一次性防护服、手术衣、N95 口罩+外科口罩、护目镜+防护面屏、三层外科手套+三层鞋套，一整套穿下来，什么工作也没做就已经开始胸闷憋气，汗流浃背。当时的感觉，就想一把撕下所有的防护，好好喘口气。但是，我必须克服这些困难，这是必须面对的，一切才刚刚开始，要克服要面对的不单单是这些。穿完防护服我背靠墙上休息五分钟，调匀呼吸再进入污染区开始工作。就这样每天 4~6 个小时，每天提前 4 小时轮岗，厚重的防护服，严密的护目镜，让所有操作都变得格外笨拙，每次下班脸上都会留下深深的印痕。

病区内有这样一位病重老人，上着无创呼吸机，神志清楚，相比而言不算最重的患者。可隔壁床病人的离去，使他的精神变得异常低沉，恐惧时刻存在着。他在纸上写下"我是不是要死了"，写完后就一直盯着我。我大声地告诉他："这里有山东最好的重症医生和护士，你要相信我们，相信自己，你会好起来的，不要放弃！"就这样，只要进病区我就去和他打招呼，给他鼓励。他的病情不断恶化，再次见到他时已经处于镇静状态，气管插管，呼吸机辅助呼吸。我依然喊着："我们一起加油！"我相信他能听得到，相信他能感觉到我们所有医护人员从没放弃过！经过 20 多天的精心治疗和护理，老人病情一天天好转。在大别山区域中心清零的前一天，老人成功拔管撤机。

就这样，每天生活护理、专科护理、各种仪器的嘀嗒声，每天提前 4 小时的班次一直伴随着我。有汗水、有泪水、有感动、有不舍。随着疫情得到有效控制，确诊率降低，重症患者治愈率提高，我们迎来了最终的胜利。

3 月 21 日，我们在黄冈市民热情的欢送下踏上返程，街道两侧站满了欢送的市民，孩子坐在爸爸肩头摇着红旗，行动不便的老人坐在轮椅双手合十含泪喊着"谢谢了"。

一路上，制服上闪烁着荧光色的交警，身着藏青色制服的城管，戴着鲜红臂章的志愿者，沿途的路人，让城市变得温暖。从驻地到高速路口十几公里的路程，黄冈人民给予我们最高欢送礼仪。

我只是做了我该做的，你们的感恩让我感动。我想这辈子最不后悔的事就是为黄冈革命老区人民拼过命！

回到山东这片热土，听到熟悉的家乡话，吃上了最爱的山东菜，一切那么温暖，那么亲切。窗外，色彩开始丰富起来，不再固守雪的洁白，春的林子里鸟的声音开始争鸣起来，不再显示冷的宁静。

王鑫：援鄂印象

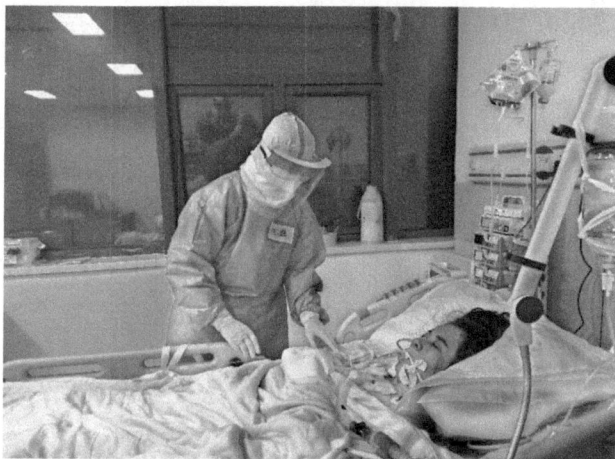

王鑫在前线

今天是 3 月 24 日，是我们援鄂返济的第三天。窗外花朵怒放，鸟鸣清脆。山河无恙，一切安好！

回想这段战"疫"经历，心中感慨万千，生命中增添了值得自己回忆的东西。

2 月 15 日一早，接到赴鄂抗疫的消息。虽说之前早有准备，但是在出发那一刻，想到年迈的父母和年幼的孩子，眼泪哗一下流了下来，当时正值疫情高峰期，每天确诊的人数在不断增加。我不知道在那里要工作多久，也不知道我能否平安回来。但是有一个信念一直在支撑着我：总得有人站出来，总得有人奔赴战场。就这样，我简单收拾了一下行李，跟随山东省第十一批援鄂医疗队奔赴湖北黄冈。

到了黄冈，才知道自己要去的是重症病房，我们要先接受专业而严格的防护培训。我以前有过ICU的工作经历，所以在防护培训中自己赶紧熟悉呼吸机、微量泵及各种管路护理的相关知识。憋闷的防护服和模糊的护目镜，这些困难对拯救生命来说，根本不值得一提，我们都能克服。

在病房，我负责为危重患者测量体温、监测血氧饱和度、采集血标本、建立静脉通路、呼吸机吸氧、心电监护、微量泵等专科护理治疗及病情观察，还有患者的心理护理及健康教育等工作。同时，负责消毒液的配置及环境消杀，进一步保护医护人员和患者避免交叉感染。我耐心为烦躁、恐惧的患者讲解新冠肺炎的相关知识，及时解答患者疑惑、联系患者家属通话视频，鼓励患者坚定治疗信心。

在我和战友的共同努力下，病人们一个个康复出院了。3月18日，黄冈大别山区域医疗中心重症病房所有病人清零，我的心情特别激动。

终于迎来了春暖花开。3月21日，是我们离开黄冈回家的日子，我永远也忘不了黄冈人民欢送我们的场景。十里长街站满了人群，他们手里举着国旗，拉着横幅为我们送行，"齐鲁大地的恩情，此生铭记""齐鲁大爱，感谢驰援""春风十里，只为送您"。

要走了，那一刻我竟不忍离开，泪水止不住流下来。

大家都说我们是支援黄冈的英雄，其实黄冈人民付出的更多，他们为战"疫"留住脚步，留守家乡，尽自己的最大努力控制疫情，他们的贡献最大，我们应该向他们致敬。

李俊成："逆行"，为了更好前行

作为一名"90后"男护士，我也有着"90后"的担当。

回顾驰援武汉这段经历，是我人生的一场宝贵历练，刻骨铭心。

2月15日，接到驰援武汉通知，我没有丝毫犹豫，经过短短3个多小时的准备，我出发了。

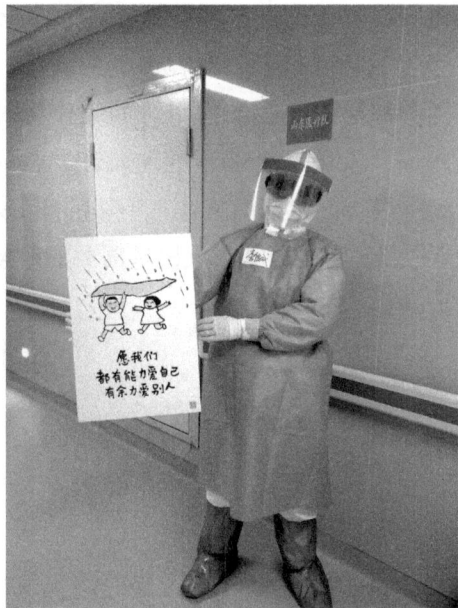

李俊成在前线

前路未知，但我义无反顾地选择了"逆行"。面对疫情，我全身心投入拯救病人之中。在我身边，每一位战友都忘我的工作，和病毒作斗争，全力抢救病人，他们是我学习的榜样。在战"疫"一线，我第一时间向党组织递交了入党申请书。

各地的医护人员怀着同一个目标走到一起。我们主动沟通，快速磨合，迅速成为一个配合默契、有战斗力的团队。

每一个日日夜夜，我认真履行职责，穿着厚厚的防护服，挥汗如雨，一丝不苟，从未喊苦喊累。我和同事们互帮互助，用心接待每一位病人，竭尽全力去照顾他们，不抛弃、不放弃、不嫌弃，给他们以鼓励，让他们树立战胜病魔的信心和勇气。

作为男护士，除了担负同样的专业护理，还被安排到了重症监护室，当起"壮劳力"。一些消耗体力的重活儿、累活儿，我总是主动承担。遇到突发状况，我始终保持镇静，有条不紊地进行抢救。

记得7床的一名患者，因为需要持续呼吸机辅助通气，每隔几小时就要抽血气分析，因为患者比较紧张又有些肥胖，再加上我穿着厚厚的防护服，护目镜被水雾遮挡变得模糊，操作非常不便，为患者采集动脉血成了一件难事。触及的动脉搏动微弱，隔着三层外科橡胶手套，摸索的手指也远不及平时灵敏，为达到一针穿刺成功的机率，减轻患者的痛苦，需要在患者床旁弯腰操作好长时间。这样看似简单其实操作艰难的工作无时无刻不在进行，紧张地战斗后，脱下防护服，衣服已全部湿透，人也疲惫到了极点。但看到一位位痊愈的患者，看到他们脸上幸福的笑容，一切的疲劳就会烟消云散。

作为一名"白衣天使"，能在国家和人民最需要的时候，奉献自己的青春和力量，我感到特别自豪！

（王利峰 吴 冉 整理）

酒钢驰援武汉　共克时艰

1月27日下午，酒钢医院5名医护人员登上了东去的D2706次列车。作为甘肃省赴湖北武汉救治医疗队成员，她们在甘肃省兰州市接受短暂培训后，将奔赴武汉参加肺炎疫情救治工作。

这5名医护人员分别来自呼吸、传染、重症3个专业科室，其中4名为女同志。接到支援武汉的任务后，酒钢医院医护人员踊跃报名。根据专业条件，医院方面确定了出行名单。

自武汉等地陆续发生新型冠状病毒感染的肺炎疫情以来，酒钢医院专门召开疫情防控工作会议，组成新型冠状病毒感染的肺炎抢救治疗专家组，并制订下发《新型冠状病毒感染的肺炎疫情应急处理方案》，要求全体人员坚守岗位，积极做好预检分诊、隔离病区设置及感染防护用品准备等工作；先后多次组织开展发热病人就诊应急演练，开展了新型冠状病毒感染的肺炎诊疗、防护相关知识培训；加强疫情防控现场督导检查，推进预检分诊工作，对来院患者进行初步体温监测，并每天对预检分诊点进行全面消毒；加强对探视陪住人员的管理，制作了健康宣教、温馨提示标识及指示牌；在酒钢厂区入口、配餐中心开展了疫情防控检查工作；应酒钢党委书记、董事长陈得信要求，为酒钢所有窗口单位职工熬制预防疫情用的中药汤剂。同时，酒钢医院还关闭了老年二病区，派人员支援酒钢医院发热门诊、嘉峪关市人民医院传染病区工作。

除派出医护人员外，在疫情暴发后，酒钢集团还积极主动提供疫情防控物资保障工作。1月31日，酒钢召开了新型冠状病毒感染的肺炎疫情医用防护用品保障工作会议，专题研究医疗物资问题，并积极与医疗材料供应商、生产厂家沟通，主动与境外分支、企业机构、民间组织联系，加强与甘肃省红十字会、兰州海关的沟通，确保境外物资及时投入到甘肃省防疫抗灾第一线。与此同时，酒钢还整理备案了国内供应商和境外供应组织，为打好防控疫情攻坚战巩固了坚实基础。

据了解，近期，酒钢集团牙买加阿尔帕特公司职工首先捐出自有的 3200 只 N95 口罩，并陆续采购 N95 口罩 19000 只、防护服 12000 套、护目镜 200 副；酒钢集团总部持续加大境内外物资采购力度，采购南非医疗外科口罩 10 万只，采购国内护目镜 10300 副。目前，各类物资均陆续开始发运。

（原刊于《中国冶金报》2020 年 2 月 4 日 2 版 记者 王汉杰 通讯员 华 艳）

首钢医疗勇士驰援武汉

　　一方有难，八方支援，新型冠状病毒感染的肺炎疫情自发生以来，一直牵动着首钢人的心。根据疫情医疗救治需要，按照北京市卫健委、首钢集团的统一部署，北大首钢医院迅速行动，派出5名医护人员组成应急医疗救援队，即将奔赴抗击疫情的第一线——湖北武汉。医疗队5名成员包括2名医师、3名护师，分别来自呼吸、感染、重症等专业科室，平均年龄为38岁，均为相关科室的中坚力量、精英骨干。

　　这5位由北大首钢医院派出的医护人员分别是呼吸与危重症医学科副主任医师宋丽萍，感染性疾病科主治医师徐继亮，重症监护科护师汤维亮，呼吸与危重症医学学科护师寇思宇，重症医学科主管护师张铁。他们肩负救死扶伤的神圣使命和首都国企的责任担当，将成为首钢集团赴武汉相关医院驰援的"医疗勇士"。

　　抗击疫情，共产党员冲锋在前。徐继亮今年49岁，是医疗队里最年长的队员。他在"非典"时期入党，至今已有17年党龄。在工作岗位上奋斗了近30年的他参加过无数次抗击各类传染病的战斗，如鼠疫、诺如病毒聚集事件、"非典"等，可谓经验丰富、资质深厚。虽然爱人刚做完手术出院、家中还有80多岁的父母，但徐继亮依然克服困难，没有一丝犹豫和推脱，承担了这项光荣艰巨的任务。疫情当前，武汉就是前线、就是战场。"作为一名党员，就是要关键时刻站得出来、危急关头顶得上去，不辱使命，为打赢疫情防控阻击战贡献力量！"徐继亮的话掷地有声。

　　宋丽萍是此次北大首钢医院赴武汉医疗队的队长。"我在医院呼吸内科工作，参与过重症患者的抢救，有丰富的临床经验和心得。面对这次疫情，作为一名医生必须有使命和担当，这是职责所在。"宋丽萍告诉记者，"我们不仅代表首钢医院，还代表着首钢。作为队长，我要克服一切困难，协调好队员们在工作上、生活上的方方面面，确保大家圆满完成任务，平安而归。"对于此次出征，宋丽萍的家人表示充分的理解和支持。还不到 4 岁的儿子对她说："妈妈去杀病毒了，杀死了病毒，它就不会到处跑了。"

张铁是一名优秀的护士，有着丰富的临床危重症护理经验。春节假期，张铁没有回吉林长春的老家与家人过年，而是主动留在北京、留在医院坚守岗位。北大首钢医院发出驰援武汉的号召后，张铁第一时间提出申请。她说："身为一名医务人员，我愿意用专业知识为武汉、为战胜疫情尽首钢人的绵薄之力。"在采访中，性格坚强的张铁提起母亲时数度哽咽。因为怕母亲担心，也怕自己难以控制情绪，从春节假期坚守岗位以来，张铁从不和母亲通视频，母女俩一直用微信消息进行联系。获知张铁不日将奔赴武汉抗击疫情的消息后，老人在千里之外的长春发来鼓励信息："国家需要、工作需要，咱不能讲条件，分哪儿就去哪儿，要积极参加、努力去干。"通情达理的老人自己就是一名共产党员，她用严以律己、勇于担当的言行熏陶着下一代。

由于北大首钢医院 ICU（重症监护病房）日常工作繁忙，汤维亮已经好几年没有回吉林梅河口的老家陪父母过春节了，新婚的他今年是第一次带爱人回家过春节。假期中，护士长在工作微信群里通知，医院将组织医疗队奔赴武汉，需要危重症护理人员。医院本来安排仍在老家的汤维亮参加后续梯队，但他坚持道："我要参加第一梯队，我马上买机票回北京！"不仅如此，他还不停地给护士长发微信："我现在就坐飞机赶回北京。""和护理部主任说一下，一定帮我报上名！"假期中止，新婚的爱人给予了他最暖心的支持。她是清华大学玉泉医院的护士，两人既是夫妻也是同行，此刻，彼此之间更有着"战友"般共同抗击疫情的"心有灵犀"。没有了后顾之忧，作为此次出征队伍中唯一的一名男护士，32 岁的汤维亮话语简洁，饱含着必胜的决心和勇气："若有战，召必回，回必速，战必胜！"

疫情如火，军令如山。"90 后"年轻护士寇思宇是团队中年龄最小的一员。她告诉记者，在河北承德老家的父母非常支持她支援武汉，一起为她加油打气。她在河北承德、山东青岛等地当护士的好朋友也纷纷打来电话为她鼓劲："她们也从自己所在单位报名去支援武汉前线了。一想到这些好朋友将与我一起战斗，我就更有勇气和力量了！"青春勃发的笑容洋溢在寇思宇的脸上。这个干劲十足、信心十足的姑娘说，她内心的想法就是一句话："我们一定要打赢这场疫情防控阻击战！"

　　据悉，北大首钢医院院办、护理部组织 5 名即将赴武汉参与新型冠状病毒感染的肺炎救治工作的医护人员，集中进行消毒隔离、个人防护及诊断、护理规范等相关培训，随医疗队同行的防护服等物资也已准备就绪。另外，记者在后续电话采访中得知，5 名医护人员这两天并未在家休息，除了参加北大首钢医院的培训以外，大家都在一线紧张工作着：张铁在去单位的路上，徐继亮刚下夜班还没来得及补觉，汤维亮在办公室学习专业知识，宋丽萍、寇思宇在医院呼吸与危重症医学学科病房里忙碌。

　　在京坚守岗位，驰援义无反顾。带着首钢干部职工的嘱托、祝福和牵挂向武汉进发，向着疫情最严峻的战场挺进，5 名"勇士"发出庄严承诺："我们准备好了，可以随时出发！"

（原刊于《中国冶金报》2020 年 2 月 4 日 2 版　记者　梁树彬）

169位党员和医护人员争赴一线

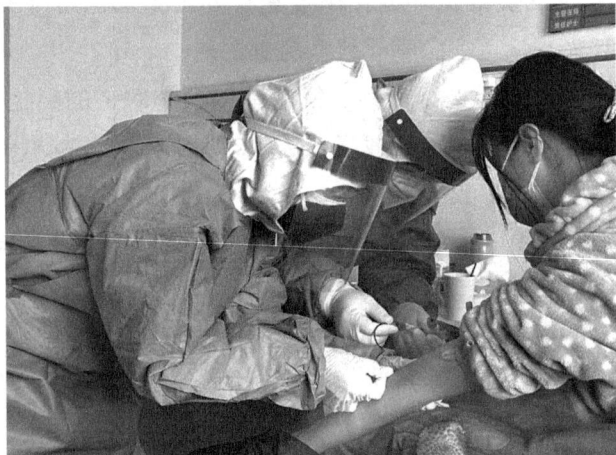

河钢邯钢的医护人员正在给疑似患者抽血化验（河钢邯钢 供图）

"新型冠状病毒感染的肺炎疫情来袭。健康所系、性命相托，作为医护人员，救死扶伤是我们的天职。疫情当前，我们综合党支部全体党员向党组织庄严请战。"1月31日，河钢邯钢医院西院综合党支部的31名共产党员和医护人员写下请战书，并一一按下红色手印，誓与疫情决一死战。

至此，河钢邯钢医院党政领导班子全体成员，以及所属科室的8个党支部169位共产党员和医护人员向党组织火线呈上请战书，以实际行动坚决打赢疫情防控阻击战。

"疫情就是命令，防控就是责任。公司各级党组织要把疫情防控作为当前压倒一切的第一要务，党员要率先垂范。"河钢邯钢党委书记，董事长郭景瑞要求河钢邯钢上下团结一心、众志成城，坚定不移把党中央、国务院，河北省委、省政府，以及河钢集团的各项要求落到实处，坚决打赢疫情防控阻击战。

"我申请参战！""我必须参战！""甘于奉献、为国效力、守护生命。"河钢邯钢医院院长侯庆田、院党委书记吴建民、副院长卢长虹带头向党组织呈上请战书。河钢邯钢医院内科党支部、烧伤科党支部、外科党支部、门诊第二党支部、门诊第一党支部、西院综合党支部等 8 个党支部争先恐后向院党委请战。

疫情发生后，河钢邯钢医院被政府部门指定为疫情临时监测点医院，需要腾空医院南门两侧两栋楼设立隔离观察病房。为此，该医院的共产党员放弃休假，参战一线，经过 2 天高劳动强度的付出，仪器设备被清理出楼妥善安置。医院南侧西二楼所有物品也已全部被清理完毕，随时可按医院要求投入使用。

2 月 1 日早晨，发热门诊、急诊科等科室的医务人员上岗前，侯庆田和吴建民到各科室看望大家，叮嘱医护人员一定按标准做好自身防护，严格诊疗规范，并勉励大家："抗击疫情一线的工作是每位医务工作者一生中难得而宝贵的人生经历，将成为大家职业生涯中浓墨重彩的一笔。"

（原刊于《中国冶金报》2020 年 2 月 5 日 1 版　通讯员　王维刚　记者吴兆军）

逆 行 天 使

"妈妈，你会被传染吗？" 10 岁的儿子已经懂事，漂亮的大眼睛里充满了泪水。"我会注意的！儿子，放心！"山西援鄂医疗队队员、太钢总医院（山医大六院）重症医学科护士长陈静冲儿子淡淡一笑，转过身轻轻擦了下眼睛，匆忙整理完行装就出发了。

新春伊始，疫情来袭。面对这场突如其来、没有硝烟的战争，太钢总医院第一时间向全体医护人员发出倡议：抗击疫情，驰援武汉。疫情就是命令，太钢总医院医护人员们纷纷主动请战，陈静率先请战，加入了山西省第一批驰援武汉医疗队，出征疫情最前线。

大年初七，已经是陈静一行人前来支援的第 5 天了，湖北省仙桃市第一人民医院的疫情救治工作还是十分繁重。陈静除了做好重症病人的护理工作外，还要努力适应因穿着防护服而带来的不适，护目镜、口罩压得前额、鼻梁生疼；防护服不透气，穿的时间一长，就憋闷、头晕。加上前一天洗澡有些着凉，交班之后，她回到驻地就躺下了。也只有在这一刻，陈静才有时间想起家人、同事，往日的情景如电影般一幕幕闪现。

陈静幼时母亲早逝，她十一二岁就来到太原跟姨姥姥一起生活。大年初二，她本来是要回娘家看望养育她多年的姨姥姥的。姨姥姥 80 多岁了，平日一向忙碌的陈静真的很想利用假期多陪陪老人家，但是大年初一刚下夜班的她临危受命要去援鄂，她只能在电话里向老人拜年话别。"孩子加油！一定要注意休息，我们等你平安归来！"老人平静的话语为满怀愧疚的陈静增添了更多的勇气。即将登机出发前，公婆专门为她煮了一碗散发着家的味道的水饺。陈静知道，这水饺饱含着公婆对她的疼爱，她更知道，这一走，调皮的儿子又要像往日一样靠老人们帮着丈夫照顾了。

出征前的一大早，陈静放心不下科室，早早来到 ICU 病房查看病人情况，并嘱咐科室的护士们："咱们科正值过节期间，危重病人多，护理任务重，你们在照顾好患者的同时，一定要保护好自己！"科室的护士姐妹们郑重地点头："你是我们的榜样和骄傲，我们等你平安归来。"有患者家属得知她要奔赴一线，纷纷竖起大拇指："感谢陈护士长，我的家人入住 ICU，得到你们白衣天使的悉心照料，如今你要奔赴疫情防控第一线，你是我们的英雄。"

带着亲人的牵挂，肩负使命，陈静随队于 1 月 27 日凌晨抵达仙桃市第一人民医院。1 月 29 日，作为第一组进入感染重症病房的护士，陈静早早就醒来了，简单洗漱后，又在脑海里默默过了 3 遍穿脱防护服的流程。仙桃市第一人民医院感染科于主任和周护士长专门下楼迎接来自山西的同行们。于主任已连续 10 多天没有离开过感染病区了，他笑称这是他第一次见到鼠年的太阳。病区的周护士长逐个仔细检查医护人员的防护措施是否严密，确保万无一失。面对日益增多的患者，仙桃市第一人民医院只能从各科室抽调人员。由于专业不同，大家在呼吸机的使用及管理上水平参差不齐。针对这一情况，陈静和其他援鄂队友一同为大家进行相关的业务培训，如无创呼吸机的护理、血气分析的操作及报告的解读等，并制订了简明的工作流程，明确了各班的工作，避免出现遗漏、交接不清的现象。血气分析是反映病情的重要检验指标，陈静从标本采集到机器检验，再到结果解读毫不含糊，扎实的技能水平立刻凸显。患者病情危重，常常需要医护人员协助他们排痰、倒尿，这些对陈静来说更是习以为常。在做好护理工作的同时，她还亲切、耐心地为患者、家属进行心理疏导，帮助他们缓解焦虑，树立战胜疫情的信心。

来到仙桃市第一人民医院后，援鄂医疗队收到了当地人民捐赠的物资。无论是药物、医疗物资，还是衣物、酸奶等，都让陈静感到了温暖。陈静相信，疫情无情人有情，有爱做后盾，有强有力的政府、无私敬业的医护人员和众志成城的群众，大家心手相牵，一定能早日战胜疫情，一定能很快迎来春暖花开的那一天。

（原刊于《中国冶金报》2020 年 2 月 5 日 4 版 通讯员 孙 敬 王 兴）

奋战在武汉抗疫一线

　　新春伊始，新型冠状病毒感染的肺炎疫情袭来。危难之时，许多钢铁人知难逆行，向着"主战场"武汉汇集，他们是名副其实的"最美逆行者"。

穿着纸尿裤上"战场"

　　2月3日，《中国冶金报》记者看到了一段录像，是酒钢医院老年病科副主任宋新海录制的视频。作为甘肃省支援武汉医疗队嘉峪关分队的队长，宋新海通过视频介绍了他们一行8人在武汉市中心医院的工作。

　　"我们住在医院附近的宾馆，吃、住困难都好克服。目前，最大的困难是上班中的生理需要。防护服厚实，穿起来费时费力。为了不浪费时间，特别是为了节省宝贵的医疗资源，上班的6个小时里我们是不能上厕所的。为了避免当班时尿急，我们在接班前的四五个小时就开始不喝水了。"

　　如果必须上厕所怎么办？宋新海说："我们穿着纸尿裤。"

　　在闷热的环境里，超过10个小时不能喝水，这是"宋新海们"要克服的最大困难。由于缺水，每次下班回到生活区，他们所做的第一件事就是喝水，喝大量的水。水喝多了，有时连饭都吃不下去。

　　视频里的宋新海是乐观的。面对大家的担心，他说："我们都还好。"宋新海的队里共有8人，其中5人来自酒钢医院，3人来自嘉峪关市其他医院。由于怕交叉感染，他们日常不见面，建立了微信群，就靠微信进行联系。宋新海很关心其他人的生活和健康，每天都在微信中问候，并认真记录。他说："我一定要把大家平安地带回去。"

　　宋新海擅长肺气肿、胸腔积液、急慢性支气管炎、慢性阻塞性肺疾病、肺源性心脏病、肺结核及各种呼吸衰竭的诊疗。近年来，在他的带领下，酒钢医院呼吸专业不断研发新技术、攻克旧难题，先后开展了经支气管镜肺活检、支气管肺泡灌洗等技术研发工作，使得间质性肺病和周围型肺癌的诊断率大大提高，填补了该地区此项技术的空白。大年初二上午，得知甘肃省卫健委要组派第一批医疗队援助武汉，他立即报了名，20多个小时后就踏上了驰援武汉的征程。

宋新海的出征，得到了妻子吕艳琴的支持。但宋新海不知道的是，吕艳琴主动请缨，也要出征。吕艳琴是一名副主任医师，2月2日，她去了甘肃省陇南市，开展疫情防治帮扶工作。

带着美丽的谎言出征武汉

酒钢医院消化科护士长、中共党员朱海艳也是出征武汉的8名医护人员之一。到现在，她离开甘肃来到武汉已有一个多星期了，她母亲仍不知道女儿此时人在武汉，朱海艳的公婆也不知情。朱海艳说，老人们都已年迈，若知道此事，除了担心就是牵挂，还是不告诉他们好。

援助任务是大年初二那天到来的。当天，酒钢医院管理群挂出援助通知，希望大家报名前往武汉医院支援疫情治疗。朱海艳没有多想，立即报了名。她对院领导说："我是共产党员，同时也是重症医学护理专业的中坚力量，有一定的临床经验。我的条件很符合，疫情当前，我必须去。"

熟悉她的院领导，知道这是她的肺腑之言。朱海艳已有16年的护理工作经验，先后在重症医学科、消化科担任护士长，曾获过甘肃省重症医学技能大赛二等奖，是甘肃省技术标兵、酒钢医院优秀护士、酒钢医院"我身边的共产党员"荣誉获得者……

朱海艳的报名当即得到了批准。第二天，朱海艳只跟家人说要去兰州培训，便离开了连疑似病例都没有的嘉峪关，与同事们一同踏上了驰援武汉的征途。临行前，朱海艳对好友表示："大过年的，报名时没同家人说要去武汉，带着美丽的谎言离开了家门，但相信家人会理解和支持自己。""作为一名共产党员，作为一名医务人员，面对疫情，使命感和责任感油然而生，自己必须去。"

前进！向着武汉汇集。大年初五，在兰州接受了短暂的培训后，朱海艳与同伴们到达武汉抗疫定点医院，又按照当地医院的统一指挥和部署，接受了一系列严格培训，随后马上融入"战时"环境。

"之前在抖音和各类报道中，看到奋战在一线的白衣战士们上班穿纸尿裤、剪掉长发，以为只是个别情况，来到武汉之后才发现在实际工作中这都是常态。因为穿着很严实的防护服，几个小时不喝一口水、不上一次厕所是最基本的。加上工作强度很大，每个班下来，真的感觉能累瘫。"在采访的电话里，朱海艳这样说。

但是工作岗位就是战斗阵地，在这场没有硝烟但事关生死的疫情防控战中，作为一名党员，同时作为嘉峪关赴鄂支援的联络员，朱海艳总是在心里默默给自己鼓劲："我是共产党员，哪里有疾病、哪里有疫情，哪里就是我的战场。我一定要不忘初心，发挥模范带头作用，以百倍的信心和十足的干劲投入到工作中，让我护理的每一位患者都感到安心和温暖。"

朱海艳说，她不仅给自己鼓劲，还为一起前往武汉的同事们加油。每次上班前，朱海艳都要叮嘱同伴们，一定要元气满满地干好每一个班次，认真负责地完成每一个环节的工作，并且安全返回驻地。

（原刊于《中国冶金报》2020年2月5日4版 记者 王汉杰 通讯员华 艳）

有一种责任，叫冲锋在前

——太钢总医院白衣战士出征记

有一种奉献，叫白衣战士；有一种责任，叫冲锋在前。"我是共产党员，我不上谁上！""病房就是我的战场。我们就是患者的希望。"新型冠状病毒感染的肺炎疫情，牵动着全国人民的心。疫情暴发后，太钢总医院（山医大六院）的医务人员自觉取消休假，放弃了与家人团聚的机会，冲在抗疫第一线，争分夺秒与疫情赛跑。"若有战，召必回，战必胜"，他们用行动诠释着抗疫承诺。

"现在就是我们用行动践行使命的时刻"

1月25日，太钢总医院接到支援湖北的消息后，全院医务人员纷纷主动请战，请求加入山西省第一批医疗队，出征最前线。

一句句留言，一次次请战，彰显着白衣战士的责任与担当。最终，业务过硬、经验丰富的该院尖草坪院区重症监护室主任杨立明、迎新街院区重症监护室护士长陈静入选山西首支援助湖北医疗队。

接到出征任务时，杨立明刚回到老家。他二话没说，告别年迈的母亲，带着妻女，连夜驱车返回太原。他的爱人任引竹是太钢总医院心内科的一名医生，临行前，她反复叮嘱丈夫，到了湖北一定要安心工作，保护好自己，家人永远是他的坚强后盾。

陈静的儿子只有10岁，临行前，懂事的儿子一句"妈妈早日平安回来"，让她感动得热泪盈眶。陈静的爱人也是一名医生，听到她支援湖北的消息后，对她说："放心地去吧，严格按照工作流程操作，自身做好严密防护，家里和孩子不用担心，安心工作，平安归来。"2008年汶川大地震时，正在华西医院进修学习的陈静参与了抗震救援。15年的工作经历，让她成为了一名优秀的重症医学科护士长。出征前，她想到更多的是肩上的责任。她说，要用所学为防控疫情尽自己的全力。

1月26日下午，杨立明和陈静随队启程驰援湖北，奔赴疫情防控第一线。1月27日经过培训后，杨立明和陈静便进入湖北仙桃市第一人民医院感染病房展开工作。"我们现在只是换了一个工作地点而已。不忘初心、牢记使命！现在就是我们用行动践行使命的时刻！作为共产党员，面对困难我们决不退缩！让我们一起用行动为中国加油！为湖北加油！胜利终将属于我们！"征战一线后，杨立明在朋友圈留下了这样的话语。

"只有给患者信心，才能让患者有勇气战胜疾病"

2月1日，请命出征的太钢总医院儿科医生付彦卿，带着全体钢城医务人员的深情厚谊，紧急前往支援太原市第四人民医院，投入到抗击疫情战斗的最前线。就在几天前，太钢总医院接到太原市卫生健康委员会的通知，要求紧急安排1名儿科医务人员支援太原市第四人民医院，情况紧急，刻不容缓。这是继太钢总医院两名医务人员援鄂出发7天后，太钢医务人员再次出征抗疫第一线。

作为从事儿科工作17年的资深医生，付彦卿有着丰富的临床经验，擅长小儿呼吸系统疾病诊治及危重症抢救。在1月26日全院抗击疫情誓师大会上，他郑重地在请战板上签下了自己的名字。从那一刻起，他就做好了随时出征的准备，以实际行动践行白衣战士的誓言。

出征前一晚，身为护士的爱人和8岁的儿子把对付彦卿说的话放在了家庭微信群里，告知他在劳累时、想念家人时可以拿出来看看，为他加油鼓劲。8岁的儿子还有好多字不认识，在爱人的帮助下，写下了儿子对爸爸的支持："爸爸，加油，你努力向前，好好工作，我们在后方做你的好助手！"出征前，付彦卿并没有告知父母支援的实情，但在临行前与父母通电话时，还是不小心说漏了嘴，深明大义的父母了解情况后还主动鼓励他。科里的同事得知付彦卿出征支援的消息后，纷纷在微信群里留言表达敬意，并帮忙准备随行物品，让他感到无比温暖。

"作为一名医务人员，病房就是我的战场。我们和患者在一起，我们就是患者的希望。面对患者，不允许我去害怕，只有给患者信心，才能让患者有勇气战胜疾病。这是我神圣的职业使命和担当，更是我战斗在抗疫一线的信心和决心。"在太原市第四人民医院值完第一个夜班之后，付彦卿写下了这样的心声。

"我是共产党员，我不上谁上"

疫情就是命令，防控就是责任。面对新型冠状病毒感染的肺炎疫情，1月下旬，太钢总医院迅速筹建发热门诊，积极做好疫情防控工作。得知筹建发热门诊的消息后，太钢总医院许多共产党员、科室带头人发挥先锋模范作用，第一时间请战加入到新组建的发热门诊，冲锋在防疫抗疫第一线。

从筹建发热门诊开始，太钢总医院感染科主任岳玉瑛就没日没夜地忙碌着。在医院，她就像一只拧紧发条的钟表一刻不停，常常累得回家后与家人说话的力气都没有了。2003年，她曾参与了"非典"的救治工作，有着丰富的感染科临床工作经验。面对疫情，她坚定地说："我是共产党员，也有经验，我不上谁上！"

和岳玉瑛一样，曾是感染科护士长的乳腺神经内科六病区护士长范美琴也参与了2003年"非典"的救治工作，对疫情防控有着丰富的临床经验。此次她主动请缨，临危受命，再次担当重任。她说："作为一名共产党员，一名护士长，我要第一个冲到最前线，这是共产党员的使命和责任。"远在北京的女儿过年回来看她，她也顾不上回家团圆。经过几天的连续战斗，范美琴说起话来声音有些嘶哑，但看到发热门诊的工作进行得正常有序，她开心地笑了。

平凡的岗位，不平凡的坚守。这些故事只是太钢总医院同心战"疫"的一个缩影。在这场没有硝烟的战"疫"中，太钢总医院的白衣战士们成为抗击疫情战场上飘扬的旗帜。这旗帜彰显着无坚不摧的力量，激励着全员众志成城、同舟共济，坚决打赢疫情防控阻击战。

（原刊于《中国冶金报》2020年2月7日1版　记者　黄传宝　通讯员赵俊梅　王改丽）

马不停蹄，带着牵挂出征

　　"有一座城，叫众志成城；有一群战士，叫白衣战士；有一种精神，叫科学精神；有一颗信心，叫万众一心！让我们用行动一起为中国加油！为湖北加油！胜利终将属于我们！"2020 年新春伊始，一场突如其来的疫情防控阻击战，在中华大地骤然打响，2 月 8 日，太钢总医院（山医大六院）尖草坪院区重症监护室主任杨立明在他的朋友圈写下了这样一段话。他用自己的行动践行了一个共产党员不忘初心、牢记使命的坚定信念。

　　1 月 25 日，大年初一，太钢总医院（山医大六院）接到了支援湖北的任务后，全院医务人员纷纷主动请战，请求加入山西省第一批医疗队，出征最前线。一句句留言，一次次请战，彰显着白衣战士的责任与担当。

　　这时，尖草坪院区重症监护室主任杨立明一家三口驱车近 400 公里，陪着 80 岁的老母亲回到了山西省运城市稷山县老家。当天晚上 9 点多，杨立明的电话响了。太钢总医院（山医大六院）重症医学科主任刘桢干在电话里说，大年初二也就是第二天，院里要选送 1 名重症主治医师以上人员加入山西省援鄂医疗队。杨立明考虑到科室里人员的情况后，毅然决定加入出征湖北的行列。

　　得知爸爸要去湖北的消息，杨立明的女儿流着泪，哽咽着说："我不让爸爸去。"看着女儿泪流满面的样子，杨立明心中一阵酸楚。他急忙上前抚着女儿的头安慰道："憨娃，哭啥呀？没事的，你放心！爸爸去了又不是不回来了，疫情也长不了。"同为太钢总医院（山医大六院）医生的杨立明妻子任引竹也在一旁劝慰女儿道："你爸是共产党员，又是科主任，这时候他不去让谁去？我们其他科的下一步也可能要去呢。"一边说着，妻子的眼圈也泛红了。一旁的侄女这时也止不住地哭了起来，用责怪的眼神看着杨立明："三爸，你别去好吗？那里很危险的！你以为你还小吗？你都五十了呀！你是个孝子，就不怕你走了我奶奶每天担心地睡不着觉？"杨立明心中一阵感慨，对侄女说道："别担心。三爸去了按要求讲好卫生、做好防护就是了，放心吧！想一想深陷疫情的湖北人民，想一想那里的医护人员，他们在急切地盼望着各地的支援。为了让他们不哭，我们都不要哭。"大年初二一大早，为了确保安全，杨立明一家人站在岳父家的门外，向两位老人拜年道别，之后便匆匆踏上了归途。此时，距杨立明一家人离开太原仅过去了17个小时。大年初二下午，长途奔波赶回太原的杨立明连午饭也没来得及吃一口，便和同事陈静一起随山西省援鄂医疗队启程驰援湖北，奔赴疫情防控第一线。

乘坐专机到达武汉后，山西省援鄂医疗队医护人员兵分三路，分别前往仙桃市、潜江市、天门市。1月27日，大年初三的凌晨2点，因疫情影响，高速路封路，杨立明和同事们沿省道一路颠簸抵达仙桃市。仙桃市为湖北省辖县级市，人口160多万。仙桃市第一人民医院是当地最大的开放性花园式三级乙等医院，建于2013年，开放床位2000张，科室门类齐全。山西省援鄂医疗队负责对口的感染科分为南楼和北楼，北楼共有床位50余张，主要收治疑似感染的重症患者及确诊患者；南楼床位100余张，主要收治普通疑似患者。当天下午，带队领导通报了当前疫情，仙桃情况比较危急，一天接诊发热患者500例以上，当时共确诊新冠肺炎12例。当时12例确诊患者中，有4例危重，通过无创呼吸机辅助通气，其余患者病情暂时平稳。

当天晚上，一直马不停蹄的杨立明才终于有时间简单收拾了一下自己携带的物品。打开医院为他们准备的大箱子，里面竟然塞得满满的。感染防护用品从头到脚一应俱全，尤其是还准备了眼药水和手部消毒液以及其他常备药品。杨立明深深为院领导的细心周到而感动，更让杨立明既感动、幸福又觉得好笑的是竟然从行李中翻出来3把雨伞。1把是院里准备的，1把是妻子放到背包里的，还有1把是临行前姑娘塞到他的手提袋子里的。望着这3把雨伞，杨立明心里感到无比温暖。

电话采访中，笔者代表全体太钢人向奋战在抗击疫情一线的杨立明和他的同事们表示深深的敬意。杨立明说，作为医务工作者，作为共产党员，在党和人民最需要的时刻，就应该勇敢地站出来，全力以赴，努力成为此次疫情防控的桥头堡、防火墙，为坚决打赢疫情防控攻坚战做出贡献。

（原刊于《中国冶金报》2020年2月11日4版　通讯员　孙敬　王兴）

修我甲兵　与子偕行

"自从 20 多年前穿上这身白大褂，我就知道了自己的职责，这就是我的作战袍。只要祖国需要，我们就会义无反顾地投入战斗。" 2 月 12 日，面对《中国冶金报》记者的电话采访，张琴动情地说。

张琴，48 岁，中共党员，现为首钢水钢总医院感染管理科主任、贵州省医院协会医院感染管理控制专业委员会常委、贵州省医院感染管理质量控制中心专家委员会委员、六盘水市医院感染管理质控中心副主任。1 月 27 日晚，张琴与 100 多名贵州赴鄂医疗团队成员一起踏上了前往湖北的征程。天气阴沉而寒冷，张琴的心里充满了担忧。此次出行前，她一直感冒，身体略显虚弱。此前就出现过医生因发烧不能前往一线的先例，她生怕体温检测时自己也出现发热症状。幸运的是，检测表明，她的状况一切正常。

1 月 28 日凌晨，张琴随团队到达武汉，之后立即到湖北省鄂州市传染病医院开展工作，每天都排得满满当当：早上 6 点起床锻炼身体，简单的早餐之后，立即到岗工作，基本持续到下午 6 点以后，才换班回到寝室。

工作期间，张琴负责对分到鄂州市传染病医院的 30 名医务人员进行防控培训。在临床一线，她每天要进行现状分析，梳理、完善工作流程，指导、督导医务人员做好防护和消毒，尽力降低感染率。同时，她每天都要面对各种各样的突发情况，工作压力极大。接受采访时，张琴的声音有些许哽咽，但不失坚定："在医疗第一线，大家都很累，但每个人都在坚守。这就是我们的战场！"

贵州赴鄂医疗团队到达当天，鄂州市传染病医院还只有 50 多名新冠肺炎病患，截至 2 月 12 日晚上《中国冶金报》记者电话采访时，该医院的新冠肺炎病患已达 800 余名，工作繁重且庞杂。贵州医疗团队和当地人员一起，共同克服困难，尽全力治疗、安抚病人，减少感染，打好抗疫之战。贵州赴鄂医疗团队的工作受到了当地医院及群众的一致好评，每天都收到很多封感谢信。这也让大家备感欣慰，工作更充满了动力。

（原刊于《中国冶金报》2020年2月19日4版　记者　夏文华）

战斗在"疫"线的最美逆行者

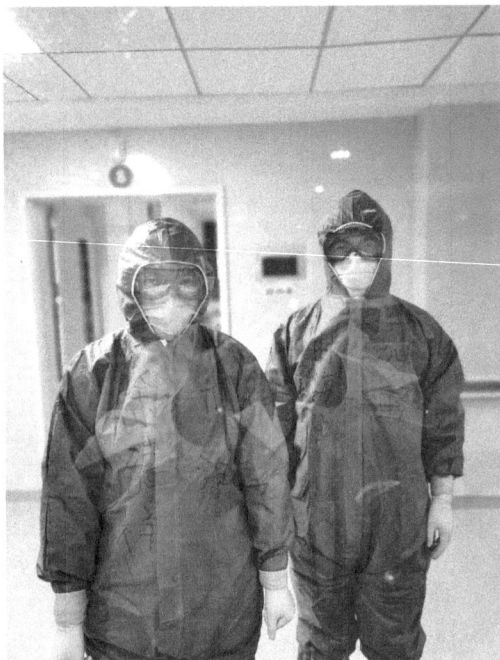

时海洋（右）在疫区

"来了几天了，黄冈的阳光终于穿透了乌云，一切都会慢慢好起来的！"2月4日，立春，大别山南麓黄冈多日的阴雨天终于转晴，山钢集团莱钢医院呼吸内科副主任、副主任医师时海洋在给朋友的微信上写下了这句话。

1月28日，大年初四，时海洋告别亲人，作为山东省第二批医疗队成员之一驰援湖北，前往抗疫第一线。

继时海洋奔赴湖北后，2月9日，莱钢医院呼吸内科副主任、副主任医师吕红霞，神经外科肛肠病区主管护师韩海荣，重症医学科护师肖涛加入山东省第八批援鄂医疗队，再次紧急奔赴一线，开展医疗援助工作。

在这场没有硝烟的战争中，他们和病毒搏斗，与时间赛跑，是最美的逆行者。他们的身上有什么故事？他们在一线的情况怎么样？我们一起来看——

时海洋的心愿：不灭病毒，决不回家

"刚接到山东省卫健委通知，我们医院要选派一名医护人员加入山东第二批医疗队，援助湖北应对新冠肺炎疫情，你看看你们科里谁去？"

1月26日上午10时，正在发热门诊排查发热病人的时海洋接到副院长王忠山的电话。

"我是一名预备党员，是科室副主任，是一名男同志，我去最合适。"时海洋没有丝毫犹豫。

"不和家里商量一下？"王忠山再次询问。

"不用商量，把我报上。"时海洋语气斩钉截铁。

1个小时后，时海洋接到了被征召入医疗队的通知。

1月28日上午11时15分，送行的队伍自发赶来，为时海洋举行了出征仪式。当天下午4时30分，专机载着山东省第二批138人支援湖北医疗队飞赴武汉。在上飞机前，时海洋给《中国冶金报》记者发来微信："我将听从指挥，尽快调整，用最饱满的精神状态投入到工作中，坚决完成救援任务，不辱使命。不灭病毒，决不回家！"

时海洋来信了：时刻在战斗

"你能认出我吗？"2月4日，抽出难得的空闲时间，时海洋通过微信发来几张照片问道。照片中的他，裹着厚厚的防护服，戴着口罩、护目镜，单看身形确实难以辨认，但防护服上的"时海洋，加油！"几个字格外醒目。到达黄冈后，他正式进入大别山区域医疗中心工作，同山东第二批援鄂医疗队其他队员一起，负责两个病区约150名患者的诊疗、隔离观察等工作，任务十分繁重。

"时主任，尿不湿用上了没？""嗯，这是当然的。"尿不湿是必需品，为了节省防护服，进入病区的医护人员会提前用上尿不湿。临行前，同事们为他准备了两大包，行李箱满得几乎塞不下。

"那吃饭、喝水呢，穿着防护服咋进行？""不能吃饭，也不能喝水。"时海洋语气平静，对日常连续 8 小时不吃不喝习以为常。

"等会儿再聊。"说了没几句话，当天凌晨才下班的时海洋又赶着去参加上午 10 时的讨论会，直到中午才结束。晚上 8 时，他又同几位战友一起，进入病区，开始新一轮的战斗。

更多的"海洋"们：使命有我，有召必应

1 月 26 日，接到山东省卫健委发出的组派第二批援鄂医疗队的通知后，莱钢医院广大干部职工早早就写下"请战书"。

"我报名！""随时待命！""主任，我去吧！""党员这个时候就得往前站！"

吕红霞、韩海荣、肖涛报名了，更多的"海洋"们报名了，请战的人数增加到上百人。

2 月 9 日一早，吕红霞、韩海荣、肖涛接到了驰援湖北的通知。当日下午，他们作为山东省第八批援鄂医疗队成员，在济南遥墙机场火速启程。

（原刊于《中国冶金报》2020 年 2 月 19 日 4 版　记者　周传勇　通讯员 吕　娟　刘　芳　朱丛政　吴　冉）

"钢医人"的"疫"线日记

鞍钢总医院　我不是一个人在战斗

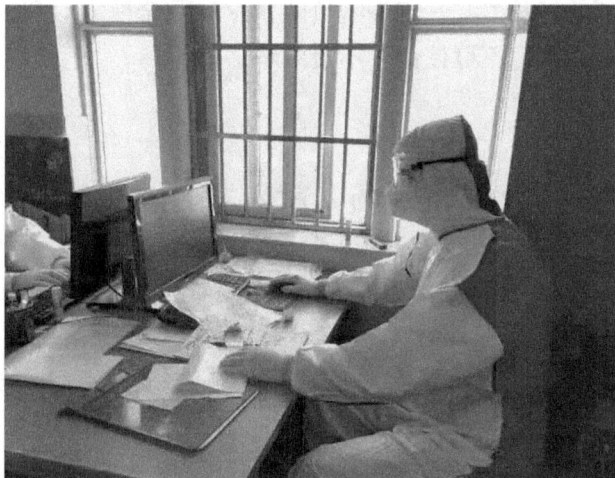

张新宇正在办公

2月5日　星期三　武汉

来武汉1周多了，终于有时间坐下来简单回忆一下这些天的工作了。

目前，我们对口支援的武汉济和医院是由一家民营二级医院临时改造而成的。我们组负责7楼感染病区的48张床位，由于患者太多，医院在走廊又增加了床位。尽管条件有限，但是患者们的殷殷期盼和武汉同仁们忘我的工作精神激励着我，让我竭尽全力地投入到工作中，每天查房，下医嘱，写病历……履行医生的职责。

每天，我都详细询问每位患者的病史、用药后的反应、吃饭情况、休息状况，有时候也和他们聊聊天，舒缓他们的心理压力。虽然一开始在语言沟通上存在一定的障碍，但是经过几天的接触后，我们的交流也顺畅了许多。

更让我感到欣慰的是，今天，有 3 位患者已经转到轻症病区。还有一位被诊断为危重型病例的 76 岁大娘，在我们的精心治疗下，转危为安，逐渐康复。

还记得初到武汉时，防护用品和工作服短缺，我及时向鞍钢总医院汇报了这一情况，院里的领导非常重视，想尽办法为前方提供物资保障，解了我们的燃眉之急。其实，他们在后方同样缺乏防护物资。

来到武汉的这 10 天，我和同事们虽然没有分到同一个小组，但是大家彼此互报平安，院领导也每天在微信群里问候，时刻关心我们的家人并派专人去慰问，解除了我们的后顾之忧。

每每想到这些，我都充满了力量，我知道我们不是孤军奋战。作为鞍钢总医院此次援鄂的组长，我一定不辜负院领导以及全院人对我的支持和信任，和 3 位战友并肩战斗，不辱使命，不负韶华。

张新宇

共赴战场，就不枉此生

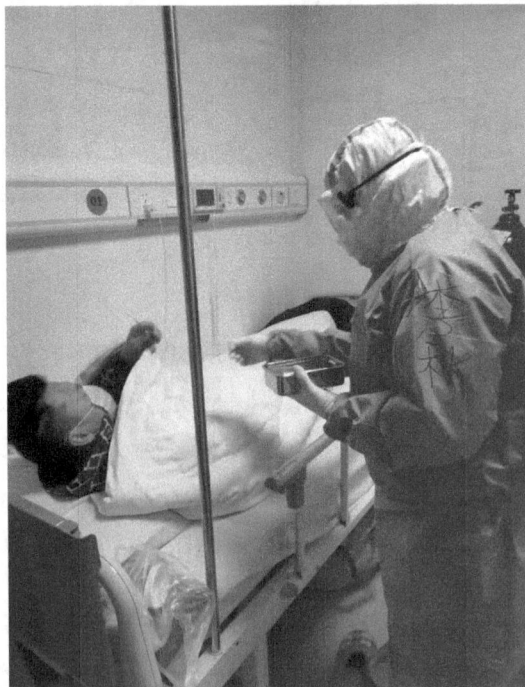

李秋正在查看患者状况

2月6日　星期四　武汉

今天中午12点～下午4点，轮到我与另一名护士进入隔离区看护24名患者。

在进入病区前，我简单地吃了点干粮以增加体力，因为进入病区是不敢喝水的。上岗前，领导通知我一个情况：上午，21床患者由于不想扎留置针，情绪激动下差一点儿把护士的防护服撕坏。于是，进入病区后，我怀着忐忑不安的心情挨个病区查看患者状况。

进入每个病区后，我先来一句："大爷您真棒！""大娘最坚强！""美女加油！""心情棒棒哒！"我在不停地对患者进行鼓励的同时，也在为自己打气。每当我的问候换来患者轻声的应答时，我心里就有点小激动。因为我知道对生命的渴望让每个人都变得焦躁不安，更知道此时能换来患者的理解有多难。

走到21床大娘床前，我亲切地询问大娘状态是否比昨天好一些："这个房间没有对讲设施，有事情您就喊一声，我也会经常来看您的。"随后，我又查看了大娘的输液情况。目前，大娘的情绪比较稳定。

查看完所有患者之后，我就开启了"风火轮"模式：用电水壶一壶一壶地烧热水，为每名患者送水；与同组护士为患者更换点滴；为24名患者发放午餐到床头，等他们就餐完毕，又到每个房间收集饭盒；整理医用垃圾袋。随后，我马不停蹄地清理了走廊卫生，又巡视了患者的输液情况，并多次到21床大娘床头查看。在全副武装的情况下，我早已汗流浃背。

转眼到了下午2点，我开始给病人普测体温、给所有患者更换口罩、与同组护士准备明天的化验单、为6名新入院患者进行静脉穿刺输液……为了患者的每一声呼唤都能及时应答，我无怨无悔。作为医务工作者，在人民的生命受到威胁的紧要关头，我必须挺身而出。

我静静地思考这些天的武汉之行。我不想当生命的匆匆过客，无论过去、现在还是将来，生命的旅程中总该有些值得回忆的印记吧。当我老了，坐在村前的树下仰望星空时，回想起曾经与我共赴"战场"的那一张张脸庞，回想起曾舍生忘死挥洒在武汉大地上的青春，回想起挽救过的一个个鲜活的生命，一定会觉得不枉此生。

李秋

安钢总医院 战"疫"前线的"六朵金花"

安钢总医院援鄂医疗队6名队员

2月2日

带着重托和使命，我们6个人踏上了援鄂抗疫的征程。前方的路也许是一片荆棘，但我们决不后悔。带着"钢医人"的执着与坚毅，我们选择挺进一线，逆向而行。我们坚信，黎明前的那道光，终会越过黑暗。

安钢总医院援鄂医疗队队员：石华、李晓平、李晶晶、李晓伟、李静、张萌。

援鄂第1天 2020年2月3日 阴

我们对口支援的是武汉同济医院中法新城院区。作为第一批进入病区的医疗队，我们需要提前熟悉环境。早上6点半，我们从酒店坐专车出发，抵达医院时，同济医院、北大人民医院、北医三院的老师们也已经到了。与他们完成对接分组后，我们开始正式上班。

按照操作流程，我们穿好防护服，由感控老师帮我们整理，检查密闭性，合格后才能进入病区。我戴着眼镜和护目镜，一呼吸都是雾气，只能慢慢调整呼吸；在戴上5层手套以后，手都是皱的；身上的防护服不透气，没多大会儿里面的衣服就已经湿透了。我们主要负责接诊，帮患者铺床。接诊病人时，我们要堵在病人专用通道，一个一个接诊，并避免出现混乱。患者年纪偏大，还存在语言的差异，我们有时候只能用手比划着交谈。现在这个班儿已经接收了 30 多位病人了。

李晓平

援鄂第 2 天　2020 年 2 月 4 日　晴

今天早上 7 点钟，我和李晓伟得到通知被临时补入护理 3 组，于 7 点半出发，前往武汉同济中法院区开展工作。在感控老师的监督指导下，我穿着笨重的防护服，戴着护目镜和面屏进入了工作区。

来之前的想象是一回事，真正到达抗疫前线，参与抗疫斗争又是另一回事。亲眼看到患者的痛苦，我下定决心：尽自己最大的努力帮助病人解除痛苦，为战胜新冠肺炎疫情出一份力！

石　华

0 时 30 分，我接到了急诊科同事的电话。对方告知我说："你的姥姥不在了，请节哀顺变。"我当时脑子直接就"嗡"地一声响。

本来，我与姥姥说好，过年带孩子去给她老人家拜年。没想到，受疫情影响，国家提倡不出门拜年，我就一直没能见到她老人家。此后因为工作需要，我直接动身前往武汉支援，哪知此去竟成永别，我再也见不到她了。

院领导和护理部领导专程向我的家人们带去了慰问，并请我放心，一定要我节哀顺变、安心工作。妈妈也一直安慰我说："你在外面工作，情况特殊，不要太伤心了，照顾好自己，保护好自己，这是最重要的事。家里有我们呢。你顾大家，我们顾小家。"

挂掉妈妈的电话，我一夜辗转难眠，满脑子都是小时候在姥姥身前身后的美好回忆，泪水止不住地往下流。我们每个人，都是匆匆岁月的过客。

人活在世上不容易，而家人团圆更不容易，希望大家有时间，一定要多陪陪自己的家人。

李　静

援鄂第 3 天　2020 年 2 月 5 日　晴

今天是到达武汉的第 3 天，温暖的阳光格外耀眼。从宾馆的窗户向外望，空旷的街道和小区沐浴着暖阳，让人心里更加五味杂陈。下午 3 时，我们紧急召开了临时党支部成立大会，大家重温入党誓词，瞬间责任感与必胜的信念倍增。我们一定不辱使命，不负重托。

书记说："我们是党员，肩上的担子更重，大家一定要发挥党员先锋模范作用，吃苦耐劳，冲在第一位。"常年奋战在传染病一线的专家告诉大家，现在我们面临的可能正是疫情的高发期，大家又多是二三十岁的年轻力量，相信大家会保护好自己，努力克服重重困难，打赢这场没有硝烟的战争。

李晶晶

援鄂第 5 天　2020 年 2 月 7 日　雨

现在是 2 月 7 日的凌晨 1 时 30 分，这是我和李静姐第二次奔赴前线。有了第一次的经验，这次似乎更有信心。第一次全副武装上战场，我呼吸困难，头晕，头疼，感觉快要窒息了，但是我们告诉自己，一定要小心再小心、坚持再坚持。病人需要我们，我们要克服一切困难完成任务！看着病房里虚弱的病人，感受到他们求生的欲望，我们没有理由退缩！我们要与病毒抗争到底！早日战胜这场疫情！钢医加油！武汉加油！中国加油！

张　萌

援鄂第 11 天　2020 年 2 月 13 日　晴

转眼间，我们到武汉已经快两周了，刚开始的时候感觉时间过得很慢，因为心里存在恐惧。但后来又觉得时间过得很快，那是因为慢慢适应了这里的工作，心里的那种恐惧不存在了。患者很信任我们。对于他们来说，我们不仅是白衣天使，也是他们最亲近的人。看着患者的病情一天天好转，我们也很有成就感！再苦再累也值得！希望疫情早日结束！武汉加油！中国加油！

李晓伟

（原刊于《中国冶金报》2020 年 2 月 19 日 4 版）

来自武汉前方的一封家书

妈：

我已顺利到达武汉，一切都好，勿念！

身边的人都在认真听取诊疗方案的培训。他们来自辽宁各地，操着不同的东北口音；课间互相交流时，让我想到了那首最近很流行的歌——《野狼disco》！不同的东北口音夹杂在一起，甚是有趣。

这里的工作紧张、高效，彼此之间是满满的信任。所以，您无须为我担心。

之前，您发微信问我，看到新闻，说医护人员吃不上饭。我说老太太，都啥年代了不至于。只是，炒菜的厨师可没有您那"舌尖系列"的手艺。

关于此次疫情，网络上的信息也算是铺天盖地了。毛主席说：战略上藐视！战术上重视！我相信，这么大的事儿，全国上下共同努力，一定会好的！

我知道，您是不赞成我来武汉的。您就我一个女儿。用甄嬛体说，您和爸爸三十几年独宠我一人！我知道您舍不得我，走时，是爸爸提着行李送我到楼下。在车上，想到您说我是为了躲七大姑八大姨春节期间给我介绍对象借机逃离这个家时，我真是心酸得哈哈大笑。

大年初一突然接到院里号召报名医疗队去驰援武汉的消息时，我还忙碌在满是患者的病房里。科室共有包括我在内的4名护士报名，其他3名都初为人母，孩子小，而我是一人吃饱，全家不饿，精神饱满，体力充沛。

组织上能够同意我的申请，派我去武汉，既是对我个人的信任，又是对我十几年临床护理经验的认可。此次能够得到领导首肯，来到武汉，我很自豪！心里，也是给自己点了赞的！

妈！如果谈自私，我是因为有爱的人要守护。决定来武汉，就是想通过自己所学，尽自己一切努力，守住这道关、这条线，不让疫情扩散到你们的身边。

如果谈信仰，我是义无反顾的。电影《风声》中的那句话仍然记忆犹新——"我亲爱的人，我对你们如此无情，只因民族已到存亡之际，我辈只得奋不顾身挽救于万一。敌人不会了解，'老鬼''老枪'不是一个人，而是一种精神、一种信仰。"

妈妈！说了这么多，您，懂我了吗？我不光是您那个只懂"买买买"的女儿，我的心里也有家，也有国！

以前，总是想着快些长大，却忽略了您和爸爸也在慢慢变老。本来是计划带着你们出去玩玩的，"盘子"我都提前踩好了，算是小小的遗憾吧。

您和爸爸好好待在家里，出去的话，记得戴上我走时买好的口罩呦！你们就安安心心地等我回来吧！

永远爱你们的女儿曲慧

编后语：

这封家书的作者曲慧，是鞍钢总医院呼吸专科医院的一名主管护师。疫情发生之后，她第一时间报名并获批准，成为鞍钢总医院第一批援鄂医疗队的一员，驰援武汉。此封家书是她顺利到达武汉后所写。她的字里行间透着活泼、幽默和担当，也透着战"疫"必胜的决心和信心。目前，曲慧正在"疫"线开展紧张而有序的救治工作。相信在众多援鄂的曲慧们的努力下，战"疫"结束必将早日到来！也祝愿所有的曲慧早日平安归来！

（原刊于《中国冶金报》2020 年 2 月 21 日 3 版）

来自武钢二医院的故事

我参加过"非典"救治，有经验，我愿意带团队参战

讲述者：邹翠芳，华润医疗武汉钢铁（集团）公司第二职工医院（简称武钢二医院）白玉山街社区卫生服务中心护士长

17年前，我在"非典"一线战斗近1个月。还记得那是2003年4月20日的深夜，我接到院领导的电话，让我火速赶至医院筹建的"非典"隔离病房，加入到救治患者的工作中。如今，当年匆匆赶往一线的那一幕再次浮现在脑海中。

2020年春节前后暴发的新冠肺炎疫情时时牵动着我的心。我已年近五十，虽然现在没有上前线，但我会做好自己的本职工作，在门诊分诊、社区排查、与其他部门沟通协调所需物资等岗位上尽职尽责。

昨日夜里，我看到曾与我一起在感染科共事的"美小护"喻丹的微信留

言："护士长，我闲居在家。我年轻适应力强，需要支援我随时可以上岗！"

2015 年，喻丹曾参加医院护士技能比赛，荣获技术能手称号。她是党员，是一名踏实、能干、有着 11 年护理经验的优秀护士。尽管已经离开医院，但她仍牵挂着科室、牵挂着医院。疫情面前，她毫无畏惧，向我请战。

"好样的，写封请战书，我来接你！"我回复。

1 小时后，喻丹的请战书发来了。还有目前在老家的护士扶书琴，也积极请战上一线。

面对昔日战友的请战，激起了我再上一线的信心。我写下请战书：我参加过"非典"救治，有经验，只要前线需要，我愿带领团队参战，替换现在在隔离病房工作的战友们，让战斗在一线的他们喘口气，休息休息。

只要能多做一些，我们全科人都义不容辞

"肿瘤科医务人员已全力投入医院的医疗支援中。鉴于当前抗击新冠肺炎疫情任务繁重，我科人员可再利用休息时间志愿请战，全力投入到抗击新冠肺炎的运输保障工作中，保障医院正常运行。"1 月 30 日，武钢二医院肿瘤科党支部向院党委递上这样一份请战书。

"疫情暴发后车辆禁行，但有些物资需要运送，医院的同事们上下班也很不方便。只要我们有时间，都可以帮忙接送。"该科志愿者余美华告诉笔者。

笔者问："怎么想到成立这样一支队伍呢？你们每天已经够忙的了，休息时间放松一下也是好的。"

"全院上下都在为抗击新冠肺炎战斗，我真真儿地感受到，医院同事包括全国人民在抗击疫情中那股积极、团结、勇敢的劲头儿。只要能多做一些事，我们肿瘤科都义不容辞！等到疫情结束，再休息也不迟。"

听到这句话，笔者一下就被暖到。在疫情面前，武钢二医院肿瘤科医务工作者坚守本职岗位，在一线病房、后勤保障的岗位，都能看到他们忙前忙后、贡献力量的身影。

对不起，待疫情过去，再来善待你！

新冠肺炎疫情暴发以来，武钢二医院的医护人员日夜奋战在救治患者的

请战书

院党委

　　当前抗击新冠肺炎疫情任务繁重，肿瘤科的医务人员已经全力投入医院的医疗支援，可再利用休息时间志愿请战，全力投入抗击肺炎的运输保障任务，为保障医院正常运行，为医学事业，为人民的身体健康而战。奉献自己的力量。

请战人：

王国华，杨波，毛磊，徐程园，余美华，
王娜，张军，吕纯钢，程伟，汪柏峰，
王盾，孟建华，叶湘泽，秦晶，瞿媛媛，
吴励歌，陈雄英

武钢二医院肿瘤科党支部
2020 年 1 月 30 日

一线。还有一些人，他们默默无闻地战斗在新冠肺炎患者急救的最前线。

　　武汉急救中心白玉山站司机肖波的手，因为长时间戴着乳胶手套，捂出大片湿疹。即使是这样，肖波的乳胶手套一戴就是一天。

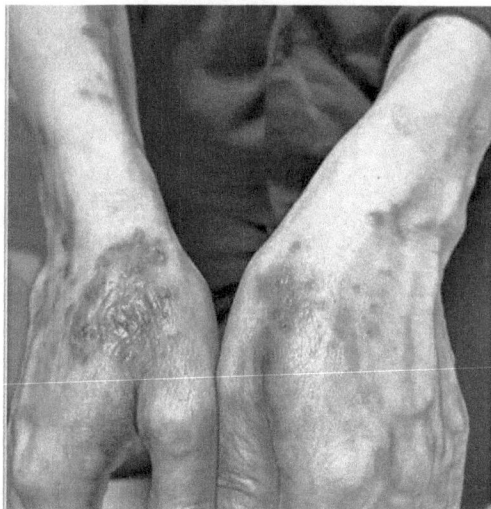

　　肖波说："这段时间发热患者多，出车量大，一趟接着一趟，根本没有时间把手套摘下来透透气，一来是保护自己，二来我不直接接触患者，防护用品能省点就省点，节约下来给一线的医护人员用。"

　　话还未说完，接到出车命令他又匆匆跑向救护车。

　　明知湿疹发作会发痒和疼痛，但他还是戴好橡胶手套坚持接送发热患者，尽快将他们送到医院。

　　武钢二医院全体人员都在自己的岗位上为抗击疫情奉献力量。他们都向笔者表示："相信不久后，我们一定能战胜疫情！"

　　（原刊于《中国冶金报》2020 年 2 月 21 日 4 版　胡国华　邹翠芳）

"爸爸去武汉救人，是我的骄傲！"

——记河北省第五批援鄂医生、河钢承钢职工医院副主任医师王亚秋

"救死扶伤是医生的天职，治疗呼吸窘迫我有经验。想都不用想，我必须去！"河钢承钢职工医院副主任医师王亚秋报名加入河北省第五批援鄂抗疫医疗队时，没有丝毫犹豫。

"抗疫前线需要我们。我去前线了，你照顾好家，照顾好孩子，照顾好父母，照顾好自己，辛苦你了！"作为河北省第五批援鄂抗疫医疗队成员，乘坐大巴车驶离承德时，王亚秋发微信嘱咐妻子。略显啰嗦的话语背后，是丝丝柔情。

"离进岗还有几个小时，有点小紧张，有点小兴奋，终于到了上场之时。我的亲人们，暂别3周，我会及时报平安，勿念。"2月13日清晨，王亚秋在武汉江岸区更新了微信朋友圈，正式踏上了迎战"疫"情的岗位。

而在王亚秋奔赴抗疫前线的背后，还有着这样的故事——

他第一个报名参加援鄂医疗队

2月9日凌晨，河钢承钢职工医院接到上级卫健局通知：选派4名医护人员加入河北省援鄂抗疫医疗队。王亚秋在接到召集令的那一刻，没有半刻迟疑就报了名。他是河钢承钢职工医院里第一个报名加入援鄂抗疫医疗队的人。

其实，王亚秋早在半个月前就写好了请战书，也为支援武汉做了充足的准备工作。王亚秋的妻子葛哲群是河北省承德市某医院ICU病房的医生，他和妻子每天在家对照网络视频练习穿脱隔离服，并认真研读每一个版本的《新型冠状病毒感染的肺炎诊疗方案》。报名那天，王亚秋已经在第五版试行的诊疗方案上面划上了许多重点标记，并认真写了解析。

他的确是援鄂医疗队的不二人选

王亚秋毕业于河北医科大学临床医学专业，2005 年以来一直在河钢承钢职工医院呼吸科工作。在同事的眼里，他是业务精通、尽职尽责、乐于助人的"N"好医生。

工作中，王亚秋不仅要接诊呼吸科病人，同时还负责内分泌和肾脏内科病人的诊疗工作。对于急、难、危、重的病患，他总是抢着负责。诊疗过程中，他总是为患者着想，开出医疗成本低、疗效显著的处方，减轻患者的经济负担，得到了患者的一致好评。

"王亚秋医生性格好、热心肠，经常帮助护士照顾病人。有一次，一个四度压疮的病人入院，患者身上都露肉见骨了，但家属不配合工作，护士无法近前换药。王亚秋主动上前，一面安抚家属情绪，一面协助护士帮助患者上药，说服患者配合治疗。"王亚秋的细心和热心，给河钢承钢职工医院内科护士长薛玉伟留下了深刻印象。

王亚秋经常在治疗中传递乐观向上的态度。他总是以幽默的言语化解患者的担忧，增加患者对治疗的信心，大家都称他"快乐的小秋医生"。

下班后，王亚秋的手机始终保持 24 小时畅通。他负责的许多糖尿病患者经常会在吃饭或者睡觉时，询问血糖突然升高、胰岛素注射过量等问题。他总是耐心、细致地解答。河钢承钢职工医院综合内科主任钟文杰赞赏地说："王亚秋医生工作主动，专业技术好，业务素质全面，是我们科的优秀骨干，他的确是援鄂医疗队的不二人选。"

他干的是大事，咱们不能给他拖后腿

"请领导放心，作为援鄂抗疫医疗人员的家属，我们都支持他参与疫区医疗工作，支持他们打赢这场战役。"2 月 12 日，王亚秋的母亲对来家里慰问的河钢承钢职工医院领导说。

儿行千里母担忧。这位 61 岁的老人与刚到达武汉的儿子通话时，忍下心中万般不舍，叮嘱道："好好工作，家里都好!"而自己却在电话另一边，偷偷地抹眼泪。老人说："他干的是大事儿，为了国家和大家，咱们不能给他拖后腿。"

王亚秋出发的那一天，妻子葛哲群还在工作岗位上。虽然早就做好了心理准备，但收到微信时，仍然担心不已。葛哲群说："夜里报名很突然，他怕影响我第二天工作，自己收拾了行李。没想到当天出发那么快，我没能去送他。"葛哲群也是一名医生，深知此行艰险，更懂得医者救人的决心，她说："我支持他去一线，如果组织需要，我也做好了随时支援武汉的准备。"

王亚秋的女儿王婉哲刚满 10 岁，上小学三年级。收到征集命令以前，王亚秋就做好了女儿的思想工作。他跟女儿一起看一线抗击疫情的报道，给她读自己的请战书。他对女儿说："咱们幸福生活的背后，有许许多多人在默默付出，有的人甚至是在冒着生命危险负重前行。爸爸也想做那样的人。"王婉哲虽然年纪小，却十分懂事："要是需要，爸爸你就去吧。现在，爸爸妈妈是我的骄傲，长大后我也要成为你们的骄傲！"

2 月 10 日，王亚秋到达武汉后，女儿通过视频贴心地告诉他："爸爸你放心，我都做好计划了，每天按时完成功课。"这个小姑娘在日记里这样写："爸爸去武汉救人，是我的骄傲！我长大也要像爸爸一样勇敢地上战场。"

（原刊于《中国冶金报》2020 年 2 月 27 日 5 版 通讯员 田海霞 实习记者马国君）

"关键时期，国有召，召必战，战必胜"

——记邯钢职工医院医生刘晓亮

2 月 22 日 16 时许，河北省第九批支援湖北医疗队 31 名队员集结完毕，于 17 时 03 分乘高铁前往武汉，支援当地医疗救治工作。在这 31 名"白衣战士"中，有一名"白衣战士"来自河钢邯钢职工医院，他就是该院影像科主任刘晓亮。

"武汉新冠肺炎疫情暴发后，我和爱人第一时间递交了请战书。"刘晓亮说，"关键时期，国有召，召必战，战必胜。"

早在新冠肺炎疫情暴发初期，河钢邯钢职工医院就已经发出了支援一线的号召。号召一经发出，就得到了全院职工的积极响应，150 余名党员踊跃报名，涵盖了内科、外科、门诊等多个科室。

2 月 21 日 21 时，河钢邯钢职工医院接到河北省邯郸市卫健委的通知，需要其派出一名医生支援湖北。河钢邯钢职工医院领导班子紧急商议，从报名名单中确定了委派人选——刘晓亮。

当晚，得知次日就要奔赴湖北支援的消息后，刘晓亮有些兴奋，又有些不舍："在新冠肺炎疫情刚暴发时，我就递交了请战书，向河钢邯钢职工医院党委表示，如果需要我奔赴湖北，我一定冲锋在前，责无旁贷，义无反顾！"刘晓亮顿了顿，"但是看到我爱人帮我收拾行李时止不住的眼泪，我心里也酸酸的，有点放心不下。"

刘晓亮的妻子郝雁雁已经有了 7 个月身孕，这是刘晓亮放心不下的主要原因。郝雁雁是邯郸市传染病医院的一名业务过硬的医护人员，同刘晓亮一样，她也报了名。邯郸市传染病医院领导考虑到郝雁雁怀孕 7 个月的情况，没有把她安排在抗击疫情一线。因为这个事儿，郝雁雁还闷闷不乐了好几天。

"我看她不高兴，就安慰她说，有机会了我替你去。现在愿望实现了，我们两个人既意外，又激动，觉得这是一名医护人员报效国家、回馈社会的难得机会。"刘晓亮说，"但郝雁雁作为妻子和一名准妈妈，担心也是难免的。"

刘晓亮的母亲年前刚做完冠状动脉支架手术。得知儿子要去湖北支援的消息，刘妈妈一大早就起来，跑到药店买了金银花、胖大海、黄芪等清热解毒、提高免疫力的中药。刘妈妈一边嘱咐儿子注意身体、好好工作，一边把这些药塞进了儿子的行李箱。"鼓囊囊的行李箱里，除了几件必要的换洗衣服，剩下的全是中药。"刘晓亮说。

为了让刘晓亮安心开展新冠肺炎医疗救治工作，河钢邯钢职工医院表示：刘晓亮家人有任何事情，只要打个电话，医院都会全力帮助。河钢邯钢职工医院还组织妇产科大夫定期为刘晓亮的妻子检查身体。

2月22日一早，河钢邯钢职工医院为即将出征的刘晓亮备齐防护物资，并反复叮嘱救治工作的注意事项。受河钢邯钢党委委派，河钢邯钢党委副书记、工会主席尤善晓专程赶到河钢邯钢职工医院，看望和鼓励即将出征的刘晓亮。随后，按照邯郸市要求的集合时间，大家把刘晓亮送到了高速路口，与其他驰援湖北的人员汇合。

"党组织为我准备了充足的防护物资，对我的家人也关怀备至，令我十分感动。我一定不辜负河钢集团和河钢邯钢各级领导对我的信任和期望，珍惜这次难得的机会，不辱使命，做好自身防护，服从组织安排，努力救治病人。我会照顾好自己，不让关爱我的人担心和惦记。"刘晓亮说。

2月22日晚，刘晓亮抵达武汉。2月23日下午，刘晓亮在武昌方舱医院进行了培训，随即进入医院开展相关救治工作。

（原刊于《中国冶金报》2020年2月27日5版　记者　吴兆军　通讯员林峪斌　常笑　郭静）

火线天使的战"疫"日记

　　1月28日，山钢集团莱钢医院呼吸内科副主任时海洋加入山东省第二批援鄂医疗队；2月9日，该院呼吸内科副主任吕红霞、神经外科主管护师韩海荣、重症医学科护师肖涛加入山东省第八批援鄂医疗队；2月15日，该院重症医学科主治医师李凤林、主管护师李俊成，急诊科主管护师耿金华，职业病科主管护师王鑫加入山东省第十一批援鄂医疗队，至今一直在抗疫最前线战斗着。

　　这其中，女同志顶起了"半边天"。这些勇赴战场的火线天使们，不辱使命、不负重托，义不容辞地投入到疫情防控阻击战当中。她们在抗疫之余写下的日记，记录了参与这场战"疫"的点滴感悟。

到来是夜晚，归去是黎明

吕红霞

2月15日凌晨　武汉

　　2月14日，在这个平时热热闹闹的日子里，武汉却显得格外幽静。而令我难忘的是，今天是第一次进舱"战斗"的日子。

　　2月13日晚上不到9时，我就不再饮水吃东西了，吃了一片阿普唑仑帮助睡眠。

　　2月14日凌晨2时，我起床准备好自己上班的物品，精神饱满，整装待发。刚到湖北省武汉市汉阳区时出现的过敏反应也好了。我想，这一定是个好的开始。

　　凌晨2时30分，我和"战友"一起出发，进入舱内。舱内的工作主要是对轻症患者进行照顾和治疗，尽早准确地发现病人的病情变化，给予及时救治并转入到定点医院。我们仔细地观察病人的每项症状、体征，没有丝毫懈怠。

　　密封笨重的防护服，10余个小时的坚持，难以言说的闷热，这些我都能

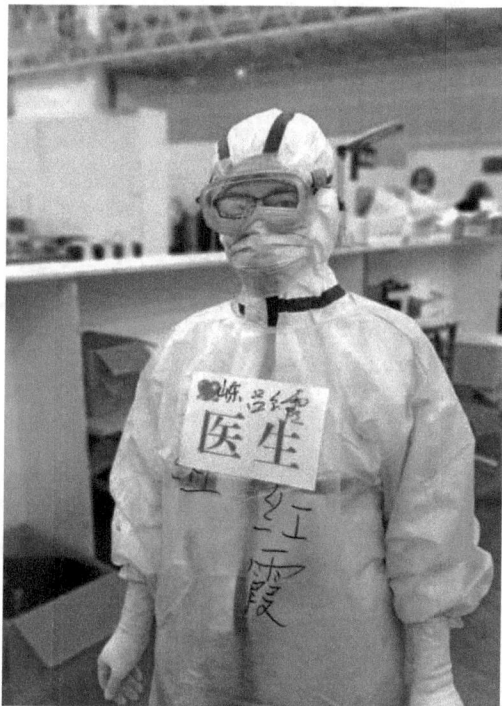

山钢莱钢医院第二批援鄂医疗队队员吕红霞正在武汉市汉阳
方舱医院工作的场景（吕娟　摄影）

忍受。但长时间佩戴近视镜加上护目镜组成的双重眼镜对我来讲是最痛苦的
事。由于镜架压迫过紧，额头、眼眶、鼻梁疼痛难忍，10 余个小时坚持下来，
我的额头已经压起了局部皮下血肿。但我知道，这点疼痛实在是无足轻重的。
胜利的道路上，除了获取经验之外，肯定也会有小插曲相伴。重要的是安全。
只有安全，才能更好地前行！

　　我们在下夜班后抓紧时间休息。第二天我又会满血复活，就又可以投入
到战斗中去了。

希望早日战胜病毒，所有人平安归家

韩海荣

2 月 14 日　武汉

2 月 13 日是我第一次进舱的日子。出舱时已经 2 月 14 日了，这一天恰好

韩海荣在武汉市汉阳方舱医院（吕娟 摄影）

是我的生日。这两个日子注定是今生值得纪念的日子。

2 月 13 日晚 8 时 40 分，我从酒店出发，提前 1 个小时到达汉阳方舱医院。进舱后，我和柳老师、肖涛负责 7~12 单元共 120 张床位的护理工作。工作期间，我们及时巡视病人，解决病人的需求。

舱内开着灯，250 床的病人难以入睡，情绪烦躁，我便给他拿了一个眼罩。152 床病人咳嗽得厉害，柳老师赶紧上前询问："吃药了吗？吃了什么药？吃了几天了？"我在旁边及时给此病人测氧饱和度，测量结果为 96%，体温为 36.2 摄氏度，均为正常。我嘱咐病人："要多喝水、多吃水果，我们会及时关注你的情况。"

不知不觉间，几个小时过去了。防护服内像蒸笼一般，慢慢地，我开始觉得呼吸困难，头晕，行动迟缓，有种虚脱的感觉。但我在心里暗想："加油，坚持！我不能掉队，我要站好每一班岗！"

2 月 14 日早晨 6 时，我们顺利出舱。一出舱，便见大家相隔一两米，散开站着，送给我最美的生日祝福："祝你生日快乐，祝你生日快乐！"没有生日蛋糕，没有鲜花和家人的陪伴。但是我感觉，与一群无畏前行的"逆行人"一起迎来生日的这一天，比以往的所有生日都过得更有意义。

"我希望早日战胜病毒，所有人平安归家。"34 岁的我面对家乡的方向，默默地许下自己生日的愿望。我相信，这是所有中国人的心愿；我坚信，愿望很快能够实现！

春天的那束阳光，终会把黑暗照亮

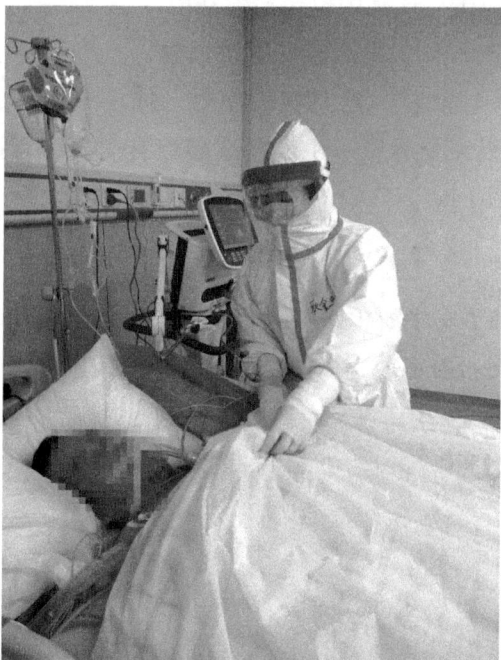

耿金华正在重症监护室照顾救治新冠肺炎患者（吕娟　摄影）

耿金华

2 月 24 日　黄冈

亲爱的女儿然然：

今天，2 月 24 日，你 8 岁了。谁也没有想到，你的这个生日如此特别。妈妈第一次缺席你的生日，只好用如此特别的方式祝你生日快乐，希望妈妈的祝福能带给你成长的勇气和力量。

此次奔赴疫情前线，妈妈没有给你过多的解释，你也没有怨言，甚至像大人关心孩子一样提醒我、鼓励我，让我全身心投入到这场没有硝烟的战"疫"中。妈妈真的很感动。宝贝，你真的长大了，谢谢你！

你和爸爸是妈妈的坚强后盾，你们和莱钢医院的领导、同事以及急诊科护理团队的大力支持，使我更加坚定了信念：对抗疫情，我们必胜；春天的那束阳光，终会把黑暗照亮。

今天，妈妈虽然不能陪你一起过生日，但是，当你看到我们国家的无数城市一点点从慌乱走向有序，你会明白，我们每一个人的付出都是值得的，每一个奋斗者都是勇士，这其中也包括你在内。

妈妈是一名医务人员。既然选择了护士这个职业，穿上白大褂、带上燕尾帽，我就要坚守"阵地"，这是我的使命。你也有自己的使命：要好好学习，积累能量。希望你今后做一个懂得感恩、有勇气、有担当的好少年，将来造福社会，报效祖国。

爱你的妈妈

（本版文章得到了文中所提医护人员的大力支持，在此表示感谢）

（原刊于《中国冶金报》2020 年 3 月 5 日 5 版　通讯员　吕　娟　吴　冉　朱丛政）

我来，我来，我来！

——记最美“逆行者”方素霞

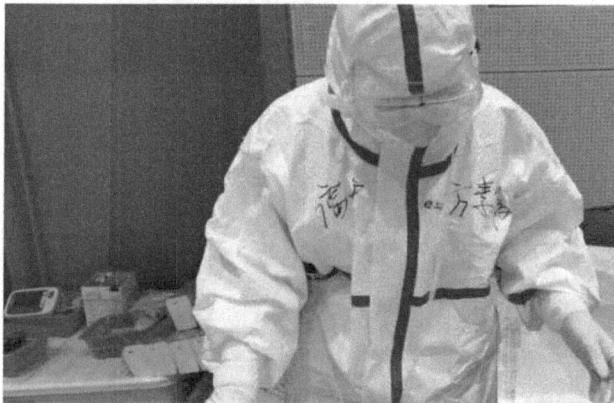

方素霞在方舱内工作图（林智雄　供图）

3月2日下午，这是《中国冶金报》记者和方素霞约定的第二次采访时间。当天13时，小方打来电话，采访就这样开始了。

方素霞说：“今天凌晨1点起床，1点30分准时乘大巴出发，2点10分到达光谷方舱医院，换防护服，携带物资入舱……上午9点完成交接班，9点20分脱防护服出舱，10点10分乘大巴回驻地，10点50分到达驻地，在一楼消毒间全身喷洒消毒，上楼上的公共浴室洗澡，11点50分吃午饭、洗衣服，下午1点准备休息。又一个夜班结束了！”

方素霞所在的福建省第九批支援湖北抗击新冠肺炎疫情医疗队进驻的是湖北省武汉光谷方舱医院，172名队员与其他省（直辖市、自治区）的医疗队员们一道在这里抗击疫情。

“防护服的穿脱非常耗体力，完整穿脱一次需要1个小时的时间，壮实的小伙子也会穿戴得满头大汗，每次出舱脱下防护服，里面的衣服都湿透了，能滴水。”小方努力回忆着自己在舱内的感受：“进舱没多久，就会感到呼吸

方素霞出舱坐大巴回宿舍

困难、胸闷气促。由于眼罩勒得太紧，压迫了脑部神经引起了头痛，而鼻子受压力，只能用嘴巴大口大口地喘气，喉咙干痛，在舱内的感觉真的很不舒服。"

每个班，方素霞这些白衣天使都要巡视病房、消毒，用电脑核对病人信息，测生命体征，整理及分发口罩、物资、早餐，核对病人手腕带信息，安排病人采血及采集核酸，解答病人疑惑，指导病人服药，写交接班记录。

方素霞是福建省三明市第一医院三钢分院（原三明钢铁厂职工医院）内科护士长、主管护师。2月15日上午9时，三明市卫健委组织的第三批驰援武汉医疗队集结出发，方素霞是20名"逆行者"之一。她也是三钢分院第一位出征武汉的白衣天使。这支医疗队是从全市426名报名的医护人员中精选出来的。他们与来自福建全省的精兵强将组成福建省第九批支援湖北抗击新冠肺炎疫情医疗队。

2月16日是星期天，队员们还来不及休整，就在临近中午时接到了指挥部的通知——当天晚上光谷方舱医院开舱接收病人。福建医疗队2月17日上午进驻。

"2月16日吃完午饭，我们就乘大巴去光谷方舱医院，所有队员进舱前都需要接受再培训，实地了解方舱病区结构。"小方说，"整个下午都在培训入舱出舱流程和病历医嘱系统使用方法，一共有福建、北京、山西、海南、陕西西安的5支医疗队进驻这里。"

2月17日，福建医疗队正式开舱接收病人。他们主要负责光谷方舱医院的7～10号舱位，每一个舱位共有病床48张。这一天他们共收治了51位病人。

"进舱以后，我们戴的护目镜很快就开始起雾，眼前模糊一片，只能靠调整呼吸保持镜片清晰。每天，我们的脸上都会被固定带勒出深深的印记。虽然很辛苦，但病人安好是最重要的!"小方说。

方素霞是这批援鄂医疗队的生活委员、预防医院内部感染管理员。这个瘦弱的小女子身上勃发着满满的大能量。

队友、主治医师曾华龙在《战"疫"日记》中写道：

方素霞是福建省援鄂医疗队的"活雷锋"。我们医疗队住在6楼，没有电梯，每餐都需要有人到指定地点拿餐食，小方说"我来负责"；当我们不知如何设置医疗缓冲区时，她说"我来想办法"；当捐赠物资需要搬运时，她说"我来搬"；当队友因为上夜班无法及时整理宿舍时，她说"我来打扫"；当有人下夜班很累来不及清洗消毒衣裤，醒来时却发现衣裤已经被她洗好晾晒好了。在她的带动下，队员们的心时刻聚拢在一起，像一家人一样。每当别人问她"做这么多，你不累吗?"时，她总会笑着说："我们是有缘分聚在一起的一家人。"

方素霞1997年8月入职原三明钢铁厂职工医院，以强烈的责任心和丰富的护理经验，先后担任过门诊中心、外科、内科护士长。小方的女儿今年才4岁，爱人在福建三明永安市工作。疫情暴发初期，三明市卫健委选调援鄂医护人员时，不少人劝她别去了，她却格外坚定地说："没有'大家'哪有'小家'，国家有需要，我就应该到最危险的地方去!"得知素霞即将"逆行"援鄂，小方的爱人虽有千万个不舍，但同样坚定地对素霞说："你安心去支援武汉，家里有我!"

是的，家里有我! 一支支援鄂医疗队的背后是一个个大写的"我"。他们与那些负重"逆行"的背影一样，总是令我们动容。

"最开心的事就是能看着一位位新冠肺炎感染者治愈后走出方舱。"方素霞说。

5支医疗队进驻光谷方舱医院10天，累计入院875人，累计治愈出院166人，转院48人，其中仅2月26日单日就治愈出院78人。这10天，福建医疗队治愈出院的病人就达29位。这是《中国冶金报》记者在2月26日0时19分第一次采访小方时得到的数据。

"再过两天，光谷方舱医院就将关舱啦！经过我们的医治，许多病人的核酸检测都由阳转阴了！一小部分病人将转入其他医院进行后续治疗。关舱后，我们将奔赴新的抗疫战场！"小方兴奋地说道。

还是用小方的原话结束这次采访吧："我相信，没有哪个冬天不可逾越，没有哪个春天不会来临，我们一定会战胜疫情！"

（原刊于《中国冶金报》2020年3月6日4版　记者　林智雄）

第一时间递交抗疫请战书

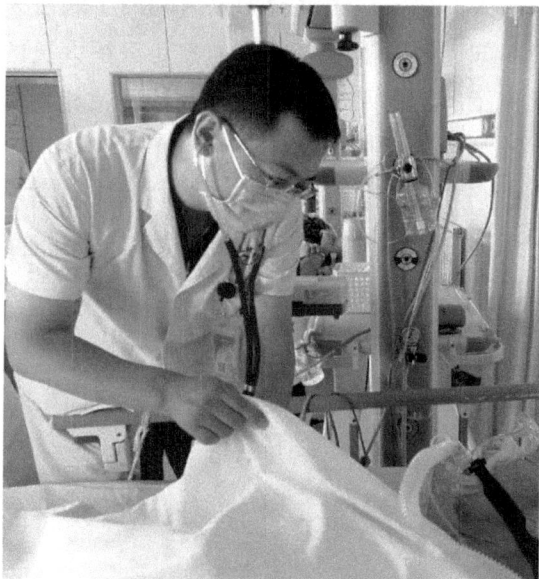

张志强查看病人病情（包钢　供图）

当新冠肺炎疫情告急之际，包钢三医院呼吸科主任助理张志强立即主动请战，成为包钢三医院报名的150余名抗击疫情志愿者之一。当内蒙古自治区决定派出支援湖北医疗队之后，张志强亦一马当先，成为包钢三医院湖北医疗队七人团队的领队。

在疫情较重的湖北省钟祥市，张志强凭着扎实过硬的技术，与时间赛跑。看到患者好转、出院是他最快乐的事。奋战了近50天，3月20日，张志强和队友们凯旋。

回到了家乡，张志强感慨良多。他在抗疫体会中写道："作为一名呼吸及危重症科的资深医生，我的内心无法平静。我的使命是治病救人，我恪守'召必回、战必胜'，在第一时间向我院递交了抗疫请战书，志愿不计报酬，逆行而上。"

张志强如今还清晰记得，1 月 28 日，天还没亮，他就告别家人到医院报到，成为内蒙古首批赴鄂医疗队中的一员向湖北出发。1 月 30 日，首批内蒙古援鄂医疗队到达湖北荆门，他和队友们顾不上休息就开始培训。因为大家知道，时间就是生命。2 月 1 日，他和队友们来到钟祥市同仁医院，开始正式上岗，投入到这场没有硝烟的战斗中。

刚开始，每天病人都很多，医院日均要启用两个病区来收治不断确诊的患者，工作量可想而知。经过这场疫情，大家对医护人员的防护服想必已经不再陌生，就像大家了解到的那样：开始时医疗物资相对紧缺，为了节省医疗物资，也为了有更多时间服务患者，累了乏了就席地而卧，经常坐着就睡着了。这些都是张志强和队友们的亲身经历。功夫不负有心人，努力终究有回报。全民防控意识高，入院患者日渐减少，抗疫工作也迎来了阶段性胜利。

（原刊于《中国冶金报》2020 年 3 月 25 日 3 版 实习记者 于泓泽 通讯员 许贞 王文娟）

父亲突然离世，昆钢医院"95后"女孩做了这样一个决定

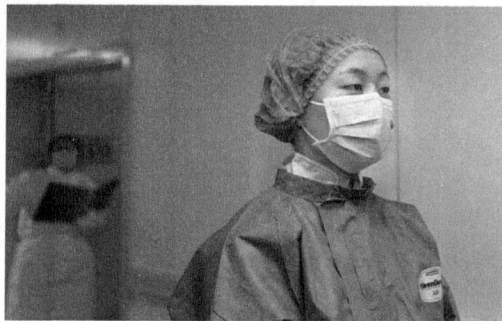

何美娇（昆钢　供图）

3月2日，湖北省咸宁赤壁市人民医院第五病区清洁区内，云南省对口援助湖北省云南医疗队赤壁队（昆钢医院）的"95后"队员何美娇穿上隔离服，即将从缓冲区进入隔离区。

2月26日下午，远在咸宁的云南省对口援助湖北省云南医疗队总指挥长许勇刚收到一个不好的消息，美娇的爸爸去世了。许勇刚要做出一个非常揪心但必须做的艰难决定——把美娇爸爸去世的消息告诉她。云南医疗队赤壁队的队长李超、临时党支部书记段林灿和同事们，也陪伴在美娇旁边，和美娇一起，艰难地接受了这个噩耗。

2月28日中午，在知道父亲去世消息10多个小时后，痛哭了一夜的美娇很悲伤。当天，医疗队里没安排她去上班。

2月29日下午，美娇爸爸去世两天后，美娇找到了李超，她请求，开始正常上班。李超希望美娇不要着急，好好休息，暂时先不考虑上班的事。

3月1日，美娇爸爸在老家落葬。美娇和妈妈、姐姐、姑姑通了视频电话。家里人告诉她，她爸爸的后事已办理完了，云南昆明市总工会、昆钢医院和当地政府都很关心家里，希望美娇照顾好自己。美娇再次向队里提出请

求，坚定地希望回到工作岗位上。

伙伴们除了在美娇隔离服的前面写上她的名字和"爸爸，我爱你"的字样，还在后面写上了"甘于奉献、超越自我。你最勇敢！我们为你自豪，加油！"几句话。

这就是云南医疗队的新生力量！

（原刊于《中国冶金报》2020年3月25日3版　通讯员　杨　鑫　陈　民）

第六篇

抗疫前线党旗红

考验面前看担当

新春伊始，一场新型冠状病毒感染的肺炎疫情牵动人心。

"让党旗在防控疫情斗争第一线高高飘扬。"习近平总书记发出动员令——在当前防控新型冠状病毒感染肺炎的严峻斗争中，基层党组织和广大党员要发挥战斗堡垒作用和先锋模范作用，紧紧依靠人民群众坚决打赢疫情防控阻击战。

连日来，钢铁行业的各级党组织坚决贯彻落实党中央的决策部署，在做好本企业疫情防控工作的同时，有的积极为疫区捐款捐物，有的派出医疗队驰援疫区；广大党员干部冲锋在抗疫一线。面对疫情，他们不畏艰险，舍小家为大家，把人民群众生命安全和身体健康放在第一位，自觉砥砺初心，担当使命。

"我报名，我参加过抗击'非典'，我可以！""我报名，若有战，召必回，战必胜！""党员就是要关键时刻站得出来，危急关头顶得上去，不辱使命，为打赢疫情防控阻击战贡献力量！"来自鞍钢、太钢、酒钢等钢企医院的党员干部挺身而出、主动请战，不畏艰险与病毒赛跑，用"硬核"宣言吹响了打赢疫情防控阻击战的号角。

"氧气保供一分钟也不能耽误，时间就是生命，绝不能让病人因为缺氧而影响治疗！"来自中国宝武生产一线的武钢中冶气体事业部生产主任王瑾用行动践行着一名共产党员的初心和使命。

考验面前看担当。当前，春节假期已经结束，又迎返城潮、返工潮，疫情传播仍然呈扩散态势，疫情形势依然严峻复杂。钢铁行业要打赢疫情防控阻击战，就更要充分发挥各级党组织的战斗堡垒作用和广大党员的先锋模范作用，让党旗在抗疫一线高高飘扬。

首先，打赢疫情防控阻击战既紧迫性强、涉及面广，又不断衍生出新情况、新问题。行业和企业各级党组织要坚决贯彻落实习近平总书记重要指示精神，充分发挥党总揽全局、协调各方的领导核心作用，压实主体责任，以更高的政治站位，坚持全国一盘棋，统一指挥，统一行动；要坚持问题导向，密切跟踪、及时研判新变化、新矛盾，科学施策，坚决落实，下定决心赢得最后胜利。

其次，疫情防控阻击战是一场名副其实的人民战"疫"。钢城座座，生产、生活的每一个角落都有战场，每一名职工和家属都是战士。全民皆兵，更需要强有力的指挥和奋不顾身的冲锋。而这，正是党员领导干部舍我其谁的担当。各级党政领导干部特别是主要领导干部仍然要坚守岗位、靠前指挥，不负重托、不辱使命；广大党员仍然要站得出来、冲得出去，担责不误、临难不怯。

最后，疫情防控正处于关键阶段，尤须凝聚意志，坚定信心，毫不放松，决不懈怠。一方面，遏制疫情蔓延的任务依然艰巨；另一方面，我们要维护企业正常生产经营秩序，为完成全年目标任务不懈努力。这就要求行业和企业各级党组织和广大党员更加积极地投身一线、融入群众，扬正气、鼓干劲，团结带领广大职工群众出良策，办实事。这就要求我们力避形式主义、官僚主义，把各项工作抓得更细、更实、更到位、更有成效。

苟利国家生死以　岂因祸福避趋之。自从疫情防控阻击战打响以来，一批批冲锋在前的"逆行者"、钢铁战士，成为我们学习的榜样。一个党员就是一面旗帜，一个支部就是一座战斗堡垒。从一线病房到生产现场，岗位就是战场。让我们坚定信心、担当尽责，全力以赴打赢这场疫情防控阻击战。

（原刊于《中国冶金报》2020 年 2 月 5 日 1 版　本报评论员文章　记者米 飒 执笔）

冲得上　豁得出

——龙腾特钢党员干部战"疫"记事

　　岁末年初，一场始料未及的重大疫情突袭湖北武汉，并来势汹汹。面对疫魔突如其来的侵袭，以习近平总书记为核心的党中央率领全党全国人民打响了疫情防控阻击战。

　　我国钢铁企业在各级党委的坚强领导下，千军万马齐奋起，万众一心抗疫情，在这场艰苦卓绝的抗疫斗争中，常熟市龙腾特种钢有限公司党委以"抓铁有痕，踏石留印"的铁人精神出实招、干实事、求实效，并超前决策，超前行动，于1月17日就率先建立了疫情防控应急机制和防控小组，1月20日开始落实员工进出厂区测温制度并建群每天发布。在打赢了疫情阻击战复工之后，龙腾特钢坚持防控、生产两手抓，各项经济指标同比基本持平。经受了严峻考验和战斗洗礼的龙腾特钢党组织和全体党员群众，正以高昂的斗志投入新的战斗。

龙腾特钢党委书记、董事长季丙元召开专题会议要求全公司全力以赴抓好疫情防控、复工复产两不误，夺取抗疫和经济发展双胜利

前瞻决策抓布控 严丝合缝抗疫情

"截止今天 14 点，炼铁分公司全体在岗员工体温正常！"
"截止今天 14 点，轧钢分公司全体在岗员工体温正常！"
"截止今天 14 点，钢棒分公司全体在岗员工体温正常！"
……
"截止今天 17 点，龙腾特钢全体江苏籍休假员工无疑似、无确诊！"
"截止今天 17 点，龙腾特钢全体浙江籍休假员工无疑似、无确诊！"
"截止今天 17 点，龙腾特钢全体湖北籍休假员工无疑似、无确诊！"
……

这是常熟市龙腾特种钢有限公司 2 月 1 号的疫情报告。从 1 月 22 日起，龙腾特钢疫情防控工作组每天都要向公司防控指挥小组报告当天在岗员工和各地休假员工的健康状况。

当新冠病毒肆虐武汉，并出现扩散迹象之际，龙腾特钢党委闻风而动，快速反应，于 1 月 17 日率先建立了新型冠状病毒疫情防控指挥小组，由公司党委书记、董事长季丙元担任组长，明确全体指挥小组成员的具体职责，成员包括公司全体党委委员、公司全体副总和党委办及相关部门科室负责人。同时，制定 24 小时值班制度，设立专门的工作小组，负责处理在春节假期期间的日常事务，汇报好各分公司、分厂在岗员工身体情况的同时，负责对所有返乡休假的员工进行远程跟踪管理，做到不漏一个人，并向防控指挥小组做好疫情作防控工作报告。

为做好疫情防控工作，季丙元书记以防患于未然的前瞻性思维超前决策，以一贯以来"生命至上、安全第一"的不二理念对各项防控工作做了周密部署，要求全体党员干部按照习总书记关于"平常时间能看得出来，关键时刻能冲得出来，危难时刻能豁得出来"的要求，在特殊时期带领全体员工，凝心聚力战"疫"情，打赢新冠病毒阻击战，在突发事件的大考中践行初心使命，让党的旗帜更鲜艳，让战斗堡垒更坚强。

龙腾公司党委对防控提出了"六到位"的要求，即"防控机制到位、员工排查到位、教育培训到位、物资储备到位、厂区管理到位、社会责任到位"，先后制定了《龙腾特钢疫情防控工作指导手册》《员工疫情防控工作指导手册》《新型冠状病毒感染肺炎的预防与控制应急预案》《复工生产防疫管理要求》《年后复工生产组织实施方案》等，所述事项细致入微。此外，公司还与协作单位签订了"联防联控协议"，规范了疫情期间协作单位员工和车辆进出龙腾特钢厂区必须遵守的行为准则。

龙腾公司还及时印制了《龙腾特钢疫情防控工作指导手册》分发到车间、班组，手册对员工日常生活、出行等作了指导，提出了"戴口罩、不扎堆、不聚会、测体温、听官宣"等要求。手册对春节期间坚持生产的在岗位员工防疫注意事项也作了周密安排，对就餐和所在场所的通风、消毒卫生等工作做了明确规定。

在这场抗疫斗争中，公司党组织的战斗堡垒作用得到充分彰显，全体党员的先锋模范得到充分发挥。在党员的带领之下，全体员工严格按照抗疫要求做到令行禁止，居家休假的自觉在家隔离，在岗员工无论工作、就餐、出行都严格按规定执行。

春节期间，苏州市委和常熟市委主要领导先后到公司检查企业疫情防控工作，龙腾特钢的防控工作措施和成效都得到上级党委、政府的高度评价，公司制定的各项疫情防控管理制度，还被苏州市委有关部门领导作为防控疫情的经验在其他企业推广。

央视在2月9日6点30分的早新闻节目里，对龙腾特钢的防控工作经验也作了报道。

抓铁有痕出实招　硬核防控见实效

2月5日，公司防控指挥小组成员党委副书记丁君华、行政办主任王渐凯和安环部部长蔡军，一早就来到龙腾特钢总部门卫，协助保安做好员工上班前的测温准备工作。上午6点20分，第一位员工来到门卫，保安人员上前用非接触式红外测温仪为他测量了体温，确认正常后，员工进入厂区。龙腾特钢共有20多个大门，所有进入厂区的公司员工和来厂办事人员都必须接受测温检查。丁君华等领导还不时到各门卫检查巡视，督促一丝不苟地做好来人来车的测温和检查工作。这项工作从1月30日起一直持续到目前。

公司党委副书记丁君华在门卫督查安检工作

　　为实现"内部疑似为 0，确诊为 0"的防控目标，公司坚持"科学防疫、精准施策"，布防细致入微，实操扎扎实实。一线员工每天除了上班前测温之外，中间还要再测量一次。公司所有电梯口都安放了纸巾，供员工按键时垫护。同时，在公司每个洗手间都摆放了消毒洗手液。公司还提前购买了一批口罩，确保公司每一位员工都能做好防护措施。防控指挥小组和安环工作人员每天紧盯现场，公司所有办公室、电梯厢、车间、食堂、车库、工人休息室等人员聚焦区域一天一消毒，会议室使用前后各消毒一次，不留任何死角。

　　龙腾特钢的党员干部在关键时刻、非常时期冲得出、豁得出，挺在最前沿的都是党员干部。公司以党组织为战斗堡垒，以党员模范作用为榜样，凝聚全体员工的合力，为企业筑起了一座牢不可破的抗疫长城。

　　从春节前的 1 月 21 日至目前，龙腾特钢多次召开公司党委会、专题会，组织党员干部学习习近平总书记关于疫情防控的重要指示精神，贯彻落实党中央、国务院，以及本地政府关于疫情防控方面的决策部署，要求全体党员干部把防控的责任扛起来、把防控的重担挑起来、把党员的先锋模范作用树起来。

　　为了把疫情防控工作落到实处，公司党委书记、董事长季丙元始终亲自抓，直接管，与防控指挥小组一起参与轮值。丁君华、蔡军年初二就为复工人员安排好了设施齐全的隔离点。公司党委委员、公司副总吕纪永作为一线防控指挥官，为做好企业疫情防控，放弃了回河南老家与亲人团聚的春节假

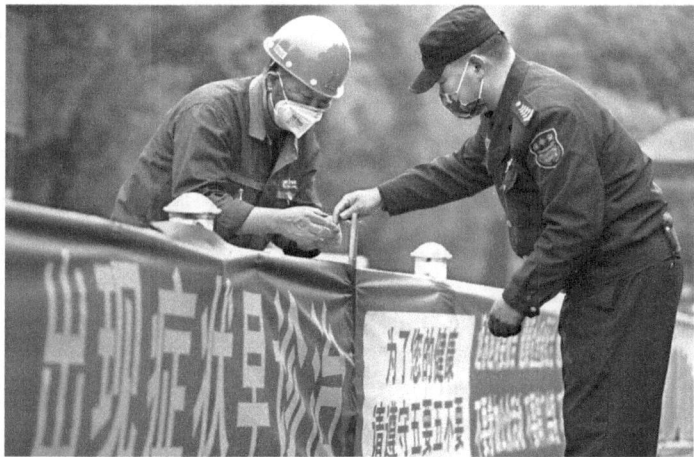

炼铁分公司支委委员蔡军在布设宣传横幅

期，自抗疫战斗打响以来从未休息过一天，每天下车间指挥生产和疫情防控，并为企业备足了口罩、防护镜、消毒液等防控物资。春节期间，徐胜、徐利等公司副总，每天像往常那样上班坐镇指挥。党办主任朱永坤、行政办主任王渐凯，整个春节一直坚守在岗位上。他们以自己的模范行动，在抗疫斗争中展现了特殊时期党员干部的新风采。

龙腾特钢完善的返乡员工远程管理也为成功的疫情防控发挥了积极作用。

龙腾特钢有2700多名外地籍员工，涉及包括湖北武汉等地的12个省市自治区，这些员工春节前大多返乡过年去了。针对返乡居家休假员工，公司制定了休假员工健康状况"日报告"制度，对分散在各地的休假员工，公司充分利用网络平台，通过"钉钉"或微信群等与他们互通信息，厂方及时向异地员工通报公司对不同阶段的防控要求，休假员工则按公司要求及时反馈本人的去向、活动和健康状况。这些情况由防控工作组及时制作"日报表"，向公司疫情防控指挥小组汇报。为了解除返乡休假员工的后顾之忧，公司对因疫情防控需要延长休假期的员工每天发100元生活费，对湖北籍员工休假期间按月工资4000元计发。

龙腾特钢还积极营造全民抗疫斗争氛围，在内部通过公众号、微信群、"钉钉"、宣传橱窗等平台等宣传党中央和习近平总书记对抗疫斗争的要求，宣传党和政府的防控政策，普及冠状病毒防范知识等。

抗疫复工两不误　党旗指处双胜利

2月10日，是龙腾特钢复工的第一天，憋久了的员工陆续来到久违的车间，车间里响彻铿锵激越的震荡声响，炉火熊熊，腾焰飞芒，复工的喜悦一扫往日的沉寂，恢复了勃勃生机。

公司各级领导下沉复工现场指挥

抗疫情一着不让，卓有成效的抗疫举措，使龙腾特钢始终保持了疑似与确诊的零纪录。在当地党和政府的领导下，常熟地区同时间赛跑、与病魔较量，到2月初，全市连续15天没有新增和疑似病例，仅有的4名确诊患者也都已康复出院。作为低风险地区，龙腾特钢根据苏州市委、市政府的要求决定于2月10日起有序复工、稳步复工。

2月11日，公司召开疫情防控复工生产工作会议，学习贯彻习近平总书记对疫情防控工作的重要指示精神，对疫情防控工作和复工生产作了部署，强调复工后的抗疫复工"两手抓，两手都要硬"。

早在2月5日，公司党委向各分公司、分厂和部门就印发了《年后复工生产组织实施方案》，建立了公司"复工、抗疫保障小组"，对公司党委办、安环部、办公室、工程办、供应公司、仓库、各分厂和各行政部门的工作做了明确分工。落实复工后的各项要求，做到"三有""四必""八到位"。

"三有"即有疫情防控机构、有疫情应急救援预案和疫情安全防控制度。

"四必"即进出厂必测温、上下班必消毒、车辆人员必登记、每日情况必报告。

"八到位"即：防控责任落实到位、防控安全管理到位、消杀防疫措施到位、设备设施检查到位、安全知识培训到位、防控物资购置到位、安全应急措施到位、防控工作配合到位。公司还制定员工的防疫知识培训，到5月20日，公司先后举办的大小培训活动25场次。

复工之初，公司每天对在岗员工、返厂员工进行严格的排查，对返厂员工通过手机核实行程轨迹，如有在返厂途中停留疫区的记录，一律采取14天的隔离观察措施。并明确要求重疫湖北员工暂缓返岗，等候公司通知，每月及时向他们发放4000元休假补贴。

为确保生产、防疫两不误，龙腾特钢通过对人员信息的摸排，进行针对性监测监护，有问题做到早发现、早隔离。按照政府的要求，公司对来自重点疫区的人员实施严格管控，组织来自其他区域的返厂员工有序返岗、隔离和上岗。截至4月20号，剩余的近30名湖北籍员工全部到位。

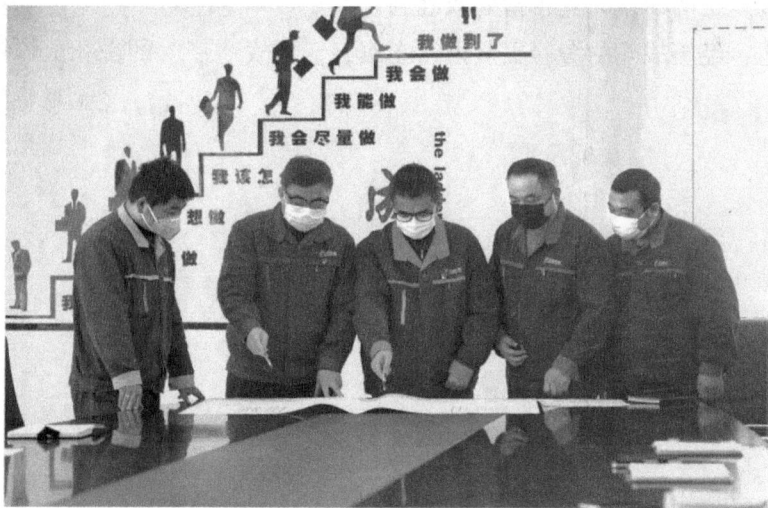

钢棒分公司支部书记周建东开会研究复工方案

全面复工后，企业生产热气腾腾，占地380亩的大型码头原料库场环保大棚也正在紧张的施工过程中，据悉，这个项目的棚顶由光伏板覆盖，可产生年发电4000万千瓦时的经济效益。

前不久，耐磨球生产智能化提升改造成功，劳动生产率提高了50%以上。

厂区范围内，占地面积 427 亩，投资 1.5 亿元建设的龙腾生态园将于今年 11 月以其绰约风姿为绿色龙腾增添新的魅力。而龙腾特钢的民心工程——员工公寓即将竣工，三幢大楼共占地面积 35 亩，投资 3 亿元，这座建筑面积 60000 平方米的员工大楼共有 837 套房间，可容纳 2600 人入住，让所有外省市自治区籍的员工都能在常熟龙腾有一个自己的家。

复工后不久，龙腾特钢党委及全体党员以大爱精神向疫区捐款，今年以来，总共向疫区及苏州、常熟等慈善机构捐献抗疫款 300 万元，传递了钢铁企业党员的爱心。

目前，企业进入复工复产疫情防控新阶段，龙腾特钢将以习近平总书记最近考察太钢不锈钢精密带钢有限公司时提出的要求为指针，在继续抓好各项防控措施的前提下，更好地复工复产，做到安全生产、健康生产，努力完成今年的目标任务，继续切实抓好各项防控措施，并将瞄准龙腾特钢的最新目标去奋斗。

抗疫复工两不误 党旗指处双胜利。

斗志，经历战斗的考验更坚强；党旗，经历战"疫"的洗礼更鲜艳。

（龙腾特钢党委）

让党旗在防控疫情斗争第一线高高飘扬

——北京科技大学防控办临时党支部工作纪实

一个支部就是一座堡垒，一名党员就是一面旗帜。

生命重于泰山、疫情就是命令、防控就是责任。面对近期发生的新型冠状病毒感染的肺炎疫情，有这样一个党支部，坚持发挥基层党组织战斗堡垒作用，着力把党的政治、组织和联系群众优势转化为防控工作优势，切实让党旗在防控第一线高高飘扬！

这就是将党支部建在学校疫情防控工作的第一线的，北京科技大学防控办临时党支部。

我们的信念：坚决打赢疫情防控阻击战

旗帜鲜明讲政治。防控办临时党支部坚持党的领导，坚持发挥每位党员的先锋模范作用，切实把思想和行动统一到习近平总书记重要指示精神上来。

1月30日上午，在连续奋战7天之时，党支部书记郑安阳同志组织召开支部会议，带领全体党员重温入党誓词。会上，党员们认真学习了习近平总书记重要指示精神和教育部党组、北京市委的工作部署，进一步认清肩负的重大职责使命，纷纷表示，要以大任当前、舍我其谁的担当，坚决把疫情防控工作作为当前最重要的工作来抓紧抓实；要把投身防控疫情第一线作为践行初心使命、体现责任担当的试金石和磨刀石，使支部的凝聚力和战斗力、党员干部的政治品格和担当精神经得起检验，助力国家和首都坚决打赢疫情防控阻击战。

我们的宗旨：紧紧依靠群众 全心服务师生

保卫师生安全、全力服务师生。拥有丰富基层工作经验的支部党员们，不断细化工作举措、完善工作制度、规范工作流程，切实提升防控措施的针对性、实效性。

全面排查是扎实推进防控工作的关键，面对复杂的工作情况，防控办党支部进一步延伸工作触角、创新工作方式，多维度排查、全领域排查，切实保障排查的准度与精度。

校园管控是扎实推进防控工作的强有力保障，支部结合在校学生实际需要，联合后勤管理人员统筹做好餐饮、运动、住宿等场所的消毒管理工作，加大对学生的心理疏导，切实消除在校学生的恐慌心态，提升管控工作成效。

延期开学是扎实推进防控工作的重要举措。1月26日下午晚7时，学校发布《关于延期开学的紧急通知》，晚24时前防控办紧急协调相关单位，将通知内容及时传达到每一名师生。

与此同时，坚持从在家学生尤其是高年级学生实际出发，支部积极倡导和鼓励导师通过线上方式，加大对这部分学生的帮助和指导，引导学生在家不停学、消除对毕业就业进度的焦虑担忧，保障学生安心在家，有效落实延期开学举措。

我们的口号：团结一心 保护师生 保卫北科

支部党员由机关党委、后勤党委在京部分党员抽调组成。全体党员发扬特别能吃苦、特别能战斗、特别能奉献、特别能忍耐的品质，聚焦、聚神、聚力，全身心投入学校防控工作。

注重发挥防控决策参考作用。扎实推进整体方案及各细化措施的制定工作，截至 3 月 15 日，协助学校党委组织召开专题会议 36 次、制定防控工作方案等工作文件、制度 40 余项，确保党中央重大决策部署、教育部及北京市通知要求和学校党委工作安排得到贯彻落实。

着力发挥狠抓工作落实作用。构建防控办 24 小时值班工作机制，确保学校各工作举措不断线。农历除夕深夜启动隔离工作机制，全力保障学校师生安全。面对学校教学区家属区纵横交错、家属区人员复杂等具体情况，防控办党支部强化工作统筹与设计，确保措施落实到位、务实管用。着力构建完善的信息报送与发布机制，坚持实时关注疫情信息与防控知识，确保上传下达的及时准确。加强宣传教育，起草编写《致全校师生的一封信》，确保防控提示的精细到位。

充分发挥党员先锋模范作用。身体力行、模范践行疫情防控要求，各位党员坚持在疫情防控工作中冲锋在前，切实做到了"关键时刻靠得住、豁得出、顶得上"。支部党员杨锐杰同志从大年三十到初二连续坚守岗位超过 70 小时，林飞同志在家中怀孕妻子支持下连续 8 日值守岗位，几乎每位党员同志都在岗加班至晚上十点，用他们的真情投入，充分展现新时代共产党员的使命担当。

（北京科技大学　郑安阳　李洁）

天津华源集团党组织和党员在疫情防控、复工复产中发挥先锋模范作用

天津华源集团共有企业 12 家，员工近 2400 人，拥有十大系列、400 余种规格的系列产品，年生产及加工能力 100 万吨以上，70% 以上销往全球 70 多个国家和地区。华源集团在钢丝行业中，国内综合排名第一，全球排名前三，其中口罩用镀锌钢丝产量占全国总产量的 50% 以上，口罩鼻梁条供货于比亚迪、斯曼尔、惠恩医疗、爱德康特等客户，电子体温计、夹式血氧脉搏仪外壳零部件、核酸试剂盒零部件外壳等分别供应于秒测医疗设备、天津红日药业集团、北京白康芯生物等客户。集团年销售总额 40 亿元左右。

华源集团设有集团党总支，党总支下设华源线材、华源时代、天欣金属、天康金属、瑞福模具五个联合党支部，有党员 56 名，入党积极分子和入党申请人 13 名。

一、严格落实疫情防控各项措施情况

2020 年，针对突如其来的新冠肺炎疫情，天津华源集团党总支坚决服从党中央、市、区、镇对疫情工作的统一领导和指挥以及复工复产的号召，坚持从大局出发，全盘考虑，切实发挥党组织的领导核心作用，超前谋划、及早部署、提前行动，广大党员主动发挥先锋模范作用，扛起责任、经受考验，不畏艰险、冲锋在前，取得了疫情防控和经济发展"双战双赢"。

提高认识，担当责任，坚定必胜信心

首先华源集团党总支认识到疫情是可防可控的。新型冠状病毒感染的肺炎传播主要有直接传播、气溶胶传播和接触传播三种途径，针对这些传播途径，他们认识到虽然对新冠病毒的防疫不能掉以轻心，但大家只要提高防范

意识，采取有效措施，这个疫情是一定能够战胜的。

其次，华源集团党总支认为华源集团作为本地区负责任的企业，在大灾大难面前应该承担起企业的一份责任。华源集团有员工 2400 人，加上张家房子村以及外来租住人员，总人数接近 5000 人，华源集团有责任义无反顾为各级政府分忧，为保障员工和百姓的生命安全及身体健康发挥出自己的作用和做出自己的贡献，用责任与担当筑起了一道坚实的防线，与全静海人民一起，守护住静海这片净土，保住一方平安。

严格管控

再次是坚定必胜的信念。深入学习贯彻习近平总书记关于新冠肺炎疫情防控工作的重要讲话和指示精神，坚信中国人民在以习近平同志为核心的党中央坚强领导下，有中国特色社会主义制度的优越性，有全国人民的心手相牵，同舟共济，一定能打赢这场疫情防控阻击战。

超前部署，快速行动，永葆一方净土

腊月二十八，华源集团接到了静海区、团泊镇政府发出的"坚决打赢疫情防控阻击战"的动员令。华源集团职工基数大、家属多，特别是华源线材厂区又坐落在张家房子村生活区。可以说，华源线材公司的防疫工作对整个张家房子村的疫情防控起到"牵一发而动全身"的作用。作为全区工业企业的排头兵，华源集团的安全生产责任大，防疫责任更大。就这样一场没有硝烟的战争打响了。

大年初二，华源集团党总支书记、董事长王立福亲自主持召开全集团抗疫工作动员部署会，第一时间成立了以集团党总支书记、董事长任组长，各企业联合党支部书记、总经理任副组长的疫情防控指挥部。结合实际制定了应急预案，建立了领导值班值守机制、应急处置机制和信息共享上报机制，以决战决胜的姿态迅速投身战"疫"。

"战区"相呼应。华源集团根据各企业地理位置不同，把企业和张家房子村按区域划分为三大防控"战区"，挂图作战，筑牢织密防护网，确保疫情防控不留死角、不留盲区，以科学治理体系筑牢抗疫"铜墙铁壁"。

志愿者坚守岗位

封闭无遗漏。华源集团各疫情防控"战区"都出台了《封闭式管理办法》，大年初二和初三先后开始对厂区以及张家房子村实施了封闭式管理，对张家房子村疫情防控重点位置、重点环节增加了主村口、新老区门卫、员工宿舍区检查点的疫情防控人员力量，专人全天候严防死守。公司全体党员、正科级以上领导干部到重要监控点，指导、督办防控措施的落实，做好表格的填写、人员出入的登记和高烧人员、湖北等重灾区人员留置管控、岗位的消毒等工作。所有入厂到岗职工、人员都须进行体温测量和信息登记，公共区域每天清洁消毒，工作人员每天配发口罩，疫情信息反馈每日一报，生产厂区、车间，在安全、环保的前提下，每天进行多次消毒，食堂吃饭分餐、保持安全距离、体温检测、返回静海员工医学观察……

排查无死角。大年初三开始，公司立即启动了对人员的摸排和管控，员工家属、外来人员等全部纳入摸排范围。各企业党员和管理人员全部放弃休假参加到防控一线工作。公司派出 7 个疫情排查工作组，100 人，历时 5 天挨家挨户排查，登记家庭信息，核实是否返乡，并给每一户下发了《关于疫情的一封信》，宣传疫情当下基本应对方法。单是张家房子村就先后共计排查了 5 次，共计排查居民累计 900 多户，登记人员信息 1600 多条。加班加点设计制作了 3000 多张通行证，把所有被排查人员细致分成四类进行不同的管理，一是在华源集团所属企业工作的职工凭上岗证出入；二是，在不属于华源集团以外其他企业上班的人员，由所在企业领导开具证明、签字盖章并标明每天上下班时间，凭证明到华源疫情防控部门领取通行证，每天凭身份证和通行证出入，如果在外逗留时间超过证明上标注的下班时间，则禁止进入并需要隔离观察；三是，辖区内商铺进货只能在防疫卡口处进行货物接收，并且写下保证书严格做好个人防护，快递、外来送货人员一律不准进入；四是，员工家属出入必须凭身份证和通行证，并说明出入情况，超过四个小时没有返回，则禁止进入并实施隔离观察。

隔离有关爱。作为团泊镇最大的制造企业，以"一个都不放过"的最严格、最周密的标准执行到位，背后体现的是对员工最大的负责。大年初三，华源集团就已经租借了五栋楼，用于春节回家过年外来职工返津隔离观察点。外来职工返津后，华源集团各企业安排专人全天候接待，让外来员工在卡口处登记完毕后送往隔离观察点。隔离的是病毒，但绝不能隔离人心。公司党员们在做好个人防护的前提下，主动成为讲解员和情绪疏导员，为职工讲解疫情防控知识，讲解公司的疫情防控规定和措施，讲解隔离观察的重要性和必要性。他们还是服务员，每天按时为隔离职工送饭、送水、送水果，为隔离职工代买生活必需品，让每一位被隔离职工都感受到了公司的关怀和家庭一样的温暖。截止到 4 月，华源集团先后有 800 多人完成了隔离观察。

物资有保障。对于疫情防控，在春节前，华源集团各企业在党组织领导下就已经下了一着"先手棋"，紧急采购防护物资，预先购买了 5 万只医用口罩、200 多把测温枪以及一批室内、室外用消毒液等。此外集团各企业积极探索通过技术手段提高防控水平，第一时间建造了绿色无毒消毒通道并将疫情防控纳入内部安全生产考核范围等系列防疫措施，迅速拉起了一张组织严密的疫情防控网。

队伍强有力。一个党员就是一面旗帜，一个支部就是一座堡垒。疫情防控工作正处于最吃劲的关键阶段，疫情在哪里，党员干部就要战斗在哪里。全体党员主动加入党员志愿者服务队，面对寒冷恶劣的天气、简陋粗糙的环境以及个别人的不理解，冒着被感染的风险，毫无怨言冲在战役第一线，无怨无悔保护村民、员工的健康。共产党员王宝贵、王小丰、入党积极分子王立天，风雪中坚守在张家房子村卡口疫情防控检测岗位一线，认真做好量体温、询问人员来源地、登记、劝阻外来人及返程人员进入等工作。哪怕他们脚上的鞋湿透了，雨水在头发上结了冰碴，还都一直坚守在岗位上。许多天下来，他们的脸皲了，脚上生了冻疮，一天下来累得腰酸腿疼，但是他们没有一句怨言。鲜艳的旗帜、火红的党员袖标，就像一簇簇火苗，温暖了人心，同时也惊艳了一双双眼睛。也正是有了这样的普通共产党员，用朴实坚定却闪亮发光的行动，吹响了战斗的号角，汇聚起抗击疫情的宏伟力量，擎起鲜红的党旗在抗疫一线高高飘扬，充分展示出企业共产党员的先锋本色。

责任有担当。抗疫过程中，华源集团主动捐款、捐物累计150多万元助力国家疫情防控工作，除此以外，集团各企业联合党支部党员、预备党员、入党积极分子以及各企业员工踊跃自发捐款将近40万元，全体党员都是多次为抗疫捐款。

在整个抗疫过程中，华源集团在党组织的领导下，在全体共产党员的模范带动下，以见事早、行动快、措施准、效果好、全员同心同向同行，在这场抗疫大考中表现硬扎，华源人以一套硬核机制和强大的执行力率先交出漂亮答卷，无一例感染病例发生，保住了一方净土，赢得社会点赞。

二、全面复工复产情况

疫情发生以来，很多企业的生产被迫摁下了"暂停键"。但在华源，春节期间仍有2家企业保持正常生产，生产经营的节奏从未停滞，一直保持"快进键"。

疫情形势依旧严峻的当下，做好疫情防控和恢复企业生产，既是一次大战，也是一次大考。华源集团在做好疫情防控工作的同时，多措并举，有序开展企业复工复产，全力保生产、保供应。公司制定了"三稳"方案。稳员

捐赠交接

工，自企业复工以来，华源每天至少投入上万元在返乡回静海员工的安置上，这里不仅有企业员工，还有家属。公司领导嘱咐食堂每天送饭，派专人车接车送，配备防护用具，让广大员工自觉遵守相关规定，提高全民的思想认识。稳生产，针对疫情带来的订单、资金、运输的变化情况，及时调整生产节奏，充分利用电话会议、微信平台等方式讨论工作，布置任务，现场跟踪，实施"线上、线下"相结合落实每日生产任务。稳客户，克服资源、运输等困难，积极与客户做好前期沟通，及时协调运输部门，保证重点战略客户的供货及时发运。

复工复产

同时，各车间全力以赴、日夜兼程增产扩能，千方百计把疫情耽误的时间抢回来，把疫情造成的损失补回来，为新一年工作开好局、起好步，奠定扎实的基础。电镀车间在复工复产过程中，由于受疫情影响，职工到岗暂时只有将近一半的人数。面对繁忙的生产和紧急的供应任务，电镀车间主任、共产党员王宝贵，带领电镀车间职工抢着干、比着干，原本需要 70 多名职工协同完成的工作量，如今 30 多个人硬是咬牙扛了下来，两三个人就可以开启一条生产线。在生产任务急、人员不足的情况下，集团各企业全体党员、管理人员全部下车间参加劳动，哪里有机器在转动哪里就有党员，哪个车间最忙、最辛苦哪个车间就有党员在坚守。在人员缺少的情况下，各生产线产量不但没减少，而且出现了长时间的成倍增长，比如华源线材复绕车间，产品产量由往年的每天 20 多吨，目前增长到了每天突破 80 吨。

疫情当下，为支援抗疫，华源集团相关企业利用自身技术和设备优势，克服重重困难，开足马力调整生产计划，整合车间设备，调整扩大生产线，全体职工与时间赛跑，加班加点、全力以赴确保口罩专用镀锌钢丝、口罩鼻夹丝、体温计、血氧仪、核酸检测盒五种医用抗疫物资的快速生产和及时供应，开足火力为战"疫"共奋进，为抗击疫情竭尽所能。其中华源生产的口罩专用镀锌钢丝占全国总产量的百分之五十以上，并且目前华源正在主导起草口罩专用镀锌钢丝团标征求意见稿。

保证供应

使命在肩，担当向前！越是艰难越向前，越是要千方百计保障生产稳顺！1~5月，华源生产经营保持稳顺势头，经营业绩好于往年，实现了"开门红"。在非常时期，举非常之策，行非常之力，企业发展要更上新台阶！这是华源人面对疫情"钢"一般的魄力。

肆虐的疫情，能够侵蚀人的肌体，却摧不垮人的精神。在风急浪骤的危急关头，华源人以强烈的社会责任感，迎战疫情挺身而出，奋战岗位无私奉献，与全国人民一道构筑起抗击病毒的坚强后盾，谱写出一曲同舟共济、深情相拥的抗疫赞歌！

三、下一步工作措施

（1）进一步提高政治站位，坚决贯彻落实中央、市、区、镇精神。

（2）密切关注疫情发展，进一步强化防控手段。

（3）及时评估疫情影响，科学调整工作安排。

（4）积极履行企业责任，全力支持疫情防控。

（5）加强应急管理，提升应对能力。

（6）主动关心关爱员工，营造良好氛围。

（7）继续发挥党组织战斗堡垒和党员模范先锋作用，发挥做大潜能，全力保障口罩专用镀锌钢丝、口罩鼻夹丝、体温计、血氧仪、核酸检测盒五种医用抗疫物资的快速生产和及时供应，为全球抗疫作出更大贡献。

（8）提升企业经营水平，为经济社会发展继续作出更大贡献，在2018年和2019年连续纳税6000万元的基础上，2020年力争纳税一亿元以上。

（天津华源集团）

鲜红党旗凝聚先锋力量

鞍钢集团总医院驰援武汉医疗队出发前合影留念（鞍钢　供图）

武汉疫情牵动着每一个人的心。自疫情暴发以来，鞍钢集团各级党组织和广大党员干部认真贯彻落实习近平总书记重要指示精神，擎起鲜红的党旗，提高政治站位，周密安排部署，落实防控责任，冲锋在先、战斗在前、奉献在前，凝聚起战"疫"的强大斗争力量。

争当"最美逆行者"

"我报名，我参加过抗击'非典'，我可以!""我报名，若有战，召必回，战必胜!"1月26日，当大部分人还在享受春节假期时，鞍钢集团总医院的4名医护人员却选择了辞别家人，出征武汉，成为"最美逆行者"。

张新宇，鞍钢集团总医院感染科副主任，在组建医疗队时，他第一时间向党组织递交了请战书。"我永远都不会忘记17年前的'非典'，当初年富力强的我面对未知的疫情，勇敢前行。今天当未知的疫情再次来临，我老骥伏枥，逆行而进。"进入病区前他这样说。

2月1日，武汉。早上8点，紧张的工作开始了，鞍钢总医院赴鄂支援护士长李秋和同事一起查房，有些患者仍在发烧。为了照顾好被隔离在房间不准出屋的24名患者，他们用小电水壶一壶一壶地烧开水，挨个房间为他们送去，并提供早餐。早餐过后，大约有20名患者需要输液，由于雾茫茫的防护眼镜遮住了眼睛，使得李秋想看清血管的走向都很吃力，她不得不向患者询问针是否碰到皮肤、与之前摸到的血管方向是否一致这样难于启齿的问题。

"看着患者对我们不能一针穿刺成功不埋怨、成功后还对我们说谢谢，我的内心愧疚却又大受鼓舞。"李秋说，"看着因病情特殊不得不在各自房间隔离的患者，又没有亲人的陪伴，彼此默默无语，对疾病的恐惧让每个人都戴着口罩，我想我就是他们的亲人，我要给他们温暖。所以，每次当我近距离接触患者时都会对他们竖起大拇指，并对他们说'你最棒，快好起来'，而患者也都回以微笑。我们都平安，那一刻就是我们彼此心灵的交集！"

奏响抗疫保产协奏曲

疫情需要防控，生产也不能耽误。鞍钢集团生产秩序井然，广大干部职工坚守岗位，共同奏响抗疫保产协奏曲。在这场协奏曲中，党员干部就是最核心的音符，哪里任务险哪里就有党员干部站出来、豁出去，当先锋、作表率。

面对疫情防控需要，鞍钢化学科技公司苯加氢作业区党支部书记黄洪刚与班子成员徐海清一起分区域到各药店购买短缺的红外测温枪和84消毒液；鞍钢股份冷轧厂三分厂赵东升、李永学等倒班党员利用班前、班后时间主动加班，为会议室、主电室、操作室等人流密集处喷洒消毒液。

面对人员健康情况摸排需要，鞍钢股份炼钢总厂各党支部每天由支委委员带队，至少检查一次职工口罩佩戴、体温测量和相关方人员防护等情况；鞍钢矿业弓矿铁运公司党员闫文宇担负起疫情监测、排查、预警的工作，每日对近千名在岗职工和相关方人员健康情况进行跟踪。

鞍钢矿业东鞍山铁矿各作业区党支部成立了6支由23名党员组成的保岗队伍，为节日生产顺行提供保障。采检作业区班长林学仁、党小组组长陈伟坚持每天到岗参与设备检修工作。大年三十到初五，鞍钢股份炼铁总厂作业区累计超产 3840 吨，一级品率达 100%，作业率达 99.69%，创历史最好纪录。从正月初二开始，鞍钢股份物流管理中心运输管理部副经理袁龙组织航线员陆续约船，确保钢材港口库存控制在合理范围内。

当前保产任务处于紧要关头，鞍钢资源储运经营中心原燃料作业区党支部汽运班的全体党员主动带头坚守岗位，汽运班每天过磅车辆平均 400 台（次）。

当公共交通停运后，部分职工上下班成为难题。鞍钢股份冷轧厂二分厂生产作业区党支部丙班白玉波、窦振华、孙立新 3 名党员和优秀青年王春浩主动站了出来，每天接送远道职工上下班；鞍山钢铁铁运分公司南部站乙班党员姜明明，把电动自行车放到车站，让家里离单位较远的职工使用。

党旗在防控疫情斗争第一线高高飘扬，有了这种众志成城、无坚不摧的巨大合力，鞍钢人相信定能夺取这场斗争的伟大胜利。

（原刊于《中国冶金报》2020 年 2 月 5 日 1 版 通讯员 王金侠）

是他们奋斗在战"疫"一线

济钢城市矿产公司相关人员正在联系居家隔离人员（山钢济钢　供图）

疫情就是命令，防控就是责任。连日来，山钢集团迅速贯彻落实习近平总书记关于疫情防控工作的重要指示精神和党中央决策部署，把疫情防控作为维护全市社会大局稳定、保护人民群众身体健康和生命安全的头等大事来抓。哪里有疫情，哪里就有党组织坚强有力的工作；哪里有危险，哪里就有共产党员奋勇向前的身影。在基层一线，有这样一群人，他们牢记使命、勇担重任、不畏艰险，为抗击这场突如其来的疫情演绎一个个感人肺腑的故事，充分体现了一名党员就是一面旗。

女书记战"疫"线

"让党旗在疫情斗争一线高高飘扬，让党徽在疫情斗争一线更加闪亮，加油！宣誓人：孔菊……"带领党员代表们宣誓的是山钢莱芜分公司炼铁厂高炉三车间党支部书记孔菊。

"疫情就是命令，防控就是责任。作为车间党支部书记，就应该站在疫情防控的第一线，带领广大职工筑牢疫情防线，凝聚先锋力量，坚决打赢疫情防控阻击战！"孔菊坚定地说。

为确保打赢疫情防控阻击战，孔菊组织成立了"火舞宣传小队"，通过多渠道、采用多形式将疫情防控宣传内容传递到每个岗位、传递给166名职工，引导大家正确应对疫情，做好个人防护工作。为避免大家聚集开会，她采用微信群内党员承诺的方式，组织车间35名党员签订了《防控新型冠状病毒感染肺炎"战疫情 党旗红"党员承诺践诺书》。坚守"疫"线的她，严格监督职工是否正确佩戴口罩，及时为职工测量体温，建立职工温度监测统计表，组织职工定时进行岗位消毒，全方位做好疫情防护工作。

有了领头雁，就能带动一片。在孔菊的带头引领下，该厂高炉三车间各项工作稳步开展，职工身体健康，为抗击疫情、稳定生产提供了有力保障。大年初一到初七，该厂高炉三车间生产生铁44735吨。其中，6号高炉多次刷新日均产量纪录，为打赢疫情防控阻击战、确保高炉稳定生产打下了坚实基础。

车间里有位"提示员"

"尊敬的客户，现场提货请自觉接受体温检测、佩戴好口罩、认真填写相关登记信息。不仅是为了您和家人的健康，这也是一种责任，谢谢合作！"这是防控疫情以来，山钢股份莱芜分公司棒材厂运转车间党员李海英每天都要重复不知多少次的"温馨提示"。作为窗口单位，棒材厂运转车间发货班经常要与外来提货人员打交道，是疫情防控高风险岗位。为此，他们早准备、早动手，通过采取当班人员班中体温监测、两人以上岗位人员佩戴口罩作业，及时做好外来客户人员详细登记、体温检测和人员安全休息区停留等管控措施，防止人员接触性传染。在全力以赴抗击疫情的同时，做到了坚守岗位、高质量工作。

"牺牲"多少条裤子也值

彭鹏是济钢鲁新建材公司的一名党员。在这个特殊的春节，他放弃了与家人团聚的机会，自愿义务值守，主动承担起疫情防控的重担。大年三十一大早，彭鹏戴好防护用品，奔走多家药店、超市，购买口罩、体温计、消毒液等防疫用品，配发给每名值班人员，并指导大家做好疫情防范工作。像办公楼、值班室、食堂等平日员工活动比较集中的区域，他每天都会用消毒液喷洒3遍。几天下来，彭鹏新买的裤子多处被消毒药水"侵蚀"得花花绿绿。同事吕成祥看到，心疼地说道："你这条裤子要'牺牲'了！""那不算啥，把防范疫情措施做到位，大家安全了，'牺牲'多少条裤子也值。"彭鹏回答得很坚决。

一个人过春节，忙也高兴

1月26日晚8时，济钢城市矿产公司负责疫情防控的王玮来到了历城区恒大城5号楼刘法敏的家门口。"法敏，按公司规定，春节外地探亲回来的人员要居家隔离观察，你就别出门了，每天要通过微信报告体温和身体状况。"他一边说着，一边拿出10只防疫口罩给刘法敏，"这是标准口罩，如果不得已出门，一定要记得戴口罩，注意饮食，确保身体无恙。"

作为防控疫情的负责人，王玮每天早晨5点多就到单位，对办公区域进行消毒、询问各单位隔离人员情况，就这样一直忙到晚上七八点，有时就在办公室过夜。

笔者问起时，他说道："我把疫情防控措施做得细了、实了，大伙儿就更安全了，一个人过春节，忙也高兴！"

奋战在防疫一线的"王医生"

从事安全工作的济钢文旅公司党员王福涛，连日来都把全部精力投入到疫情防控工作中。他主动放弃春节假期休息，每天开车往返40余公里，奋战在一线，对济钢华联超市、职工食堂等人员密集场所进行疫情防控情况巡查。巡查完毕后，他就在公司办公楼门口值守，对进入办公楼的人员进行体温检测和登记。此外，他还利用午休时间对办公区域进行消毒，到处都能看到他忙碌的身影。大家亲切地叫他"王医生"。

"他就像医生一样，为了大家的健康平安在疫情防控一线默默奉献着，我们在为他点赞的同时，也要向他学习。"济钢文旅公司机关党支部书记付长青说道。

（原刊于《中国冶金报》2020 年 2 月 5 日 1 版 特约通讯员 张洪雷褚慧娟）

新天钢以党委为核心打响防疫战

2月2日上午，伴随着飞舞的雪花，一辆载满物资的货车离开天津机场货运区，驶向天津卫健委的驻地。车上是天津市新天钢钢铁集团从韩国紧急采购的500套防护服，将被用于新型肺炎疫情防控一线。疫情发生后，新天钢迅速形成了以集团党委为核心的疫情防控机制，誓要打赢疫情防控阻击战。

1月28日下午，新天钢集团董事长丁立国组织召开疫情防控工作视频会议。他指出，这次疫情传播方式多，防控难度大，重视疫情要体现在具体细节上。假期结束后，各类疫情防控物资需求会呈井喷式增长，各单位以到正月十五为期，按照现在的配备标准再购买一批。他强调，针对一线员工的防范措施要细化、要具体，各类防控物资要到现场，切实维护广大员工人身安全和企业稳定大局。特殊时期，更要强调集团内部的整体协调，疫情物资、物流车辆、生产物资都要整体安排、整体行动，加大宣传引导力度，加强群防群治，抓紧细化相关工作预案，确保上下一心打好疫情防控攻坚战。

截至目前，新天钢已经召开了多次防控工作音频、视频会议，完善措施，压实责任，确保防控工作有序、高效开展。新天钢所属各单位按照党委的安排部署，建立了疫情防控工作预案，做好应对各种突发情况的准备；持续宣传防疫知识，增强职工自我保护能力；加强工作区域消毒，避免废弃口罩形成新的传播隐患和环境污染，设立单独的垃圾桶用于丢弃使用过的口罩，再统一做无害化处理；全面排查春节假期的职工流动情况，甄别安排返工计划；安排专人联络监督隔离观察人员，切实降低感染风险；落实外部防范措施，将外来人员到访带来的感染风险降到最低；强化信息报送制度，每天将隔离人员信息和防疫物资储备信息报送至集团党委进行汇总分析，同时与所在地卫健委等有关政府部门加强联络，及时报送信息，联防联控。

　　这几天，为落实防控工作部署，新天钢集团党委疫情防控领导小组总是鏖战到深夜，工作信息在微信群里如雪片般飞过。为杜绝疫情防控措施落实不到位，新天钢党委还组建了督导检查组，深入一线核查物资储备、发放情况。

　　（原刊于《中国冶金报》2020年2月6日1版　通讯员　卢小龙　宋宏睿记者　蔡立军）

太钢党委划拨 148.1 万元
专项党费支持抗疫

为了支持和帮助基层党组织坚决打赢疫情防控阻击战，近日，太钢集团党委划拨专项党费 148.1 万元，用于支持各基层党组织开展新型冠状病毒感染的肺炎疫情防控工作。

专项党费主要用于慰问战斗在疫情防控斗争第一线的医务工作者和基层党员、干部；支持基层党组织开展疫情防控工作，包括购买疫情防控有关药品、物资等。对于因患新型冠状病毒感染的肺炎而遇到生活困难的党员、群众等，太钢党委将结合实际开展慰问救助。

太钢党委要求，各级党组织要制订专项党费使用方案，严格规范管理，尽快将资金投入到疫情防控工作中，做到专款专用。太钢党委强调，各级党组织和广大共产党员要坚决贯彻落实习近平总书记关于疫情防控工作的重要指示精神，把疫情防控工作作为当前的重大政治任务，进一步提高政治站位，统一思想认识，作为增强"四个意识"、坚定"四个自信"、做到"两个维护"的重大考验，作为不忘初心、牢记使命的实际行动，动员和激励公司各级党组织和广大共产党员亮身份、作示范，确保公司广大职工生命安全和身体健康，确保公司生产经营正常秩序，让党旗在防控疫情斗争第一线高高飘扬。

（原刊于《中国冶金报》2020 年 2 月 11 日 1 版　李跃峰）

抗疫寒冬中的暖流

新冠肺炎疫情来得突然。在这场没有硝烟的战役中，山钢一名名党员志愿者挺身而出，为这个寂静的寒冬带来了温暖。

关怀职工 把好防疫关

"孩子怎么样了？""嘴里还上火吗？" 1 月 31 日清晨，山钢集团济钢 "四新"产业园党员王东一上班，就打电话耐心询问着单位职工小孙孩子的身体情况。原来，小孙的孩子前两天出现体温升高的现象，王东作为单位应急联络人，多次打电话了解孩子的具体情况，并通过微信缓解小孙的情绪和压力。直到当天晚上近 12 点，孩子退烧，王东才放心休息。

对于这样的深夜交流，王东早已习以为常。有一次，为了核查一名职工家属的行动轨迹，王东的电话从白天打到晚上，手机没电，用座机打，一直到凌晨一点半才终于联系上该职工。在得到该职工未接触武汉籍人员的准确消息后，王东才沉沉地睡去，而手机还紧紧地攥在手中！

自疫情出现以来，王东一直紧盯济钢应急管理群和安全环保论坛发布的疫情信息，不论多晚都及时将疫情信息传达到主要负责人处和工作群里。王东每天收集整理疫情防控信息（包括外出返济居家隔离、内部监控、外来人员等情况）和单位值班情况，及时完成疫情排查、信息汇总上报工作。同时，他还主动担任一对一居家隔离观察人员，每天 3 次视频对接隔离人员体温及身体状况，详细落实他们的生活用品是否够用，耐心解释居家隔离制度的优势，让居家隔离观察人员真切感受到"隔离不隔心"。

除了如影随形的手机，常伴王东身边的还有消毒喷壶和清扫工具。春节假期，他主动要求提前上岗，每天上班前都做好消毒防护的工作，还为值班人员测量体温，严控外来人员，督促检查疫情防控纪律，为疫情防控把关。

当同事们在群里对他表示感谢时，他总是回复："都是应该的！作为共产党员，大疫面前，理应如此！"

春节假期，在济钢"四新"产业园里，有 3 位外地专家因为工作原因留在了济南。突然而至的疫情，人生地不熟的环境，让 3 位专家为买口罩犯了难。就在此时，王东将刚刚协调到的 50 只口罩和 2 升酒精等防护用品送到了专家手里。"真是雪中送炭啊，济钢不愧是有温度的企业！"听着专家的感谢，王东的眼睛里露出的满是笑意！

战"疫"前线，我要入党

"今天，我们怀着激动的心情，向党组织递交入党申请书，志愿加入中国共产党。在抗击疫情期间做好园区疫情防控工作，我们义不容辞！" 2 月 8 日，山钢集团济钢创智谷、建设公司的刘倩、王莺博在战"疫"一线向所在党组织递交了入党申请书。

刘倩是济钢创智谷运营管理部负责人。疫情暴发后，刘倩主动放弃休假，坚守岗位。为保障人员的生命安全，济钢创智谷园区实行封闭管理，刘倩需统计园区 73 家入孵企业的所有人员信息。时间紧、任务重，个别企业对员工居家隔离的要求不理解。面对企业的不理解，刘倩一直在耐心沟通。企业负责人急躁，她就温柔以待，耐心解释疫情防控大于天，创智谷作为有社会责任的企业，要对所有人的生命安全负责任。经过多次解释，仅用 2 天时间，刘倩就圆满地完成了 73 家入孵企业涉及 300 余人的统计工作。

"疫情期间，我一直和支部的党员奋战在一起。细微之处见精神，党员们的勇于担当，使我更加坚定了入党的信念。"济钢建设公司园区部副部长王莺博谈到最近的经历，感触很深。他所负责的相公庄园区，包含了济钢搅拌站、济钢冷弯型钢公司等在内的 11 家企业，园区四通八达，与相公庄村、虞山大道纵横交错，内部有大型建材市场、生产加工企业、汽车检测站。疫情期间的门卫防疫、园区清理、人员防护等工作都是重中之重。王莺博的家住在市区，孩子仅有 4 个月大，本想借着春节假期享受一下家庭的温馨，但疫情就是命令，为了保障园区安全，他从大年三十开始就一直在岗位值守，带领仅有的 4 名岗位人员，24 小时保障园区的疫情防控无疏漏。

初心不改，略尽绵薄之力

"我现在年纪大了，上不了一线。请代收下我的一点心意，把它用在疫情防控一线。" 2 月 8 日，山钢集团淄博张钢 99 岁老党员、离休干部张相臣双手颤抖着将沉甸甸的 2 万元现金交到社区管理部退管科工作人员手中。

张相臣，1944 年 3 月参加革命工作，是一位有着 74 年党龄的老党员，1958 年 5 月转业到张钢工作，历任张钢炉前工长、供应科办事员，于 1979 年 12 月退休，于 1983 年改为离休。自疫情发生以来，张老每天通过电视和报纸关注着疫情防控动态。平日节俭的他和家人商议，要尽一点绵薄之力。由于不便出门，张老督促子女就捐款事宜联系了淄博张钢社区管理部。该部得知情况后，考虑到张老年事已高，为方便捐款，立即委派工作人员上门，代表公司接收捐款。

战"疫"有我！关键时刻，99 岁高龄的老党员张相臣用实际行动诠释了初心和使命。

（原刊于《中国冶金报》2020 年 2 月 11 日 4 版 通讯员 赵冬梅 张荣德 李宏伟 张 伟 陈 波 特约通讯员 褚慧娟）

抗击疫情，我们身边的"硬核"党员

一个支部就是一座堡垒，一个党员就是一面旗帜。近期，面对来势汹汹的疫情，宝武武钢资源集团党委把打赢疫情防控阻击战作为当前的重大政治任务来抓，各级党组织和广大党员干部职工坚定信心、冲锋在前，把初心落实到行动中，把使命践行在岗位上，奋力投身疫情防控阻击战，让党旗在防控疫情斗争第一线高高飘扬。

宋俊杰："90后"党员也有担当

程潮矿业公司球团分公司设备管理员宋俊杰，是一名"90后"党员。2014年，他从武汉理工大学毕业来到程潮矿业工作。2020年春节，面对突如其来的疫情，他主动放弃和父母、爱人以及不满周岁的孩子团圆的机会，坚守在该公司球团生产一线。

在岗位上，宋俊杰认真巡查生产线的设备，及时处理问题，下班后租住在离公司不远的地方，有问题立即赶到现场处理，保证了球团生产顺行。同时，他主动帮助同事做好公共场所的消毒工作，做好职工防疫宣传工作。

谈起疫情期间坚守岗位的想法，他说道："一个党员一面旗，我们'90后'党员也要有担当。我相信，只要人人贡献一点力量，企业一定能够平安顺行，我的小家也会幸福安康！"

占伯霖：我是党员，我不上谁上

金山店矿业选矿分公司综合管理干事占伯霖是一名老党员。自疫情发生以来，他以身作则、坚守岗位，负责防控知识宣传、防控工作落实以及员工身体状况的信息收集工作。他通过微信群、黑板报、广告栏等宣传阵地不断更新发送防控知识，引导员工增强自我防范意识。

春节期间，选矿分公司只剩下一部分值守人员，以及因到过疫区被要求居家隔离的人员。占伯霖每天都要细致询问这些员工的居住地、体温等情况，并做好分公司178人身体状况和体温的数据统计。有的居家隔离员工在矿区没有亲人，占伯霖每天都主动询问他们的生活用品需求情况，并根据他们的需要购买生活用品送到其家门口。

有人劝占伯霖：疫情这么危险，干好分内事就行了，别太往前靠。他说："如果大家都指望别人为自己服务，那疫情就没法控制了。关键时候，我是党员，我不上谁上！"

邓超：守护好大家，小家才能更好

大冶铁矿公司调度室调度员邓超，是一名党龄23年的老党员。2020年春节，他15个月大的外孙，第一次回黄石陪他过春节。于是，他很早前就做好了计划：到美丽的磁湖游玩，看一看亚洲第一天坑——大冶铁矿东露天采坑；再到黄石园博园、奥林匹克体育中心照相留念，让女儿尝一尝他做的拿手菜。但是，一场疫情打破了他所有的计划。

疫情发生以来，邓超一直在岗位上坚守。在正常组织生产的同时，他的调度电话成了"疫情防控热线"。他通过电话时不时提醒基层单位做好职工"两穿两戴"（穿工作服、穿劳保鞋、戴安全帽、戴口罩）检查，落实好日报备制度，确保现场安全措施和疫情防控措施"双落实"。1月29日，大年初五，家住黄石的同事因交通管制不能按时到岗接班，他二话不说，向上级请示后，主动连班顶岗，确保岗位工作顺行。

在接受笔者采访时，邓超一边展示小外孙牙牙学语的拜年视频，一边说："企业就是我们的家，只有守护好了我们的大家，我们的小家才能更好，这个时候我们老党员必须先顶上，等疫情结束了，我再带外孙子好好出去玩。"

柯金桥：我是党员，工友们的安全我要负责

鄂州球团公司球团车间原料班职工柯金桥，既是一名党员，又是一名班

组安全员。疫情发生以来，班组 14 名工友的生命健康安全就成了他最记挂的事。

疫情发生后，柯金桥立马戴着口罩骑着自行车历时两个半小时，赶回鄂州球团公司上班。因为交通管制，部分职工上班不便，他就安排铁山、黄石等距离远、交通不便的班员在家休息，自己坚守岗位，并利用工余时间，到每一个岗位、每一个休息室消毒，检查大家口罩佩戴情况，及时提醒大家做好个人防护。同时，他将班组每名职工及家属登记在册，每天逐一电话联系，将情况汇总后报车间，并及时在班组安全会及微信群发布公司疫情防控要求、周边疫情情况、预防措施等，让每名班组职工都做好防护。在工作中，哪个岗位有问题，需要帮忙，他立马组织人员到位，用最短的时间解决，保证设备的顺利运行。

"我既是党员，又是安全员，工友们的安全我要负责，这是我该做的。"柯金桥说的话朴实，做的事更实在。

敖建国：越是危难时刻，我们越要冲得上去

乌龙泉矿业公司采矿分公司大车班班长敖建国，曾获得武汉市五一劳动奖章、武汉市劳动模范和宝武集团优秀党员称号、宝武金牛奖。在这场疫情防控阻击战中，他用实际行动诠释了党员的担当。

疫情发生以来，敖建国坚持奋战在生产一线。春节假期，每天一大早，他安顿好生活不能自理的老母亲后，就赶到班组，安排一天的矿石运输、交通安全、疫情自我防控、生产协调、后勤保障等工作。在他的带动下，大家做好自身防控，坚守在生产一线，每天运输矿石近 6000 吨，超额完成生产任务，为企业的安全顺行贡献了力量。

敖建国说："越是危难时刻，党员越要冲得上去。只要我们听从各级党组织的号召，党员带头，团结群众，众志成城攻难关，我们就一定能打赢这场疫情防控阻击战！"

（原刊于《中国冶金报》2020 年 2 月 13 日 7 版　通讯员　黎杏　陈琰莉　胡丽娟　刘元加　特约通讯员　邵亮　王开平）

疫情当前，众志成城；直面战"疫"，党员先行。习近平总书记日前作出重要指示，强调各级党委（党组），各级领导班子和领导干部、基层党组织和广大党员要不忘初心、牢记使命，团结带领广大人民群众坚定不移把党中央决策部署落到实处，坚决打赢疫情防控阻击战。近日，中共中央印发《关于加强党的领导、为打赢疫情防控阻击战提供坚强政治保证的通知》，强调要组织动员各级党组织和广大党员、干部把打赢疫情防控阻击战作为当前的重大政治任务，全面贯彻坚定信心、同舟共济、科学防治、精准施策的要求，让党旗在防控疫情斗争第一线高高飘扬。

党旗飘扬在中冶防控疫情斗争第一线

非常时期有着非常的考验，非常的考验需要非常的担当。中冶集团各级党组织与广大党员干部认真学习贯彻习近平总书记对新型冠状病毒感染的肺炎疫情所作重要系列指示精神，把做好疫情防控工作作为巩固拓展"不忘初心、牢记使命"主题教育成果的重要战场，把初心写在行动上、把使命落在岗位上，主动作为、特事特办，确保在关键时刻冲得上去、危难关头豁得出来，守土有责、守土担责、守土尽责，以更加果断有力、扎实有序、科学周密的举措，扎实做好疫情防控各项工作，坚决遏制疫情蔓延势头。

"这个时候必须站出来"

面对疫情加快蔓延的严峻形势，中冶集团全系统各级党组织和全体党员迅速采取多种有效方式，认真学习贯彻习近平总书记重要指示精神和上级党组织有关要求，领会精神实质，统一思想认识，牢记初心使命，增强"四个意识"、坚定"四个自信"、做到"两个维护"。

1 月 26 日，中国一冶接到武汉雷神山医院建设方紧急求助：希望在 24 小时之内，突击制作 4800 件钢结构加工件，用于项目主体建设。

作为中国一冶钢结构制作项目经理，同时也是制造车间党小组组长，尹平坦言："说没有顾忌，肯定是假的。但这个时候，我必须站出来！"

疫情就是命令，防控就是责任！尹平"先斩后奏"报了名。"岳父岳母不能理解，家里有个五岁半的孩子。好在妻子很支持我。"

因防控疫情而关闭的中国一冶武汉阳逻钢结构加工基地车间大门重新打开，包括尹平在内的46名志愿突击队员，迅速投入紧张的加工制作工作。

机声隆隆，火花飞溅。沉寂多日的车间恢复了往日的繁忙。该基地一车间工段长、共产党员余楚国说，昨晚自己在群里发出通知，很多人报名，"但没有人问过我工资、福利。"

武汉市技能大师、共产党员徐魁今年和妻子都留在了武汉过年。"加班没问题，为武汉人民做点事，义不容辞"，徐魁说："就是担心妻子一个人在家。"

历经15小时连续奋战，4800件钢构件加工制作完成，装车发向雷神山医院建设现场。随后，突击队员们又紧急赶制了一批约2000件加工件，没来得及喘口气，又接到了ICU病房屋架制作任务——门架钢167件、支撑件21件、埋件167件。

"现在最耽搁不起的，就是时间。"尹平直接负责ICU病房钢构件生产，"大过年的，外面餐馆还没有营业，每天只能吃泡面。但就连吃碗泡面，大家都你推我让，不愿让手里的活儿停下来。想起来吃的时候，都已经泡坨了。"

1月30日下午，雷神山ICU所需钢构件加工制作完成。尹平说，一想到这些构件能尽快支援雷神山医院建设，就感觉身上有使不完的劲儿。

"我早上出门的时候，儿子一个劲儿跟我说，爸爸，加油！"

"筑起疫情防控坚强堡垒"

一个党员就是一面旗帜，一个支部就是一座堡垒。中冶集团全系统各级党组织主动承担起疫情防控"第一道防线"责任，并按照党中央部署、国资委党委及中国五矿集团党组具体安排，成立专项工作应急领导小组，结合"党旗飘扬、党徽闪光"活动，把基层党组织和广大党员全面动员起来，做到哪里任务险重哪里就有党组织坚强有力的工作、哪里就有党员当先锋作表率。

1月30日凌晨，中国一冶再度接到火神山医院参建单位的紧急电话：协

中国一冶 46 名突击队员集结火速驰援雷神山医院建设

尹平与突击队员在中国一冶钢结构加工基地

助火神山医院突击加工制作 ICU 病房屋架并现场安装。

　　1 月 30 日清晨，中国一冶 37 名"焊武帝"组成突击队，奔向火神山建设现场。

　　共产党员蔡涛杰、王洪伟是中国一冶的项目经理，也是这支突击队的正、副队长。面对来势汹汹的疫情，紧张、焦虑乃至恐慌，都是人的正常心理反应。但他们没有迟疑、没有退缩："守护好大家，才能有我们小家，我们不带头，以后还怎么干项目，怎么要求别人？"

抱着"提前一分钟交工，就能提前一分钟救治病人"的朴实真切的理念，蔡涛杰、王洪伟安排11人到黄陂制作车间加工制作ICU病房屋架，22人在现场组装焊接，另外4人现场机动。

突击队员按照工作安排，迅速进入工作状态。蔡涛杰、王洪伟下达的都是"死命令"——"今天必须完成2个轻钢结构板房！""今天4点钟要将6根立柱竖起来！"

武汉的冬天湿冷刺骨，但工程现场却是一片火热。37名突击队员铆足了理想信念，筑起疫情防控的坚强堡垒，誓死完成任务！

1月30日18时30分，ICU病房屋架制作和现场组装焊接全面有序推进。蔡涛杰说："今天估计要干个通宵，坚决保质保量按期完成工作任务"。

1月31日凌晨5点，已经在战场上忙碌了1天1夜的王洪伟，终于能歇上一会儿。一躺上床，他的眼泪就不自觉往下流——"这是被焊接弧光闪到的，没事。"

中国一冶"火神山工程突击队"火速集结

"党员应当身体力行走在前面"

疫情在哪里，党员干部就要战斗在哪里。中冶集团广大党员把投身防控疫情第一线作为共产党员践行初心使命、体现先锋模范作用的试金石和磨刀

王洪伟在火神山医院建设现场

石，把守初心、担使命贯穿疫情防控全过程。在这场疫情防控斗争中，广大党员挺身而出、英勇奋斗、扎实工作，切实做到守土有责、守土担责、守土尽责。

2020 年春节，对于 39 岁的中冶南方总图设计师李冬平而言，是一段不寻常的日子。妻子是武钢医院的一名医护人员，现在正在前线抢治新冠肺炎病人。照顾家中老小的责任，便落在了他的身上。

1 月 28 日晚 22 点半，李冬平接到电话，电话另一头的声音有些许焦急：中冶南方接到为新型冠状病毒肺炎救治定点医院——武汉金银潭医院增设两套液氧储存气化供氧系统提供设计服务的紧急任务。为此，该公司迅速组织了一支由相关专业党员和群众组成的临时突击队，开启 24 小时火速驰援。

放下电话，看着电视上播报的最新疫情，李冬平心急如焚。他深知作为武汉市集中收治新型冠状病毒肺炎危重病人定点医院，400 多名新冠肺炎患者正在金银潭医院接受救治，增设供氧系统刻不容缓，党员应当身体力行走在前面。

他没有告诉家中年迈的老人和刚刚上幼儿园大班的儿子，仅仅给自己的老婆打了个电话。"我觉得这是治病救人的事情，人人责无旁贷！我老婆也非常支持我，鼓励我发挥所长、为抗击疫情做贡献。"

任务当前，分秒必争。深夜初步方案敲定后，第二天清晨，他便和同事赶往金银潭医院。在现场，他仔细勘测了备选场地，对新建供氧球罐的选址问题进行了周密考虑。由于医院原本就建有 2 个球罐，考虑到危重病人的救治迫在眉睫，氧气的供应必须立即跟上需求的实际情况，他决定利用原有球罐的管道基础，在原有球罐旁边开展新建工作。这样一来，建设时间将大大缩短。

勘测完毕，赶回办公室，顾不上吃午饭，他一边查阅医院供氧系统相关设计规范，一边快速开展图纸设计。不到两个小时，总图设计工作全部完成！当晚 10 点，各专业同事的设计工作全部完成！

这几天，他始终关心着施工进度。1 月 31 日上午，突击队收到了现场结构基础已经建设完毕的好消息，他很高兴，"希望新的供氧系统能够尽快投入使用！"

中冶南方总图专业技术人员李冬平在办公室加班设计

"我们把党旗树立在了现场"

当前，疫情防控工作已全面进入抗击疫情的应急状态，中冶集团全系统各级党组织秉承"坚定信心、同舟共济、科学防治、精准施策"的防控要求，充分发挥宣传思想工作优势，建立工作机制、细化防控措施、落实责任任务，汇聚众志成城、全力以赴、共克时艰强大正能量。

"90后"党员张延，是中国一冶鄂州樊口江滩项目部的一名施工员。这个春节，他主动要求留在项目部值班，"原本是准备让爸妈来鄂州团聚过年的，但疫情暴发，我强求他们退掉了车票。"

没等来父母，等来的是使命。1月26日，湖北省鄂州市政府紧急启动防治新型冠状病毒肺炎应急工程，中国一冶临危受命，承担起建设鄂州"小汤山"医院的神圣使命。

1月26日当晚，张延与中国一冶专项小组连夜赶赴鄂州，与鄂州市政府及相关部门共同商议疫情防控医院建设方案，对事故类型、危险程度分析、应急原则、应急组织和机构、信息联络、发生疫情时医疗废弃物处理应急预案等内容进行了统一部署，并火速召集人员投入"战斗"。

"从我参加工作的那天起，一直听说我们企业有六大优良传统精神，其中一条是'敢打硬仗、善打硬仗的拼搏精神'。说实话，到了这种时候，我有点明白了。"张延说，从1月26日至今，他亲眼见证各路人马、机械设备迅速进场，全部满负荷运作，24小时不间断施工。"旧址拆除、场地平整、垫层施工、防渗材料铺设……现场的变化，可以用小时计算。"

"那天，从武汉赶来的同事带来了一面党旗，我们临时找来一根竹竿，几块石头，把党旗立在了现场。"张延说，"从航拍镜头里可能看不太清楚，但在现场，这抹红色，很鲜艳、很温暖。"

2019年的冬天，对于36岁的陈晓伟来说，显得格外漫长。陈晓伟的父亲罹患重疾，重担一下子落在了他的肩头。生性乐观的陈晓伟带着父亲辗转医院，"就是想赶在春节之前，带父亲做完这一期的治疗，让一家人能在一起过个节。"

1月26日下午，陈晓伟得知了中国一冶要紧急承建湖北鄂州"小汤山"防疫应急医院的消息。

"老婆问我，是要出发了吗？我就嗯了一声。"

陈晓伟的妻子知道自己拦不住他："2016年夏天，他去了青山倒口湖、武青堤参与抗洪抢险，一个多礼拜没回家。2018年冬天，他又半夜离家，跑上武汉街头融雪除冰，一整宿没睡。这一次，他又将出发。"

"这个医院将采用'集装箱+活动板房'形式建设，必须达到临时应急救治场所相关设计、建设标准。"作为现场技术负责人，陈晓伟将负责设计施工对接、现场技术指导及过程质量管控。

"我党龄不算长，也讲不出那么多大道理，但我晓得，这时候，我得冲。"陈晓伟胸前的党徽在阳光的照耀下熠熠发光。

中国一冶鄂州雷山医院党员突击队合影

守土一方　履职尽责

生命重于泰山、疫情就是命令、防控就是责任。中国五冶集团党委深入学习贯彻落实党中央、上级党委关于疫情防控的各项部署，严格执行川沪两地及各项目所在地各级党委、政府有关要求，守土一方，履职尽责，各项工作稳步推进，为打赢疫情防控阻击战提供了坚强政治保证。近日，公司党委又根据中冶集团对子公司主要负责同志重点提出的五条要求和《各级企业疫情防控工作自问自查十三条》等新要求，进一步细化各项措施，持续推动防疫工作落地落实落细。

守初心担使命，把党旗插向防疫一线。疫情面前，中国五冶党委充分发挥党组织能动性和战斗堡垒作用，广大党员身先士卒，冲锋在前，用最美的"逆行"筑起了一条坚固的防线。中国五冶交通市政公司党委班子成员把党建联系点作为责任区，指导各党支部、部门及项目部做好联防联控各项工作。

作为成都市定点发热门诊之一，五冶医院处在疫情防控的第一线。关键时刻，医院党委班子带领全体党员迎难而上，团结广大员工，在短时间内组建了一支272名员工组成的防疫志愿者队伍，全力守好疫情防控的关口，彰显了党员的担当、医者的崇高和央企的社会责任。

坚定信心 共克时艰

2月初，中冶北方党委发出倡议书，要求中冶北方各党支部和全体党员立即行动起来，充分发挥基层党支部战斗堡垒作用和共产党员先锋模范作用，在打赢疫情防控攻坚战中有所作为，树立共产党员良好形象。倡议书要求，广大党员要把打赢疫情防控阻击战作为当前的重大政治任务，把投身疫情防控第一线作为践行初心使命、体现责任担当的试金石和磨刀石，认真履行党员义务，充分发挥先锋模范作用。要牢记入党誓词，敢于冲在一线，旗帜鲜明亮明身份，做群众最可信、最可靠的贴心人，切实在打赢疫情阻击战中展现担当作为，让党旗在防控疫情斗争第一线高高飘扬。全体党员要认清形势，牢记初心使命，踊跃投身到疫情防控工作的最前线。中冶北方将结合实际，对复工人员进行统筹管理，跟踪排查，全体党员要立即行动起来，发扬越是艰险越向前的革命精神，志愿服务，组成党员先锋队，建立党员责任区，积极主动参与到值班、测温、消毒、隔离、医治等各项具体工作，确保每个环节有组织、每项工作有党员，真正把党组织的战斗堡垒作用和党员先锋模范作用落实到疫情防控的具体部署中，不断增强党组织的战斗力和凝聚力。

一场阻击战，就是一块"试金石"。在这场没有硝烟的战争中，中冶集团3200多个党组织和5.2万余名党员充分发挥战斗堡垒作用和先锋模范作用，以自我革命精神坚守初心和使命，用骨子里的信念忠诚、激情澎湃的热血忠诚干事担当，在抗击疫情的各类急难险重任务中，带领广大职工群众勇挑重担、争分夺秒，展示了一个中央企业的社会责任与使命担当。

鲜红的党旗，高高飘扬在中冶疫情防控第一线！

（原刊于《中国冶金报》2020年2月13日8版 记者 杜笑 陈明 通讯员 仲珺 张玲玲 马岚 郑岩 董汉斌 常岑等）

党旗飘扬各产线　引领员工克时艰

——马钢党组织打好疫情防控阻击战纪实

连日来，马钢集团党委深入贯彻落实习近平总书记重要指示精神，切实加强党的领导，团结动员马钢广大党员干部和职工群众奋力战"疫"，让党旗在防控疫情第一线高高飘扬。

在马钢党委的坚强领导下，从马钢防控领导小组的提前谋划、精准施策、靠前指挥，到基层党组织全力打造全方位、全过程、全天候的防控体系；从共产党员"我先上、我带头"的无畏担当，到广大职工"保护自己、保护他人"的积极参与，全公司上下形成了全面动员、全面部署、全面加强疫情防控工作的局面，为打赢疫情防控阻击战提供了坚强政治保证。

领导率先垂范　员工齐心上阵

1月27日，中国宝武召开新冠肺炎疫情防控领导小组工作会议，总体研究部署了疫情防控工作。1月31日，中国宝武党委下发《关于加强党的领导、为打赢疫情防控阻击战提供坚强政治保证的通知》，对各级党组织和广大党员提出要求。

马钢党委高度重视疫情防控工作，提前谋划、先行一步。早在1月21日，马钢集团党委书记、董事长魏尧得知合肥板材公司职工家属中出现新冠肺炎疑似病例时，当即指示立即成立疫情防控工作领导小组和办公室，启动马钢《突发公共卫生事件应急预案》，制订马钢新冠肺炎疫情防控具体工作措施。1月21日，公司应急办和行政事务中心印发《关于做好新型冠状病毒感染的肺炎疫情防控工作的通知》。1月23日，马钢正式成立疫情防控工作领导小组，魏尧任组长，马钢集团党委副书记、总经理，股份公司董事长丁毅和班子其他成员任副组长，统一部署公司疫情防控工作。

魏尧始终心系马钢职工生命安全和身体健康，对疫情防控工作高度重视。1月24日是大年三十，魏尧在得知马鞍山市刚刚发现新冠肺炎疑似病例后，立即要求公司应急办和防控办强化各项防护措施。为做好节日期间联防联控工作，魏尧指示要在维持基本生产秩序的同时，坚决服从地方党政统一领导，讲政治、顾大局、严防控、保生产，强调要始终把安全放在第一。为做好单身大学生职工返城隔离工作，魏尧要求各单位要严格执行地方党委政府要求，把防控措施落实好。节假日期间，魏尧时刻关注疫情防控工作，每天都通过各种形式与公司应急办和防控办保持密切沟通，以便提出针对性很强的具体要求。

2月2日，魏尧赴港务原料总厂、制造部和四钢轧总厂，实地督察疫情防控工作，看望慰问节日期间坚守在生产一线的广大干部职工。在生产现场，他要求各单位一定要严格落实"谁主管、谁负责"的原则，主要领导对于疫情防控工作要亲自部署、亲自推动、亲自督察；要按照维持基本生产经营需要、维持基本生产经营秩序的原则，合理调配人员，倡导职工利用公文平台和微信、短信等通信工具居家办公。

2月3日、2月10日，丁毅先后在股份公司视频调度会上对做好疫情防控、生产经营各项工作进行安排部署。疫情防控期间，公司领导带班，机关部门负责人24小时轮流值班，行政事务中心安排专门人员值班值守，各单位也都建立了相应的带班值班制度。

疫情是一次大考，马钢有信心、有能力应对好疫情考验。马钢纪委认真落实中国宝武纪委和马钢党委有关要求，扎实做好疫情防控监督工作。马钢工会下发通知，要求充分发挥工会组织作用；团结动员职工坚决打赢疫情防控阻击战，并下拨专项资金307万元用于疫情防控。马钢团委号召广大青年职工在疫情防控中做出青年职工应有的贡献。

面对突然来袭的疫情，马钢应急办、行政事务中心从1月23日起，开启了24小时全天候办公模式，承担起了疫情监控者、方案制订者、物资采购者的多重角色，从实时联络地方党委、政府到起草、下发疫情防控工作各项通知，从紧急采购各项防控物资到奔赴一线部署、督察防控工作落实，始终奋战在马钢疫情防控第一线。

筑牢基层防线 主动担当作为

哪里任务险重，哪里就有党组织坚强有力的工作。

疫情发生以来，马钢行政事务中心党总支办公室成了疫情防控指挥室，会议室成了消杀用品分装室。该党总支全力做好消杀以及防护用品的采购、搬运、分装工作，并将防护用品分批次发放给各单位，同时督促协调各单位结合实际情况做好不同阶段的疫情防控工作。

各级党组织注重发挥宣传思想工作优势，积极运用微信公众号、网站、电子屏等途径宣传防疫科普知识，及时在职工中普及防控知识，做到科学防控，稳定情绪。《马钢日报》、马钢网站、"马钢家园"微信公众平台及时刊发、推送中国宝武、马钢在疫情防控中的实时动态、经验做法，以及防疫科普知识，帮助广大职工科学认识新冠肺炎，提高警惕、坚定信念。

作为连续生产的工业企业，确保生产稳定高效显得更为艰难、尤为关键。各单位在党组织的坚强引领下，一手抓疫情防控，一手抓高效生产。采购、销售、物流等各单元时刻关注市场动态，力争把疫情对生产经营的不利影响降到最低；炼铁总厂聚焦疫情防控、聚力高炉稳产，确保节假日期间高炉日产量稳定在4万吨以上；冷轧总厂在做好生产组织、库存管理等工作的基础上，将防控措施覆盖到参与现场生产建设的上海大力神、飞马智科等单位的职工，确保疫情防控工作无死角、无盲区；南山矿党员干部挺身而出、率先垂范，有针对性地深入矿区公共场所进行巡查。

面对疫情的严峻考验，各基层党支部主动承担起疫情防控"第一道防线"责任，建立基层疫情领导人员包保机制，强化分厂、作业区等基层单位网格化管理，全面梳理风险隐患，着重做好工作场所、人员密集场所卫生消毒工作，着重做好流动性大、与外来人员接触密切等岗位职工的防护工作，构筑联防联控、群防群治严密防线。

在17天的"超长假日"期间，马钢疫情防控全面到位，生产经营总体有序：公司本部生铁平均日产量为40612吨，粗钢平均日产量为44839吨，热轧材平均日产量为43426吨，创造了近一年最佳生产纪录。

坚守初心使命 履行"四个带头"

哪里任务险重，哪里就有广大党员干部不畏艰险、冲锋在前。面对疫情的严峻考验，马钢广大党员坚决贯彻各级党组织决策部署，切实做到了"四个带头"：带头不折不扣落实各项防控措施；带头坚守本职岗位，主动担纲急难险重任务，全力以赴保生产保供应；带头顾全大局，坚决服从组织安排，招得来、顶得上、靠得住；带头做好群众工作，广泛动员、组织和凝聚职工群众积极应对疫情，督促职工群众佩戴口罩等防护用品，坚定战胜疫情的信心决心，形成强大合力。

从 1 月 23 日至今，马钢党员、行政事务中心综合管理室经理庞湃还没有休息过一天。他主动放弃了假期和家人团聚的时间，不分昼夜地奋斗在防控工作的最前沿。"其实作为一个普通人，对病毒也有畏惧心理。但是，作为一名共产党员和相关工作从业人员，职责所在，必须坚守。"庞湃的话道出了马钢很多党员的心声。2 月 1 日，马钢党员、汽运公司第一分公司二班班长戴军主动请缨，将承载着众人期望的 1.3 吨医用防护物资由合肥新桥机场成功运抵马鞍山市第四人民医院。同一天，在接到对龙山生活区采取封闭管理的命令后，马钢党员、姑山矿保卫部治保组长杨其荣顾不上吃饭，第一时间和同志们紧急开展封闭和检查相关工作，至今仍奋战在抗疫第一线。大年三十至今，炼铁总厂数十名党员骨干主动担当、替换一线职工，为高炉生产高效稳定起到了良好的激励引导作用。

当前，疫情防控正处于关键期，马钢全公司上下各级党组织和党员干部团结和带领广大职工群众，正在钢城大地上奏响众志成城、全力以赴、共克时艰的最强音。

（原刊于《中国冶金报》2020 年 2 月 18 日 4 版 记者 章利军 通讯员 张 泓 肖卫东）

抗疫防线中的红色风景

在山钢济钢集团，有这样一群迎难而上的人。他们是父母，是妻子，是丈夫，是子女，但在疫情面前，他们是除了医务工作者、公务员之外的另一道美丽的风景！他们用自己的坚持与温暖，在抗疫前线，为济钢居民筑起一道道"红色防线"！

菜市场里"净"又"静"

"进入菜市场必须戴口罩，必须测体温。"在济钢菜市场入口，张贴着醒目的告示牌，并设置了疫情防控宣传台和疫情防控登记排查岗。济钢文旅公司党员范贵国每天天不亮就在这里忙着消毒了。他说，现在要求菜市场进出人员必须戴口罩，而且经测量体温合格后才能进入买菜。济钢菜市场作为济钢集团疫情防控的重中之重，日客流量高达1500人次，且人员结构复杂。按照济钢集团疫情防控工作要求，济钢文旅公司第一时间在菜市场设立体温检测点和口罩回收站，关闭全部活禽交易，营业时间限定为7点半至17点半，在进出口设多人把守，并安排专人每天3次在市场内进行消毒，切实做到观微处、抓细节，为广大居民提供放心干净的购物环境。

"现在我们要求商户卖菜少吆喝，确保买卖双方最少接触、在最短时间内完成交易。"连日来都没有休息的范贵国，声音略带疲惫地说，"大家安全，我就安心！"

这个超市有点暖

"大爷，您怎么把口罩摘了呢？还请马上佩戴好。""请大家稍等一下，要给大家测体温。"

济钢文旅商厦职工陶大姐正在对前来购物的顾客们进行耐心地劝导，让大家戴好口罩，配合体温检测。每天早上开门的时刻，是济钢商厦顾客集中涌入的高潮时刻，陶大姐和同事们一边维持秩序测量体温，一边对顾客们进行疫情安全知识宣传，发现未戴口罩的顾客就主动劝导其将口罩戴上。即使遇到执拗的老人家，陶大姐也坚信，伸手不打笑脸人！她总是微笑着一遍遍地劝说大家："新冠肺炎疫情期间，戴口罩保护的是自己，也是家人，咱们可不能在后方给国家添麻烦啊！"陶大姐胸前的红色党徽散发着温情的光芒。

"超市现在一天消毒3次，每天要用6~7桶消毒液。"该商厦负责人介绍，为保证节日居民日常生活供应，目前仅保留超市和药店营业。济钢文旅严格落实防控措施，加强巡查，班前严格测体温，在超市入口服务台提供免费消毒湿巾等消毒物品；加强食品安全管控，禁售野味，从源头上加强管控。此外，济钢文旅保持果蔬、肉蛋等供应充足、价格合理，满足居民日常生活需要，维护社会和谐稳定。

鲍山绿园中的"那抹红"

在济钢宿舍区内的鲍山公厕，一个背着沉重消毒桶的身影熟练地忙碌着，他是济钢文旅绿润园林公司党员高明军。高明军主要负责鲍山公园、新村中心广场、新村公园3处公厕的消毒工作，自春节前至今，一直奋战在工作一线。他的消毒战线很长，一天要跑10多公里。他每天都背着近30斤重的消毒液桶，即使肩膀上被喷雾器带子勒出了深深的血印，也从未间断过一天。由于家住章丘，他每天早上不到6点就出门了，等拖着疲惫的身躯回到家时，常常都是晚上8点以后了。

新冠肺炎疫情期间，高明军放弃了与家人团聚的机会，主动当起公厕消毒员。其实，他家里还有80多岁的父母，本该是家人团聚共享天伦的时候，但是疫情在前，作为党员的他甘愿放下一切，为抗疫而战。他深知，关键时期，没有大家，哪有小家！

在济钢，有无数这样的党员冲锋在前，守好疫情防控第一线，他们是平凡的，更是伟大的。

（原刊于《中国冶金报》2020年2月18日4版 通讯员 赵冬梅 陈法海 张峰）

党旗在"疫"线飘扬

防控疫情，考验担当。面对突如其来的疫情，方大集团各企业党员挺身而出，冲锋在前，既当"战斗员"，又当"监督员"，在做好本职工作的同时，全力确保疫情宣传到位、防控到位、监督到位，为疫情防控筑起了一道严密防线。

全国人大代表当起宣传员

"点赞方大集团，战'疫'硬核担当：捐款2亿元；捐赠急需防护服2万套，捐赠维生素C片2万瓶，组派2批医疗队共7人驰援武汉！"

"方大集团再向沈阳医护人员捐赠26.5万副医用外科手套。"

"只要党和国家有需要，方大一定全力以赴，共同打赢这场防控阻击战。让我们守望相助，战'疫'必胜。"疫情发生以来，第十三届全国人大代表、方大萍安钢铁公司环保部部长温菲成了朋友圈里的宣传员。他发出的一张张驰援

全国人大代表、方大萍安钢铁公司环保部部长温菲（右）将防疫用品
发放到员工手中（张韶滨　摄影）

疫区的图片和一句句带着温度的文字，感动并激励了大家，传递了抗疫正能量。

在工作中，温菲也是企业疫情防控的宣传员。

"这位同事，你的口罩鼻梁处要压好。"疫情发生后，温菲经常深入生产一线，对着职工千叮咛万嘱咐，"现在是特殊时期，你和你的家人一定要少出门、戴口罩、勤洗手。"

"这个时候，我要向党组织靠拢"

"到最需要的地方去！"疫情发生后，方大集团方大群众医院党委发布《抗击疫情　恪尽职守》倡议书。短短 5 日，该院 255 名医务人员主动请战，申请前往湖北抗击疫情一线。方大群众医院先后选派两批共 7 名医护人员驰援武汉。

"疫情就是命令，支援就是责任。这个时候，我要向党组织靠拢，从这个伟大组织中汲取动力和能量。"2 月 3 日晚，在即将投入战斗救治病患的前夜，方大集团营口援鄂医疗队的两名护士胡楠楠、曹宁辗转反侧、难以入眠。她们不约而同地决定：写入党申请书，申请加入中国共产党。她们说，当把写好的入党申请书拍照传回单位时，心里感到踏实多了。

"我是一名党员，关键时刻就得上"

在接到大年初三恢复维生素 C 产品生产的通知后，方大集团东北制药 101 分厂党支部第一时间部署工作。大年初二下午，该分厂片剂 11 线空调操作人员、老党员马辉赶到单位，自己一个人对生产线进行了消毒。当他完成工作时，已是晚上 10 点多了。"生产是大事，特别是疫情防控相关产品的生产，更是半点不能马虎。我是一名党员，关键时刻就得上，能为疫情防控做点事，我心里也舒坦。"

目前，该分厂党支部仍然在紧张忙碌着。不仅是维生素 C 产品，在东北制药，与抗击疫情相关的产品都处于 24 小时连班生产状态。

疫情防控期间，东北大药房正常营业。为满足各门店的物资配送需求，东北大药房沈阳管理部室的许多党员开着私家车取货、送货，将产品及时送到门店。

10 个人买回全公司的防疫物资

疫情发生后，方大萍安钢铁设备材料公司迅速抽调党员、入党积极分子10 余人，组成一支采购突击队。

从大年初二开始，该公司党员涂俊主动承担了采购渠道信息的分析辨别工作，连续好几天没睡一个安稳觉，为及时锁定防控物资货源赢得了宝贵时间。

党员李志勇、王明冠、丁芳勇以及入党积极分子彭斌等时刻准备，在接到确定货源及渠道信息后，迅速出动，寻遍市内大小药店，走进各医药公司，驱车前往宜春、南昌等地经销点。因为疫情影响，无处用餐住宿，他们自带干粮充饥；遇到交通管制地段，他们想办法绕道，有些路段只能步行。采购期间，他们累了就在车上休息，经常凌晨才回到家中。

就这样，这支采购突击队一次次将全公司所需的医用口罩、维生素 C 片、洗手液、消毒液、酒精、电子测温枪、温度计等疫情防控物资及时采购到位。

（原刊于《中国冶金报》2020 年 2 月 25 日 8 版　通讯员　李婳芬）

"只有逐人进行了排查，心里才踏实"

2020 年新春伊始，一场猝不及防的疫情打破了本应祥和愉快的春节气氛。建龙西钢检修中心党员挺身而出，纷纷冲在了防疫工作的前沿。

大年初一早晨，该公司检修中心综合室主任曾庆龙第一时间赶到单位。作为单位疫情防控的具体负责人，他带领由王松江、刘淑兰、邵立君、杨立滨等几名党员为骨干的疫情防控小组立即投入工作。

按照公司要求，大年初二到建龙西钢进行高炉自动化电耦设备安装工作的 6 名外来施工人员被确定为重点监控人群。曾庆龙所带领的疫情防控小组成员首先监督这 6 名施工人员在租住地进行最初 96 个小时的隔离观察。隔离到期后，曾庆龙带他们到西林医院做进一步检查。检查结果均显示正常，大家都松了一口气。但疫情防控不能掉以轻心，疫情防控小组成员仍每天带着测温仪器到他们居住的宾馆进行体温监测，继续做好后续跟踪工作。

该公司检修中心所辖区域分布零散、面积大，西自炼钢新区，东至白林回转窑，两端跨度最长达 10 余公里。虽然节气已过立春，但北方的天气依然寒冷，最低气温在零下 30 摄氏度以下。正月初十，春节后员工上班的第一天，曾庆龙就带领疫情防控小组成员走基层、下班组，逐一对所有人员进行体温检测，足迹踏遍了所有班组。他说："只有逐人进行了排查，心里才踏实。"由于有一部分员工在外地过春节，疫情防控小组对每个班组外出人员的出行地、返程时间及车次情况进行了详细登记，同时监督所有外出返厂员工按要求进行隔离观察。

对于曾庆龙来说，每天上班的第一件事就是监督各区域负责人对休息室、办公室、会议室、走廊、楼梯等处进行消毒。春节期间，该公司检修中心检修工作异常繁重，先后承担了 4 号高炉喷煤磨机检修、5 号高炉炉上本体挡料阀内衬更换以及高炉自动化电气设备检修等重要任务。按照边检修、边防控的要求，疫情防控小组成员每天都往返于检修现场，监测员工体温，检查员工口罩佩戴情况，提醒大家不聚集，所有工作布置和要求都利用钉钉智能移动视频软件进行。同时，该小组成员利用微信平台向大家宣传新冠肺炎的预防知识，帮助员工消除恐惧心理，科学正确面对疫情。

除了疫情防控小组成员外，在建龙西钢检修中心维护维修作业区域，还有31名党员技术人员在默默奉献。他们坚守在检修一线，为设备高质量、高标准运行出了自己的一份力。

他们胸前的党徽，在疫情防控一线熠熠生辉。

（原刊于《中国冶金报》2020年2月25日8版　记者　谢国飞）

党旗下，抗疫保产战歌嘹亮！

2月2日，河钢唐钢结构级镀锌板发往华南地区直供客户，用于广东省防疫医院的扩建。这是该公司产品继用于武汉第七医院扩建项目后，再次用于疫情防控一线项目建设。

2月13日起，河钢承钢医院援助武汉医疗队成员赵彦东、王亚秋、朴丽丽、段希平相继进驻武汉江岸方舱医院，开始参与患者救治工作。

2月上旬，河钢数字公司定制研发并向社会免费开放的"报平安系统"，已经在河北省发展改革委等单位上线运行。

每一个抗疫故事的背后都回荡着河钢集团各级党组织和广大党员充分发挥战斗堡垒作用和先锋模范作用，坚决打赢疫情防控阻击战的嘹亮战歌。

新冠肺炎疫情发生以来，河钢集团党委认真学习贯彻习近平总书记关于疫情防控的重要讲话精神，把疫情防控作为当前最大的政治任务和最重要的工作来做，把职工群众生命安全和身体健康放在第一位，筑牢疫情防控"钢铁长城"，确保疫情防控和生产经营双胜利。

强化担当 推进疫情防控工作

"当前形势下，河钢上下要把疫情防控作为压倒一切的第一要务，坚定不移把党中央、国务院决策部署和河北省委、省政府各项要求落到实处，团结一心、众志成城，坚决打赢疫情防控阻击战。"河钢集团党委书记、董事长、疫情防控工作领导小组组长于勇强调。

新冠肺炎疫情发生后，河钢集团党委迅速下发《关于进一步强化防控措施坚决做好新型冠状病毒感染的肺炎疫情防控工作的通知》，第一时间成立疫情防控工作领导机构，督导各子（分）公司健全组织领导机构，对疫情防控工作进行全程督导和调度，以超常的力度和手段做好疫情防控工作。

河钢集团建立起疫情防控全面排查和信息报送制度，实施全员测温机制，实行职工戴口罩上岗工作等一系列制度，并暂时取消一切因公出差、出国计划，暂停召开大型会议，阻断疫情输入和传播途径；各级党组织领导干部把各项部署落细、落实、落到位，确保实现零输入、零感染、零传播。

2020 年春节以来，河钢集团领导班子成员和所属 188 个党委班子以及各级管理部门主要负责同志全部取消休假，全身心投入到疫情防控和生产经营工作中，带领广大职工群众坚决打赢疫情防控阻击战。

为了支持基层党组织开展疫情防控工作，河钢集团下拨专项党费 189 万余元，传递组织温暖，解决实际困难，让党旗在防控疫情斗争第一线高高飘扬。

党建引领　汇聚抗疫河钢力量

"你们一定要做好防护，等打赢这场战役，我再回去看您二老。" 2 月 15 日，河钢宣钢炼铁厂冲渣作业区党支部书记张志江向远在内蒙古的父母报平安、寄祝福。新冠肺炎疫情发生以来，他所率领的党支部日夜坚守，全面排查，很多党员连续十几天没有回家。

在河钢集团，247 支党员防控服务队日夜奋战在前线，1700 多个基层党支部肩负防控工作的组织领导责任，6963 名党员参加联防联控服务。

按照"纵向覆盖全体职工，横向涵盖所有部室、车间"的标准，河钢集团党委搭建了由公司领导包保单位、中层领导包保产线、科工段长或班组长包保产线职工的三级联防网格化管理体系，以党员责任区为单元，对各自单位办公区域及车间班组实行网格化管理，实现网格管理全覆盖。

河钢集团子（分）公司把党小组和基层班组作为最小排查单位，每日监测 10 万名干部职工健康状况，坚决做到不漏 1 人。从炉前到轧机、从矿山到海港、从国内到海外，从 10.5 万名在岗职工到 9.1 万名离退休职工，"措施全覆盖、防控无死角"得到落实；依托三级联防"钢铁先锋"微信工作群、"智慧党建"云平台门户网站等方式，大力宣传疫情防控中的优秀典型、先进事迹和疫情防控知识，凝聚起强大的抗疫正能量。

在做好内部防控的同时，河钢集团子（分）公司以党支部为单位履行社会责任，诠释党组织和党员的初心使命。河钢宣钢环保中心钢轧作业区党支部快速组成"党员志愿者服务队"驰援街道社区，河钢承钢物流公司检修作业区、炼铁喷煤作业区等党支部将防疫物资送抵河北省承德市滦平县安纯沟门村。一个个暖心场景，给人们带来了信心和力量。

在新冠肺炎疫情发生的第一时间，河钢集团各单位医护人员全都投入到疫情防控工作中；当河钢邯钢医院被指定为疫情临时监测点医院时，医院所属科室的 8 个党支部近 200 名共产党员和医护人员，在集体请战书上摁下鲜红手印；"逆行出征"武汉的 4 名河钢承钢医护人员、前往唐山新冠肺炎定点医院参与救治的唐山弘慈医院 2 名医务人员，做出了同样的决定：递交入党申请书。他们在入党申请书上这样写道："我志愿加入中国共产党，随时准备为党和人民牺牲一切！"

冲锋在前　让党徽在岗位闪光

哪里有困难，哪里任务险重，哪里就有党员站在第一线。河钢集团 3.8 万多名党员发挥模范带头作用，有力保障了生产经营安全稳定顺行。

2 月 10 日夜，河钢唐钢冷轧薄板厂生产准备作业区丙班正在开一场特殊的班前会。职工们戴着口罩间隔 1.5 米以上站立，由组长讲解本班重点工作。倒班作业长、共产党员吴春光手持测温枪，为职工们依次测量体温，记录在册，并给休息室门把手、鼠标、键盘等常用设备消毒。

共产党员张荣军是河钢衡板印铁业务主管。2 月 10 日，当他看着一辆辆满载印铁产品的货车驶向山东某制罐企业时，内心难抑激动。订货客户临时接到当地政府的采购委托书，需要紧急生产大批量消毒水气雾罐，客户第一时间便向河钢衡板"求援"。在疫情防控的特殊时期，他们面临着原料短缺、交通管制等诸多问题，短期内交付更成为一大难题。张荣军立即和同事制订解决方案，建立快速通道，将正常情况一周的交货期缩短为 3 天，及时为疫情防控一线提供所需钢铁材料。"生产一线也是抗疫一线。"张荣军由衷地感慨。

这只是河钢广大党员战"疫"的一个缩影。大家不断创新思路方法，充分利用现代通信技术，发挥河钢集团信息系统优势，多措并举，一时间涌现出不少服务客户的新方案。

河钢承钢信息技术开发员、党员刘广泉，在线远程为江苏靖江某客户进行系统小漏洞修补，由系统误操作引发的系列问题迎刃而解；河钢国际贸易部业务经理、党员赵一鸣启动紧急情况下的执行程序，帮助客户化解了断料风险。

党徽闪耀在热火朝天的生产现场，也闪耀在党员挺身而出的攻坚时刻，成为河钢集团疫情防控和高质量发展双胜利的强力支撑和保障，也让更多的捷报纷至沓来：优质钢材建功中国最大援外工程，黄骅港码头吞吐量等多项指标达历史最好水平，近4万吨高建钢直供雄安高铁项目。

在大战中践行初心使命，在大考中交出合格答卷，河钢集团各级党组织和广大党员干部团结带领职工群众，在钢城大地上奏响了众志成城、全力战"疫"的最强音。

（原刊于《中国冶金报》2020年3月3日8版　记者　何惠平　通讯员刘双嫒）

方大萍安钢铁党委发起捐款

累计收到个人捐款近 40 万元

为抗击新冠肺炎疫情，方大集团萍安钢铁公司党委发起党员自愿捐款献爱心活动，捐款遵循自觉自愿、量力而行的原则。截至 3 月 5 日，萍安钢铁累计收到捐款约 39.44 万元。其中，1616 名党员捐款约 25.10 万元，2109 名非党员捐款约 14.34 万元。

自愿捐款号召发出后，该公司领导班子第一时间带头捐款，广大党员向所在党支部踊跃捐款。在党员干部的带动下，一些非党员员工也纷纷自愿捐款。据了解，个别党员和员工此前已经通过其他途径捐过款，但在此次捐款活动中仍然慷慨解囊；有的党员和员工在自己捐款的同时，还替家人捐了款。

萍安钢铁党委收到党员捐款后，将通过地方党委组织部门逐级上缴至中央组织部，由中央组织部转交财政部，根据疫情实际和各地需要统一安排使用。

据悉，新冠肺炎疫情发生后，方大集团第一时间向湖北省及武汉市捐款 2 亿元，并紧急动员集团下属 200 多家企业 6 万多名员工，面向全球采购防护服、口罩、手套、消毒杀菌用品等防护物资。3 月 6 日，方大集团通过辽宁省慈善总会，向辽宁省疫情防控指挥部捐赠 1 亿元。

（原刊于《中国冶金报》2020 年 3 月 10 日 7 版 通讯员 李婳芬）

看，抗疫中的那"一抹红"

2月1日，方大集团萍安钢铁公司党委向全体党员发出《我是共产党员！我承诺，我带头！》倡议。2月18日，萍安钢铁党委开展"控疫情 稳生产 做贡献"主题思想教育活动，效果明显。1个月多来，党员们积极响应，冲锋在前。他们虽无法像奋战在抗疫一线的白衣天使一样救危扶困，但岗位就是他们的战场！他们坚守岗位，奋斗在企业疫情防控的第一线，尽心尽力维护企业生产稳定运行，为国家和社会稳定出了自己的一份力。他们背后有鲜红的党旗，他们身上戴着闪亮的党徽，他们成了抗疫战场上一抹亮丽的红色风景。

"一罩难求"，我想办法！

疫期发生后，防护口罩"一罩难求"。萍安钢铁安源炼铁厂的老党员张志文得知口罩紧缺的消息后，毫不犹豫地将家中仅有的30只口罩拿来送给同事。

李双红是萍安钢铁湘东轧钢厂的一名党员，他从新闻中了解到新冠肺炎传染性极强的消息后，便第一时间想办法通过朋友圈购买口罩。他将通讯录和微信朋友圈翻了个遍，打了几十个电话，终于找到了一位能够帮忙购买口罩的朋友。口罩邮寄到单位后，除了留下自己所需的口罩外，他将300只口罩全部无偿送给了同事。

化悲痛为力量

冯丹是萍安钢铁安源炼铁厂的一名女党员。2019年11月，她的兄嫂横遭车祸离世，她的母亲因悲伤和身患癌症在今年春节也离世了。接二连三的噩耗，让冯丹十分悲痛。但此时正处疫情期间，为了避免人员聚集，冯丹和家人商量，决定丧事不摆酒席，并力阻亲友、同事前来悼念。她说："疫情期间，要以大局为重，作为一名共产党员，更应以身作则，葬礼简办，不给社会添乱。"

把悲伤压在心底，冯丹很快就回到了工作岗位上。作为该炼铁厂车间的一名信息工，她在做好本职工作的同时，积极投身到抗疫工作当中。她及时向同事宣传防疫知识，每天做好车间员工健康异常情况跟踪和新冠肺炎疫情防控工作跟踪日报表，并认真填写春节后员工返岗情况统计表，对车间100多名员工近期工作和行动轨迹进行跟踪排查。自该公司取消疫情期间员工电子指纹打卡后，冯丹详细了解车间员工的出勤情况，做好统计工作。在江西省萍乡市实行交通管制期间，她又不厌其烦地给车间所有员工都办理了通行证。

"防疫工作是当前的头等大事，做好排查，做好后勤服务，也是对大家健康的有力保护。"冯丹将悲痛化为坚守岗位、做好疫情防控工作的力量，践行着一名共产党员的初心和使命。

抗疫一线的巾帼

李曦是萍安钢铁物流运输部物料站党支部唯一的一名女党员。疫情期间，萍安钢铁采购的防疫物资大量进厂，李曦作为物料站仓储值班长，克服收发量大、人员少的困难，确保做到防疫物资快速验收、快速发放。特别是发放84消毒液时，她不顾刺鼻的气味，率先冲在前列，带领员工把几十个装有50千克84消毒液的大桶分装成小瓶，再逐一称量、粘贴标识牌。为了快速掌握防疫物资发放信息，她创建了防疫物资收发微信群，密切跟踪防疫物资收发状况，确保防疫物资及时准确发放到位。

"为了大家的健康，再苦再累都值得。"在这场疫情防控阻击战中，李曦带领站里所有员工，挑起萍安钢铁所有防疫防控物资收发工作的重担，用责任和奉献，守护着萍安钢铁7000多名员工的安康。

我是党员，我顶上！

疫情防控期间，萍安钢铁湘东炼钢厂天车班有 3 人须居家隔离观察。面对班组人员短缺的情况，该班曾获得方大集团"十大感动人物"和萍安钢铁"优秀共产党员"称号的刘中伏主动请战，顶上缺员岗位。一段时间以来，他每天都提前 1 个多小时上班，又延后下班时间。刘中伏说："疫情防控很重要，我们这些在岗位上的人不能让正常生产受影响，公司那么多人都在努力，作为党员更要多付出。"

彭声财是萍安钢铁动力厂的一名老党员。单位一位同事因女儿从武汉回来，须按规定居家隔离观察。农历大年初二，在家休息的彭声财接到顶岗通知后，二话不说就去了单位，就这样一直顶岗到 2 月 12 日。其实，彭声财的身体不太好，患有慢性肾炎，但面对疫情，他以大局为重，为企业分忧，服从组织安排。"我是党员，关键时刻就要顶上去。"彭声财简单的话语展现出一名共产党员无私奉献的情怀。

（原刊于《中国冶金报》2020 年 3 月 3 日 8 版　通讯员　李婉芬）

陕钢龙钢：通勤车上的防疫战

柴根浪正在职工通勤车内喷洒消毒液（苏伟 摄影）

新冠肺炎疫情发生以来，陕钢龙钢公司通勤车调度员柴根浪深感肩上责任重大——他的工作涉及全公司几千名员工的健康和安全。为守住通勤车这条交通防疫安全线，柴根浪起早贪黑，脚步遍及该公司各个通勤车站点，在通勤车这个情况复杂、工作琐碎又至关重要的战场上，践行了共产党员的使命与担当。

自接到做好防疫工作的任务后，柴根浪就一直坚守在通勤车调度员岗位上。为科学合理地调度内转和外运通勤车，他特地抽调了 10 名志愿者参与到抗击疫情、保卫通勤工作中来，并要求职工在车内保持安全距离就坐。为确保通勤车顺行，柴根浪多次与陕西省渭南市韩城市政相关部门沟通协调，克服客车限行困难，细化车辆调度和维运工作，确保了该公司 93 辆通勤车的正常运行和每天几千名职工的安全出行。

柴根浪充分利用悬挂海报、微信群、QQ 群转发等方式，普及科学防疫知识，帮助员工增强防疫意识，同时规范乘车秩序，要求所有乘车人员一律佩戴胸牌、持卡乘车。他还为每辆通勤车都配备了一个笔记本，进行人员实名信息登记。

疫情发生以来，无论是呵气成霜的清晨，还是寒风刺骨的深夜，只要有通勤车运转，都会看到柴根浪在车前为员工测量体温，并进行实名登记，督促员工佩戴防护口罩，严禁发烧、未戴口罩人员乘车。他说："在这危急时刻，通勤已经不仅仅是乘车问题了，我们保障的是企业的生命线，是全体职工的生命健康，所以必须保证万无一失。"

每天晚上，即使是最后一趟车安全到站了，也并不代表着柴根浪当天工作的结束。只有当所有通勤车都按照规定消毒完毕，且当天的通勤记录和消毒记录检查无异常情况后，他才能下班回家。

疫情发生以来，柴根浪陆续捐款1200元。他还买来40只口罩，送到社区工作人员手中，并多次为驻守公司各大门的保卫部值班人员、职工公寓楼测量体温的值班员和在高速路口保障公司原料供应的值守人员送去免费的"爱心餐"。他说："为了抗击疫情，他们比我更辛苦，我只能尽自己的微薄之力，让大家吃上口热饭，为大家加油鼓劲，感谢他们的坚守和付出。"

日常上班间歇时间，柴根浪还要忙着回复微信群里的各种询问消息。职工遗失在通勤车上的手机、杯子、钥匙、皮包、一卡通等物品，每件他都要在群里发几遍信息，大小物品都要确保联系到失主。

从大年三十到现在，柴根浪还没有休息过，每一张详实准确的登记表、每一回耐心的宣传讲解、每一次全面彻底的消毒杀菌、每一辆车高效的安排调度，都是他细心、耐心和爱心的体现。

（原刊于《中国冶金报》2020年3月3日8版 通讯员 苏 伟）

攀钢党委紧急拨 32 万元防疫专项资金

26 名职工递交入党申请书

2 月 19 日，鞍钢集团攀钢党委从党费和党务活动经费中紧急下拨 32 万元专项资金，全力支持战斗在防疫一线的重点服务型单位打好疫情防控阻击战。

据了解，该笔资金主要用于慰问战斗在疫情防控斗争第一线的基层党员干部，支持基层党组织开展疫情防控工作，包括购买疫情防控有关药品、物资等。攀钢党委根据疫情防控工作实际，制订资金使用方案和建立管理监督机制，切实把资金用在刀刃上，做到专款专用，确保专项资金在疫情防控工作中发挥传递组织温暖、解决实际困难、凝聚防疫合力的作用，为打赢疫情防控阻击战提供坚强政治保证。

"疫情当前，身边的共产党员率先垂范、身先士卒。我要向他们靠拢，向他们学习，以一名共产党员的觉悟和标准严格要求自己，做一名勇于奉献、勇于担当的攀钢员工。"近日，鞍钢集团攀钢攀枝花钢钒有限公司物流中心机务作业区运转乙班副司机兼连接员幸跃军向该作业区党支部递交了入党申请书，并坚定地说，"请党组织在防疫保产一线考验我！"

在疫情防控的关键时期，攀钢各子（分）公司（单位）的 26 名职工郑重地向党组织递交了入党申请书，表达了向党组织靠拢，积极投身疫情防控和保产一线的强烈愿望。

新冠肺炎疫情发生以来，攀钢坚决贯彻落实党中央、国务院决策部署，认真落实鞍钢集团关于切实做好疫情防控工作安排，以高度的政治自觉和严细实的工作作风做好疫情防控工作，确保全体职工生命安全、身心健康和生产经营平稳运行。

春节后复工，疫情防控进入更为关键的时期。攀钢党委领导班子靠前指挥，实地调研督导疫情防控重点部位，看望慰问一线工作人员；督促各子（分）公司（单位）不举办大型集会、会议，不安排异地交流、参观等；为职工发放防疫物资，开展体温监测、消毒杀菌等工作；加强产供运销衔接，突出抓好营销、运输、降本增效等工作，推动生产经营、改革发展和党的建设等各项工作有序开展。

（原刊于《中国冶金报》2020 年 3 月 3 日 8 版 记者 孟祥林 通讯员 杨子昂 赵 超）

对讲机、棉大衣、温开水陪易姐度过一整夜

易淑兰驾驶天车配合地面作业（陈强 摄影）

"在当前疫情防控形势严峻、人员紧张的情况下，我们班的生产稳定，真得感谢易姐！"近日，鞍钢集团攀钢海绵钛分公司镁电解精炼作业区厂房里，天车轰鸣驶过，看着在天车上忙碌的易淑兰，甲班倒班作业长李晨辉不由地感慨。

李晨辉口中的"易姐"，今年46岁，2010年原单位分流后成为鞍钢集团攀钢海绵钛分公司镁电解精炼作业区丁班的一名天车工。在这个岗位上工作了9年多，现在她已经是这个作业区资历最老、技术最好的天车工了。

2020年春节前，甲班一名天车工请假回家探亲，留下另一名年轻人独守

天车岗位，为了保证甲班工作顺利开展，镁电解精炼作业区从丁班协调易淑兰来支援甲班工作。易淑兰欣然接受了任务。她说："各班的天车工都紧缺，作业区协调我去甲班，我就去。"

易淑兰性格开朗，一来到甲班班组，便很快和其他员工熟络起来，快速适应了甲班的工作。随着春节假期的到来，就在一切工作都在顺利进行时，新冠肺炎疫情在全国各地暴发。

按照上级指示，镁电解精炼作业区全面展开了疫情防控工作和稳定生产"两线作战"。该作业区按照要求排查员工是否有与疫区人员接触史，甲班留下的那名年轻天车工因接触过疫区来攀人员，按规定居家隔离观察 14 天。于是，甲班原本两名天车工承担的工作重担，一下子全落在了易淑兰一人肩上。

按照生产计划，镁电解精炼作业区白班要完成两次抽稀渣和四轮抽镁、送镁工作，夜班也要完成一次抽稀渣和四轮抽镁、送镁工作。为了每个班组正常生产，也为了缓解易淑兰的工作压力，该作业区协调其他班组的天车工利用休息时间支持甲班白班作业，夜班则由易淑兰一人完成天车作业。

夜班时，一个人在厂房里，更显孤独难耐。天车上，一个对讲机、一件棉大衣、一杯温开水，陪伴着易淑兰度过整整一夜。从她上车开始，就一直集中精力协助地面作业人员完成抽渣、吊罐、抽镁、送镁等工作，直至清晨阳光照进厂房，她才慢慢地从天车上下来，拖着疲惫的身躯走进休息室。

"易姐一个人驾驶天车要完成整个夜班的工作任务，真的很辛苦，我们叫她下车来休息一下，也常常被她谢绝。"这位淳朴的"易姐"以踏实的工作态度，给甲班员工留下了深刻印象。

在疫情防控的关键时期，在单位人员紧张的情况下，为了保证生产稳定运行，易淑兰临危受命，克服在天车驾驶室长时间工作带来的身体不适，还要控制饮水、减少停车下车如厕的次数，全力做好岗位工作。

她说："我相信这只是暂时的困难，一切都能挺过去，都会好起来的。"

（原刊于《中国冶金报》2020 年 3 月 5 日 6 版 通讯员 周丽莎 记者孟祥林）

安钢党委筹集抗疫爱心捐款 88.7 万元

2 月 28 日上午,安钢集团党委书记、董事长李利剑,党委副书记、副董事长、总经理刘润生等党委班子成员带头在所在党支部为抗击疫情捐款,安钢广大党员也积极行动起来踊跃捐款。截至 3 月 3 日,捐款已达到 88.7 万元。

根据中央和河南省委组织部关于组织党员自愿捐款支持新冠肺炎疫情防控工作的部署要求,安钢党委号召各级党组织、全体党员迅速行动起来,用实际行动支持抗疫工作,并要求各级党组织发挥好战斗堡垒作用,切实组织好党员自愿捐款活动,避免人员聚集,防范疫情风险。"在全国上下合力抗击疫情的紧要关头,作为一名党员,这是我应该做的,希望能为疫情防控尽自己的一份绵薄之力。"安钢一位党员在捐款时表示。

(原刊于《中国冶金报》2020 年 3 月 5 日 1 版 记者 魏庆军 通讯员柳海兵)

钢城女儿花

庚子年初，一场疫情防控阻击战在中华大地骤然打响。在这场阻击战中，奋战在生产一线的女职工们巾帼不让须眉，坚守岗位，严防严控，不惧险、迎难上，成为了抗疫保产战中一道牢固的"防线"。

到岗不足半年的"新兵"

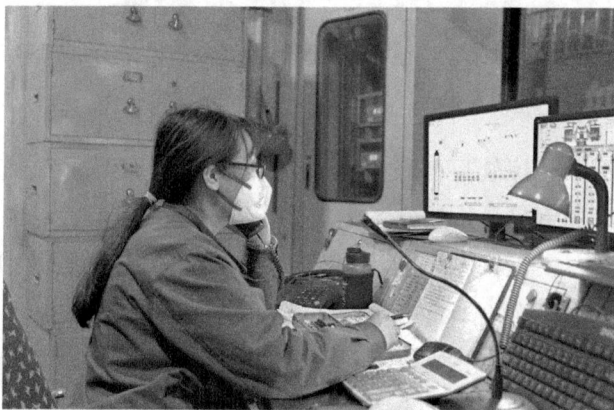

李楠欣正在主控室严密监控铸机浇钢数据（王述杰 摄影）

李楠欣是安钢第一炼轧厂连铸车间的方坯操作工。2019 年刚大学毕业、到安钢上班不足半年的她是该厂最年轻的女操作工。眼下，这位学财会的"小仙女"刚刚适应了铸坯的炽热，掌握了从钢水到钢锭的"蜕变"原理，突然来袭的疫情让她有些应接不暇。

疫情就是命令，防疫就是责任。作为连铸产线上的一名"新兵"，李楠欣主动放弃了过年休假的机会，还承担起了班组消毒、测温、登记的任务，"全副武装"投入到了抗疫保产的战斗中。"疫情发生以来，小楠就成了生产一线的'防疫员'，消除了我们班组职工的后顾之忧。小楠！好样的！"说起李楠欣防疫保产期间的表现，她所在班组班长曹洪军赞不绝口。

炼钢车间的"空姐"

李娇正准备上天车，开始新一天的工作（王述杰　摄影）

李娇是安钢第一炼轧厂炼钢车间的天车工。她每天都和天车打交道，通红的铁水、翻滚的钢水是她最熟悉的场景。

疫情发生后，安钢铁水资源发生变化，废钢资源短缺，入炉料结构也随之发生了改变。为了配合炼钢生产，李娇自我加压，要求自己在操作上做到精益求精，毫厘不差。特别是在吊运废钢和铁水包时，她凭借高超的技术，做到快、稳、准，加快了炼钢节奏，保证了生产的稳定顺行。

面对防疫保产的重要任务，一大批女职工坚守岗位、奋战在一线。在厚重的工作服下，这些钢城女儿花用实际行动书写着十里钢城巾帼不让须眉的篇章。

（原刊于《中国冶金报》2020年3月5日6版　通讯员　王述杰）

疫情期间服务客户，我立下"军令状"

河钢销售业务经理俞坤在岗位上为客户办理相关业务（郭领菊 供图）

"我春节期间没有外出，所居住的小区也没有疫情，我可以到岗值班，做好特殊时期的客户服务工作！"从立下"军令状"至今，我已经在岗进行业务结算、客户服务1个多月了。

我叫俞坤，是河钢销售直销管理部一名业务经理。

正月初六，正处于新冠肺炎疫情高发期。我们主管领导在微信工作群里说，因为业务结算的需要，更为了做好疫情防控期间的客户服务工作，除了居家远程办公之外，还需要业务人员到岗值班。他问大家谁可以去。我审慎思考了一下自己的实际状况，然后答复说："我可以去"。

我知道，现在是特殊时期，但我更清楚，及时准确的业务结算是重中之重。而且，让客户在疫情期间感受到我们"不隔离"的高质量服务，可以更好地服务和维护客户，增加双方合作黏性。所以，我主动提出到岗值班的申请，并立下了"军令状"。

近几年来，随着河钢钢贸业务量的不断增加，结算规模也不断扩大。我们结算岗位作为客户订单业务的最后一道"防线"，是维护集团资金链安全的关键环节，更是维护客户关系、提升客户服务的重要环节。要想做到财务账目的进销一致，确保结算、出票环节万无一失，必须要见到发票才能开展下一步的工作，而客户的发票一直以来都是邮递到单位的。所以，有些结算工作必须要在办公大楼内完成。

大年初七一大早，我就按时到了单位，开始处理河钢钢贸对客户的结算业务，配合财务人员完成了1月的结算出票工作。让我没想到的是，为做好疫情期间的防控，公共办公区域不能开中央空调，而我的工位又在靠窗位置，只是一上午，就把我冻了个"透心儿凉"。利用中午休息时间，我赶紧回家给自己添了件衣服，毕竟特殊时期嘛，如果我冻病了，不仅有被隔离的风险，还会影响到后续的结算工作。

客户在得知结算业务可以正常开展后，又高兴又担心。这1个月来，我每天都会接到客户打来的电话，电话中，他们的声音很焦急。我能体会他们这种急切的心情，所以每次都会耐心地回答："近期虽然情况特殊，但我们河钢仍然可以保证发票的及时开具，请您放心，我们会尽全力做好客户服务！"

就这样，我每天在工位通过电话、微信、传真、快递等方式联系各业务经理与客户，及时接转发票，逐项落实结算工作。特殊时期，销售经理们维护客户的难度比平时大得多，我必须坚守好我的阵地，为销售部同事做好业务支持，为他们开拓市场、维护客户提供强有力的后勤保障。

经过我和同事们20多天的共同努力，截至2月29日，56万吨的钢贸结算量已全部完成，为当月结算出票奠定了坚实的基础，更为非常时期河钢的资金回笼奠定了基础，客户也更安心啦！

（原刊于《中国冶金报》2020年3月5日6版 俞 坤）

只盼着能打赢这场疫情防控阻击战

盛静（前右）正和同事们一起执行防疫任务（褚慧娟 供图）

"我们已经安排党员志愿者，今天上午把参观通廊打扫出来。"

"你们人员不能到位，我们已经安排员工分批进行车间清洁，保证生产，你们别着急。"

"你们先保证好现场的消毒工作就行，现场保洁我们来安排。"

接到这一个又一个电话以后，我原本焦灼的心情逐渐平复下来。

我是山东钢铁集团莱钢金鼎公司日照项目部厂区物业服务中心经理盛静，负责山钢集团日照公司部分生产区域的物业管理工作。春节过后，疫情防控进入关键期，厂区附近道路封闭，本地员工不能及时到岗，工作压力陡增。关键时刻，公司各生产单位纷纷出人、出力，和我们积极配合，做好卫生保洁，确保疫情期间职工工作环境整洁、安全。

公司生产运营正常进行，疫情防控更是一刻都不能停，可人手紧张，生产区域面积又广，也确实给我们的工作带来了难题。在这种情况下，金鼎公司日照项目部做到了临危不乱、合理调度。

首先，安排办公室将 3 天前备好的口罩、84 消毒液、喷雾器、酒精、喷壶等防疫物品分发给各物业、餐厅班组，组织督促相关人员为整个公司行政楼、公寓、餐厅、厂区办公楼、车间等进行循环消毒。

其次，紧急通知休班的人员特别是骨干尽快到岗，同时安排维修部和餐厅值班人员在不影响自身工作的前提下进入我们班组帮忙，临时组成了这支应急"多国部队"。大家在做好自我防护的同时，奔波在公司各办公楼、厂区之间，进行循环消毒、体温检测、人员排查、统计汇总等工作，每个人手里都是三四项工作同时进行。这支队伍中几乎都是女同志。我们每天背上喷雾器在厂区来回穿梭，午饭就是一桶方便面，每次都是匆匆吃完又背上消毒工具奔赴现场。我们服务的各厂领导都夸："你们真的很厉害！"

其实我和我的同事们也不知道什么叫"厉害"，我们也担心害怕，但没有一个人退缩！大家只有一个念头：为企业做好疫情防控和保障服务，让员工安心上班。

特别是春节那段时间，本是全家团圆、相守欢聚的日子，我们项目部在岗的员工却一直在忙碌。完成一天的消毒工作后，还要编辑整理各种疫情方案，对接劳务员工所居住的乡镇，每天都忙到很晚。回家的路上困得不行，看到别人的朋友圈才知道今天是大年初几。

我的同事鲁霞，家里 70 多岁的老父亲一直生病，她 1 月份一直没有休班，就想攒着过年回去两天照顾一下老人；另一个同事尹训玲，几乎一年就等春节时间才能回老家与家人团聚。在大年初一晚上，了解到岗位缺人的情况，又考虑到疫情防控的紧迫性，她俩都决定不回老家了，在岗位坚守。安全员滕兆娟，上班时间没干完的工作，下班还要接着干。有几天为了方便工作，她干脆抱着被子住到了办公室。安全员孙蓉春节前患了普通感冒，有点发烧，单位安排她在家自我隔离。在家里的她，就和在岗工作时一样细致认真，不管晚上几点找她做表格，她都是立即动手，做完赶紧发到工作群。安全员张玉莹把一直生病打针的孩子交给在莱钢的父母，和同事们一起坚守在疫情防控一线。看看日历，我们已经连续工作 30 多天了，算下来，加班加点应对各种突发工作的夜晚也有十几个。

我所在的项目部，还有很多这样的员工。当别人在家里躲避疫情的时候，他们在岗位上；当亲戚们不理解，问疫情期间怎么这么忙的时候，他们只能把对家人和亲人的牵挂埋在心里。因为我们职责在身，没有时间去顾虑什么，不分时间段，也不管自己原来是属于哪个岗位，只知道疫情防控关键期，需要我们去工作，只想着要出一份力，只盼着能打赢这场疫情防控阻击战。

（原刊于《中国冶金报》2020年3月5日6版　盛　静）

"党的恩情，咱永远不能忘！"

——河钢邯钢离退休管理部离退休党员踊跃捐款侧记

"你家里经济十分困难，就不要捐款了。心意我们一定转达给党组织。"

"我是很困难。但这些年，我患病期间，党组织始终关心我、救助我。我心里实在过意不去，现在国有难，作为一名党员，再困难我也要捐，请党组织一定要收下我这一点心意。"

3月5日，河钢邯钢离退休管理部罗城头工作站罗三党支部书记周艳娟眼含热泪收下了一位身患癌症的退休老党员100元捐款，并用力记下了他的姓名。

疫情发生以来，河钢邯钢广大离退休老党员、老同志始终心系国家、心系企业，一方面积极响应党和国家的号召，率先垂范，坚持少出门、戴口罩、不聚集、勤洗手、不传谣、不信谣，坚决做好自身防护不给国家添负担，一方面始终关心关注着疫情。在新闻联播里看到中央领导同志带头捐款，听说这几天公司党委组织全公司党员自愿捐款，很多离退休老同志、老党员在家里就坐不住了。

"没有中国共产党，怎能有今天幸福的生活！疫情面前，我们不能到一线，但一定要为国出一份力！通过捐款方式表达爱心，增加力量，尽一份党员的责任和义务！"他们迫不及待地打电话询问捐款的事。

3月5日，嗖嗖的小北风刮的十分寒冷。在河钢邯钢罗一生活区小广场，出现了许多裹得严严实实、戴着防护口罩的老同志、老党员，他们间隔1.5米以上距离，排队有序，一个个争先恐后为抗击疫情踊跃捐款。

一位83岁的老党员从市郊骑着三轮车来到工作站捐了1000元。他说："我亲手把捐款交给党组织，心里的感觉那是不一样的。"针对这种情况，为避免室内空间的狭小，做好防护，工作站不得不在小广场摆放桌子，设置捐款接收点，负责收款的几名离退休党员志愿者分工合作，收款、登记，忙而不乱，井然有序……

"我们企业从小到大、由弱到强，发展到今天，每个时期都是得益于党的领导，党和国家的政策好哇！党的恩情，咱永远不能忘！"

党员丁养元年迈行动不便。早在 3 月 4 日，他就打电话询问，并迫切要捐款 1000 元。"您千万别出门啊，我上门给您服务去！"，党小组长李金田来到老人家门口收取，完成了老人的爱心捐助的愿望。

离休干部、党员张永洁主动打电话给党支部书记路玉和，并委托 80 多岁的老伴，带着浓浓的爱心，将 500 元捐款送到了党支部。

身居外地的退休党员陈明志、林永增等通过微信、支付宝等捐款，为疫情防控工作奉献自己的爱心和力量。

98 岁高龄的高立业、94 岁高龄的王爱廉、94 岁高龄的党员郑永平……很多新中国成立前的老党员、离休干部行动虽然不便，自己也不会用网络支付，就让子女将捐款送到所在党支部或通过手机与所在的党支部联系，通过微信完成捐款。

离退休管理部各个工作站的党员通过采用微信、支付宝、代缴等各种形式踊跃捐款，有在邯郸市的、有在河北外省的、还有在国外的……

3 月 5 日傍晚，天渐渐地暗了下来，广场上捐完款的党员们一一回家了。气温更低了，负责收款的工作站人员和离退休党员志愿者们，跺跺发麻的腿脚，伸伸酸疼的胳膊，清点捐款数额：572 名离退休党员，当天捐款 60340 元。手里像捧着燃烧的火焰，心中充满着喷涌的力量……

疫情还未结束，战斗仍在继续。截至 3 月 6 日，1926 名离退休党员捐款 182707 元。

（河钢邯钢　吴保中　陈广辉　王　磊）

附　录

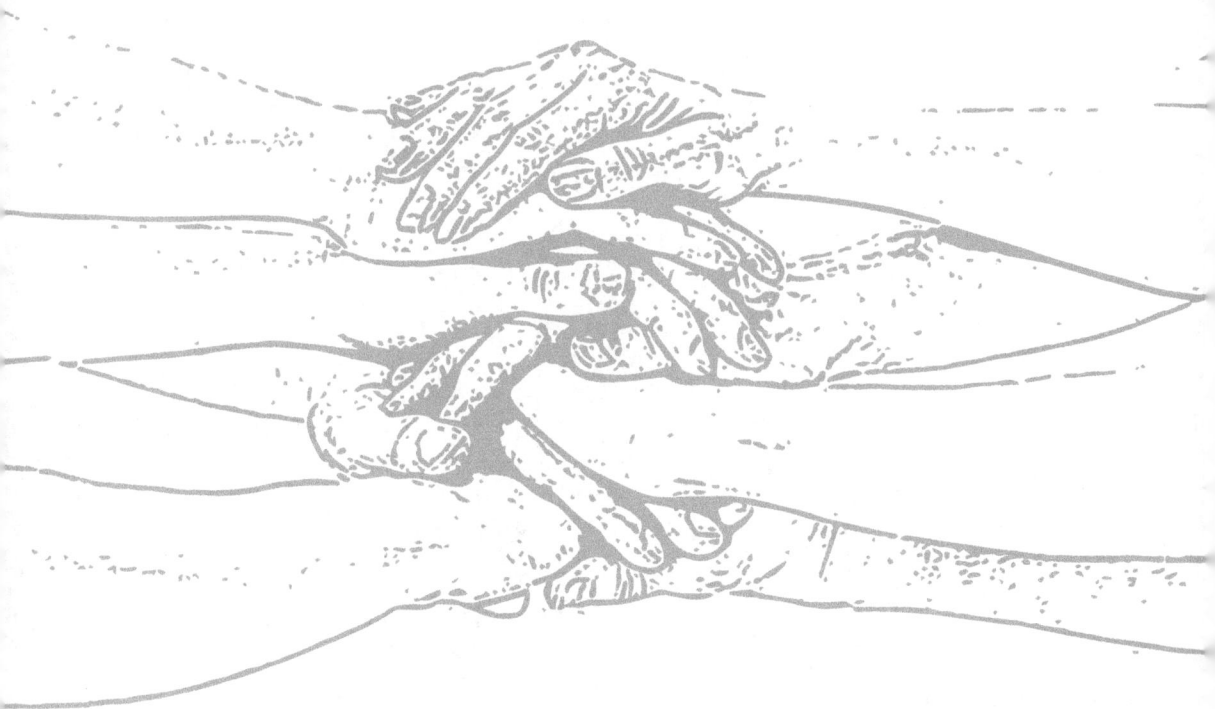

附录1 国内钢铁企业抗击疫情捐款名单

据中国冶金报、中国钢铁新闻网小编不完全统计，截止到2020年5月6日，自疫情发生以来，中国钢铁企业捐款和钢企员工、党员捐款总数已经超过17亿元。此外，钢企在捐助抗疫物资、稳产保供等方面也做出了巨大的贡献。

企 业 名 称	捐款金额/万元
辽宁方大集团	30000
荣程集团	14850
建龙集团	10500
中国宝武	4900
冀南钢铁集团	4100
中天钢铁	4000
河北普阳钢铁集团	3736.25
日照钢铁	3500
柳钢集团	3000
鞍钢集团	3000
太钢集团	3000
中国五矿	3000
唐山港陆公司（包括恒威矿业、亿恒实业）	3000
元立集团	3000
华菱集团	2766
南京钢铁	1000
唐山东海钢铁集团有限公司	1000
河北东海特钢集团	1000
广西盛隆冶金有限公司	1000
石横特钢	1000
河北鑫达集团	1000

企　业　名　称	捐款金额/万元
福建大东海实业集团	1000
唐山燕山钢铁有限公司	1000
遵化市恒威矿业有限公司	1000
唐山松汀钢铁有限公司	1000
中新钢铁	1000
经安钢铁	1000
纵横钢铁	1000
秦皇岛佰工钢铁有限公司	1000
广东国鑫实业股份有限公司	1000
山东鑫海科技有限公司	1000
东方润安集团	1000
冀南钢铁集团（含裕华、文丰）	1000
五矿营口中板有限责任公司	650
金鼎钢铁+六安钢铁	650
晋城钢铁控股集团有限公司	600
江苏长强钢铁	600
文安钢铁	600
久立特材科技股份有限公司	600
嘉晨集团	530
中阳钢铁	517
中信泰富特钢	500
福建金盛兰集团（云浮）	500
广东南方东海钢铁有限公司（云浮）	500
冶金地质总局	500
金马钢铁集团	500
山西建邦	500
江苏武进不锈股份有限公司	500
江苏新长江集团有限公司	500

企 业 名 称	捐款金额/万元
青建集团	500
徐州金虹钢铁集团有限公司	500
三宝集团	500
天柱集团	500
河南矿山起重	390
安泰集团	312
本钢集团	300
中钢设备有限公司	300
新宇彩板	300
凤宝集团	300
秦邮特钢	300
淮钢	300
宁波钢铁	300
辽阳顺锋钢铁	296.85
江苏镔鑫钢铁集团	292.52
濮耐股份	240
粤丰钢铁	206
首钢水钢（集团）有限责任公司	200
芜湖富鑫钢铁有限公司	200
玉溪玉昆钢铁集团	200
新普钢铁有限公司	200
龙江钢铁	200
江苏华乐合金有限公司	200
云南曲靖呈钢钢铁（集团）有限公司	200
江西永兴特钢新能源科技有限公司	200
大冶华鑫实业有限公司	200
广东广青金属科技有限公司	200

续表

企 业 名 称	捐款金额/万元
惠然实业	200
华乐合金	200
云海金属	200
广富集团	200
河北永洋特钢集团有限公司	200
铜陵富鑫钢铁	190
山东莱钢永锋钢铁有限公司	185.28
长峰钢铁集团	170
河北天创管业	160
四川眉雅钒钛钢铁集团	150
彭钢集团	150
铜陵旋力特殊钢有限公司	150
襄汾星原集团	150
广大特材股份有限公司	129.71
新武安鑫汇冶金有限公司	128.2
钰翔控股集团	126.64
徐州宝丰特钢有限公司	114
龙凤山	111
立晋钢铁	108
山东广富	100
福建三钢集团	100
盛阳控股集团临港有色金属公司	100
云南玉溪太标集团	100
盐钢集团	100
襄汾新金山特钢有限公司	100
玉溪仙福钢铁集团	100
泸州益鑫钢铁有限公司	100
宁夏晟晏实业集团	100

企　业　名　称	捐款金额/万元
唐山信天实业有限公司	100
云南穆光工贸有限公司	100
湖北金盛兰冶金科技有限公司	100
营口青花集团	100
高义钢铁	100
北京利尔公司	100
九羊集团	100
拾起卖集团	100
交城义望	100
铁雄冶金	100
中国钢研科技集团	100
无锡新三洲特钢有限公司	100
华信特种钢铁有限公司	100
广西贵港钢铁集团有限公司	100
冷水江市钢铁有限责任公司	100
中升钢铁	100
绵竹金泉钢铁有限公司	100
丹阳龙江钢铁有限公司	100
杭钢遂昌金矿有限公司	60
杭钢国贸有限公司	55.855
南京启宏再生资源有限公司	50
河南福华钢铁集团有限公司	50
鼎胜新材	50
河南华西耐火材料有限公司	50
泸州鑫阳钒钛钢铁	50
河南汇丰管业有限公司	50
隆鑫钢铁	50
宏德热轧带钢有限公司	50

续表

企 业 名 称	捐款金额/万元
广东泰都钢铁实业股份有限公司	50
泸州益鑫钢铁有限公司	50
山钢集团永锋淄博公司	41
新疆大安特种钢有限责任公司	40
西宁特殊钢股份有限公司	30
福建三宝钢铁有限公司	30
山东传洋集团	30
山东瑞丰不锈钢有限公司	30
安阳鑫源钢铁公司	30
安阳博盛钢铁有限公司	30
郑州金诚	21.18
大明湖北加工中心	20
大明太原加工中心	20
兰鑫钢铁	20
吉林铁合金	20
舞钢腾舞钢铁公司	10
新疆金马伟业钢铁有限公司	10
仟亿达集团股份有限公司	10
防城港市福城钢铁制品有限公司	10
广东合创达钢材	9.0666
包钢巴润分公司	5
奎鑫钢首集团	2

附录2　国内钢铁企业抗击疫情捐献物资统计

捐赠物资情况（医疗防护用品）

企业名称	捐 赠 情 况
荣程集团	已经采购各类物资135万余件，总额近5000万元；组织300余人的志愿者队伍，抽调23辆应急防疫车辆，随时配合指挥部发放货物，目前已累计向17个受赠单位发放28批次应急卫生防疫物资
新兴际华集团	价值1000余万元的药品
柳钢集团	向广西人民医院邕武医院平战结合病房楼项目捐赠特种钢材1230吨，价值约480万元； 紧急筹措，向广西红十字基金会捐赠各类医用口罩8920只
中国五矿	从日本、韩国、德国等国家购买口罩35万余只
宁夏钢铁集团	下属宁钢公司为当地交通部门捐赠抗疫帐篷、被褥、电暖器、荧光马甲等物资共计30万元； 为当地医院捐赠负压救护车一辆，普通救护车两辆，共计170万元； 宁夏红公司为全国范围60岁以上老人捐赠价值60万元75%的消毒酒精，由各经销点配送到家； 为沙坡头区十名贫困儿童捐赠价值1.7万元的电视用于上网课。为宁夏自治区六批支援湖北的785名队员每人捐赠宁夏红产品一箱
西王集团	100万元营养蛋白棒
复星集团	5万套防护服和超20万只医用口罩
金鼎钢铁+六安钢铁	25万只医用口罩、1300套防护服、2.2万副医用手套、1000副护目镜、8吨消毒液等，价值400余万元
友发集团正元管业	次氯酸钠消毒液20吨
华菱集团	口罩44.0551万只（其中N95口罩13.5127万只，医用口罩30.5424万只），防护服2.8132万套，防护眼镜0.728万副，医用手套13.84万副，采购物资总金额814.28万元

企业名称	捐 赠 情 况
萍钢安源钢铁公司	发动全体干部员工利用国外的亲属、朋友关系到国外采购口罩、防护服等医用防护用品，购买费用由企业承担
福建三钢	委托三钢劳服公司向三明市援建 4 条口罩生产线，价值在 100 万元
广东南方东海钢铁有限公司（云浮）	2 万只口罩，非接触式红外体温计 15 个，84 消毒水 3 箱
敬业集团	10 万只韩国 KF94 医用口罩，价值 140 万元
酒钢	1 万只 KN95 口罩，20 万片杀菌消毒剂
烘熔钢铁	10 余万元原装进口飞利浦 MX500 心电血氧病人监护仪
昆钢集团	为 3 家新冠肺炎患者定点收治医院赠送医用氧气 8800 立方米； 将 1000 只防护口罩捐赠给昆钢医院、600 只防护口罩捐赠给安宁市工信局； 将 12480 件医疗物资、价值 15 万元的海岱金果刺梨汁和龙菁山泉水捐赠省疫情工作领导小组指挥部统一调配使用； 紧急筹集了 1000 件中长款棉衣、1000 件防寒马甲和手套、帐篷、保暖帽等，价值 181.7 万元的防疫物资驰援咸宁； 捐赠的物资总价值近 310 万元
德龙集团+新天钢集团	捐赠物资价值 1000 万元
日照钢铁	为日照市岚山人民医院捐建一座造价 1500 万元的隔离病房楼
河北普阳钢铁集团	口罩 3 万只，消毒液和酒精 300 桶，折合人民币 15 万元
包钢集团	2 辆驰影 A30 磁共振医疗车、5 吨高浓度（1∶200）次氯酸钠消毒液
江西永兴特钢新能源科技有限公司	5 万只口罩、100 套防护服
西宁特钢	5000 只 KN95 口罩

企业名称	捐 赠 情 况
云南曲靖呈钢钢铁（集团）有限公司	3000 只口罩、84 消毒液 500 千克
山西高义钢铁有限公司	一批生活物资
唐山东华钢铁企业集团有限公司	若干物资
兰鑫钢铁集团有限公司	若干口罩等物资
纵横钢铁	医用口罩 5 万只、84 消毒原液 10 吨、电动喷雾器 20 台等物资
津西集团	从德国和澳大利亚采购口罩和防护服
青建集团	30 万元医用防护用品
南京钢铁	截至 2 月 9 日，复星基金会联合南钢，共向南京市捐赠 11 批次防护服、口罩、护目镜等紧缺医疗物资（口罩 18500 只、防护服 12500 套、护目镜 1000 副）
安钢集团	向社会捐赠 3000 吨医用氧气
芜湖富鑫钢铁有限公司	一批 N95 防护口罩
铜陵富鑫钢铁	口罩 2 万只
长乐冶金行业协会	5 万只医用口罩
永钢集团	14 万只防病毒口罩、1 万套防护服
东华钢铁集团	消毒液 1000 斤
宝钢巴西公司	筹措 5500 只口罩
粤丰钢铁	100 余万元的口罩、手套
方大集团	22 万瓶维生素 C 片、17.9 万只医用口罩、9.3 万瓶乙醇消毒剂、9.4 万套防护服、110 万副医用手套、1.5 万双防护靴、5000 副护目镜等防疫物资
中阳钢铁	6 万只口罩
唐山国义特钢	200 件毛衣
沙钢集团	10 万只 N95 口罩、2 万套防护服，医用床、呼吸机、雾化器等一批重点医用物资

企业名称	捐赠情况
天柱集团	口罩 6500 只、医用手套 7000 副；2.5 升 75% 酒精 100 桶、20 千克装 84 消毒液 100 桶
宏德热轧带钢有限公司	一批口罩
杭钢集团旗下富春有限公司	从欧洲采购到 1559 套防护服和 1416 副护目镜
中钢集团	采购了一大批医用物资支援抗疫一线。目前，已经有 1 万套医用防护服从澳大利亚运抵湖北；500 套防护服，连同此前筹措的 2000 只口罩先后发往中钢集团定点帮扶的贫困地区——内蒙古赤峰市翁牛特旗
福建亿鑫钢铁有限公司	护目镜 499 副，总价值 43912 元
河北永洋特钢集团有限公司	采购捐献平面口罩 10 万只、KN95 口罩 3 万只，总价值 30 万元
潍坊特钢	抗菌洗手液 500 瓶、鞋套 11000 双、靴套 1000 双、医用口罩 4000 只、医用帽子 12000 个、自吸过滤式防颗粒物呼吸器（H950 SE）700 个、PE 手套 50000 副、红外线体温计 400 个、医用防护服 1300 套、医用检查手套 10000 副、75% 酒精消毒液 10000 瓶、84 消毒液 1000 瓶，护目镜 400 副、速干手消毒啫喱 400 瓶、医用隔离面罩 2600 个、警务车 1 辆，合计共 150 万元
杭钢集团	捐赠防护服 1559 件，护目镜 1416 副； 向温州市捐赠价值 300 多万元的医疗物资
长峰钢铁集团有限公司	捐赠总价值 30 余万元的防污染长筒靴靴套 2000 双、隔离衣 8000 套、乳胶手套 6000 副等医用品
鞍钢	提供活动板房 16 个，用于武汉疫区救援工作； 购买了 3000 只口罩、80 副护目镜； 鞍山钢铁拨付 5 万元扶贫资金助力辽宁省岫岩县石灰窑镇疫情防控
建龙集团	价值 175 万元的物资，包括 32.4 万只口罩和一批防护服等

驰援情况（医疗队、医院建设、保供医疗物资生产）

企业名称	援助情况
鞍钢总医院	派出三批医疗队共 10 人
鞍钢集团攀钢总医院	派出 6 名护人员驰援汉口方舱医院
河钢承钢职工医院	派出 5 名医护人员
太钢总医院	分多批派出 19 名医护人员
包钢三医院	分多批派出 17 名医护人员支援湖北
安钢总医院	派出 11 名医护人员
酒钢医院	派出 9 名医护人员
莱钢集团医院	先后派出 10 名医护人员
柳钢医院	先后派出 12 名医护人员驰援武汉
新钢中心医院	先后派出 4 名医护人员。此外，还正式接管新余渝州医院，组建和启用新余市第二临时救治定点医院
北大首钢医院	12 名医护人员赴石景山区定点医院参加防治工作
水钢总医院	派出 8 名医护人员
贵钢医院	选派人员加入防控组，进驻指定酒店开展防控工作
云南昆钢医院	派出 10 名医护人员
三明市第一医院三钢分院	派出 1 名医护人员
方大群众医院	派出 2 批医疗队共 7 名医护人员
中冶医院系统	派出 8 名医护人员支援武汉
武钢中冶气体事业部	承担着武汉市 34 家医院的医用氧气保供任务，并已完成火神山、雷神山、金银潭、武汉三医院、天佑医院、武汉九医院和将要进行多家医院的供氧系统新扩建改造任务； 截至 2 月 17 日，已为 34 家医院供应各类氧气瓶 10281 瓶，液氧槽车 105 车
武钢有限	检修中心星夜驰援火神山建设，提供氩弧焊工及设备支援； 为金银潭医院增设两套供氧系统，大幅提升危重病人救治硬件条件； 仅用 6 个半小时，生产出 200 吨彩涂板用于雷神山医院扩建工程

企业名称	援助情况
华菱湘钢	派人到湖南臻和亦康医疗用品公司，排除口罩生产线故障； 驻点帮扶 8 家医疗器械生产单位，助力疫情防控期间医疗物资的生产顺行
本钢集团	提供 300 吨高级别汽车面板给华晨雷诺汽车制造救护车，快速供应疫区
新兴铸管	驰援武汉火神山医院应急工程
鄂城钢铁	提供 500 吨钢材
敬业集团	医院建设用大口径方矩管 380 吨，紧急提供 257 吨 250mm×7.5mm 方管，支援武汉火神山医院、郑州"小汤山"医院建设
冠洲集团	提供 1500 吨镀锌钢板
天津友发钢管	提供一批钢管
天津市中通钢管有限公司	支援武治"火神山"医院建设物资
武钢绿城金结公司	驰援雷神山医院建设
湖北中拓	5 小时解决 240 吨钢材难题
宝钢股份黄石公司协同用户	驰援火神山医院建设
九州物资	驰援武汉
君诚管道	驰援武汉雷神山医院、火神山医院、郑州"小汤山"医院
天津宝来集团德建公司	支援武汉雷神山医院建设物资
鞍钢	鞍钢产品被用于北京新冠病毒实验室建设； 截至 2 月 9 日，鞍钢用 8 天的时间，生产出了客户急需的 968 吨镀锌汽车钢，为客户顺利生产接下来的 45 台救护车提供了材料保障； 鞍钢民企集团先期投入 500 万元，抓紧筹建医用口罩生产线，随后还将生产无菌防护服
中冶集团	火速建设武汉洪山体育馆速成式"方舱医院"
华南物资集团	为武汉火神山医院配送钢材
中冶集团中国一冶	成功制作安装武汉火神山医院病房屋架

企业名称	援助情况
江苏国强镀锌实业有限公司	支援上海抗疫建设物资
山钢集团	2000 余吨钢材，驰援武汉火神山医院、雷神山医院建设； 3000 多吨钢材陆续送到客户手中，分别用于支援武汉临时医院电力工程建设，武汉火神山、雷神山医院光纤光缆复合带制造； 山钢莱钢完成青岛大学附属医院东院区疑似人员隔离区板房的紧急建设任务
荣程集团	提供 100 吨钢材
三钢劳服公司	和汇天药业开展工作，力争 1 个月内建成 2~4 条口罩生产线，确保日产能 80 万只，力争日产能 130 万只
首钢气体公司	增加了专门人力和物力对北京大学首钢医院制氧机系统进行全天候的维护和保养，全面保障了医院及患者医用氧气的需求
河钢集团	35000 张防疫物资用钢板火速交付； 一批河钢镀锌板产品急速下线发货，用该产品制造的新风系统将用于武汉方舱医院建设； 提前交付客户急需的保障民生供给物资用钢
方大特钢	为湖北抗疫一线急需的救护车保产保供，三天内生产出 1400 副板簧总成
昆钢	下属的云南多扶工贸有限公司对现有设备进行更新改造，并于 2 月 4 日投入生产，现每天可生产防护口罩 1 万只供云南省疫情防控使用
华宝信托	发起设立"华宝善行·抗击新型冠状病毒肺炎疫情专项慈善信托"，首批资金 272.8 万元
包钢	帮助地方有效处理医疗废物 112 吨，组织 20 名"党员突击队员"、110 名青年志愿者协助地方开展防疫工作
杭钢宁钢	连续供货医疗物资热轧钢卷原料 3000 余吨
河钢邯钢	5 天时间生产出 300 吨用来制作口罩机的 40~60 毫米厚的 42CrMo 模具钢并交付用户

续表

企业名称	援　助　情　况
攀钢	快速为用户提供口罩、护目镜、防护服专用模具钢
龙钢	第一时间派出两名技术骨干连夜赶往外科口罩生产企业，帮助其解决问题
中国宝武	第一时间为江铃汽车提供负压救护车零部件制作材料，全力保障了江铃汽车"火雷速度"生产负压救护车
安钢	28个小时之内，向安阳版"小汤山"医院交付62件钢结构成品货架； 用22天建成一次性防护型口罩生产线，该生产线预计年产一次性防护口罩450万只、KN95工业防尘口罩120万只和隔离衣3.6万套

各企业党员（员工）捐款情况

企业名称	捐款金额/万元
山钢	592.57
鞍钢	478.3
河钢	433.937
首钢	383.0537
沙钢	300
方大	269.66
本钢	244
马钢	180
昆钢	172.9873
华菱集团	235.46
包钢	151
建龙集团	113
柳钢集团	87.96
安钢	85.9645
福建三钢	48.6546
德龙集团+新天钢集团	47
南钢	44.68

续表

企 业 名 称	捐款金额/万元
唐山港陆公司	24
六安钢铁	14.2998
宁夏钢铁集团	12.6711
日照钢铁	12.5715
敬业集团	5

注：中国宝武、酒钢等企业也组织了员工捐款。

向国外提供援助情况

企业名称	援 助 情 况
河钢集团	向塞尔维亚捐赠抗疫医疗物资，包括10万只N95口罩、50万副一次性医用检查手套、1万套防护服、3万个医用隔离面罩、20套红外测温设备和25000人份检测试剂
南钢	协同复星基金会捐赠韩国2.2万件医疗防护物资，主要包括3000只N95口罩、3300副护目镜、5000套防水防护服等；还向韩国、意大利、西班牙、瑞士、比利时等国家重点合作伙伴捐赠口罩等防疫物资共计2.6万余件
敬业集团	给英钢运送口罩781590只、测温仪、防护套、防护服、漂精粉等抗疫物资及食品、药品、湿巾合计650万元
荣程集团	荣程普济公益基金会筹备20.8万件物资，即20万只防疫口罩、3000件德国杜邦防护服及5000副医用手套，紧急驰援意大利、韩国、日本、印度尼西亚等国家
宝钢股份	向海外伙伴分享抗疫保产经验
建龙集团所属印尼德信钢铁	从国内筹措物资支援印度尼西亚政府抗疫，第一批物资包括1万人份核酸检测试剂盒和6000只口罩等
中阳钢铁	4万只通过欧盟CE认证的口罩，发往意大利和瑞典
建邦集团	向意大利达涅利集团捐赠2万只医用口罩
鞍钢集团	鞍钢国贸公司向境外客户捐赠万余只口罩
建龙集团	向马来西亚登嘉楼州政府和FMG、三井、住友等企业捐赠现金物资（包括口罩和其他防疫物资）价值合计64余万元

附录3 外国企业提供捐助统计

企业名称	捐助情况
必和必拓	1000万元
POSCO（浦项）	600万元
力拓集团	约698万元（100万美元）
沙特基础工业公司（SABIC）	800万元
FMG	约469万元（100万澳元）
淡水河谷	330万元
康明斯中国	300万元
嘉吉	250万元 价值100万元的防护物资，1万只医用口罩
印尼德龙	200万元
蒂森克虏伯	200万元 员工值守武汉金银潭等医院确保电梯运行
巴基斯坦亚星钢铁	巴基斯坦采购多箱N95口罩
安米集团	在法国、西班牙、比利时、印度等国家首批次采购5.2万只医用口罩、200套防护服、200副护目镜等医疗物资，用于支持中国的抗疫工作
日本ITEC公司	向马钢捐赠万条枚口罩
印度古龙钢铁	24小时内共筹集医疗防护服62套、医疗隔离服24套、防护鞋67双、医用口罩1000盒、N95口罩110盒、医用护目镜461副、医用手套100副、全脸呼吸保护设备4套，累计价值16万余元
美国福茂集团	外科口罩3500只、防护服455套、医用手套350盒、N95口罩3500只

（原刊于《中国冶金报》官方微信2020年5月6日）

大 江 放 讴

——写给红钢城内的战友

宋 良

新世廿年，黄鹤故里，大江东去；
庚子初月，龟蛇山下，鹦鹉洲头。
可曾想到，昔日里历历晴川，
　　萋萋芳草，竟遭冠毒肆虐；
依稀记得，多年前 SARS 横行，
　　风雨如磐，黑云压城时候。

山川相连，我们为武汉祈祷；
风月同天，我们给湖北分忧。
江汉父老，姐妹兄弟，
　　肩扛重担，冲锋在前；
各族人民，骨肉同胞，
　　全力以赴，保障左右。
英雄城市，
　　自有英雄挺起，豪气干云；
抗疫滩头，
　　绝无懦夫气馁，屈服退后。
救援物资，源源不断，
　　经空地两路运抵荆楚大地；
医疗队员，众志成城，
　　由四面八方汇聚首义城头。

为我们的白衣天使点赞吧——

　　"向死而生"微言大义，

　　这是女医生出征前的"遗言"，

　　更是舍生取义与疫魔抗争的嘶吼；

　　　病房沙场，临危请命，

　　多少人披上征衣赴汤蹈海，

　　勇敢地撑起拯救生灵的诺亚方舟。

生活不只是花前柳下，月上梢头，

　　还会有魇缠瘗绕，天掀地搁。

救死扶伤，誓词毋忘，

　　　　秉持希氏操守；

济世悬壶，青囊承继，

　　　　勿使杏林蒙羞。

丹心妙手，慈航普度，

　　　　奋力挽救危难的患者；

豪杰鬼雄，生死度外，

　　　　何惜祭出自己的血肉。

这是医者宿命，

　　　　一经入门，焉可缩手；

更是医者使命，

　　　　铁肩道义，岂能回头。

字尽词穷，难以书写施医者

　　　　承受的危难艰险，无眠无休；

语竭声喑，无从讲述就医人

　　　　心中的庆幸感佩，恐惧担忧。

生命无价，偏有人视死如归，

　　　　出师未捷誓不返；

前路维艰，逆行者决绝迈步，

　　　　　　　　无论体壮与身柔。
慷慨赴死，江河哽咽，
　　　　　　抗疫英烈魂不朽；
前仆后继，丰碑矗立，
　　　　　　白衣战士名长留。
千年传承，天地铭记，
　　　　　　精神永续捐忠骨；
一腔豪情，青山作证，
　　　　　　抛洒热血谱春秋。
此时此刻，倒海翻江的
　　　　是普罗大众的心旌激荡，
　　　　　感天动地的
　　　　是仁心医者的敌忾同仇。

这片广袤深邃的土地，
　　　　还能有什么不值得吟哦，
我们底蕴深厚的民族，
　　　　放开了亢音高唱的歌喉：
国士无畏，南山钟鸣，振聋发聩；
群英倾情，黄钟大吕，编钟箜篌。
核心决策，重拳狠手，一言九鼎；
雷神火神，天兵速降，发威怒吼。
医人心曲，悠远绵长，天籁入耳；
华夏和声，音传云外，凯歌高奏。
大江桥上，救护车疾驰而过警笛鸣响，
　　　　　承载着生命之重倾力挽留；
夜半时分，白衣人如影随风疾言轻语，
　　　　　杏林客果敢精细排险解忧。

这片神奇多彩的土地，

抗疫 有我钢铁人

　　　　真没有什么不可以落笔，
我们魂牵梦萦的祖国，
　　　　展开了汪洋恣肆的画轴：
军地协同，总体作战，兵民携手；
精忠医护，义无反顾，冲进 ICU。
国企民业，紧急发动，勠力生产；
街道社区，全员上阵，不分老幼。
志愿使者，无私奉献，倾尽所能；
快递小哥，风雨无阻，穿梭街头。
方舱院内，女护士跳起了维吾尔舞蹈，
　　　　　　患者们甩开了久垂的衣袖；
病房窗外，老人凝望着西下的落日，
　　　　　　医生漾起了幽幽的乡愁。

此情此景，只有在我们思古吟今壮美
　　　　　　的画卷上，得以展现，
　　　　　　也只有中国能浓墨重彩地
　　　　　　倾情描绘，独家拥有。

这一切，亘古未有：
　　　　可吟可颂，当歌对酒；
　　　　可赞可叹，壮志得酬；
　　　　可思可忆，月辉日映；
　　　　可啜可泣，情满鹤楼。
这一方，心绪遨游：
　　　　旌旗猎猎动郢地，
　　　　鼙鼓阵阵喧楚畴；
　　　　巫山云雨濯青史，
　　　　云梦波涌荡五洲。
此一时，义聚情杯：
　　　　穷且益坚，不坠青云之志，

初心难辞，更进百尺竿头；
　　使命不负，愿景终将实现，
　　余勇再贾，曙光就在前头！

大难当头，十四亿人在红旗下凝聚，
　　万众一心奋起抗疫；
沉渣泛起，大洋彼岸却有碰壁苍蝇，
　　发出"病夫"的诅咒。
可恶至极，滚滚前行的历史巨轮前，
　　总有狂妄无道、痴梦阻遏的小丑；
可笑之至，这东西也不仔细看看，
　　今日之中国有着怎样的风云气候。
茫茫天地，移星转斗，古老的九域，
　　早已摆脱了昔日的屈辱赢弱；
悠悠历史，苍黄翻复，明日之华夏，
　　幻化为风景独好的赤县神州。
君不见：
　　一衣带水的邻邦，
　　　　伸出了远房亲戚的援手；
　　大洋中小小岛国，
　　　　送来了饱蘸浓情的百欧；
　　澳洲驶来的航班，
　　　　舱内无人，捐物却满座；
　　海外同胞的赤诚，
　　　　润心浸骨，情义怎堪收。
殊不知：
休戚与共，
　　我们身后，存人类命运共同体；
肝胆相照，
　　我们身边，有同舟共济的朋友。

共克时艰，彰显情真义厚：
    战 "疫" 不忘，各国患难兄弟，
    尽己所能，伸出援助之手：
    医疗专家，驰向世界各地，
    援救物资，搭上空中机流。
患难与共，我们感恩知酬：
    偏安一隅，难以孤身自保，
    共同抗疫，方得逆水行舟；
    携手前行，可期共同发展，
    人类和平，才能交错觥筹！
渡尽劫波，中国峰回路转：
    驱除疾疫，不做南冠楚囚，
    付出血汗，换来漫江碧透。
    经历风雨，得见阴霾尽扫；
    扭转战局，国人喜不胜收。
恩仇不泯，寰球辨出良莠：
    社会多元，各有不同感受；
    生命价值，岂只人身自由。
    制度高下，何须争论不已；
    战 "疫" 结果，洞见孰劣孰优。

大江东去流千古，
阳光总在风雨后。
我们不曾在昨天的危难中倒下，
也绝不会为明天的挑战所发愁。
我们的国家，
    不再有艰难险阻可挡，
        从此挺胸昂首；
我们的人民，
    早已将百年耻辱印记，

　　　　永远抛却身后。

我们发奋，

　　　抒强者胸怀，展雄浑歌喉；

　　　到中流击水，驾巨舰轻舟。

我们骄傲，

　　　谋伟人韬略，聆八方风雨；

　　　显英雄本色，任沧海横流。

我们憧憬，

　　　珞珈山麓，天澄空碧，樱花怒绽；

　　　东湖西湖，波轻浪细，摇桨泛舟。

我们期待，

　　　归元寺外，瘟除魔灭，祈福拱手；

　　　江汉两岸，煦风拂柳，桥头放讴。

我们坚信，中华民族，

　　　无坚不摧，有险无阻。

我们自豪，一方有难，

　　　举国支援，有虑无忧。

我们承诺，英雄归来，

　　　献上鲜花，捧出美酒。

我们誓言，杜绝陋习，

　　　树立正气，鼎新革旧，

　　　　再不因疠疫而失去自由。

在全民奋起，抗击新冠，

　　　危机转折的关口，

我们心系湖北，情寄武汉，

　　　也深情地问候一句：你可安好？

　　　　武钢人，我们的战友！

我们看到，身处疫区，你们生产依旧，

　　　暂时的困境，缚不住奋斗者的情怀，

高炉耸立，轧机轰鸣，
奔涌出钢铁洪流；
我们欣喜，一基五元，你们脚步不收，
长远的谋划，放飞出钢铁人的豪迈，
弯弓搭箭，宝武合璧，
站上了世界高丘。
我们知晓，你们种类丰富的产品，
何止是炽热的型棒板线，
神工鬼斧，经由各行业工友之手，
点化为支撑共和国大厦的宏桁巨构；
我们钦佩，你们自强不息的精神，
平凡中执着地蕴力发轫，
弘扬光大，激励着业界同人故旧，
取得了引领供给侧改革的傲人成就。
我们笃定，大国根基，凭藉钢铁夯实；
重器在手，不惧风狂雨骤。
我们雄壮的队伍，
纵横捭阖，经天纬地，让朋友赞叹；
金戈铁马，利箭长车，令敌人发抖；
我们民族的脊梁，坚韧挺拔，
有钢铁人在支撑；
我们英雄的城市，群贤毕至，
有武钢人在战斗。

啊，战友，在这潮流汹涌、
风云际会的时候，请不要忘记：
嵩祝院北，我们期盼着你们平安渡疫，
东湖侧畔，请接受我们亲人般的问候！
书山有路，悦读悦学，我们倾情服务；

铁海无涯，冶金大道，咱们共同携手。
武钢铁人，顶压前行，不懈奋斗；
大美武汉，衢通六省，鸟有九头；
英雄湖北，破釜沉舟，秦关归楚；
至伟中华，心存高远，风骨劲道；
俱往昔矣，魑魅魍魉，蝇营狗苟；
看今朝兮，英雄人物，尽展风流。

江水滔滔，映托着无尽的帆影远去；
征途漫漫，容不得行者作片刻停留。
肩使命，凭大国担当，
　　民族气质，我们精神抖擞；
再起航，任天高海阔，
　　云起潮落，我们风雨同舟！

这就是，冶金出版人，
　　对武汉、湖北的抒喉，
也藉此致意，红钢城内坚守的战友：
　　红色的城，钢铁之城，鲲鹏向穹宇；
　　涅槃的城，英雄之城，光芒耀千秋。
遥望大江，心潮澎湃，我们纵声呼吼：
　　武钢挺住！武汉雄起！湖北加油！

（2020 年 2 月 18 日~3 月 25 日写于北京嵩祝院北巷）